KB134107

달빛조각사

달빛 조각사 9

ⓒ 남희성, 2007

발행일 2023년 11월 1일 | 발행인 김명국 | 발행처 주식회사 인타임 | 출판 등록 107-88-06434 (2013년 11월 11일) | 주소 서울시 구로구 디지털로31길 38-21 이앤씨벤처드림타워 3차 405호 전화 070-7732-2790 | 팩스 02-855-4572 | 이메일 in-time@nate.com | ISBN 979-11-03-33162-7 (04810) 979-11-03-32686-9 (세트) | 이 책은 주식회사 인타임이 저작권자와의 계약에 따라 발행한 것이므로 내용의 전부 또는 일부를 사용하려면 반드시 양측의 동의를 받으셔야 합니다. 잘못된 책은 구매처에서 바꿔 드립니다.

달빛조각사 9

남희성 게임 판타지 소설

The Legendary Moonlight Sculptor

INTIME

contents

인페르노 던전

어린 혼돈의 전사를 추적하기 전에 위드는 사냥을 했다.

"던전을 준비 없이 들어갈 수는 없어."

불의 저항력을 올려놓기 위해서 지골라스의 몬스터 중에서 혼돈의 전사들만 주로 사냥했다.

네크로맨서의 유용한 자산은 시체라는 말처럼 카오스 워리어들이 있었고, 황금새가 본격적으로 전투에 가담했다.

전투가 벌어지자 황금새는 놀랍게도 빛에 둘러싸이더니 없던 팔이 생겨나고 다리가 길어졌다. 목도 길어지면서 날개와 몸통은 크게 성장했다.

키가 3미터 20센티나 되는 조인족으로 변신한 것이었다.

전체적으로 금빛이 흐르는 털에 보석들이 예쁘게 수놓인 것처럼 박혀 있다. 머리에는 다이아몬드 왕관까지 착용했다.

황금새는 몸을 바꿀 수 있는 폴리모프의 능력을 가지고 있었던 것이다.

음머어어어어!

"골골골골!"

황금새의 바뀐 모습을 본 조각 생명체들의 반응은 격렬했다. 간단히 말해서, 자신들은 왜 저렇게 만들어 주지 않았냐는 항변이었다.

조각사로서 자존심이 상하거나 부끄러울 수도 있는 부분이었지만 위드는 당당했다.

"너희는 그나마 양호한 편이야. 와이번들이 어떻게 생겼는지 잊지 마."

"……."

와이번 이야기에 누렁이와 금인이는 얌전해졌다. 졸속으로 만들어진 못생긴 와이번들에 비하면 천만다행인 것이다.

위드는 언데드를 지휘했다.

"카오스 워리어들, 돌격!"

짧은 거리를 순간 이동하며 싸우는 혼돈의 전사들을 상대로, 황금새는 갑자기 텅 빈 곳에 발톱을 휘둘렀다.

"케엑!"

순간 이동을 하는 혼돈의 전사들의 위치를 예측해 손톱과 발톱으로 제압한 후 부리로 급소들을 쪼았다.

따다다다닥!

딱따구리처럼 치명적인 공격들을 연달아 터트리는 황금새!

혼돈의 전사들은 버티지 못하고 금세 죽어 버렸다.

황금새는 공중으로 날아올라서 몬스터들을 찢어 버리기도 했다. 무서운 전투 능력이라고 할 수 있었다.

변신한 황금새는 대화도 할 수 있었다.

"위드 님, 이겼습니다."

"음, 그래."

지골라스에서는 불에 관한 마법이나 몬스터들의 특성이 거의 2배 가까이 늘어난다. 그렇기 때문에 불에 대한 저항력은 필수였다. 혼돈의 전사들을 사냥하면서 불에 대한 저항력을 22%까지 올렸다.

"금역에서의 저항력 10% 증가까지 더하면 32% 정도로군."

원래 가지고 있던 저항력과 맷집, 인내력까지 감안한다면 이 정도면 훌륭한 수준이다.

위드는 서윤, 조각 생명체, 언데드 들과 함께 걸음을 옮겼다.

혼돈의 전사들을 사냥하면서 저항력만 올린 것이 아니라 도끼도 열여덟 자루나 획득해서 배낭이 묵직해졌다.

위드는 해골 상태라서 힘이 없었지만 배낭을 직접 등에 짊어지고 있었다. 큰돈이 될 거라고 생각하니 다른 곳에 놔둘 수가 없었기 때문!

잡템들은 비밀 동굴 등에 숨겨 놓기도 했지만, 상륙대가 있는 이상 그러지도 못했다.

어깨와 쇄골을 커다란 배낭이 강하게 억눌렀지만 위드는 묵묵히 던전을 향해 걸었다. 이제는 퀘스트를 위해 위험한 던전에 들어가야 되는 것이다.

"토리도. 반 호크."

"예! 주인님."

"말하라, 주인."

"던전에서는 너희가 앞에 서라."

철저히 부하들을 부려 먹는 위드!

십중팔구는 엄청나게 위험할 던전에서는 카오스 나이트와 부하들의 뒤를 따를 뿐이었다.

⤶⚜⤷

드린펠트와 그리피스는 지골라스에서 조금씩 탐험의 영역을 넓혀 갔다.

헤르메스 길드의 지원군이 하벤 왕국에서 바로 출발했다고 해도 지골라스에 도착하려면 긴 시간이 걸린다. 그동안 몬스터들과 싸우고 화산 폭발이나 지반의 갈라짐 등 지형에 대한 적응력도 높여야 했다.

"최정예들로만 구성해서 정벌대도 만들어라."

해군 기사와 해적의 연합으로 고레벨 유저들도 뭉쳤다.

사냥을 위해서 효율적이지는 않지만 위드가 다시금 공격을 가한다면 본격적으로 반격할 수 있는 부대였다.

"수단과 방법을 가리지 말고, 어떠한 희생을 치러서라도 위드의 목만 가져와라. 그러면 헤르메스 길드에서 크게 포상할 것이다."

더 이상은 호락호락하게 당하지 않으리라는 자신감에 차 있었다.

─드린펠트의 부대가 볼라드 무리의 사냥에 성공했습니다!

―황홀하도록 멋진 화산 폭발이 잠시 후에 벌어집니다!

CTS미디어와 LK 게임 방송을 통해서 지골라스에서 겪은 모험을 생중계!

큰 굴욕을 겪었고, 게시판에서의 조롱도 심했지만 다시 이를 만회하고 있었다.

드린펠트가 지휘하는 탐험대는 조각사들의 유산이나 대지의 균열이 발생한 장소까지도 진출했다.

CTS미디어의 중계진이 방송되는 영상을 보며 호들갑을 떨었다.

―전혀 의외의 장소에 조각사의 유산이 있네요. 혹시라도 위드는 이곳을 찾아서 온 걸까요?

―그럴 수도 있겠습니다.

드린펠트와 탐험대는 조각사의 유산이 주는 효과로 인해서 훨씬 수월하게 사냥을 진행했다.

―드린펠트와 해군 기사들이 주로 큰 칼을 사용하는 이유가 뭘까요?

―바다 괴물이나 해적 들과 싸우기 위해서는 파괴력이 크고 내구력이 높은 무기가 필요하기 때문입니다.

―지골라스는 참으로 멋있지만 함부로 가기는 힘든 장소인 것 같아요.

―그렇습니다. 아주 오랫동안 항해를 해야 도착할 수 있고 몬스터들의 수준도 굉장합니다.

―화산 폭발의 위험성도 빼놓을 수 없겠죠? 보는 우리야 화려한 장관이지만 직접 겪는다면 정말 무섭겠어요.

―드린펠트와 하벤 왕국의 제2함대이기 때문에 저렇게 위험한 환경에서도 적응할 수 있는 것이죠.

―위드는 어떤가요? 그는 먼저 와서도 잘 적응한 것으로 보이던데.

―혼자, 혹은 소수의 모험대와 저런 대규모 상륙대는 탐험을 하는 규모가 다릅니다. 모든 위험에 대비해야 하기 때문에 비교할 수 있는 대상이 아니죠.

중계진은 대화를 나누면서 드린펠트와 그리피스의 해적들의 모험을 방송했다. 하루에 두 차례 진행되는 생중계의 시청률은 당연히 동시간대 1위를 차지했다.

KMC미디어에서는 위드와 계약이 되어 있었지만 방송을 하지 못했다.

퀘스트가 진행되고 있었기 때문에 이를 방송하다 보면 드린펠트와 그리피스가 방해할 수 있다. 위드를 숨겨 주기 위해서 방송을 참고 있을 뿐이었다.

KMC미디어의 본사에는 밤에도 창문마다 불이 훤히 켜진 채로 전 직원이 야근을 했다. 퀘스트가 언제 어떤 식으로 끝날지 모르니 위드의 영상을 편집할 시간이 빠듯했기 때문이다.

베르사 대륙의 주민들과 신관들이 말하기 시작했다.

"게이하르 황제에 대해서 알고 있는가? 베르사 대륙을 최초로 일통한 아르펜 제국이 있었다더군. 역사에 대해서 조금이라도 공부한 사람이면 누구나 아는 내용이야."

"대마법사 슬로어는 야망을 위해서는 수단과 방법을 가리지 않았지. 마탑의 마법사들이 말하는데, 재능이 무척이나 뛰어났던 분이라는 기록이 남아 있다더군. 그가 니플하임 제국을 붕괴시키는 데 큰 도움을 주었다는 이야기가 있다네."

"슬로어가 그렇게 될 수밖에 없었던 이유도 있지 않을까?"

"신탁이 내렸습니다. 용기로 가득한 이들만이 갈 수 있는 땅! 그곳에서 어떤 몬스터가 위험하기 짝이 없는 무기를 들었다고 합니다. 큰 재앙이 내릴 수 있는데… 그것을 막을 수 있는 사람은 1명의 조각사뿐이라고 하는군요."

그리고 드워프, 엘프, 요정 들이 전사들을 소집했다. 지골라스로 향하게 될지도 모를 원정대가 준비되고 있었다.

"그가 실패한다면 우리의 안전을 크게 위협할 몬스터가 나오게 될 것이다. 드워프들은 전투를 위해 무기를 들라."

"엘프 궁수들은 불의 정령들이 힘을 발휘하는 장소로 이동할 준비가 되었는가."

드워프 장로, 엘프들의 움직임이 〈로열 로드〉의 홈페이지에 동영상으로 등록되었다. 베르사 대륙에서도 눈을 감고 떠올리기만 하면 볼 수 있었다.

바야흐로 다시 위드가 모험으로 온 대륙을 뜨겁게 달구려고 하는 순간이었다.

⸎

던전 인페르노의 최초 발견자가 되었습니다.
혜택: 명성 2,100 증가. 일주일간 경험치, 아이템 드랍률 2배. 첫 번째 사냥에서 해당 몬스터에게 나올 수 있는 가장 좋은 물건 아이템이 떨어진다.

"아이고!"

위드는 곡소리부터 나왔다.

이미 명성은 주체할 수 없을 정도로 높았다.

"도대체가 던전이 얼마나 어려우면 명성을 이렇게까지 올려 주나."

부하들이나 언데드들이 있다고 해도 만만치 않은 생고생을 하게 될 것이란 짐작이 됐다.

"그래도 젊어서 고생은 돈 벌기 위해서 하는 게 낫지. 늘그막에 남는 건 돈뿐이라고 하니까."

위드는 체념하면서 부하들을 전진시켰다.

던전 내부의 통로는 마차들이 여러 대 함께 움직일 수 있을 정도로 굉장히 넓었다. 지하에서는 불꽃이 솟구치고 있었는데, 동굴 벽에 반사되어서 더없이 황홀하고 아름다운 광경을 자아냈다.

"조심해서 걸어. 그리고 이쪽으로 와."

위드는 불길이 일어나는 오른쪽으로 걸으면서, 서윤을 반대편으로 가게 했다. 작은 배려였지만 서윤에게는 고마움을 느끼게 하는 행동이었다.

하지만 진실은, 여성을 위해 배려하는 남자의 매너는 물론 아니었다.

'왼쪽에 뚫려 있는 통로가 심상치 않군. 몬스터가 튀어나올지도 모르겠어.'

위험할수록 몸을 사리려는 심리!

화염 저항력이 높았기에 불꽃이 약간 닿는 정도는 괜찮았다.

동굴 벽에는 수정이나 마노, 석류석 들이 많았다. 보석류로 분류되긴 하지만 값이 싸고 흔한 편이라서 주로 세공을 한다.

"조각품을 만들기에는 좋은 장소로군."

위드가 벽에 잠깐 한눈을 팔았을 때였다.

"야들야들한 피부를 가지고 있는 인간이 이곳에 왔구나!"

"썩은 악취가 나는 언데드들이 올 만한 장소가 아니다!"

통로의 저편에서 고함 소리와 함께 몸집이 커다란 인페르노 나이트들이 여섯이나 달려왔다.

바바리안보다도 훨씬 커서 오우거와 맞먹을 정도의 인페르노 나이트들이 검을 휘두르면서 돌진해 오고 있었다. 발을 쿵쾅거릴 때마다 던전의 내부가 미미하게 흔들렸다.

위드는 신속하게 명령을 내렸다.

"카오스 워리어, 공격!"

고급 언데드 20마리에게 공격 명령을 내렸다. 머뭇거리다가 자칫 거리가 가까워지면 위험하다.

"그리고 나머지는 모두 퇴각 준비 상태에서 지켜봐라!"

돌다리도 두들겨 보고, 잘 익은 홍시도 씹기 전에 확인해 보는 조심성.

인페르노 나이트들과 상대가 안 될 것 같으면 언데드들을 희생양 삼아서 빠르게 퇴각할 속셈이었다.

토리도와 반 호크를 남겨 둔 것에는 당연히 이유가 있다.

'몬스터들이 쫓아오면 시간을 끄는 용도로 써야지.'

애니메이트 데드로 일으킨 카오스 워리어들이 순간 이동을 해서 인페르노 나이트의 주변에 등장했다.

그들은 도끼질로 타격을 입혔다.

물론 혼돈의 전사들이 착용하고 있던 진짜 도끼 무기들은 위드의 배낭에 꼭꼭 들어가 있었다.

언데드 강화술을 바탕으로 하여 위드가 마법으로 만들어 준 무기들!

"캬오오, 가증스러운 혼돈의 전사들!"

"썩어 들어가는 언데드가 되어서까지 거치적거리는구나."

인페르노 나이트들은 성난 기세로 위드의 언데드들과 격투를 벌였다.

4단계 언데드 소환이었기 때문에 지능도 제법 뛰어난 언데드들은 이리저리 피하면서 합격술을 펼쳤다.

위드는 막대한 통솔력을 바탕으로 언데드들에게 강한 몬스터들을 상대할 때의 전투법을 가르쳤다.

1마리만 패기.

장기전으로 지치게 만들기.

언데드들에게 일일이 직접 명령을 내릴 수도 있었고, 능동적인 지휘도 가능했다. 하지만 언데드들은 비슷한 전투가 반복되면 학습을 하게 된다.

위드가 가르친 정예 언데드들이 인페르노 나이트를 괴롭혔지만 밀리고 있었다. 카오스 워리어들의 숫자가 많다는 점을 감안한다면 적은 훨씬 고위 몬스터였다.

"혼돈의 전사들과는 사이가 썩 좋지 않은 것 같군. 던전 안에 혼돈의 전사들도 있을 것 같아."

몇 마디의 말로 상황을 유추.

눈칫밥에 익숙한 위드에게는 어렵지 않았다.

"토리도, 반 호크. 뭐 하고 있어? 놀지 말고 어서 같이 싸워!"

"알았다, 주인."

도망칠 준비를 하고 있으라고 할 때는 언제고 빨리 싸우지 않는다고 야단치는 주인.

반 호크와 토리도는 새삼스러운 일도 아니라서 곧장 싸움에 뛰어들었다.

둘이 인페르노 나이트 1마리에게 협공을 가하는 사이에, 금인이에게도 명령했다.

"넌 여기서 화살만 쏴라."

"골골골!"

황금새도 참전했는데, 상상을 초월할 정도로 빠른 속도로 움직이면서 급소들을 공격하며 혼자서도 인페르노 나이트 하나를 가볍게 다룰 수 있었다.

서윤도 검을 뽑고 인페르노 나이트와 싸웠다.

위드도 적들에게 저주를 걸어 주었지만 그 뒤로는 딱히 할 일이 없었다. 카오스 워리어들이 크게 부상당하면 마나를 부여해서 복구해 주기만 할 뿐이었다.

"이게 바로 삶의 여유라고 할 수 있지."

남들이 바쁘게 전투를 할 때 느긋하게 구경할 수 있다. 마법사나 성직자 들에게 부여된 특권이었다.

"어쨌든 크게 무리는 없겠어."

그러던 어느 순간 인페르노 나이트의 갑옷에 새겨진 문장들이 빛나면서 훨씬 대단한 방어력을 발휘했다. 거구인 데다 탁

월한 방어력까지 가져서, 모두 더욱 조심하면서 빨리 사냥하지는 못했다.

그래도 위드의 여러 저주 마법이 걸려서 훨씬 약화되었다.

"상당히 오래 걸리는군."

전투 시작 후 약 8분 경과!

인페르노 나이트들이 지치기 시작했지만, 위드의 마나도 고갈되었다.

손상되는 언데드들을 복구하는 데에도 소비가 크고, 카오스 워리어들이 순간 이동과 같은 특수 기술을 사용할 때마다 마나를 가져갔던 것이다.

인페르노 나이트들은 원형으로 벽을 쌓고 언데드와 서윤 등을 상대했다.

황금새가 1마리를 사냥했으니 어쨌거나 승리는 어렵지 않은 일이었다.

"전투를 빨리 끝내야겠다. 카오스 워리어 7, 가장 용감한 네가 인페르노 나이트들의 틈으로 끼어들어라."

언데드들의 군주이며 엄청난 카리스마를 가진 위드의 명령이다. 타락한 성자의 지팡이에 바르칸의 마법서까지 가졌으니 지목받은 카오스 워리어는 영광으로 생각하며 주군을 위하여 인페르노 나이트들의 사이로 순간 이동을 했다.

"시체 폭발!"

콰과광!

위드의 주문에 의하여 용맹하던 카오스 워리어가 충성의 보답도 받지 못하고 폭발했다.

보통의 시체도 아닌 고위 몬스터를 이용한 시체 폭발 마법이라 파괴력이 굉장했다. 땅에서부터 천장까지 새빨간 불기둥이 형성되더니 순식간에 팽창!

드디어 적들의 진형이 붕괴되자 위드는 짧고 정확하게 명령을 내렸다.

"밟아!"

일제 공격을 해서 일어나지 못하게 만든 후, 인페르노 나이트 1마리를 더 처리했다.

동료들의 죽음으로 인해서 인페르노 나이트들이 공포 상태에 빠졌습니다. 저주 마법의 효과가 35% 강화됩니다. 각종 저항력이 최대 60%까지 감소합니다. 공격적인 성향이 줄어들고 방어에 치중하게 됩니다.

넷밖에 남지 않은 적들은 더 이상 무섭지 않았다.

위드의 저주 마법들이 훨씬 강력하게 걸린 상태에서 공격을 집중해서 1마리씩 차곡차곡 처리했다.

위드는 1마리씩 잡을 때마다 떨어지는 아이템들을 보며 기쁨을 감출 수 없었다.

레벨이 올랐습니다.

명성이 6 올랐습니다.

효율적으로 언데드들을 지휘하여 네크로맨서 스킬의 숙련도가 증가합니다.

혼돈의 전사들처럼 개척도 등은 올려 주지 않았다. 지골라스의 실질적인 지배 종족이 혼돈의 전사들 무리였기 때문이다.

"어쨌든 아이템들이구나."

습득한 방어구들 중에서는 어깨 보호대 하나만이 쓸 만했다.

바바리안들 중에서도 워리어처럼 특수하게 큰 체격을 가진 이들의 전용 아이템!

레벨 제한도 460이나 되어서 팔 곳이 마땅치 않았지만 걱정하지 않았다.

"물건이야 없어서 못 팔지. 정 팔기가 어려우면 나중에 녹여서 다시 만들어도 되고."

인페르노 나이트들은 여러 광물들, 소량의 미스릴과 보석들까지 떨어뜨렸다.

위드는 보석을 둘로 나눠 서윤에게 정확하게 절반을 분배해 주었다.

지금 시점에서 언데드들의 활약이 큰 것이 사실이지만, 만약에 그녀가 토리도와 함께 오지 않았더라면 던전에 들어오지 못했을 것이다. 물론 혼돈의 전사들도 사냥하지 못했을 테고.

위드는 딱 1개 나온 미스릴 덩어리를 탐욕스러운 눈길로 바라보았다.

"이 미스릴은 참 귀하고 쉽게 얻기도 힘든 건데… 내가 일단 갖고, 나중에 모아서 방어구로 만들어 줄게. 그래도 괜찮지?"

서윤은 고개를 끄덕였다.

"나중에 최고의 방어구를 만들어 줄게."

위드로서는 나름 최선을 다해 선량한 미소를 지어냈지만, 실상은 해골이 보여 줄 수 있는 진정한 썩은 미소였다.

나중 일이란 누구도 알 수 없는 것.

'보석을 절반이나 흔쾌히 내놓기를 잘했어.'

서윤의 몫까지 챙기는 기분이 들기는 했지만, 방어구를 정말 만들어 주기는 할 작정이었다. 그러면서 대장장이 스킬을 늘릴 수 있다. 그리고 소모된 미스릴의 양이 얼마나 되는지는 위드 만이 알 수 있는 일이었으니 거기서도 적당히 수고료를 뗄 수 가 있는 것.

던전 사냥에서 미스릴이 많이 모이기만 한다면 사상 초유의, 미스릴을 이용한 조각품을 만들지 말란 법도 없다.

물론 조각사에게는 꿈만 같은 일이겠지만.

"그럼 일단 시체부터 일으키고… 애니메이트 데드!"

소모된 카오스 워리어 1기는 물론이고 다른 언데드들까지도 인페르노 나이트로 대체할 생각을 가지고 있었다.

순간 이동을 하는 카오스 워리어 12기에, 인페르노 나이트 8 기 정도로 조합할 계획이었다.

> 인페르노 나이트의 육체가 사악한 힘이 깃드는 것에 저항합니다.
> 최소한 고급 네크로맨서 스킬 2레벨이 되어야 일으킬 수 있는 시체입니다.
> 언데드 소환이 실패하였습니다.

위드의 마나만 소모되고 언데드는 일어나지 않았다.

"현재로써는 쓰지 못하겠군."

아쉬움을 뒤로하고 휴식을 취했다. 마나를 회복하고, 서윤과 조각 생명체들의 체력을 안정시키기 위해서였다.

전력을 다한 싸움을 하고 난 후였기 때문에 충분히 쉰 다음에야 전진!

"이곳에 감히 인간과 언데드 들이 들어오다니, 겁도 없고 질도 안 좋은 놈들이구나. 어리석고 무모한 너희가 숨을 수 있는 장소가 아니다."

"인간들에게도 버림받은 너희가 올 곳이 아니다. 깨끗한 죽음을 내려 주마."

인페르노 나이트들이 다시 나타났다.

위드와 서윤이 악명으로 인해서 이름이 붉었기 때문에 하는 말들이리라.

위드의 악명은 무려 6,000을 넘는 정도였다.

이렇게 살인자 상태에서 악명이 높다 보면 몬스터들을 도망치게 해서는 안 되었다. 만약에라도 놓친다면, 놈들은 더 많은 무리를 이끌고 돌아온다.

이름을 알고 있기 때문에 던전을 나가더라도 추격해 오는 경우가 생기는 것이다.

그렇게 벌어진 전투에서 카오스 워리어 2기의 희생을 바탕으로 8마리의 인페르노 나이트들을 사냥할 수 있었다.

불의 거인

던전 내부로 깊숙하게 진입하자 용암이 흐르는 강이 나왔다.

폭이 400미터도 넘을 것 같은, 지하에 흐르는 용암의 강!

거세고 도도한 흐름에 기가 질릴 정도였다.

멀리 떨어져 있는 위드와 서윤에게까지 화끈한 열기가 밀려왔다. 화염 저항력을 상당히 높여 놓은 상태가 아니었더라면 열기로 인한 대미지를 입었으리라.

언데드인 위드는 상관없었지만, 누렁이와 서윤은 땀을 많이 흘렸다. 체력 소모가 빨라지고 있다는 증거다.

위드가 주변에 다른 길이 없는 것을 확인하고 나서 말했다.

"여기를 건너야 될 것 같군."

용암의 강에는 중간중간 작은 바위나 금속이 튀어나와 있었다. 작은 것은 발 하나를 간신히 디딜 만하지만, 큰 것은 아파트 13평 정도 되는 넓이였다.

암석이나 여러 금속들로 되어 있는 평평한 공간.

용암의 강에 있는 것은 그뿐이 아니었다.

상륙대를 엄청난 위기로 몰아넣고 던전에서 도망치게 만들었던 불의 거인도 잠들어 있었다.

인페르노 나이트나 혼돈의 전사 들이 이용한 것으로 보이는 밧줄이 양측을 연결해 주었다. 위드가 살펴보니 볼라드의 가죽을 꼬아서 만든 밧줄이었다.

"언데드도 가능할지 모르겠군. 카오스 워리어 1, 넘어가 봐."

"알. 았. 다."

카오스 워리어는 경직된 움직임이었지만 밧줄을 밟으면서 똑바로 전진했다. 언데드이기 때문에 죽음에 대한 두려움이 없는 상태라서 오히려 쉬웠다.

밧줄을 사분의 삼 정도 넘은 후에는 순간 이동을 통해서 건너편에 나타났다.

"됐군. 가자."

카오스 워리어들이 차례로 넘어가고, 토리도와 빛의 날개를 펼친 금인이가 누렁이를 안고 날아서 뛰어넘었다.

유난히 뜨거운 것에 겁이 상당한 누렁이는 용암을 보고 발버둥을 치긴 했지만 성공적으로 넘어갈 수 있었다.

이제 위드와 서윤의 차례였다.

위드가 호의를 베풀었다.

"무서우면 도와줄 수도 있는데."

서윤은 고개를 흔들더니 밧줄에 가볍게 발을 올린 후에 사뿐사뿐 걸었다.

위드도 뒤를 따라서 걸었다. 밧줄을 봐야 하니 바닥을 내려다보지 않을 수가 없었다.

그것은 지독하게 공포스러운 광경이었다.

기포가 솟구치는 붉은 용암에서 엄청난 열기가 전해졌다. 한 발자국만 잘못 놀려 밧줄에서 떨어지기만 하면 바로 사망!

위드가 중얼거렸다.

"그래도 사람은 항상 최악은 아니라는 점을 생각하면서 기쁜 마음으로 살아가야 해. 제대로 걷기만 하면 넘어져서 죽을 염려는 없잖아? 이렇게 밧줄을 타고 걸을 때 몬스터라도 나타난다면 엄청나게 위험하고 고생도 할 텐데 그렇지 않아서 다행이야. 어떻게 보면 나는 참 행운아란 말이야."

위드의 말이 끝나기가 무섭게, 건너편에서 혼돈의 전사가 10명이나 등장했다.

무리로 등장한 그들 중에는 혼돈의 정찰병도 있었다.

"이곳에서 인기척이 있었다."

"언데드들!"

"안식처로 침입한 언데드들을 정화해라. 동족을 언데드로 만든 놈을 죽여라!"

혼돈의 전사들이 적색 도끼를 휘두르며 언데드와 토리도, 금인이, 누렁이 들을 향해서 밀려들었다.

이때까지만 하더라도 여유가 있었다.

"방어 진형으로! 카오스 워리어 1, 2, 3은 순간 이동을 하면서 한 놈만 공격해라."

위드는 밧줄 위에 서서 전투를 지휘하며 저주 마법을 준비하기 시작했다.

그런데 갑자기 용암 속에서 불쑥불쑥, 길쭉한 머리들이 튀어나왔다. 몸보신에 좋은 장어를 늘여 놓은 것처럼 생긴 놈들이 불덩어리를 토해 냈다.

위드의 로브와 서윤의 갑옷에 불덩이들이 부딪쳤다.

바오반트의 공격을 받고 있습니다.
영원한 불꽃! 피하거나 끄지 않으면 화염 대미지가 계속 누적됩니다.

둘이 서 있는 밧줄 아래에 수십 마리의 바오반트들이 나타나서 화염을 토해 낸다. 미리 화염 저항력을 올려놓았고, 갑옷과 액세서리들의 효과로 인해 당장 버틸 수는 있지만 위험했다.

더구나 바오반트의 공격을 맞을 때마다 그 충격으로 밧줄이 좌우로 2~3미터씩 흔들거렸다.

균형을 잡고 서 있기만도 벅찬데 능동적으로 피하기란 절대 무리!

"주인이 위험하다!"

반 호크가 고함을 쳤지만 위기 상황에는 딱히 해답이 없을 것 같았다.

여러 종류의 몬스터들을 상대했던 위드였고 이럴 때일수록 머리 회전이 빨라졌지만, 바오반트에게만큼은 공격 방법이 마땅치가 않다.

'용암에 직접 공격을 하기는 무리야. 그리고 내가 가지고 있는 흑마법은 불 속성의 몬스터들에게는 약해.'

물 계열, 얼음 계열의 마법이 있다면 더없이 좋으리라.

위드도 마법책에 있는 아주 기초적인 마법은 쓸 수 있었다.

하지만 정식 마법사가 아니다 보니 기초 공격 마법들의 파괴력을 극대화할 수는 없었다. 그것으로 바오반트를 잡기는 더더욱 무리였다.

'암석에 내려가는 것도 좋지 않은데.'

용암의 강에 있는 돌출물들은 각이 심하게 져 있고 미끄러웠다. 돌출물들을 밟으면 바오반트의 코앞까지 가까워지게 되는데 그것도 난감하기 짝이 없는 일!

네크로맨서인 지금은 직접 공격력이 약한 상태인 데다 데몬소드를 뽑아 들고 싸우기도 정말 곤란했던 것이다.

'매우 좋지 않다.'

위드가 굉장히 빠르게 머리를 굴리고 있을 때, 서윤이 먼저 행동했다.

'그가 죽는 것을 지켜볼 수 없어.'

바오반트의 융단폭격 같은 화염 공격에 그녀의 생명력이 어느새 삼분의 일이나 낮아졌다.

위드도 좋은 상태는 아닐 것이라고 짐작한 그녀였다.

광검!

미친 검술이라는 광전사의 스킬.

목숨이 사라지기 직전까지 싸우다가 움직일 힘조차 없게 되는 경험을 열다섯 번이나 하고서야 얻은 스킬이었다.

서윤의 검에 붉은 기가 강하게 덧씌워졌다. 그리고 바오반트들을 향해 마구 휘둘렀다.

콰과과광!

마나를 소모해서 폭발력을 가진 검기가 뿌려졌다.

광검은 단순한 스킬이었다.

몬스터들을 상대로 생명력과 마나가 다할 때까지 수비도 하지 않고 오로지 공격만 한다. 상황이 불리하게 돌아가더라도 도망칠 수도 없다.

오로지 공격 일변도의 검술.

하지만 몇 배나 되는 많은 적들을 상대로 공격 속도와 파괴력, 마나 소모에서 대단히 효율적인 광전사의 비기!

케에에.

꽤액!

검기에 적중당한 바오반트들이 나가떨어졌다.

광검은 상대가 성공적으로 수비한다 하더라도 생명력을 크게 앗아 갈 뿐만 아니라 엄청난 힘으로 자세를 무너뜨린다. 마나를 이용한 원거리 공격이기 때문에 바오반트의 몸에 직접 무기를 대야 할 필요도 없었다.

광전사의 특성에 의해, 맞서 싸우는 몬스터들은 엄청난 압박감을 갖게 된다.

바오반트도 원거리 공격에 크게 당한 모습이었다.

위드는 그사이 날뛰는 밧줄에 매달려 있느라 고생이었다.

"이런 젠장."

서윤이 공격할 때마다 밧줄이 그네를 타는 것처럼 심하게 흔들렸던 것이다.

바오반트의 화염 공격도 순식간에 잦아들고 있었다. 하지만 서윤은 계속 공격했다.

스킬 광검은 발동된 이상 몬스터들을 남겨 두고 도망치면 저주로 인해 광기에 휩싸인다. 육체의 제어 능력을 잃어버리고 무조건 주변을 공격하다가 지쳐서 쓰러지게 된다.

적들을 다 죽이기 전에는 피할 수도 없는 스킬.

그녀는 위드가 빠져나갈 길을 만들어 주기 위하여 남을 작정이었다.

마나가 다 소모될 때까지 원거리 공격을 난사하기 전에, 밧줄에서 떨어져서 죽을 수도 있으리라.

'어서 가요.'

서윤이 눈빛을 보냈지만, 위드는 다르게 해석했다.

'뭐라도 해서 어떻게든 전투를 승리로 이끌어야 해.'

피할 곳이 마땅치 않다.

그렇다고 서윤을 혼자 두고 건너편으로 간다는 건 생각도 하지 않았다.

마음으로 받아들이기는 어렵지만, 일단 함께하는 동안에는 동료다. 동료를 위해 목숨을 바치기는 힘들어도, 동료를 버리고 달아나지는 않는다.

최소한 서윤이 끝까지 싸우려고 하는데 그것을 이용해서 혼자 도망칠 생각은 하지 않았다.

'밧줄이 흔들거려서 마법을 사용할 집중력을 발휘할 수도 없다. 그럼 내가 현재 할 수 있는 것은?'

정령술!

"흙꾼아, 나를 받쳐 다오."

흙꾼이를 소환하여 기둥을 만들어서 발을 디딜 수 있는 공간을 확보했다.

지금도 혼돈의 전사와 싸우고 있는 언데드들이 마나를 소모하고 있었기에 여유는 그다지 없다.

　"물의 정령!"

　위드는 하이엘프 예리카의 활을 꺼내서 바오반트들을 향해 쏘았다.

　물의 정령의 힘이 깃든 화살들이 바오반트들의 몸체에 적중!

　해골 리치였기에 위력 있는 화살들은 아니었지만 서윤을 보조해 줄 수는 있었다. 서윤을 향해 화염을 쏘려고 하는 바오반트들을 공격하면서 버텼다.

　용암의 강 위에서 그렇게 큰 소란을 벌이고 있을 때, 불의 거인이 깨어났다.

　"시끄러워서 잠을 잘 수가 없구나."

　불의 거인이 잠에서 깨서 움직이는 것은 가장 큰 위기였다.

　수십 미터나 되는 팔을 휘둘러서 바오반트를 붙잡더니 그대로 터트려 버렸다. 그가 움직일 때마다 용암의 강의 물살이 달라지고 땅이 흔들렸다.

　강물 속에서 검을 꺼내더니 위드와 서윤을 향해서도 휘두르려고 하는 찰나였다.

　상륙대가 수십 명씩 죽어 나가던 것으로 보아 그 위력은 짐작이 가능했다.

　위드는 재빨리 품에서 아이템을 꺼냈다. 불의 거인의 눈, 그것을 높이 들었다.

　그러자 불의 거인이 검을 휘두르려다가 멈칫했다.

　"너희는……."

위드는 침을 꼴깍 삼켰다.

"적이 아니구나."

그러더니 바오반트들을 처리하는 것이었다.

위드는 서윤에게 다가가서 그녀도 공격받지 않게 했다.

바오반트들이 죽을 때마다 재료를 알 수 없는 금빛 가루들이 용암의 강으로 우수수 떨어졌다. 아까운 아이템이었지만 목숨을 건진 것만도 다행스러워할 때!

바오반트들이 전부 처리되고 나니 서윤도 스킬을 마치고 자유롭게 이동할 수 있었다.

서윤은 빠르게 밧줄을 뛰어 건너가서 언데드들과 함께 혼돈의 전사들과 싸웠다.

언데드들은 이미 아홉이나 쓰러져 있었다.

누렁이와 금인이도 토리도와 반 호크의 도움을 받아서 버티는 중이었다.

위험 요소가 제거된 이상 위드는 굳이 건너갈 필요가 없었으므로 손상이 덜한 언데드들을 다시 일으키고 저주 마법을 시전했다.

지상에서는 순간 이동으로 인하여 저주 마법을 작렬시키기가 힘들었다.

하지만 던전 내부는 공간이 넓지 않았기에 혼돈의 전사들에게 저주 마법들을 걸기가 수월했다.

그리고 불의 거인이 깨어났을 때부터 공황 상태에 빠져서 제대로 싸우지 못했기 때문에 전투의 축은 완전히 넘어왔다.

위드는 불의 거인에게서 멀리 떨어지지 않았기에 그가 다시 잠들면서 하는 소리를 들었다.

"나는… 조용한 게 좋다. 시끄러운 혼돈의 전사들과 바오반트 싫다."

유유자적 뜨거운 용암에 목욕을 하며 혼자 있기를 좋아하는 불의 거인!

혼돈의 전사들을 힘들게 정리하고 난 후에는 언데드들이 12마리나 심하게 손상되어 있었다. 새로운 시체들을 얻었으니 다시 일으키면 될 문제이기는 하지만 위드는 밧줄을 타고 건너가지 않았다.

"……?"

서윤이 이유를 알 수 없다는 눈길을 보내고, 누렁이나 금인이도 위드의 행동을 이해하지 못했다.

"이렇게 귀한 광석들을 그냥 놔두고 갈 수는 없지."

용암의 강의 돌출 부위에 다이아몬드, 흑옥, 미스릴, 아다만티움 같은 최고급 보석과 광물들의 큰 덩어리들이 있었던 것. 자주 볼 수 있는 광물들이 아니라서 몰랐지만 직접 내려오고 나니 확실히 알 수 있었다.

위드는 불의 거인의 눈을 해골의 안구 부분에 밀어 넣었다.

덜그럭 소리를 내고 들어가자, 모루와 정을 꺼내서 돌출물들을 깎았다.

깡, 깡, 깡, 깡!

조심스럽게 한다고 했지만, 작업이 개시되면서 발생하는 소음은 어쩔 수 없었다.

잠시 후에 불의 거인이 눈을 뜨고 일어났다.

"조용한 것이 좋다."

한마디를 하고 취침!

위드는 작업을 계속하면서 광석들을 채취했다.

불의 거인은 그때마다 일어나서 한마디씩 했다.

"혼돈의 전사들은 너무 많다. 죽여도 죽여도 금방 많아진다. 불의 정기를 타고 태어나는 종족이기 때문일까?"

"용암의 강은 지골라스 전체를 타고 흐른다. 이 강을 따라간다면 어딘가로 연결되어 있을 것이다."

"우리를 이해해 줄 수 있는 건 같은 불의 거인들뿐이다."

"땅이 크게 울음을 터트리기 시작하면 이 주변에는 있지 않는 것이 좋으리라."

"혼돈의 전사들은 시끄러워서 정말 싫다. 놈들의 숫자를 줄일 수 있으면 좋을 텐데."

불의 거인이 잠에서 깰 때마다, 졸린 듯이 하품을 하고 꾸벅꾸벅 조는 척을 하는 위드!

원석 상태라서 세공하면 가치가 급등할 것 같은 보석 15개와 미스릴 검 두 자루를 만들 수 있는 분량을 획득했다.

지골라스에 와서 얻은 큼지막한 수확이었다.

⟶ ᘓᘏᘒ ⟵

유린은 맑은 호수에 물감을 뿌렸다.

자연보호를 주장하는 이들이 본다면 경악할 만한 대사건!

호수 근처에 사는 크고 작은 초식동물들과 몬스터들까지 모여들었다.

초롱초롱 빛나는 눈을 하고, 여러 종류의 짐승들이 유린을 주시했다. 물빛의 화가가 그리는 그림을 보기 위하여 모여든 관중이었다.

"무슨 그림을 그려 볼까?"

유린은 혼자서 중얼거리면서 그리고 싶은 대상을 떠올렸다.

페일 일행은 퀘스트를 위하여 과거 니플하임 제국의 수도인 모드레드로 갔다. 그러나 그녀는 자유롭게 여러 장소를 여행하고 싶어서 잠시 떨어져 나왔다.

"동물들과 몬스터들이 평화롭게 살 수 있도록."

유린은 호수에 주렁주렁 열매들이 열린 나무들을 그렸다.

몬스터들도 요기할 수 있도록 고구마와 감자 밭도 그렸다.

신기하게도 유린이 물에 그린 그림은 흩어지거나 번지지 않았다.

어깨까지 내려오는 생머리에 고깔모자를 쓴 어여쁜 유린이 붓을 그을 때마다 그림들이 완성되었다.

〈물에 비친 풍요〉를 그렸습니다!

물빛의 화가가 호수에 그린 그림! 호수 주변의 풍경을 그린 듯하지만, 넘쳐 나는 풍요로움은 화가의 세상을 생각하는 따뜻한 마음을 보여 주는 것 같다. 섬세한 붓질과 정확한 채색은 아직 어린 화가의 가능성이 크다는 점을 알려 준다. 단, 아직 완전히 자연과 어울러지지 못해서 비가 오면 모두 흐트러지게 될 것이다.

예술적 가치: 98

옵션: 〈물에 비친 풍요〉의 주변 농작물이 자라는 속도를 일시적으로 촉진시킨다. 호수 근처로 동물들이 많이 모여들게 한다. 성직자나 마법사 등의 마나 회복 속도를 4% 빠르게 만든다.

초급 그림 그리기 스킬의 레벨이 7로 상승했습니다.
그림의 선이 정확해지고, 활용하는 도구들의 특징을 보다 잘 이끌어 낼 수 있습니다.

물감 칠하기 스킬의 숙련도가 향상되었습니다.

유린은 잠시 자신이 만든 작품을 감상했다.

동물들이 기뻐하는 것 같아서 다행이었다. 그런데 갑자기 호수의 물이 출렁거리기 시작했다.

"어, 왜 이러지?"

유린은 당황스러워 호수에서 나오려고 했다. 잔잔하던 호수의 물에 파문이 일면서 물방울들이 솟구쳤던 것이다.

밤에 달빛과 별빛에 의존해서 그림을 그리고 있던 그녀였다. 물에 비치는 밤하늘을 보면서 그림을 그리면 그녀의 마음도 포근해졌다.

그런데 물방울들이 하나씩 치솟아서 그녀의 주변을 감싸는 것처럼 빙글빙글 돌며 하늘로 솟구쳤다.

물에 비친 달과 별들, 빛을 담고 있는 물방울들!

신기한 일은 이걸로 끝나지 않았다.

유린의 물감 통에 있는 물감들이 저절로 풀려나가더니 호수에 그림이 그려졌다.

한 번도 본 적이 없는 아름다운 산과 들 그리고 상상 속에나 존재했을 것 같은 성이 나타났다.

유린의 주변에는 물방울이 둥둥 떠 있고, 황홀할 정도로 아름다운 그림은 그녀를 유혹하는 것 같았다.

유린은 그림이 그려져 있는 곳으로 걸어갔다.

호수의 물이 출렁거릴 때마다 그림은 일렁이면서도 사라지지 않았다.

"여기는 어디일까?"

굉장히 예쁜 곳이었다.

마치 그녀를 초대하기라도 하는 것처럼 성문이 활짝 열려 있었다.

위험하지는 않을 것 같은 느낌에, 유린은 스킬을 사용했다.

"그림 이동술!"

그리고 그 성의 앞에 자신의 모습을 그렸다.

잠시 후, 유린의 모습은 호수에서 씻은 듯이 사라졌다.

호수에 떠올랐던 물방울들도 힘을 잃고 아래로 떨어지고, 처음에 그렸던 그림 외에는 찾을 수가 없게 되었다.

"와아!"

유린은 감탄사부터 터트렸다.

베르사 대륙에서도 가장 아름다울 것 같은 성!

넓은 들판에 산을 배경으로 하고 바람이 부는 언덕에 지어진 성이었다.

유린은 황금빛 들판을 걸어서 성으로 향했다.

지어진 지 수백 년은 되었을 것처럼 보이는 성은 마법으로 보호된 것처럼 깔끔했고 파손도 적었다.

웅장한 건축물임에도 그림에서 봤던 그대로였다.

조르디보오스 성을 감상하였습니다.
명성이 350 증가했습니다. 알 수 없는 건축물의 감상으로 인하여 지혜가
10, 예술 스탯이 25 오릅니다.

초보인 유린에게 지혜와 예술 스탯들은 굉장한 소득이었다.

위드라면 한참 동안 회심의 썩은 미소를 지었을 테지만, 유린은 성에 매료되어 가까이 다가갔다.

"저기요."

열린 성문에는 경비병도 보이지 않았다.

"잠시 들어갈게요!"

씩씩하게 큰 소리로 외치고 성문을 통과했다.

정원에는 꽃과 나무 들이 보기 좋게 자라고 있고, 맑은 연못에는 물고기들이 헤엄을 친다. 은은하게 풍겨 오는 꽃향기.

나중에 자세히 보기로 하고 일단 성안으로 진입!

도서관과 서재, 하녀들의 방, 경비병들의 방, 기사들의 방을 지나서 2층으로 올라갔다.

2층에는 큰 방들이 여러 개 있었는데, 페트라는 이름이 적혀 있는 방은 열리지 않았다. 그리고 놀랍게도 맞은편의 방에는 유린의 이름이 적혀 있는 것이 아닌가.

"왠지 우연은 아닌 것 같아."

유린이 조심스레 문을 살짝 건드리자, 주인을 알아보기라도 한 것인지 소리도 없이 활짝 열렸다.

대리석으로 되어 있는 넓은 거실과 장인이 오랫동안 공을 들여 만든 것이 틀림없을 샹들리에!

열려 있는 창문으로는 성의 정원과 수려한 산들이 보였다.

침대는 5명이 누워서 자더라도 끄떡없을 만큼 넓었고 하늘하늘한 레이스가 달려 있었다.

욕실에는 넓은 욕조도 있었는데, 따뜻한 물과 함께 장미 꽃잎까지 뿌려져 있는 게 아닌가!

호텔의 스위트룸이라고 해도 이토록 멋지진 못할 것이다.

벽에는 빈 화폭들이 걸려 있었다.

동화 속의 풍경 같은 성에 그녀만을 위한 방.

유린이 천천히 둘러보고 있을 때, 누군가가 씩씩거리면서 계단을 올라오는 발소리가 들렸다.

"겨우 조르디보오스 성을 복원해 놓았더니, 진짜 짜증 나네. 자기 성도 아니면서 허락도 받지 않고 들어오는 뻔뻔한 인간이 다 있나? 마법 길드에서 알람 장치를 사서 설치해 놓지 않았으면 큰일 날 뻔했잖아."

불만스럽게 외치면서 걸어오는 누군가의 목소리.

유린이 방문을 닫지 않아서 문은 그대로 열려 있었다.

옷에 여러 색깔의 물감이 묻어 있는 더벅머리의 사내가 문가에 섰다.

"야, 너도 물빛의 화가인 모양인데 누구 마음대로……."

남자는 유린을 보더니 심장이라도 멎은 것처럼 얼굴이 굳은 채 말을 잇지 못했다.

물빛의 화가, 페트!

그는 〈로열 로드〉에서 조용히 그림을 그렸다.

세상에 내보이지도 않아 그의 그림을 아는 건 오직 정령들과 요정들뿐이었다. 엄청난 명성을 쌓았지만 정령계와 요정계에만 알려져 있었다.

퀘스트 등을 진행하면서 묵묵히 그림 솜씨를 늘리는 데에만 힘을 썼다.

조르디보오스 성을 찾아낸 것도 그였다.

"사람들의 인정을 받는 것 따위는 아무 의미도 없어."

자존심과 열정으로만 살아왔던 페트.

불청객에게 단단히 따지러 왔던 그가 어색하게 표정을 바꾸었다.

"안녕하세요. 저, 저는 이웃인 페트라고 합니다."

미안한 마음이 든 유린은 바로 사과했다.

"죄송해요. 주인이 있는지 모르고 들어왔어요. 지금 당장 나갈게요."

"아니, 아닙니다. 사실 이 성에는 따로 주인이 있는 것도 아닙니다."

페트는 유린이 혹시 가 버리지는 않을까 걱정이 되어서 서둘러 설명했다.

조르디보오스 성은 실제로 베르사 대륙에 지어진 성이 아니다. 화가 빈디스가 그린 화폭에 있는 성.

요정들이 그 그림에 감탄하여 공간을 부여해 주었고, 드래곤이 마법을 걸어 주었다고 한다.

"퀘스트를 통해서 제가 복원했고, 약 1년 정도 혼자서 사용해 왔습니다.”

“저는 호수에서 그림을 그리고 있었는데 갑자기 이 성의 그림이 나타났어요.”

“물빛의 화가가 일정한 실력이 되면 이 성에 들어올 수 있는 자격이 부여된다고 알고 있습니다. 다른 화가들도 특정한 퀘스트를 거치면 올 수 있지만요.”

“저기, 그러면 이 방은…….”

“유린 님의 방입니다. 편안하게 쓰시면 됩니다. 베르사 대륙의 어디에서도 이 방으로 올 수 있고, 필요한 물건들을 가져다 놓아도 됩니다. 다만 이동을 할 때 소지품 외에 마차나 다른 물건들까지 가져오지는 못합니다.”

페트는 중급 이상의 실력을 가진 화가들이 이 성을 이용할 수 있게 해 주는 퀘스트를 알지만, 공개하고 싶은 마음이 전혀 없었다. 그 마음은 유린을 보면서 더욱 굳어졌다.

평소에 조금 거만하고 독선적인 성격으로 인해서 사람들을 무시하고 다니던 페트였다. 하지만 유린을 만나는 순간, 그는 한눈에 반해 버리고 말았다.

스스로가 그림을 그리는 사람이기 때문에 여성의 매력이나 아름다움에 대해서는 잘 알았다.

유린의 곱고 착한 느낌의 얼굴선이나 깊고 맑은 눈빛이 얼마나 예쁜지를!

지금도 물론 예쁘지만 나중에는 더더욱 예뻐질 인상이었다. 평생을 그림으로 그려 보고 싶은 대상을 만나 버린 것이다.

페트는 잘 보이고 싶은 마음에 유린이 묻지 않은 것도 얼른 말해 주었다.

"그림을 그려서 이 방에 놓아두면 그 효과가 어디에서든 부여됩니다."

"효과가 부여된다니요?"

"제가 느닷없이 말해서 못 알아들으셨군요. 죄송합니다. 그림이 주는 축복의 효과가 저절로 부여된다는 뜻이죠. 다만 다른 사람의 그림은 안 되고, 본인이 그린 그림만 해당됩니다. 만약 제 그림도 쓸 수 있다면 드릴 텐데요."

페트가 진심으로 애석하다는 얼굴을 했다.

잘 보이고 싶은데 그러지 못해서 안타깝고 조급해지기만 했다. 대화를 나눌 때마다 드러나는 유린의 성격이나 말투, 표정 변화들까지 예뻤다.

페트에게 콩깍지가 제대로 씌워지고 만 것이다.

　

─◦◦◦◦─

　

인페르노 던전의 깊은 곳으로 들어가면서 용암의 강도 두 번이나 건넜다. 혼돈의 전사들과 인페르노 나이트 부대들과도 계속 전투를 했고, 화산 폭발도 경험했다.

지골라스의 화산 폭발을 지하에서 겪는 것은 또 새로운 묘미였다. 안전한 지역에 숨어 있으면 통로 전체가 놀이 기구라도 타는 것처럼 뒤흔들렸다.

"크에에엑!"

언데드와 누렁이, 금인이 들이 이곳저곳으로 나가떨어진다.

위드와 서윤도 벽에 달라붙어서 간신히 버텼다.

"흙꾼이 소환. 언데드들과 부하들 그리고 내 몸을 감싸라."

흙꾼이가 잡아 준 덕분에 계속 부딪치는 것은 막을 수 있었다. 통로의 벽에 부딪친다고 해도 죽을 만큼 생명력이 깎여 나가지는 않았지만, 다른 장소로 내동댕이치면 생존을 보장할 수 없기 때문이다.

인페르노 던전에 대해서도 많은 정보를 모았다.

오랜 세월의 지각 변동으로 인해 내부에 공동이 만들어지고 통로들이 수없이 생겨났다.

지골라스의 많은 던전들은 자연 발생적으로 생겨나서 몬스터들이 서식할 수 있는 좋은 환경이 만들어졌다.

인페르노 던전에도 주요 통로들이 있었지만, 상당수가 화산이 폭발할 때의 압력에 의해서 변형되어 길이 좁아지거나 새로 열리고 또 아예 막혀 버리기도 했다.

가장 두려운 것은 화산이 폭발할 때 용암이 흐르는 길이 된다는 점!

땅속 깊은 곳에서부터 솟구쳐 나온 용암이 무서운 기세로 통로들을 내달린다.

위드가 있는 안전지대에도 작은 틈이 있었는데, 그곳이 붉게 변했다. 공기도 달아오르면서 찜통처럼 변했다.

초반엔 무섭기 그지없지만 계속 겪다 보니 여유도 부렸다.

"오늘 폭발했으니 한 사나흘은 조용하겠군."

잠깐만 참으면 마음 편히 탐험할 수 있다.

화산이 폭발할 조짐이 보여서 애매하게 기다리는 것보다는 긍정적이었다.

금방 적응하고 편하게 조각품이나 깎을 수 있는 위드의 무신경함!

"내일 지구가 멸망한다면 난 절대 세금은 내지 말아야지."

뜨거운 용암이 지나고 나면 탐험의 속도가 굉장히 증가했다. 몬스터들이 자리를 잡기 전에 언데드들과 함께 전진할 수 있는 기회였다.

중간에 만나는 혼돈의 전사들과 인페르노 나이트들을 사냥하면서 계속 아래로 내려갔다.

그런데 혼돈의 전사들이 갑자기 이상한 말을 했다.

"쿠비챠가 나의 복수를 해 줄 것이다."

"똑똑한 쿠비챠가 힘을 얻기만 하면 너희는 죽은 목숨이다."

위드가 물었다.

"그게 무슨 뜻이지?"

"내가 말할 것 같으냐? 절대 이야기하지 않겠다."

혼돈의 전사들은 사로잡힌 후에도 자존심을 지키며 정보를 주지 않으려고 했다.

"토리도, 피 빨아."

"무슨 수를 써도 알려 주지 않을 것이다. 이대로 죽여라!"

고문을 해도 꿋꿋하게 비밀을 지키는 혼돈의 전사들이었다.

위드가 잠시 눈치를 보다가 곤란하다는 듯이 말했다.

"아, 너희가 이렇게 입을 다무니까 쿠비챠가 드래곤의 무기를 가지고 있는 혼돈의 전사라는 사실을 절대로 알 수가 없을 것 같잖아."

"허억, 그걸 어떻게……."

"진짜였군."

눈치껏 찔러본 것인데 대충 맞았다.

사실 던전으로 들어와서도 며칠을 사냥하면서 헤매고 있었다. 통로들이 계속 복잡하게 바뀌거나, 막다른 길에 도달해서 왔던 길을 돌아가기도 했다.

하지만 한참을 왔으니 어느 정도는 목표에 가까이 왔을 거란 추측을 하고 있었다.

"오랫동안 드래곤의 무기를 가지고 있었는데 왜 마법진에 가지 못했지?"

"……."

혼돈의 전사들은 또 입을 다물었다.

"쿠비챠가 성장해서 다 큰 혼돈의 전사가 되었겠군. 드래곤의 무기를 가지고 있으니 상대할 수 있는 다른 전사들이 없었을 테고."

"……!"

혼돈의 전사들의 얼굴에 감추지 못할 경악이 떠올랐다.

서윤이나 조각 생명체들도 갑자기 엄청나게 명석한 두뇌 회전을 보여 주는 위드에 대해서 굉장히 놀라워했다.

"그때 이후로 꽤 시간이 흘렀는데… 쿠비챠는 너희 부족의 장로가 됐나?"

그러자 혼돈의 전사들이 피식 비웃음을 흘렸다.

위드가 말을 바꾸었다.

"아니, 대전사가 되었겠구나. 혼돈의 전사들 중에서 가장 뛰어난 대전사!"

"……!"

"그리고 너희는 이 던전에서 인페르노 나이트들과 생존을 다투고 있다. 지금까지 마법진에 가지 못했던 이유는 인페르노 나이트들의 거처가 그곳이기 때문이고."

"……!"

"끊임없이 전쟁을 치르는 이유도 상대의 영역을 빼앗기 위해서가 아닌가? 인페르노 나이트들은 번식력이 뛰어난 너희를 견제했을 테고, 너희는 마법진으로 가기 위해서 놈들을 죽여야 했겠지!"

혼돈의 전사들은 더할 나위 없이 놀라면서 물었다.

"으으, 그걸 다 어떻게……."

"우리 전사들은 입이 무거워서 떠벌렸을 리가 없는데, 어느 배신자가 다 말해 주었지?"

위드는 간단히 설명해 줄 뿐이었다.

"아침저녁으로 드라마만 열심히 봐도 이 정도는 다 맞힐 수 있어."

"……."

대한민국 시청자의 위대함!

할머니와 함께 텔레비전을 보면서 죽일 놈, 살릴 놈을 몇 번씩 하다 보면 보통의 스토리 라인에 대해서는 꿰맞추는 재주가 생긴다. 드라마의 1편만 보고도 전체적인 분위기와 죽일 놈,

살릴 놈을 찾아내던 추리력이 동원된 것이다.

"어쨌든 그 쿠비챠가 힘을 얻기 전에 도착해야겠군."

"이미 늦었을 것이다."

"어째서?"

"화산이 폭발하고 나서 그들에게 곧바로 가는 길이 열렸다. 쿠비챠가 이끄는 강인한 혼돈의 전사들은 마법진에 도착할 수 있을 것이다."

띠링!

> 퀘스트와 관련된 정보를 입수하였습니다.

위드의 앞에 영상이 흘러나왔다.

༼ ᵕ̈ ༽

넓은 공동이었다.

한구석에는 용암 호수가 부글부글 끓고, 인페르노 나이트들이 대규모로 몰려서 살고 있는 거주지!

중심부에는 마법진이 그려진 제단이 있었는데, 어마어마한 붉은 마나가 모여서 팽창과 수축을 반복했다.

"쿠비챠가 쳐들어왔다."

"혼돈의 전사들을 물리치고 우리의 성지를 지켜라."

인페르노 나이트들과 혼돈의 전사들의 전투!

양측 모두 최소 500 이상의 병력을 동원하여 전투가 치러지고 있었다.

도끼가 아니라 붉은 검을 들고 있는 혼돈의 전사가 무기를 휘두를 때마다 인페르노 나이트들이 지푸라기처럼 쓰러졌다.

혼돈의 전사들이 숫자도 1.5배는 더 많았으니 전투의 승리는 어렵지 않을 것으로 보였다.

엄청난 박력이 흐르는 두 종족의 사투가 벌어지고 있었다.

─◈◈◈─

레드 스타의 회수 퀘스트에 중대한 분기가 발생했습니다.

목표: 혼돈의 전사들을 막아라
쿠비챠가 임벌이 만든 마법진에 모인 힘까지 흡수하면 지골라스에서 혼돈의 전사들을 막을 수 있는 세력은 없어진다. 인페르노 나이트들과 함께 쿠비챠에게 맞서 싸우라. 눈을 감고 4초가 지나면 인페르노 대공동의 상황을 볼 수 있다. 쿠비챠가 마법진의 마나를 흡수해서 변이에 성공하면 퀘스트 실패.

위드의 악명은 여전히 7,500이 넘었고, 살인자의 상태였다. 이마에 붉은색으로 새겨진 이름 옆에 크고 작은 동그라미들이 겹쳐 있는 문양이 떠올랐다.

인페르노 나이트들의 문양!

서윤과 조각 생명체, 언데드들에게도 같은 문양이 동시에 떠올랐다.

퀘스트를 주도적으로 하는 것은 위드지만, 파티를 맺고 있었기 때문이리라.

인페르노의 문양이 새겨졌습니다.
인페르노 나이트들의 공격을 받지 않습니다.

위드는 눈을 감은 채 전투 상황을 지켜보았다.

쿠비챠의 놀라운 활약.

레드 스타를 휘두르면 불덩어리들이 적을 향해 날아갔다. 상급 화염 마법도 자유로이 시전했다.

소멸 주문, 넓은 범위 폭발, 불화살에 이르기까지 엄청난 마법들을 사용할 수 있는 레드 스타!

쿠비챠의 지휘 아래 혼돈의 전사들이 기세등등하게 몰아붙이고 있었다.

인페르노 나이트들이 버티고는 있었지만, 3~4시간도 끌기 무리일 것 같았다. 일대일에서는 훨씬 강하지 못했다면 벌써 밀려 버리고 말았으리라.

"으흠, 남은 시간이 별로 없군. 화돌이, 흙꾼이 소환."

"아직도 시킬 일이 있습니까, 주인님?"

"요즘 들어 자주 부려 먹으시는 것 같군요."

불만들을 끝까지 들어 줄 새도 없이 명령했다.

"화돌이는 불의 기운들이 크게 싸우고 있는 장소를 찾아라. 흙꾼이는 그곳까지 가는 지름길을 찾아내."

"우리에게 그 정도야 쉬운 일이지요."

화돌이와 흙꾼이는 금방 사라졌다가 다시 나타났다.

"큰 전투가 벌어지고 있습니다. 그곳까지는 달려서 30분 정도면 됩니다. 제가 앞에서 인도하겠습니다."

시간이 금!

30분이라면 인페르노 나이트들이 더 밀려서 돌이킬 수 없게 될 수도 있다.

양측 모두 체력에 한계가 있기 때문에 싸움을 하더라도 중간중간 휴식이 필요하다. 그래서 마법진까지 뚫리는 것을 3~4시간 정도로 보았지만, 정확하지는 않을뿐더러 상황이 악화되면 도착하더라도 할 수 있는 일이 없을 것이기 때문이다.

"빨리 가자!"

위드와 서윤 그리고 부하들이 달리기 시작했다.

당연히 포로로 잡았던 혼돈의 전사들의 목숨을 끊고 잡템을 챙기는 것도 잊지 않았다.

❧

다다다다닥!

위드는 서윤과 부하들과 함께 요란하게 달렸다.

혼돈의 전사들이나 인페르노 나이트들이나 모조리 싸움에 동원된 듯, 중간에 마주치지 않았다.

위드는 달리는 와중에도 잠깐씩 눈을 감으면서 전황을 확인했다.

"힘들겠군."

쿠비챠와 혼돈의 전사들이 너무 강력했다.

"종족은 완전히 다르지만 리치 샤이어보다 강한 것은 물론이고 바르칸 정도의 수준으로 봐야 할 것 같아."

쿠비챠는 굉장한 전사였다.

전장의 선두에 서서 무한에 가까운 체력과 무지막지한 힘으로 인페르노 나이트들을 몰아붙이고 있다.

대전사라는 이름이 걸맞을 정도의 강자!

레드 스타의 힘으로 화염 마법까지 쓰는데, 저항력이 높은 인페르노 나이트들도 쉽게 대적하지 못했다.

"도착하기 전에 미리 해야 할 게 있겠어."

위드는 잠깐 멈춰서 신비의 새를 꺼냈다. 그러자 곧 벌어질 일을 짐작한 듯 황금새가 날개를 파닥이면서 기뻐했다.

"게이하르 아르펜 황제가 만든 조각품이여, 숭고한 예술혼으로 만들어진 너에게 내 생명을 나누어 주노니, 이제 그 오랜 잠에서 깨어나 나와 함께하라. 조각품에 생명 부여!"

조각품에 생명을 부여하였습니다.
조각품의 능력은 현재 설정된 예술 스탯 1,889에 따라 레벨에 맞춰 447로 변환됩니다. 역사적인 보물, 아르펜 제국의 상징물, 조각술 마스터 게이하르 황제의 작품의 효과로 인해서 35%의 레벨이 추가되어 603으로 늘어납니다.
하늘을 날 수 있기 때문에 레벨의 10%가 페널티로 줄어듭니다. 조인족으로의 변신이 가능하여 레벨의 10%가 페널티로 줄어듭니다. 오랜 세월이 흐르면서 조각품의 내구도가 감소하여 레벨의 7%가 페널티로 줄어듭니다.
생명체에 세 가지의 속성이 부여됩니다. 조각품의 모양과 수준에 따라 부여되는 속성의 수준과 능력치가 다릅니다. 보석의 속성(100%), 바람의 속성(100%), 예술의 속성(100%).
* 보석의 속성은 특별한 카리스마와 정치적인 영향력 증대를 가져올 것입니다.
* 바람의 속성은 하늘을 날 때에 매우 빠른 속도를 낼 수 있습니다.
* 예술의 속성으로 인하여 조각품과 미술품을 좋아하고, 작품들의 효과를

150%로 이끌어 낼 수 있습니다. 자신뿐만 아니라 동료들 전체에게 해당됩니다.

역사적인 보물이기 때문에 남다른 위엄과 기품을 가집니다. 조각술 마스터 게이하르 황제의 작품이기 때문에 특별한 생명력과 마나의 추가가 이루어집니다. 조각술 마스터의 추가적인 효과는 생명을 부여한 이의 재주가 부족하여 적용되지 않습니다.

아르펜 제국의 상징물이었던 조각품이기에 특수한 능력이 부여됩니다.

공성전에서 수비 측에 유리한 신비한 안개를 소환합니다. 병사들에 대한 지휘 능력을 강화하고, 정찰력을 향상시킵니다.

마나가 5,000 사용되었습니다.

스킬의 효율이 증가해서 생명을 부여할 때 소모되는 레벨과 스탯의 양이 20% 감소합니다. 예술 스탯이 6 영구적으로 줄어듭니다. 줄어든 스탯은 조각품이나 다른 예술과 관련된 활동을 통해 보충할 수 있습니다.

레벨이 1 하락합니다. 레벨 하락에 따라서 보유하고 있는 스탯이 5 줄어듭니다. 줄어든 스탯은 레벨을 올리게 되면 다시 부여할 수 있습니다.

생명이 부여된 조각품을 소중히 다루어 주십시오. 목숨을 잃으면 다시 생명을 부여해야 합니다. 완전히 파괴되었을 경우는 되살릴 수 없습니다.

수백 년을 황궁의 장식품으로 황제의 위엄을 널리 퍼트렸던 신비의 새.

미스릴과 백금으로 된 조각품에 생명이 부여되어 서서히 움직이기 시작했다.

끼루루루루.

신비의 새가 눈을 깜박이더니 금인이와 누렁이 들과 인사를 했다.

그러더니 위드와 서윤을 번갈아 보았다.

갓 태어난 새끼 새가 어미를 찾는 듯한 그런 느낌으로!

위드가 이야기했다.

"내가 너에게 생명을 준 아빠다."

예쁜 보석 눈동자 가득 위드를 담은 신비의 새는 아장아장 걸어와서 말했다. 황금새와는 달리, 새의 상태에서도 부리를 달싹여서 말을 할 수 있었다.

"아버지, 저의 이름을 정해 주세요."

"이름이라. 이름."

위드는 신비의 새의 몸을 훑어보다가 떠오르는 이름을 이야기했다.

"은새라고 하자."

어감은 좋았지만 만들어진 과정에서는 누렁이나 실질적으로 차이가 없는 이름.

"은새라, 예쁘고 좋은 이름이로군요. 고맙습니다, 아버지."

그러면서 서윤의 어깨로 냉큼 가 버리는 은새였다.

위드가 생명을 부여해 주기는 했지만 서윤 쪽이 훨씬 마음에 든다는 듯!

외모도 그렇고 성격도 영락없는 여자아이였다.

"어쨌든 이제 가자!"

위드는 시간을 지체할 수가 없어서 다시 출발했다.

"이쪽입니다."

흙꾼이가 앞에서 안내를 맡아, 갈림길이 나왔을 때에도 망설이지 않고 뛰었다.

그리하여 25분 후에 목적지에 도착!

넓은 공동에서 혼돈의 전사들과 인페르노 나이트들이 대격전을 벌이고 있었다.

굉음과 폭발음 그리고 화염이 치솟고 있는 전장.

위드는 대충 알고 있었지만 서윤이나 조각 생명체들은 이곳의 상황에 대해서 조금도 몰랐다.

쿠비챠는 레드 스타를 들고 엄청난 활동력으로 싸우고 있었다. 그의 지휘 아래 혼돈의 전사들이 조직적으로 전투를 벌였다. 위드는 아까 3~4시간 정도는 버틸 거라고 계산했지만, 인페르노 나이트가 확연하게 밀리고 있었다.

세력전에서는 균형이 무너지기 시작하면 잠깐 사이에 몰락해 버리고 만다.

"크흠."

위드가 어디서부터 손을 써야 할지 망설이는 순간이었다.

용암 호수에서 불의 거인들이 걸어 나왔다.

"내 잠을 깨우는 놈들은 죽어야 하리라."

"지골라스의 평온을 깨뜨리는 시끄러운 종족들은 우리의 분노를 받아야 한다."

다섯이나 되는 불의 거인들이 대검을 휘두르면서 난입!

인페르노 나이트와 혼돈의 전사를 가리지 않고 베어 버렸다.

게다가 바오반트들도 대거 등장했다. 불덩어리를 쏘면서 전투를 더욱 혼란스럽게 만들었다.

인페르노 던전에 있는 몬스터들이 전부 한곳에 모인 것 같은 난장판이다.

위드는 숫자를 헤아려 봤다.

"인페르노 나이트들은 300명이 조금 넘는 것 같군. 방금 2명이 죽었고……. 혼돈의 전사들은 계속 추가되어서 인페르노 나이트보다 족히 2배는 되는 것 같아. 여기에 범접할 수 없는 대상인 불의 거인들과 바오반트들이라!"

직접 보고 나니 기가 질릴 정도의 전투 상황이었다.

누렁이는 공포에 질려서 숨으려고 들었다. 금인이는 그래도 싸울 의지를 가졌다.

"골골골, 오늘 장렬히 싸우다가 죽겠구나."

죽음을 떠올리고 있는 부하들!

서윤은 담담하게 위드를 보고 있었다. 퀘스트를 위해서 이곳에 온 것임을 알고 있었으니 결정을 따르겠다는 얼굴이다.

S급 난이도의 퀘스트를 하면서 이곳까지 오느라 얼마나 많은 고생을 했던가.

위드는 결정을 내려야 했다.

지골라스 종족 전쟁

"싸운다."

마침내 위드는 결정했다.

황금새와 은새는 둘이 비슷하게 위드를 무시하고 있었다.

인간이고, 레벨도 자신들보다 낮았기 때문에 제대로 주인 대접을 해 주지 않았다. 그런데 위드가 싸우겠다고 하니 짤막하게 기분을 표현했다.

"자살이군."

"죽는 방법을 결정하셨군요."

조금도 믿음을 주지 못한 위드!

"너희는 나와 함께한 시간이 얼마 되지 않지. 하지만 내 부하들의 생각은 다를 것이다."

토리도와 반 호크에게 시선을 돌렸더니 그들은 고개를 푹 숙이고 있었다.

'주인을 잘못 만나서.'

'내가 어쩌다가 저 인간을 또 만나게 되었을까.'

끝없는 후회에 빠져 있는 부하들.

누렁이와 금인이는 공포에 질려 있었고, 서윤만이 변함없는 표정이었다.

어떤 악조건에서도 빛을 발하는 서윤의 외모.

위드는 그녀로부터 시선을 돌려 전장을 보았다.

"싸우기로 했지만 일단은 여기서 기다린다."

인페르노 나이트들과만 싸우던 쿠비챠와 혼돈의 전사들의 전력이 분산되었다. 불의 거인에게도 떼로 덤벼들어 싸워야 했고, 바오반트들도 퇴치해야 했다.

겨우 한숨을 돌리는 것 같은 인페르노 나이트들이었지만, 불의 거인이나 바오반트의 공격은 그들에게도 향했다.

던전 내부의 지배권을 두고 각 종족들이 죽을힘을 다해서 전쟁을 치르고 있었다.

불의 거인이 힘을 쓸 때마다 던전 전체가 흔들렸고, 바오반트들이 쏘아 낸 화염들이 중첩되어 바위마저 녹을 지경이다.

위드나 언데드, 부하들이 가세한다고 하더라도 전황에 큰 영향을 미치기란 어려울 것 같았다.

언데드들도 강화되었고 황금새, 은새도 있다지만 혼돈의 전사들이 열다섯만 되더라도 상당히 버거울 것이라고 예상된다. 그런데 적들이 많아도 너무 많았다.

"인페르노 나이트들이 내 지휘를 과연 따를까? 설혹 따른다고 해도 혼돈의 전사들과 싸워서 이길 자신은 없는데."

고급 네크로맨서 스킬이라면 어떤 가능성이 열릴지도 모르겠지만 위드가 제작하는 언데드들은 혼돈의 전사들에 의해서 오래 버티지 못하고 소멸되리라.

인페르노 나이트들을 종족 전쟁에서 최종 승리자로 이끌기란 정말 버거운 일이 될 것이다.

이래저래 눈치만 보는 사이 빠르게 30여 분이 흘렀다.

혼돈의 전사들은 100명 정도 줄어들었지만, 원군이 50여 명이나 새로 도착했다. 그런데 그사이 인페르노 나이트들이 70명 정도나 죽었다.

멀리서 봐도 규모가 많이 줄어든 것을 확인할 수 있을 정도였다.

"아이고!"

"왜 가만히 있는 거야."

위드의 지골라스에서의 모험이 시작된 이후로 KMC미디어에서는 야근을 밥 먹듯이 했다.

음향과 영상, 편집을 위한 작업 팀이야 추가 근무를 할 수밖에 없었지만, 전혀 무관한 총무부, 인사부, 시사교양부의 직원들도 방송국에 남았다.

그들을 남게 만든 것은 위드의 모험을 당장 보고 싶다는 일념이었다.

따뜻한 커피 한 잔과 무릎 담요만 있으면 남부러울 것이 없는 직원들.

만의 하나 위드의 퀘스트가 실패한다면 베르사 대륙에 어떠한 영향을 줄지 모른다. 따라서 그만큼 모든 사람의 관심이 집중되어 있었다.

〈로열 로드〉의 인기는 이제 남녀노소를 구분하지 않았다.

"죽여! 죽여 버려!"

"부숴!"

"아이템! 방금 무슨 아이템이 떨어진 것 같아요."

"대박이다!"

편성국의 마스코트라고 불리던 예쁜 여직원이 내지르는 고함 소리 정도는 영상실에서는 예사가 되었다.

본능에 따라서 고함을 치면서 응원할 수 있는 공간.

화면을 보고 있을 뿐이지만 〈로열 로드〉는 직접 모험을 하는 것만큼 생생했다.

감상하는 입장에서는 4배나 되는 시간 차이로 인해서 이동이나 식사, 휴식 같은 부분을 건너뛰고 보면 되기 때문에 지루할 틈이 없이 몰입하기 좋았다.

생중계도 이런 식으로 이루어지기 때문에 이야깃거리가 많은 편.

더구나 위드의 모험은 빼야 될 부분이 별로 없다.

지골라스에서는 갑자기 지진이 일어난다거나 땅이 갈라지는 재난이 많아서 그때마다 깜짝깜짝 놀라기 일쑤였다.

"아, 도대체 위드는 왜 싸우지를 않는 거야?"

강 부장이나 직원들도 속이 타는 건 마찬가지였다.

S급 난이도의 마지막 임무. 이것만 수행한다면 베르사 대륙

의 역사에 길이 남을 의뢰가 완수된다.

시청자들이 실망할 것 같아서 방송 자체도 고민하게 만들었던 의뢰. KMC미디어에서도 그리 큰 기대를 걸지 않았지만, 역경을 뚫고 드디어 마지막 관문에 이르렀다.

위드가 아니라면 그 누가 있어 이런 모험을 할 수 있었을 것인가.

"으으, 빨리 싸워야 되는데."

강 부장이 답답함에 물을 벌컥벌컥 들이마시는데, 옆에서 보고 있던 여직원이 말했다.

"포기한 것 같아요."

"포기라니?"

강 부장이 의아하다는 듯이 물었다.

"위드가 여기까지 와서 포기를 해? 이 전투만 승리하면 엄청난 대가를 얻을 수 있을 텐데 지금 포기할 리가 있을까."

"하지만 이길 수가 없잖아요. 못 이길 전투는 포기하는 게 상책이죠."

"그야 그렇긴 하지만……."

강 부장이 떨떠름한 표정을 지었다.

막연한 기대를 가지고 응원하고 있었지만 누가 보더라도 절망적인 상황!

혼돈의 전사들이나 불의 거인이나 인페르노 나이트들이나, 영락없이 고래 싸움에 새우 등 터지는 꼴이 아니겠는가.

"살기 위해서는 퀘스트를 포기하고 돌아 나오는 게 나을 거예요."

유치원생에게 물어보더라도 이쪽이 이성적이고 합리적인 판단일 것이다.

강 부장이나 KMC미디어의 직원들도 위드가 아니라면 이토록 긴장의 끈을 놓지 않고 영상을 보지도 않았으리라.

'퀘스트가 너무 어렵잖아. 그냥 포기하고 다른 퀘스트를 받겠지.'

도전해 보고, 아닌 것 같으면 포기하는 건 흔하고 일반적인 일이었다.

다만 지금은 모험을 하는 당사자가 위드이기 때문에 끝까지 보게 되는 것이리라.

위드는 언제나 특별한 결과를 만들어 냈으니까!

⚜

위드는 전장의 움직임들을 눈에 담으면서 끊임없이 계산했다. 견적을 뽑아내는 일을 쉬지 않았다.

'아직은… 아니야.'

쿠비챠가 통솔하는 혼돈의 전사들은 인페르노 나이트들을 하나씩 죽여 나갔다.

불의 거인들은 여전히 왕성하게 날뛰고 있었지만 들고 있는 대검은 금이 가서 부서지기 직전이었다.

용암 호수에 있던 바오반트들은 불의 거인들에게 밟히고 천장이 무너져서 떼죽음을 당했다.

대혼란의 와중, 아수라장에서도 위드는 기회를 놓치지 않기 위해 집중했다.

쿠비챠는 가지고 있는 전투 스킬이 상당히 다양한 편이었다. 전투 중에 도끼를 하나 줍더니, 양손에 다른 무기를 휘둘렀다.

일곱 번의 연속 도끼질.

도끼의 궤적이 허공에 그려지더니 인페르노 나이트들을 차례로 강타했다.

"불의 진노!"

드래곤의 검 레드 스타의 힘으로 화염 계열 마법도 썼다.

오른손에 들고 있는 검은 엄청난 파괴력을 가지고 있어서 인페르노 나이트들이 막더라도 방패가 푹푹 팰 정도였다.

쿠비챠는 불의 거인마저도 쓰러뜨렸다. 도끼와 검을 수십 번이나 번갈아 가면서 빠르게 공격해 버린 것이다.

"크오어어어어!"

불의 거인이 쓰러지는 순간, 혼돈의 전사들은 함성을 지르더니 일제히 몰려들어서 공격했다.

불의 거인은 이리저리 구르면서 괴로워하다가 사망!

드디어 불의 거인도 1명이 죽었고, 임벌의 마법진을 지키는 인페르노 나이트들은 처음의 절반도 남지 않았다.

다른 불의 거인들이 더욱 맹렬히 날뛰고, 인페르노 나이트들도 결사 항전을 위해 검과 방패를 들고 고함쳤다.

임벌의 마법진에 있는 힘까지 갖게 되면 쿠비챠는 대적하기 힘든 몬스터로 재탄생하게 되리라.

위드는 그럼에도 초인적인 인내심으로 꾹 참았다.

'아직… 때가 아니야.'

기다리면서 은행털이를 준비하는 도둑처럼, 집중력은 최고조에 이르렀다.

　불바다에, 1,000마리 이상의 화염 계열 몬스터들이 전투를 펼치는 아수라장에서 빈틈을 노린다.

　그리고 한참 후, 쿠비챠가 두 번째 불의 거인을 혼자서 죽인 직후였다.

　시간이 더 지나면 혼돈의 전사들이 더 많이 남게 되어서 감당할 수 없게 되리라.

　"지금이다."

　드디어 위드가 자리에서 일어났다.

　"누렁이, 금인이, 너희는 싸움에 끼어들지 말고 이곳에서 쉬고 있어라. 상황이 안 좋게 돌아가면 도망쳐."

　"알았다, 골골골!"

　"모든 언데드들은 나의 뜻을 따르라. 언데드 통솔!"

　네크로맨서 스킬!

　인형놀이를 하는 것처럼 언데드들을 세세한 부분까지 장악하고 통솔할 수 있었다.

　1시간 넘게 묵묵히 기다렸지만 전투의 개입은 즉각적으로 이루어졌다.

　"블링크!"

　도끼를 든 카오스 워리어들이 내달렸다.

　공중을 뛰어가는 것처럼 거듭 순간 이동을 하면서 쿠비챠와 몇 안 되는 그의 호위대를 향해 접근했다.

　그뿐이 아니었다.

위드는 불의 거인의 목숨이 끊어지는 때에 마법을 외웠다.

"시체 폭발!"

방금 죽은 불의 거인의 시체가 어마어마한 굉음과 함께 사방으로 폭발했다.

"크아악!"

쿠비챠가 타격을 입고, 근처에 있던 혼돈의 전사 호위대들도 나뒹굴었다.

시체 폭발 마법의 숙련도가 크게 증가했습니다.
불의 거인의 적대도가 55% 증가합니다.

메시지 창을 읽을 사이도 없었다.

위드는 쿠비챠가 있는 지역으로 저주 마법들을 연거푸 시전했다.

삼분의 이 정도는 저항력으로 이겨 냈지만, 편협한 시야를 비롯하여 3개 정도는 걸렸다.

화염과 연기가 걷히기도 전에 쿠비챠에게 도달한 카오스 워리어들이 도끼질을 가했다.

"쿠오오!"

언데드들의 일제 공격!

다른 혼돈의 전사들이 개입하기 전에 언데드들이 호위대를 물리치고 총공격을 가했다.

땅을 구르며 반격하는 쿠비챠의 검에 베여 완전히 타 버리는 언데드도 있었지만 피해를 감수하면서도 공격에 투입했다.

위드가 언데드들을 지휘하며 급히 말했다.

"황금새, 넌 나를 데리고 날아라. 은새, 너도 같이 쿠비챠에게 가자. 토리도, 반 호크, 너희는 뒤따라와."

"알았다."

황금새는 위드의 어깨를 양발로 거머쥔 뒤에 전투 지역으로 날아갔다.

불의 거인들의 다리 사이, 공중으로 순간 이동을 해서 잡으려는 혼돈의 전사들을 피해서 날아가는 절묘한 비행!

토리도도 검은 망토를 펼치고 반 호크와 함께 뒤를 쫓아서 날았다.

"날 내려놔라!"

이런 말은 뜸 들이지 않고 듣는 황금새는 쿠비챠의 10여 미터 위에서 발톱을 풀었다.

위드는 연기와 화염을 뚫고 추락해서 쿠비챠의 등에 올라타는 데 성공했다. 언데드들의 이목 끌기와 난전, 저주 마법 등으로 만든 틈을 타 등에 달라붙은 것이다.

하지만 쿠비챠는 위드가 등에 매달린 것을 느끼고 남달리 긴 팔을 이용해 뒤쪽으로 도끼를 휘둘러 왔다.

"젠장! 본 실드 소환. 눈 질끈 감기!"

믿을 것은 맷집밖에 없었다.

뼈로 된 방패들을 차례차례 뚫고 날아온 도끼가 위드를 강타했다.

눈알이 튀어나올 것 같은 엄청난 충격!

> 막중한 충격을 받았습니다.

생명력이 38,900 감소합니다. 완전한 회복이나 치유가 이루어질 때까지 최대 생명력이 2,590 줄어듭니다. 7초 동안 스턴 상태에 빠집니다. 마법을 사용할 수 없으며 균형 감각을 상실합니다.

위드는 해롱거리는 와중에도 쿠비챠를 붙잡고 버텼다.

거인형 쿠비챠의 머리를 잡고, 떨어지지 않기 위해서 안간힘을 다했다.

여기서 떨어진다면 말 그대로 개죽음이다.

쿠비챠에게 죽음을 당할 수도 있지만 불의 거인에게 밟혀 죽을 수도 있고, 바오반트들이 불러 놓은 화염 속을 구르다가 버티지 못하고 목숨을 잃을 수도 있다.

다양한 종류의 죽음들이 형태를 달리해 기다리고 있었으니 위드도 필사적이었다.

7초가 이렇게 길게 느껴졌던 적도 없다.

쿠비챠가 엄청나게 빠르고 격렬하게 움직이는 것이 온몸으로 느껴졌다. 언데드들을 해치우면서 도끼를 찍고 검을 휘두르고 방향을 전환할 때마다 떨어지지 않기 위해 무작정 붙잡고 늘어졌다.

물귀신보다 더한 의지가 도움이 되었던지, 간신히 7초를 버티는 데 성공!

위드의 시야와 균형 감각 등이 원래대로 돌아왔다.

그가 지금까지 잡고 있었던 것은 쿠비챠의 투구 부분이었다.

위드는 투구를 놓아 버리고 등에 매달렸다.

"라이프 드레인, 마나 드레인!"

리치로서 근접 거리에서 할 수 있는 대단히 유용한 스킬이었지만 미친 짓이나 다를 바가 없었다.

초고레벨 몬스터, 드래곤의 검을 들고 있는 혼돈의 대전사의 등에 매달려 생명력과 마나를 흡수할 생각을 하다니!

"비겁하고 짜증 나는 해골, 죽지 않았구나!"

쿠비챠는 언데드들과 싸우느라 바빠서 신경을 쓰지 못할 뿐이었다. 언데드들을 정리하자마자 어디 도망칠 곳도 없이 위드는 금세 목숨이 경각에 처하게 될 것이다.

쿠비챠의 널찍한 등을 붙잡는 것은 썩은 동아줄을 붙잡는 것보다도 위험한 짓!

위드도 등에 업히기는 했지만 다크 스피어를 소환해서 공격할 여유는 없었다.

"키야오!"

쿠비챠가 성난 고함을 지르면서 공격할 때마다 줄어드는 언데드들!

어깨에 올라타지 않고 등에 업히더라도 편한 것은 결코 아니었다.

쿠비챠가 활동할 때마다 억지로 붙잡고 늘어져야 한다. 잠깐의 틈만 생겨도 도끼를 머리 뒤로 돌려서 쳤는데, 이리저리 움직여서 피해야 했다.

성난 코뿔소에 달라붙은 매미 꼴!

대혼전에서 쿠비챠의 등에 업힌 것은 피부의 솜털을 다 곤두서게 할 정도로 긴장감 넘치는 행동이었다. 실제로 불을 끌어안은 것처럼 매우 뜨겁기도 했다.

"블링크!"

쿠비챠가 순간 이동을 사용하려고 했지만 실패했다.

위드가 등에 업힌 채로 생명력과 마나를 흡수하고 있었기 때문에 스킬을 사용할 수 없었다.

"귀찮은 해골! 너부터 죽여야겠다. 감히 나 쿠비챠의 등에 올라타다니!"

쿠비챠가 작정하고 죽이려고 한다면 몇 번 피하기는 하겠지만 오래 버티지는 못할 처지였다.

그때 연기 사이로 황금새와 은새가 보였다.

조인족의 형태로 변신하고, 검과 창을 들고 있었다.

공중에서 선회하면서 최대한의 가속력을 얻은 뒤에 쿠비챠를 향해 무기를 투척!

빛살처럼 일직선으로 날아오는 공격.

위드가 노리던 회심의 일격이었는데, 상황이 안 좋았다.

쿠비챠도 그것을 보고 정면에 있는 언데드들 사이로 뛰어들어 회피하려 들었다. 몇 대 얻어맞더라도 그편이 훨씬 피해가 적을 것 같다는 계산에서이리라.

위드가 큰 소리로 명령했다.

"언데드들은 돌진해라!"

카오스 워리어들이 몸으로 부딪쳐서 저지했지만, 쿠비챠는 괴물 같은 힘으로 움직여 정면에서 맞는 것만은 피해 냈다.

어깨와 옆구리에 꽂힌 창과 검.

"상태 확인!"

위드는 네크로맨서 스킬로 쿠비챠의 상태를 확인했다.

혼돈의 대전사 쿠비챠

지골라스의 보스급 몬스터 중 하나. 어린 시절 우연히 드래곤의 검을 획득했다. 그 후로 지골라스에서 무수히 많은 전투들을 승리로 이끌고 혼돈의 대전사가 되었다. 더 큰 힘과 지배권을 가지려는 야욕을 불태우고 있다.

드래곤의 검 레드 스타에 봉인된 마법들의 일부를 사용한다. 불의 기운이 강한 곳에서 생명력을 회복하는 속도가 최대 3배까지 오른다.

편협한 시야, 무가치한 죽음, 피곤한 착각 등의 저주 마법에 걸려 있다. 심한 부상으로 인해 전투 능력이 다소 떨어졌다.

생명력: 21%

마나: 9%

혼돈의 전사들을 이끌고 족히 1시간은 싸우고, 불의 거인을 둘이나 쓰러뜨렸다. 시체 폭발에, 언데드, 토리도, 반 호크, 황금새, 은새의 협공까지 받았는데도 무려 21%나 되는 생명력이 남았다.

회복 속도가 굉장히 빠르기 때문에 단숨에 죽여야 하지만 까다롭기 그지없는 혼돈의 전사들을 이끄는 보스급 몬스터!

쿠비챠가 고통스러운 괴성을 질렀다.

"쿠오오오오오! 나를 공격하는 적들이 있다. 전사들이여, 이곳으로 오라!"

그러자 혼돈의 전사들이 반응했다.

"대전사님이 위험하다."

"새로 등장한 적을 죽여라!"

인페르노 나이트와 불의 거인 들이 가로막고 있었지만 순간이동을 할 수 있는 몬스터들에게는 무용지물이나 다름없다.

쿠비챠를 잡으려면 한참은 더 때려야 되고, 그것도 장담하지 못할 처지에 혼돈의 전사들이 개입한다면 일이 완전히 틀어지게 되리라.

위드는 이런 상황도 미리 염두에 두었다.

"최악에서 두 번째로 나쁜 상황이로군. 시체 폭발!"

처음에 사망했던 불의 거인의 시체를 폭발시켰다.

던전 안이 뒤흔들릴 정도의 큰 충격파에, 연기와 화염이 일대를 휩쓸었다.

> 시체 폭발 마법의 스킬 레벨이 1 올랐습니다.
> 불의 거인의 적대도가 최대치가 됩니다. 적대도를 낮추는 아이템의 효과가 약화됩니다. 불의 거인의 눈에 띄지 않도록 주의하는 편이 좋을 것입니다.

위드가 있는 장소에까지 불의 거인의 파편들이 날아왔다.

그 정도로 엄청난 폭발이었기에 혼돈의 전사들도 여섯이나 죽었다. 그리고 많은 적들이 땅에 나뒹굴고 쓰러졌다.

약간의 시간을 번 것에 불과했으니 그들을 처리할 여유는 없었다.

토리도와 반 호크는 지금밖에 기회가 없다고 여기고 공격을 몰아쳤다. 위드도 언데드들을 조종하여 상처 입은 쿠비챠를 괴롭히고, 공중에서는 황금새와 은새가 협공을 했다.

"내려찍기!"

황금새와 은새는 매우 빠른 속도로 내려와서 할퀴고 올라가면서 피해를 주었다.

"다른 전사들이 없으면 내가 너희에게 죽어 줄 것 같으냐? 인페르노 나이트의 개들! 죽어서 갈 곳도 없는 언데드들에게 당할 내가 아니다.”

쿠비챠는 언데드들이 치고 빠질 때마다 도끼로 반격했다.

속절없이 죽어 나가는 언데드들.

카오스 워리어들이 불과 일곱밖에 남지 않았다.

“바람의 결박!”

쿠비챠를 중심으로 심한 바람이 불었다. 언데드들이 접근하기 어렵게 만들고 반 호크의 퇴로를 막았다.

“크흐흐흐, 죽여 주마!”

반 호크를 바람으로 가두어 놓더니 일대일의 승부를 벌였다.

쿠비챠가 엄청난 속도로 내려치는 도끼질. 반 호크는 수비에 전념했지만 힘에서 밀렸다. 결국 쿠비챠는 반 호크의 자세를 완전히 무너뜨리더니 검으로 베어 버렸다.

“크…으윽.”

숱한 전투를 함께했던 반 호크의 죽음.

육체와 영혼이 흑마법에 의해서 목걸이에 봉인되어 있기에 시간이 지나면 다시 소환할 수는 있다. 하지만 이렇게 빨리 죽다니, 전력의 큰 부분이 비어 버리고 말았다.

이때까지 쿠비챠의 줄어든 생명력은 겨우 3%에 불과했다.

‘역시 안 되나.’

위드는 승산이 희박하다고 판단했다.

최선을 다해 보더라도 쿠비챠의 남은 생명력도 많고, 레벨이나 방어력이 높아서 금방 잡을 수 있는 몬스터가 아니다.

‘늦기 전에 황금새와 은새라도 살려야겠다.’

위드 자신은 도망칠 수 없는 신세이니 죽음을 각오하고, 황금새와 은새라도 이 틈에 피하라고 지시하려는 순간이었다.

불의 거인의 폭발로 생긴 자욱한 연기를 뚫고 서윤이 뛰쳐나왔다.

검에는 선명하게 붉은 기운이 덧씌워져 있었다.

그녀는 생명력과 마나를 태우면서 쿠비챠에게 유성우 같은 공격을 퍼부었다.

일절 방어가 없는 공격 일변도였다.

⚜

KMC미디어의 영상실에서는 바쁘게 작업을 했다.

"이건 잘라 버려. 저 화면은 몬스터들이 많이 비치는 방향이 좋겠어. 그리고 용암으로 인해서 시야가 너무 밝잖아."

"밝기를 좀 낮출까요?"

"용암 부위만 조금 어둡게 가자고. 시청자들의 눈이 아플 정도가 되면 안 되니까."

위드의 전투로부터 전송되는 영상의 분량이 어마어마했다. KMC미디어도 약간의 시간적인 여유는 있다고 생각했다.

하지만 드린펠트가 이끄는 하벤 왕국의 제2함대와 그리피스의 해적들이 지골라스에서 사냥을 하는 중이었다. 지골라스의 화산들이 폭발하고 나더니 혼돈의 전사들이 어딘가로 향하는 장면이 텔레비전에 나왔다.

─대전사 쿠비챠 님이 종족 전쟁을 벌이셨다.

─지골라스의 지배 종족을 결정하는 자리. 이번에야말로 불의 거인족

과 인페르노 나이트들을 물리칠 것이다.

그런 후에 지골라스의 지하에서 커다란 폭발이 두 차례 일어났다. 지골라스의 하늘로 구름들이 모여들었다.

—해골이 우리를 방해하고 있다.

—더 많은 동족들을 모아라!

—누구도 쿠비챠 님을 막지 못할 것이다.

누가 보더라도 위드가 퀘스트를 하고 있음을 알 수 있을 것이다.

CTS미디어를 보고 있던 시청자들이 KMC미디어의 게시판에 몰려들면서 방송 요청을 했다. 인터넷상에서는 위드의 퀘스트가 진행 중이라는 소문이 파다하게 돌았다.

강 부장이 판단하기에도 이제 드린펠트나 그리피스가 알더라도 방해할 수 있는 시기는 지났다.

"문제는 퀘스트를 성공하느냐 못 하느냐인데……."

성공이든 실패든 퀘스트를 방송할 가치는 충분하고도 남는다. 방송을 안 한다는 결정을 내린다면 두고두고 시청자들의 비난에 시달릴 수밖에 없었다.

벌써 〈위드〉의 특집 프로그램과 퀘스트에 대해 비밀 엄수를 조건으로 광고주들에게는 넌지시 알려 주었다. 평소에는 광고를 별로 하지 않던 기업들도 호의적으로 나왔다.

"우리 그룹 계열사가 여러 개인데… 5개 정도 할 수 있지요?"

"몇 시간 정도로 편성할 예정이십니까? 그리고 방송 날짜는 언제로? 새로 찍고 있는 광고가 있는데, 첫 번째로 내보냈으면 좋겠는데 말이지요."

"광고료가 높은 거야 이해합니다. 경쟁사는 절대 실어 주지 마시오."

광고 계약까지 마치고 방송 시기만 저울질하던 와중이었다.

차근차근 인페르노 던전 탐험을 하다가 화산 폭발이 일어나더니 번갯불에 콩 볶아 먹듯이 종족 전쟁으로 이어지고, 위드의 전투 참가!

그동안 고생해 온 여러 팀들이 전부 달라붙어서 막바지 작업에 참여하고 있었다.

"1부부터 방송 시작해. 광고들은 중간중간 넣을 테니까 오프닝에는 10개만 깔고."

"지금 바로 시작하겠습니다."

미리 준비해 놓은 1부부터 생방송을 시작했다. 퀘스트의 나머지 부분은 동시 편집을 통해서 바로바로 만들어야 했다.

"맞았다!"

"아아아, 치명타는 아니네요."

"이런 아쉬울 데가!"

작업 팀이 고생을 하거나 말거나, 관계없는 방송국 직원들은 영상을 보기에 바빴다.

꙰

정득수 회장은 새마을 갱생병원의 차은희 박사가 보낸 보고

서를 읽고 있었다.

"많이 나아졌군. 기적 같은 일이야."

말을 영영 하지 못할지도 모른다고 생각했던 딸이 남들처럼 말하게 될 것이라고 한다. 다만 너무 오랫동안 말하지 않아서 어색해하고, 또 말을 하는 행위에 특별한 의미를 부여하고 있다고 했다.

이미 글을 써서 의사를 표현할 정도는 되었습니다.
만약 정말로 믿고 좋아하는 사람이 생긴다면 차츰 말도 하게 될⋯⋯.

조금 더 기다려야겠지만 그쯤이야 못 기다릴 바도 아니다.

정득수 회장은 웃으면서 박 실장을 보았다.

"서윤이와 친하게 지낸다는 그 남자애는 잘하고 있겠지?"

경호원들을 통해서 서윤에 관련된 정보들은 항상 듣고 있었다. 이현의 집에 방문했을 때부터 그와 관련된 것들도 빠짐없이 챙겼다.

"네, 물론입니다."

"싸우거나 상처 주는 일은 없고?"

"서윤 양과는 친하게 잘 지내고 있습니다."

뒷조사도 지시해서, 직접 만나 보진 않았지만 이현에 대해서는 잘 알고 있었다.

가족을 끔찍하게 아끼고, 어릴 때부터 사채업자에게 시달린 충격 때문인지 지독한 구두쇠에 돈을 밝힌다. 데이트 비용이 아까워서 여자관계도 깨끗하고, 성격적으로는 서윤과 비슷하게 마음을 잘 열지 않는다. 상처가 많을수록 남을 두려워하기에, 정말 친해지지 않으면 속내를 잘 털어놓지 않으려고 한다.

검술을 배우는 것까지 알고 있었고, 집에 동물을 많이 키우지만 애완동물이라기보다는 식용을 위해서란 점까지 알았다. 서윤이 키우는 강아지의 건강 상태를 확인하던 수의사가 목줄에 적힌 단어를 발견했기 때문이다.

몸보신

취미 활동은 없고, 집과 학교, 시장, 도장을 오가는 일정한 생활이 반복적으로 이루어져서 알아낼 건 적었다.

특기 사항으로는 가상현실 게임의 세계 〈로열 로드〉에서 굉장한 인기인이라는 점이었다. 전신 위드라는 이름으로 유명하다고 했다. 그와 관련된 자료들은 방대하기 짝이 없고, 과장되거나 허황된 것들도 많지만 상당수 믿기 힘든 놀라운 기록들이었다.

정득수 회장은 가볍게 휴가 차원에서 몇 번 〈로열 로드〉를 해본 정도라서 위드에 대해 들은 적이 없었다.

"우리 서윤이를 위해서는 최상의 상대야."

"정말… 서윤 양과 계속 만나도록 허락하실 생각입니까?"

"말을 할 때까지는 그렇게 해야지. 그리고 우리 애가 말을 하게 되더라도 헤어지라고 강요해서 서윤이에게 상처를 주고 싶진 않아."

정득수 회장은 서윤이 다시는 상처받지 않기를 바랐다.

하지만 그녀가 말까지 할 수 있게 된다면 그때에도 둘이 어울릴 거라고는 생각하지 않았다.

외모, 재산, 집안. 모든 면에서 심하게 차이가 나는 두 사람이다.

"조사해 본 바로는 돈에 약하다고 하던데, 나에게는 은인이라고 할 수 있으니 후하게 사례를 해 주면 되겠지. 평생 먹고살 정도의 돈을 주고 좋은 친구 정도로 남아 달라고 하면 알아들을 걸세."

다시 일어난 위드

　서윤의 유성우 같은 공격이 쿠비챠를 연달아 강타했다.

　퍼버버버벅!

　방어를 전혀 고려하지 않고 공격 스킬을 사용하기에 더없이 빠르고 강했다.

　"크에에엑!"

　쿠비챠는 정신없이 난타당하면서 계속 뒤로 물러났다.

　쿠비챠를 마구 구타하면서 몰아치는 그녀!

　물러나는 쿠비챠를 따라붙으면서 수십 차례의 스킬들을 연달아 터트렸다.

　생명력과 체력이 다할 때까지 공격하는 광전사. 육체적인 피로도가 급격하게 증가할 테고 마나의 소모도 심각할 게 분명하지만 개의치 않는 모습이었다.

　부드럽고 강한, 혼신의 힘을 다한 검술들이 연달아 터져 나왔다.

정면으로 발을 내디디면서 스킬들을 터트리는 서윤의 몸놀림은 이미 예사롭지 않은 수준이었다.

> 스킬의 파괴 범위에 포함되었습니다.
> 생명력이 1,396 감소합니다.

쿠비챠의 등에 업혀 있던 위드도 마나가 담긴 공격에 연속 피해를 입었다.

쿠비챠가 연속 타격을 입으면서도 반격을 가하는 게 먼저일지 아니면 격하게 움직이는 서윤이 실수를 하거나 체력이 떨어지는 게 먼저일지로 판가름 날 승부였다.

"라이프 드레인!"

위드는 생명력 흡수를 계속 시전하면서 쿠비챠의 등을 더욱 꼭 붙들고 매달렸다. 연속적으로 스킬을 난사하면서 쫓아오는 서윤이 심하게 무서웠던 것이다.

살인자의 상태로 인해 서윤의 이마에는 붉게 이름이 떠올라 있었다.

쿠비챠의 몸이 충격으로 흔들릴 때마다 위드까지 한꺼번에 베일 것처럼 위협적으로 느껴졌다.

왠지 모르게 서윤이라면 그럴 수도 있을 것 같다는 생각!

하지만 쿠비챠는 균형을 잃고 연속 공격에 두들겨 맞으면서도 다시 반격을 준비하고 있었다.

"두려움을 모르는 인간이여! 나를 당황스럽게 만드는구나."

위드에게는 귀찮고 짜증 나고 비겁한 해골이라고 하더니, 대우가 달랐다.

혼돈의 대전사인 쿠비챠는 힘을 숭상하기 때문에 마법사들이나 언데드들을 혐오하는 편이었다. 위드의 경우에는 리치였고 악명도 매우 높았으니 몬스터에게도 욕을 얻어먹는 신세가 되었다.

어쨌거나 쿠비챠가 공격을 당하면서도 말을 한다는 자체가 견딜 만하다는 뜻이었다.

쿠비챠의 성격이라면 도끼로 상대를 공격하다가 드래곤의 검을 이용해 단숨에 죽여 버리려고 할 것이다.

'위험하다.'

위드가 경고해 주려고 할 때, 서윤의 검이 호선을 그으면서 휘둘렸다. 멈출 수 없는 연속 공격.

검이 지나간 자리에 핏빛 마나가 그대로 남아 있는 것을 발견할 수 있었다.

'뭔가를 준비하고 있군.'

폭풍처럼 공격을 몰아붙이면서도 더 큰 스킬을 준비하는 서윤이었다.

서윤의 검이 움직일 때마다 허공에 새겨졌던 마나의 선들이 특수한 표식을 완성했다.

쿠비챠가 반격하려고 할 때, 서윤은 크게 검을 휘둘러 밀어치더니 반발력을 이용해 훌쩍 뒤로 물러섰다.

"여전사여, 너의 용기는 칭찬하고 싶지만 나에게 죽는 것을 영광으로 알아야 할 것이다."

쿠비챠가 땅을 박차고 덤벼들려는 순간!

허공에 새겨진 핏빛 마나들이 강기로 변하더니 한꺼번에 쿠비챠와 위드를 향해 쇄도했다.

핏빛 마나의 일제 습격이었다.

쉽게 보기 힘든 대스킬!

혼돈의 대전사인 쿠비챠조차도 두려움이 들었던지 잽싸게 검과 도끼를 앞으로 교차해서 막았다.

"키야아아아아앗!"

쿠비챠가 함성을 질렀고, 위드도 비명을 질렀다.

"으아아아아악!"

찔리는 게 많았는데 이번 기회에 서윤이 자신까지 한꺼번에 정리하려는 줄로 알았던 것.

'이럴 줄 알았으면 유통기한 지난 재료들로 요리를 해 주지 않는 거였는데! 아니, 잡템 조금 더 챙긴 거랑 몰래 훔쳐본 거, 조각품 만들었던 거 그리고 사냥할 때 빈사 상태의 몬스터들 가로챈 것밖에 없는데… 너무 억울해!'

서윤의 최대의 공격력이 응축된 스킬이었다.

핏빛 마나의 형태로 수십 개의 스킬들이 한꺼번에 짓쳐 들어왔다.

"꽤애액!"

수비하던 쿠비챠의 몸이 스킬에 강타당하여 허공으로 떠올랐다.

서윤이 만든 마나는 위치가 변한 쿠비챠의 뒤를 쫓아와서 부딪쳤다.

꽈과과과광!

쿠비챠가 이리저리 타격을 당하고 내팽개쳐질 때마다 위드도 함께였다.

좌우, 위아래로 쿠비챠와 함께 팽이처럼 도는 몸!

위드는 서윤의 전투 능력에 대해서 다시 평가했다.

'정말 강하다.'

최근에 토리도가 잠깐 함께했다고는 하지만, 숱한 싸움터들을 혼자 다닐 정도였으니 보통 강한 게 아니었다.

'요리도 못하고 조각품도 못 만들고, 그러니 싸움을 잘하지.'

광전사의 특성상 전투에 있어서 머뭇거림이 없다고는 해도, 이런 위력의 연속 공격이라면 스킬 레벨도 굉장히 높으리라.

얼마나 많은 몬스터들이 서윤에게 두들겨 맞았겠는가!

쿠비챠의 몸이 나가떨어졌을 때, 위드의 생명력도 2만 정도가 줄어 있었다.

쿠비챠의 남은 생명력은 11%였다.

"대전사님을 구해라!"

그러나 불의 거인의 시체를 폭발시켜서 얻은 시간도 여기까지였다!

혼돈의 전사들이 순간 이동을 통해서 본격적으로 난입을 개시했다.

10명, 20명 늘어나는 적들이 셋밖에 안 남은 언데드와 서윤을 공격했다.

황금새와 은새를 잡기 위해서 공중으로 순간 이동을 해서 도끼질도 했다. 둘은 땅으로 내려오지 못하고 더욱 높이 날아야 했다.

카오스 워리어들은 더 많은 혼돈의 전사들에 의해 금방 전멸

했다.

위드는 이대로는 어렵다고 판단했다.

"서윤아, 그냥 도망쳐!"

혼돈의 전사들 여럿과 싸우면서 상처를 입은 서윤이 잠시 눈길을 주었지만 다시 싸움에만 집중했다.

"그래, 어디 해보자. 애니메이트 데드!"

시체가 넘쳐 나는 전장이었다. 파괴된 언데드들을 대신해서 15마리의 카오스 워리어들을 새로 일으켰다.

위드의 마나는 그러고도 마르지 않는 샘처럼 넘쳤다.

'마나 흡수 때문이야.'

쿠비챠가 연속 공격을 맞고 나서 땅에 쓰러진 채로 잠시 몸을 가누지 못하는 혼란 상태에 빠졌다. 그 틈을 타서 위드는 다시 주문을 발휘했다.

"애니메이트 데드!"

17마리의 카오스 워리어들을 더 일으켰다.

띠링!

중급 언데드 소환 스킬의 레벨이 10이 되어 고급 언데드 소환 스킬로 변화합니다.
엘프나 정령 전사 등의 특수한 시체들을 일으킬 수 있습니다. 언데드들의 동작이 유연해지고 속도가 빨라집니다. 일반 언데드들에 대한 지배력을 획득합니다. 충분한 명성을 가지고 있다면 베르사 대륙의 무수히 많은 언데드들을 지휘할 수 있습니다.

직업 스킬 언데드 소환이 고급이 되었습니다.
종족 리치의 영향으로 언데드 스스로의 육체적인 능력을 강화합니다. 리치

전용의 스킬인 생명력 흡수, 마나 흡수의 효율이 15% 늘어납니다.

마족들이 남긴 언데드에 대한 퀘스트를 진행할 수 있습니다.
단, 다시는 조각 변신술을 해제하지 못한 채로 영원히 돌아올 수 없는 길을
걷게 될 것입니다.

조각 변신술의 상태이기 때문에 스탯 포인트의 추가나 명성의 증가 등은 이
루어지지 않습니다.
높은 예술 스탯의 영향으로 소환한 언데드들이 본능에 따라 춤을 추게 만들
수 있습니다. 달밤의 언데드 댄스는 굉장히 괴기스러울 것입니다.

"운도 더럽게 없구나. 하필이면 이때!"

언데드 소환 스킬이 고급이 되었다. 하지만 일으킨 시체들은
중급이었다. 시간이 촉박해서 언데드들을 다시 되돌리고 새로
소환할 수도 없었다.

"싸워라! 나를 위해 이곳에 있는 모든 적들을 죽여라!"

카오스 워리어 20명이 서윤을 구하기 위해서 순간 이동을 하
고, 나머지는 추가로 모여드는 혼돈의 전사들을 저지했다.

위드는 쿠비챠로부터 마나를 흡수할 때마다 언데드들을 유
지하는 데 필요한 약간의 마나만 남겨 놓고 계속 마법을 썼다.

"시체 폭발, 시체 폭발, 시체 폭발, 시체 폭발!"

주문에 걸리는 시간이 짧고 위력이 강한 시체 폭발을 연속으
로 외웠다.

"어디 갈 데까지 가 보자!"

혼돈의 전사들 진영에다, 눈에 보이는 대로 시체들을 터트려

버렸다.

아깝기 짝이 없는 시체들이었고 혼돈의 전사 무리를 더욱 자극하는 격이었지만, 어차피 이판사판이었다.

서윤은 언데드들의 도움으로 적들의 틈에서 빠져나와서 쿠비챠에게 덤벼들었다.

하지만 아쉽게도 쿠비챠도 혼란 상태를 회복하고 함성을 질렀다.

"대지의 열기를 지배하는 전사들의 혼이여! 나에게 싸울 힘을 달라!"

전사의 광분!

쿠비챠의 건장한 근육에 핏줄이 선명하게 섰다.

분노로 심장을 빠르게 뛰게 만들어서 체력을 약간 회복하고 힘과 민첩성을 증가시키는 수법!

"캬오오!"

쿠비챠와 서윤이 순식간에 십여 합을 겨루었다.

서윤은 빠른 속도로 맞섰지만 힘에서 밀렸고, 혼돈의 전사들에게 부상도 많이 당한 상태라 불리했다. 필살의 연격을 펼친 이후로 체력의 소모가 심해서 훨씬 약해져 있었다.

"인간 여전사여, 이제 그만 죽어라!"

쿠비챠의 도끼가 수차례 서윤을 두들겼다. 그리고 레드 스타가 휘둘렸다.

서윤은 지켜 주지 못해서 미안해하는 눈빛으로 위드를 보았다. 그리고 사망!

위드가 크게 고함을 쳤다.

"모든 언데드들은 쿠비챠를 노려라!"

지금의 상태를 지속하더라도 더는 의미가 없다.

쿠비챠는 서윤이 죽기 전에 퍼부은 공격들로 인해 부상이 심한 상태였다.

카오스 워리어들이 쿠비챠를 공격하기 위해 전부 순간 이동을 했다.

"왼쪽을 노려라! 다섯은 오른쪽 위에서 순간 이동으로 공격을 해!"

쿠비챠의 등에 업혀 있다 보니 시야가 거의 같아졌다. 그 덕에 쿠비챠의 공격 방향을 읽고 언데드들을 지휘해서 약간이나마 더 잘 싸우게 할 수 있었다.

언데드들은 쿠비챠의 몸을 도끼질로 난자하다가 역습을 받아 불덩어리가 되어 소멸했다.

"블레이드 토네이도!"

토리도 역시 쿠비챠를 향해 최강의 스킬을 사용한 이후에 사망했다.

황금새와 은새도 지상으로 내려와서 쿠비챠를 공격했지만, 만신창이가 되어 혼돈의 전사들에 의해서 쫓겨 올라가야 했다.

"궁색한 해골, 이제 너의 차례다."

방해꾼들을 모두 제거한 쿠비챠가 살벌하게 말했다.

당당하게 서 있지만 그의 몸도 초주검 상태였다.

쿠비챠의 놀라운 생명력 회복도, 모기처럼 달라붙어서 빨아먹는 위드에 의해서 제대로 발휘되지 못하고 목숨이 경각에 처한 것이다.

"죽어라, 해골!"

쿠비챠가 뒤로 휘두르는 도끼를 본 위드는 순간 등에서 옆구리 쪽으로 몸을 날렸다.

"마인드 핸드!"

조각술로 만들어 내는 세 번째의 손.

그 손으로 쿠비챠를 끌어안고 날렵하게 피했다.

완전히 공격 범위를 벗어나지는 못해 큰 타격을 받았지만, 흡수한 생명력으로 약간이나마 회복했다.

쿠비챠가 도끼질을 할 때마다 위드는 묘기를 부리는 원숭이처럼 등과 옆구리 사이를 오가면서 버텼다.

"마지막까지 귀찮게 구는구나!"

쿠비챠의 공격을 당할 때마다 위드의 뼈다귀들이 깨지고 부러졌다. 맞는 족족 생명력이 떨어졌다.

'이대로 죽겠구나.'

쿠비챠의 몸에서 떨어져 나올 수도 없고 마법 스킬을 쓸 수도 없으니 영락없이 죽게 될 상황.

"골골골!"

죽음이 얼마 남지 않았을 때 위드에게 익숙한 금인이의 소리가 들렸다.

음머어어어어!

누렁이의 울음소리도 들려왔다.

위드는 둘에게 전투에 끼지 말고 얌전히 기다리다가 상황이 불리하면 퇴각하라고 지시를 했었다.

"나 금인이가 간다. 우리 주인을 죽이지 마라, 골골골!"

누렁이의 등에 타고 금인이가 용감한 기사처럼 돌격했다.

"적이 아직 남았다."

"저지해라."

혼돈의 전사들이 둘을 저지하기 위해 날파리 떼처럼 달려들었다.

"덤벼라, 골골!"

금인이는 검을 휘두르면서 적 진영을 돌파했다.

혼돈의 전사들을 지나칠 때마다 흠집 하나 없이 매끈하던 몸에 상처가 새겨졌다.

갈라지고, 부서지고, 불에 타서 녹아내리면서도 전진을 멈추지 않았다.

누렁이도 공격을 당해 불덩이가 되어서도 혼돈의 전사들을 돌파!

금인이가 영롱한 푸른빛을 내는 사파이어를 5개나 꺼냈다.

세공해서 중앙 대륙의 상점에 판다면 만 골드는 족히 받을 수 있는 보석.

"보석 파괴. 사파이어 오브!"

금인이를 중심으로 눈과 얼음 조각들이 휘몰아치면서 혼돈의 전사들을 강타!

돌풍의 중심과 함께 휘몰아치는 얼음 조각들이 쿠비챠를 향해서 몰려왔다.

"케에엑! 어디서 이런 공격을… 블링크!"

쿠비챠는 피하려 했지만 끝까지 물고 늘어지는 위드로 인해서 순간 이동 실패!

사파이어 오브가 쿠비챠를 둘러싸고 회전하면서 무시무시한 상처를 냈다.

위드도 그 안에 휩쓸릴 수밖에 없었다. 그래도 최대한 피해를 줄이기 위해서 쿠비챠의 등에 바싹 몸을 붙였다.

극도의 추위로 인해 몸이 결빙되었습니다.

생명력이 급격하게 하락하고 있습니다.

신체 능력이 87%까지 저하됩니다.

극도의 상태 이상!
단, 언데드라서 감기에는 걸리지 않습니다.

턱과 손가락이 얼어 마법 주문을 외울 수 없습니다.

육체의 일부에서 감각을 상실합니다.
피부와 신경이 괴사하게 되지만, 뼈밖에 없어서 해당하지 않습니다.

몸을 완전히 움직일 수 없습니다.

시전하고 있던 모든 마법 스킬들이 취소됩니다.
보호 마법들의 취소로, 생명력과 마나 흡수도 이루어지지 않습니다.

메시지 창이 쭉쭉 위로 올라갔다.

쿠비챠에게 도끼질을 당한 후로 근근이 버티고 있었는데, 사파이어 오브의 영향권에 들어 생명력이 급격하게 떨어졌다.

위드의 텅 빈 해골의 동공에도 얼음 조각들이 붙었다. 절반밖에 열리지 않은 눈으로 금인이를 보니, 혼돈의 전사들에게 심한 공격을 당하고 있었다.

금인이가 마지막으로 외쳤다.

"주인, 세상을 보여 줘서 고마웠다. 골골골!"

그러고는 위드가 금지시켰던 마법을 다시 사용했다.

"보석 파괴!"

위드는 죽을 만큼 위험하면 쓰라고 5개의 사파이어를 비상용으로 주었다. 더 이상은 쓸 보석이 없을 텐데 어떻게 스킬을 사용하는지 의아할 무렵이었다.

금인이의 몸이 폭발하면서 황금빛 광채가 혼돈의 전사와 쿠비챠를 휩쓸었다.

마지막으로 스스로의 몸을 터트려서라도 적들을 물리치고 위드를 구하려 한 것이다.

위드의 머릿속에, 금인이와의 추억이 주마등처럼 스쳐 지나갔다.

금인이를 만들고 나서 했던 말들.

"넌 왜 이렇게 무능하냐. 밥값도 못하고."

형제처럼 장비를 나누어 쓰기도 했다.

위드가 입을 일이 없었던 초보 복장이나 클레이 소드 등의 고물들을 받아서 쓰던 신세.

"누가 너 같은 애를 만들어서… 누군지 몰라도 한심하다, 한심해."

그렇게 구박을 받으면서도, 금인이는 불만도 없이 와이번들과 사냥을 하면서 성장했다. 잘생긴 얼굴로 가끔 잘난 척하기도 했지만 위드에게 칭찬을 받기 위해서 애교를 부릴 줄도 알았다.

"크어어어어!"

금인이가 그렇게 사망했지만 쿠비챠는 질기게도 살아남아 버티고 있었다.

"모두, 모두 죽여 버리리라!"

극도의 상처를 입고 맹수처럼 포효하는 쿠비챠였다.

누렁이도 울부짖으면서 이리저리 날뛰었지만 혼돈의 전사들에게 몰려 부상이 점차 심해지고 있었다.

절체절명의 상황!

위드는 재빨리 자하브의 조각칼을 꺼내서 자신의 가슴을 찔렀다. 얼마 남지 않은 생명력을 스스로 단축시키면서, 죽기 직전 안식의 동판을 꺼냈다.

❧

"아아아."

"어떻게 이런 일이…….."

KMC미디어의 직원들은 망연자실했다.

최종 단계에서 퀘스트를 실패하고 말았다. 그것도 위드의 조각 생명체들까지 몰살하게 될 상황이었다.

슬픔과 안타까움으로 눈물을 보이는 직원도 있었다.

강 부장이 씁쓸하게 말했다.

"위드의 신화도 끝나고 마는군."

위드라고 성공만 할 수는 없을 것이다.

더구나 퀘스트의 난이도가 이렇게 높았으니 누구도 비난하진 못하리라.

쿠비챠는 언데드들의 집중 공격에, 불의 거인들과도 싸우고, 시체 파괴 등도 버텼다. 혼돈의 전사들을 지휘하는 쿠비챠에게 도전한 것만으로도 큰 용기였다.

"휴우, 그래도 정말 허전하군."

강 부장은 멍하니 아직도 전송되는 영상을 보고 있었다.

쿠비챠는 너무 큰 부상으로 인해 한쪽 무릎을 꿇고 쉬었고, 혼돈의 전사들이 모여들어서 삼엄하게 경계를 했다.

여전히 인페르노 나이트들을 상대하기에 충분한 수의 혼돈의 전사들이 있었고, 불의 거인들도 약화되어 전쟁 상황이 바뀔 여지는 거의 없어 보였다.

위드가 전쟁에 끼어들었던 것은 그야말로 기가 막힌 순간이었다.

그대로 지켜보기만 했더라면 혼돈의 전사들이 갈수록 더 많이 남아서 나중엔 덤비지도 못했을 것이다.

불의 거인들과 인페르노 나이트들이 적절히 버텨 주고 있을 때, 혼돈의 전사들도 많이 지쳐 있을 때 절묘하게 끼어들어 전투에 임했다.

놀라운 관찰력과 승부 근성이었다.

"그렇기 때문에 우리도 정신없이 볼 수밖에 없었겠지만."

극적인 순간들이 연속되면서 강 부장만이 아니라 작업 팀들도 영상을 멍하니 보고만 있었다.

강 부장이 주의를 환기시키는 의미에서 박수를 쳤다.

"다들 정신 차려. 이제 마무리 작업을 해야지. 퀘스트에 실패했으니까 자막과 음악은 아주 신중하게 넣어야 될 거야. 편성국, 지금 순간 시청률은 얼마나 나오고 있어?"

"네, 잠시만요."

편성국에서 나온 직원은 모니터를 살펴보고 나서 어이없다는 듯이 대답했다.

"지금 17개 게임 방송사 중에서 점유율이 92.5%인데요. 공중파와 뉴스 채널을 포함한 전체 시청률로도 8.9%가 나오고 있습니다."

홈쇼핑이나 코미디, 드라마 방송 채널까지 다 포함해서 집계한 시청률이 8.9%였다.

게임 방송만을 놓고 계산한 시청률로는 92.5%.

KMC미디어는 물론이고 어떤 방송국도 이런 시청률을 기록한 적은 없다.

〈로열 로드〉와 관련된 방송들에 관한 한, 100명 중에서 7~8명을 제외하고는 모두 KMC미디어를 보고 있다는 뜻이다.

"이런 황당한 시청률이⋯⋯."

기계 고장인가 해서 확인해 보았지만, KMC미디어의 다른 부서에서도 난리가 나고 있었다.

각 기업들로부터 광고영업부로 전화가 쇄도했고, 해외사업부에서는 다른 국가의 방송사들로부터 연락들이 오고 있었다.

시청자 게시판은 폭주 끝에 도저히 읽을 수 없을 정도였다.

─KMC미디어가 한 방 크게 터트렸군요.
─위드의 모험이 방송됩니다. 지금 텔레비전을 켜서 KMC미디어를 틀어 보세요.
─텔레비전이 없는 분들은 방송국의 홈페이지에 가면 인터넷으로도 중계됩니다.
─인터넷으로 보는 건 추천하지 않습니다. 접속자 숫자가 너무 많아서 화면이 나오지를 않아요.

CTS미디어나 다른 방송국들은 KMC미디어를 질투하고 울상을 짓고 있을 게 분명했다.

일시적으로 시청률이 잠깐 오른 것이라고 치부할 수도 있지만, 한번 이런 식으로 큰 이슈를 만들면 고정 시청자 숫자가 늘어나게 된다.

KMC미디어의 다른 방송 프로그램들도 시청률이 일정 부분 증가하는 효과가 생기는 것이다.

특히 지금은 〈로열 로드〉가 일반인들에게도 어마어마한 인기를 끌어모으고 있다.

초기에는, 목돈이 들어가는 캡슐 가격으로 인해 가상현실의 장점에도 불구하고 대중화에 약간의 거부감이 있었다.

하지만 그 기간은 금방 지나가고, 더 좋은 자동차, 한두 평 더 넓은 집에 살 바에야 〈로열 로드〉를 하는 편이 훨씬 낫다는 인식이 널리 퍼졌다.

어린아이들을 동반한 가족이 함께 〈로열 로드〉에서 사냥을 하는 광경이 그리 낯설지 않게 변했다.

한국만이 아니라 전 세계를, 〈로열 로드〉가 바꾸어 놓고 있었다.

일반인들이 게임 방송을 보게 되면서 게임 방송사의 영향력은 날로 증가하는 추세다. 그 시청자들이 위드와 KMC미디어를 특별하게 기억하게 될 수 있었다.

이런 방송사들의 순위는 시간이 지나면 갈수록 뒤집기가 어려워지고 만다.

여기에는 CTS미디어나 다른 방송국들의 자충수도 일정 부분 작용했다.

지골라스에서 모험하는 탐험대의 이야기를 생방송으로 하면서 한창 재미를 봤다. 광고들도 짭짤하게 팔아먹고, 시청자들의 관심도 많이 받았다.

하지만 위드의 모험이 방송되자마자 그 시청자들이 KMC미디어의 채널로 옮겨 가 버리고 만 것이다.

—드디어 위드의 모험이 나옵니다.
—KMC미디어로 갑니다. 안녕히.
—저도 갑니다. 크크크.

시청자들의 쏠림 현상이 발생하면서, 인터넷에서도 모두 지골라스에 대한 이야기뿐이다. 마치 오랫동안 기다렸던 것처럼 너도나도 위드와 모험에 대한 이야기를 하고 있는 것이다.

스크린에 나오는 영상을 보면서 강 부장이 중얼거렸다.

"그런데 퀘스트를 실패하게 되어서 굉장히 유감이군."

위드가 죽은 이후로 아직 몇 분 지나지 않았지만, 엄청난 전투를 보고 나니 큰일을 치른 것처럼 흥분이 가시지 않았다.

아니, 방송국 관계자의 입장에서는 지골라스에서 하는 〈위드〉의 특집 프로그램이 생방송 중이니 완전히 끝날 때까지 긴장을 풀어서는 안 됐다.

그들의 싸움은 지금부터인 셈.

그런데 많은 KMC미디어의 직원들이 여전히 영상을 쳐다보고 있었다.

잠깐 일을 하려고 돌아섰던 직원들도, 다시 영상에 시선을 빼앗겼다. 지골라스의 패권을 놓고 벌어지는 종족 전쟁은 여전히 화려하고, 볼거리가 많았다.

강 부장은 불현듯 의문이 들었다.

"위드가 죽었는데 왜 영상이 계속 나오는 것이지?"

다른 직원들도 비슷한 생각을 하고 있었던 모양이다.

"그러게요. 분명히 위드가 죽었는데……."

"원래 죽으면 영상도 바로 끊기잖아요."

그런데 설명을 해 줄 수 있는 위드 열혈 팬 직원들은 아무 말도 없이 영상만 바라보았다.

두근. 두근.

심장이 떨리고 있었다.

조금 후에 벌어지게 될 광경을 그들만은 짐작하고 있었기 때문이다.

위드가 스스로 목숨을 끊었을 때부터, 주위가 소란스러워졌는데도 영상을 보면서 가슴 졸이던 직원들이 많았다.

'와라.'

'이제 일어날 때가… 크크크크크크.'

⌘

자욱하게 일어나는 연기!

그 안에서 거대한 녹색 광망이 번뜩였다.

시선을 내려보니 쿠비챠가 훨씬 아래에서 휴식을 취하고 있었다.

위드는 죽음을 거부할 수 있는 힘으로 되살아난 것은 알았지만, 근원의 스켈레톤 등으로 재탄생했던 때와는 몸이 다른 것을 느꼈다.

건축물의 철골보다도 굵은 뼈마디.

날개와 꼬리가 있고, 머리와 주둥이의 크기는 엄청났다.

위드가 본 드래곤으로 다시 살아난 것이다.

> 심연의 어둠 속에서 되살아났습니다.
> 죽음을 거부할 수 있는 힘의 스킬이 초급 3레벨이 되었습니다. 생명력이 추가로 2% 늘어나며, 어둠의 힘을 2% 이끌어 낼 수 있습니다. 사악한 땅에서 싸울수록 효력을 더할 것입니다. 부활 가능한 언데드의 종류가 늘어납니다.
> 부활 후 사용 가능한 종족 고유 스킬의 개수와 스킬 레벨이 향상됩니다.

초대형 몬스터로 부활하였습니다.
종족 스킬에 페널티가 적용됩니다. 종족 능력치의 기본 조건을 갖추지 못했기에, 육체를 오랫동안 유지할 수는 없습니다. 취약한 생명력을 갖게 됩니다. 육체의 무게를 유지하느라 힘의 많은 부분이 빼앗깁니다. 갑작스러운 움직임은 신체를 파손시킬 수도 있습니다.

달라진 몸에 익숙해지기도 전에 일단 누렁이부터 찾았다.

'아직 죽지 않았군.'

누렁이는 죽음이 임박한 상태로 날뛰면서 힘겹게 버티는 중이었다. 사력을 다한 저항으로 인해서 혼돈의 전사들도 최후의 일격을 가하지 못했다.

'내가 구해 주마.'

한 걸음을 내딛자 무려 10미터 이상 움직였다.

꽈아아아앙!

그리고 엄청난 발소리.

발을 내딛는 울림으로 던전이 뒤흔들렸다.

엄청난 위세를 보여 주는 것과는 달리 뼈마디들이 쑤셨다. 크게 걸음을 걷는 것만으로도 생명력이 떨어졌다.

초대형 몬스터의 수난.

위드는 주둥이를 크게 벌려서 누렁이를 뒤덮었다. 그대로 누렁이를 입에 물어 공중으로 내뱉었다.

동시에 귓속말을 보냈다.

―황금새, 은새. 너희가 아직도 살아 있다면 누렁이를 잡아라.

째재재잭!

연기 속에서 황금새와 은새의 맑은 울음소리가 들렸다. 누렁이를 구하기 위해 공중을 맴돌면서 틈을 노리던 둘이 잽싸게 날아왔다.

위드가 뱉은 누렁이를 어깨에 이고 혼돈의 전사들이 덤비지 못하는 높은 곳까지 올라가는 것에 성공!

'이제 쿠비챠의 차례군.'

위드가 돌아섰다.

혼돈의 전사들과 인페르노 나이트들이 위를 올려다보며 경악하고 있었다.

하지만 위드는 잠깐도 머뭇거릴 시간이 없었다.

쿠비챠가 회복할 시간을 주면 안 될뿐더러, 현재의 육체로 싸울 수 있는 효율적인 방법도 없다. 본 드래곤이라고 해도 지금처럼 천장이 막혀 있는 장소에서는 날지도 못한다.

쿠오오오오오오오오!

드래곤 피어!

혼돈의 전사들이 본능적으로 약간 멈칫거리는 틈을 타 위드는 재빨리 움직였다.

먼저 뒷발로 쿠비챠를 덮고 질근질근 비볐다. 온 체중을 실어서 하는 공격이었다.

쿠비챠는 부상이 심해서 순간 이동이나 도망칠 생각도 못 하고 속절없이 짓밟혔다. 하지만 그 잠깐 사이에 조금 회복이 되었는지 죽지는 않았다.

위드는 공을 가지고 놀듯이 공중에 띄워 올린 후에 입에 넣고 깨물었다.

"대전사님을 구해야 한다!"

"본 드래곤을 쳐라!"

드래곤 피어의 영향력은 5초도 유지되지 못했다.

혼돈의 전사들이 도끼를 들고 순간 이동을 해서 위드의 온몸을 두들겼다. 목덜미와 척추, 옆구리, 다리를 가리지 않고 혼돈의 전사들의 도끼질이 가해졌다.

전신이 불타오르는 본 드래곤!

초대형 몬스터가 강한 것은 그만한 힘과 생명력이 있기 때문이다. 육체도 감당하지 못할 크기로 다시 태어난 것은 오히려 불운이라고 할 수 있으리라.

적들을 공격하기에는 너무 느리고, 또 적들을 단숨에 죽일 힘도 없다. 반면에 공격당할 구석은 셀 수도 없이 많으니!

더구나 현재의 몸에 익숙해지지도 않은 상태였다.

'국민 체조라도 몇 번 하면 좋을 텐데…….'

생소한 느낌을 전해 주는 꼬리와 날개가 있었지만 써먹지도 못했다.

위드는 앞발과 날개로 몸을 감싸고 웅크린 채로 머리를 바짝 숙였다.

이른바 본 드래곤으로 할 수 있는 최상의 수비 자세!

때릴 만큼 때리거나 말거나, 위드의 목표는 단 하나였다.

'앞니보다는 어금니가 그래도 좀 더 강하지.'

돌멩이를 씹는 것처럼 딱딱하지만 어금니가 깨지거나 말거나 깨물었다. 이빨 빠진 본 드래곤이 되거나 말거나, 어떻게 해서든 쿠비챠를 처리해야 한다는 필사적인 공격!

동시다발적인 공격을 받은 위드의 생명력이 급속도로 하락했다. 하지만 쿠비챠도 입안에서 순간 이동으로 도망치지도 못하고 계속 잡혀 있었다.

그렇게 생으로 쿠비챠를 씹어 대던 와중에 갑자기 메시지 창이 떠올랐다.

띠링!

레벨이 올랐습니다.

레벨이 올랐습니다.

레벨이 올랐습니다.

지골라스의 지배권을 노리던 혼돈의 대전사 쿠비챠가 영원한 안식에 들어갔습니다.

위대한 전투 업적으로 인하여 명성이 1,875 올랐습니다.

쿠비챠와 싸워 승리를 거두었습니다.
지골라스만이 아니라 베르사 대륙 전체를 통틀어 가장 찬사받아 마땅한 모험일 것입니다. 전 대륙의 음유시인들이 당신을 위한 노래를 부르게 됩니다. 당신의 노래가 울려 퍼질 때마다 명성이 오르고 악명이 감소합니다. 기품이 35 증가합니다. 귀족 사회와 각국의 왕들에게 호의를 받게 됩니다.

카리스마가 11 상승했습니다.

투지가 7 상승하였습니다.

지골라스 전체에 영향을 미치게 될 영광적인 전투의 승리로, 전투에 참여했던 모든 이들의 전 스탯이 6씩 오릅니다.

혼돈의 전사들과 돌이킬 수 없는 철천지원수 관계가 형성되었습니다. 적대도가 최대치가 됩니다.

호칭, '불멸의 전사'를 획득하였습니다.
죽음에서 되살아나 스스로의 한계를 극복하며 싸움에서 승리한 자에게 부여되는 호칭입니다. 언데드들에게 특별한 존중을 받을 수 있으며, 네크로맨서와 암흑 기사, 죽음의 기사로부터 호감을 이끌어 냅니다. 자신보다 강한 적과 싸울 때 생명력과 힘, 민첩성이 5% 늘어납니다. 죽음을 거부할 수 있는 힘으로 되살아났을 때의 효과가 10% 증가합니다.

혼돈의 대전사의 부츠를 획득하였습니다.

혼돈의 대전사의 판금 갑옷 세트를 획득하였습니다.

지골라스의 지하 지도를 획득하였습니다.

드래곤이 만든 검, 레드 스타를 획득하였습니다.

슬로어의 결혼반지 한 쌍을 획득하였습니다.

아이템의 습득까지!

위드의 생명력도 어느새 12% 정도밖에 남지 않았다.

"주인, 지금 구하러 간다."

"내가 갈 때까지 버텨 보세요."

황금새와 은새가 누렁이를 안전한 곳에 데려다 놓고 돌아오고 있었다. 위드는 그들을 향해 다시 귓속말을 전했다.

> ─날 걱정해 줄 필요는 없다. 누렁이에게 돌아가라. 이건 무조건 들어야 하는 명령이다.

황금새와 은새가 온다 해도 그를 구하지는 못할 것이다.

혼돈의 전사들이 모두 그에게 덤벼들고 있었다. 인페르노 나이트들과 싸우던 혼돈의 전사, 불의 거인을 향해 집단으로 덤비던 이들도 목표를 바꾸어서 위드를 죽이기 위해서 온다.

피할 수 없는 두 번째의 죽음을 맞이하겠지만, 여한은 없다. 위드는 이미 본전을 뽑았다고 여겼다.

'지긋지긋한 놈들. 어디 이것도 맞아 봐라.'

위드는 숨을 크게 들이마셨다. 마실 수 있는 한 최대한 크게.

본 드래곤의 흉곽이 무시무시하게 부풀어 올랐다.

그리고 마나와 함께 발출했다.

애시드 브레스.

본 드래곤의 산성 브레스가 혼돈의 전사들을 향해 쏟아졌다.

슬로어의 결혼식

KMC미디어에서는 옆 사람이 침을 삼키는 소리까지 들릴 정도로 침묵이 흘렀다.

위드가 부활했을 때부터 다들 영상을 보느라 정신이 없었다.

영상을 편집하고 작업하는 부서들만이 아니었다.

국장실에서부터 사장실에 이르기까지 내부적으로 채널을 고정해 놓고 보고 있었는데, 위드가 본 드래곤으로 부활한 그 순간부터 다들 아무 생각도 없이 영상만 봤다.

죽음을 거부할 수 있는 힘으로, 아무리 안식의 동판이 있었다고 해도 본 드래곤으로 부활하다니!

"말도 안 돼."

"무슨, 어떻게 저런 일이……."

내부적으로는 엄청난 페널티로 인해서 공전절후의 능력을 발휘하던 그 본 드래곤은 아니었다. 안식의 동판의 효과가 발생했음에도 불구하고 위드의 레벨이나 죽음을 거부할 수 있는 힘의 스킬 수준으로는 본 드래곤으로 부활해서 잘 싸우긴 힘들었다.

비행이 가능한 대형 몬스터에게는 굉장히 불리한 지하 던전이라는 점도 한몫을 했다.

하지만 그 무수한 단점들에도 불구하고 눈으로 보이는 위압감이 있다.

위드가 본 드래곤으로 부활했다는 점에서 전율이 흘렀다.

방송국의 직원들조차도 정신이 멍할 정도로 부러운 기분이었는데 나중에 편집 과정을 거쳐서 더욱 보강된 화면을 감상하게 될 시청자들은 어떨까!

〈로열 로드〉를 하는 시청자들은 이 순간 감동할 수밖에 없을 것이다.

"아, 부럽다."

"역시 위드잖아. 이런 모험을 할 사람은 그밖에 없어."

방송국 직원들도 의식이 영상에 빨려 들어갈 것 같은 재미와 흡입력을 느꼈다.

강 부장이나 연출부의 직원들은 평소에 화면을 보면서 추가해야 할 자막이나 영상의 구성을 궁리한다.

"자막은… 안 넣어도 되겠어. 있는 그대로가 제일 좋아."

어떤 자막을 넣어도 이 감동을 돋보이게 만들지 못할 것이다. 그저 경박해 보일 뿐.

그렇게 다들 넋을 빼고 지켜보는 가운데 드디어 본 드래곤, 실질적으로는 위드가 두 번째의 죽음을 맞이했다.

하지만 쿠비챠가 죽었으니 S급 난이도 퀘스트는 성공한 것이었다.

얼마 후면 베르사 대륙의 주민들이 시끄럽게 떠들기 시작할 테고, 신전에 신탁이 내려와서 위드가 성공했다는 사실을 알릴 수도 있다.

강 부장을 비롯해서 KMC미디어의 직원들조차도 끝내 의심했던 S급 난이도 퀘스트의 성공!

위드가 죽고 나서 영상실 영상이 뚝 끊어졌다. 화면도 나오지 않았고, 소리도 없었다.

하지만 모두 한동안 가만히 있었다.

그리고 벼락을 맞은 듯, 어느 순간부터 각자의 업무를 위해 고함을 치며 움직였다.

"특집 프로그램 제목을 바꿔. '위드의 성전'! 아니, 아니야! 소제목부터 바꾸자. '명품 언데드', 괜찮잖아?"

"편성 시간을 늘려야 되니 후속 프로그램 진행자들에게 양해를 구하고 홈페이지 방송 시간표 수정할게요."

"기업들로부터 연락이 쏟아지고 있는데요, 일단 광고 단가만 받아 놓겠습니다."

본 드래곤이 출현한 부분은 2분 56초!

불과 3분이 되지 않는 시간이지만 시청자들 사이에서 그리고 게임 방송사들 사이에서 두고두고 회자될 것이다.

캡슐에서 나온 이현은 극심하게 밀려오는 상실감에 멍하니 자리에 앉아 있었다.

"이제 24시간 접속할 수 없겠지."

산성 브레스를 쏘아 혼돈의 전사들을 몇 명 정도 잡긴 했다. 하지만 그의 레벨로는 브레스라고 하더라도 제대로 된 위력을 발휘하지 못한다.

더구나 본 드래곤으로 재탄생했다고는 하지만 스킬 운용은 초급!

비행 스킬이나 드래곤 피어, 브레스가 모두 초급 4레벨, 6레벨, 3레벨 정도였다.

오랜 전투로 생명력이 많이 떨어져 있던 혼돈의 전사들이었기에 눈먼 브레스에도 죽었으리라.

"어쨌든 힘들었다."

이현은 청소를 하기 위해 일어섰다.

텔레비전을 틀면 그의 퀘스트에 대한 내용이 나오고 있겠지만, 그가 주로 시청하는 프로그램은 〈베르사 대륙 이야기〉처럼 뉴스 정도에 국한되었다.

전기세가 아깝다는 생각!

"대청소를 한 지 한참 되었으니 쓸고 닦아 봐야겠어."

이불 빨래, 냉장고 청소, 닭장 정비까지, 해야 할 일들을 척척 진행했다.

낙엽이 쌓이는 것을 보니 가을이 지나가고 있었다.

"가을은 정말 빨리 스쳐 지나가지."

건조하고 황량한 바람에 이현의 감수성도 예민해지는 모양이었다.

"얼마 후면 김장이나 담가야겠어."

김장은 겨울이 오기 전에 해야 할 필수적인 작업!

이현이 막 보신이 집을 정비하려는 참이었다.

딩동딩동딩동딩동.

대문에서 누군가가 미친 듯이 벨을 눌렀다.

잡상인 출입 금지!

종교 믿지 않음!

벨이 고장이 날 듯 말 듯 함.

눌러서 고장 낸 사람에게는 수리비를 물리겠음!

이런 경고장을 보고도 벨을 눌렀다면 분명히 용건이 있는 사람이리라.

이현이 나가서 대문을 열어 보니 전혀 예상치도 못하게 서운이 있었다. 얼마나 다급하게 왔는지 이마에는 송골송골 땀이 맺혔다.

토리도와 교환한 닭과 토끼를 가져간 이후의 첫 방문이었다.

"반가워. 이게 얼마 만이야? 어서 안으로 들어와."

이현은 절친한 친구처럼 반갑게 그녀를 집 안으로 맞이했다. 그러고는 냉녹차를 밥그릇에 따라 주었다.

"요즘 날씨가 쌀쌀해져서 따뜻한 녹차를 타 줘야 하는데 좀 더운 것 같아서 시원하게 탔어."

"……."

"꿀도 타 줄까?"

서윤은 녹차는 거들떠보지도 않은 채로 측은한 눈빛을 보내고 있었다.

'오죽 상처가 컸으면… 나를 이렇게 반갑게 맞아 줄까?'

서윤은 죽음을 맞이하자마자 캡슐을 나왔다.

예전에 KMC미디어는 퀘스트의 핵심 동료인 그녀에게도 출연에 대한 부분을 문의했다. 물론 그녀가 직접 나서지는 않고 담당 변호사를 통해서 협의를 진행했다.

평소라면 출연을 허락할 이유가 없었지만, 이현의 퀘스트를 방송하기 위해서라니 좋은 방향으로 허락했다.

서윤이 나오는 분량에서는 얼굴에 가면을 쓰도록 하고, 갑옷 위에도 나풀거리는 얇은 천을 씌우는 정도에서 타협을 봤다.

서윤은 우선 KMC미디어를 통해서 지골라스의 상황에 대해 알아보았다.

금인이의 죽음 그리고 위드의 두 번에 걸친 사망!

서윤은 레벨과 스킬 숙련도의 하락, 그 이상으로 상심하고 있을 이현을 달래 주기 위해, 위로하기 위해서 온 것이었다.

이현은 너무도 반갑게 그녀를 대했다.

"이런, 내 정신 좀 봐. 녹차만 마시려니 심심하지? 과일이라도 좀 내올게."

보통 때의 이현과는 완전히 다른 행동이었다.

〈로열 로드〉에서 서윤은 쿠비챠와 싸우다가 목숨을 잃어버렸다. 그게 큰 도움이 되어서 쿠비챠를 사냥하고 퀘스트를 성공했다.

이현은 당연히 고마웠지만, 그에 따른 분배를 해 줘야 하기에 머리가 초고속으로 회전했다.

'일단 잡아떼 보자.'

사과를 깎으면서 이현은 입술에 침을 듬뿍 발랐다.

거짓말하기 전에는 입술에 침을 발라 주는 최소한의 양심!

"아! 완전 거지였어, 거지. 어떻게 죽으면서 아이템 하나를 안 떨어뜨리냐."

능청스럽게 말하면서 사과 껍질을 한 줄로 깎았다.

방송에 나오게 되더라도 그가 어떤 아이템을 획득했는지는 알 수 없다. 쿠비챠가 죽었을 때의 상황은 위드의 입속만이 알고 있을 뿐.

'1개도 안 나왔다는 건 너무 심했나? 그래도 보스급이었는데… 퀘스트와도 관련이 있는 몬스터였으니 나중에 의심할지도 몰라.'

이현이 다시 누그러진 목소리로 말했다.

"그래도 다행이지. 장비는 쓸 만한 게 안 나왔지만 루비 5개… 아니, 3개였던가? 아아, 4개였지. 아무튼 그거라도 떨어뜨리고 죽었으니."

5개를 불렀다가 왠지 많다는 생각에 2개를 줄였다. 하지만 3개를 나누다 보면 1개만 줄 수는 없다.

결국 2개를 줄 바에야 의심을 덜 받을 4개로 확정했다.

"쿠비챠가 참 좋은 장비를 착용했던 거 같은데… 뭐, 솔직히 그런 장비를 떨어뜨렸다고 해도 누가 착용할 수 있을 것 같지도 않지만."

혼자서 말을 잇고 있었지만 이현 본인도 답답했다. 어떤 아이템을 획득했는지는 접속해서 확인해 봐야만 알 수 있다.

'적당히 나누어 주려면 명확하게 가치 판정부터 해 봐야 되는데.'

베르사 대륙의 시간으로 몇 달을 고난을 함께했다. 서윤의 공헌도가 모험에서 전체적으로 높은 부분을 차지했으니 공로를 깎아내리고 속이는 건 비겁한 짓이다.

결국은 상식적인 수준에서 공평하게 아이템을 나누어서 보상해 줘야 될 것이다.

하지만 나온 장비가 1개밖에 없다고 했다가 2개, 3개라고 한다면 훨씬 기분이 좋지 않겠는가!

'많이 아파하지는 않는구나. 다행이다.'

서윤은 녹차 밥그릇으로 입가를 가리고 살짝 안도의 미소를 지었다. 이현의 썩은 미소와는 차원이 다른 자연스러운 웃음이었다.

프레야 여신상을 만들 때, 이현은 과연 서윤이 웃으면 얼마나 아름다울까 하는 상상을 했다.

지금 그의 눈앞에서 다정한 눈빛을 보내면서 웃는 그녀에게서 흘러나오는 매력은 역시나 항거할 수 없는 것!

이현은 그녀와 눈을 마주칠 수가 없었다.

쿠비챠의 아이템에 대해서 아무렇게나 떠들었던 거짓말 때문이 아니라 그녀의 표정 그리고 눈빛이 깊은 정을 담고 있었기 때문이다.

'상당히 어색한 분위기로군.'

이현은 화제를 돌리기 위해서 무슨 말이든 해야 했다.

"대청소를 하던 중인데… 같이할래?"

취미 생활도 아닌, 집 청소를 함께하자는 제안이었다. 그런데도 서윤은 고개를 끄덕이면서 일어났다.

"마당부터 같이 쓸자. 낙엽이 많이 쌓였어."

마당으로 나가 비질을 하면서, 서윤은 보통 때의 그녀와는 다르게 장난도 쳤다.

낙엽을 모아서 이현의 영역으로 슬며시 밀어 넣은 것!

학교를 같이 다니면서 수업을 듣고 〈로열 로드〉에서 모험을 하며 쌓인 정 때문에 그녀가 장난도 칠 수 있었다.

목줄을 풀어 놓은 새로운 보신이가 냄새를 맡으며 마당을 돌아다니고, 닭장 청소를 위해 내놓은 닭들도 돌아다녔다.

벼슬을 꼿꼿하게 세운 채로 걸어 다니는 수탉 그리고 뒤를 따르는 암탉과 병아리들.

청소를 하다 보니 물이 많이 튀었다는 걸 깨닫고, 이현은 서윤이 입고 있는 옷이 신경 쓰였다.

'20만 원도 넘겠군.'

상당히 비싸 보이는 외투를 입고 있는 그녀였다.

"여긴 내가 치울 테니까 넌 설거지를 할래? 안 치운 설거짓거리가 있는 건 아니고, 안에 넣어 둔 그릇이랑 냄비들 좀 꺼내서 깨끗하게 씻어 줘."

서윤은 고개를 끄덕이더니 집 안으로 들어갔다.

창문이 열려 있어 그녀가 싱크대에서 물을 트는 소리가 고스란히 들렸다.

남자는 닭장을 치우고 여자는 그릇을 닦으니 두 사람 모두 결혼을 한 것 같은 느낌도 들었다.

'청소에 큰 도움이 되는 건 아니지만, 그래도 저녁에 맛있는 거라도 해 줘야겠군.'

이현이 탕수육을 만들어 주려고 큰 결심을 하는 순간.

쨍그랑.

물이 흐르는 소리도 없이 한참이나 고요가 떠다녔다.

그리고 다시 설거지를 하는 소리가 들렸다. 하지만 채 1분도 지나지 않았을 때 다시…….

와장창!

닭장 청소를 하는 이현의 눈가에 눈물이 맺혔다.

"내, 내가 설거지할까?"

대답 없이 그릇 씻는 소리만 계속 들렸다.

서윤은 진지하게 공들여 설거지를 했다. 그릇들을 옮기다가 실수를 하고 손이 미끄러지기도 했지만, 다행스럽게도 더는 깨뜨리는 그릇이 없었다.

그날 저녁에는 이현이 솜씨를 발휘한 탕수육을 먹으며 텔레비전 시청!

예능 프로그램과 드라마를 보고 나서 서윤이 가야 할 시간이었다. 이현은 급하게 신문지로 포장한 책을 선물로 주었다.

"살아감에 있어서 큰 감동을 주는 책이야."

이현의 평생에 여동생을 제외하고 여자에게 하는 선물로는 처음이었다.

"꼭 지골라스에서 얻은 아이템 때문은 아니고, 그냥 평소에 읽어 두면 좋을 것 같아서."

책의 제목은 '무소유'였다.

베르사 대륙의 유저들은 신전과 드워프들, 엘프들의 이야기를 들었다.

"불굴의 용사가 대륙의 평화를 깨트릴 수 있었던 큰 위협을 잠재웠다는 신탁이 내려왔습니다."

"젠장, 인간 주제에 대단하군."

"숲의 전사들은 돌아가도 좋습니다."

원정대를 구성하기 위해 모였던 전사들이 해산했다.

KMC미디어의 시청률은 많은 사람들이 잠든 새벽에 신기록을 달성했고, 위드의 모험에 경의를 표시하며 음유시인들이 노래를 작곡했다.

오오, 우리의 영웅
기억에 잊힌 땅에서 남들이 모르는 모험을 하지
그의 발걸음은 모험가들의 이정표가 되고
조각품들은 대륙의 곳곳에 남아
길을 잃어버린 이들의 용기를 북돋아 주네

위드에 대한 칭송이 극에 달했을 때, 지골라스에 있는 드린펠트에게 지원부대가 도착했다. 성직자와 마법사, 기사, 어쌔신, 도둑 등으로 이루어진 헤르메스 길드의 정예들이었다.

수행원으로 따라온 기사가 말했다.

"이분들이라면 위드를 죽이기에 모자람이 없을 거라는 라페이 님의 전언이 있었습니다."

드린펠트도 자신 있게 답했다.

"마법사 르포이 님도 오셨으니 여기에 위드의 무덤을 만들어 주기에 충분할 겁니다."

"헤르메스 길드의 자존심이 걸린 문제이니 완벽하게 처리해 주시지요."

상대가 네크로맨서라서 골치가 아프기는 하지만, 천적인 성직자들을 모았으니 언데드들을 정화할 수 있을 것이다.

KMC미디어의 방송을 통해 본 드래곤으로 변신하는 것까지 봤으니 경계심도 훨씬 심해졌다.

"헤르메스 길드의 명예를 걸고 놈을 죽여야 됩니다."

"마법사도 있고 성직자도 그리고 기사들도……. 반드시 놈을 척살할 것입니다."

⚬⦾⚬

위드가 다시 접속하니 인페르노 던전의 종족 전쟁이 벌어졌던 그 공동이었다. 격한 전투가 벌어졌던 장소는 암석들이 녹아서 기묘한 모양이 되었고, 시체들이 널려 있었다.

"으흠."

위드는 두 번의 죽음으로 인해 수정 해골 리치가 아닌 인간의 모습이었다.

"잃어버린 레벨이나 스킬 숙련도부터 확인을 할까, 아니면 쿠비챠의 아이템부터 봐야 될까."

획득한 아이템이 도망을 갈 리도 없으니 먼저 레벨과 스킬부터 확인했다.

"스탯 창, 스킬 정보 창!"

레벨은 2개나 떨어져서 383이었고, 조각술의 숙련도는 25%나 감소했다. 손재주나 재봉, 대장일, 조각 검술 등의 스킬도 10%에서 17%까지 떨어져 있었다.

엄청난 노가다 끝에 올렸던 스킬들의 감소로 인해 슬픔과 분노가 치밀어 오르려고 할 때, 아이템들을 꺼냈다.

묵직한 혼돈의 대전사 부츠, 판금 갑옷 세트, 지도, 붉은빛이 도는 검신의 레드 스타!

위드의 입가에 미소가 어렸다.

"감정!"

먼저 가볍게 방어구부터 살펴보기로 했다.

쿠비챠의 부츠

혼돈의 대전사 쿠비챠의 부츠이다. 특수한 권능이 깃들어 있으며 전사들에게 복종을 강요한다.

내구도: 37/105

방어력: 68

제한: 레벨 500. 힘 800. 혼돈의 전사, 바바리안 전용.

옵션: 블링크 마법 사용 가능. 생명력 +8,000. 생명력 회복 속도 +20%. 지면으로부터 올라오는 열기 차단. 전사들에게 절대복종 강요. 부하들의 레벨과 규모에 따라서 일시적으로 통솔력 증가.

판금 갑옷 세트는 280이 넘는 방어력을 가졌지만 레벨 제한이 550이나 됐다.

"이런 방어구를 착용하고 있었으니 그렇게 안 죽었지."

지골라스의 지하 지도에는 거미줄처럼 복잡하게 뚫린 길들이 그려져 있었다.

지하의 길들을 따라 다른 곳으로 이동할 수 있는 것은 물론이고, 던전에도 들어갈 수 있다. 지골라스의 던전들은 특수한 구조로 되어 있어서 입구가 아니라 지하의 중간에도 통하는 길들이 만들어져 있었던 것이다.

"지도는 여러모로 쓸모가 많겠군."

그리고 마침내 대망의 드래곤의 검을 확인할 순간이다.

위드의 심장도 이때만큼은 오래된 경운기처럼 주체할 수 없을 만큼 뛰었다.

"가… 감정!"

레드 스타

드래곤 젠페스트가 만든 검. 자신의 뼈를 일부 떼어 내어 검으로 만들었다. 레드 드래곤의 힘이 깃들어 있으며, 마법에 대한 저항력이 탁월하다. 도난당한 검으로, 드래곤이 찾고 있을 것이다.

내구도: 192/210

공격력: 190~215

제한: 레벨 570 이상. 불에 대한 저항력 100%. 불을 다스리는 능력을 반드시 가지고 있어야 한다.

옵션: 매우 가볍다. 스킬 사용 시의 체력 소모를 감소시킨다. 민첩 +10%. 내구도가 거의 줄어들지 않는다. 방어구를 관통하여 공격. 상대의 전투 능력을 감소시키는 부상을 입힐 확률 250%, 증가. 마법 보호를 뚫을 수 있다. 불의 힘을 100%, 증폭시킬 수 있다. 불의 힘을 흡수해서 불 속성의 종족

들은 힘을 늘릴 수 있다. 마법 저항력 +30%. 중급 이하의 몬스터들을 강하게 위축시킨다. 검을 이용한 공격 스킬 위력 향상. 모든 상태 이상 해제. 특수 스킬 '레드 스타' 사용 가능. 검을 꺼내서 전투할 때마다 0.01%의 확률로 드래곤이 찾아올 수 있다.

*스킬 레드 스타: 확인되지 않음. 감정 어려움. 화염 계열 마법과 관련이 깊을 것으로 추정.

슬로어의 결혼반지(남성용)

희망과 영원한 젊음, 애정을 상징하는 에메랄드 반지다. 드워프 장인 세공사가 심혈을 기울여서 만들었다. 슬로어가 사랑하는 여인과 결혼하기 위해서 구한 반지로, 큰 염원이 담겨 있다. 여성용과 한 세트.

내구도: 40/40

제한: 결혼을 하지 않은 젊은 남자. 이성이 끼워 줘야 함.

옵션: 마나의 집중도 증가로 공격 스킬과 마법의 위력을 27%, 강화. 마법 주문을 외우는 속도를 단축시킨다. 마나 회복 속도 35%, 증가. 명성 +1,200. 기품, 교양, 지식, 지혜 +40. 매력 +150. 보호 마법 '실드'가 내장되어 있다.

위드는 기쁨과 슬픔이 교차했다.

"기대하지도 않았던 슬로어의 결혼반지 세트. 그리고 과연 드래곤의 검이군."

레드 스타의 공격력이나 여러 옵션들은 좋았다. 레벨 제한이야 높을 것으로 예상하고 있었다.

바로 팔아 치울 수 있는 물건은 아니었는데, 까다롭게 불에 대한 저항력이 착용 제한으로 걸렸다.

게다가 제값을 가장 받기 어렵다는 장물, 도난품!

"이걸 누구에게 팔아야 할지."

위드가 매우 애석하게 생각하며 주위를 둘러보니 바닥에 아이템들이 흩어져 있었다.

두 번의 죽음으로 떨어뜨린 아이템들, 재봉 도구와 탈로크의 갑옷, 조각품 몇 개.

위드의 악명이 많이 쌓였던 데다 살인자의 상태라서 평소보다 아이템을 많이 떨어뜨린 것이다.

언데드들이 싸워서 얻은 아이템들도 수거하고 있을 때에 서윤이 접속을 하고, 황금새와 은새, 누렁이도 다가왔다.

"무사히 피했구나."

위드는 누렁이의 등을 자상하게 쓰다듬어 주었다. 그러자 진심으로 감동해서 머리를 비비고 혀로 얼굴을 핥는 등 여간해서는 하지 않던 애교도 부리는 누렁이였다.

'주인님, 고맙습니다. 저를 이렇게 아껴 주시는 줄 몰랐습니다. 죄송합니다.'

'이런 곳에서 죽으면 안 되지. 네 몸값이 얼마인데…….'

위드의 속마음은 꿈에도 모르는 채, 겉으로 보기에는 감동적인 장면들을 연출하고 있는 둘.

은새가 파닥거리고 날갯짓을 하더니 위드의 어깨에 내려앉았다. 호감을 적극적으로 표현하는 몸짓이었다.

은새는 조각 생명체 중에서는 유일하게 새침하고 잘 토라지는 여자아이 같은 성격을 가졌다. 이번 전투로 위드가 마음에 든 것이다.

"그럼 쿠비챠의 아이템을 분배해 줘야 되는데, 부츠와 판금 갑옷 세트는 우리가 입을 수 없는 거니까 나중에 팔아서 나누기로 하자. 괜찮겠어?"

서윤이 고개를 끄덕였다.

그녀가 들 수 있는 아이템은 이미 훨씬 전에 초과했기에 마을이나 성에 돌아가서 나눠 받아도 상관없었다.

"그리고 이건 일단 받아."

위드는 슬로어의 반지 중에서 남성용을 그녀에게 건네주었다. 여성용은 자신이 들고 있는 채였다.

"같이 서로에게 끼워 주는 거야."

"……?"

위드는 착용 제한 때문에 그런 제안을 한 거지만, 반지라 하니 얼굴이 사과처럼 붉게 달아오르는 서윤이었다.

여자에게 반지의 의미란 결코 작지 않다. 그것도 결혼용 반지라니!

띠링!

> 슬로어의 결혼반지 세트를 착용하기 위해서는 그의 염원을 해결해 주어야 합니다. 결혼하지 않은 남자와 여자가, 슬로어와 그의 약혼녀였던 레티아 이벨린이 되어서 그들의 한을 풀어 주는 것입니다. 만약 염원이 해결되지 않은 상태에서 착용한다면 반지의 효과가 역으로 작용하게 됩니다.
> 슬로어의 염원, 둘만의 결혼식을 진행하겠습니까?

위드에게는 당연히 선택의 여지가 없었다.

유니크급 아이템. 사냥에 필수적인 마나 회복 속도만 놓고 본다면 최고의 반지였다.

그들이 잠시 생각을 하고 있을 때, 지골라스의 인페르노 던전에 있던 둘 그리고 조각 생명체들을 둘러싼 환경이 밝고 웅장한 성으로 변화되었다.

> 니플하임 제국의 이벨린 성에 도착하였습니다.
> 이곳은 슬로어가 만든 꿈, '마법의 환영' 속 세계입니다. 획득한 아이템들은
> 그대로 소유할 수 있습니다.

위드와 서윤에게 집사와 하녀들이 다가왔다.

"어머, 이렇게 늦게 일어나시면 어떻게 해요. 오늘이 결혼식인데 빨리 준비하셔야죠. 재단사가 보내온 옷이 도착했으니 어서 오세요, 슬로어 님."

위드의 외모는 평범하기 짝이 없는 그대로였지만, 하녀들은 그를 슬로어라고 불렀다.

위드는 하녀들에게 끌려가듯이 움직였다.

서윤도 하녀들에게 이끌려서 다른 방으로 이동했다.

"어쩌면 이렇게 피부가 고우실까."

"레티아 님처럼 아름다운 분은 처음 봐요. 슬로어 님은 정말 최고의 행운아인 것 같아요."

복도를 걸으면서 하녀들이 서윤에게 하는 말들이 들렸다.

위드에게도 하녀들이 말했다.

"피부 관리는 하시는 거예요?"

"앗, 눈곱이 그대로 끼어 있어요. 어서 세수부터 하러 가요."

멍하니 복도에 남아 있던 누렁이와 황금새, 은새. 하지만 곧 목장 관리자와 정원 관리인 등이 나타나서 그들을 데리고 어딘가로 바삐 걸음을 옮겼다.

위드는 욕조에 뜨거운 물을 받아서 목욕하고 머리도 감았다. 〈로열 로드〉에서는 오랜만에 씻는 것이라서 개운한 기분이 들었다.

> 피로 회복 속도가 빨라집니다.
> 씻은 후에 식사를 하면 체력의 최대치보다 20% 높은 수준까지 회복할 수 있습니다.

편안하게 쉰 것은 목욕을 한 30분간뿐이었다. 재단사들이 와서 움직이기 불편한 정장을 입혔다.

감정 스킬을 활용해서 확인해 보니 니플하임 제국 시대의 귀족 결혼 복장으로, 기품과 매력, 이성에 대한 호감을 상당히 올려 주는 아이템이었다.

> 고위 귀족들의 결혼복에 대한 제작 방법을 입수하였습니다.

재봉 스킬을 가지고 있는 위드에게는 새로운 복장에 대한 제작법을 배울 수 있게 해 준 좋은 기회였다. 하지만 쓸모는 거의 없을 것 같았다.

방어력이 거의 전무했고, 내구도가 낮아서 조금만 닳아도 매력 등의 특수 효과가 줄어들어 버린다.

설상가상으로 구겨지기만 해도 기품이나 매력을 오히려 떨어뜨리는 효과까지 있었다!

'만들면 옷감값도 건지기 어렵겠군.'

옷을 입은 이후에는 하녀들이 머리를 다듬어 주었다.

광택이 흐르는 이상한 약품을 머리카락에 바르고, 전혀 해 본 적이 없는 방식으로 빗질을 하며 헤어스타일을 바꾼다.

'머리는 샴푸로 감고 그저 수건으로 탈탈 털어서 말리면 되는데.'

자연주의를 실천하면서 살았던 위드에게는 매우 생소한 경험이었다.

이마가 훤히 보이게 머리를 넘기더니, 삼 대 칠의 비율로 가르마를 탔다.

위드는 거울을 보다가 어색하고 민망해서 말했다.

"그냥 머리를 평범하게 내리면 안 될까요?"

"어머, 슬로어 님이 평소 좋아하시던 스타일로 했는데요?"

"……."

하녀들의 대답에 뭐라고 대꾸할 수도 없었다.

'결혼식만 끝내면 다시 머리카락을 내리면 되니까. 이 정도야 참지.'

살아생전 해 본 적이 없으며 앞으로도 할 일이 없을 줄 알았던 화장도 했다.

하녀가 거울에 비친 위드의 모습을 보다가 말했다.

"많이 멋있어지신 것 같아요."

눈살을 찌푸리며 겨우겨우 말하는 모양새가, 억지로 하는 말임을 누구나 알 수 있을 것 같았다.

그리고 성에 잔잔한 음악이 흐르기 시작했다.

"결혼식이 시작되나 봐요, 슬로어 님."

"그럼 어서 가야겠군."

위드는 빨리 끝마치고 싶을 뿐이었다.

남자들이라면 누구나 다 이해할 수 있는 감정. 외모를 가꾸는 것만으로도 여자를 따라서 백화점을 다섯 바퀴 정도는 돈 것 같은 피로를 느꼈다.

"하객들과 인사를 나누셔야죠. 그리고 주례를 해 주실 분도 먼저 찾아뵈어야 되고요."

"그냥 빨리 결혼식을 하면 안 되나?"

"레티아 님은 준비할 시간이 많이 필요하세요. 결혼식장에서 보실 신부가 예뻐야 되잖아요."

화장을 하거나 꾸미지 않더라도 예쁠 서윤이었지만 일정이 그렇다니 할 수 없다.

위드는 결혼식이 거행될 푸른 샘의 홀 앞에서 하객들을 쳐다도 보지 않고 서 있었다.

'어차피 내 결혼식도 아니고… 인사는 무슨 인사야.'

"슬로어, 자네가 이번에 개발한 마법 주문 시간 단축에 대한 이론은 아주 좋았어. 올해 마탑에서 내리는 학자의 상을 수상하기에 충분한 자격을 갖췄더군."

마법 재료, 푸른 도마뱀의 꼬리를 습득하였습니다.

위드는 급히 옷매무새를 추스르고 악수를 청했다.

"제 결혼식에 와 주셔서 고맙습니다."

"베이런 백작 가문의 후계자가 벌써 커서 성혼을 하게 되다니, 세월 참 빠르군."

마법사들과 귀족들이 하객으로 왔다. 그들로부터 축의금과 선물들이 쏟아졌기에 위드는 정중하고 반갑게 맞이했다.

주례는 축복과 영광의 교단, 스피렌의 주교가 맡았다.

"오늘 젊고 유망한 마법사이며 귀족인 슬로어 베이런과, 니플하임 제국의 명문 이벨린가 레티아 양의 결혼식을 거행하게 되었습니다."

악단의 장중한 연주와 함께 결혼식이 시작되었다.

첫 곡이 끝나고 나자, 사회자인 귀족 남자가 하객들을 소개했다.

그 후에는 인생의 기쁨과 슬픔을 표현하는 듯한 교향곡이 연주되었다.

위드는 결혼을 하는 데 이토록 많은 과정이 있으리라고는 생각지 못했다. 냉수 한 그릇 후딱 떠 놓고 마치고 싶었지만, 시종들은 만찬을 가져와서 하객들의 자리에 배치했다.

'섬다수에 녹차 티백 하나 우려내 주면 정말 부족함이 없는 결혼식일 텐데… 준비 과정이 길기만 하구나.'

하객으로는 누렁이와 황금새, 은새도 앉아 있었다.

누렁이에게는 신선한 야채가, 황금새와 은새에게는 조미료 없이 간단히 요리한 장어 그리고 뱀 요리가 나왔다.

"신랑 슬로어 베이런 백작이 입장하겠습니다."

사회자의 말이 떨어지자, 위드가 씩씩하게 걸어서 식장으로 들어갔다.

'많이 벌었어.'

결혼식을 치르고 나서 반지까지 착용하게 되면 완벽한 대박이다.

위드가 가지고 있는 여성용 반지를 서윤에게 끼워 주고 남성용 반지를 받기만 하면 되니 식은 죽을 전자레인지에 데워 먹기였다.

위드는 주례와 하객들에게 인사를 하고 가만히 섰다.

"그러면 이제, 세상에서 가장 아름다운 신부의 입장이 있겠습니다."

악단이 맑은 멜로디의 음악을 연주했다.

그리고 천천히 들어오는, 순백의 웨딩드레스를 입은 서윤.

축제 때에도 입은 적이 있지만 그때와는 비교할 수도 없는 자태.

세상의 아름다움이 모이고 모여서 빚어낸 것 같은 서윤이 걸어오고 있었다.

위드는 속으로 생각했다.

'그때도 내가 면사포를 벗겨 주었지.'

인연이라고 한다면 상당히 큰 인연이었다.

'그러고 보니 우린 많은 곳에서 함께했어.'

초보 시절에 로자임 왕국의 교관 통나무집에서 우연히 만났다. 그리고 오크 카리취로 변신했을 때 절망의 평원에서도 함께했다. 북부에서 엘프의 씨앗을 심고 본 드래곤을 잡는 모험을 할 때에도 서윤이 같이 있었다.

지골라스에서도, 그녀는 목숨까지 버려 가면서 함께 싸웠다.

위드가 어려운 일을 할 때에는 거의 언제나 그녀가 근처에 있었다.

지금까지 만들었던 수많은 조각품들의 매력도 그녀를 조각하면서 일깨웠다고 해도 과언이 아니다.

따지고 보면 최초의 대작 조각품도 그녀의 조각품이 아니었던가. 심지어 달빛 조각술을 터득할 때도 그녀가 같이 있었다.

드레스를 입고 걸어오는 서윤을 보며 위드는 억지로 다른 생각을 떠올렸다.

서윤과 여러 인연으로 엮여 있다고 해도, 그것을 인정하기가 두려웠다. 그녀에게 어울리는 남자는 다른 곳에 있을 것 같았다. 위드 자신이 아니라 말이다.

'할머니께서 말씀하셨어. 여자는 외모가 전부는 아니라고 말이야.'

서윤이 다가오는 동안 많은 생각이 들었다.

할머니의 말에 따라 냉정하게 서윤을 평가해 보기로 했다.

"여자가 예쁘면 3년이 행복하고, 요리를 잘하면 30년이 행복하며, 똑똑하면 3대가 행복한 법이지."

'서윤처럼 예쁜 여자는 없으니 조금 가산점을 주기는 해야 될 거야. 한… 6년 정도는 행복할까?'

남자 친구나 남편이 되더라도 서윤의 외모를 무시하기란 쉽지 않으리라. 아침에 일어나서 옆에 누워 있는 서윤을 보면서 이곳이 천국인가 하는 착각을 하게 될지도 모르니까!

하지만 그런 빛나는 외모도 6년이면 사그라질 것이다. 자신할 수는 없겠지만 아마도.

'6년이 지나도 여전히 20대일 텐데 왠지 갈수록 예뻐질 것 같은 느낌이…… . 어쨌든 여자가 요리를 잘하면 30년이 행복하다고 하셨잖아.'

서윤의 도시락을 먹어 본 바로는 재료들의 맛을 잘 살리고 조미료도 적게 쓰는 편이었다. 위드보다는 요리를 못했지만 상당히 뛰어난 솜씨다.

'요리로도 30년은 행복하겠군.'

위드도 아내를 위하여 요리를 해 줄 것이었으니, 새로운 요리법도 개발하며 알콩달콩 행복하게 지낼 수 있으리라.

서윤의 성적은 한국 대학교에 무리 없이 입학할 수준이었고, 강의를 함께 들으면서 보니 노트 필기도 잘했다. 쪽지 시험을 치를 때에도 모르는 게 없었으며, 살짝 훔쳐본 가방 안에는 외국의 논문들이나 전문적인 서적들도 있었다.

쉬는 시간에는 책도 많이 읽었다.

'머리도 좋은 편이겠어.'

할머니의 평가 기준을 꼼꼼히 따져봐도 서윤을 낮출 수가 없었다.

'분명히 단점이 있을 거야. 잘 숨겨서 드러나지 않을 뿐이지, 단점이 없는 사람이 어디에 있겠어. 잠을 자면서 이빨을 간다거나… 이건 아니군. 엠티에서도 얌전하게 자는 편이던데.'

순간 위드의 머릿속에 번뜩이는 기억이 있었다.

'자면서 가끔 옆으로 뒤척였지. 심각하게 나쁜 잠버릇이야.

밥을 먹을 때 물도 많이 마시고, 젓가락질할 때 반찬을 2개씩 집어 먹은 적도 있고.'

위드는 어떻게든 서윤에게서 트집을 잡으려고 궁리했다. 그녀의 단점을 지적해야 하는 건 거의 습관이 되었다. 서윤과 사냥을 함께했던 오래전부터 그녀가 나쁘다고, 못된 사람이라고 오해를 해야만 마음이 편했던 것이다.

서윤과 가볍게 인사를 나누고 손을 잡고 팔짱을 끼었다.

박수 소리와 함께 주례사가 시작되었다.

"명예로운 결혼식을 주관하게 되어서……. 신랑 슬로어는 헤롯 성에서 태어나서 마나에 대해 일찍 깨달았으며, 스승 몬타의 제자로 들어간 이후……. 신부 레티아는 명문 이벨린 백작가에서 태어나 취미로는 꽃과 나무를 잘 가꾸고……. 이 결혼식이 니플하임 제국에 미치는 의미는……. 선남선녀의 결혼식으로……."

위드는 졸려서 하품이 나오는 것을 참으면서 대충 흘려들었다. 따로 시험 볼 것도 아닌데 주례사의 내용을 외울 필요는 없는 것이다.

짧을수록 좋다는 주례사였지만, 성 앞에 무슨 꽃이 피었고 나비들이 날아든다는 자연에 대한 찬미까지 하면서 상당히 길어졌다.

'축복과 영광이라더니, 온갖 이야기를 다 하는군.'

위드는 가까스로 참고 견뎠다. 그리고 주례사의 마지막 부분에 이르렀다. 둘만의 서약, 결혼식의 하이라이트라고도 할 수 있는 의식이었다.

"신랑은 신부를 자신의 반려자로 맞이해서 평생 존중하고 행복하게, 그 어떤 고난과 어려움, 힘겨운 시험이 있더라도 함께 이겨 낼 수 있을 정도로 사랑합니까?"

결혼식을 망치지 않기 위해서는 당연히 예라고 대답하고 반지를 끼워 주어야 했다.

"예."

위드는 서윤의 손을 잡고 들어 올렸다.

광전사로서 수많은 전투를 치른 그녀의 손이지만, 섬섬옥수라는 표현마저 무색할 정도로 예뻤다.

손톱마저 예쁜 서윤의 손가락에 반지를 끼워 주었다.

스피렌의 주교가 이번에는 서윤을 향해 물었다.

"어떤 어려움이 있더라도 함께할 수 있을 만큼 그를 사랑합니까?"

머리를 빗고, 화장을 하고, 웨딩드레스를 입으면서 서윤도 많은 생각을 했다.

위드와의 첫 만남에서 지금에 이르기까지.

적지 않은 시간을 함께 보냈다. 누렁이와 금인이를 비롯한 조각 생명체들이나, 그가 기르던 동물들과도 친해졌다.

타인을 경계하고 무서워했지만, 위드에게만은 그러지 않게 되었다.

그녀를 걱정해 주는 차은희도 말했었다.

"산다는 게 어떤 건 줄 아니?"

"……."

서윤은 말을 하는 게 한없이 무섭고 두려웠기 때문에 가만히 있었다. 누군가와 대화를 하고 자신의 감정들을 나눌 수가 없었다.

"인생에 대한 뜬구름 잡는 이야기는 하지 않을게. 10대에는 공부를 하고 학원 다니느라 매일 정신없이 바쁘지. 성적이라도 몇 점 떨어지면 부모님에게 어떻게 말해야 하나 걱정이야."

입시 지옥이 괜히 나온 말이 아니었다.

"대학에 들어가 해방감을 느끼는 것도 잠깐이지. 2학년만 되어도 취직 준비를 해야 돼. 직장에 들어가려면 경쟁이 치열하니까."

취업 전쟁도 매년 갈수록 거세어진다. 일찍부터 준비하지 않으면 좋은 직장을 잡기가 어려웠다.

"사회에 나가서 일하고 적응하다 보면 금방 20대 후반이야. 선이니 남자니 하면서 명절마다 집에서는 왜 빨리 결혼하지 않느냐고 성화지."

하루하루 젊음이 사라지는 것을 몸으로 느끼면서, 나이 먹는 것에 대해 민감해진다.

"그렇게 우리 인생이란 건 정말 빠르게 지나가 버려, 서윤아. 하지만 말이야."

차은희는 예쁘게 활짝 웃었다.

"평범함에 행복이 있단다. 남들처럼 그렇게 살면서 공부하며 친구들을 사귀고, 이 친구들이 평생 함께 걷는 동반자가 되어 주는 거야. 대학에서는 부족한 시간에도 동아리 활동도 하고, 취미 생활을 만들 수도 있어."

"……."

"회사 다니면서 억울하고, 짜증 나고, 화나고, 당장 사표 쓰고 싶은 날도 있겠지만, 성취감과 자기 개발도 할 수 있겠지? 더 나이를 먹다 보면 결혼도 하고, 그 후에는 아이도 낳고 기르는 30대, 40대의 삶도 나쁘지 않을 거야."

"……."

"어른이 된다는 건 그 나이들을 지나오면서 많은 행복을 누린다는 거니까. 그런데 내가 걱정하는 건, 네가 그 기회들을 놓치고 있다는 거야."

표정에는 언제나 변함이 없었지만, 서윤은 차윤희의 말을 귀담아들었다.

"넌 평범하게 살지 않잖아. 그렇게 친구들도 사귀지 않고 너의 세계에서만 산다면… 그 많은 행복을 만들지 못하게 될 수도 있단다. 그건 너무 아쉬운 일이지. 나중에 때가 오면 꼭 용기를 내야 해. 그러지 않으면 네가 정말 좋아하고 또 널 행복하게 만드는 것들이 떠나 버릴 수도 있어."

서윤은 차은희가 했던 말들을 머리로는 이해했지만 가슴으로는 받아들이지 못했다.

그런데 위드와 같이 있으면서 그때의 말들을 많이 떠올리게 되었다. 당시에는 궁핍한 마을이던 모라타의 축제에서, 위드와 같이 있으면 마음이 편안하고 행복한 것을 느꼈다.

연료를 태우는 난로가 아니라, 가볍게 잡은 손에서 전해지는 온기처럼 따뜻했다.

위드가 해 준 음식을 먹고 모험을 하고 조각품을 보면서, 서윤은 멀리 떨어진 관찰자가 아니라 함께하는 동반자이고 싶었다. 마음이 얼어 있던 그녀지만, 그 따뜻함이 참 좋다고 말하고 싶었다.

준비되지 않은 갑자기라서 더 어려운 일이고 실수를 할 수도 있지만, 필요한 때에 용기를 냈다.

서윤은 한없는 설렘과 긴장감을 안고 떨리는 목소리로 대답했다.

"네, 좋아합니다."

"네, 좋아합니다."

서윤은 다른 사람에게 사랑받지 못할 거란 두려움 속에서 살았다. 말을 하는 건 그녀에게는 너무 무서운 일이었다.

서윤은 웨딩드레스를 입은 채로 애처롭게 떨었다.

'본 드래곤에 의해 죽을 때 친구라고 말한 것 이후로 처음이로군.'

위드는 과연이란 생각에 고개를 끄덕였다.

두 번째로 그녀의 목소리를 듣게 된 것이다.

그녀가 갑작스럽게 말을 했는데도 그리 크게 놀랍진 않았다. 본 드래곤과 싸울 때는 죽으면서 잃어버릴 아이템 때문에 친구 등록을 한 것이라고 의심했다. 그러나 이제 확신을 가질 수 있었다.

'역시 내 생각이 맞는 것이었어.'

슬로어의 결혼식을 대신 치러 주면 결혼반지를 착용할 수 있다. 아이템에 욕심이 얼마나 사무쳤으면 오랫동안 입을 다물었던 서윤이 다시 말을 했겠는가!

'완전히 갖고 싶었던 거야. 탐이 났을 테지. 이 정도 옵션의 아이템이면 돈을 주더라도 사기 어려우니까.'

인간에 대한 끝없는 불신과 오해로 살아가는 위드!

위드는 다 안다는 것처럼, 힘들어하는 서윤의 손을 따스하게 잡아 주었다.

"괜찮아. 난 이해할 수 있어."

위드도 아이템을 위해서라면 뭐든 할 수 있었다.

'노래를 열 곡이라도 부를 수 있지.'

오크 카리취로 변했을 때부터, 전쟁의 시작마다 최악의 음치를 자랑하며 한 곡씩 노래를 뽑았다. 시키기만 한다면 콜로세움 같은 장소에서 라이브 콘서트라도 열 기세!

'어쨌든 이번에는 미안한 게 많으니까.'

학교에서도, 〈로열 로드〉에서도 서윤이 말을 하지 않았던 이유는 많이 궁금했다.

그러나 혼돈의 대전사를 사냥할 때도 서윤이 목숨을 잃었고, 그녀가 없었으면 퀘스트 자체도 불가능했을 테니 따지지 않고 덮어 주기로 했다.

서윤이 다시 떨리는 입을 힘들게 떼었다.

"…지금까지 말을 못 했던 이유는요……."

하객들이 축하해 주고 결혼식이 진행되고 있었지만, 그런 것들은 그녀의 귀에 들어오지 않았다. 지금까지 말하지 못했던 것에 대해 설명해야 한다는 무거운 의무감이 어깨를 짓눌렀다.

설명하기 아픈 부분이었다.

위드는 가볍게 웃어 주었다.

"다 알아."

"네?"

"말하지 않아도 돼. 이해할 수 있어."

비싼 아이템을 주웠을 때처럼 더없이 따뜻한 눈빛으로 바라보는 위드였다.

'있는 애들이 더하다더니… 너도 아이템 무지 좋아하는구나.'

그녀를 알던 사람에게라면 그녀가 말을 한 이 일이 청천벽력과도 같은 사건이리라. 십몇 년간 말하지 않았던 그녀가 조금이나마 마음을 열게 된 것이다.

하지만 위드는 그런 사실에 대해서는 몰랐고, 그의 눈에 그녀는 전과 달라지지 않았다. 눈빛이나 태도, 여러 면에서 볼 때 예전과 비슷했기 때문에 특별하게 대할 이유가 없었다.

"……."

"지금은 바쁘니까 나중에 이야기하자."

결혼식의 마지막 일정은 식사였다.

최고의 귀족 가문에서나 먹는 고급 요리들이 차례로 즐비하게 나왔다.

"콜 데스 나이트 반 호크. 콜 뱀파이어 토리도!"

반 호크와 토리도가 결혼식장에 소환되었다.

"주인, 누구와 싸워야 하는가."

"이곳은 나의 품위를 유지하기에 적당한 장소로군. 혹시 나에게 맛있는 요리를 먹이기 위해서 불렀는가, 주인."

부하들까지 불러내서 피로연의 요리를 베풀려는 착한 주인일 리가 없었다.

　위드는 가지고 있던 배낭과 냄비, 보자기 등을 꺼내서 나눠 주었다.

　"애들아, 여기다 가득 담아."

　축의금과 예물 반지에 이어서 음식까지 싹쓸이하는 완벽함!

　요리하기 힘든 각종 탕과 케이크, 쿠키, 후식으로 나온 과일들까지 담았다.

　맛보기 힘든 특수한 요리들은 위드가 먹어 보고 요리법을 재현할 수도 있다. 그런 경우에는 요리 스킬의 숙련도가 많이 올라가니 고급 요리들을 챙기는 건 필수.

　서윤이 민망했던지 열매들 위주로 조심스럽게 챙기고 있을 때, 위드는 과감했다.

　"많이 담으려면 밑에서부터 차곡차곡 쌓아야지."

　수백 명의 귀족들이 먹는 자리였으니 엄청난 양의 요리들이 나왔다. 반 호크와 토리도, 서윤 그리고 황금새와 은새가 돌아다니면서 음식들을 모았다.

　"음식을 많이 담으려면 무게중심과 균형이지. 조각술의 경험을 충분히 살려야 돼."

　그릇에는 왜 그 크기만큼의 음식만 담아야 하는가. 냄비에는 어째서 안에 들어갈 정도만 채워야 하나.

　그런 편견들이 상상력을 제한하는 벽이다.

　위드는 그릇에 음식을 담아서 무려 15층 탑을 만들었다.

　과일 탑, 케이크 탑, 쿠키 탑.

요리들은 종류별로 그릇끼리 쌓아 올리고, 술병들은 나무 궤짝에 넣었다.

관록 많은 포장 이사 아저씨가 영입을 시도할 정도로 빠른 속도로 음식을 쓸어 담는 위드!

"역시 결혼식은 눈코 뜰 새 없이 바쁘군!"

결혼식을 치른 당사자가 음식까지 챙겨야 하니 얼마나 바쁘겠는가.

혼수니 예단이니 하면서 실속 없는 결혼식은 없애 버릴 때가 왔다.

한밑천 제대로 챙길 수 있는 결혼식!

신랑과 신부가 위드와 서윤이었으니 다른 귀족들도 뭐라고 하지 않았다.

그렇게 신선한 요리들까지 모두 챙기고 난 후였다.

성에서 멀리 떨어진 황금빛 들녘과 마을 건물들부터 희미해지면서 사라져 갔다. 웃고 떠들던 귀족들과 마법사들도 한순간 연기처럼 흩어졌다.

띠링!

슬로어의 큰 염원을 해결하였습니다.
슬로어의 반지에 봉인되어 있는 능력들이 전수됩니다.
*슬로어의 지혜: 마나의 최대치가 3,500 영구적으로 증가합니다.
*슬로어의 축복: 행운이 20 증가하고, 마법 피해를 조금 감소시킵니다.
*결혼 서약: 신성한 반지는 두 사람의 생명을 공유하게 해 줍니다. 한쪽의 생명력이 위태로울 정도로 낮아졌을 때 상대의 생명력을 최대 50%까지 전해 줄 수 있습니다. 생명력이 줄어들었을 때는 반지를 착용하고 있는 배우자가 가진 직업의 특성이 적용됩니다. 상대의 스킬들을 70%의 숙련도로 사용할 수 있습니다.

> 반지의 속성이 변경되어서 타인에게 넘겨줄 수 없게 되었습니다.
> 반지를 파기하면 결혼 서약도 해제됩니다.

메시지를 읽는 사이에 위드와 서윤, 조각 생명체들은 인페르노 던전으로 돌아와 있었다.

위드는 입가에 흐뭇한 미소를 지었다. 정말 만족스러운 결혼식이었다.

～✿～

지골라스의 종족 전쟁이 벌어졌던 던전의 마법진에서는 장대하기 짝이 없는 순수한 불의 힘이 꿈틀거렸다.

S급 난이도의 최종 단계.

그런데 쿠비챠가 죽었던 장소에서 멀리 떨어지지 않은 곳의 땅바닥이 유난히 금빛으로 반짝거렸다. 금인이의 파괴된 육체가 모래처럼 흩뿌려져 있는 것이다.

착용하고 있던 각종 장비들은 빛의 날개와 함께 위드에게로 돌아왔다.

"근처를 수색하면서 금인이 잔해를 주워 보자. 얼마나 건질 수 있을지는 모르겠지만."

위드는 전투 지역을 돌아다니면서 금 알갱이들을 회수했다. 황금새와 은새가 부리에 콩알보다 작은 금덩이들을 물고 날아왔다.

위드와 서윤도 엎드려서 일일이 찾으면서 돌아다녔지만, 그렇게 회수한 금의 양은 원래 금인이 전체 육체 중 3할도 안 되었다.

서윤이 어렵게 다시 입을 열었다.

"되…살릴 수 있…어요?"

정이 많이 가고 귀여웠던 금인이가 죽어서 마음이 아픈 그녀였다.

위드는 고개를 흔들었다.

"생명을 다시 부여하는 방법이 있긴 하지만, 이 정도의 잔해밖에 남지 않았으니 복원은 어림도 없어."

그러자 서윤이 더없이 슬픈 표정을 지었다. 맑은 눈동자에 물기가 고이기 시작했다.

황금새와 은새, 누렁이도 함께 동료를 잃어버린 아픔으로 슬퍼했다.

인페르노 나이트의 마법진에 가면 드디어 퀘스트가 완수된다. 역사적인 S급 난이도 연계 퀘스트의 끝!

그래도 이대로 금인이를 포기하고 갈 수는 없기에 다시 수색을 했다.

"금인아, 네가 이렇게 갈 수는 없잖니."

위드는 손으로 땅을 박박 긁어서 금가루를 찾았다.

당연히 금덩이들이 아쉽기도 했지만, 금인이에게 고마운 마음도 있었다.

혼돈의 대전사 쿠비챠와의 전투에서 도저히 안 되겠다고 포기하고 죽음을 앞두고 있을 때, 금인이는 그를 구하기 위해 누렁이를 타고 용맹하게 돌진했다.

기사들처럼 몸에 상처가 생기고 불에 타면서도 검을 휘두르며 전진하던 그 박력과 충성심!

결국 제 목숨을 바치면서까지 위드를 살리려고 했던 금인이인 것이다.

대장장이 스킬을 이용하여 흙을 거르는 채를 만든 다음에 땅을 파헤쳐서 금 부스러기까지 채취했다.

넓은 지역을 대대적으로 갈아엎은 끝에 육체의 4할에 달하는 금을 회수할 수 있었다. 나머지 부분은 영구적인 손실 등으로 사라졌는지 도저히 찾을 수가 없었다.

"예전처럼 복원할 수 있을지 모르겠군."

위드가 생명을 부여하더라도 잃어버린 부분이 너무 커서 장담하기가 어려웠다. 목숨을 잃은 정도가 아니라 육체가 가루가 되어 버린 상황이니.

"어쨌든 모라타로 돌아가게 되면 황금을 더 구해서 시도해 봐야지."

바닥을 훑으며 샅샅이 수색한 위드는 마침내 퀘스트를 위해 인페르노 나이트에게 다가가서 인사했다.

"혼돈의 전사들을 물리치고 마법진을 수호하신 기사분들에게 영광이 있기를. 여러분의 용맹 덕분에 마법진이 무사할 수 있었습니다. 저희는 대륙에서 온 모험가입니다."

인페르노 나이트들의 대장인 이반스터가 말했다.

"고맙소. 우리만으로는 어려웠을 것이오. 그대들의 도움이 있었기에 쿠비챠를 물리치고 마법진을 지킬 수 있었소."

"쿠비챠가 죽은 이후에 어떻게 된 것입니까?"

어찌 된 영문인지 정도는 알아야 했기 때문에 위드는 질문을 했다.

쿠비챠도 사망했고, 드래곤의 검 레드 스타는 자신이 회수했다. 임벌의 마법진을 파괴한다거나 하진 못할 테니 의뢰에 대한 조건들은 이미 갖췄다.

종족 전쟁이 어떤 식으로 정리된 것인지가 궁금했다.

"그대들의 편이었던 지독한 리치가 죽고 나서, 본 드래곤이 나타났소."

"……."

조각 변신술로 외모를 바꾸었다고 해도 평가는 고스란히 따라온다.

그들을 구해 주었음에도 위드를 향한 이반스터의 눈초리는 썩 곱지 않았다. 리치였을 때 인페르노 나이트들을 많이 사냥한 탓이리라.

"그 드래곤에게 쿠비챠가 잡아먹히고 난 후에, 혼돈의 전사들은 구심점을 잃고 방황했소. 우리는 불의 거인들과 힘을 합쳐서 놈들을 몰아낼 수가 있었지. 물론 타격이 크기는 했지만 말이오."

"그러셨군요. 대단한 무위를 보이셨을 것 같습니다."

"쿠비챠가 사라진 이후의 혼돈의 전사들은 충분히 감당할 수 있었을 뿐이오."

"근육하며, 느껴지는 힘이 보통이 아닙니다. 쿠비챠라고 해도 이반스터 님에게는 안 되었을 것 같은데요."

"과분한 칭찬이로군."

레벨이 높은 전사들과의 친밀도를 높이는 방법.

훨씬 더 강할 것 같다고 칭찬해 주기.

무식하기 짝이 없는 커다란 근육을 보면서도, 발휘할 수 있는 힘이 굉장할 것이라고, 돌은 최대 몇 킬로까지 들 수 있냐는 질문을 던지면서 호감을 산다. 특별한 중병기를 사용한다면 무기의 무게를 물어본 이후에 대답을 듣고 감탄한 얼굴 정도를 해 주는 건 기본이었다.

이반스터가 조금 누그러진 어조로 말했다.

"험한 길을 걸어서 이 땅까지 온 여행자들이여! 이곳은 인간들이 살기 어려운 곳이라서 힘들었을 것이오."

매우 많은 고난들을 겪어 왔지만, 위드는 지나간 일을 들추면서까지 하소연을 하지는 않았다. 퀘스트의 완수로 받게 될 보상이 더욱 중요한 것이다.

"인간 마법사 임벌이 만든 마법진은 긴 세월이 지나면서 지골라스의 힘이 지나치지 않게 막아 주고, 우리 종족들을 지켜 주었소."

천장과 바닥에 수백 미터에 이르는 규모로 마법진이 새겨져 있었다. 그리고 중심에는 불의 기운이 팽창과 수축을 반복하고 있다.

태양을 닮은 것처럼 이글거리는 불의 기운!

가까이 접근하는 것만으로도 몸이 뜨겁고 땀이 줄줄 흐를 정도였다.

어린아이들이 불장난을 좋아하는 이유는, 불의 거센 힘과 화려함에 끌려서이리라.

지골라스의 근원이라고 할 수 있는 이 기운은 가까이에서 보니 보석보다도 크고 예뻤다.

마법진이 없었다면 지골라스는 진작 화산 폭발로 인해서 수십 배의 규모로 더 커지거나 아니면 가라앉아 버렸을 것이다.

지골라스의 불안정한 마나를 포용하고 축적해 주는 마법진이 있기 때문에 여러 종족들이 생존할 수 있었다.

"쿠비챠는 이 마법진의 힘을 흡수하고 모든 종족들의 우두머리가 되려고 했지만 결국 파멸하고 말았소."

성공만 했더라면 드래곤급의 힘을 갖춘 몬스터가 탄생했을지도 모를 일.

혼돈의 전사들과의 싸움의 여파로 마법진에는 손상이 있었다. 벽의 일부에 균열이 가고, 천장의 귀퉁이가 무너지기도 하였다. 불의 기운도 탈출을 도모하는 것처럼 위아래, 좌우로 흔들렸다.

하지만 마법진의 상처가 치유되는 것처럼 부서진 부분들이 스스로 고쳐지고 있었다.

주변의 흙과 돌들이 모여 갈라진 땅의 틈이 저절로 메워지고, 마법진이 더욱 깊게 새겨진다.

경이로움과 신비함에 입이 잘 다물어지지 않을 장관이었다.

잠시 후에 완벽해진 마법진! 그러자 불의 기운이 새하얀 화염을 뿜어냈다.

띠링!

화염의 대마법사 임벌의 마법진을 보았습니다.

생명력이 900 증가합니다. 맷집이 35 올라갑니다. 불의 저항력이 영구적으로 7% 증가합니다. 마나의 생성 원리에 대한 이해력이 깊어집니다. 하지만 정령술사나 소환술사, 마법사가 아니라서 별다른 효과가 없습니다.

고대에 생성된 마법진이 활동하는 장면을 감상하였습니다.
예술 스탯이 4 증가합니다. 지혜가 2 증가합니다.

다시 구성된 임벌의 마법진이 주는 효과였다.

그리고 연이어서 메시지 창이 떴다.

띠링!

레드 스타의 회수 (3) 퀘스트 완료

혼돈의 대전사 쿠비챠는 그 생명을 다하고, 드래곤의 무기는 안전하게 회수되었다. 드래곤의 무기로 인해 벌어진 일은 이것으로 끝나지 않을 수 있다. 지골라스의 종족들도 분쟁을 멈추지 않을 테지만, 잠시 평온을 누릴 수 있으리라. 이 모든 모험을 일개 조각사가 이루어 냈다는 사실은 기적이라고 할 수 있다.
보상: 드래곤의 검 레드 스타. 황금새가 황제의 의무에 대해 알려 주게 된다.

모험에 대한 명성이 5,200 오릅니다.

모험의 성공으로 니플하임 제국의 계승자라는 호칭을 얻었습니다.

길고 어려운 퀘스트를 해결함으로써 모험가로서의 믿음을 쌓았습니다.
베르사 대륙의 각 교단, 왕국 들이 수행하는 모험의 책임자가 될 수 있습니다. 국왕이나 여왕, 백작 이상의 귀족을 후원자로 둘 수도 있게 됩니다. 악명을 가지고 있으면 도둑 떼나 반란군, 몬스터 집단의 우두머리들의 앞잡이도 가능합니다.

퀘스트의 성공으로 인해 악명이 1,200 감소합니다.

영웅적인 모험으로 신체 능력과 관련된 스탯들이 7씩 증가합니다.

레벨이 올랐습니다.

레벨이 올랐습니다.

레벨이……

지골라스의 혼돈의 전사들을 제외한, 다른 부족들과의 우호도가 중립과 친밀로 바뀝니다. 단, 불의 거인들은 그대에 대해서 껄끄러운 생각을 가지고 있습니다.

베르사 대륙의 북부에 있는 이종족의 우호도가 증가합니다.

베르사 대륙의 직업군에서 조각사들에 대한 존중도가 올라갑니다. 조각사들은 주민들로부터 존경을 받을 것이고, 식당에서도 무료로 음식을 먹을 수 있을 것입니다.

조각사들이 만든 작품들의 가치와 거래 가격이 조금 오릅니다.

레벨이 9개 오르고 명성의 증가가 엄청났다.

'후원자라.'

국왕을 후원자로 두고, 큰 모험을 할 수도 있다.

각 왕국이 가지고 있는 신비와 전설, 보물 탐색을 위한 모험을 할 수 있는 것.

위드에게 너무나도 위험한 자격이 주어져 버리고 만 것이다.

마치 환상처럼 어떤 장면들이 떠오르려고 했다.

위드가 중앙 대륙의 각 왕국으로 가서 국왕들을 알현하고 퀘스트를 받는다.

"맡겨만 주십시오."

"최고의 조각사인 자네를 믿겠네. 혼자서는 할 수 없으니 필요한 이들을 데려가도록 하게."

국왕을 만나고 나서, 도시의 중심에서 사자후를 터트린다.

"퀘스트를 할 사람들은 모여라!"

어린아이부터 노인까지, 남녀노소를 가리지 않고 수천수만 명의 인원이 모험을 찾아 모여들고, 결국은 생고생에 착취를 당하는 광경이 눈에 보이는 듯했다.

로자임 왕국에서도 피라미드를 건설하면서 비슷한 의뢰를 받은 적이 있지만, 국왕이나 고위 귀족들이 지불할 수 있는 보상의 한계는 엄청났다.

조각품을 만드는 것도 아니고, 대규모 원정대를 이끌고 모험이나 의뢰 해결, 혹은 엠비뉴 교단 같은 단체를 상대로 전쟁을 벌일 수도 있는 것.

"우후후후."

어디 그것뿐이던가.

드래곤의 검 레드 스타도 획득했다.

전투에 쓸 수 있을지 의문이고, 착용이 언제쯤 가능할지도 미지수!

어쨌든 S급 난이도의 의뢰를 해결하고 나니 위드의 입가에 평화로운 미소가 그려졌다.

"이제 머리를 감을 수 있겠군."

청결을 유지하면 왠지 퀘스트에 실패할 것 같은 불길한 느낌이 있었다. 무언가 최선을 다하지 않는 것 같다는 불안감이었을지도 모른다.

지골라스에서 탐험을 하는 내내 그래서 머리도 감지 않고 버텼다. 당연히 목욕도 하지 않았다.

"9개의 레벨이라… 스탯 창!"

캐릭터 이름: 위드		
성향: 도전적	레벨: 392	직업: 전설의 달빛 조각사!
칭호: 이무기를 사냥한 지휘관		
명성: 37,983	생명력: 31,360	마나: 17,905
힘: 1,378	민첩: 1,065	체력: 172
지혜: 205	지력: 198	투지: 497
지구력: 226	인내력: 753	예술: 1,889
카리스마: 414	통솔력: 706	행운: 75
신앙: 115+435	매력: 210+30	맷집: 455
기품: 36	정신력: 25	용기: 107
죽은 자의 힘: 298	공격력: 5,641	방어력: 1,820
마법 저항: 불 27%, 물 31%, 대지 35%, 흑마법 50%		

* 모든 스탯에 20개의 포인트가 추가된다. 예술에 추가로 80개의 포인트가 부여된다. 달이 뜨는 밤에는 30%의 능력치의 향상이 있다.
* 아이템 특화.
* 모든 생산 스킬을 마스터의 경지까지 배울 수 있다. 모든 아이템 제조와 제련의 스킬에 우대 적용, 최고급 스킬들을 배울 수 있다.
* 특이하거나 예술적 가치가 높은 조각품을 만들면 명성이 상승한다.
* 조각품과 생산 스킬, 전투 경험, 퀘스트로 인하여 전 스탯이 132 증가한다. 조각품과 생산 스킬만으로 전 스탯을 100 이상 증가시키면 대장인의 칭호를 얻을 수 있다.
* 착용하고 있는 바하란의 팔찌로 인하여 전 스탯이 15 증가한다.
* 특수한 네크로맨서의 능력, 죽은 자의 힘이 몸에 깃들어 있다.

스킬 노가다에, 착실하게 스탯들을 키우다 보니 이제야 레벨 400에 가까워졌다. 물론 퀘스트를 통해서 얻은 경험치가 막대한 덕분이었다.

"그런데 죽은 자의 힘이라. 이게 언제 생겼지?"

어느새인지도 모르게 생성된 불길한 스탯이 있었다.

스탯이 올랐다는 메시지 창도 본 적이 없다.

"스탯 확인, 죽은 자의 힘."

죽은 자의 힘

오랫동안 언데드로 변했을 때 저절로 생성된다. 스탯 포인트의 분배가 불가능하며 언데드 상태에서 성장하게 된다. 언데드의 힘과 지능, 소환 능력, 흑마법의 위력을 높여 주지만 선한 종족들에게는 부작용이 생길 수 있다.

전투에 따라서 급격하게 성장하기도 하며, 어느 순간부터는 다른 스탯들을 잡아먹으며 높아질 수도 있다. 기품이나 매력, 행운, 신앙, 도덕성 중에서 취약한 것이 주요 먹이가 된다.

죽은 자의 힘이 다른 스탯들보다 압도적으로 높아지면, 영영 언데드에서 인간 언데드 상태에 있을 때에 얻었던 스탯이지만 부작용이 심각했다.

보통의 네크로맨서도 아니고 고위 언데드인 리치로 변신해서 줄곧 사냥을 했더니 어느 순간 쌓여 버리고 만 것이다.

리치로 변했을 때 괜히 강한 게 아니라 이런 부작용도 자리를 잡고 있었던 것.

"298이라니, 우려될 정도로 높은 수준이군."

신앙 스탯이 높기 때문에 겨우 억제하고 있는 상태였다.

"죽은 자의 힘에 대해서는 들어 본 적도 없는데."

〈로열 로드〉와 관련된 다른 정보 게시판에서도 이런 스탯은 본 적이 없다.

나쁜 짓에 있어서는 누구보다도 앞서가는 위드였기 때문에 일어난 일.

리치의 힘에 매료되어서 전투를 치른 대가였다.

"모라타로 돌아가면 알베론에게 축복이라도 해 달라고 해야겠어."

프레야 교단의 차기 교황 후보가 있으니 이럴 때는 편하다고 할 수 있다.

불가능할 거라 생각했던 퀘스트도 마쳤고, 위드는 한숨을 돌리고 황금새를 향해 말했다.

"그러면… 제국을 건국하려면 뭐부터 해야 돼? 제국이 만들어지면 땅이나 세금 그리고 기사와 귀족 들의 작위도 팔 수 있는 거겠지?"

미역국을 통째로 집어삼킬 기세!

권력을 이용한 재물 축적에만 관심이 많은 위드였다.

그런데 황금새가 곤란하다는 듯이 설명했다.

"제국의 건국을 위해서는 몇 가지 필요한 조건들을 충족시켜야 된다."

위드는 당연히 그럴 것이라고 생각했다.

S급 난이도의 퀘스트가 틀림없이 대단하기는 했다. 지골라스까지 와서 모험을 할 정도였다.

하지만 의뢰 하나 해결했다고 해서 제국이 덜커덕 세워질 리가 만무한 일.

"그러니까 말이야, 니플하임 제국의 건국을 위해서는 뭘 해야 되냐고."

"건국을 위해서는 신들의 인정이 있어야 한다. 베르사 대륙에 있는 교단 중에서 최소한 세 곳의 승인을 받으면 된다."

프레야 교단이야 위드와 밀접한 관계였다. 그들의 해결사 역할을 하며 성물도 찾아 주었으니 허락을 받는 건 어렵지 않으리라.

더구나 위드는 이미 차기 교황이나 다름이 없는 알베론을 구워삶아 놓았다.

든든한 줄을 잡고 있는 셈!

마탈로스트 교단과도 나쁜 사이가 아니고, 모라타에 신앙소를 세우는 조건으로 한 곳 정도의 친밀도만 높여 놓으면 되리라는 생각이 들었다.

명성도 남과 견줄 수 없이 높고, 엠비뉴 교단과 싸우면서 다른 교단들과의 우호도도 좋은 편이었다.

'그걸로도 부족하면 퀘스트 하나 큰 걸로 수행해 주지. 급하면 뇌물을 줘도 되고.'

돈독한 우정을 나누기 위한 최고의 가치. 안 될 일도 되게 만드는 게 로비와 뇌물이었다.

"신들의 인정은 받아야겠지. 축복 속에서 제국을 탄생시키고 싶으니까."

프레야 교단의 축복은 제국을 풍요롭게 만들 수 있으리라.

그러나 황금새의 조건은 그것으로 끝이 아니었다.

"북부에 있는 여러 종족들의 허가를 받아야 한다. 넓은 제국은 많은 이들을 포용해야 하니 그들 중에서도 5개 이상의 종족들이 참여해야 한다."

드워프, 엘프, 인간, 바바리안, 오크.

인구가 많고 쉽게 볼 수 있는 흔한 종족이 이 정도였고, 유사 인종이나 다양한 엘프족, 정령족, 몬스터 종족들을 포함하면 수십 개로 많아진다.

현재로써는 유저들이 선택할 수 있는 종족도 있고, 불가능한 종족도 있다.

'제국을 만들기 위해서는 최소 5개 이상의 종족들을 포함해야 된다는 말이군. 그 종족들을 유저들이 택할 수 있게도 해야

되고.'

알려지는 않았지만 게이하르 아르펜 황제가 만든 조각 생명체 종족들도 어딘가에 살고 있을 것이다. 천공의 도시에서 살았던 조인족들처럼 말이다.

그들을 구슬리기만 한다면 해결될 일.

조금 모험을 해야 될 것 같은 느낌이 들었지만, 위드는 그쯤이야 기꺼이 해 줄 수 있었다.

"그리고 제국의 건설을 위해서는 깨끗한 인간이 되어야 한다. 악명을 가지고 있으면 명예로운 기사들이나 귀족들이 따르지 않을 것이다."

악명은 몬스터들을 퇴치하고 퀘스트를 해결하는 등의 선한 행동으로 줄일 수 있다.

위드도 불필요한 악명을 점차로 낮추거나 없앨 생각이었으므로 어려운 조건이라고 느끼지는 않았다.

"설마 조건이 더 있는 건 아니겠지?"

"제국의 건설을 위해서는 방대한 영토만이 아니라 인구도 필요하다."

"한 20만 명 정도?"

모라타의 인구가 그 정도는 되었다.

"적어도 1,000만 명은 있어야 한다."

"……."

"주민들이 자유롭게 능력과 취미를 개발할 수 있도록 여러 길드들이 자리를 잡아야 되고, 주기적으로 몬스터와 도둑 들을 퇴치해서 치안도 높여야 한다."

위드는 어이가 없어서 이마를 찌푸렸다.

"몬스터들의 습격을 방지하기 위해서는 요새도 몇 개 있어야겠군."

"물론이다."

"……."

"충성스러운 엘리트 기사들이 500이 넘어야 되고, 중무장한 병사들도 3만 이상이 필요하다."

"그리고 또 있지? 여기서 끝나는 거 아니잖아."

"그렇다. 종교 시설들도 필요하고, 예술과 문화적인 만족도도 높아야 한다. 장인들의 기술도 발달해야 한다."

위드의 표정은 벌써, 받을 돈을 떼인 사람의 얼굴이었다.

설날에 실컷 친척들에게 웃으며 세배를 해서 두둑하게 현금을 챙겨 놨는데 엄마에게 모조리 빼앗긴 어린아이의 표정!

"나중에 네가 크면 10배로 불려서 줄게."

그렇게 사라진 돈은 절대 다시 돌아오지 않는다는 사실을 아는 어린아이가 느끼는 실망감!

"이제 끝난 거 아니니. 조건이 더 있겠지, 그렇지?"

"재정 자립도도 높아야 되고, 고품질의 철광산을 비롯하여 자원도 많이 필요하다. 물품의 운송을 위하여 도로가 뚫려 있어야 되고 상업이 융성하게 발달해야 한다."

제국 건설을 위해서 넘어야 할 산들은 많고도 많았다.

위드는 간단히 결론을 내렸다.

'결국 모라타를, 제국을 넘볼 수 있는 수준까지 키워야 된다는 거로군.'

니플하임 제국의 건국이 가능하기는 하다.

그런 식으로 따진다면 동네 슈퍼는 백화점이 될 것이고, 여인숙은 특급 호텔이 되리라.

위드는 비로소 조금 반성하는 기분이 들었다.

퀘스트가 니플하임 제국의 건국과 이어진다는 이야기를 듣고 큰 환상에 허우적거렸는데 차가운 현실을 뒤집어쓰고 만 것이다.

'세상에 날로 먹는 건 없는 거지.'

공짜가 없다는 것을 알면서도 어쩔 수 없이 바라는 게 사람의 마음.

그래도 허탈함은 이루 말할 수 없었다.

위드는 황금새에게 가까이 오라는 손짓을 했다.

"뭐, 사정은 알았으니까. 이리 좀 와 봐."

"무슨 일인가?"

"갑자기 좀 더 친근한 대화를 나누어야 될 이유가 생겼어."

그러자 누렁이나 토리도가 흠칫하더니 뒤로 물러났다.

위드를 오랫동안 겪어 본 그들이기에 이런 분위기에는 절대로 다가가지 않는 것.

하지만 황금새는 고고하게 머리를 바싹 들고 위드를 향해 걸어갔다.

위드는 부하 둘에게 명령했다.

"반 호크, 토리도. 전투준비."

"전투는 끝났는데 어째서?"

황금새가 의아한 듯이 고개를 들이대며 물었다. 조류의 특성을 가지고 있는 이상 눈치는 없는 듯!

"일단 좀 맞자. 얄밉고 밉상인 너도 맞을 때가 됐어. 얘들아, 쳐라!"

황금새를 먼지 나게 두들겨 패는 위드!

반 호크와 토리도도, 마치 원수를 만나기라도 한 것처럼 함께 밟았다.

황금새는 은새에게 생명을 부여한 것으로 위드의 부하가 되었다. 원활한 명령 수행과 위계질서를 위해서 절대 좋은 방법이라고는 할 수 없지만, 효과가 가장 빨리 나오는 구타!

"억울하다. 사실을 말한 것밖에 없다."

"아직 덜 맞았구나!"

위드가 간과하고 있는 부분도 있었다.

제국이란 그냥 성이나 영지가 커진다고 해서 만들어지는 게 아니었다.

퀘스트를 수행하면서 조각술과 조각 생명체들에 대한 배경을 알게 되었고, 북부 종족들에 대한 우호도 또한 올랐다.

게이하르 아르펜 제국 황제의 후인 그리고 니플하임 제국의 정통 계승자!

대의명분마저 가지게 되었다. 어떤 뚜렷한 실리가 되어서 당장 나타나지 않더라도 무궁무진한 가치가 있을지도 모를 일.

위드도 황금새를 패면서 그러한 사실을 떠올렸지만 일단 무시했다.

'이미 얻은 것은 얻은 거고, 실망은 실망이야.'

날로 먹으려던 차에 밥그릇이 엎어진 격이었으니 황금새를 철저히 교육시키기로 했다.

아르펜 황제가 친히 만든 조각 생명체, 옥새를 따라서 장구한 세월을 살아온 황금새는 그렇게 맞으면서 부하가 되었다.

더 서러운 것은 서윤이나 은새나, 전혀 말려 주지 않았다는 점이다.

'죽이진 않을 거야.'

태양 빛에 녹아 버릴 새벽안개처럼 희미한 믿음을 가지고 있는 서윤이었고, 은새는 똑바로 차렷 자세를 하고 서 있었다. 황금새가 맞는 것을 보고 알아서 군기가 바짝 든 것이다.

"시간이 없어서 오늘은 이만한다."

위드는 10여 분의 격렬한 구타 후에 여운을 남기며 손을 털었다.

황금새의 생명력은 상당히 떨어져 있었고, 윤기가 나던 깃털까지 군데군데 뽑혔다.

금빛 장식 깃털

귀족들이 탐내는 깃털! 매우 희귀하여 찾아보기 어렵다. 준보석급으로 거래될 수 있으며, 액세서리 상점에 판다면 주인이 두 팔 벌려 환영할 것이다.

내구도: 35/35

옵션: 기품과 매력이 일정 비율로 상승. 재봉이나 대장장이 제품을 만들 때 사용 가능.

물론 떨어진 깃털들은 위드의 배낭으로 들어갔다.

'주기적으로 깃털을 뽑아서 팔면 돈이 되겠군.'

은새까지 음험한 눈빛으로 쳐다보는 위드였다.

"그러면 다른 장소로 이동하지."

지골라스의 지하 지도를 펼치고, 다음에 가야 할 장소를 확인했다.

꿈의 조각 재료, '헬리움'.

조각술 마스터 데이크람이나 다른 조각사들이 향했던 장소로 가야 했다.

"여기가 지골라스의 중심이면서 가장 낮은 곳이니 올라가면서 샛길로 통해야겠군."

불의 강을 건너야 되고 좁은 통로들을 기어서 가야겠지만, 참아야 할 일.

위드는 앞장서서 걸음을 떼었다. 서윤과 부하들이 그의 뒤를 따랐다.

✦

"여기로 들어갔겠군요."

어쌔신, 도둑, 발굴가 들로 구성된 헤르메스 길드의 추적자들은 지상에서의 긴 탐색 끝에 위드가 들어간 인페르노 던전의 입구를 찾아냈다.

"확실한가?"

"틀림없습니다. 던전에 나오는 몬스터들이나 지형을 보면 확실합니다."

드린펠트와 그의 선원들이 중무장을 한 채로 뒤를 따랐고,

그리피스도 해적들과 함께 움직였다.

"던전을 우리가 처음 발견한 게 아니니 거의 틀림없겠군."

위드는 얼지 않는 강의 근처에 있는 던전에도 들어가지 않았다. 그런데 이곳의 던전은 누군가가 먼저 들어간 상태였다.

마법사 부대가 함께 따르고, 암살자들은 은신술을 펼친 채로 앞서거나 뒤에서 추적해 왔다. 위드를 상대하기 위한 만반의 준비가 갖춰졌다.

"며칠 정도면 그, 종족 전쟁이 벌어졌다는 장소에 도착할 수 있겠지?"

드린펠트의 말에 추적자들의 대표라고 할 수 있는 발굴가 타소르가 대답했다.

"바람의 움직임이나 방송에서의 영상을 보았을 때, 던전이 상당히 깊을 것입니다."

그는 던전 탐험에 대해서는 가장 전문가였다.

"구체적으로 얼마나?"

"용암 호수 비슷한 것이 있을 정도, 대형 몬스터들이 날뛸 수 있을 정도의 공간이라면 지골라스에서도 상당히 깊은 곳이겠죠. 몬스터들의 방해를 받을 것을 감안한다면 빨라야 사흘은 걸릴 겁니다."

혼돈의 전사들은 지긋지긋한 몬스터들이었다. 마법사들이나 성직자들이 부족할 때에는 그들로 인해서 피해가 컸다.

하지만 마법사들이 마나 역류, 공간 억제 등의 보조 마법을 펼치면 혼돈의 전사들의 순간 이동을 원천 봉쇄할 수 있다.

혼돈의 전사들을 사냥할 때마다 마나의 소모가 심하고 효율도 그리 좋다고는 할 수 없었지만, 확실한 방법이었다.

"지금부터는 최대한 빨리 간다. 사흘, 길어도 나흘 정도면 그곳을 바탕으로 위드를 추적할 수 있겠군!"

헬리움 광산으로 가는 도중에 잠깐의 휴식 시간이 있었다. 서윤은 〈로열 로드〉에서 로그아웃하고 캡슐을 나왔다.

병실로 밝은 햇살이 비쳤다.

"아."

현실로 돌아오니 다시 두려워졌다.

〈로열 로드〉에서는 말을 했지만, 어릴 때부터 오랫동안 남들에게 말하지 않았다는 공포감이 뒤늦게 밀려왔다.

'하지만 다시… 혼자 있고 싶지도 않아.'

〈로열 로드〉로 돌아가서 위드를 보면 편안해지고, 나누고 싶은 대화도 많았다.

이현, 〈로열 로드〉에서는 위드가 혼자 이야기하고 무언가를 할 때 친구로서 그리고 동료로서 함께할 수 있다.

서윤은 이제 말을 한다는 기쁨을 알아 버리고 난 후였다.

'무섭고 어려워도… 극복해야 해.'

서윤은 떨리는 입술을 뗐다. 현실에서도 말하는 것에 도전하려는 것이었다.

"몸…보신."

이현에게 받아 온 개의 이름을 불렀다.

몸보신은 햇빛이 잘 드는 창가에서 늘어져라 낮잠을 자고 있었다. 그러던 차에 자신의 이름을 듣자 쫑긋 귀를 세우고 눈을 떴다.

서윤이 다시 불렀다.

"보신아."

맛있는 식사와 잠자리에, 언제나 귀여워해 주는 아름다운 주인이 부르고 있다.

멍!

몸보신은 그녀를 향해 꼬리를 흔들며 달려갔다.

조각사의 갱도

위드는 왔던 길을 몇 번이나 돌아보았다. 이미 누렁이와 황금새, 은새의 불신은 씻을 수 없는 상태였다.

"여기가 아닌가?"

"……."

"뭐, 돌아가면 되겠군."

길을 잘못 든 것도 벌써 열두 번이 넘었다.

막다른 길, 위험해서 통과할 수 없는 길, 너무 좁아서 지나치지 못할 길 등!

위드가 길을 못 찾는 편은 아니었지만, 땅속이라서 동서남북의 방향을 가늠하기가 어려웠다. 게다가 지골라스의 지하는 던전들끼리 연결되어 있는, 개미굴처럼 복잡한 구조였다. 수백 가지의 갈림길들이 나오고 복잡하게 퍼져 있다 보니, 원하는 목적지로 향하기 어려웠다.

또한, 헬리움이 있을 것으로 추정되는 장소도 지상을 기준으로 예측한 것이라 불분명했다.

서윤이 망설이다가 손을 내밀었다.

"제가 지도를 봐도 될까요?"

몇 번 말을 하고 나서는 이제 더듬거리지 않고 자연스러워진 그녀였다.

위드는 지하 지도를 건네주었다.

"원하는 대로 해. 근데 지도가 너무 복잡해서 길을 찾기가 쉽진 않을 거야."

그녀도 실패할 것이 분명했으므로 책임을 떠넘기기 위해 한마디 덧붙이는 것도 잊지 않았다.

'초반이나 중간에 실패한 건 아무것도 아니야. 마지막에 실패한 사람이 전부 뒤집어쓰게 되는 거지.'

서윤이 지도를 잠시 살피더니 오른쪽을 가리켰다.

"여기로 가면 될 것 같아요."

"그렇게 생각해? 하긴, 원래 사람은 실수도 하고 그러니까. 어디, 그쪽으로 가 보자."

위드는 넓은 포용력을 보여 주기 위해서 마음에도 없는 말을 하며 뒤를 따랐다.

"200미터 정도 앞에서 뾰족한 종유석들이 나올 거예요."

서윤의 말은 귓등으로 흘려들었다.

"종유석들이야 어디든 많이 있지."

조금 걸으니 정말 종유석들의 틈을 헤치고 지나가야 하는 장소가 나왔다.

흔하게 보이는 종유석들이 아니라 기기묘묘하게 생겨난 종유석들.

맑은 물방울들이 떨어져서 마실 수도 있었다.

위드도 다시 인간으로 돌아오면서 음식과 물을 섭취해야 했다. 누렁이나 황금새, 은새도 갈증을 느끼던 차에 목을 축일 수 있었다.

"여기가 솟아오른 종유석 던전이네요. 그다음으로는 굳은 용암 던전으로 들어갈게요."

큰 통로로 분출되다 만 용암들이 굳어 있는 던전이 나왔다.

위드도 헤매면서도 비교적 올바른 방향으로 움직였지만 서윤은 정확하게 길을 찾아가고 있었다.

상처받은 자존심을 복구하기 위해서 위드는 누렁이를 향해 말했다.

"원래 나도 알고 있었던 길이야."

음머어어어.

"내가 길을 거의 다 찾았던 거라니까."

누렁이는 늘어져라 하품을 하면서 걷기만 할 뿐이었다. 쇠귀에 경 읽기라는 말처럼, 일절 관심이 없었다.

어쨌든 서윤 덕분에 길 찾기가 수월해져서 시간을 절약할 수 있었다.

물과 식료품은 충분했지만, 던전의 중간에는 몬스터들이 계속 몰려들었다. 리치로 변해서 언데드들을 이끌고 다닐 때와 비교할 수는 없지만, 좁은 통로에서의 전투라서 반 호크와 토리도, 황금새, 은새 들의 연합으로 비교적 무난하게 싸울 수 있었다.

통로에서 조각품이 발견되기 시작했다.

어두운 통로에서 횃불을 들고 탐험을 하는 사람의 조각상!

힘과 체력, 의지를 북돋아 줌으로써 회복 속도를 높여 주는
효과가 있는 작품이었다.

"지골라스에 온 조각사가 만들었겠군."

헬리움 광산으로 추정되는 장소와는 멀리 떨어져 있는 곳이
었다. 그곳까지 가려면 복잡한 갈림길을 지나야 했는데, 조각
사가 길을 헤매다가 만들었을 것으로 추측되었다.

"감정!"

위드는 혹시나 싶어서 조각품의 추억 스킬을 활용했다.

무기류와 방어구까지 살필 수 있는 감정 스킬과는 달리 작품
을 직접 만지고 특별한 부분을 찾아야 한다.

조각상의 손 부분, 조각칼을 단단히 쥐고 있는 부분을 통해
조각품에 간직된 추억을 보았다.

"깜깜하군. 암흑이야."

조각품이 있는 장소가 칠흑처럼 어두웠으니 추억이라고 해
도 보일 게 없었던 것이다.

조각품을 만들 때에는 수염이 덥수룩하게 나 있는 사내가 작
은 불빛에 의지해서 벽에 작품을 새기는 것이 보였다.

몬스터로 인해 불안한 듯이 자꾸 뒤를 돌아보면서도 작품을

만들던 조각사.

"계속 전진하지. 그리고 여기서부터는 지름길로만 가지 말고 다른 길들도 살펴볼 수 있을까?"

"그렇게 할게요."

뛰어난 조각사들의 작품들이 지하 통로에 조각되어 있었다.

사람들이 찾지 않는 이곳, 10대 금역 중의 한 곳에 놔두기에는 너무나도 아까운 작품들이었다.

이 작품들을 잊힌 채로 놔둘 수는 없지 않겠는가.

'절대 예술 스탯을 얻기 위해서는 아니야. 숭고한 조각사들의 정신을 기리기 위해서라도 내가 작품을 봐 줘야지.'

⁂

드린펠트나 하벤 왕국 함대의 유저들은 적지 않게 화가 났다. 일부러 고생하라고 장난을 치는 게 아니라면, 왔던 길을 되돌아가는 도둑의 행동에 지쳤던 것이다.

그들뿐만 아니라 헤르메스 길드에서 함께 온 지원 병력도 불쾌한 얼굴이었다.

"또 2시간이 넘게 헤매고도 제자리로군."

"사흘이나 나흘이면 자신 있게 위드를 찾을 수 있다더니 오늘로 며칠째인지 모르겠어."

만약 위드가 던전을 나오는 중이라면 더 빨리 만날 수도 있다. 그렇기 때문에 잔뜩 긴장한 채로 전투준비를 했다.

헤르메스 길드원들이 있었기에 몬스터들과 싸우는 것은 어렵지 않았다.

지골라스를 파악한 후에 보내온 빙계 마법사와 샤먼 들에 의
해서 불의 거인들도 조직적으로 사냥당했다.

초대형 보스급 몬스터라서 전투가 매우 힘들었지만, 정신 계
열 마법을 사용해서 명중률과 판단력을 떨어뜨리고 일제 공격
을 통해 잡을 수 있었다. 불의 거인이 빙계 마법과, 얼음 속성
이 부여된 화살을 한 지점에 맞게 되면 그곳의 육체가 파괴되
어 버린다는 약점을 찾았던 것이다.

대규모 집단 사냥으로 몬스터들을 쓸어버리면서 전진하는
헤르메스 길드.

그렇게 해서 닷새 만에 인페르노 던전의 끝까지 들어갔다.

마법진을 발견하고, 여러 스탯들이 올라갈 때만 하더라도 표
정들이 밝았다.

"이렇게 멀리까지 모험하는 것도 괜찮군요."

"모험을 오니 기분도 상쾌하고, 이런 보상까지 받을 수 있으
니 잘 온 거 같네요."

하벤 왕국의 사냥터에서는 주로 경쟁적으로 레벨과 스킬 숙
련도만을 올릴 뿐이었다. 고향을 떠나 지골라스의 던전까지 와
서 스탯들이 올라가는 이득을 얻었다.

하지만 그 후로 추적대에 속한 발굴가와 어쌔신, 도둑 들은
위드의 뒤를 쫓는 데 어려움을 겪어야 했다.

"죄송합니다. 하지만 이쪽 길로 온 것 같은데… 아시다시피

몬스터들이 많이 사는, 바닥이 돌로 되어 있는 지하 던전에서는 원하는 흔적을 찾기가 어렵습니다."

"벌써 스무 번도 넘게 같은 말을 들었습니다."

"조금만 더 시간을 주시지요."

"그런 말들을 들은 것도 며칠은 됩니다. 어쩔 수 없이 따라가고는 있지만 뭔가 소득이 있어야 될 게 아닙니까."

실질적으로 추적의 총책임을 맡은 도둑도 하고 싶은 말은 많이 있었다.

이렇게 깊고 넓은 던전에서 횃불이나 라이트 마법에 의존해서 위드가 갔던 길을 추적하는 건 결코 쉬운 일이 아니다. 물론 발자국이 있기에 따라갈 수는 있었지만, 긴 시간 땅바닥만 보고 걸었더니 지긋지긋해서 미칠 지경이었다.

'분명히 이 길을 지나갔는데.'

동료 도둑들이나 발굴가, 어쌔신 들도 그의 말에 동의했다.

위드와 그 일행은 틀림없이 이 길을 통과했다.

"그런데 왜 왔던 길을 다시 돌아간 거야."

앞장서서 걸어가던 도둑의 말에 어쌔신이 한숨을 쉬었다.

"정말 영문을 모를 일이죠."

지골라스의 지하 던전들은 넓고 복잡했다.

위드는 던전들끼리 이어진 길을 따라서 좀 가다가, 방향이 아닌 것 같으면 지도를 보고 다시 갈림길까지 돌아갔다. 길이 완전히 막혀 있는 경우가 아니라면 그 정도는 헤맨 것으로 계산에 넣지도 않았다.

그렇게 길을 잃고 돌아다닌 것을 따라가려니 뒤를 추격하는 입장에서는 짜증이 날 노릇이었다.

하지만 이것은 추적자들이 헤매는 결정적인 이유가 되지는 못했다.

알 수 없는 상대의 경로에 머릿속이 복잡해지기는 했지만 어쨌든 계속 흔적들을 추적하기만 하면 될 일이었다.

문제는 위드와 서윤의 발자국이 계속 바뀐다는 점이었다.

대장장이, 재봉 스킬로 만들어 낸 수많은 부츠들을 번갈아서 착용하고, 심지어 인페르노 나이트나 혼돈의 전사, 다른 몬스터들의 발자국으로 위조까지 했다.

몬스터들과 그들의 흔적이 뒤섞일 때마다 몇 배씩은 골치가 아파졌다.

영특한 누렁이가 황금새와 은새의 도움을 받아서 앞발을 들고 걷기도 했던 것.

"이쪽 길이 맞는 것 같은데. 흔적은 엉뚱한 곳으로 이어져 있으니……."

발굴가 타소르는 던전들의 지도를 그리고 있었다.

여러 길들을 토대로 지도를 만들었음에도 위드의 경로는 엉뚱할 때가 많았다. 중간에 흔적이나 길이 끊어지기도 했다.

"이럴 수는 없는 건데. 도대체 어디를 가려고 이렇게 엉뚱하게 움직이는 거지?"

위드는 추적자들에 대해 짐작하고 있었다.

'방송이 나가면 인페르노 던전으로 쫓아올 수도 있겠지.'

던전의 지형이나 배경을 보고 추적해 올 가능성이 있다. 설혹 찾지 못하더라도, 만일의 사태에 대비해서 나쁠 건 없다.

이런 외딴 던전에서 복수의 칼을 갈고 있을 드린펠트나 그리피스를 만난다면 위험하기 때문이다.

던전이 넓으니 신발 바꿔 신기만으로도 혼란을 줄 수 있고, 정령도 이용할 수 있다.

"흙꾼아, 길을 막아 버려."

"알겠습니다, 주인님."

"겉으로는 자연스럽게 보여야 된다."

"노력해 보겠습니다."

"발자국 흔적들도 감춰. 다른 길로 걸어간 걸로 위장해 놔."

흙꾼이를 시켜서 길을 막아 버리거나, 발자국이 엉뚱한 장소로 이어지게 했다.

숲에서 정령술을 펼치는 엘프들을 추적하기 어려운 것처럼, 정령들이란 흔적을 조작하기에는 최고였다.

추적하는 어쌔신과 도둑, 발굴가 들은 미세한 발자국들까지 파헤쳐야 했다. 막혀 있는 길은 삽으로 파서 뚫거나, 다른 던전들을 우회해서 멀리 돌아오느라 진행이 느려졌다.

───── ∽✤∾ ─────

조각사 무르니의 〈돌멩이에 새긴 꽃〉을 감상하였습니다.
예술 스탯이 1 증가합니다. 뛰어난 안목의 작품 감상으로 조각술 스킬의 숙련도가 약간 올랐습니다.

> 피에르의 명인 조각사 이반체의 〈곡괭이를 든 조각사〉를 감상하였습니다.
> 예술 스탯이 3 증가합니다. 뛰어난 안목의 작품 감상으로 조각술 스킬의 숙
> 련도가 약간 올랐습니다.

위드와 서윤은 던전들을 돌아다니면서 작품들을 감상하며 헬리움이 있을 것으로 추정되는 장소로 향했다.

조각사들이 몬스터에게서 도망치고 자연 재앙에 목숨을 잃으면서 왔던 길을, 조각 생명체와 서윤 덕분에 조금 수월하게 올 수 있었다.

오는 도중에도 물론 많은 조각품들을 발견했다.

"머리 장식이 은으로 되어 있군. 세공 솜씨가 좋아서 가격이 꽤 나가겠는데."

그가 지나갈 때마다 조각상의 귀금속류가 감쪽같이 사라지고, 비싼 광물들로 만든 조각품들도 해체되었다.

있다면 조각상의 금이빨까지 뽑아 챙길 사람이 위드였다.

그리고 드디어 낡은 팻말이 세워진 장소에 도착했다.

헬리움 광산

지금이라도 늦지 않았으니, 꿈을 가진 젊은이여, 여기서 발을 돌려라.

삶도 예술이라는 것을 나는 너무 늦게 깨달았다.

헬리움 탐사에 나선 조각사들이 들어갔던 광산에 도달한 것이다.

지지대로 세워진 나무들이 다 썩어 들어가는 갱도의 입구가 시커멓게 입을 벌리고 있었다.

광부가 던전 탐험을 위해 구성된 파티를 결성해서 왔더라도 헬리움 광산으로는 함부로 들어가지 못한다. 파티를 해체하고 1~2명의 소수만이 탐험할 수 있을 뿐.

"이 너머에는 뭐가 있을지 알 수 없겠군."

위드는 광산 탐험은 여러모로 껄끄럽다고 생각했다.

조각사는 길을 찾는 행운의 곡괭이질이나 지질 추적 등 광산 탐험에서 유용한 스킬을 가지고 있지 않다.

그러면서도 돌아 나가지는 못했다.

"조각술과 관련된 것만 아니라면 나갈 수도 있겠지만 결국 언젠가는 오게 될 것 같아."

헬리움 광산으로 들어가기로 결정!

위드는 배낭을 열어 보았다.

모험을 할 때는 직접 만든 보리빵 20개, 식수를 열 통 이상은 항상 넣고 다녔다.

인간으로 돌아왔으니 그도 먹어야 산다. 슬로어의 결혼식에서 챙긴 고급 음식들은 유통기한이 짧아 이곳까지 오면서 모두 먹었다.

보리빵 35개가 있었고, 식수도 여덟 통이나 남았다. 부족하다면 누렁이의 배낭에서 물과 식량을 채울 수도 있었다.

"그래도 음식을 아껴 먹어야겠군."

조각 변신술을 이용하여 음식을 섭취하지 않아도 되는 리치로 변할 수도 있을 것이다.

하지만 광산 안에 시체가 별로 없다면 언데드를 소환해서 싸우기 어렵다. 전투력으로만 보면 크게 도움이 되진 않으리라.

위드가 광산으로 들어갈 준비를 할 때, 서윤도 자기 배낭을 점검하고 있었다.

위드가 고개를 저었다.

"넌 여기에서 애들을 지켜 줘."

서윤과 같이 들어가고 싶은 마음이 컸지만, 광산 밖에서 누군가는 기다리는 사람도 있어야 한다.

추적자들이 쫓아와서 입구를 장악해 버리면 큰일이기 때문이다. 누렁이나 황금새, 은새까지 모두 죽일 수는 없었다.

"놈들이 나타나면 도망쳐도 돼. 안전한 장소에서 내가 나올 때까지 기다리면 되니까. 그리고 나는, 혹시 모르니까 한 녀석만 데리고 갈게."

위드는 조각 생명체들에게로 눈길을 돌렸다.

헬리움 광산 안에서 모험을 함께할 부하를 골라야 한다.

짹짹짹.

황금새가 딴청을 피우는 듯이 고개를 돌리고, 은새는 배를 부여잡고 땅바닥을 구르며 아픈 척을 했다. 누렁이는 힘든 척 네 다리를 비틀거렸다.

'나를 고르진 않겠지.'

세 조각 생명체들의 공통적인 생각이었다.

광산으로 들어가서 고생을 하고 싶지는 않았다.

던전은 지긋지긋했지만, 광산이라니! 육체적으로 굉장히 고된 장소가 아니겠는가.

품위를 중요시하는 조각 생명체에게 있어서는 절대로 가고 싶지 않은 장소!

위드가 마침내 함께 갈 조각 생명체를 정했다.

"누렁아, 나랑 같이 들어가자."

누렁이에게는 청천벽력과도 같은 결정이었다.

게다가 위드의 시선이 미치는 곳은 누렁이의 몸통에 붙어 있는 꽃등심이었다.

'배가 고프면 육회라도……'

위드는 입맛을 다셨다.

"그럼 헬리움을 찾아올게."

위드는 정말 들어가고 싶지 않은 듯한 누렁이의 목덜미를 잡고 광산 안으로 걸어갔다.

오랫동안 닫혀 있던 헬리움 광산의 탐험자가 되었습니다.
혜택: 명성 100 증가. 일주일간 경험치, 아이템 드랍률 2배. 첫 번째 사냥에서 해당 몬스터에게 나올 수 있는 것 중 가장 좋은 아이템이 떨어진다.

위드와 누렁이는 광산에 뚫려 있는 좁은 길을 걸었다.

어둡고 탁한 공기.

어디선가 물방울이 떨어지는 으스스한 소리가 들렸다.

무엇이 갑자기 튀어나올지 모를 오싹한 분위기.

발소리가 크게 울렸다.

위드는 죽은 조각사들의 시체들을 발견했다.

"조각칼이로군."

자하브의 조각칼보다는 크게 못하지만, 조각칼을 비롯하여 여러 세공 도구들을 얻었다.

월석이나 공작석 등 귀한 조각 재료들도 획득!

"죽은 조각사들인가."

헬리움 광산의 입구 부근은 웬만한 공포 영화보다도 무서운 분위기였다.

"조각 도구들은 거래 가격이 싼데."

조각 재료들은 직접 쓰면 되겠지만, 큰돈이 안 되는 물건들밖에 없는 것에 실망!

어둡고 캄캄하더라도 위드는 두려움이 없었다.

좁은 통로에서 갈림길이 8개나 나왔다.

길을 알려 주는 이정표라도 있으면 좋겠지만, 그렇지도 않았고 흔적들을 추적할 수 있는 스킬도 없다.

"모두 들어가 봐야겠군."

헬리움 광산은 미로처럼 되어 있을지도 모른다는 불길한 예감이 들었다.

"많은 조각사들이 실패했으니 무언가 어려운 면이 있겠지. 이 정도에 어렵다고 느낄 필요는 없어."

타의 추종을 불허하는 노가다에 대한 의지!

2개의 갈림길을 통해서 채굴 지역에 도착했지만, 천장이 무너져서 막혀 있거나 용암이 가득 차 있었다.

"여섯 곳만 더 가 보면 돼."

가끔씩 조각품들이 발견되어서 섭섭함을 덜어 줬다.

식량과 식수가 조금 줄어들었다.

갈림길들은 다른 갈림길들로 이어지고, 다시 새로운 갈림길들이 나왔다.

우려했던 대로 끝없는 미로로 연결되고 말았다.

"주인, 일단 왔던 장소로 돌아가 보면 어떨까?"

누렁이가 의견을 냈을 때는, 위드도 비슷한 생각을 하고 있었다.

미로는 처음부터 차근차근 살펴봐야 헤매지 않는다. 갇혔다는 생각이 들면 그때부터는 조바심이 날 수밖에 없고, 그러면 매우 위험해지는 것이다.

"나도 알아. 그런데 지금 길을 잃어버린 것 같거든."

위드는 뒤를 돌아보았다.

시커먼 어둠만이 자리하고 있었다.

갈림길들이 연결될 뿐 아니라, 오면서는 그림자에 덮여서 보이지 않던 장소에도 통로들이 이어졌다.

"일단 왔던 곳까지 가 보자."

위드와 누렁이는 거꾸로 되짚어가려고 했다.

길 찾기에서 서윤보다는 약했지만, 위드도 웬만한 미로들은 우습지 않게 통과했던 경험이 있다.

〈마법의 대륙〉에서도 많은 미궁들을 해체하면서 사람들을 놀라게 만들었다.

직접 비슷하게 생긴 좁은 통로를 걸으면서 길을 찾기란 대단히 어렵다.

게다가 이곳의 어디에 헬리움이 있을지도 모르지 않는가!

위드는 결국 입구로 돌아가는 것을 포기하고 말았다.

"잘못된 길을 두 번 이상 들게 되면, 정확하게 길을 알지 않고서는 왔던 곳으로 돌아가지 못해. 그건 헬리움을 찾는 것만큼이나 어려울 거야."

그때부터 위드의 눈초리가 땅에 떨어진 동전을 보았을 때처럼 날카로워졌다.

'이곳에 다른 인간이나 조각사는 지금 없는 것 같다. 몬스터들이 나올 것 같은 분위기도 아니고……'

몬스터라도 나오면 사냥을 해서 길을 물어보면 된다.

좁은 통로가 이어져 있기에 고블린 따위의 몬스터들밖에 살 수 없겠지만, 놈들의 역한 냄새는 맡아지지 않았다.

'이곳은 조각사들이 많이 들어온 장소야. 그러니까 길을 찾는 방법이 있을 것이다.'

위드는 냉정하게 생각해 봤다.

미로 전체의 난이도가 어떨지는 모르겠지만, 조각사들이 만든 광산이라는 데 암시가 있으리라.

'조각사들은 몬스터들은 물론이고 다른 침입자들도 달가워하지 않았을 거야.'

그렇다면 허락받지 않은 침입자들을 물리치기 위한 미로일 수도 있다.

"조각사들이 남겨 놓은 것은… 결국 조각품뿐인데."

위드는 통로마다 가끔씩 조각품들이 떨어져 있는 것을 알고 있었다. 값이 나가는 물건들은 빠뜨리지 않고 호주머니에 챙겨오기도 했다.

"이게 조각사에게 따라오라는 암시일 거야. 감정!"

위드는 조각품에 간직된 추억을 보았다.

갈림길에서 조각품을 만들고 나서, 횃불을 들고 어느 한 방향으로 떠나는 조각사의 뒷모습!

"이곳이구나."

그때부터 위드는 자신 있게 걸음을 옮겼다.

조각품이 그를 바른길로 인도하고 있었다.

조각품을 챙기는 것은 나중에 나갈 때를 대비해서 일단 중단했다.

그렇게 1시간 정도를 누렁이와 함께 걸었다.

위드의 지구력과 인내력은 최소한의 식량 섭취로도 버틸 수 있는 정도였다. 생존력에 있어서만큼은 바퀴벌레를 완전히 압도한다.

내일 지구가 멸망하더라도, 마트에서 1+1으로 행사하는 대형 세제를 구입할 사람이 위드.

누렁이는 스스로 먹을 식량을 지고 다녔으므로 꽤 오랫동안 걱정하지 않아도 됐다. 동물의 고기 말린 것, 식물들로부터 추출한 엑기스들을 섞어서 사료를 만들어 포대째로 가지고 있던 것이다.

한참을 걸은 후에 미로의 끝에서 드디어 광산용 수레를 발견했다.

수레는 갱도를 달리는 철로에 연결되어 있었다.

"광산용 수레를 타고 가면 조금 더 빨리 갈 수 있겠군."

그러나 누렁이는 수레에 대해서 상당히 비관적인 견해를 주장했다.

"주인, 그냥 걸어가는 편이 나을 것 같다."

"시간이 얼마나 걸릴지 모르는데, 수레를 타고 가야지."

"차라리 나를 타고 가는 게 어떻겠나."

"고생시키지 않을 테니까 나만 믿어라. 그런데… 네가 앞에 타야지."

위드는 누렁이를 태우고 수레의 뒤쪽에 탑승했다.

충돌 시의 최소한의 안전장치인 황소 몸통!

광산용 수레의 뒤쪽에 묶여 있는 쇠사슬을 풀어내고, 걸려 있는 막대를 아래위로 오르락내리락했다.

막대의 힘을 이용해서 바퀴를 굴릴 수 있었다.

끼이이이이잉.

거친 쇳소리를 내면서 전진하기 시작하는 광산용 수레.

막대를 움직일 때마다 수레에 점점 가속도가 붙었다.

"제법 빨라지는데."

위드는 막대를 놓고 사냥에서 주운 야광석을 이용하여 수레의 전방을 비춰 보았다. 굴곡진 갱도에서는 앞에 뭐가 있는지 확인이 어려웠다.

지하로 내려가는 방향이라서 수레는 갈수록 빨라졌다. 미로를 벗어나서 상쾌하게 달리는 수레!

누렁이가 머리를 바싹 숙이고 얘기했다.

"주인, 천천히 가면 안 되나."

위드도 앞에 뭐가 나올지 모르니 속도를 늦춰야 한다는 생각이 들었다.

"그러면 속도를 줄이도록 하자."

오른쪽에 있는 강철 막대기를 밀어 올리면 철로의 양쪽에서 마찰 면이 달라붙어 멈추게 만드는 방식이었다.

위드가 막대를 밀어 올렸다.

차카카카캉!

수레의 뒷부분에서 엄청난 불똥이 튀면서 속도가 약간 늦춰졌다.

"역시 나만 믿으면 된다니까. 넌 나 같은 주인을 만나서 이렇게 편하게……."

위드가 말을 끝맺기도 전에 철로의 경사가 거의 깎아지듯이 아래로 향했다.

수레의 속도가 급격히 빨라진 것은 당연지사!

"주인, 무섭다."

"알았어. 여기서 멈출게!"

위드는 제동장치를 최대한의 힘으로 밀어 올렸다.

스탯을 힘과 민첩에만 투자했기에 어마어마한 괴력이 있었다. 큰 바위를 거뜬히 올릴 힘으로 제동장치에 힘을 가했다.

하지만 오래된 제동장치는 그 힘을 감당하지 못하고 바퀴와 연결된 중간 부위가 떨어져 나가고 말았다.

좌우로 정신없이 흔들거리면서 맹렬하게 전방으로 쏘아져 나가는 수레!

위드는 판단을 내렸다.

"음. 고장이로군."

위험할수록 냉정해져야 할 필요가 있다.

그리고 남의 일처럼 객관적으로 상황을 분석해서 누렁이에게 전달했다.

"어쩌냐. 이 수레를 못 멈출 것 같아."

음머어어어어어어어어어!

"이대로 철로를 이탈해서 어디 부딪치면 확실히 죽겠군."

조금의 희망 따위도 품지 못하게 만드는 절망적인 설명!

광석 운반용 수레는 점점 가속도가 붙어서 무지막지한 속도로 갱도를 내달렸다.

"그래도 희망적인 건… 죽을 때 고통은 못 느낄 거야."

공포에 질린 누렁이가 도살장에 끌려가는 소 울음소리를 내며 울었다.

갱도의 나무 지지대들 사이를 통과하며 지하로 향하는 광산용 수레는 가공할 정도로 빨라졌다.

"몸을 낮추고 꽉 잡아!"

철로는 일직선으로 뚫려 있는 게 아니고 원만한 곡선을 그리기도 했다. 그럴 때마다 제한속도를 초과해서, 수레와 몸 전체가 이탈할 것처럼 옆으로 쏠렸다.

넘어지기라도 하면 큰일이었지만 수레는 덜커덩거리면서 계속 지하로 향했다.

답답하고 꽉 막혀 있는 지골라스의 던전과 광산을 모험하면서 오랜만에 경험하는 짜릿함!

위험하기는 해도 감히 다른 생각을 할 수 없을 정도로 온몸에 긴장이 흘렀다.

그리고 잠시 후에는 오르막이 나오면서 자연히 속도가 감소했다.

누렁이가 기쁨의 울음을 터트렸다.

"주인, 이제 우리 살 수 있을 것 같다!"

위드도 다행스럽다는 생각에 말했다.

"그래도 우리는 참 운이 좋아. 중간에 철로가 끊어져 있다거나 하지 않아서 말이야. 오랫동안 누구도 쓰지 않았을 갱도인데 철로가 멀쩡하다니 기적 같은 일이잖아."

오르막이 이어지는 부분에서 철로는 넓은 지하 공동으로 연결되어 있었다. 깊이를 알 수 없을 정도로 까마득한 절벽과 절벽 사이로.

그런데 말이 씨가 된다더니, 중간에 철로가 30미터 정도 뚝 끊어져 있었다.

누렁이는 죽음을 떠올렸다.

"주인, 세상을 경험할 수 있게 해 줘서 고마웠다. 모라타에 있는 내 새끼 소들을 부탁한다."

처절한 심정으로 유언을 남겼다.

꽃등심도 남기지 못하고 죽을 신세였지만 새끼 소들에 대한 애정은 남아 있었던 것이다.

위드는 포기할 수 없다는 듯이 대답했다.

"널 이렇게 무의미하게 죽일 수는 없어. 나에게 네가 어떤 존재인데 금인이에 이어서 너까지 죽게 만들겠니?"

마지막 순간의 따뜻한 말 한마디에, 뭉클해진 누렁이는 감동받으려고 했다.

위드에 대한 모든 원망이 사그라지려고 할 무렵.

"이렇게 육질 좋고 탐스러운 꽃등심에 아롱사태, 갈비 살이 아까워서라도 널 죽게 만들지는 않을 거야. 절대 포기하지 마!"

위드는 막대를 열심히 올리고 내리며 조종해서 수레에 추진력을 더했다.

철로가 끊어진 부분까지 눈 깜짝할 사이에 도달했다.

광산용 수레는 철로가 없는 곳에서 아래로 뚝 떨어지지 않고 속도를 유지한 채 포물선을 그리며 날아올랐다.

철로와 바퀴가 연달아 부딪치며 내던 소음도 없고, 몸 전체가 붕 뜬 것 같은 기분이 들었다.

아주 짧은 시간 동안 무서운 속도로 공중을 날아서 반대편 철로에 안착했다.

콰과과과광!

수레가 철로 위로 미끄러지면서 뒤쪽으로 엄청난 불똥을 튀겼다.

하지만 아슬아슬하게 선로를 이탈하지 않고 계속 갱도를 전진했다. 그리고 수정들이 번쩍이는 동굴로 진입했다.

"여기서 죽지는 않았구나."

누렁이가 한숨을 겨우 돌리려고 할 때, 위드가 다행스럽다는 듯이 말했다.

"우린 정말 엄청난 행운아들이군."

"……?"

"상식적으로 그렇잖아. 오랫동안 관리 안 된 철로가 어떻게 한 군데 외에는 모조리 멀쩡할 수 있어. 뭐라도 막고 있거나 그래야 정상인데."

바로 그 순간!

천장에서 떨어진 듯한 집채만 한 수정이 철로를 가로막고 있었다.

"부딪친다. 고개 숙여!"

위드와 누렁이는 수레에 몸을 숨겼다. 그리고 강철 수레가 엄청난 속도로 수정에 부딪쳤다.

콰콰광!

수레는 수정 덩이를 박살 내면서 돌파했다.

위드는 주변의 시야를 원활하게 확보하기 위하여 빛의 조각술을 이용하여 몸 전체에서 빛을 내고 있었다.

부서진 수정 알갱이와 먼지들이 빛나면서 더없이 황홀한 광경을 보여 주었지만 그조차도 알아차리지 못할 정도로 순식간에 지나쳐 버렸다.

위드가 말했다.

"그래도 한 번이니 행운⋯⋯."

콰광!

"두 번 정도는 예의잖아."

풍, 퍽! 파사삭. 파박!

수정 덩어리들을 연속으로 돌파하며 수레의 속도가 많이 늦춰졌다.

충격이 거듭되면서 강철로 되어 있는 수레의 앞부분도 부서지고, 누렁이와 위드의 생명력도 많이 감소했다. 맷집과 인내력이 없었다면 정말 위험할 수도 있었다.

위드보다는 앞에 탄 누렁이가 여러모로 생명력의 피해가 큰 상태!

"그래도 수정이라서 정말 다행이지 않냐? 어쨌든 살아는 있으니……."

막 말을 끝맺기 전에 철로가 끊겼다. 그리고 정면에 꽉 막혀 있는 바위 벽의 등장!

우우우우우!

누렁이가 거칠게 울부짖었다.

질긴 목숨이었건만 최후를 떠올릴 무렵이었다.

"빛날아!"

금인이가 죽고 나서, 빛의 날개는 다시 위드에게로 돌아와 있었다.

위드가 태연할 수 있었던 것은 그 빛의 날개를 믿고 있었기 때문!

우직한 누렁이를 놀리기 위해서 이런저런 말을 했을 뿐 몸통을 끌어안고 날개를 펼칠 순간만 기다리고 있었다.

등에서 찬란한 빛으로 된 날개가 펼쳐짐과 동시에, 위드는 누렁이와 함께 수레를 탈출했다. 천장에 부딪치고 벽에 40미터를 넘게 밀리고 나서야 몸을 가눌 수 있었다.

그들이 피신하고 난 이후에 수레는 굉음과 함께 바위 벽에 부딪쳐서 산산조각 나고 말았다.

위드가 빛의 날개를 펄럭이며 말했다.

"이제 살았군. 그래도 멀쩡히 잘 도착했으니 됐잖아."

간신히 생명을 부지해서 기쁘다거나 희망이 보인다기보다는, 그 말이 씨가 되어 어떤 끔찍한 일이 벌어질지 누렁이는 두려웠다.

"누렁아, 우리 돌아갈 때도 수레 타고 갈까?"

커피 데이트

KMC미디어를 통해 나간 위드의 퀘스트 방송은 사상 최대의 시청률을 기록했다.

방송가에서 시청률에 대해 파다하게 화제가 되고 있을 무렵에, KMC미디어에서는 후속 프로그램을 편성했다.

"위드의 모험을 거의 실시간에 가깝게 방송하느라 영상도 편집도 완벽하지 않았어. 충분한 시간과 인력을 투입해서 제대로 방송을 해 보도록 하지."

성공을 자축하는 회식도 그날의 저녁으로 끝내고, 토요일에도 작업에 전념했다. 그리하여 위드의 모험 완전판이 3부에 걸쳐서 제작되었다.

1부 통곡의 강
조각품 수리의 모든 것. 그리고 인도자들의 동맹을 재결성하여 엠비뉴 교단에 맞서는 위드

2부 지골라스의 상륙자

기나긴 항해. 신비로운 바다를 건너 지골라스에 온 위드의 정착기

3부 다크 메이지

언데드 군단을 이끌고 혼돈의 대전사 쿠비챠의 군대와 싸우는 위드. 그리고 본 드래곤

핵심 부분은 생방송에 가깝게 중계가 되었다고는 하지만, 시청자 게시판에는 재방송이나 본편을 방송해 달라는 요청이 빗발치는 와중이었다.

"방송 날짜는 언제로 할까요?"

"일요일 오후로 하지."

시청률이 가장 높은 시간대로 결정됐다.

KMC미디어는 일요일 저녁에 위드의 모험 완전판을 방송하기 전에 30초 분량의 홍보 광고부터 하기로 했다.

강 부장은 광고 제작에서도 수완을 발휘했다.

"1부에서는 엄청난 조각품들을 수리하는 장면을 짧게 넣고, 킹 히드라와 이무기, 리치 바르칸 등과 맞붙어서 싸우는 걸로 해. 2부는 화산 폭발과, 언데드 군단을 이끌고 하벤 왕국의 함대와 해적들과 싸우는 장면. 그리고 3부는……."

연출자들이 난색을 표했다.

"3부의 내용까지 광고에 담으려면 시간이 너무 부족합니다."

"3부는 간단히 본 드래곤의 머리 정도만 보여 주도록 해. 본

드래곤이 포효하는 것으로 광고를 끝낼 수 있도록."

그렇게 만들어진 홍보 영상은 KMC미디어에서도 훌륭한 작품이라고 자평할 수 있을 정도였다.

전운이 감도는 통곡의 강에 웅장한 음악과 함께 모여든 대군, 솟구치는 용암을 배경으로 인간들을 공격하는 리치. 그리고 본 드래곤!

예고편만으로도 시청자들은 안달을 내며 본편의 방송을 기다렸다.

그리고 시작된 방송!

위드의 모험 완전판은 게임 방송 통합 시청률 63.9%를 달성했다. 순간 시청률이 아니라서 더욱 값진 기록이었고, 위드의 이름은 〈로열 로드〉를 하는 사람이라면 모를 수가 없게 됐다.

위드의 모험에 대한 이야기는 〈로열 로드〉와 관련된 인터넷 게시판에서 연일 화제였다.

—항해에 대해서 궁금합니다. 나룻배부터 몰다 보면 대형 범선은 언제쯤이나 탈 수 있겠습니까? 뜨거운 햇볕 아래 노 젓기가 너무 힘들어요.
—물고기를 키워 보세요. 많이 알려지지 않은 비법인데요, 막 태어난 돌고래를 4개월 정도 음식을 주면서 키우면 항해 속도가 빨라지고 스킬 숙련도도 잘 오릅니다. 새들을 키워도 도움이 되죠. 망망대해에서 외로워하지 마세요. 항해는 자연과 함께하는 겁니다.
—바다에서도 모험을 할 수 있나요? 지금 위드가 발견한 섬, 혹은 신대륙에서의 탐험을 우리도 할 수 있을까요?
—할 수 있습니다. 바다에는 알려지지 않은 섬이나 땅이 많습니다. 보물섬에 대한 전설이야말로 항해자들의 꿈이라고 할 수 있죠.
—노리타 항해연합입니다. 현재 베키닌 인근의 경치를 구경할 수 있는 패키지 상품이 절찬리에 판매되고 있습니다.

위드의 모험이 방송되고 난 이후에, 비주류의 상징이나 다름 없던 바다로의 관심도 촉발되었다.

드넓은 해양과 넘실거리는 파도 그리고 따스한 햇살 속으로 돛을 펼친 채 나아가는 낭만이 바다에 있었다.

네크로맨서에 대한 열망도 들불에 휘발유를 뿌린 듯이 퍼져 나갔다.

—네크로맨서로 전직하신 분들께 여쭙겠습니다. 2차 전직을 마친 빙계 마법사인데 지금이라도 전공을 바꾸는 게 좋을까요?
—리치! 완전히 제가 꿈꾸던 직업입니다. 야비하고 강하고… 남의 생명력도 흡수하고! 네크로맨서는 남들과 친밀도를 쌓기 어렵다거나 사람을 죽이면 악명이 잘 쌓인다는 이야기가 있는데, 괜찮습니다. 저는 원래 친구가 없거든요.
—네크로맨서들끼리 모험 파티를 만드는 건 어떨까요? 스켈레톤 5,000마리로 던전을 탐험하면 죽여줄 텐데요.

언데드 군단을 끌고 다니는 만큼 강하지만, 고독하게 혼자서 밤에 주로 사냥을 한다.

단일 직업으로는 최강의 전력을 자랑하는 네크로맨서.

악취와 들끓는 파리 등으로 인해 비호감이 되었는데도 다시 인기였다.

기존의 네크로맨서들도 리치로의 승급을 위해서 탐험과 레벨 업에 열심이었다.

베르사 대륙에서는 남들이 해 보지 못한 모험을 하기 위해서 마을과 성에서 장비를 맞추고 동료를 구하는 모습들을 흔히 볼 수 있었다.

불가능을 가능하게 만드는 모험가.

발걸음으로 길을 만드는 자.

전쟁의 신. 포기하지 않는 영웅.

위드에게 부여되는 수식어들도 거창해졌다.

베르사 대륙 내에서 영웅이 만들어지는 것은 순식간이었다.

바드와 댄서 들이 대륙을 돌면서 유명인에 대한 공연을 한다. 위드와 몬스터들의 분장을 한 채로 거리에서 열리는 공연들은 사람들을 즐겁게 만들었다.

로자임 왕국에서부터 만들었던 위드의 조각품에도 변화가 생겼다.

여우의 조각품

세밀하게 조각된 여우의 작품. 세라보그 성 앞에서 흔히 볼 수 있는 여우를 대상으로 조각되었다. 숲에서 주울 수 있는 흔한 나무로 만들어졌다. 오랜 시간이 지났음에도 불구하고 잘 간직되어 생생한 모습을 유지하고 있다. 대량으로 단시간에 많이 만들어진 작품 중 하나.

내구도: 9/10

예술적 가치: 찾기가 어려움.

옵션: 여우의 생김새를 관찰할 수 있다.

단돈 몇 쿠퍼에 팔아먹었던 흔해 빠진 조각품들의 가치가 급등했다.

여우의 조각품

세밀하게 조각된 여우의 작품. 세라보그 성 앞에서 흔히 볼 수 있는 여우를 대상으로 조각되었다. 숲에서 주울 수 있는 흔한 나무로 만들어졌다. 오랜 시간이 지났음에도 불구하고 잘 간직되어 생생한 모습을 유지하고 있다. 평범해 보이지만 베르사 대륙에서 모르는 사람이 없는 조각사 위드가 만들었다. 조각술이 성숙해지는 시기에 만든 작품으로, 유명한 위드의 작품을 찾는 애호가들 사이에서 가치가 꽤 있을 것이다.
내구도: 9/10
예술적 가치: 상당한 소장 가치가 있을 것 같다.
옵션: 선물용으로 쓸 경우 매우 큰 호감과 친밀도를 얻을 수 있다. 매력 +2.

큰 변화는 아니었지만, 위드의 조각품을 사들이는 수집가들이 있었다.

조각 상점에서 구매하는 가격이 3배로 뛰고, 조각사 길드에서는 위드의 조각품을 가져오라는 의뢰도 생겨났다.

"위드라는 모험가에 대해서 얼마만큼 알고 있나? 그런 모험가에게 맡길 일이 있는데… 자네는 미덥지 않아."

"위험 확률이 높은 일인데… 위드라는 모험가가 와 주면 참으로 좋겠군."

"혼돈의 전사라는 종족이 매우 강하다는군. 그런 종족과 싸우기 위해서는 큰 용기가 필요할 거야."

"북쪽 모라타의 영주가 대단한 원정을 성공적으로 마쳤다지. 그 지역의 주민들은 용맹한 영주 아래에 있어서 참 좋겠어. 몬스터의 위협에 대해서도 안심할 수 있겠군."

기사, 병사, 주민 들이 위드에 대해서 말했다.

심지어는 술꾼들도 이야기했다.

"딸꾹! 술이 또 떨어져 가는군. 한 병 더 마시고 싶지만 돈이 없어. 집에 가면 마누라가 돈을 어디다 썼냐고 물을 텐데… 오늘도 밖에서 자야겠군. 아! 마침 이곳에 위드가 있다면 마지막 남은 한 잔의 술을 주고 그의 이야기를 들어 볼 텐데… 음냐."

S급 난이도의 퀘스트를 최초로 마친 위드에 대한 칭송은 정점에 이르렀다.

드린펠트와 그리피스, 헤르메스 길드의 유저들은 그럴수록 위드를 살해할 의욕으로 불탔다.

"위드, 넌 반드시 우리 손에 죽을 것이다."

"이 지골라스에서 네가 그리고 네 동료가 빠져나갈 곳은 없을 것이다."

"데리고 다니는 황소는 바로 갈비탕과 소머리국밥으로 만들어 주지."

꽃무늬 장식

광산용 수레가 멈춘 장소에서 드디어 넓은 채굴 지역에 도착한 위드와 누렁이!

띠링!

> 조각사들이 발굴한 광석 채굴 지역에 들어왔습니다.
> 혜택: 명성 460 증가. 일주일간 채광 시에 체력의 소모가 다소 줄어든다.

"후후."

위드의 입가에 미소가 맺혔다.

그도 그럴 수밖에 없는 것이, 채굴 지역은 땅을 팔 수 있는 널찍한 장소였다.

"역시 내 예상이 맞았어."

광산이라는 이름이 붙어 있으니 몬스터들을 사냥하거나 추가적인 의뢰를 받지 않을 수도 있다.

대놓고 노가다를 해서, 알아서 캐 가라는 뜻!

조각사들이 파헤친 땅에는 발굴된 각종 광석들이 널려 있었다. 위드는 이런 경우까지 감안해서 운반용으로 쓰기 위해 누렁이를 데려왔던 것이다.

> 미장석을 획득했습니다.

겉이 매끈매끈하여 고급스러운 조각품을 만들기 좋은 돌.

"누렁아, 여기."

> 월반석을 획득했습니다.

달밤에 향기를 내는 돌.

연못에 조각품을 만들어 두면 요정이나 반딧불, 나비 들이 날아든다고 한다.

"누렁아, 실어."

> 공작석을 획득했습니다.

상당히 대중적이면서, 조각 재료점에서 많이 취급되는 물건이다. 당연히 돈과 바꾸기에도 편했다.

"누렁아, 조심해서 담아라."

누렁이의 배낭에 조각 재료들이나 광물들을 쓸어 담았다. 그리고 조각사들이 벽에 새겨 놓은 글귀들을 읽었다.

대륙의 조각술은 쇠퇴했다. 조각사들에게는 새로운 도전이 필요하다. 헬리움으로 만든 조각품은 조각사들에게 다시없는 영광을 안겨 줄 것이다.

헬리움에 대한 전설은 과연 정말일까?
인간들의 탐욕이 만들어 낸 허구는 아닐까?
무한한 땅의 마나가 샘솟는다는 헬리움.
그것으로 조각품을 만들 수 있을까?

파고, 또 파고 있다.
이곳에서 나이를 먹으며 늙어 가고 있다. 이제는 곡괭이를 들 힘도 없다.
예술이란 이토록 미력한 것인가.

곡괭이가 어딘가에 부딪쳤다.
헬리움일 것이라 기대했지만, 바위였다.
내가 파낸 바위들이 도대체 몇 개일까. 차라리 이곳에 오지 않는 편이 좋았을 텐데…….

후회로 가득한 말들이었다.
사실 조각품이 아니라 헬리움으로 만들어진 대장장이 물품들은 몇 개 있었다. 대륙의 여러 교단의 성물이나 교황의 보관,

혹은 검과 갑옷 등이다.

특정한 신성력과 마나를 쉬지 않고 발산하는 금속 헬리움.

완전히 깨지거나 부서지지 않는 한 무한한 마나를 뿜어내기 때문에 헬리움의 가치는 어마어마했다.

사실 그런 헬리움조차도 언제부터 존재했는지 모를 만큼 오래된 유산이거나, 드래곤이 가지고 있던 물건이었다.

위드는 이곳에 확실히 헬리움이 있다고 생각했다.

"정말 대놓고 노가다를 하라는 뜻이군!"

쉽게 파낼 수 없지만, 어떻게든 파내라는 게 틀림없으리라.

"드래곤을 사냥하라는 의뢰도 아니고, 여기까지 와서 헬리움을 챙겨 가지 않을 수는 없지."

그건 결혼식에 가서 식권까지 받아 놓고 공복으로 집에 돌아오는 것과 같다.

위드에게는 상상조차 할 수 없는, 대자연의 법칙에 위배되는 일이었다!

돈가스든 설렁탕이든 혹은 뷔페식이든, 배부르게 먹고 콜라와 사이다까지 챙겨 나오는 게 결혼식에 참석한 하객의 기본 상식이 아니던가.

"어디 한번 캐 보자!"

위드는 조각사들이 썼을 것으로 짐작되는 곡괭이들을 살펴봤다. 나무 자루가 썩어서 부러져 있거나 끝이 뭉툭하여 제 성능을 발휘하기가 힘들 것 같았다.

"작업을 위해서는 연장부터 만들고……."

위드는 대장장이 스킬을 이용해서 가지고 있던 강철과 소량의 미스릴을 섞어 곡괭이를 만들었다.

　고급 재료를 사용했지만 나중에 다시 녹이면 되니 손해는 아니었다.

　깡! 깡! 깡!

　위드는 곡괭이질을 했다.

　하염없이 시간이 흘렀다. 최소 하루는 땅만 팠을 텐데도 헬리움은 나오지 않았다.

> 2등급 철광석을 발굴하였습니다.

> 소량의 구리를 찾아냈습니다.

　가끔 광물들을 찾아내는 게 그나마 유일한 위안거리였다.

　띠링!

> 반복 작업으로 인해서 스킬을 획득하였습니다.

> **채광 초급 1 (0%)**
> 광부의 스킬. 광산 내에서 땅을 파는 데 필요한 능력. 곡괭이나 삽의 효과를 조금 늘려 준다. 스킬이 성장할 때마다 힘과 인내력이 늘어난다. 고급 광물을 채취했을 때 행운과 명성을 늘려 준다.

　"젠장!"

　위드는 자책과 반성하는 마음으로 곡괭이질을 했다.

　노가다에는 다양함이 있었다.

　땅을 파는 것에서도 스탯을 얻을 수 있다니, 진작 채광 스킬을 올려놓았어야 하지 않겠는가.

"난 아직 부족해."

위드는 방심하는 순간, 더 열심히 노가다를 한 사람이 그의 자리를 위협할지도 모른다는 위기감이 들었다.

조각품을 만들어도 스탯을 얻지만, 걸작 등을 만들어도 힘은 1개가 기껏 오를 뿐이다.

"두어 달 정도 날 잡고 땅을 파 놓았으면 좋았을 텐데……."

채광 스킬까지 넘보는, 감동이 나올 정도의 잡캐!

어쨌든 광물은 조각사나 대장장이로서 소비하는 것들이다. 이런 직종을 성장시키기 위해서 채광이란 한 번쯤 경험해 봐야 할 일.

스킬이 생성된 이후로, 위드의 땅을 파는 솜씨는 조금 향상되었다. 체력의 소모도 약간 줄어들고, 곡괭이가 파내는 범위도 넓어졌다.

하지만 이 많고 넓은 땅들을 파헤치자면 막막하기만 한 수준이었다.

"조금 효율을 높여야겠군."

위드는 남은 미스릴로 쟁기를 만들어서 누렁이가 끌게 했다.

"다 너를 위해서 시키는 거야. 힘이라도 세야 일당을 많이 받지. 공짜로 부려 먹는 거 아니야. 하루에 2쿠퍼씩 쳐줄 테니 부지런히 일해 봐!"

운반용, 이동용에 이어서 확실하게 누렁이의 노동력을 이용해 먹는 위드!

"나 같은 주인을 만나서 다행이지. 진짜 힘든 농사일에도 써

먹지 않고 코도 안 꿰잖아.”

누렁이를 부려 먹으니 작업의 효율이 훨씬 늘었다.

그러나 채굴 지역은 대단지 아파트를 지을 수 있을 정도로 넓었다.

“역시 인간으로는 한계가 있군.”

위드는 오랜만에 오크 카리취의 조각상을 만들었다.

흉악하기 짝이 없는 얼굴은 그대로였지만, 덩치는 훨씬 더 커졌다. 우람한 어깨의 근육과 튼실한 허벅지가 최소한 50%씩은 커져 있었다.

“조각 변신술!”

조각 변신술을 이용하여 힘밖에 모르는 오크 카리취로 변신.

“취익! 어디 한번 해 보자!”

언데드로 변신하면 체력이 줄어들지 않고 음식을 먹지 않아도 된다는 장점이 있다. 하지만 힘에 있어서만큼은 오크를 따라잡을 수 없다.

오우거도 힘은 굉장히 뛰어난 장사이지만, 오크보다도 무식하고 본능에 충실하게 움직이는 종족이었다.

너무 미개한 종족으로 변신하게 되면 여러 다양한 스킬들을 활용하지 못한다.

힘은 있더라도 스킬들의 효과가 떨어질 수 있으니 오크 카리취가 되었다.

끈질기게 땅을 파헤치다 보면 헬리움은 결국 나올 것이라는 믿음이 있었다.

“음식을 아껴 먹어야겠군.”

오크들은 금방 배가 고파질 뿐 아니라 급격하게 체력이 소모되어 새참을 꾸준히 먹어 주어야 했다.

정말 누렁이를 잡아먹을 수는 없으니 어느 정도 굶주림을 유지해야 한다.

위드의 덩치로 인해 내려찍는 곡괭이가 훨씬 작아진 것처럼 느껴졌다.

크게 증가한 힘으로 인해서 땅을 파헤치는 속도는 확실히 높아졌다. 그리고 상당히 많은 광석들을 채취할 수 있었다.

띠링!

채광 스킬이 초급 2레벨이 되었습니다.
곡괭이질과 삽질의 체력 소모가 감소합니다. 바위의 틈새를 노려서 채굴 작업의 속도를 높일 수 있을 것입니다. 인내력과 행운이 증가합니다. 매우 빠른 속도로 스킬의 숙련도가 증가하고 있습니다. 반복적인 작업에 필요한 강인한 힘. 끈질긴 지구력이 광부로서 최적의 요건들을 갖추게 해 주었습니다.

채광 스킬이 초급 3레벨이 되었습니다.

채광 스킬이 초급 4레벨이 되었습니다.

시간이 얼마나 지났는지도 모른다.

온몸이 땀에 젖은 위드는 노래를 불렀다.

음정 박자는 당연히 무시하고, 오직 근로 의욕을 돋우기 위한 흥겨운 노래였다.

땅을 파면 돈이 나오지, 밥이 나오지, 쌀이 나오지

헬리움이 나오면 대박이라네
큰돈을 벌면 어디에 쓸까
맛있는 걸 먹을까?
아까워서 안 되지
비싼 옷을 입을까?
몇 년 지나면 못 입어
나 혼자 갖고 있다가 무덤까지 들고 가야지

돈에 대한 애착과 검소함을 표현한 노래!

채광 스킬이 늘어나면서 땅을 보기만 해도 주로 어떤 광물이 많이 묻혀 있을지 대략 파악되었다.

채광 스킬 같은 경우는 파낸 광물의 양이나 질이 숙련도의 증가를 좌우하는 경향이 있었다. 위드의 힘이나 인내력 등의 스탯은 경이로울 정도였고, 지골라스의 광산이었으니 파내는 광물들의 질도 상당히 좋았다.

많이 많이 캐 보세
돈을 실컷 벌어야지

위드는 누렁이와 함께 계속 땅을 팠다.

이현의 캐릭터가 지골라스에서 사냥과 모험을 하는 사이에 한국 대학교에서는 중간고사가 진행되었다.

2학기도 어느새 11월이 되었다.

나뭇잎들이 떨어지면서 어느덧 겨울방학을 기다리는 때가
왔다.

"등록금이란 정말 무상한 거지. 엊그제 낸 것 같은데 순식간
에 사라져 버리니."

이현은 책가방을 등에 메고 축 처진 어깨로 걸었다.

도장에서 수련을 빠짐없이 하고 있지만, 돈만 생각하면 움츠
러드는 어깨였다.

안현도는 가끔 자신이 젊었을 때의 무용담을 늘어놓았다.

"인간의 잠재력은 무서운 것이다. 하겠다고 마음먹었을 때
하지 못할 것은 없다. 삶과 죽음의 경계 선상에서 살아야겠다
고 마음을 먹으면 세포 하나하나가 깨어나는 것을 느낄 수가
있다."

정글에서의 생활을 설명하면서, 생명을 위협하는 짐승들과
벌레들에 대한 이야기를 했다.

"그렇게 1년을 보내고 돌아왔을 때의 여행 경비는 어마어마
했지."

세상에 무서울 게 없다는 안현도조차 돈에는 약해질 수밖에
없었으니…….

"안녕하십니까!"

한국 대학교에서는 이현이 걸어가기만 하면, 무도 계열 학생들이 정중하게 인사를 했다.

선배들조차도 깍듯하게 인사를 했지만, 이현은 그다지 어색함을 느끼지 않았다.

넓은 도장에서 정식 제자들이 수련하는 곳이 아니라, 일반인들을 대상으로 한 곳에서 마주친 적이 있었다.

대련을 몇 번 해 주면서 목검으로 대화를 나누었다.

인사란 상대를 존중한다는 마음을 보여 주면 족하기에 이현도 그들에게 고개를 숙여 주었다.

그리고 이현이 지나간 뒤에 남는 말.

"얌전해 보이는데 칼만 쥐면 악바리라면서?"

"야, 야, 말도 마라. 괜히 만만해 보인다고 덤볐다가 죽는 줄 알았다. 무슨 때린 데만 골라서 때리지를 않나, 빈틈이 계속 보인다면서 흠씬 두들겨 패는데… 뭐, 막을 수도 없더라니까. 관장님한테 직접 배우는 이유가 있었어."

일반 학생들 사이에도 이현의 이름은 유명해졌다.

"여름에 사막 횡단을 하고 비행기에서 뛰어내렸다던데?"

"유럽이랑 아프리카를 다녀왔다잖아."

학생들 사이에서는 방학 때마다 유럽 여행을 다니며 익스트림 스포츠를 즐기는 사람이라는 이상한 소문이 퍼졌다.

게다가 그렇게 감추려고 했던, 과거 인터넷상에서 프린세스 나이트라고 불렸다는 사실까지 알려지게 되었다.

"조용히 장학금이나 받고 싶은데."

이현은 한숨만 푹푹 쉴 뿐이었다.

왜 대학교에는 개근 장학금이 없는 것일까 하는 의문.

이현은 그저 시간이 빨리 가기만을 바라면서 학교를 다니고 있었다. 하지만 강의를 들을 때는 교수에게 집중했다.

반짝반짝 빛나는 눈빛으로, 모든 수업을 이해하고 있으며 어서 빨리 금과옥조 같은 말씀을 더 해 달라는 표정이야말로 혹시나 모를 장학금과 높은 학점을 받을 수 있는 기본 태도.

이현은 사실 고등학교에서도 공부를 거의 하지 않았다.

공부가 세상을 제대로 알려 준다고는 믿지 않았다. 돈을 벌기 위해서 틈틈이 일하다 보니 빠지는 일도 많았을뿐더러, 결국 자퇴해 버렸다.

하지만 대학교에서 국제적인 여러 강의들을 들으면서 시야를 넓힐 수 있었다.

여름방학 때 아프리카와 유럽을 갔던 것도 경험이 되어 넓은 세계를 바라보는 눈을 키웠다. 한 살이라도 젊을 때 종잣돈을 모아 투기를 할 필요성이 있는 것이다.

수업이 시작되고 나서, 서윤이 쪽지를 써서 넘겨주었다.

　　　오늘 강의 끝나고 커피 같이 마실래요?

이현은 당연히 매우 곤란했다.

〈로열 로드〉를 하기 위해서 집에 일찍 들어가야 했다.

며칠 곡괭이질을 하다 보니 비로소 몸에 익숙해진 기분이었다. 땅을 파서 광물을 모을 시간에 여자와 커피나 마시고 있을 수는 없다.

이현의 기준에서 그런 것은 완전한 타락!

그는 여자들에게도 관심을 두지 않고, 동아리 활동도 하지 않았다.

'배도 부르지 않는 커피를 왜 마시는지 모르겠다니까.'

그런데 단칼에 잘라 내기 어려운 것이 서윤이 평소에 하지 않던 부탁이다.

'거절한다고 죽이거나 하지는 않겠지? 황금새와 은새를 인질로 잡고 있긴 한데⋯⋯. 입구에서 날 기다리고 있다가 나가면 공격하는 것은 아닐까?'

서윤은 말을 할 수 있게 되었지만, 현실에서 할 말이 있으면 아직 쪽지를 주로 이용했다.

이현도 쪽지를 써서 넘겨줬다.

난 율무차로.

강의를 마치고, 이현은 서윤을 끌고 자판기로 향했다.

'율무차 가격이 300원이군. 오늘도 쓸모없는 데다 300원이나 쓰는구나.'

학생들 다수가 진을 치고 있는 복도에서 피 같은 동전을 넣고 커피를 뽑으려고 할 때였다.

서윤이 옷깃을 잡아당겼다.

"왜, 너도 율무차 마실래?"

그런데 고개를 흔들더니, 다른 학생들을 의식한 듯 이현의 옷깃을 계속 잡아당기는 것이다.

그것은 곧 다른 장소에서 마시고 싶다는 뜻.

'설마… 아니겠지?'

서윤의 평소 지출 패턴을 보면 짐작이 갔다.

이거야말로 그곳에 가자는 뜻이 아닐까. 인테리어가 잘 꾸며지고, 대화하기에도 적합하며, 분위기마저 좋은 곳!

'설마 커피숍!'

이현은 커피숍에 가는 사람들을 정말 이해할 수가 없었다. 커피를 3,000원 이상 주고 마시는 것은 돈을 버리는 짓이라고 생각했다.

'커피가 무슨 맥주도 아니고 거품을 둥둥 띄워서 마시질 않나… 사람이 개도 아니고 무슨 커피 향을 맡을 필요가 있어? 커피는 자고로 설탕 세 스푼이지.'

바리스타들이 들으면 분노에 찰 만한 생각이었지만, 이현은 비싼 값을 치르면서까지 커피를 마시고 싶진 않았다. 지금은 살림이 조금 나아졌지만, 불과 2~3년 전만 하더라도 밥 먹을 돈도 부족했다.

그렇기에 이현은 옷깃을 잡아끄는 서윤에도 불구하고 꿋꿋하게 자판기 앞에 서 있었다.

그런데 서윤이 지갑을 꺼내서 보여 주었다.

빽빽하게 차 있는 수표와 신용카드 들!

"네가 사는 거야?"

끄덕끄덕.

서윤이 긍정의 고갯짓을 보여 주고서야 이현은 그녀가 이끄는 대로 따라갔다.

"음, 사람은 문화생활을 좀 해야지. 안 그래도 커피가 마시고 싶던 참이었어."

택시에 탄 서윤은 운전사에게 목적지가 적혀 있는 쪽지를 내밀었다.

택시가 달려서 도착한 장소는 산자락에 있는 특급 호텔. 강을 끼고 있어서 전망이 굉장히 좋기로 유명한 장소였다.

이현은 여기서도 빈부 격차를 느꼈다.

호텔 커피숍이라는 건 드라마나 영화에서나 나오는 공간이 아니던가.

"커피를 마시려고 여기까지 오다니 이해할 수 없군."

물론 야외에서 먹는 라면, 특히 배에서 먹는 라면은 끝내준다고 한다. 커피도 마찬가지로 분위기 좋고 전망도 좋은 장소에서 마시면 금상첨화!

"쫄쫄 굶어 봐야지. 한 이틀 굶어 보면 어디서 먹는 라면이든 다 맛있다고 할 거야."

이현은 구시렁거리면서도 커피숍의 의자에 앉았다.

창밖으로는 강을 지나는 다리의 조명과 도로를 달리는 자동차들의 불빛이 보였다.

그사이 어둑어둑해진 것이다.

점원이 메뉴판을 테이블에 내려놓았다.

"주문하시겠습니까?"

이현은 얻어먹는 것이라서 가벼운 마음으로 메뉴판을 펼쳤지만, 거기에 쓰여 있는 믿을 수 없는 금액들.

아메리카노	13,000
헤이즐넛	13,000
에스프레소	13,000
허브차	14,000
아이스커피	14,000
콜라	8,000
과일주스	5,000
칵테일	19,000

*세금(10%), 봉사료(10%) 별도

"커헉!"

세금과 봉사료가 정식 가격에 더해지면 여기서 커피 한 잔에 15,000원이 넘는다.

딸기잼을 바른 케이크 한 조각에 만 원이 넘고, 양주는 수십만 원이 넘는 가격에, 100만 원이 넘는 것도 있었다.

작은 생수 한 병에 6,000원!

식사를 곁들인 메뉴는 3만 원에서 5만 원 정도였다. 물론 세금과 봉사료를 제외한 가격이었다.

이현은 부자들에 대한 존경심이 무럭무럭 솟아났다. 이런 곳에서 밥을 먹는 사람들은 보통 평범한 인간이 아닐 것이기 때문이다.

이현은 메뉴판을 보다가 슬그머니 주문했다.

"아메리카노, 그리고 계란 하나 띄워 주세요."

"네?"

"계란 추가요."

이렇게 비싼 커피를 마시면서 계란도 안 넣는 건 너무 억울했다.

서윤은 메뉴판을 손가락으로 짚으면서 커피와 와플 세트를 주문했다.

좋은 향의 커피, 잔잔하게 들리는 음악 소리.

그리고 앞에는 서윤이 있었다.

서윤은 주변에 사람들이 없는 것을 확인하고 어렵게 입을 떼었다.

그녀는 대화가 하고 싶었다.

이현과는 많은 시간을 같이 보내서 익숙해졌다. 태도나 눈짓만 보더라도 무슨 생각을 하고 있는지 맞힐 정도였다.

〈로열 로드〉에서 그녀를 위해서 밥을 차려 줄 때에는 적지 않게 감동도 했다. 그녀가 언제쯤 배고파 하는지, 어떤 요리들을 좋아하는지 알고 힘든 전투를 마치면 특별식들을 해 주었던 것이다. 고기를 구워도 맛있고 먹기 편한 부위는 그녀에게 넘겨주었다.

전투를 할 때면, 공격력이 높은 몬스터를 상대로는 그가 앞장섰다.

자세히 관찰하지 않으면 그 따스함을 알기 어려운 사람.

서윤은 한 단계 더 나아가기 위해서 이현과 둘이서 오붓하게 시시콜콜한 이야기들까지 하고 싶었다.

그녀가 입을 열어서 고운 목소리로 말했다.

"저기, 보신이가 어떻게 지내는지 말해 줄까요?"

"안 궁금해."

"양념반프라이드반이나, 다른 닭들은요?"

"아직 안 먹었어?"

"달걀을 낳아서 부화시켰는데 병아리가 나왔어요."

"뚝배기 삼계탕도 괜찮지."

완전히 평행선을 달리는 대화였다.

미스릴 천사상

"며칠 내로 놈의 위치를 찾을 수 있을 것 같습니다."

"그 며칠이 벌써 3주가 넘었는데."

"예상 지역을 좁혀 나가고 있으니 이번에는 확실합니다."

드린펠트와 그리피스는 발굴가와 도둑 등으로 구성된 추적대에 대한 신뢰를 거둔 상태였다.

위드의 뒤를 추적하면서 보여 준 모습들은 그들의 인내심을 깡그리 소비시켰다.

그래도 지골라스까지 온 발굴가와 도둑, 어쌔신 들은 상당히 유능한 인물들이었다.

방법을 바꾸어서 어쌔신 8명, 도둑 4명이 각자 흩어져 탐색하고, 가져온 정보들을 바탕으로 타소르가 지도를 그렸다. 그 결과 지골라스의 지하 던전들에 대한 정보들을 많이 입수했고, 전체의 23%에 달하는 지도가 완성됐다.

겨우 23%라고 무시할 수도 있겠지만, 위드가 확실히 가지 않은 길과 들어가지 않은 던전 들은 배제한 것이다.

그렇기 때문에 실질적으로는 위드가 있을 만한 방향을 거의 파악해 내고 있었다.

"특별한 변수만 없다면 나흘, 길어도 엿새면 충분할 겁니다."

발굴가가 호언장담할 정도로 어쌔신들과 도둑들은 수색 범위를 좁혔다.

헤르메스 길드의 전투 병력과 그리피스의 해적들도 인근 던전에서 사냥을 하며 만반의 출동 준비를 갖추었다.

도둑과 어쌔신 들을 비롯한 추적자들이 쫓아온다는 것에 대해서는 서윤도 알고 있었다.

KMC미디어를 제외한 다른 방송사들을 통해서 헤르메스 길드의 추가 병력이 지골라스에 도착하는 모습들이 나왔다.

인터넷에서는 벌써 위드와 헤르메스 길드의 2차전에 대한 기대가 무르익는 중이다.

드린펠트는 방송에 나와서 쫓고 있다는 사실을 숨기지도 않았다.

지골라스 전체를 해군과 해적선들이 봉쇄하고 있는 마당이라서, 위드가 지상으로 뛰쳐나오기라도 한다면 오히려 고마울 판이다.

더 깊이 숨더라도 시간은 걸리겠지만 찾아낼 것이고, 기왕이면 멋지게 지상에서 전투를 통해 승리를 거두고 싶은 욕심이 있었다.

여우 사냥, 혹은 토끼몰이를 하고 있는 것이다.

'이곳도 그대로 놔두면 얼마 지나지 않아서 찾아낼 것 같아.'

위드가 들어간 헬리움 광산의 입구를 지키던 서윤은 다른 장소로 움직였다.

흔적들을 여러 방면으로 남겨 놓는 것으로 어쌔신과 도둑 들을 따돌리고 싶었지만, 그들의 추적 스킬은 만들어진 지 얼마 안 된 흔적을 관찰해서 한 사람이란 것을 금방 간파할 것이다.

'적을 줄여야 해.'

전사들만 있다면 몬스터들의 유인도 써 볼 수 있는 방법이 되겠지만, 어쌔신이나 도둑에게는 잘 통하지 않는다.

서윤은 일부러 흔적을 만들어서 고립된 길로 추적대를 유인했다.

"이쪽으로 갔다."

"발자국이 만들어진 지 얼마 안 됐어. 쫓아가자."

눈앞의 흔적에, 추적대가 속도를 올렸다. 여러 곳으로 분산된 탓에 어쌔신을 지키는 호위 병력은 많지 않았다.

'미안해요.'

서윤은 검을 뽑아 들고 그들을 기다렸다.

"적이다!"

던전에서 앞서 달리던 어쌔신 고르가 어둠 속에 서 있는 사람을 발견하고 민첩하게 단검과 표창을 던졌다.

슈슈슉!

어둠을 가르면서 날아오는 투척용 무기들!

고르와 함께 다니는 3명의 해군 기사들은 적이 물러나거나 피할 것이라고 생각했다. 어쌔신들의 무기에는 강력한 마비 독이 발려 있어서 상대하기 어렵기 때문이다.

서윤은 전력을 다해 앞으로 내달렸다. 단검과 표창 들이 몸을 스치고 지나갔다.

광전사의 특징으로는 치명적인 일격에 당하거나 혼란 상태에 잘 빠져들지 않는다는 점이 있다.

생명력이 떨어질수록 공격력이 더욱 세지고, 마나 소모도 적어지는 직업.

광전사의 상태에 접어들면 독에 대한 저항력도 높아진다.

서윤의 검이 크게 휘둘렸다.

"크헉!"

어쎄신 고르는 뒤로 재빨리 물러났지만 공격 범위에 들어가고 말았다.

어쎄신이 이동속도가 빠르다고 해도, 정면에서 습격하는 적을 뒷걸음질 쳐서 피할 정도는 아니었다.

"어디서 감히!"

"우리가 상대해 주겠다."

해군 기사들이 급하게 검을 뽑아 들고 나섰지만, 서윤의 시선은 그들을 향하지 않았다.

서윤은 고르만 노리고 연속으로 검을 휘둘렀다.

적의 저항과 방어를 무력화시키는 연속 공격.

"이게… 무슨! 어째서 나만!"

고르는 손을 쓸 틈도 없이 전사했다.

어쎄신의 장기를 활용하기도 전에 벌어진 죽음!

서윤을 발견하고 나서 불과 10초도 되지 않아서 벌어지고 만

일이었다.

하벤 왕국 함대의 해군 기사들이 앞다투어 그녀를 향해 검을 휘둘렀다.

갑옷에 기사들의 공격이 적중될 때마다 서윤의 생명력이 뚝뚝 떨어졌다.

하지만 싸움이 계속될수록, 생명력이 감소할수록 더 위험한 것이 광전사다.

서윤은 안전한 사냥을 좋아하지 않았다.

〈로열 로드〉 초창기에 벅찬 몬스터와의 싸움에서 많은 죽음들을 당해 보았기에, 광전사라는 직업에 걸맞게 생명력을 아끼지 않고 싸울 줄 알았다.

서윤의 공격은 해군 기사들을 압도했고, 그들의 목숨을 하나씩 거두었다.

마지막 남은 해군 기사가 이미 틀렸다고 판단했는지 욕설을 퍼부었다.

"이 더럽고 잔인한 년이……."

막 온갖 욕을 다 해 주려고 하는데 그에게로 고개를 돌리는 서윤의 얼굴이 보였다.

위드와 있으면서 미처 예전에 사용하던 가면을 착용하지 않았던 것이다.

"아!"

그가 지금껏 살아오면서 텔레비전 등을 통해서 봤던 연예인들 그리고 어딘가에 있을 거라고 생각했던 미녀들보다도, 비교할 수 없을 정도로 아름다운 여성이 그곳에 있었다.

같은 하늘 아래 같은 공기를 마시는 것 자체가 영광일 것만 같게 여겨지는 미모!

서윤의 공격을 당하면서도 최후에 남은 해군 기사는 편안하게 죽을 수 있었다.

'왜 가만히 서서 죽었지?'

서윤은 잠깐 이해가 안 되었지만, 곧 다른 장소로 이동해야 했다.

'미안…해요.'

추적대에 속한 어쌔신을 1명 처리해서 지연시킨 시간은 잠시뿐이다. 더 많은 추적자들을 처리해야 했다.

～●●～

까앙! 까앙! 까앙! 까앙! 까앙! 까앙!

위드는 곡괭이질을 할 때마다 땅을 파고 내려갔다. 옆으로 파기도 했다.

체력을 보존하기 위해 갑옷이나 검도 내려놓고 간단한 천 옷을 입고 작업했다. 옷은 이미 시커멓게 변해 버린 후였다.

곡괭이질을 할 때마다 근육이 터질 것처럼 팽팽하게 부풀어올랐다.

위드는 헬리움을 찾기 위해 갖은 방법을 동원했다.

흙꾼이를 소환해 보기도 했지만, 그들은 눈을 끔뻑끔뻑 뜨더니 모르겠다는 표정을 지었다.

"무능한 놈들."

헬리움은 깊은 땅속에 묻혀 있거나 신성력의 보호를 받는 특별한 금속이니 흙꾼이들이 찾지 못할 수도 있었다.

결국 위드는 직접 몸을 움직이기로 했다.

띠링!

채광 스킬의 레벨이 10이 되어 중급 채광 스킬로 변화합니다.
특수한 광물들을 경계면을 따라 손상 없이 채굴할 수 있습니다. 광물의 특수한 성질을 보고 느낄 수 있습니다. 전 스탯에 +2의 추가 포인트가 주어집니다. 직업이 광부가 아니기 때문에 체력의 최대치가 300 증가하고, 체력의 회복 속도가 영구적으로 0.4% 빨라집니다.

명성이 30 올랐습니다.

힘 스탯이 5 상승하였습니다.

"드디어 중급 채광이로군."

묵묵히 노가다를 계속한 결과 중급 채광 스킬까지 이르고 있었다.

다수의 광물들이 묻혀 있는 광산에서 쉬지 않고 땀을 흘린 덕분이었다.

꼬르르륵.

뱃가죽이 등에 달라붙어 있습니다.
굶주림을 강하게 느낍니다. 이동속도가 25% 이상 저하되었습니다. 체력이 평상시의 65%까지밖에 회복되지 않습니다. 포악해진 오크는 전투 시에 일시적으로 강한 힘을 발휘할 수 있습니다. 하지만 전투가 끝나고 나면 더욱 큰 허기를 느낄 것입니다.

위드는 보리빵을 잘게 부숴서 물에 타 후루룩 마셨다. 오크의 특성상 꾸준히 무언가를 먹어 주어야 한다.

굶주림을 참으면서 곡괭이질에만 집중했다.

누렁이도 음식을 되새김질하면서 쟁기질을 하고 있었다.

채굴 지역에서 오크와 소의 끊임없는 작업!

위드가 가끔 말을 걸었다.

"누렁아, 나와 둘이서 일하니 행복하지?"

누렁이는 주인과 말도 나누고 싶지 않았다.

"다음에도 이런 모험을 할 일이 있으면 꼭 같이하자."

음머어어어어어어어어어어어어어어.

"역시 정말 행복해하는군!"

누렁이도 쟁기를 끌면서 땅을 파헤치는 속도가 어마어마한 정도였다.

밭 갈기 스킬까지 중급에 올라서, 농사를 지을 때도 유용한 전천후 한우가 되어 버린 누렁이!

"그나저나 과연 언제쯤 헬리움을 캘 수 있을까?"

위드가 곡괭이질을 할 때마다 파헤쳐지는 면적이 크게 늘어났다.

여러 광물과 보석을 구하고, 가끔은 대형 몬스터의 뼈도 발굴해 냈다.

하지만 아무리 파도 헬리움은 나오지 않았다.

"설마 여기에 헬리움이… 없는 건 아니겠지?"

오죽하면 그런 생각마저 들었다.

베르사 대륙의 뛰어난 조각사들이 달려들어서 헬리움을 찾으려고 했는데 정작 그 헬리움이 없다면!

사실 헬리움을 찾는 것은 어떤 의뢰를 받았거나, 사전 정보를 가지고 진행한 일이 아니다. 지골라스에 오고 나서 조각사들의 유산을 발견했고, 헬리움을 캐내려고 했다는 이야기를 보고 나서 들어온 것이다.

"왠지 없을 수도 있다는 생각이 드는데……."

위드는 5시간 만에 허리를 폈다.

회복력이 좋은 오크에, 중급 채광 스킬도 익혔고, 곡괭이를 다루는 데도 능숙해졌다. 하지만 어쨌든 고된 일을 하다 보니 휴식이 필요했다.

과로와 몸살에 걸리는 오크가 될 수는 없었기 때문이다.

위드가 작업을 멈춘 것을 보고, 누렁이도 눈치를 보더니 땅에 배를 깔고 누웠다. 억지로 끌려와서 정말 생고생을 하는 누렁이였다.

"올해 안에는 캘 수 있으려나?"

답이 끝없는 곡괭이질에 있다면 시간이 얼마가 걸리건 그렇게 할 의사는 충분했다.

잠시 한탄하며 허리를 두드리던 위드는 무심코 누렁이의 뒤쪽 벽을 쳐다보았다.

채광 스킬을 익히면서 자연스럽게 땅에 대해서 알게 되었다. 곡괭이질을 해서 판 땅과, 나중에 흙을 쌓아서 막은 곳의 돌과 흙에는 미세한 차이가 있다.

위드가 보기에는 꼭 일부러 막아 놓은 것처럼 인위적인 느낌이 있었던 것.

"여기 너머인 것 같은데."

위드는 벽에 가볍게 손을 대어 보았다.

알베론의 축복 마법에 걸렸을 때처럼 상쾌한 기분이 들었다.

채광 스킬이 중급에 오르면서 손을 대는 것만으로도 광물들의 성질을 느낄 수 있게 되었다.

"여기에 무언가가 있다. 벽이 두껍지는 않겠군."

위드는 확인해 보기 위하여 빠르고 확실한 방법을 택했다. 곡괭이로 벽을 뚫어 버린 것이다.

콰르르르릉.

흙으로 쌓아 놓은 벽이 뚫리고, 내부의 공간에서 천사들을 조각한 작품이 모습을 드러내었다.

"이런 장소에 조각품이 있다니."

위드는 잔해들을 지나서 조각품에 다가갔다.

자애로운 천사의 조각상들이 날개와 팔을 펼치고 방문자를 환영하듯이 서 있었다.

〈강림하는 일곱 천사〉를 보았습니다.
베르사 대륙 조각술의 정점에 서 있는 조각사, 위대한 조각술 마스터 데이크람이 미스릴을 이용해서 만든 작품이다. 순수한 미스릴 결정의 특성이 완벽하게 드러나 있다. 신계에 있는 천사가 강림한 것처럼 생생하게 조각되었다. 베르사 대륙의 숨겨진 보물. 인간을 비롯한 선한 종족들에게는 큰 힘이 될 것이다.
생명력과 마나, 체력의 회복 속도가 40% 증가합니다. 모든 스탯 45 증가. 신앙심이 영구적으로 15 오릅니다. 발걸음이 가벼워집니다. 각종 마법 저항력이 늘어납니다. 흑마법에 대한 피해를 감소시킵니다. 갑옷의 무게를 절반 이하로 줄여 줍니다. 근력이 증가하며, 아이템을 습득할 확률을 높여 줍니다. 조각상의 빛은 사악한 몬스터들을 약화시키고, 접근을 꺼리게 만듭니다.

천사의 축복이 부여됩니다.
모든 상태 이상에서 벗어나며, 종족의 특성을 배가시킵니다. 체력과 생명력
이 감소해도 최적의 상태로 전투를 계속할 수 있습니다. 어둠 계열 몬스터들
의 특수 공격을 성스러운 힘으로 막아 냅니다.

위드의 온몸에 힘이 넘쳐흘렀다.

무식할 정도의 근육질 오크였던 만큼 조각상의 효과로 인해
서 넘쳐 나는 괴력!

"조각술 마스터 데이크람의 작품이로군."

성스럽고 고결한 천사들이 방금 지상에 내려온 것처럼 장엄
한 은빛을 내뿜고 있었다.

대륙을 구원하기 위한 긴 전투로 지친 영웅들에게 희망을 주
기 위해 모인 것 같은 천사들의 조각상.

신전이나 왕궁에 있었더라면 훨씬 더 어울릴 것 같았다.

"미스릴을 이용해서 만들다니, 엄청나군."

조각품은 전체가 통짜 미스릴로 만들어져 있었다.

미스릴 한 조각이 자신에게 있다면 고이 녹여서 무기로 만들
더라도 아까울 판이었다. 그런데 조각품 전체를 미스릴로 만들
수 있다니!

위드는 나뭇값도 아까워서 조각 상점에서 구입하지 않고 직
접 잘라다 썼다. 바위는 인근에서 캐고 주워서 쓴 것은 물론이
었다.

그렇기에 데이크람이 더 부럽고 대단하게 생각되었다.

미스릴을 이용해서 작품을 만들었다는 건 위드처럼 대장장
이 스킬도 굉장히 뛰어나다는 뜻.

"돈 많고, 조각술 마스터에, 대장장이 스킬도 고급 중후반 정도라."

이것이야말로 대륙에 다섯밖에 없었다는 조각술 마스터의 능력!

위드는 조각술 선배에 대해 뿌듯함을 느끼며 보다 정확한 정보를 살펴보기로 했다.

"감정!"

〈강림하는 일곱 천사〉

조각술 마스터 데이크람의 대작! 세상에 공개되지 않은 작품이다. 알려진다면 조각술 세계에 큰 파장이 일어날 정도로 훌륭한 작품. 불순물 없이 완벽하게 제련된 미스릴을 이용하여 만들었다. 어떤 수단을 쓴 것인지 모르지만, 미스릴이 완벽한 상태를 유지하고 있다. 미스릴 특유의 광채와 견고함이 절대적으로 발휘되었다. 지골라스의 던전에 숨겨져 있다가 조각사 위드에 의하여 발견되었다. 시간이 지날수록 가치를 더해 갈 작품이리라.

예술적 가치: 신의 솜씨를 가지고 있는 조각사의 작품. 57,900

옵션: 하루 동안 생명력, 마나, 체력의 회복 속도를 40%, 늘려 준다. 모든 스탯 45 증가. 이동속도 향상. 각종 마법 저항력 25%, 증가. 흑마법에 대해 일시적으로 저항력 +80%. 흑마법에 적중되었을 때 피해를 감소시킨다. 조각상 주변에서는 신성력의 효과를 증가시킨다. 종교적 가치가 높은 작품으로, 성기사와 사제 들의 스킬 효과를 영구적으로 3%, 늘려 준다. 신앙심이 영구적으로, 직업에 따라서 최소 15에서 최대 40까지 증가한다. 행운 +50. 가장 높은 스탯 한 가지와 아이템 드랍 확률을 올려 준다. 높은 내구도로 인하여 잘 파괴되지 않는다. 천사의 축복 발현.

작품을 감상하여 예술 스탯이 87 올랐습니다. 예술 스탯이 2,000이 넘었습니다. 고귀한 예술 작품들에 도전했을 때 약간의 추가적인 영향을 발생시키고, 실패를 줄여 줍니다.

앞서 가는 실력의 작품을 살핌으로써 조각술 스킬의 숙련도가 3.5% 증가합니다.

〈강림하는 일곱 천사〉를 발견하여 명성이 1,450 증가합니다.
세인들에게 공개하면 미술계의 영향력이 커지게 됩니다.

데이크람이 만든 작품이기 때문인지 옵션이 무시무시할 정도였다.

다른 조각품들은 무겁거나 손상이 갈 우려가 있기 때문에 함부로 옮기기가 어려웠다.

하지만 이 〈강림하는 일곱 천사〉만큼은 베르사 대륙까지 힘들게 가져갈 만한 가치가 있었다.

"대박이구나!"

위드는 천사상을 옮길 수레를 만들어서 누렁이에게 끌도록 했다.

누렁이의 짐이 더욱 늘어나고 말았다.

'조각품을 팔면 몇십만 골드는……. 안 팔리면 녹여서 무기라도!'

예술품 파괴까지 생각하고 있는 위드였다.

"역시 어느 분야든 든든한 선배들이 앞에서 끌어 주고 후배들이 따라가는 거지. 조각술 마스터 데이크람, 정말 멋진 분이로군."

데이크람이 적은 글귀가 〈강림하는 일곱 천사〉의 뒤쪽 벽에 쓰여 있었다.

데이크람이 적는다.

긴 여정의 끝에 여기에 도착했다.

대륙의 조각술을 부흥시키기 위해서 온 나는 이곳에서 헬리움을 찾아냈다.

"과연! 데이크람이 헬리움을 찾아냈군."

위드에게 헬리움을 조각해서 최초가 되고 싶은 욕심도 있기는 했다. 조각술만이 아니라 모든 예술과 마법에서 최초를 높이 평가해 주기 때문이다.

신기원을 열 수도 있을 테지만, 일단은 데이크람이 헬리움으로 만들었을 조각품에 대한 궁금증이 더 컸다.

위드가 획득한 4개의 조각술 마스터의 비기.

조각품에 생명 부여.

조각 변신술.

조각 검술.

정령 창조 조각술.

여기에 데이크람이 가지고 있을 마지막 남은 1개의 조각술 마스터의 스킬까지 획득하고 싶었다. 그러면 조각술 최후의 비기까지 얻을 수 있기 때문이다.

위드는 데이크람이 남긴 글을 계속 읽었다.

그런데 헬리움에 대한 이야기를 하기에 앞서 내 이야기를 좀 해 보겠다.

조각술 마스터가 되어서 제자 1명 두지 않고 다녔다는

것이 이곳 지골라스에 와서 고독함을 느끼게 되자 뼈저리게 사무쳤다.

　나는 조각술을 익히면서 회의에 빠져든 적이 많았다.

　나무나 돌, 금속 들을 조각해서 예술 작품을 만드는 것은 너무나 즐거운 일이다.

　하지만 자연을 파괴하면서까지 조각품을 만드는 것이 과연 옳은 일일까?

　마법과 기술이 발달하지 못했던 오랜 과거에도 조각술은 존재했다. 그때의 조각사들은 자연을 친구로 여기고 파괴하지 않았다고 한다.

위드는 단 한 번도 해 본 적이 없는 고민이었다.

바위가 쌓여 있거나 울창한 숲을 보면 질 좋은 나무들을 벌목해서 조각 재료들을 구할 욕심에만 사로잡혔던 것이다.

"먹고살 만하니 별걱정을 다 하는군."

위드는 불만으로 구시렁거리면서 글귀를 읽었다.

　예술을 위하여 자연을 파괴하는 것은 옳지 않은 일이라는 생각이 들었다.

　그리하여 나는 가능하면 재료들을 파괴하지 않는 쪽으로 조각품을 만들었다.

　바람에 꺾인 나뭇가지들을 이용하였고 벌레가 파먹은 썩은 나무들도 마다하지 않았다. 떨어진 꽃잎들을 주워서 작품을 만들고, 흙으로 작품을 빚었다.

물론 재료들이 나빠지니 작품을 완성하기는 어려워졌다. 썩은 나무로 만든 조각품은 볼품이 없었고, 꽃잎들은 금세 시들어 버렸다. 돌이나 절벽을 깎아서 만드는 장대한 조각품은 시도도 할 수 없었다.

결국 나는 철을 녹여서 대부분의 작품을 만들었다.

강철 조각품들은 만든 후에도 나 혼자만이 감상했다. 다른 조각품을 만들기 위해서는 그 강철을 다시 녹여야 했기 때문이다. 자연에 피해를 주지 않기 위한 최소한의 방법이었다.

왕족들과 귀족들의 의뢰도 끊기고, 나는 가지고 있던 물건들을 팔아 먹고살았다.

한 달에 1골드로 생활하면서 술도 끊어야 했고 식사도 줄여야 했다. 주위 사람들의 도움이 없었더라면 굶어 죽었을지도 모른다.

데이크람은 조각술 마스터 중에서도 유별나게 알려진 바가 없었다. 만들어 놓은 작품들도 유명한 게 많지 않았다. 그로 인해서 찾기가 매우 어려웠는데, 예상치 못했던 사연이 있었던 것이다.

"조각술 마스터가 환경보호주의자라니."

위드는 한숨이 나올 지경이었다.

"그래도 게이하르 황제는 대륙을 통일했고, 자하브는 왕비와 사랑이라도 했잖아."

데이크람이 보여 주는 궁핍함이야말로 위드가 가장 멀리하고 싶은 모습이었다.

　천사상을 보고 엄청난 부자인 줄 알았더니, 섣불리 판단한
게 실수였다.

　하지만 그래도 위드는 끝까지 희망을 버리지 않았다.

　"뒷돈을 챙겨 놓은 게 있을 거야."

　다른 조각술 마스터들이 대단했기 때문에, 데이크람도 뭔가
위대한 능력을 가지고 있을 것이라 믿었다.

　남들이 쓰지 못할 재료들, 농부들이 내다 버리는 지푸라
기나 거름까지 조각술의 재료로 활용했다.

　사람들은 나를 미치광이로 알았지만, 진정한 조각품은
쌓여 있는 거름 덩어리에 핀 풀 한 포기에도 있었다.

　자연도 조각품이란 사실을.

　아름다움은 우리가 보지 못할 뿐 어디에든 있다. 그렇게
나는 조각품이 아닌 조각품들을 만들었다.

　바닷가로 가서 백사장에서 모래성을 쌓아 보기도 하였
고, 파도에 쓸려 온 조개껍질에 조각을 했다. 빗물이 땅에
남기고 간 흔적도 조각품이었다.

　그러다가 나는 조각술에 대해 새로이 눈을 뜨게 되었다.
자연을 조각하면, 자연은 우리에게 그 위대함을 고스란히
돌려준다는 것이었다.

　막 쓰러진 나무에도, 땅속 깊은 곳에 박혀 있던 바위에
도 그 자연의 기운이 있었다. 하잘것없는 사물에도 그 자
신을 구성하는 힘이 있다는 것을 알게 되었다.

띠링!

스킬, 자연 조각술을 익혔습니다.
자연을 그대로 조각할 수 있습니다. 조각술과, 자연과의 친화력이 높아야 합니다. 조각 재료들의 생동력을 키웁니다. 돌이나 나무를 조각할 때에도, 남아 있는 자연의 힘이 금방 사라지지 않습니다. 자연의 힘을 최대한 보존한 채로 조각을 하면 조각품이 더 오랫동안 보존될 것입니다.

자연과의 친화력이 생성됩니다.

외곬으로 자신밖에 모르던 내게 그날 이후로 친구가 생겼다.

조각품을 만들 때는 자연과 함께라는 생각이 들었다. 조각술이 때리고, 자르고, 부수는 기술이 아니라 자연과 대화를 나누는 예술임을 알게 되었다. 썩은 나뭇조각을 깎으면서도 세상의 마나를 담아낼 수 있었다.

하지만 나의 조각술을 배우려는 자는 없었다. 더럽고 힘하고 볼품없고 이해하기 힘들다는 이유로, 아름답지 못한 내 조각품에 대해 배우려고 하지 않았다.

자연의 마나를 알아내고 조각을 하는 건 매우 힘든 일이다. 나의 말을 미치광이의 헛소리로 여길 뿐, 믿어 주는 이가 없었다.

나는 세상에 내가 틀리지 않았음을 보여 주기 위해서 지골라스까지 왔다.

그리고 이곳 광산에서 모은 미스릴로 변변치 않은 작품을 만들었다. 미스릴이 간직한 강인하고 순수한 마나들이 아름다워서 시도해 본 것이다.

　오랜만에 솜씨를 발휘해 보았지만 어쩌면 영영 누구도 찾지 못할 수도 있으리라.

　헬리움에 대한 전설은 조각사들 중에서도 극소수만이 알고 있는 정보이고, 귀중한 나의 조각품을 아무나 발견하지 못하도록 숨겨 놓았기 때문이다.

다행히 조각사인 위드가 발견했다.

"찾기 어렵게 일부러 숨겨 놓다니, 괜히 생고생만 시킨 셈이잖아."

천사상을 남겨 준 선배 조각사에 대한 존경과 훈훈한 마음은 불과 1분 20초를 넘어가지 못한 셈.

　조각술은 인내와 조화 그리고 도전이다.

　익히기가 까다롭지만 조각품에 자연이 가진 마나의 힘을 담으면 그 가치는 대단할 것이다.

　부디 더 많은 조각사들이 나의 조각술을 배우기를 바란다. 나를 대신해서 조각사 길드에 가르쳐 준다면 그것도 괜찮으리라.

　나는 이 헬리움을 조각하기 위해서 데브카르트 대산으로 떠난다.

　나 데이크람이 가지고 있는, 조각사의 알려지지 않은 기술, 대재앙의 자연 조각술. 내 조각술을 배우고 싶다면 데브카르트 대산으로 오라.

달빛 조각사

"에휴. 결국 헬리움은 챙겨서 가 버렸군."

끝없는 욕심과 아이템에 대한 아쉬움.

위드는 깊은 한숨을 내쉰 후, 새로 획득한 스킬을 알아보기로 했다.

"스킬 확인! 자연 조각술!"

초급 자연 조각술 1 (0%)
조각사 공통 스킬. 자연을 숭배하는 조각사들은 스스로 일찍 깨달을 수 있다. 조각술 마스터 데이크람이 체계화하여 다른 조각사들이 익힐 수 있게 만들었다.
제한: 고급 조각술이 기본으로 필요. 자연과의 친화력이 높아야 위력을 발휘할 수 있다. 자연의 재료를 바탕으로 조각품을 만들 수 있다. 엘프와 요정에 비하여 인간은 숙련도를 올리는 데 3배의 노력이 필요하다.

현재 자연과의 친화력 470
자연을 주제로 한 많은 조각품을 제작함. +153
유로키나 산맥에서 다크 엘프들이 쏜 불화살. -79
호롬 산에 오름. +15
빙설의 폭풍, 화산 폭발 등 위대한 자연의 힘을 견뎌 냄. +29
북부 대륙의 일그러진 기후를 바로잡음. +106
정령들을 탄생시킴. +80
조각품 재료를 위해 자연을 훼손함. -32
신비한 연못 건설로 인하여 자연을 지키는 요정들의 호감을 얻음. +9
판자촌, 요새 등을 지어 자연을 훼손함. -47
항해를 함. +15
데론해의 오로라를 봄. +21
지골라스의 불의 기운을 지킴. +61
자연을 해치는 몬스터들을 많이 사냥함. +139

현재의 스킬 레벨과 친화력으로는 자연 조각술 중에서 구름 조각술을 사용할 수 있습니다.

구름 조각술
자연 조각술을 바탕으로 사용할 수 있는 스킬. 조각술 스킬 레벨과 자연과의 친화력에 따라 비를 불러올 수 있습니다. 폭우 등의 재앙을 일으킬 수도 있지만, 그만큼 자연이 분노하게 될 것입니다.

위드가 했던 수많은 자연 파괴 행위들이 낱낱이 기록되어 있었다.

여러 퀘스트나 탐험 그리고 인내와 조각술에 대한 경험들은 친화력을 높여 주었다.

"매번 생고생만 한 줄 알았는데 그게 아니었군."

죽는 줄만 알았던 일도 지나고 나면 달콤한 추억으로만 남게 된다.

"이럴 줄 알았으면 빙설의 폭풍이 불 때에도 나가서 시원한 얼음 주스라도 마시는 건데!"

인내력이나 맷집이 높다고 해도 목숨을 장담하기란 어렵겠지만, 어쨌든 지금까지의 고난으로 얻은 친화력이 성과라면 성과였다!

"그러면 데브카르트 대산으로 가 보아야 하나?"

조각술의 비기를 얻기 위해서라도 데이크람을 따라가 볼 필요성이 있었다.

다행히 모라타와는 이틀 정도의 가까운 거리였다.

대재앙의 자연 조각술!

이름부터 심하게 마음에 들었다.

설마하니 조각품을 만들어서 자연이 일으키는 대재앙을 재현한다는 뜻일까.

해일이나 홍수, 지진, 산사태, 빙설의 폭풍, 화산 폭발 등을 만들 수도 있는 것이라면…….

"정말 훌륭한 조각술이군!"

조각사가 된 이후로 가장 만족스러운 기술이라고 하지 않을 수 없었다.

"헬리움을 재료로 완성되었다는 조각품에 대한 소문도 들어 본 적이 없어."

어쩌면 데이크람의 신변에 무슨 일이 생겼을지도 모른다.

위드는 솔직히 얼굴도 본 적이 없는 선배 조각사가 꼭 잘 먹고 잘살기를 바라는 입장은 아니었다.

세상이 얼마나 험하고 야박하던가.

소식이 없다면 나쁜 일이 생겼을 가능성도 있는 것.

"이미 죽었으면 헬리움은 통째로 내 것이 되겠군! 크크크크."

위드의 등에 붙어 있는 빛의 날개와, 지쳐서 쉬고 있던 누렁이가 공포로 몸을 부르르 떨었다.

위드는 금세 후회하고 반성했다.

"아니야. 그깟 헬리움이 뭐라고, 사람의 마음이 이렇게 간사해서는 안 되지."

누렁이가 안심하며 넓적한 귀를 펄럭거리려고 했다. 소들이 하는, 기분 좋을 때의 행동이었다.

'그래도 본성까지 타락한 인간은 아니로군.'

빛의 날개도 화사하게 밝은 빛깔을 냈다.

'인간인 이상 일시적으로 유혹에 빠질 수는 있는 것이니까.'

"조각술의 비기부터 배우고 나서 어디 눈먼 몬스터 1마리 제때에 나타나 주면 될 텐데. 음. 사람은 일에 최선을 다하고 나머지는 하늘의 뜻에 맡겨야 된다는 말도 있으니 미리 오우거라도 1마리 숨겨서 데려가 놓으면 될까?"

"……."

헬리움은 찾지 못했지만 자연 조각술을 얻었고, 데이크람이 가지고 있는 조각술의 비기에 대한 단서도 얻었다.

광산 내부의 확인도 마쳤으니 위드와 누렁이는 돌아갈 준비를 했다.

유리병 쪽지

몇 시간 사이에 헤르메스 길드의 어쌔신과 도둑으로 구성된 추적대들이 세 무리나 몰살당했다.

"다시 연락이 끊어졌습니다. 마지막으로 보내온 소식은 위드와 함께 다니던 매우 강한 여전사가 공격하고 있다는 것이었습니다."

"요 근처에 놈들이 있을 거야. 수색을 잠시 중단하고 어쌔신과 도둑 들을 호위하는 병력을 증강시키도록."

드린펠트는 목적지가 얼마 남지 않았다고 여기고, 헤르메스 길드에서 보내온 기사와 성기사, 마법사 들과 함께 전투준비를 갖췄다.

어쌔신과 도둑 들에게는 해군 기사들과 수배된 해적들을 붙여 줘서 적의 습격을 버티도록 했다.

헬리움 광산 일대에서 서윤이 만들어 낸 흔적들과 이를 따라오는 추적자들끼리의 쫓고 쫓기는 싸움이 벌어졌다.

"이쪽으로 발자국이 찍혀 있다. 지나간 지 얼마 안 됐어."

"반대편은 누가 막고 있지?"

"르티엘 님과 그쪽 조가 봉쇄하고 있습니다."

"호락호락하게 뚫리지 않겠군."

르티엘은 하벤 왕국 소속의 해군 기사들 중에서 서열 30위권 내에 드는 강자였다.

"그 전에 다른 던전으로 들어갈 수 있는 길이 나오니 빨리 쫓아야 합니다."

도둑들이 기사들과 함께 한껏 내달렸다.

속도는 빠르되 지구력이 비교적 낮은 직업이었지만, 지금은 가릴 처지가 아니었다.

서윤.

그녀에 의해서 어쌔신들이 셋이나 죽었고, 도둑도 1명이 죽었다.

그들과 함께 있던 호위 병력까지 포함한다면 자그마치 21명이 넘는 인원이 1명에게 몰살당한 것이다.

> 로아: 엄청나게 강한 여자다. 조심해라.
> 트레비스: 만나면 즉시 죽이기보다는 시간을 끌어. 사로잡아서 위드의 행방에 대해서 물어봐야 할 필요가 있으니까.
> 엘라윈: 주력부대가 출동할 때까지 버티기만 해라.

지골라스에 있는 헤르메스 길드 유저들끼리는 길드 채팅이 쉼 없이 이루어졌다.

하벤 왕국에 있는 헤르메스 길드원들도 흥미진진한지 길드 채팅 창을 열어 놓고 관전했다.

～❦～

서윤의 깨끗하던 갑옷에는 크고 작은 흠집들이 가득했다. 체력과 생명력도 떨어져 있었지만 자리에 앉아 쉬지 못했다. 추적자들이 포위망을 좁히면서 사방에서 모여들고 있었기 때문이다.

잠력 격발.

광전사는 체력의 마지막 한 가닥까지 쓸 수 있다.

경험치와 숙련도를 얻는 방식도 다른 직업과는 달랐다. 파티 사냥을 할 때는 경험치를 조금 덜 받는다. 휴식을 취하면서 느긋하게 몬스터를 사냥해도 경험치가 적었다.

대량의 몬스터나 적 들이 있는 장소에서 목숨이 위험할 때까지 싸우고 또 싸우다 보면 전투와 관련된 스탯과 스킬이 대폭 증가한다.

그런 상태에서 끊임없이 한계를 극복하면서, 목숨이 오가는 전투를 해야 남들보다 강해질 수 있는 직업.

광전사인 서윤이지만 지금의 상태는 상당히 위험했다.

'더 이상 버티기 힘들 것 같아.'

지금껏 마주친 몇 안 되는 적들은 서윤의 무력으로 쉽게 이길 수 있었지만, 그사이에 다른 어쌔신이나 도둑 들이 기사들을 끌고 몰려왔다.

각종 독에 중독되어서 신체의 저항력도 무너진 후였다.

"저년이다."

"죽여 버려!"

서윤에게는 그들을 뿌리치고 탈출하기 위한 시간이 없었다. 망설이다 보면 적들이 계속 늘어난다.

'싸운다.'

공격은 최소한으로 피하면서 31명에 달하는 인원을 척살하기에 이르렀다.

그러고 나자 체력과 생명력이 바닥까지 떨어졌다.

다른 직업이라면 부상으로 전투 불능 상태에 빠졌더라도 이상할 게 없을 정도!

전투가 끝나고 서윤은 잠시 쉬었다. 광전사의 후유증으로 온몸이 아프고 부상이 악화되는 부작용이 나타났다.

하루 전부터 위드에게도 적들이 나타났다는 귓속말을 보냈다. 그랬더니 대답이 돌아왔다.

―지금 나가는 중이야.

때마침 다행이었다.

전투도 하면서 10시간을 기다렸다가 왜 오지 않느냐며 다시 귓속말을 보냈다.

―짐이 많아서 늦어지는 중이야. 1시간 안에 도착할 거야.

다시 5시간이 지났다.

—거의 다 왔어.

2시간이 더 지났다.

—이제 금방이야.

'다른 곳으로 유인해야 해. 그러려면 이곳을 떠나야 한다.'

황금새와 은새가 헬리움 광산 안쪽에서 기다리고 있었다. 위드와 그들의 안전을 위하여 그녀는 떠나기로 결정했다.

서윤은 검을 쥐고 마지막으로 위드가 들어갔던 광산의 입구를 쳐다보았다.

'금방 다시 만날 수 있겠죠?'

서윤은 감정 표현이 서툴렀기 때문에, 스스로도 위드에 대한 감정이 명확히 정의되지는 않았다.

함께 시간을 보내고 싶고, 같이 있으면 편하고 만약 위드가 자신을 싫어하면 어쩌나 가슴을 졸이기도 했다. 위드가 힘들어하는 모습을 보고 싶지 않으며, 더군다나 다른 사람들에 의해 죽는 것은 절대로 보고 싶지 않았다.

'더 머무를 수 없어. 이제 가야 해. 추적대가 가까워지기 전에 이곳에서 멀리 떨어져야 해.'

서윤이 돌아서서 걸으려고 할 때였다.

헬리움 광산에서 달그락거리는 바퀴 구르는 소리가 났다.

위드와 누렁이가 황금새, 은새와 함께 손수레를 끌고 오고 있었다.

〈강림하는 일곱 천사〉가 실려 있는 손수레였다.

땀으로 얼굴이 젖어 있으면서도 입가의 찢어지는 미소는 제대로 한몫 챙겼다는 승리자의 표정.

'위드 님이 왔구나.'

서윤은 저도 모르게 더없이 환히 웃었다.

반가운 마음으로 가득 찬, 남자들의 가슴이 설렐 수밖에 없게 만드는 미소였다.

하지만 위드의 가슴은 철렁 내려앉았다.

살인을 저질러서 더 선명해진 서윤의 이름이 이마에 붉은색 마름모와 함께 표시되었기 때문이다.

얼마나 많은 적들과 싸웠는지, 갑옷도 넝마에 가까울 정도가 되어 있었다.

"여길 빠져나가야 돼요."

서윤이 도둑과 암살자 들을 요격한 덕분에 헤르메스 길드의 본대와는 아직 거리가 있었다. 반대 방향으로 빨리 피하면 이곳은 벗어날 수 있다.

위드도 이런 던전에서 헤르메스 길드의 기사들과 전사들과 부딪치는 것은 부담이 컸다.

광전사인 서윤도 몸이 정상이 아닌 상황!

"챙길 건 다 챙겼으니 다른 곳으로 가서 숨자."

───※───

드린펠트는 헤르메스의 성직자와 마법사, 기사로 구성된 정예부대와 함께 헬리움 광산의 입구에 도착했다.

살아남은 발굴가와 둘밖에 남지 않은 도둑 그리고 해군 기사들도 같이 있었다.

도둑들이 발자국을 조사하고 말했다.

"이 안으로 들어갔던 흔적이 있습니다. 그러나 지금까지의 과정을 보면 위드는 발자국을 바꾸거나 교란하는 방법에 능숙합니다."

서윤이 나타났을 때부터 기사들과 전사들은 마음의 준비를 했다. 그렇기 때문에 적당한 장소에 등장한 헬리움 광산은 위드가 있을 거란 의심을 강하게 심어 주었다.

"괜히 막으려고 하지는 않았을 거야. 위드가 아직 이 안에 있을까?"

"모르겠습니다. 빠져나갔을 수도 있습니다. 일단 최근에 만들어진 수레의 바퀴 자국은 멀리 이어져 있는데… 몬스터들의 이동 흔적에 겹쳐서 그 뒤는 추적이 어렵습니다."

구조를 완벽하게 모르는 던전에서 포위망을 구성하기란 불가능하다. 실제로 구멍이 많았기 때문에 그곳들을 이용해서 빠져나갔을 수도 있다.

"독 안에 든 쥐라… 하지만 독이 너무 크군."

도둑과 어쎄신, 발굴가가 함께 지골라스의 던전 지도를 만들어 가고 있다.

현재까지는 뒤쫓는 입장인 데다 많은 불리함을 안고 있지만, 지도만 완성되면 수색 범위를 한정시킬 수 있고 병력을 보내 중요 길목들을 봉쇄하는 것도 가능했다.

"도망치는 놈들을 쫓다 보면, 급한 마음에 그곳이 사지이더라도 들어가는 모습을 흔히 보게 됩니다. 그리고 혹시 모르지요, 이 광산의 중간에 다른 출구라도 있을지."

헬리움이나 조각사의 보물이란 글귀에도 욕심이 생긴 헤르메스 길드원이었다.

"어서 안으로 들어가지. 혹시 모르니 일부는 이곳에 남겨 놓도록 하고."

드린펠트는 절반 이상의 병력과 함께 안으로 들어갔다.

위드가 예상했던 대로 공짜, 남의 것 좋아하는 명문 길드들로서는 빠져나가기 힘든 유혹이었던 것이다.

그들은 한참을 헤맨 끝에 철로와 광산용 수레가 있는 장소에 도착했다.

"여기서는 이걸 타고 이동하는 건가?"

4명의 유저들이 조심스럽게 탑승했다.

그들이 탄 수레의 바퀴에는 위드가 참기름을 잔뜩 발라 놓은 상태였다.

~~~~~~~

설치한 함정에 의하여 3명이 사망하고 1명이 중상을 입었습니다.
악명이 29 증가합니다!

위드와 서윤은 추적자들이 헬리움 광산으로 들어간 틈을 타서 멀리까지 도망쳤다.

황금새와 은새가 조인족으로 변신해서 누렁이를 거들어 주었기에 빨리 거리를 벌릴 수 있었다.

"이제 어디로 가요?"

서운은 광전사의 후유증으로 인하여 모든 스탯과 스킬 숙련도가 줄어 있었다. 걷는 것도 힘든 수준이었다.

부상에서 회복되는 과정이라 온몸이 욱신욱신 쑤셨지만 힘든 기색을 억지로 숨겼다.

"원하던 것들은 다 얻었으니 지골라스를 빠져나가야지."

음머어어어!

누렁이가 다행이라는 듯이 크게 울더니 수레를 끄느라 힘겹게 움직이던 다리의 힘이 풀려 주저앉았다. 지골라스에 오고 난 이후부터 죽을 고생만 했는데 드디어 벗어난다니 기뻤던 것이다.

베르사 대륙의, 이른 새벽의 이슬이 촉촉하게 젖어 있는 풀을 뜯어 먹으며 쉬고 싶었다.

정이 많은 누렁이는 빙룡이나 다른 조각 생명체들도 그리워하고 있었다.

"하지만 완전히 적들로 가득한데… 밖에도 우리를 죽이려는 사람들이 있을 거예요."

"그거야 나도 알지."

위드는 왠지 로맨스 영화에 흔히 나오는 장면 같다는 생각이 들었다.

재난 영화에서 남자 주인공과 여자 주인공이 고립되어 갇힌다. 게다가 그들을 찾는 사람들은 목숨을 해치려는 나쁜 자들이다.

극도의 긴장감이 흐를 법한 상황이었지만, 위드는 무덤덤한 상태였다.

몬스터들과의 전투나 퀘스트도 쉬웠던 적이 없다.

하벤 왕국의 함대가 도착했을 때 언데드 군단을 이끌고 기습을 한 건 위드였다.

헬리움 광산에도 함정을 파서 유인했다.

웬만큼 나쁜 놈들에게는 친절하게 지옥을 가르쳐 줄 인간이었다.

"정찰을 좀 해야겠군. 나가서 돌아보고 올 테니 여기에서 기다리고 있어."

"조심하세요."

서윤에게 누렁이를 맡겼다. 헬리움 광산과는 멀리 떨어진 다른 던전이었기에, 헤르메스 길드원들에게 당장 발각당할 염려는 없었다.

하지만 지골라스에서 사냥한 아이템을 비롯해서 천사상도 그녀에게 보관을 맡겨야 하니 불안한 마음이 드는 건 당연한 수순!

위드는 아무도 듣지 못할 정도로 작게 중얼거렸다.

"외출하기 전에 임대차계약서라도 작성하고 갈까? 아니야, 내 물건을 챙겨서 도망쳐 봐야 어디로 간다고. 물건들을 처분하기 위해서는 베르사 대륙까지 가야 할 텐데, 무거워서 한 발자국도 못 움직일 거야. 후후, 내가 그렇게 의심 많고 속 좁은 인간은 아니잖아."

생각이 여기까지 이르니 조금은 안심할 수 있었다.

"그래도 최대한 빨리 다녀와야지."

위드는 근처에서 굴러다니는 돌덩어리로 작고 불길하게 생긴 까마귀를 조각했다.

"조각 변신술!"

그의 몸이 작아지더니 까마귀로 변신했다. 그 상태로 누렁이의 등 위에 올라타 있는 황금새와 은새에게 귓속말을 보냈다.

> —너희도 날 따라와라.
> —알았다, 주인.
> —그냥 가면 너무 눈에 띄니까 위장을 해야지.

위드는 황금새와 은새의 몸에 시커먼 숯가루를 묻혔다. 그리고 누렁이의 등에 매달려 있는 배낭을 하나씩 입에 물도록 지시했다.

> —가자.

위드와 배낭을 입에 문 2마리의 새들이 던전의 통로를 날아서 지나쳤다.

캬우!

몬스터들이 그들을 발견하고 몽둥이를 휘두르기도 했지만 빠른 비행으로 따돌려 버리고 통과했다.

영락없는 까마귀 3마리가 되어서 지골라스의 동굴 밖으로 뛰쳐나온 셋!

오랜만에 위드의 눈에 시리도록 푸르고 맑은 하늘이 보였다. 부글부글 끓고 있는 용암 화산들과 저 멀리 하얀 설원까지.

지골라스의 경치를 하늘에서 고스란히 눈에 담을 수 있었다.

가슴이 천 배쯤은 넓어진 것처럼 확 트이는 개방감!

좁은 던전에서 곡괭이질을 하면서 겪었던 답답함이 모두 사라졌다.

위드는 있는 힘껏 사자후를 터트렸다.

"끼야아아아아아아아아악!"

불길한 외침을 터트렸습니다.
소리를 듣는 이들의 행운이 감소합니다. 모든 이들의 적대감을 증가시킵니다.

듣기 싫은 괴성을 지르니 황금새와 은새의 시선이 곱지 않았지만, 위드의 낯 두꺼움은 그 정도는 신경도 쓰지 않았다.

위드의 까만 눈동자가 지골라스를 샅샅이 훑고 지나갔다.

'음, 역시 많이 몰려 왔군.'

하벤 왕국 함대의 선원들과 그리피스의 해적들이 지상에서 사냥하는 모습들이 보인다.

헤르메스 길드의 지원군이 올 때에도 선원들이 대거 도착했다. 드린펠트는 위드를 상대할 지원군과 함께 부족한 전투 선원을 보충했던 것이다.

얼지 않는 강 주변에 정박해 있는 수십 척의 군함과 해적선이 눈에 들어왔다.

위드 혼자라면 조각 변신술만 이용하더라도 빠져나가는 것은 어렵지 않았다.

유린의 그림 이동술의 도움을 받을 수도 있다.

물론 그것은, 적들 중에도 마법사들이 있기에 공간 왜곡을 펼치게 되면 엉뚱한 곳으로 떨어질 수 있는 위험한 방법이다. 어떤 경우에 처하더라도 유린을 위험에 빠뜨릴 수는 없다.

더군다나 그림 이동술은 지골라스에서 사냥과 채광을 하며 모은 잡템이나 광물, 조각상까지는 옮겨 주지 못했다.

생명과도 같은 소중한 잡템들이 지골라스에 인질로 잡히는 셈이었다

어떻게 해서든 배를 구해서 빠져나가야 했다.

—나를 따라와라.

위드는 하늘을 날아서 군함들의 위를 통과했다. 그리고 얼지 않는 강을 따라서 낮게 날았다.

온도 차이가 극심한 지역이라서 조금만 높게 올라가도 강한 바람에 날기 힘들었다.

암초에 내려앉아서 잠깐씩 휴식을 취하고 다시 날기를 반복하길 수차례!

얼지 않는 강을 벗어나 북동쪽 큰 바다의 입구에 이르러서 바닷가에 내려앉았다.

"조각 변신술 해제!"

위드는 인간의 모습으로 돌아온 후에 배낭을 열었다.

그 안에는 유리병들이 가득 담겨 있었다. 포도주, 위스키, 뱀 소주, 약초주 등 여러 종류의 술을 담을 병들까지 언제나 준비해서 다니는 위드였다.

"아까운 병들인데 써야겠군."

위드는 병에 쪽지들을 넣었다.

흔히 영화를 보면 무인도나 알 수 없는 곳에서 표류하던 사람들이 연락용으로 병에 쪽지를 담아서 상대에게 전해지라고 바다에 띄운다.

위드도 그 행동을 따라서 해 보려는 것이었다.

이 쪽지를 보는 모든 언데드들이여, 이곳으로 오라.

세상을 어둠으로 물들이고, 살아 있는 것들을 죽음으로 초대할 시간이다.

너희를 부른다.

—불멸의 전사, 위드

쪽지에는 리치로 변해서 손바닥 인장까지 선명하게 찍었다.

"그리고 혹시 모르니까……."

위드는 토막 난 나무들을 꺼냈다.

유령선을 수리할 때에 부러진 돛대나 선체의 일부에서 나무들을 상당히 많이 얻었다.

퀴퀴한 냄새가 도는 나무

오래된 나무. 소금기에 절어 있으며, 긴 세월을 바다의 유령들과 같이 보냈다. 불운을 몰고 다니는 특성을 가지고 있다. 무언가를 만들기에는 부적합한 재료.

내구력: 4/49

옵션: 행운 -15. 타는 듯한 목마름을 불러온다. 해상에서의 습격을 감소시킨다. 가까이 두면 여러 종류의 소소한 저주를 받을 수 있다.

위드는 이 나무토막들을 가지고 해골이나 유령선 같은 것들을 조각했다.

"기념품으로 하나씩 줘야지."

해골과 쪽지를 담은 병들이 수백 개나 바다로 띄워 보내졌다. 나무토막으로 조각한 초소형 유령선들도 파도에 출렁거리면서 먼바다로 향했다.

"그리고 새로 익힌 조각술의 실험도……."

위드는 바닷물에 손을 담갔다.

"조각 재료 감정!"

이름이 지어지지 않은 해안가의 해수
바다의 물이다. 물은 생명력과 넓은 포용력의 성질을 가지고 있다.

위드의 손에 담긴 바닷물이 반짝반짝 빛났다.

"물이야말로 자연의 마나를 손상하지 않고 조각하기에 좋은 거지."

물은 깎거나 부수지 않고, 모으고 합치는 것만으로도 조각품을 만들 수 있다.

"자연 조각술!"

손가락 사이로 빠져나가 버리려던 물이 그대로 공중에 떠올랐다. 흐트러지거나 쏟아지지 않고 고스란히 형태를 유지하고 있는 모습이었다.

위드는 누렁이도 목욕할 수 있을 정도로 많은 물을 띄워 올린 다음에 자하브의 조각칼을 꺼내서 형태를 다듬었다.

"괜찮은 작품을 만들어야겠지."

대충 만들 수는 없지만, 첫 작품인 만큼 완벽하기를 바라기도 무리다.

위드는 유령선에서 먼 곳을 쳐다보고 있는, 외팔에 외다리의 리치 해적 더럴을 조각했다.

띠링!

유령선을 조각하였습니다.
바다를 누비는 리치 해적! 나쁜 언데드들의 표준으로 불러도 무방한 조각품. 물을 이용하여 조각되었다.
예술적 가치: 179
옵션: 언데드들의 활동 능력을 강화. 유령선들의 이동속도를 5%, 올려 준다. 바다에서의 통솔력 2%, 증가.

그럭저럭 무난한 작품이라고 할 수 있었다.

"구름 조각술!"

위드가 만들어 낸 조각품이 증발하듯이 사라졌다.

구름 조각술을 사용하였습니다.
자연과의 친화력에 따라 물의 조각품을 구름으로 만듭니다. 스킬의 레벨이 낮기 때문에 구름의 성질을 결정할 수는 없습니다.

높은 상공에 형성된 먹구름은 하늘에서 다른 구름을 먹어 치우면서 몸집을 불렸다.

하늘 한복판에 구름으로 만들어진, 유령선과 해적 더럴의 완벽한 재현!

위드가 처음으로 만든 구름은 어마어마한 규모의 먹구름이었다.

바람을 따라서 구름은 큰 바다로 흘러갔다.

플라네티스해의 재난이라고 불리는 유령선 플라잉더치맨호!

"선…장, 바다에서 이걸 건졌다."

누더기를 입고 있는 유령 선원이 병을 꺼내서 선장에게 보여 주었다.

구멍 난 해적 모자를 눌러 쓰고 있는 외다리 선장은 쪽지를 읽어 보고 나서 말했다.

"우…리를… 부르는… 초…대장이다. 돛…을 펼쳐…라. 전…속 항해…한다."

플라잉더치맨호의 돛을 묶고 있던 밧줄들이 풀어졌다.

바람을 받아서 팽팽하게 펼쳐져야 할 돛들이었지만, 구멍이 나고 닳아서 제대로 펴지는 돛은 1개도 없었다.

그럼에도 플라잉더치맨호는 순풍을 받은 것처럼 북동해를 향해 전진했다.

위드의 유리병에 담긴 쪽지를 받은 유령선은 플라잉더치맨호만이 아니었다.

네리아해의 유령선들도 그 쪽지를 받고 진로를 틀었다.

"가…자…….."

"우리…를 부…른다. 리치…님의 거…부할 수… 없…는 명…령이다."

"혼돈…의 대…전사를… 해치…운… 영예로…운 불…멸…의 전…사의 부름이…다."

위드가 다시 수정 리치로 변신했을 시기에는 고급 언데드 소환 스킬을 가지고 있었다.

스킬이 예상치 못한 효과를 발휘해서 유리병 쪽지들은 대부분 유령선들에 전달됐다.

게다가 혼돈의 대전사를 사냥함으로써 언데드로 변신했을 때의 명성이, 유령선뿐만 아니라 베르사 대륙의 언데드들에게 알려지게 되었다.

인간들이나 다른 종족들에게는 전혀 관심도 두지 않던 언데드들끼리 위드에 대해 많은 이야기를 하고 있던 참!

어마어마한 명성이 효과를 발휘했다.

인근만이 아니라 멀리 떨어져 있는 바다의 유령선 선장들까지 움직인 것이다.

"더… 빨…리, 바다를… 가르…자."

플라네티스해, 북극해, 대륙에서 멀리 떨어져 있던 유령선들이 전속으로 항해를 했다.

네리아해에서 유령선들은 바다의 소용돌이로 빨려 들어가기도 했다.

하지만 유령선들은 선체가 아무리 부서지더라도 파괴되지 않는다. 네리아해의 소용돌이로 빨려 들어간 유령선들은 한참 후에 대륙의 서쪽에서 나타났다.

"이…곳이 아니…야."

다시 소용돌이로 빨려 들어가서 북동해에 출현하는 유령선들이었다.

어디 그뿐이던가!

깊은 바다에 고요히 가라앉아 있던 침몰선들이 유령선이 되어 떠오르기 시작했다. 고급 언데드 소환 스킬이, 잠들어 있던 침몰선들과 난파선들을 깨운 것이다.

"킬킬킬, 싸움이 났군."

200년 전에 잔인하기로 유명했던 해적 선원 자브리차!

그는 부하들에게 버림받고 무인도에 갇혀 굶어 죽은 이후 원한을 품고 언데드가 된 경우였다.

그에게도 유리병의 쪽지가 전달되었지만 어디로 움직일 수 있는 수단이 없었다.

"킬킬, 킬킬킬!"

하릴없이 바닷가에서 서성거릴 때 지나가던 유령선이 그를 태웠다.

"어디…로 가는…가?"

"위드…에게로."

"가는 곳…이 같…군."

거친 파도와 폭풍우를 뚫으며 전진하는 유령선들이 바다에 모이고 있었다.

쪽배나 뗏목, 심지어는 통나무나 나무로 된 술통에 올라탄 채로 이동하는 언데드들도 엄청날 정도로 많았다.

꧁꧂

페일 일행은 과거 니플하임 제국의 수도였던 모드레드에서의 퀘스트를 겨우 마쳤다.

"후아, 진짜 힘들었네요."

여간해서는 어려움을 내색하지 않는 이리엔이 의뢰를 마치고 주저앉을 정도였다.

"몬스터의 천국이라더니 과장이 아니었어요."

화령도 지쳐 있던 참이라 숨을 고르며 말했다.

무대에서야 기왕이면 관중이 많은 게 좋았다. 몇만 석 이상의 공연도 열정적으로 마쳤던 그녀였지만, 끝도 없는 몬스터 떼 앞에서는 잘 숨어 다니는 게 최선이었다.

그리고 그 모든 어려움을 극복한 끝에, 기사의 검을 전문적으로 만들었던 명장 가문 비테오르의 후손을 모라타까지 데려왔다.

명장의 가문 의뢰를 완수하였습니다.
모라타에 비테오르 가문의 장인들이 정착하게 됩니다. 도시의 무기 기술력이 빠르게 증가하게 됩니다.

퀘스트의 보상으로는 비테오르 가문에서 보관하고 있던 보석들을 받았다.

"나중에 여러분을 위한 장비를 만들어 드리겠습니다. 우리 가문은 검을 전문적으로 제작해 왔지만, 방어구들을 제작하는 실력도 그리 뒤처지지는 않습니다."

몬스터들을 해치우면서 비테오르 가문의 생존자들을 데려온 보람이 있었다.

상인 마판은 그 보석들과, 바다에서 교역했던 물건들을 처분하고 목돈을 벌었다.

"마판이라는 상인이 이번에는 보석 거래소의 돈을 쓸어 갔다는군."

"구경을 가 보세."

주민들이 그를 보기 위해서 이동하는 것도 볼 수 있을 정도였다.

하지만 그들이 여유롭게 쉬기도 전에 다시 사건이 터졌다.

"위드 님을 죽이기 위해 헤르메스 길드에서 보낸 병력이 지골라스에 도착했다는데."

"우리가 도와줘야 되는 거 아니에요?"

굳이 메이런이 말해 주지 않아도, 다들 〈로열 로드〉와 관련된 프로그램들은 관심 있게 시청하고 있었다.

위드가 하벤 왕국의 함대와 싸울 때부터 관심을 두고 지켜보았는데, 헤르메스 길드의 고레벨 유저들이 지골라스에 도착하는 장면도 방송에서 나왔다.

베르사 대륙은 그 사실로 인하여 무수한 논쟁이 벌어지는 와중이었다.

거대 길드의 폭거라는 말부터, 혼돈의 대전사도 사냥했던 위드이기 때문에 호락호락하게 당하지는 않을 것이라는 싸움 예상까지!

페일이 걱정스럽게 이야기했다.

"위드 님은 귓속말도 차단해 놓았고… 어떻게 지내시는지 모르겠군."

"유린이한테 물어볼까요?"

화령이 나서서 위드의 여동생인 유린에게 근황을 물어보기로 했다.

> —유린아, 지금 어디야?
> —그림 속이에요.
> —그림? 그렇구나… 우리가 좀 궁금한 게 있는데, 위드 님은 요즘 어때?
> —오빠가 많이 힘들어하던데요.
> —힘들어해?
> —네. 집에서 밥을 먹으면서도 어딘가 지쳐 있고 화가 난 표정 같기도 했어요.

당시 위드는 한창 곡괭이질을 하면서 헬리움을 찾으러 다니고 있었다. 땅을 아무리 파도 나오는 게 없었으니 표정이 좋을 수가 없었다.

> —그래도 알아서 잘하고 있다고, 계획대로 진행되고 있으니까 걱정할 필요 없다고 했어요.

유린은 위드의 말이라면 철석처럼 믿었다.

어릴 때부터 업고 다니면서 지켜 준 든든한 오빠였다.

그녀가 솜사탕을 먹고 싶어 할 때나 장난감이 필요하면, 동네 꼬마들의 것을 강탈해서라도 조달해 주던 믿음직한 오빠.

비가 오는 날에는 우산을 가져다주고, 날씨가 더우면 포장도 뜯지 않은 아이스크림을 갖고 왔다.

동네에서 장난꾸러기로 유명한 꼬마들도 위드나 유린을 보면 공포에 몸을 떨어야 했다.

화령은 뒤에 붙은 유린의 말은 싹둑 자르고 요약해서 전해 주었다.

"어떻게 해요. 위드 님이 힘들어한대요."

그러자 상상력이 풍부한 수르카가 울상을 지었다.

"제 생각에 위드 님은 헤르메스의 유저들에게 쫓겨 다니고 있을 것 같아요."

"설마 위드 님이?"

메이런이 믿을 수 없어서 반문했다.

"살기 위해서 완전 불쌍하고 처참한 모습으로 도망 다니고 있을 거예요. 그러다가 결국 잡히면 죽임을……"

"아!"

그들이 공통적으로 떠올린 것은 영화에서나 나오던 '도망자' 였다. 물 한 모금 편히 마시지 못하고 고초를 겪으면서 도주하는 장면들이 저절로 연상되었다.

마음 약한 이리엔의 눈가에는 벌써 글썽글썽 눈물이 어렸다.

위드가 드린펠트나 해적들에게 쫓기고 있다니, 막 퀘스트를 마친 후였음에도 불구하고 앉아서 쉴 수가 없었다.

"우리라도 얼른 지골라스로 가요! 가서 위드 님을 도와주는 거예요."

화령이 당차게 말하자, 일행은 근처에 새로 생긴 교역항으로 달려갔다. 배를 사서 지골라스까지 항해하려는 것이었다.

"쾌속선을 사러 왔어요. 보여 주세요."

배를 구하던 도중에 벨로트가 불현듯 말했다.

"그냥 유린이의 그림 이동술로 데려오면 안 돼요?"

벨로트는 말하고 나서도 스스로 깜짝 놀라 고개를 저었다.

"아니에요. 못 들은 걸로 해 주세요. 제가 괜한 말을 했어요."

강대한 적과 싸우지 않고 피할 수 있다면 그게 최선의 길!

하지만 실행하는 데에는 지골라스와 적 마법사들의 존재 때문에 현실적으로 어려운 부분이 있었다.

그리고 명분상으로도 유린의 그림 이동술로 지골라스를 벗어나는 것은 편법이었다.

전쟁의 신 위드가 헤르메스 길드가 무서워서 꽁무니를 뺀다. 그러면 위드가 쌓아 놓은 명성은 물거품이 되어 버리고 말 것이다.

남자들은 때때로 그런 사소한 것에도 목숨을 거는 법이 아니던가.

그런 이유로 벨로트가 자신의 말을 취소했을 때, 다른 일행은 이미 그림 이동술에 대해서 냉정하게 검토를 마친 후였다.

대외적인 평판이야 어떻든 간에 오랜 동료들만 아는 이야기.

위드는 절대 잡템을 포기할 사람이 아니다!

화령과 제피는 기억 속의 지독한 악몽이었던 바스라 마굴에서의 사냥을 떠올렸다.

장장 29시간 동안 연속 사냥을 하면서 그저 죽기만을 바랐다. 그 정도로, 악착같이 살아남으면서 몬스터들을 학살하던 위드!

배낭에 가득 담긴 잡템을 처분하기 위해서 마을을 다녀올 때만이 짧은 휴식 시간이었다.

심지어 그동안에도 위드는 조각품을 만들고 노가다를 했다.

지골라스에는 마을도 없으니 잡템들을 엄청나게 모아 놨으리라.

"잡템을 포기하는 위드 님이라니 도저히 상상도 안 가요."

"삶의 의욕을 완전히 잃어버릴지도⋯⋯."

"그 손실을 만회하기 위해서 쓰러질 때까지 사냥할 수도 있어요."

그림 이동술의 한계로, 지골라스에서 사냥하며 모았을, 산더미처럼 쌓였을 잡템은 옮기지 못한다.

결국 위드를 구출해 오기 위해 배를 사서 지골라스로 항해하려는 동료들이었다.

위드가 부담스러워할지 모른다는 판단에 그에게는 비밀로 하고 숨기기까지 했다. 도착하기 하루나 이틀 전에 말할 작정이었다.

"지골라스로 가는 해로를 잘 모르겠는데⋯⋯."

"위드 님이 갖고 있는 지도를 몇 번 보긴 했는데, 잘 찾을 수 있을지 모르겠어요."

마판이 솜씨 있는 NPC를 선장으로 고용했지만, 항해에 대한 걱정들도 많았다.

그런데 정작 북동해로 나오니 엄청난 유령선들의 행렬이 지골라스 쪽으로 이동하고 있었다.

뗏목과 통나무에 탄 유령들, 바다에 떠 있는 것이 신기할 정도로 부서진 난파선, 유령선을 호위하는 바다 괴물들까지 함께 움직이고 있는 놀라운 광경이었다.

바다에 나오지 않았더라면 미처 볼 수 없었을 장면.

북동해에는 아직 다니는 배가 없기에 페일 일행만 이 광경을 보고 있다고 해도 틀리지 않으리라.

그제야 페일 일행은 정신이 번쩍 들었다.

"왠지 우리가 생각했던 그런 모습이 아닐 수도……."

"어마어마한 일이 벌어질 모양이네요."

유령 선원들이 조종하는 배들은 돛대 주변을 날아다니는 시커먼 콘도르들과 함께 이동했다.

페일 들이 탄 배는 유령선들과 적당한 간격을 유지하면서 따라갔다.

그런데 저 뒤에서 고만고만한 크기의 배들과는 다르게 대형 전함들이 바다를 가르면서 무시무시한 속도로 접근해 왔다.

"좌현 전타!"

배에 고용된 선장은 부딪치지 않기 위해서 키를 완전히 왼쪽으로 꺾었다.

일행이 타고 있는 배는 아슬아슬하게 전함들의 진행 방향에서 벗어났다. 전함들이 일으키는 물보라에 배가 심하게 휘청거릴 정도로 가까운 거리였다.

전함에는 다크 나이트를 비롯하여 마녀, 해군 병사의 유령, 그 외 언데드들이 가득 타고 있었다.

전함들은 페일 들의 배를 거들떠보지도 않고 지골라스가 있는 방향으로 나아갔다.

"휴, 겨우 살았네."

"완전 죽다 살아난 기분이야."

앞서 전진하는 전함들을 보며 겨우 안도의 한숨을 내쉬고 있을 때였다.

메이런이 손가락으로 전함의 깃발을 가리켰다.

"그런데 저 깃발… 어디서 많이 본 것 같지 않아요?"

고통에 몸부림치며 절규하는 해골의 깃발.

틀림없이 본 기억이 있다. 그것도 매우 비중이 있는 문양이라는 생각이 들었다.

"저도 봤던 거 같은데……."

"나도 본 기억이 나."

수르카와 페일도 확실히 봤던 문양이라고 했다.

"어디서 봤더라?"

떠올리기 위해 애를 쓰고 있을 때, 마판이 설마 하며 말했다.

"전에… 위드 님이 오크 카리취로 변했을 때요."

"네?"

"그때 저 깃발을 봤습니다. 세르파의 마녀들이나 샤이어가 들고 나왔던, 불사의 군단을 상징하는 깃발입니다."

마판이 몸서리를 치며 말했다.

상인으로 살면서 죽을 고비를 가장 많이 넘긴 날이었다.

전황이 바뀔 때마다 마른침을 수없이 삼키면서도 눈을 떼지 못했던 전투!

카리취와 다크 엘프, 오크 들이 연합해서 벌였던 전투는 아직도 명예의 전당에서 조회 수 5위 안에 있다.

"아, 맞다! 불사의 군단이었지."

메이런이 이제야 떠올랐다는 듯이 박수를 쳤다.

"세상의 모든 언데드들의 제왕이라고 불리는 불사의 군단의 깃발……."

"그럼 저 전함들이 불사의 군단에서 나왔다는?"

일행은 동시에 눈을 마주쳤다.

"갑시다!"

"가요!"

"선장님, 최대 항해 속도로!"

돛들을 펼치고 가장 빠른 속력을 냈지만 장거리 항해였다.

언데드들과는 달리 선원들도 쉬어야 했고 그리 좋은 쾌속선도 아니었기 때문에, 순식간에 유령선들보다 훨씬 뒤처질 수밖에 없었다.

생명 부여의 기적

위드는 지하 던전으로 다시 돌아와서 조각품을 깎으며 시간을 보냈다. 그냥 언데드들만 데리고는 지금의 난관을 극복하기 어려웠다.

"조각술을 써야 돼. 조각술의 힘으로 위기를 벗어날 수 있을 거야."

자연 조각술을 익힌 후부터 조각 재료들이 다르게 보였다.

표면의 재질만이 아니라 내부에 담고 있는 마나까지 저마다의 형태를 띠고 보였던 것이다.

재료에 담겨 있는 마나를 손상시키지 않고 조각품을 만들어야 되기 때문에 조각술의 어려움이 대폭 올랐다. 단단한 광석이라고 하더라도, 두들기고 깎을 때에는 충격이 내부까지 전달됐다.

'정확하고 매끄럽게.'

예술적 가치에는 영향을 주지 않았지만, 완성된 조각품의 내구력 등은 훨씬 올랐다.

> 예술 활동으로 인해 악명이 2 감소합니다.

조각사의 또 다른 장점!

조각품을 만들면 명성이 잘 오르고, 악명은 잘 떨어졌다.

위드가 만족스럽게 웃었다.

"역시 조각사는 조각품으로 말하는 거지."

노가다로 작품을 찍어 내면서 드는 생각.

"명성이 너무 높아서 어려운 난이도를 가진 퀘스트를 해도 악명이 많이 떨어지고, 조각품을 만들어도 악명이 쉽게 떨어지는군. 나중에 기회가 된다면 정말 엄청 나쁜 짓을 저질러도 되겠어."

개과천선보다는 더 큰 나쁜 짓의 기회를 엿보는 위드였다.

광부가 되어서 땅을 파고 다닐 때에도 상당한 양의 악명이 감소되었다.

"악명을 빨리 떨어뜨리기 위해서는 천사나 어린아이를 만들어야지. 사실 데이크람도 어쩌면 못된 짓을 저지르고 천사를 만들었을지도 몰라."

조각술 마스터까지 비슷한 부류로 만들어 버리는 위드!

곧바로 방긋방긋 웃는 해맑은 어린아이들을 조각하기 시작했다. 100명이 넘게 조각된 해맑은 여자아이들은 커다란 곰 인형 정도의 크기였다.

"역시 악명이 잘 떨어지는군!"

서윤이 접속하지 않을 때에는 누렁이와 황금새, 은새가 조각을 구경했다.

그들은 조각 생명체였기 때문에 조각술을 펼치는 것만 보더라도 경험치가 조금씩은 쌓였다.

황금새, 은새, 누렁이가 차례로 말했다.

"주인이 꽤 오랫동안 조각품을 만드는군. 저렇게 즐거워하는 표정은 우리를 때릴 때와 아이템이 생겼을 때 말고는 본 적이 없어."

"악취 나는 리치라고 꺼렸지만 조각술 실력은 탄탄한 것 같아. 조각사는 조각술 실력이 높은 게 우선이지."

"우리 주인이 실력은 있어. 은근히 인간성도 좋은 편이고."

"누렁아, 난 잘 모르겠는데. 정말 인간성이 좋아? 계속 더 지켜보면 좋은 사람이란 걸 아는 날이 올까?"

"내가 살아 본바, 때리고 잡아먹으려고 하고 몬스터들에게 몰아넣고 구박하긴 하지만… 주인의 말에 따르면 자기처럼 좋은 주인 만난 걸 행운으로 알라고 했어."

"그게 아니야, 누렁아. 우리는 속고 있는 거야."

조각 생명체들이 이처럼 안타까운 현실에 대한 대화를 나누고 있을 때에, 여자아이의 조각상들은 누렁이를 보고 입맛을 다셨다.

그 모습은 너무 짧게 지나가서 아무도 보질 못했지만 틀림없는 사실이었다.

위드의 죽은 자의 힘이 스스로 성장하면서 조각품에도 나쁜 영향을 미친 것.

위드는 간단히 만들어 놓은 수많은 조각품들을 일일이 감정

하지는 않았다. 그럭저럭 괜찮게 된 작품만 가끔 살펴보는 정
도였다.

> **기쁘게 웃음 짓는 아이의 조각상**
> 말썽이라고는 절대 부리지 않을 것처럼 천진난만하게 웃고 있는 여자아이의 조
> 각품. 유명한 조각사이며 모험가인 위드의 손에 의해 만들어졌다. 특별한 능력
> 은 없지만, 선물용으로 좋을 것 같다.
> 예술적 가치: 6
> 옵션: 매력 +2

하지만 조각품이 제멋대로 살짝 움직이거나 표정이 이상해
지는 순간에는 설명이 달라졌다.

> **마성에 물든 아이의 조각상**
> 음산한 웃음을 짓는 여자아이의 조각품. 나쁜 소문이 끊이지 않는 부패한 조각
> 사의 손에 의해서 만들어졌다. 소유하고 있는 사람에게는 안 좋은 일들이 계속
> 생길 것 같다.
> 악마적 가치: 15
> 옵션: 탈옥수, 지명수배자, 밀무역꾼 등 악인들에게 모든 스탯 +2. 행운 -10.
> 아주 낮은 확률로 위험한 재난이 벌어질 수 있다.

조각품을 만들면서 악명이 낮아져, 위드의 이마에 새겨져 있
던 붉은색 이름이 완전히 사라졌다.

"드디어 됐군."

악명이 완전히 없어진 건 아니었지만 살인자 상태는 벗어나
게 된 것.

살인자 상태에서는 껄끄러운 점들이 많다.

모라타야 솔직히 치안이 엄격한 편은 아니다. 하지만 다른

신성 도시나 왕국의 수도, 행정청을 방문할 때에는 입구에서부터 경비병들에게 저지당하게 되리라.

귀족이나 국왕을 만날 수 없는 것은 물론이었다.

명성이 아무리 높다고 해도 믿을 수 없는 자에게는 의뢰도 잘 맡기지 않았다.

"이제 좀 더 폭넓게 조각술을 펼칠 수 있겠어."

지골라스를 빠져나가기 위해 세워 놓은 계획에서도 살인자 상태를 벗어나는 건 필요했다.

이제야 그 준비가 갖춰진 것이다.

"띄워 보냈던 유리병들이 무사히 잘 도착했을지 모르겠군."

서윤이나 누렁이나, 좁은 곳에 숨어 있으면서 잘 버텼다.

서윤은 조각품을 만드는 걸 구경했고, 누렁이는 어떻게든 살 수만 있다면 참을 수 있었다.

악착같은 생존 욕구!

던전의 깊숙한 곳에 숨어서 식량을 아껴 먹으며 조각품을 만드니 난민이나 다를 바 없는 모양새였다.

위드는 조각품을 만들고, 때때로는 재봉 스킬을 활용해서 준비물들을 제작했다.

"옷은 스무 벌이면 되겠지. 하급 천을 쓰더라도 옷감이… 아니야, 완전히 하급 천과 가죽을 쓸 필요는 없어. 나중에 회수해서 팔면 되니까. 하지만 내가 입을 해적 복장은 그만한 옵션들을 맞추기가 어려우니 비슷하게 하는 게 중요하겠군."

위드에게는 니플하임 제국의 기사복이나 귀족들의 복장, 재봉 스킬을 익힐 때 주문받았던 맞춤옷들에 대한 재단 방법이 있었다.

그런 옷들을 바탕으로 조금씩 수정을 가해서 해적들의 정복을 만들었다.

"해적이면 해적답게 대충 넝마나 걸치고 다닐 것이지, 뭐 하러 잘 차려입는지 모르겠어."

위드의 재봉 스킬이 워낙 높은 경지에 있었기에 해적들의 옷도 제법 근사하게 만들어졌다.

돈과 스킬, 레벨 등은 배신을 하지 않는 것.

위드는 악명을 더 낮추기 위한 조각과 재봉을 하면서도 틈틈이 하루에 한 번씩은 까마귀로 변신해서 바다까지 나가 봤다.

그리고 악명이 거의 미미하게 남은 날, 바다 저편 가득 유령선들이 보였다.

"왔구나. 그럼 계획을 실행해야겠지."

유리병의 쪽지를 본다면 올 거라는 믿음이 있었다.

바다에서 빈둥빈둥 돌아다니는 게 유령선의 일과인데 안 올 리가 없는 것이다.

설혹 오지 않는다면 더 어렵고 힘든 계획을 진행해야 할 테지만, 유령선들이 보이니 일은 훨씬 쉬워졌다.

물론 그렇다고 해서 얼지 않는 강까지 유령선들을 진입시키는 건 안 될 일이다.

유령선들의 숫자가 제법 많다고는 해도 폭이 좁은 강의 안쪽에서는 하벤 왕국의 제2함대와 해적 연합의 먹잇감이 되어 버릴 뿐이니까.

위드가 서윤과 조각 생명체들을 데리고 지골라스를 탈출하기로 한 날.

까마귀로 변신한 위드는 조각사의 탑에 내려앉았다. 옆에는 검댕을 뒤집어쓴 황금새와 은새가 호위하듯이 섰다.

"역시 아닐 거야."

의심으로만 머릿속에 남아 있던 일을 확인해 보기 위해 온 것이었다.

"맞을 리가 없지."

지골라스에서 한 고생들은 위드의 모험 중에서도 특별히 정도가 심했다.

정상적인 방법으로는 너무 힘들어서 리치로 변신해서 언데드들을 사용했을뿐더러, 모든 수단을 동원하고도 실패했다.

안식의 동판이 없었다면, 서윤이 와서 도와주지 않았다면, 처참한 실패로 끝났을 퀘스트!

조각사 퀘스트로는 전투의 난이도가 지나칠 정도로 높았는데, 혹시나 게이하르 황제의 조각품의 생명 부여를 사용하라는 뜻이 아니었을까.

황금새를 따라서 빈 몸뚱이로 지골라스에 도착한 볼품없는 조각사!

그가 조각사들의 유산에 생명을 부여해서 부하를 만들고, 퀘스트까지 완수하는 감동의 대서사시가 아니었을까.

그렇지 않다면 도저히 깰 수가 없는 퀘스트였다.

문제는 그런 깨달음이 퀘스트의 중반 이후에나 왔다는 점에 있었다.

"미심쩍은 부분들은 꽤 있지만 쓸데없는 일을 하는 거지. 그래도 여기에 그대로 방치하기에는 너무 아까운 조각품들이 많으니까."

조각사의 탑에는 대작, 명작 조각품들이 여러 개나 되었다.

베르사 대륙 전역을 뒤져 보더라도 잘나가는 국가의 왕궁이나 드워프들의 보물 창고가 아닌 이상 이렇게 주인 없는 조각품들이 많은 장소는 없으리라.

조각품들을 다 들고 가지 못할 바에야 좋은 것 몇 개는 생명을 부여해서라도 데려가고 싶은 욕심이 났다.

위드는 탑의 주변에 헤르메스 길드원이 있는지부터 철저히 살폈다.

다행히 탑을 지키면서 감시하는 해적들은 두 명밖에 되지 않았다.

헤르메스 길드에서도 조각품의 혜택을 받기 위해서 아침마다 이곳으로 온다.

다만, 여러 번 본다고 해서 효과가 중복되는 건 아니라서 하루에 한 번밖에 오지 않았다.

조각사들의 유산은 딱히 몸을 숨기기 어려운 평탄한 지형에 워낙 눈에 잘 띄는 탑이라서, 위드가 설마 이곳에 나타날 거라고는 의심하지 않는 것이리라.

위드는 의심이 많고 길드들과 싸운 경험이 충분해서, 웬만한 잔꾀나 암습으로는 죽이기가 어려웠다.

현재까지 지골라스의 던전에 숨어 있으면서도 버티기가 쉽지 않았지만 적들을 잘 피해 왔다.

위드의 성격을 저들이 알았더라면 대규모의 인원을 동원해서 막다른 길에 몰아넣는 것보다 확실한 방법이 있었다.

무지막지하게 비싼 아이템을 땅에 버려 놓는 것!

위드를 엄청난 갈등에 몰아넣을 수 있는 함정이 되리라.

위드는 은새, 황금새와 함께 조각사의 탑 주변에서 보초를 서는 해적들에게 슬금슬금 접근했다.

"으하하암! 졸리고 지루하군."

"이런 곳에 위드가 올 리가 없을 텐데 뭐 하러 지키라고 하는지 모르겠어."

해적들이 구시렁대는 소리가 들렸다.

위드가 폴짝폴짝 뛰어서 접근하는데, 해적 하나가 무심코 고개를 돌렸다.

위드와 해적의 눈이 마주치고 말았다.

"까마귀네?"

위드는 다리로 날개를 긁다가, 까악 하고 울음을 터트렸다. 옆에 있는 돌멩이를 발로 툭툭 차기도 했다.

은새와 황금새도 그들끼리 몸을 비비거나 하면서 딴청을 피웠다.

"재미있게 노는군. 이 새들이나 좀 봐."

해적이 관심을 끊으면 다시 다가가려고 했지만, 무료한 보초 생활이라서 상당히 오래 위드를 지켜보고 있었다.

위드는 길게 하품을 하고는 꾸벅꾸벅 조는 시늉을 했다. 그러자 은새와 황금새도 금방 따라서 했고, 해적들은 다른 곳으로 시선을 돌렸다.

그때 위드를 필두로 다가간 은새와 황금새!

따다다다닥!

발등을 먼저 쫀 후에 수직으로 상승하며 연속 쪼기!

해적들의 평균 레벨은 낮았고, 그들이 상대하기에는 믿기 어려울 정도로 높은 레벨을 가진 3마리 새의 합동 공격이라서 쉽게 처리할 수 있었다.

위드는 조각 변신술을 해제하고 인간으로 돌아왔다.

"감시하던 해적들이 죽은 게 발각되는 건 금방일 테니 서둘러야겠군."

조각사의 탑에 있는 많은 조각품들 중 대작과 명작에만 생명을 부여할 작정이었다.

위드의 레벨도 곧 400이 가까워질 텐데, 생명 부여를 무한정하다 보면 결국 스스로가 성장을 못 한다.

조각사의 탑을 보고도 생명 부여를 하지 못했던 이유가, 퀘스트의 난이도가 너무 높다 보니 조각 생명체들이 죽어 버릴 것을 걱정했기 때문이다.

위드는 탑에 들어가서 가까이 보이는 명작 조각품, 기사상에 손을 댔다.

"기사에 생명을 부여해야 될까?"

부하로 기사 하나쯤은 갖고 싶었다.

그래도 레벨과 스탯을 소모하는 일이었으니 신중해질 수밖에 없다.

마침내 위드가 결정을 내렸다.

"조각품에 생명 부여!"

바다 생물, 대형 생명체, 이름 모를 몬스터에 기사까지 다양한 종류의 조각품들이 있었지만, 명작인 기사상부터 생명을 부여했다.

'충성심이 높은 기사야. 확실하게 철저히 부려 먹어 줘야지.'

띠링!

8대 조각사 길드의 수장 젠버린과 그의 동료들이 만든 대작 조각품, 지골라스의 불가사의, 〈영웅을 기다리는 고요한 탑〉에 생명을 부여했습니다.

"어라?"

위드는 빌라스가 만든 조각품, 기사상에 생명을 부여했다. 그런데 뜬금없이 〈영웅을 기다리는 고요한 탑〉에 생명을 부여했다는 메시지 창이 뜬 것이다.

쿠르르르릉!

조각사의 탑이 커다란 울음소리를 내며 흔들리고, 두껍게 쌓여 있던 먼지들이 바람에 씻겨 나갔다.

그리고 모습을 드러낸 것은 고색창연한 탑!

생명 부여가 만들어 낸 하나의 기적!

위드의 눈앞으로 영상이 흘러나왔다. 이제는 익숙한 방식이었다.

조각사들이 배를 타고 지골라스에 도착했다.

그들은 용감하게 헬리움을 찾아 나섰을 뿐만 아니라, 이곳에서도 그들의 역작을 조각했다.

조각사들의 강한 의지는 어떤 어려움으로도 꺾을 수가 없었던 것이다.

젠버린은 조각사들을 데리고 온 대표였다. 그가 비장하게 말했다.

"귀중한 조각품들을 허술하게 놔둘 수는 없습니다. 그리고 우리가 이 지골라스에 오는 마지막 조각사들이 아닐 수도 있습니다."

지골라스에서 최후를 맞이하고, 다른 조각사들이 이곳에 오게 되는 것까지도 생각하고 있었다.

"조각품을 보관할 수 있는 장소를 만들어야 합니다. 우리의 꿈과 희망을 보관할 수 있는 장소를 찾읍시다."

헬리움을 찾는 일이 가장 중요했지만, 지골라스에서 생의 끝에 만들 조각품들을 놔둘 장소도 필요했다.

지진과 화산 폭발에도 안전하게 보존될 수 있는 장소를 찾아내고 조각사들이 협동해서 작업을 했다.

"어떤 위협에도 버틸 수 있는 공간, 그러면서도 예술적인 공간을 만듭시다."

높이 치솟은 돌산을 통째로 조각했다.

깎아 내서 층을 만들고, 입구를 뚫고, 표면을 조각했다.

건축과 조각은 완전히 다른 갈래라고 보기 어렵다. 조각사들은 돌산을 통째로 조각하여 탑을 만들어 버리고 말았다.

웅대한 조각품.

예술품들을 수호하는 탑이었다.

대작! 〈영웅을 기다리는 고요한 탑〉을 완성하였습니다.

지골라스에 온 조각사들이 만든 불가사의! 젠버린과 동료들이 재능과 노력을 다 쏟아부어서 만든 조각품이다. 여러 개의 안전한 방과 널찍한 전시실 들이 내부에 만들어져 있다. 탑의 네 부분에는 태양과 화산, 바다 그리고 조각사들이 표현되었다.

예술적 가치: 17,695

옵션: 〈영웅을 기다리는 고요한 탑〉을 본 조각사들은 하루 동안 생명력의 최대치가 2배로 증가한다. 조각된 몬스터들과의 친밀도가 향상된다. 몬스터들에 대한 사냥법을 배울 수 있다. 조각탑 내부에서 휴식 시 빠른 속도로 생명력과 마나를 회복할 수 있다. 지골라스의 환경에 적응하는 능력을 향상시킨다. 온도와 기후의 영향을 적게 받는다. 화염 마법에 대한 내성 55%, 상승. 화염 계열 몬스터들에 대한 저항력 증가. 조각사들에 한해서 전 스탯 39 상승. 하루 동안 조각술 스킬의 효과가 8%, 증가한다. 조각탑에 조각품을 전시하게 되면, 조각술에 대한 업적을 조금 더 많이 획득할 수 있다.

젠버린과 동료들에 의해서 대작 조각품이 완성되었다.

그들은 지골라스를 탐험하다가 모두 죽어 갔지만, 다른 조각사들이 와서 이곳에 작품을 만들었다.

조각품들이 차곡차곡 쌓여 가면서, 〈영웅을 기다리는 고요한 탑〉은 불가사의한 작품이 되었다.

띠링!

〈영웅을 기다리는 고요한 탑〉에 '영구 보존' 마법이 발휘됩니다.

다재다능한 조각사들 중에는 마법에 정통한 이도 있었다.

탑에는 강력한 보호 마법이 펼쳐지고, 많은 조각 예술품들을 안전하게 보관하게 되었다.

수백 년의 시간이 흐르면서 탑과 조각품들은 하나가 되어 자리 잡아 갔다.

위드 앞에 보이던 영상이 끝났다.

"이렇게 훌륭한 탑이 있었는데 전에는 전혀 알아차리지 못했다니."

탑에는 먼지가 몇 센티나 쌓여 있었다. 그렇기 때문에 탑 자체가 조각품이라는 사실을 무심코 넘어가 버리고 만 것이다.

조각품에 생명을 부여하였습니다.

조각품의 능력이 현재 설정된 예술 스탯 2,041에 따라 레벨에 맞춰 461로 변환됩니다. 대작 조각품, 역사적인 조각품의 효과로 인해서 32%의 레벨이 추가되어 608로 늘어납니다.

생명체에 세 가지의 속성이 부여됩니다. 조각품의 모양과 수준에 따라 부여되는 속성의 수준과 능력치가 다릅니다. 예술의 속성(100%), 수호의 속성(100%), 생명의 속성(100%).

* 예술의 속성으로 인하여 조각품과 미술품을 좋아하고, 작품들의 효과를 150%로 이끌어 낼 수 있습니다. 자신뿐만 아니라 동료들 전체에게 해당됩니다.

* 수호의 속성으로 인하여 주인과 동료들을 위험으로부터 지키려고 할 것입니다.

* 생명의 속성으로 인하여 압도적으로 많은 생명력을 가지고 태어납니다.

젠버린과 동료의 작품으로 인하여 특별한 용기가 부여됩니다. 보호 마법으로 인하여 강력한 방어력을 가집니다.

마나가 5,000 사용되었습니다.

스킬의 효율이 증가해서 생명을 부여할 때 소모되는 레벨과 스탯의 양이 20% 감소합니다. 예술 스탯이 6 영구적으로 줄어듭니다. 줄어든 스탯은 조각품이나 다른 예술과 관련된 활동을 통해 보충할 수 있습니다.

레벨이 2 하락합니다. 레벨 하락에 따라서 보유하고 있는 스탯이 5 줄어듭니다. 줄어든 스탯은 레벨을 올리면 다시 부여할 수 있습니다.

생명이 부여된 조각품을 소중히 다루어 주십시오. 목숨을 잃으면 다시 생명

살아난 조각탑이 위드를 향해 자신의 이름을 묻기도 전에 한 일이 있었다.

—피와 땀으로 만들어진 조각품. 우리는 서로 다르지 않은, 모두가 하나의 몸과 같다.

위드가 처음 생명을 부여하려고 했던 기사의 조각상에 자잘한 균열이 생기면서 갈라졌다. 그러더니 잠시 후 조각상이 움직이면서 살아 있음을 알렸다.

조각 생명체가 탄생하는 모습은 언제 보아도 신기하고 경이로웠다.

그런데 그걸로 끝난 게 아니었다.

기사상 주변에 있던 조각품들에도 균열이 퍼지는 것이었다.

"이건 설마?"

대형 생명체, 수많은 몬스터들, 곤충들.

먼지에 뒤덮여 있던 조각품들이 하나둘 움직이기 시작했다.

각양각색의 수많은 조각품들에 함께 생명이 부여되어 숨을 몰아쉬었다.

시간이 멎어 있었던 것처럼 오랫동안 이곳에 자리 잡았던 조각품들이 거짓말처럼 살아났다.

위드가 있는 층만이 아니라, 탑 전체의 조각품들이 살아난 것이다.

> 조각품에 생명 부여 스킬로 인하여 조각사들의 유산이 깨어났습니다.
> 〈영웅을 기다리는 고요한 탑〉은 생명력을 나누어 줌으로 인하여 스스로의
> 생명력이 절반으로 감소합니다.

다양한 조각 생명체들이 위드를 향해 저마다의 방식으로 생명을 부여해 준 것에 대한 인사를 했다. 주둥이를 크게 벌려서 이빨을 보여 주거나 꼬리를 흔들고, 검을 들거나, 하늘을 향해 우렁차게 포효했다.

전율이 일어나는 이 광경에, 조각탑이 불만스럽게 말했다.

"내 몸이 왜 이렇게 더러운가."

깔끔함을 좋아하는 예술품이었던 만큼 먼지 털기에 바빴다.

다른 조각 생명체들도 머리와 어깨, 몸통에 달라붙은 먼지들을 부지런히 털었다.

위드는 기꺼이 온천에라도 데려가 주고 싶었다. 등도 밀어 줄 수 있었다.

조각 생명체들이 일제히 말했다.

"주인, 이름을 지어 다오."

"주인, 태어나게 해 주셔서 감사합니다. 충성을 다해서 모시겠습니다."

"주인, 내 이름은 뭔가?"

"크르릉. 누구와 싸워야 되는가."

여럿이 한꺼번에 깨어난 탓에 이름을 붙여 주는 것만 해도 쉬운 일이 아니다.

돌고래를 닮은 매우 큰 바다 괴물은 바닥에서 데굴데굴 굴렀고, 대작 조각품 중의 하나인 불의 거인은 말을 할 때마다 화염을 내뿜었다.

생김새나 크기가 같은 생명체가 하나도 없다 보니 난장판도 이런 난장판이 없었다.

"이름은……."

위드는 이름 짓는 것을 미루기로 했다.

각양각색의 조각품들이기 때문에 부르기도 쉽고 특성에 맞는 이름을 심사숙고해서 지어 주어야 했다.

"나중에 지어 줄게."

"그러면 우리를 부르기가 어려울 것입니다."

기사가 정중하게 이름을 지어 달라고 요청했다. 명예를 중요하게 생각하기 때문인 듯했다.

"일단 편한 대로 부르지, 뭐. 어이, 야, 너, 거기, 저기요 등등으로……."

"……."

조각한 사람이 위드가 아니라서 충성도가 처음부터 높지는 않았다. 기사들은 명예를 중요하게 여기므로 함부로 대하는 것은 더더욱 참기 어려웠던 것.

하지만 위드에게는 시간이 별로 없었다.

"조금 후면 큰 전투를 치러야 할지도 모르니 제대로 된 이름을 짓는 건 다음으로 미루자고."

전투라는 말에 눈알을 번뜩이는 조각 생명체들이었다.

위드는 일단 지상전과 해상전 양쪽을 염두에 두고 준비를 해

나갔다.

"어쨌든 이런 장소에서 피해를 보는 것처럼 무의미한 죽음도 없겠지. 계획대로 한다."

～ఆ❀అ～

해적들이 지키고 있는 임시 선착장. 얼지 않는 강에는 하벤 왕국의 제2함대와 해적선들이 줄을 지어 정박해 있었다.

"지루하기 짝이 없구만."

"위드는 언제 잡는 거야? 우리는 만날 배만 지키고 있으니 뭐가 어떻게 돌아가는 사정인지도 전혀 모르겠고."

"슬슬 기다려 봐. 곧 좋은 소식이 오겠지. 어쨌든 위드가 죽기만 하면 우리도 고향으로 돌아가서 자랑할 거리가 생기는 거니까."

해적들이 불만스럽게 말하면서 패를 돌렸다.

야밤에 시간을 때우기 위한 방법으로는 도박만 한 것이 없지 않던가.

지골라스에 오면 금방이라도 위드를 잡을 수 있을 것 같았지만 그렇지 않았다.

위드는 미꾸라지처럼 정말 잘 도망 다녔다. 지골라스의 넓은 지하 던전들을 안방처럼 활용할 뿐만 아니라 함정으로 유인하기도 했다.

도둑과 어쌔신, 발굴가가 있었지만 그들도 절대적인 건 아니었다.

땅에 남겨진 흔적들을 바탕으로 적을 추격하는 실력은 단연 일품이었지만, 위드가 포위망을 벗어나서 숨어 버리고 난 후에는 추적이 어려워졌다.

몬스터, 유저들과 선원들, 해적들이 만들어 낸 흔적들이 섞여 버린 것이다.

"그래도 놈은 갇혀 있는 신세라서 잡히는 건 시간문제야. 지하 던전의 지도를 완성해 간다고 하니, 한 군데씩 수색하면 금방이지."

"그렇겠지? 위드라는 이름값이 괜한 건 아닌 거 같아. 헤르메스 길드도 고생하는 걸 보니 말이지."

"어허험!"

해적 1명이 갑자기 크게 헛기침을 하더니 자리에서 일어났다. 다른 해적들도 눈치를 채고 잽싸게 일어났다.

해적들의 우두머리, 해적왕 그리피스가 그들이 있는 임시 선착장으로 걸어오고 있었던 것이다.

"약탈! 근무 중에 이상 없습니다."

그리피스가 다가와서 어깨를 두들겨 주었다.

"수고가 많아."

"아닙니다, 그리피스 님."

그리피스는 제독의 모자를 착용하고 있었다. 레벨 제한이 400이 넘는다고 알려진, 해적들에게는 부러울 수밖에 없는 모자였다.

"무슨 일로 여기까지 오셨습니까?"

"답답해서 바람이나 쐴 겸 나와 봤다."

그리피스의 목소리는 일부러 만들어 낸 것처럼 탁하고 걸걸했다.

"배를 타시려고요?"

"그래, 내 배를⋯⋯."

그리피스는 말을 멈추고 잠시 머뭇거렸다.

선착장에는 엄청난 규모의 배들이 정박해 있었다. 해적선들과 하벤 왕국의 함대가 절반씩 나뉘어 있다. 임시 선착장의 공간이 부족해 강 위에도 절반 이상의 배들이 정박해 있는 모습이었다.

욕심은 많았지만 대장 해적선 융프라우호는 지나칠 정도로 크고 호화스러웠다. 배를 운용하는 인력도 많이 필요했다.

"융프라우호를 준비시킬까요?"

"간단히 바람이나 쐬려고 하는데 굳이 그럴 필요까지는 없겠지. 빠른 범선을 타고 나갔다 오겠다."

"해적들을 준비시킬까요? 제가 직접 모시고 싶습니다만."

해적왕과 함께 항해하다 보면 바다에서 경험해 본 적이 없는 속도를 낼 수 있다. 그렇기에 해적들은 상당히 기대되는 눈치였다.

그리피스는 고개를 저어 그 제안도 거부했다.

"금방 돌아올 것인데 번거롭다. 혼자 다녀올 것이다."

"예, 알겠습니다. 다음 밤 항해에는 저희도 태워 주세요!"

"기회가 된다면 꼭 태워 주도록 하지."

그리피스는 임시 선착장에 정박해 있던 중형 범선을 몰고 출항했다.

느리게 항해하는 모습에 해적들이 중얼거렸다.

"천천히 항해를 즐기실 생각인가 보군."

"그리피스 님이 전속력으로 항해하면서 적함에 충돌할 때는 정말 빠르지."

"노를 젓는 갤리선만큼은 바다에서 그리피스 님처럼 빠르게 지휘하는 분이 없어."

중형 범선 메추리호는 얼지 않는 강을 따라서 곧장 바다로 나가지 않고, 지골라스를 빙글 돌았다.

흰 설원의 맞은편으로 연기를 내뿜는 화산들이 있었다.

경치가 감탄밖에 나오지 않을 정도로 워낙 좋은 장소였기에 해적들은 의심을 품지 않았다.

하지만 해적들의 시야에서 벗어난 순간, 중형 범선 메추리호는 지골라스의 연안으로 다가갔다.

암초들로 인하여 닻을 내리고 정박하기 힘들었지만, 그리피스는 최대한 가까이 붙였다.

"이제 나와도 돼."

음머어어어.

근처에 있는 던전의 입구에서 누렁이가 튀어나와 범선을 향해 질주했다.

뒤이어 서윤과 황금새, 은새, 그 외의 조각 생명체들이 연달아서 나왔다. 야음을 틈타서 범선에 승선하는 것이다.

"빨리빨리 타!"

그리피스의 정체는 조각 변신술로 위장한 위드였다.

조각품과 의뢰 등으로 악명을 충분히 낮추어서 살인자의 상태를 벗어났다. 물론 해적들과 해군들 중에도 현상 수배범이나 살인자 상태인 자들이 많았기 때문에 그 덕 또한 적지 않게 보았다.

그리피스가 평소에 입는 모자와 제복을, 가지고 있는 원단을 활용해서 만들고 위장한 것이었다. 물론 실제 옵션이나 방어력과는 하늘과 땅만큼의 차이가 있지만 밤에는 외관상으로 잘 구분이 안 되었다.

중급 재봉술 정도 되면 짝퉁도 명품에 근접해서 만들 수 있는 것!

인간형 조각 생명체들은 밧줄을 타고 오르고, 날 수 있는 조각 생명체들은 다른 동료들을 안고 날갯짓을 했다.

조각 생명체들이 모두 타고 나니 중형 범선은 밑부분이 묵직하게 가라앉았다.

"그럼 잘 있어라."

위드는 그곳에서 멀리 보이는 조각탑을 향해 모자를 흔들며 인사를 했다.

조각탑은 배로 옮길 수 없는 거대한 작품이었다. 그리고 지골라스에 만들어진 작품이다.

조각품을 지키는 사명을 다했지만, 최후까지 이 땅을 지키며 남기로 한 것이다.

"안녕히."

위드가 아쉬움에 다시 인사를 했다.

'베르사 대륙으로 데려가서 부려 먹으면 정말 좋을 텐데.'

하지만 조각탑의 의사가 너무도 확고했다.

넓은 대륙보다는 지골라스에서 사라진 조각사들을 기리면서 살기로 결심했다니 더 이상 설득이 불가능했다.

'앞으로 지골라스에 출몰하는 새로운 보스급 몬스터가 될지도 모르겠군.'

쿠오아아아아아아!

조각탑이 어서 떠나라는 듯이 커다란 울음을 터트렸다. 아래층에서부터 층을 올라가면서, 탑 전체가 한꺼번에 울며 신비로운 공명음을 냈다.

조각탑은 훌륭하게 조각품을 지켜 왔고, 이제 헤어져야 할 시간.

"이제 가자."

위드는 조각 생명체들에게 지시해서 닻을 거두고 출발 준비를 했다.

황금새와 은새가 돛대에 올라서 밧줄을 풀어내고 돛을 활짝 펼쳤다.

'지골라스와는 이것으로 안녕이로군.'

무게가 크게 늘어난 중형 범선이었다.

선실에 조각 생명체들이 가득 찼을 뿐만 아니라, 복도와 갑판에도 있었다.

적정 적재 용량의 절대적 초과!

바람을 한껏 받았음에도 처음에는 거의 미동도 하지 않을 정도였지만 강물을 가르면서 조금씩 움직이기 시작했다.

위드가 키를 돌리자, 크게 한 바퀴를 선회하고 얼지 않는 강으로 향했다.

선착장을 지나고, 하벤 왕국의 제2함대도 스쳐 지나갔다.

해적왕 그리피스가 배를 타고 있다는 사실이 이미 알려진 후였기 때문에 그들도 저지하지 않았다.

순풍을 받은 위드의 배는 점점 빠르게 속도를 올리면서 얼지 않는 강을 운항했다.

잠시 후, 하벤 왕국 함대 소속의 유저들은 그들의 상관에게 보고했다.

―해적왕 그리피스가 배를 몰고 바다로 향했습니다.
―무슨 일로?
―별일 아닙니다. 선착장의 보초를 서던 해적들에게 물어보니 바람을 쐬러 나갔다 온다고 했답니다.
―알았다.

배의 출입을 통제한다는 규칙에 따라 보고는 했지만, 경비를 맡은 쪽이나 보고를 받는 쪽이나 크게 신경 쓰지 않은 것은 마찬가지였다.

상대가 같은 편인 해적왕 그리피스였기 때문에 그의 통행에 대해서는 따로 허가를 받지 않아도 되었던 것이다.

그리고 한참이 지난 후였다.

보고를 받았던 해군 기사가 다급하게 귓속말을 전했다.

―아까 그리피스가 바다로 향했다는 보고를 하지 않았나?
―예, 했습니다.
―진짜 해적왕 그리피스였나?
―해적들이 확인해 준 사실입니다.
―이런, 큰일 났군!
―무슨 일이십니까?

하벤 왕국의 함대는 서둘러 닻을 올리고 돛들을 활짝 펼쳤다. 해적들의 함대에도 소식이 전해졌는지, 일제히 출항할 준비를 했다.

"놈은 절대 빠져나갈 수 없을 것이다."

"뒤쫓아라!"

선착장과 전투함을 지키던 인원이 배를 끌고 먼저 나섰다.

하지만 조각 생명체들 중에서 바다 생물들이 그들이 움직이기만을 기다리고 있었다.

대포를 쏘고 화살을 날렸지만 결국은 격침!

던전과 지상에서 사냥하던 유저들과 해적들이 선착장으로 돌아오는 길목은 조각탑이 막고 있었다.

크오오오오!

조각탑이 걸어 다니면서 유저들과 병사들을 짓밟았다.

위드와 조각 생명체들이 떠나는 길을 지켜 주기 위하여 나선 것이었다.

강력한 파괴자로서의 위용!

헤르메스 길드의 유저들이 탑과 전투를 하려고 하자 드린펠트가 말렸다.

"저놈은 나중에 처리해도 된다. 위드를 잡는 게 우선이니 모두 배부터 타라."

헤르메스 길드의 주력과 해적들은 조각탑을 피하면서 승선했다.

엄청난 피해가 발생했지만 돛을 올리고 순차적으로 선착장을 떠났다.

크오와아아아아아아!

마지막까지 방해를 한 조각탑은 지골라스의 화산 지대로 걸음을 옮겼다.

데스 오라

"으흠, 좋은 바람이군."

위드는 입가에 썩은 미소를 지었다.

적재 과다인 중형 범선의 속도는 지긋지긋할 정도로 느렸지만 여유가 있었다.

"너무 빨리 벗어나도 안 되니까."

황금새가 지속적으로 적들의 위치를 알려 오고 있으니 시간에 맞춰서 대비하면 된다.

넓은 바다로 나간다고 하더라도 기동력이 좋은 적들을 따돌리지 못할 바에야, 얼지 않는 강에서 승부를 볼 작정이었다.

"그럼 준비들을 해 놓고…….."

위드는 조각 생명체들 중에서 날 수 있는 것들에게 일을 시켰다.

"근처의 얼음 밑에 묻어 놔. 먹는 거 아니니까 깨물지 말고 조심해서 살살 다뤄라."

지골라스에서 몬스터들을 사냥하고 획득한 화염탄들이 많이 있었다.

협곡의 좌우에 조각 생명체들이 딱따구리처럼 부리로 쪼아서 얼음에 구멍을 뚫고 화염탄들을 넣었다.

누렁이는 그 광경을 측은하게 볼 뿐이었다.

'나는 날 수가 없어서 다행이구나.'

위드에게 생명이 부여된 것은 마냥 기뻐할 일만은 아니었다.

주 5일제나 상여금, 연월차, 그 외 복지 혜택 전무.

모라타에서 암소를 만나 처음 새끼를 보았을 때에도 누렁이는 쉬지 못하고 일했다.

육아휴직도 금지!

끊임없이 일을 만들어서 부려 먹고, 갱도 안에서도 일했으니 최악의 근로조건이었다.

그렇게 조각 생명체들이 고생해서 협곡에 화염탄들을 묻어 놓았다.

"아까운 내 아이템들이……."

위드는 안타까운 표정을 지었다.

슬픈 영화와 책을 봐도 하품만 나오는 위드지만 지금은 너무 슬퍼서 눈물이 주룩주룩 나왔다.

위드는 지금의 감정에 솔직하기로 했다.

"내 한 방울의 눈물은 최소한 800골드… 아니, 8,000골드 이상이다. 절대 에누리나 단체 할인은 없을 거야!"

이런 감정들은 참으면 절대로 안 된다.

"스트레스가 쌓이면 위장병이 생길지도 모르고, 폭식해서 음식을 축낼 수도 있지. 정신을 건전하게 지켜야 해. 항우울제를 사 먹을 때도 돈이 드니까!"

위드가 바다를 향해서 배를 몰아가고 있을 때, 지골라스가 있는 방향에서 대규모의 선단이 등장했다.

하벤 왕국의 함대, 해적의 전투함들이었다.

"예상보단 조금 늦었군. 더 늦었으면 기다려야 할 뻔했는데."

조각탑이 활약을 해 주었던 것은 모르고 있었다.

위드는 의미가 없어진 그리피스의 조각 변신술을 해제했다. 그리고 재봉으로 만들었던 옷들도 다 벗었다.

모라타로 돌아가게 되면 다시 팔아야 할 옷이기에 깨끗하게 유지하는 것.

일단은 필요에 따라 수정 리치로 다시 돌아가기로 했다. 죽은 자의 힘이 늘어나는 게 우려스럽기는 했지만 부득이하게 곧 유령선들을 지휘해야 할 처지였기 때문이다.

"조각 변신술!"

위드가 수정 리치로 조각 변신술을 펼쳤을 때에는 모습이 전과는 많이 달라져 있었다.

몸이 두둥실 공중으로 30센티미터 정도 떠올랐다. 주변에서는 시커먼 기운들이 소용돌이치면서 흘러내렸다.

침이 꿀꺽 넘어갈 정도로 엄청난 위압감을 가진 리치의 모습이었다.

조각 변신술을 사용합니다.
조각술에 대한 무한한 애정은 조각품과 조각사를 서로 닮게 만든다!

몸의 형태가 바뀌면서 새로운 장비들을 착용할 수 있습니다. 제물을 바쳐 언데드 전용 갑옷과 무기를 소환할 수 있습니다.

조각 변신술의 영향으로 지혜와 지식이 매우 높게 증가합니다. 체력의 한계가 사라집니다. 네크로맨서 스킬을 사용할 때 25%의 추가적인 효과를 획득합니다. 공중 부양이 저절로 이루어집니다. 마법력이 깊어집니다. 높은 예술성과 조각 변신술 그리고 언데드 소환 스킬의 영향으로 데스 오라가 발동됩니다. 통솔력과 카리스마를 제외한 다른 스탯들과 행운 스탯들이 최하로 감소합니다. 생명력과 마나가 대폭 늘어납니다. 리치 전용의 생명력 흡수와 마나 흡수의 효율이 47%까지 올라갔습니다.

경고! 조각 변신술의 부작용으로, 리치로서 지속적으로 활동하다 보면 인간성을 잃어버릴 수도 있습니다.
*완전한 리치로의 변이: 19.3%

조각품 리치로의 변화가 이루어지면서 조각품에 대한 이해의 스킬 레벨이 1 상승하였습니다.

조금 더 진짜 리치에 가까운 모습!

"그래도 아직 수치가 낮은 편이군."

위드는 일단 바뀐 모습에 만족했다.

해골 리치로 바뀌었을 때에는 평범하기 짝이 없었다. 리치 샤이어나 리치 바르칸에 비하면 미흡한 수준이었다.

하지만 네크로맨서 마법을 증폭시켜 주고 언데드를 강화해 주는 데스 오라가 발생하면서, 시각적으로 부족한 점들을 충족시켜 주었다.

"키 높이 신발을 신을 필요도 없겠어."

30센티나 공중으로 떠올라서 날아다닐 수 있게 되었다.

"과연 공기가 달라!"

고작 30센티였지만 시선의 위치부터 달라졌다.

리치가 되니 어두운 밤중임에도 불구하고 대낮처럼 훤히 볼 수 있는 건 물론이다.

"커험."

어쨌든 아직은 드린펠트의 함대에 의해서 쫓기는 신세!

"한 5분이면 따라잡겠군."

상대의 속도를 염두에 두었을 때, 그 정도의 시간이면 충분히 마법이나 포격의 사정거리에 들어오게 된다.

위드가 탄 범선이 화염탄이 묻힌 장소들을 지나가고 있을 때였다.

"여깁니다."

"여기예요!"

"위드 님, 기다리고 있었습니다. 얼른 저희를 태워 주세요. 에이취!"

멀리 강가에 오들오들 떨면서 나와 있던 3인조. 헤인트, 프렉탈, 보드미르가 구해 달라고 옷을 흔들어 댔다.

빙하 지역을 걸어서 통과하기는 무리고, 어떻게든 살아 보겠다는 일념으로 위드가 지나기만을 강가에서 기다리고 있었던 것이다.

그들이 갑판에 떠올라 있는 위드를 보며 간절하게 외치는데 뒤쪽으로 함선들이 보였다.

"뭐야, 드린펠트 개자식의 함대가 쫓아오고 있잖아."

"아아, 틀렸어! 우리를 태워 주지 않을 거야."

"위드 님이 그냥 가 버리면 우리는 대륙으로 돌아갈 방법이 없는데……."

상식적으로 생각해서 뒤에 대규모의 함대가 쫓아오는데 강 가까지 와서 그들 셋을 태울 리는 없는 것이다.

위드가 지나가 버리고 나면, 그들 셋은 언제 다시 올지 모를 배를 기다리거나 빙하 지역을 걸어서 가로질러야 한다.

주변에 나무가 없어 뗏목도 못 만들고, 돌아다니는 몬스터의 레벨을 감당할 수도 없는 처지.

얼지 않는 강을 따라서 하류까지 내려간 다음에 빙하라도 잘 라서 타고 망망대해를 가로질러야 할 판이었다.

물론 바다 한복판에서 빙하가 녹아 버리기라도 한다면 비참 한 처지에 놓이게 될 건 뻔하다.

"제발 태워 주세요!"

절박하게 외치는 3인조에게 위드의 범선이 속도를 줄이며 가 까이 왔다.

위드가 갑판에 서서 물었다.

"대륙으로 갈 거지?"

"네, 물론입니다. 정말 멋있게 변하셨군요. 가지요. 가고말 고요!"

몇 달간 고립된 것도 서러운 마당에, 어쩌면 1년 이상을 이 곳에서 살아야 할지 모른다.

즐거움과 행복이 가득한 〈로열 로드〉에서, 외딴곳에 그렇게 오랫동안 갇혀 있는 것만큼 억울한 일이 또 있으랴!

눈물에 콧물까지 흘리는 척하며 애원하는 헤인트와 프렉탈, 보드미르는 순한 양과 같았다.

위드가 느긋하게 다시 물었다.

"내 배는 승선료가 조금 비싼데… 얼마나 가지고 있어?"

리치로 변하고 나서도 돈에 대한 갈망은 조금도 줄어들지 않았다.

그래도 이름난 악당이라고 순순히 당하고만 있을 수는 없었던지, 헤인트가 교활하게 눈동자를 굴리며 대답했다.

"우리 셋이 합쳐서 2,759골드 있습니다."

너무 적은 액수를 말하면 위드가 그냥 가 버릴 수 있었다. 아까웠지만 가지고 있는 돈의 절반 조금 넘게 불렀다.

위드는 아쉽다는 듯이 고개를 저었다.

"통행료가 7,000골드인데… 미안하지만 못 태워 주겠군."

"예에? 하지만 위드 님이 태워 주기만을 기다렸는데… 안 태워 주시면 저희는 이곳을 벗어날 수가 없습니다!"

"나 말고 배 많잖아. 돈 없으면 다른 배 타도록 해."

"저놈들한테는 이미 욕을 해서 태워 주지 않을 거라고요! 그리고 저희와 함께 이곳까지 오지 않으셨습니까."

함께 왔으니 돌아갈 때도 같이 가자는, 나름대로 설득력 있는 논리.

누렁이조차도 고개를 끄덕이면서 반박할 말이 없다고 생각했다. 결자해지라는 말처럼, 일을 저지른 사람이 풀어야 되지 않겠는가.

그런데 위드는 단칼에 잘랐다.

"그건 너희 사정이고."

그런 사소한 이유는 관심 밖!

"거리를 감안해도 승선료 200골드면 되잖아요."

"싫으면 다른 배 타라니까."

배를 뺏으려고 했던 악당들에게 자비를 베풀 필요는 없다.

위드의 목적은 단 한 가지였다.

어차피 이곳까지 왔으니 돌아가야 하는 목적지는 같다. 합승에 바가지요금, 여차하면 '승선 거부'까지 할 태도!

"야, 빨리 그냥 달라는 돈 주고 타자."

"저 사람도 가면 우린 진짜 여기서 갇혀서 지내야 돼. 드린펠트 함대도 계속 쫓아오잖아. 흥정할 때가 따로 있지, 여기서 시간 끌다가는 죽도 밥도 안 돼."

드린펠트의 함대가 다가오는 것을, 위드보다 오히려 보드미르와 프렉탈이 더 걱정해 주고 있었다.

3인조가 가지고 있는 돈을 모두 내놓고 금괴나 보석 같은 귀중품까지 털어 보니 딱 7,425골드가 나왔다.

"위드 님, 7,000골드를 내겠습니다!"

"선금이야."

간신히 7,000골드를 내고 셋은 중형 범선에 서둘러 뛰어올랐다. 그리고 갑판에서 본 엄청난 조각 생명체들의 떼!

"이 몬스터들은 대체 다 어디서 나온 거야."

"무진장 무섭게 생겼군."

웬만한 몬스터들은 생김새로 압도할 정도로 잔인하고 섬뜩하게 생긴 조각 생명체들도 있었다.

"이대로 몇 달을 갇혀서 보낼 줄 알았네."

"진짜 막막하던 시간이었어."

그들이 어쨌거나 살았다고 겨우 한숨을 쉬고 있을 때였다.

"이제부터는 너희가 이 배를 운전해라."

"예, 알겠습니다."

3인조가 원하던 바이기도 했다.

위드의 항해 스킬이 어느 정도인지 모르겠지만, 중형 범선이 움직이는 속도로 보아서 그렇게 좋은 편은 아니라고 판단했다.

3인조가 베키닌의 미친 상어들로 불리면서 붙잡히지 않고 신출귀몰하게 활동할 수 있었던 것은 바로 발군의 항해술 덕분이었다.

적들이 내로라하는 하벤 왕국의 함대에, 해적들이었지만 3인조는 승부를 걸어 보려고 했다.

"돛을 바람에 맞게 조종해!"

"물살을 최대로 받는 쪽으로 범선의 방향을 재조정하고 전속 항해!"

베키닌의 미친 상어들은 중형 범선을 바쁘게 오가면서 항해 속도를 높였다.

마음 한구석에 뿌듯함도 있었다.

—어쨌든 다 뜯기지는 않았군.
—425골드나 남았어. 불리한 처지에도 불구하고 위드를 속인 것으로 우리 베키닌의 3마리 미친 상어들은 더욱 유명해질 거야.
—우리를 버릴 때만 하더라도 지금까지 훔치고 뺏은 보물들을 다 내놓으라더니, 잊어버렸나 봐. 킬킬킬.

그들끼리 귓속말을 나누고 있을 때였다.

갑판에 올라서서 하벤 왕국의 함대 그리고 화염탄들을 쳐다보던 위드가 말했다.

"참, 너네……."

"네?"

"밥값은 유료다."

"예에?"

"대륙으로 돌아갈 때까지 물 한 모금에 3골드, 생선회 한 점에 5골드."

폭리도 이루 말할 수 없는 횡포의 수준!

"어떻게 그러실 수가 있습니까!"

강력하게 항의하려던 프렉탈이 잠깐 말을 멈추더니, 한결 누그러진 목소리로 말했다.

"목적지에 도착할 때까지 저희가 배를 몰겠습니다. 그 보수로 밥값을 쳐주시지요."

누렁이는 고개를 끄덕였다.

과연 똑똑한 제안이었고, 합리적인 선에서의 타협이라고 할 수 있었다.

반박할 여지가 없을 정도의 절충선이지 않은가.

"하루 일당 1쿠퍼."

"예?"

"싫으면 내리든가!"

"……."

완전히 칼까지 든 강도였다.

작은 권력도 효율적으로 이용하면서 상대를 철저히 쥐어짜 내는 완벽한 능력!

벨로트의 미모에 걸려들었을 때부터 모든 것이 결정된 것이 나 다름없었다.

더 무서운 것은, 조각 생명체들이 생명을 부여한 사람을 부모처럼 따르게 된다는 사실이었다. 위드를 보면서 많은 조각 생명체들이 배우고 있었다.

'인생은 돈이군.'

베키닌의 3마리 미친 상어들을 구하는 모습은 드린펠트에게도 보였다.

"멍청한 놈. 죽을힘을 다해 꽁무니를 빼고 달아나도 모자랄 판에 저런 여유를 부려?"

드린펠트는 모욕이라도 당한 것처럼 기분이 더러웠다.

육지에서도 도망 다니던 주제이니 바다에서는 더욱 열심히 도주해야 할 것 아닌가.

헤르메스 길드의 수뇌부는 연일 위드를 빨리 잡으라고 독촉이 심했다.

하지만 방송을 통해서 역습에 의해 피해를 입는 모습만 보여 주었고, 위드는 베르사 대륙에서 최초로 가장 높은 난이도의 퀘스트까지 성공시켰다.

지원군까지 보내 주었는데도 지금까지 지지부진하게 성과가 없어서 면목이 서지 않았다.

그러나 육지가 아닌 바다라면 이야기가 달라진다.

육지에서는 경험 부족으로 미흡한 점이 많음을 스스로도 인정하고 있었지만, 바다에서는 그가 왕이었다.

"목숨을 건지기 위해서 도망치는 것 외에는 할 줄 아는 것도 없는 주제에 건방지기 짝이 없군."

드린펠트는 배의 전투력의 차이가 너무 나니 승리 후에 나올 반응들을 걱정하고 있을 정도였다.

"포격전으로 단숨에 격침시켜 버릴까? 아니야, 그럼 너무 빨리 끝나 버리는데."

최신 대포로 무장한 전투선들이 화력을 내뿜기 시작하면, 중형 범선 1척 정도를 파괴하는 건 일도 아니다.

"해상전이라서 쉽게 이겼다는 소리가 틀림없이 나올 거란 말이지."

저항도 할 수 없는 힘으로 찍어 누르듯이 이겨야 명예 회복이 이루어진다. 해상전이기 때문에 이길 수 있었다는 평가는 받고 싶지 않았다.

"조금 후면 대포의 사정거리에 들어옵니다!"

부사관이 큰 소리로 외쳤다.

베키닌의 3마리 미친 상어들이 배를 몰았지만 적재량 초과로 본래 속도를 내지 못했다.

드린펠트는 결심을 굳히고 명령했다.

"전방으로 포격 개시."

"사정거리에 들어오기까지는 조금 남았습니다."

"포격을 즉시 시작하되, 적을 겨냥하지 말고 쏴라."

중형 범선을 격침시켜 버리는 것은 역시 너무나도 시시하다.

포격으로 힘의 우세를 철저하게 과시하면서 항해 능력을 없애 버릴 것이다. 그런 다음에 상대의 배로 정예부대를 돌격시키는 작전이었다.

완벽한 승리를 노리는 드린펠트!

드린펠트의 명령은 함대 전체로 전해졌다.

하벤 왕국 제2함대의 군함들이 앞으로 나가더니 선회하여 배의 측면을 비스듬히 드러냈다.

포문이 열리고, 탑재된 대포들이 순차적으로 불을 뿜었다.

꽈과과과과광!

5척을 합쳐 160문이 넘는 대포의 화력이 쏟아졌다.

켈버린 포에서 발사된 포탄들은 포물선을 그리며 날아서 위드의 배에서 멀지 않은 장소에 떨어졌다.

물기둥이 10여 미터나 치솟으면서 천지가 개벽하는 굉음이 강을 울렸다.

"재장전!"

군함들에는 다시 켈버린 포가 장전되고 있었다.

함장의 포술 스킬과 선원들의 훈련도가 완벽할수록 장전 속도와 정확도가 오른다.

다수의 대포를 탑재하게 되면 중량으로 인해 배의 기동력이 매우 느려지지만, 드린펠트의 군함들은 그런 약점에도 불구하고 다시 추격에 합류했다.

이번에는 다른 군함들 7척이 함께 배의 측면을 드러내고 포문을 열었다.

"발사!"

238문이 포탄을 발사!

발사 각도를 올려서 하늘로 높이 쏘아 낸 포탄들이 강으로 떨어졌다.

포격 범위에 들어온 강물이 솟구치며, 강이 통째로 뒤집힐 것 같은 위력!

포탄이 떨어진 지점은 위드의 배와 더욱 가까워졌다.

"거리가 가까워지고 있어. 더 빨리 속도를 내!"

"지금이 낼 수 있는 최대 속도야."

베키닌의 3마리 미친 상어들은 갑판을 내달리면서 선체의 속도를 더 올려 보려고 안간힘을 다했다.

위드는 흑마법을 이용한 본 실드나 다크 실드를 형성할 수 있었지만 아직은 필요를 느끼지 못했다.

포탄들이 한 지역으로 한꺼번에 떨어지는 건 흔히 구경하기 어려운 장면이었다. 아슬아슬하게 쫓기는 입장에서는 최고의 자리에서 관람하는 셈이었다.

겁 많고 소심한 누렁이는 선실로 숨어 버렸지만, 서윤도 가면을 쓰고 옆에 함께 있었다.

"포탄 한 발에 비싼 건 3골드는 될 텐데… 역시 돈이 많은 놈들이군."

부러운 것은 역시 돈 자랑!

강을 가득 메우고 뒤를 쫓아올 정도의 많은 함선들과, 그 배들을 무장시킬 수 있는 재력에 배가 아플 정도였다.

중앙 대륙에서도 상업이 크게 발달하고 인구도 많은 하벤 왕국의 함대이기에 이러한 무장을 갖출 수가 있으리라.

바다의 유저들은 시력이 좋아서 위드가 배의 뒤쪽에 남아 있다는 것을 드린펠트나 다른 유저들도 볼 수 있을 것이다.

위드에게 악취미가 생겨서 일부러 도발하고 있는 건 아니었다. 영웅적인 기사처럼 목숨을 지푸라기인 양 가볍게 여기지도 않는다.

목숨을 잃으면 떨어질 스킬 숙련도나 레벨, 손실할 수 있는 아이템은 무진장 아까운 것.

적들을 끊임없이 분석하고 살펴봐야 한다. 살기 위해 필요한 만큼의 용기를 낼 뿐이었다.

하벤 왕국의 함대와 해적선들이 얼지 않는 강을 따라서 전속력으로 쫓아오고 있었다.

"슬슬 시작해 보자."

적 함선들이 정해진 위치에 들어왔을 때, 위드가 외쳤다.

"전부 태워 버릴 시간이다!"

13대 조각사 길드의 수장 로야닌이 만든 불의 거인!

끝없이 타오르는 카스탈로 만들어졌지만, 그 때문에 배에 타지 못한 비운의 조각 생명체였다.

불의 거인은 대신에 다른 탈것을 얻었다.

꿈

위드가 유령선을 타고 떠난 이후로 빙룡과 와이번들, 불사조는 사냥을 하며 레벨을 높였다.

"쿠에에엑!"

빙룡의 아이스 브레스, 와이번들의 공중 낙하 공격, 불사조의 화염 방사로 일대의 몬스터들을 괴롭혔다.

가뜩이나 하나하나가 위력적인데 여러 마리가 모여 있으니 지상의 몬스터들을 사냥하기는 식은 죽 먹기였다.

그렇게 잘 먹고 잘 살고, 등 따뜻하고 배부르다 보니 괜히 위드가 그리워졌다.

미운 정이 들 만큼 들어서 허전한 사이였다.

"주인이 어디서 뭘 하고 있을지 모르겠다."

"몰래 맛난 거 먹고 있는 거 아닐까?"

"우리가 없는 곳에서 혼자만 맛있는 걸 먹고 있을 거다."

와이번들의 입에서 가끔 나오던 위드에 대한 이야기들은, 그가 사라지고 나서 베르사 대륙의 시간으로 3달여가 지나자 더욱 심해졌다.

"주인이 만들어 준 음식을 먹고 싶다. 돌아오면 맛있는 음식을 해 달라고 해야지."

"주인이 보고 싶다. 부려 먹고 괴롭히더라도 같이 있으면 좋겠다."

일찍 태어난 와이번들은 위드와 함께 보낸 시간이 가장 길어서 부모처럼 따랐다.

미운 정까지 쌓일 대로 쌓여서, 배신할 수 없는 처지가 되고 말았다.

"난 정말 주인에게 가고 싶다."

불사조는 다섯 형제로 태어나서 혼자만 남았다. 외로움도 가장 크게 타서, 위드가 있는 바다를 향해 구슬프게 울었다.

"정말 주인이 있는 곳으로 가 볼까?"

"주인이 있는 곳으로 날아가는 여행은 좋다."

와이번들은 유로키나 산맥에서 북부를 오가는 장거리 여행을 한 적이 있다. 넓은 대지를 돌아다니는 자유로운 성격도 가졌다.

"주인이 있는 곳으로 가자."

"여행이다. 끼야아아악."

빙룡도 혼자 남을 수 없어서 동참하기로 했다.

"나도 너희와 같이 가겠다."

북쪽으로의 비행!

빙하 지역으로 여행을 한 경험이 있는 빙룡이 길잡이가 되었다. 와이번들과 불사조는 뒤를 따라서 날았다.

철새도 아니고, 외로움에 주인을 찾아서 날아가는 조각 생명체들이었다.

"이곳으로 갔다."

"냄새가 난다."

"주인의 기척이 점점 느껴진다. 어딘가 음습하고 야비하고 추악한 느낌이, 영락없는 우리 주인이다."

조각 생명체들은 바다가 아닌 육지를 지나서 지골라스 근처까지 날아왔다.

"크워어어어! 이곳으로 돌아오니 내 힘이 강해지고 있다."

빙룡은 빙하 지역에서 생명력과 힘이 더욱 강성해졌다.

와이번들은 추위를 견디기 어려워했지만, 위드가 만들어 준 옷을 걸친 데다가 불사조의 곁에 가까이 붙으면서 얼어 죽는 것을 면할 수 있었다.

"그런데 주인이 우리를 반가워해 줄까?"

"화부터 내고 때리면 어쩌지?"

"사냥 안 하고 따라왔다고 구박하고, 괴롭히고, 매일 과도한 노동으로 부려 먹는 거 아니야?"

와삼이가 머리를 굴리더니 말했다.

"거기까지는 참을 수 있어. 그런데 원래 있던 곳으로 돌아가서 사냥이나 하라고 하면 어쩌지?"

같이 보낸 시간이 길었던 만큼 위드에 대해서는 너무도 잘 파악하고 있었다.

조각 생명체들은 지골라스에서 멀지 않은 장소에서 사냥을 하면서 기다렸다.

불사조의 힘은 빙하 지역에서도 그리 약화되지 않았다.

타오르는 불은 어느 장소에서든 뜨겁다.

얼음 내성은 높지만 불에 대한 내성이 없는 몬스터들을 사냥하면서 성장했다.

빙하 지역에 있는 몬스터들은 경험치가 높았고, 고기에는 영양가가 넘쳐 났다.

육식을 즐기는 와이번들은 사냥을 하면서 성공을 했을 때도 경험치를 받지만, 몬스터들을 잡아먹는 것으로도 경험치를 얻는다.

불사조, 빙룡, 와이번들의 파티 사냥!

그런데 위드를 발견하기 전에, 불의 거인이 빙하 지역을 성큼성큼 걸어서 이동하는 모습을 보게 되었다.

조각 생명체들끼리는 표현된 예술성을 바탕으로 상대를 알아볼 수 있었다.

"우리의 주인, 위드를 아는가?"

빙룡과 불사조, 와이번들이 길을 막고 물으니 불의 거인은 크게 고개를 끄덕이고 대답했다.

"생명을 부여해 준 분이다."

"우린 너보다 일찍 태어났다."

"그럼 우린 가족이구나."

조각 생명체들끼리는 간단한 서열이 정해지면 사이가 굉장히 좋아졌다.

위드의 지휘 능력이나 매력이 관여하는 덕분이기도 했지만, 속성상 상극이라고 할 수 있는 빙룡과 불사조까지도 금세 친해져서 함께 다닐 정도였다.

형제들을 잃어버리고 혼자가 된 불사조가 말했다.

"비슷한 성격을 가진 네가 마음에 든다."

불의 거인도 불검을 손에 든 채로 뜨거운 눈빛을 보냈다.

"나도 네가 좋다."

"어디로 가는 길이지?"

"주인님이 말씀해 주신 곳에 가서 숨어 기다리라고 했다. 강의 폭이 좁아지는 협곡까지 가야 한다."

"걸어가기가 쉽지는 않을 텐데."

불의 거인은 얼지 않는 강을 향해 멀리 돌아가고 있었다. 조각품이라 원래의 크기보다 작다고는 하지만, 걸음을 뗄 때마다 몇십 미터씩을 성큼성큼 움직인다.

온몸에서 내뿜는 열기로 인해서 빙하의 얼음이 녹아내렸다. 발에 물이 닿을 때마다 수증기가 피어오를 뿐만 아니라 미끄럽기 짝이 없다.

불의 거인은 땅을 덮고 있는 빙하 위로 쉴 새 없이 움직여야만 했다.

불사조가 먼저 제의했다.

"내 등에 타라. 다른 이들은 태울 수 없지만 너라면 괜찮을 것 같다."

~❦~

불사조에 탄 불의 거인이 얼지 않는 강을 낮게 날았다. 날개를 펼치니 강이 꽉 차게 느껴질 정도였다.

비행에 익숙하지 못한 불의 거인이 괴성을 질렀다.

키야아아아아!

인근에서 하늘을 나는 것을 연습하던 중에 위드의 부름을 받고 어마어마한 속도로 돌아와야 했다.

불사조는 협곡에 날개와 머리를 부딪쳐 가면서까지 최대한 속력을 냈다.

높은 상공에서 보면 뜨겁게 타오르는 혜성이 강줄기를 거슬러 내려오는 것 같은 광경이었다.

"그리피스 님, 확인되지 않는 몬스터들이 후방에서 나타났습니다."

함대의 뒤쪽에 있던 해적들이 먼저 불의 거인과 불사조를 발견했다.

밤하늘을 멀리서부터 밝히면서 등장한 그들은 유난히 눈에 잘 띄었다.

해적들이 추격전에서 후방으로 밀려난 것에는 전력상 하벤 왕국의 함대보다 밀린다는 이유가 크게 작용했다.

실제 백병전에 돌입하면 어찌 될지는 아무도 모르지만, 해상 포격전에 있어서는 왕국의 군대를 당해 내지 못했다. 해적들은 원래 격침보다는 약탈을 주로 하느라 기동력을 우선시했기 때문이다.

하지만 그리피스는 기회가 올 거라고 믿었다.

"지골라스에서도 그렇게 잘 도망 다녔는데 아무런 대비도 없이 무작정 강으로 나온 것은 아닐 터. 그건 정말 미련한 짓이지. 드린펠트 함대의 추격 정도는 예상하고 대비책을 마련해 놓았을 거야."

그리피스는 전투준비를 단단히 해 놓고 뒤를 따르고 있었다.

그리피스가 해적선들에 명령을 내렸다.

"대포를 쏴라!"

해적선들이 즉시 장전되어 있던 대포를 발사!

캬아아아악!

불사조가 날개를 접고 몸을 회전시키면서 포탄들을 피했다.

채 피하지 못한 포탄들은 스쳐 지나가거나 강으로 떨어졌다.

체력과 생명력이라면 남부럽지 않던 불사조.

몸에 부딪친 포탄들이 강한 화염을 내뿜으며 폭발했다.

키야오오오오오!

불사조는 약해지지 않았다.

화염의 속성을 띠고 있는 불사조와 불의 거인에게 포탄의 공격력은 제 위력을 내기 어려웠다.

생명력으로 흡수되어 버리는 것.

그리피스는 뱃사람의 필수 도구라고 할 수 있는 망원경을 통해 그 모습을 생생하게 보았다.

"불사조의 능력이 대단하군."

위드가 엠비뉴 교단과 싸울 때 모습을 드러냈던 거대 괴수.

화염의 대미지로는 잡기가 상당히 어려우리라.

"마법탄을 장전하라!"

마법사 길드에서 판매하는 포탄으로, 폭발형 마법이 내재되어 가격이 몇 배나 비싸다.

불사조에게 만만치 않은 피해를 줄 수 있을 것인데, 마법탄을 준비하고 장전하는 사이에 불사조는 그들을 날아서 지나쳐 버렸다.

"공격할까요?"

해적들이 물었을 때 그리피스는 고개를 저었다.

그들을 노리는 것이 아닌 바에야 구태여 마법탄을 낭비하고 싶진 않았다.

키야호오오오오오!

불사조는 하벤 왕국의 함대 상공에서 깃털들을 뿌렸다.

지상을 향해 떨어지는 깃털들은 곧 엄청난 열기를 동반한 불의 비가 되었다.

"저건 뭐냐?"

"디바인 실드."

"바다의 수호!"

성직자들의 각종 보호 마법과, 바다를 지키기로 약속한 수호자들의 가호가 배들을 보호했다.

신성력과 물의 방벽이 불의 비를 약화시키거나 막아 주었다.

"돛부터 걷어라."

대형 범선이나 군함의 선원들은 서둘러서 돛을 내렸다.

불의 비가 좀 떨어진다고 해서 마법 보호가 걸려 있는 특수 재질의 나무로 만든 배들이 송두리째 타 버리진 않는다. 하지만 돛은 작은 불길에도 금방 타 버릴 정도로 취약했다.

약한 몬스터라면 불의 비에 의해 몰살당할 수도 있지만, 그들은 여러 몬스터 사냥을 통해서 대응할 준비가 되어 있었다.

헤르메스 길드의 지원군인 성기사와 사제 들이 마나를 써서 넓은 방어막을 형성시켰다.

"후속 공격에 대비해라. 마법사들은 대응 마법을 준비. 수비보다는 공격으로 놈들을 잡는다."

드린펠트는 자신의 함대가 가진 힘을 믿었다.

배들의 기동력이라는 게 한계가 있지만, 화살과 대포, 마법의 범위에 들어온다면 불사조도 잡을 수 있는 것이다.

불사조에 타고 있던 불의 거인에 대해서는 크게 경각심을 갖지 않았다.

"귀찮지만 주인이 시킨 일이니 해야 한다."

그런데 갑자기 불의 거인이 좌우의 협곡을 향해 불의 검을 휘둘렀다.

퍼퍼퍼펑!

얼음 속에 묻혀 있던 화염탄들이 불의 기운에 자극을 받아서 폭발!

충격과 열기에 의해 협곡의 양측에 두껍게 쌓여 있던 만년빙들이 끔찍한 소리를 내며 갈라졌다.

실금들이 점점 크고 넓어져서 주체하지 못할 정도가 되었을 때, 결국 만년빙들은 협곡 아래로 추락하기 시작했다.

"눈사태다! 아니, 얼음 사태다!"

"협곡의 얼음들이 무너지고 있다!"

"멈춰! 멈춰!"

협곡을 지나가던 드린펠트의 함대로서는 날벼락이 따로 없었다.

바다를 주름잡던 그들이지만, 높은 곳에서 얼음덩어리들이 떨어지는 것과 비슷한 공격을 받아 본 적은 단연코 없다.

마법사들과 성기사, 사제 들이 펼친 보호 마법을 뚫고 얼음덩어리들이 선체에 내리꽂혔다.

거대한 얼음덩어리에 정통으로 직격당한 배가 통째로 가라앉기도 했다.

이러한 지형지물을 활용한 자연적인 공격은 보통 미리 대비하지 않기 때문에 속수무책으로 당할 수밖에 없는 것.

협곡의 얼음덩어리들이 줄줄이 쏟아지면서 함대를 덮치고 있었다.

"가속! 속도를 높여라! 항해술을 최대한 발휘하여 이곳을 벗어난다."

드린펠트의 함선을 필두로 돛을 다시 활짝 펼쳤다.

협곡의 양측에서 떨어지는 거대한 얼음덩어리들을 민첩하게 피해서 정면으로 내달렸다.

두 쪽으로 갈라져서 침몰하는 함선들. 발사를 위해 준비시켜 놓은 포탄들이 폭발하면서 아비규환이었다.

보호 마법이나, 단단한 목재로 짠 선체의 재질이 무색하게 무거운 얼음덩어리들은 배를 부수고 짓눌렀다.

"전속 항해!"

드린펠트의 선박이 다른 전투함들과 함께 전진했다. 하지만 위드가 묻어 놓았던 화염탄들이 연쇄적으로 폭발하면서 그들이 가는 길마다 얼음덩어리들이 떨어졌다.

"제독님! 피해가 너무 막대합니다. 잠시 뒤로 돌아가야 할 것 같습니다."

"놈을 내 손으로 잡아 없애야 한다."

드린펠트는 부관의 만류에도 불구하고 직접 배를 조종하며 뒤를 쫓았다.

얼음덩어리들이 강물로 떨어져서 물기둥을 높이 일으키고, 협곡의 일각마저 흙과 돌 더미와 함께 무너졌다.

그런 재난조차도 피해를 감수하며 전진하던 드린펠트의 함대였지만, 공중에서 불사조의 깃털이 만들어 낸 불의 비로 인하여 돛들이 버티지 못하고 타올랐다.

"전투용 비상 돛을 걸어라."

훈련된 선원들은 불을 끄고, 전투용 소형 삼각돛을 달았다. 바람을 타는 힘은 약하지만 역풍에 강하고 특수 재질로 불에도 잘 타지 않는다.

드린펠트의 함대와 해적선들은 상처 입은 맹수처럼 사납게 위드의 뒤를 추격했다.

비, 바람, 안개 속의 반격

바드레이는 몬스터의 몸에서 검을 회수했다. 그가 검을 빼내자마자 몬스터의 사체는 회색빛으로 변했다.

"드디어 오늘이군."

사냥을 하면서 레벨 465를 달성했다.

사냥감 몰아주기 등으로 쉽게 레벨을 올릴 수 있는 편법도 있었지만, 바드레이는 직접 전투를 하는 쪽을 택했다. 대중에게 보이는 레벨이 아니라 진정한 강함을 추구하였기 때문이다.

"헤르메스 길드가 눈을 뜰 시간이 왔다."

바드레이가 공들여 만든 길드의 힘을 대외적으로 과시할 시기가 왔다.

헤르메스 길드와 다른 명문 길드 93개가 합쳐진 패권 동맹은 이미 전쟁 준비를 마쳤다.

구성원에 대해 대외적으로 밝힐 필요는 없겠지만, 그들의 검과 마법이 패권 동맹에 속하지 않은 성들과 길드들을 향할 것이다.

물론 패권 동맹도 일시적인 공동체에 불과했다.

끝없는 야욕으로 길드들은 계속 힘을 모으고 있을 것이고, 연합체가 해산되는 순간 그들끼리의 전쟁도 벌어지게 되리라.

바드레이는 이미 그날도 기다리고 있었다.

"최고의 자리에 둘이 오를 수는 없겠지."

베르사 대륙의 치열한 격전지인 중앙 대륙에서, 명문 길드들이 전력을 비축하며 숨을 죽이고 참아 왔다.

사냥터의 독점, 고급 아이템들의 장착.

전쟁이 벌어지는 오늘부터 모두가 똑똑히 알게 되리라, 헤르메스 길드의 진정한 무력이 어떤 것인지를.

꾸꾸꾸

하벤 왕국의 요새 웰스턴.

베르사 대륙의 유저들은 지골라스 인근에서 벌어지는 위드 대 하벤 왕국 함대의 전투를 실시간으로 보고 있었다.

"죽인다!"

"강을 따라서 쫓고 쫓기는 게 장난이 아니네. 여기 맥주 한 병 더 주세요."

해적들 중 일부가 방송사와 계약을 맺고 그들의 영상을 전송해 주었다. 그 덕분에 게임 방송사에서 틀어 주는 영상을 선술집이나 식당에서도 볼 수 있었다.

KMC미디어도 이번 위드의 전투는 빠지지 않고 함께 방송하기로 했다.

이미 하벤 왕국의 함대나 해적들과 해상에서 조우한 마당이라 방송을 미루어야 할 이유가 없었을뿐더러, 다른 방송사들이 선수를 치고 있었다.

KMC미디어에서는 위드의 영상을 받음으로써 그 주변의 관점에서 쫓기는 기분을 긴장감 넘치게 만끽할 수 있었다.

물론 방송의 최대의 난점으로 〈로열 로드〉와 현실과의 시간 차이가 발생했지만, 그런 부분은 중간에 광고를 집어넣음으로써 해결!

현재는 게임 방송사들의 매출 증가에 지대한 영향을 미칠 정도로 지속적으로 성장하고 있는 분야였다.

〈로열 로드〉의 시청자들이 지겨워하지 않도록 음악이나 다른 뉴스들을 편성해 주기도 했다.

퀘스트와 사냥을 다녀온 파티들은 맥주와 마른안주 등을 시켜 놓고 영상을 시청했다.

위드의 전투 중계가 있는 날이면, 국가 대표 팀이 축구를 하는 것처럼 선술집이 붐볐다.

"캬아! 딸기우유 맛이 죽여주는구나."

"아껴서 마셔. 30쿠퍼나 냈어."

초보자, 거기에 미성년자 학생들이 주문하는 음료수는 우유나 주스 등이었다.

왁자지껄 시끄러운 분위기에서도 위드의 방송이 나온다는 이야기에 손님들이 계속 들어왔다.

"위드가 무사히 도망칠 수 있을까? 완전 소름 끼칠 정도로 아슬아슬해 보여."

"지금의 속도라면 멀리 가지 못해서 잡힐 것 같아."

협곡이 무너져서 하벤 왕국 함대의 군함이 몇 척 가라앉았다. 얼음덩어리에 깔려서 침몰하거나, 선체가 부서져서 항해 불가능 상태에 놓이기도 했다.

그럼에도 드린펠트는 함대를 다시 수습해서 위드의 뒤를 바싹 쫓고 있었다.

협곡이 무너지며 거리가 상당히 멀리 벌어졌지만, 하벤 왕국 함대의 속도가 좀 더 빠르고 대포의 사격 범위가 있었기 때문에 아슬아슬한 추격전이었다.

후두두둑.

얼지 않는 강에 자욱하게 끼어 있는 안개 사이로 굵은 빗방울들이 떨어졌다.

갑자기 내리는 빗물의 까닭에 대해서는 누구도 알지 못했지만, 사실 위드가 도주하는 사이에 구름 조각술을 계속 펼치면서 비를 부른 것이었다.

"비가 내리면 도망가는 쪽이 유리한가?"

"잘은 모르겠지만… 뭐, 어차피 같은 방향으로 가니 비슷한 거 아니야?"

"파도가 높아지면 선박의 종류에 따라 달라질 것 같은데. 일반적으로 범선이 유리하고, 해적들이 타는 갤리선은 불리하다고 하지."

"포술의 위력은 확실히 약화될 거야. 화염탄 같은 포격 전술을 활용하지도 못할 테고. 시야도 좁아질 것 같아."

굵은 빗방울이 떨어지자, 중대형 선단이 돛을 한껏 펼쳤다.

얼지 않는 강에서 안개 사이를 통과하는 선박들이 제법 운치 있다고 느껴졌다.

일촉즉발의 부딪침이 있으면 어마어마한 전투로 이어질 것이기 때문에 더욱 숨을 죽이고 보고 있을 무렵이었다.

지골라스의 해상전을 보여 주던 화면이 갑자기 KMC미디어의 중계진이 있는 스튜디오로 돌아왔다.

신혜민이 재빨리 말했다.

—방금 들어온 속보입니다. 현재 베르사 대륙의 중앙 대륙에서 동시다발적인 전투가 벌어지고 있습니다.

선술집에 있는 유저들은 술과 음식을 먹으면서 관심을 갖지 않으려 했다.

베르사 대륙에서는 몬스터의 침공이나 영주들 간의 땅따먹기 싸움으로 시도 때도 없이 전투가 벌어지곤 한다. 그렇게 흔한 일로만 여긴 것이었다.

위드의 모험이야 여러모로 알려졌고, 베르사 대륙에 변화를 가져오는 사건들이 많아 구경하는 입장에서 훨씬 재미있었지만 말이다.

—하벤 왕국과 토르판 왕국, 마센 왕국, 토르 왕국, 아이데른 왕국, 브리튼 연합, 에버딘 왕국 등에 이르기까지, 중앙 대륙의 200여 개 성이 전투에 돌입했습니다.

"뭐야, 200개 성이나 돼?"

"무슨 전투가 그렇게 많이 일어나?"

전투의 범위가 너무나도 넓어서 선술집의 유저들은 당혹스러웠다.

중앙 대륙은 굉장히 넓다고 하지만, 유저들이 지배하지 않는 성들도 있다.

영주들은 유저들 중에서도 많지 않은 것이다.

―곡창지대나 광산이 있는 산, 마을 들의 소유권을 놓고 길드와 영주 들의 전투가 벌어지고 있습니다. 오주완 씨, 이번 전투에 매우 특별한 점이 있다면서요?

―그렇습니다. 아직까지는 구체적인 정보가 다 들어오지 않은 상태입니다 다만 어느 한쪽의 갑작스러운 선전포고와 함께 전투가 벌어지고 있습니다.

―규모는 어느 정도인가요?

―공성전의 경우에는 1만이 넘습니다.

―훈련시킨 병사들까지 포함한 숫자겠죠?

―물론입니다. 자원 지역이나 사냥터, 던전 들의 소유권을 놓고도 전투가 벌어지고 있습니다. 현재 소식이 계속 들어오고 있는데, 전투 지역이 확산되고 전투의 양상도 더욱 격렬해지고 있다고 합니다. 여행하시는 분들은 돌아다니실 때에 각별히 주의하셔야 될 것 같습니다.

―그럼 현재 전투가 벌어지고 있는 지역과 앞으로 전투가 벌어질 것으로 예상되는 장소들을 목록으로 보내 드리겠습니다.

갑작스러운 전쟁의 여파로 중앙 대륙은 혼란에 휩싸이게 되었다.

"버릴 수 있는 건 모두 버려!"

"대포부터 강으로 던져 버리자."

헤인트, 프렉탈, 보드미르는 갑판에 있는 여분의 자재나 포실에 있는 대포와 포탄 들을 강물로 빠뜨렸다.

배의 무게를 조금이라도 줄여서 속도를 높이기 위한 비책이었다.

"우리 셋으로 포격전은 어림도 없고, 달아나는 것밖에는 할 게 없어!"

조각 생명체들도 그들을 따라서 대포를 강에 던지는 일에 동참했다.

하벤 왕국의 함대와 해적들이 뒤를 바짝 따라오니, 도주하는 입장에서는 입안이 바싹바싹 마른다.

위드는 하벤 왕국의 함대와 해적선들을 보면서 계속 구름을 만들었다.

하늘에 비구름이 점점 늘어나더니, 폭우가 되어 땅으로 내려왔다.

공중을 날면서 따라오는 불사조와 불의 거인의 주변에서 계속 빗물이 증발되어서 수증기로 변했다. 결국 불사조는 힘이 약화되는 것을 참지 못하고 구름보다 높은 곳으로 날아 올라가 버리고 말았다.

"정말 엄청난 비로군."

바람도 심하게 불면서 돛이 팽팽히 부풀었다.

구름을 만들기는 했지만 위드도 이런 갑작스러운 기상 악화는 예상하지 못했다.

지골라스 부근은 원래 기후변화가 극심한 지역이었다. 찬 바람과 더운 바람이 뒤섞이는 곳으로, 바람도 심하게 불었다.

그렇다고 해서 천둥 벼락이나 폭풍으로 운항이 불가능한 수준은 아니었다.

위드는 헤인트를 향해 물었다.

"비가 내리면 도망치는 쪽이 얼마나 유리한 거지?"

키를 정신없이 돌리면서 얼지 않는 강을 최소한의 감속으로 통과하던 헤인트가 날카롭게 눈을 빛냈다.

"도망치는 쪽에서는 날씨가 나쁠수록 변수를 이용할 수 있게 되죠. 파도 때문에 대포의 명중률도 조금은 줄어들 것이고, 시야에서 사라져 숨을 수도 있고요. 하지만 이렇게 갈 곳이 정해진 강에서는 숨지도 못할 테니 딱히 유리하다고 볼 수는 없습니다."

다년간 나쁜 짓을 하고 쫓겨 다녀 본, 관록 있는 도망자의 발언이었다.

헤인트를 포함한 3인조는 악천후에도 항해를 해 본 경험이 상당히 많았다.

3인조가 한마디씩 했다.

"어떻게 해서든 빙하 지역은 벗어나야 되는데. 결국 잡히고 말겠지만."

"지골라스에서는 어찌 피해 다녔는지 몰라도, 해상전에서 드린펠트의 함대는 무적함대라는 별명을 갖고 있습니다. 놈들에게 쫓겨서 살아난 항해자가 없지요."

"바다의 악몽이라고 불리는 해적들까지 추격해 오고 있으니 무사히 도망칠 가능성은 전혀 없겠지."

갤리선은 파도에 약해 먼바다 항해에는 불리해도, 노예들을 동원해 노를 저을 수 있다.

단거리 추격전에서는 해적들을 뿌리치고 도망가기가 많이 힘든 것이다.

> ─빠져나갈 방법을 마련해 두자.
> ─나무판자를 봐 놓은 게 있어.
> ─밧줄도 준비해. 몸을 판자에 꽁꽁 묶어야 하니까.

3인조는 바다로 가면 배가 격침되기 전에 망망대해에 몸을 던질 준비까지 해 놓았다. 나무판자를 끌어안고 표류라도 할 각오였다.

몇 날 며칠을 파도에 떠밀려 다니더라도 어쨌든 살 수만 있다면 행복한 것.

쏟아지는 장대비 사이를 항해하는 중형 범선이었다.

불어난 강물로 인해 배가 더욱 출렁거렸지만 위태롭게 흔들리면서도 강의 하류를 향해 나아갔다.

자욱하게 바다 안개가 끼어서 가까운 곳을 겨우 확인할 수 있을 뿐이다.

비바람을 뚫으며 암초들을 아슬아슬하게 피하는 3인조의 항해술은 묘기라고 평가해도 좋을 정도였다.

하지만 바다로 접어드는 순간, 빗줄기가 많이 약해지고 운무가 줄어들어 시야가 확 넓어졌다.

그리고 바다에 도열해 있는 수많은 유령선들이 보였다.

띠링!

> 바다의 불운을 몰고 다니는 유령선들과 조우하였습니다.
> 선박에 쥐가 들끓습니다. 선박에 전염병이 돌 확률이 높아집니다. 대형 바다 생물들의 습격을 받을 확률이 높아집니다. 선원들의 사기 수치가 최하로 떨어집니다. 사기가 계속 낮은 상태로 유지되면, 정신이상이나 반란이 일어날 가능성이 커집니다.

끝이 보이지 않을 정도로 어마어마한 유령선들의 함대.

노후하고 낡은 유령선들이었지만 규모만큼은 엄청났다. 게다가 지금도 계속 뒤에서 모여들고 있었다.

위드는 이 유령선들을 위하여 구름을 만들어서 비가 내리게 했던 것이다.

유령선들은 악천후에도, 풍랑에도 강하다.

바다에서는 날씨를 조금이나마 유리하게 만드는 것도 중요했다.

"우으으."

3인조가 놀라고 있을 때, 위드가 두 손을 번쩍 들었다.

바르칸의 마법서에 적혀 있는 고급 언데드 소환 스킬. 그것을 사용할 참이다.

"잠들어 있는 악령들의 혼, 여기 너희를 위한 제물을 바치니 깊은 수면 밑에서부터 떠올라 푸른 바다를 떠돌라. 유령선 마리아스호 소환."

위드가 타고 있는 중형 범선이 급속하게 노후되었다. 돛대와 갑판, 용골 등의 나무가 비틀리고 메말랐다. 돛도 시커멓게 썩더니 구멍이 숭숭 뚫리고 풀려서 깃발처럼 펄럭인다.

선체의 하부에서부터 이끼와 곰팡이 들이 차오르더니 곧이어 완전한 유령선으로 변신!

"킬킬킬. 선장님, 오랜만에 뵙겠습니다. 못 본 사이에 정말 멋있어지셨군요. 위엄이 줄줄 흐르십니다."

유령선의 부선장 니크와 유령 선원들도 배에서 솟아나듯이 나타났다.

지골라스에서 하벤 왕국의 함대에 의해 끝없이 침몰했던 마리아스호의 선원들이 위드에 의해 불려 온 것이다.

얼지 않는 강의 하류, 바다의 길목에 무질서하게 밀집해서 모여 있는 유령선들.

위드가 고급 7레벨의 사자후를 터트렸다.

"전투를 준비하라!"

사자후 스킬을 사용하였습니다.
스킬의 영향 범위에 있는 모든 아군의 사기가 200% 상승합니다. 존재하는 모든 혼란 상태가 해제됩니다. 5분간 통솔력이 285% 추가 적용됩니다.

⌒⋙⋘⌒

"이제 얼마나 남았죠?"

"얼지 않는 강의 하류에는 아침이면 넉넉하게 도착할 수 있으리라 봅니다."

페일 일행이 탄 배는 지골라스를 향해 가고 있었다.

장거리 항해였지만 제피가 낚시를 하면서 신선한 물고기들을 공급해 주고, 유령선들의 뒤만 따르면 되었으니 항로를 잃어버릴 염려도 없다.

지골라스로 향하는 길에 점점 빗방울들이 굵어졌다.

벨로트가 손바닥을 내밀어서 빗물을 모았다.

"비가 제법 내리네요."

마판이 크게 고개를 끄덕였다.

"바다에 내리는 비라니, 낭만적이지요."

위드가 드린펠트의 함대를 피해 달아나는 모습을 그들도 마판이 소유한 상인용 마법 구슬을 통해서 봤다.

배가 늦지 않게 도착하기만 바랄 뿐이었다.

<hr/>

"앞을 제대로 살피면서 차근차근 가라!"

"배가 암초들에 걸리지 않도록 주의해."

얼지 않는 강의 수위가 높아졌다.

맑은 날에는 눈으로도 쉽게 확인할 수 있었던 커다란 암초들이 수면 가까이 내려앉아서 피하기가 어려워졌다.

드린펠트의 함대나 해적들의 항해술이 미흡한 것은 결코 아니었다.

베키닌의 3인조 미친 상어들은 죽기 살기로 1척의 배를 몰고 지나갔을 뿐이다. 그러나 드린펠트 쪽은 워낙에 많은 배들이 암초들 사이를 통과하느라 엉키게 되어서 훨씬 어려웠다.

여러 척 중 1척만 암초에 걸리더라도 비키느라 많은 시간을 소요해야 했다.

"무능한 놈들. 답답하기 짝이 없군!"

드린펠트는 화가 머리끝까지 나서 서둘렀고, 위드의 중형 범선이 그리 멀리 도망갈 시간을 주지 않았다.

"진정하시지요. 곧 얼지 않는 강이 끝나고 바다로 접어들게 됩니다. 바다에서는 절대 놈을 놓칠 리가 없습니다."

"넓은 바다로 가면 최고 속도로 항해할 수 있으니 잡기가 정말 수월할 겁니다."

부제독, 부선장의 조언도 드린펠트의 귀에는 전혀 들어오지 않았다.

지골라스에서는 골탕을 실컷, 먹을 대로 먹었다. 얼지 않는 강에서도 여러 척의 배들이 가라앉았다. 바다 안개에 가려져서 위드가 멀어지고 있다는 사실만으로도 불안했다.

"쾌속 선단을 앞에 먼저 내보내라. 그들에게 위드를 뒤쫓으라고 해."

"예!"

드린펠트가 타고 있는 대형 전투선은 백병전을 대비하여 선실들이 많았고, 대포의 적재량 때문에라도 강에서는 재빠르지 못했다.

빠른 항해를 위해 태어난 플루트와 같은 소형 쾌속선들을 선두에 세우면 단숨에 위드와의 거리를 좁힐 수 있으리라.

드린펠트의 함대에서 소형, 중형 쾌속선 13척에 임무가 부여되었다.

그들은 돛을 절반쯤밖에 펼치지 않고 함대에 속해서 따라오던 중이었다.

"제독님의 명령이 내려졌다! 최대 속도로 항해한다!"

쾌속선의 함장들이 우렁차게 외쳤다.

바람을 받은 돛이 활짝 펼쳐지고, 금방 가속을 받은 쾌속선은 무시무시한 속도로 얼지 않는 강을 항해했다. 암초들을 절묘한 항해술로 넘나들면서 선두로 튀어나와 질주했다.

그리고 잠시 후, 쾌속선으로부터 보고가 들어왔다.

—현재 위치 강의 하류 부근. 안개 사이로 우리가 뒤쫓던 배가 보입니다.

드린펠트가 조급해했던 만큼 위드와의 거리가 떨어져 있지는 않았다. 본대가 여유롭게 움직여도 충분히 잡을 수 있는 정도의 거리였다.

해상전에서 드린펠트의 함대보다 빠른 배를 가지고 있다면, 대포의 사정거리만 벗어나면 안전하게 도망칠 수 있다. 하지만 위드가 타고 간 배는 뒤쫓을 수 없는 쾌속선은 아니었다.

—곧 대포의 사거리에 들어올 것 같습니다.

쾌속선에 탑재된 대포는 많지 않았지만, 위드의 배를 공격하기에는 차고도 넘칠 정도.

그러나 드린펠트는, 아직은 위드를 다른 이들에게 넘겨주고 싶지 않았다.

—쏴라. 침몰은 시키지 말고. 도망가지 못할 정도로만 피해를 줘.
—예, 제독님.

쾌속선들은 옅어진 안개를 헤치며 전진했다. 그리고 중형 범선이 보다 선명하게 눈에 들어왔을 때에는 경악하지 않을 수가 없었다.

　건조된 지 얼마 안 되어서 새 배처럼 깨끗하던 중형 범선이, 100년은 넘게 바다를 떠돈 것처럼 낡게 변했다. 하벤 왕국의 깃발도 내려지고, 돈더미에 앉아 있는 애꾸눈 해골의 깃발이 대신 올라가 있는 것.

　"유령선이 됐어?"

　"다른 배들도 엄청나게 많잖아. 지골라스에 가까운 이곳에 갑자기 배들이 왜 이렇게 많지?"

　"모두 유령선이야. 바다의 재앙인 유령선들이 여기로 몰려들었다. 전투를 준비하라!"

　위드의 배 뒤편으로 보이는 수많은 선단이 전부 유령선들이었다.

　드린펠트의 함대에 보고할 때만 해도 쾌속선은 급히 멈추려고 했지만, 이미 바다로 뱃머리를 들이민 후였다.

　위드의 사자후가 바다를 쩌렁쩌렁 울렸다.

　"전 유령선! 대포 사격 준비!"

　"킬킬, 대…포를 준비하자."

　"대포라니, 젊었을 때 들어 본 것 같은데… 그게 뭐였지? 씹어 먹는 거였던가?"

　"이게 왜 이렇게 안 들어가?"

　바다에 정박해 있는 유령선들에서 벌어지는 일들은 가관이었다.

　50년은 족히 묵었을 포탄을 미역과 해초 들로 막혀 있는 대포에 억지로 쑤셔 넣는 유령들.

유령들은 부싯돌을 튀기고 칼을 교차하여 불똥을 일으켜서 대포의 심지에 불을 붙였다.

"발사!"

콰콰광!

유령선들의 정비가 안 된 대포가 폭발하면서 배의 일각이 부서졌다.

"이게 제대로 발사가 되나?"

어떤 해골은 심지에 불을 붙인 후에 대포의 입구에 머리를 들이밀었다.

쫘광!

대포가 정상적으로 발사되니, 해골의 머리는 그대로 사라져 버리고 말았다.

'성공이다! 제대로 발사가 됐어. 그런데… 내 머리는 어디에 있지?'

몸통과 목만 남아서 머리를 찾기 위해 갑판을 떠도는 해골!

"포탄이 없다. 예전에 배가 고파서 다 먹었나? 아니면 가지고 놀다가 잃어버렸나?"

"우리 배는 상선이라서 원래 포탄이 없다."

"말린 어육을 대신 쏘도록 하자."

유령선들 중에는 상선이나 여객선이 변한 것도 있어서, 포탄을 가지고 있지 않은 경우도 많았다. 하지만 대포는 바다를 떠돌다가 다른 배들로부터 노획한 게 있었다.

"내가 들어가야지. 킬킬킬. 간다아!"

유령들이 스스로 대포로 들어간 이후에 화약을 터트려서 발사하기도 했다.

과정은 엉망진창이었지만 비교적 정상적인 유령선들도 물론 있었다.

유령선들에서 발사된 포탄들이 위드의 배를 넘어 쾌속선을 향해서 일제히 날아갔다.

형편없는 명중률이라 쾌속선의 주변으로 높은 물기둥이 치솟았다.

공중에서 포탄들이 부딪쳐 불꽃놀이라도 하는 것처럼 폭발하는 장면도 나왔다.

"회피 기동을 하라!"

"너무 많아서 피할 수가 없다! 대응 사격을 준비하도록!"

쾌속선의 함장들은 지그재그로 배를 몰며 대포 사격을 준비하려고 했다.

하지만 유령선들은 조준도 하지 않고 무작위로 쏘아 댔다.

그렇게 날아간 포탄들은 바다로 많이 떨어졌지만, 일부가 쾌속선에 그대로 작렬했다.

갑판을 뚫고 떨어진 포탄들이 선체 내부에서 밝은 빛을 일으키며 폭발!

선체가 부서지면서 화염에 휩싸였다.

"발사!"

쾌속선들은 대응 사격을 준비했지만, 포탄이 스치면서 폭발하거나 할 때마다 선체가 크게 기우뚱거리면서 흔들렸다.

"쿠헤헤헤헬. 인간이다."

유령들마저 갑판에 오르면서 난장판이 벌어졌다.

미끈미끈하고 거대한 촉수들이 바다에서 올라와 갑판의 선원들을 잡아채 갔다.

선체에 달라붙은, 문어를 닮은 괴물의 머리들!

쾌속선의 선장들은 다급하게 헤르메스 길드의 대화 창을 열고 말했다.

> 스트링거: 유령선으로부터 공격을 당하고 있습니다. 전멸 위기입니다.

하벤 왕국 제2함대의 부제독이 물었다.

> 파첼: 유령선들의 숫자는 얼마나 되는가?

지골라스와 하벤 왕국의 함대가 공유하는 대화 창으로, 현재는 관심 있는 헤르메스 길드원들도 대화 창을 연 채로 듣고 있었다.

> 스트링거: 지금 상황이… 길게 설명할 시간이 없습니다. 침몰되기 전의 마지막 통신일지도 모릅니다. 위드가 불러온 것으로 짐작되는 유령선이, 우리가 쫓는 배도 유령선으로 바뀌었는데 그들이 우리를 공격하고 있습니다. 전 전투함 전멸 위기! 긴급 구조 요청을 합니다.
> 파첼: 어떻게 상황이 갑자기 그렇게……. 알았다. 최대한 빨리 가겠다.

쾌속선들이 침몰하거나 바다 괴물의 먹이로 희생되어 갈 즈음, 마침내 드린펠트가 이끄는 본대가 얼지 않는 강의 하류에 도착했다.

그들은 쾌속선이 바다 괴물들과 유령선들에 의해 공격당하는 모습을 보며 놀람을 감추지 못했다.

"으음, 잠깐 앞서 나갔을 뿐인데 이런 일이 벌어지다니."

바다 괴물들에 선체가 결박당한 쾌속선들은 사실상 포기하는 수밖에 없을 것 같았다.

유령들이 갑판에 올라 백병전까지 이루어지고 있었으며, 화염을 내뿜으며 바다로 가라앉는 과정이라 구하기에 늦었다.

"이 싸움은 피해가 크겠군."

드린펠트와 하벤 왕국의 함대에 속한 유저들에게 가장 곤란하게 느껴지는 부분은, 그들이 강을 막 빠져나오는 중이라는 점이었다.

유령선들은 바다에서 대포를 쏘기에 최적의 진형으로 넓게 펼쳐져서 기다리고 있었다. 밖으로 나가는 족족 먹잇감이 될 수밖에 없는 형편이었다.

하지만 드린펠트는 수많은 해상전을 승리로 이끈 경험이 있는 대제독!

불리한 상황을 반전시킬 만한 묘수를 꺼내 들었다.

"유령선들의 대포 명중률은 형편없다. 외부 장갑을 보강한 전투함들이 선두에 서라. 피하지 말고 정면을 뚫는다. 그리고 제1함대와 제3함대는 강을 나가서 좌우로 흩어져라. 외곽에서부터 유령선들을 공략한다."

유령선들의 숫자가 많고 바다 괴물들까지 있으니 피해는 감수하기로 했다.

압도적인 화력과 물량을 바탕으로 유령선들의 전열을 무너뜨리고 섬멸하려는 과감한 작전.

이 거대한 해전을 승리로 이끈다면 드린펠트는 지금까지의 실패를 복구하고도 남을 공적을 쌓을 수 있으리라.

유령선들에는 현상금 등이 붙어 있는 경우도 많을뿐더러, 해전에서 승리하면 육지의 던전 탐험과는 비할 수도 없는 명성과 전리품을 획득할 수 있는 것이다.

보통 유령선에는 보물이나 골동품이 보관되어 있는 경우도 다반사였다.

대해전

유령선들이 쾌속선에 포화를 퍼붓고 있는 사이, 전투함들은 5척씩 삼각 편대를 이루며 돌진했다.

"우히히힛, 인간들이 덤벼 온다."

"침몰시키자!"

"쏴라, 쏴!"

유령선들의 포화가 전투함들을 향해서 쏟아졌다.

"안 맞아! 왜 이리 안 맞지?"

엉뚱하게 반대편을 보고 대포를 쏘는 유령들.

"안 보여. 아무것도 안 보여. 꽝 하고 터지는 소리가 너무 무섭다. 우리 배가 가라앉을 때도 그런 소리를 들었던 거 같아."

유령들은 눈을 질끈 감고 대포를 쏘기도 했다. 규율도 없이 완전 제멋대로인 유령선들이었다.

하지만 포실이 배의 측면에 있었고, 조준하지 않고 쏘더라도 진행 방향에 있는 전투함들은 표적이 되기에 충분.

전투함들의 바로 인근에 물기둥들이 치솟더니, 포탄이 돛대를 날려 버리고 갑판의 일각을 부쉈다.

유령선들이 사용하는 포탄은 매우 오래된 것이기 때문에, 떨어지고 나서도 터지지 않는 불발탄이 상당히 많았다. 그런데 재수가 없으면 나중에 갑자기 폭발해서 피해를 입혔다.

유령선들과 싸우면서 행운을 기대할 수는 없다.

없던 쥐 떼가 갑자기 선실 창고에서 튀어 올라오고, 전염병이 돌았다.

"전진! 전진하라! 제독님의 명령이다!"

전투함에 있는 함장과 선원들은 유령선들의 중심층을 향해 돌격했다.

NPC들로 이루어져 있지만 하벤 왕국 소속의 군인으로 충성심이 높아서, 죽을 위험이 큰 임무도 서슴지 않고 수행하는 모습이었다.

전투함들이 집중 포격을 버티면서 가라앉는 사이에, 드린펠트의 2개 함대가 암초에 부딪치고 해초에 걸리면서 바다를 우회하는 데 성공했다.

"포문을 열어라. 발사. 발사. 발사!"

함대의 포문에서 시뻘건 화염과 연기가 뿜어져 나왔다. 그리고 발사된 포탄들이 정확하게 유령선들에 적중했다.

"크에헤헤, 배에 불이 붙었다."

"럼주를 부어라. 불을 끄자. 어? 불이 더 크게 타오르네. 추운데 잘됐다. 활활 타올라라."

불길이 크게 번지며 침몰하는 유령선 위에서 날뛰는 유령들이 보였다.

"발사!"

함대의 배들이 대포로 사격을 할 때마다 유령선들이 격파되었다.

"포탄을 아끼지 마라. 화염탄 장전!"

특별하게 제작된 화염탄들이 밀집해 있는 유령선들의 상공에서 화려하게 폭발했다. 불줄기들이 사방팔방으로 퍼지면서 유령선들을 뒤덮었다.

빗방울이 약해져 불을 빨리 끄기가 쉽지 않았다.

제1, 제3 함대가 전공을 세우면서 더 많은 유령선들이 그들을 향해 몰려들었다.

하지만 적들의 전열이 흐트러진 순간, 드린펠트의 전투함에서 뿔피리를 세차게 불었다.

"본대 전진!"

드린펠트의 전투함을 선두로 하여 본대가 유령선들의 정면으로 나아갔다.

유령선들이 쏘아 낸 포탄에 피격되어 좌초하는 전투선들도 있었지만, 용감하게 얼지 않는 강을 나와 속도를 냈다.

"전 포문 개방. 장전되는 대로 모두 발사하라!"

전투함의 측면에 있는 포문이 개방되더니 불을 뿜었다.

드린펠트의 본대 좌우에 있던 유령선들이 격침되었다.

그사이에 위드는 소중한 잡템과, 누렁이를 비롯한 조각 생명체들을 작은 유령선들에 무사히 나누어 태웠다.

"우리도 싸우고 싶다. 큰 전투가 있다고 말하지 않았나!"

고블린의 영웅 케라노스커를 닮은 조각 생명체가 죽창을 들고 반발했다.

　몇 안 되는, 몬스터 영웅을 닮은 조각 생명체였다. 호전적이고 부모에 대한 정이 조금 약했다.

　위드가 어림도 없다는 듯이 고개를 흔들었다.

　"내가 너희에게 왜 생명을 부여했는지 알아?"

　누렁이와 황금새, 은새는 동시에 정답을 떠올렸다.

　'돈 벌려고.'

　'돈 때문에.'

　'돈 외에 다른 이유가 있을까?'

　철저한 수전노인 위드였지만, 해골 리치 주제에 자상한 동네 형 같은 미소를 지으며 말했다.

　"너희는 갓 태어난 아기들이야."

　"그렇지 않다!"

　케라노스커를 닮은 조각 생명체가 강하게 반발했다. 다른 몬스터들을 닮은 생명체들과 기사들도 명예를 훼손당한 것처럼 불쾌하게 느끼는 듯했다.

　자존심을 짓밟으면 친밀도가 하락해서 조각 생명체라고 해도 독립을 선포하며 떠나 버릴 수 있다.

　더군다나 지금은 꺼림칙한 리치의 모습이 아니던가.

　위드답지 않게 조각 생명체들을 서툴게 다루는 모습이었지만, 모든 게 당연히 계획의 일부였다.

　"이 넓은 베르사 대륙이 얼마나 아름답고, 즐겁고, 행복한 곳인지 아니? 너희는 내 자식과도 같은 존재들이야. 그럴 리야 없겠지만 너희가 이 전투에서 나를 위해 싸우다가 죽어 버린다면 그것만큼 슬픈 일은 없을 거란다. 너희를 지키기 위해서라면 난 뭐든지 할 수 있어. 이 리치보다 더한 것이라도, 너희를 위해서라면 될 것이다."

자식을 생각하는 부모의 마음!

"이건 내가 책임져야 할 전투야. 그러니 너희는 멀리서 구경이나 하고 있어."

"그렇지 않다. 우리도 전투를 하고 싶다."

설명을 듣고도 여전히 싸우고 싶다고 우기는 생명체들은 몬스터들을 닮은 흉포한 성정을 가진 이들뿐이었다.

까탈스럽지만 길들여지고 나면 더없이 순수하고 충직하기도 하다.

황금새와 누렁이는 생각했다.

'이제 패겠구나!'

'조용한 곳으로 끌고 가서 처리하겠지!'

위드는 말 안 듣는 생명체들에게도 따뜻하게 설명했다. 의대에 합격한 자식에게 아침에 어떤 반찬을 먹고 싶은지 물어보는 어머니처럼 애정을 듬뿍 담아서.

"내가 너희를 위해 옷을 만들고 집을 지어 줄 거야. 음식도 만들어 주어야지. 우리가 어디 보통 인연이니? 오랫동안 함께 행복하게 지내야지."

"싸움을 하고 싶다."

"그래그래. 전투는 나중에 실컷 할 기회가 생길 거야. 그때가 되면 꼭 선봉에 세우겠다."

"약속했다."

"그럼. 너희가 좋은 것만 먹고 편안히 쉬는 걸 바라지만, 싸우고 싶다면 육지에 가서 전투를 시켜 줄게. 난 너희의 부모야. 너희가 하고 싶은 일들은 뒷바라지를 해 줘야지. 설마 나를 자기 일도 알아서 해결하지 못하거나 돈밖에 모르는, 그런 사람으로 아는 건 아니겠지?"

"물론 아니다."

조각 생명체들은 그들을 걱정해 주는 위드에 대해 감동하고 있었다.

"아, 좋은 주인을 만났구나."

조각 생명체들의 반발을 누르고, 더욱 친밀도를 얻어 낸 위드였다.

조각 생명체들이 몇 안 될 때에는 간편하게 협박이나 갈취, 폭력으로 모든 걸 처리할 수 있었다. 하지만 조각 생명체들이 감당하기 어려울 정도로 늘어났으니 존경과 감사를 받으면서 부려 먹어야 된다.

이것이야말로 후천적으로 갈고닦은 위선자로서의 재능!

갑작스러운 변신이었지만 전혀 어색하거나 버벅거리지 않았다. 위드는 이런 태도 변화까지도 사전에 치밀하게 준비를 해 두었던 것이다.

서윤조차도 착각에 빠져 버릴 정도였다.

"좋은 아빠를 두고 있어서 행복하겠어요."

위드는 가볍게 겸양의 말을 했다.

"뭐, 알아주기를 바라고 하는 건가? 그냥 다 녀석들 잘되라고 애정으로 돌봐 주는 거지. 무슨 보답을 바라거나 하면 안 되잖아."

누렁이와 황금새가 토할 것처럼 꺽꺽대었다.

해상전에서는 근접 전투에 적합한 조각 생명체들의 중요도가 떨어진다.

'앞으로 20년은 부려 먹어야 될 밑천인데, 여기서 죽일 수는 없지.'

배가 침몰하여 수영을 못하는 조각 생명체들을 한꺼번에 잃어버리기라도 한다면, 그것만큼 안타까운 일도 없을 터!

더군다나 조각 생명체들은 전투의 판도를 바꾸어 놓을지도 모를 엄청난 전력이었다. 위험하고 효과도 떨어지는 이런 곳에서 보여 주기에는 아까운 것도 사실!

공중을 날 수 있거나 물을 터전으로 사는 조각 생명체들을 제외하고는 전부 전장을 이탈하도록 지시했다.

위드가 조각 생명체가 탄 배들을 후방으로 돌려놓고 전투에 다시 시선을 돌렸을 때에는, 드린펠트의 함대가 유령선들과 뒤엉켜 엄청난 공적을 세우고 있었다.

그들의 배가 포격을 할 때마다 유령선들이 가라앉았다.

바다가 불타오르는 것처럼 보이는 광경과 귀청을 찢어 놓을 듯이 커다란 대포 소리.

기본적으로 지성이 떨어지는 언데드들은 네크로맨서의 지휘가 없으면 제멋대로 굴기 마련이다.

위드가 전장의 유령선들을 지휘하고 통제했다.

"대형선들은 적들의 진행 방향으로 돌진! 유령선 미켈란호,

반대로 선회하라!"

보통 포격 몇 번에 침몰이나 항해 불능이 되는 작은 유령선도 있는 반면에, 정말 커다란 여객선들이 유령선으로 변하기도 했다.

미켈란호!

승객 590명을 태우고 실종되었던 유령선이 연기를 내뿜으며 갑자기 방향을 바꾸어 제2함대의 진행 방향을 비스듬히 가로막았다.

"왼쪽으로 선회하라!"

전투함대의 함장은 소리치면서 미켈란호를 피하려고 했지만, 그곳에는 자잘한 다른 유령선들이 떠 있었다.

어부들이 유령이 되어 바다에 넓게 그물을 펼쳐 놓고 낚시를 했다.

"물고기를 잡아서 혼자 다 먹어야지."

"상어는 싫어. 상어는 싫어. 상어가 나를 삼켰어. 무서워!"

함대가 어선들에 부딪치면서 지체되는 사이, 유령 여객선 미켈란호는 무려 3척의 전투함과 연쇄 충돌을 일으켰다.

바다에서의 대형 교통사고!

심한 요동으로 선원들이 바다에 빠지고, 대포도 몇 개 쓰지 못하게 되었을 뿐만 아니라 선체의 피해도 컸다.

갑판에 쓰러졌던 함장과 선원들이 막 몸을 일으키려고 할 때, 여객선에서 유령들이 둥실둥실 떠서 날아왔다.

"오랜만의 외출이군요."

"어서 무릎을 꿇어라. 후작 각하께서 오신다!"

여객선의 승객이었던 귀부인과 기사, 귀족 들도 유령으로 변해 있었다.

"새 배다. 이 배도 우리가 몰아야지."

여객선을 몰던 항해 유령들이 배를 빼앗기 위하여 끝이 휜 곡도를 쥐고 덤벼들었다.

우끽끽끽!

심지어, 돛대에 늘어져 있는 밧줄을 타고 유령 원숭이들까지 난입했다.

여객선이었던 만큼 타고 있는 유령들도 매우 많았던 것.

함대의 진로가 막힌 동안, 사방에서 유령선들이 다가와 충돌했다.

전투용 충각을 단 배들은 아니었지만, 유령선에서부터 유령들이 계속 날아오면서 배를 완전히 빼앗기는 경우도 생겼다.

선박의 모든 항해 인원이 목숨을 잃었습니다. 전투함 프리데커호의 주인이 유령들로 바뀌었습니다. 전투함 프리데커호가 유령선으로 변하게 됩니다.

전투함에 급격하게 노화가 진행되었다. 그리고 새로 생겨난 해군의 유령들이 대포를 조작했다.

"발사하라!"

전투함에서, 드린펠트의 함대를 향해 포격을 개시했다.

쾌속선들은 이미 모두 침몰해 버렸고, 새로 생겨난 전투 유령선들을 위드는 교묘하게 이용했다.

일반 유령선을 바탕으로 하여 드린펠트 함대의 이동 가능한 경로를 한정시킨다.

바다이기 때문에 여러 방향으로 갈 수는 있었다. 하지만 포격을 하는 전투함일수록 선회 속도가 많이 떨어진다.

진행 방향에서 일부러 길을 터 주고, 함대가 그쪽으로 이동하면 기다리고 있던 유령 전투함이 일제히 포격을 퍼부었다. 큰 충격으로 함대가 정지하면 유령선들이 대거 돌격했다.

"너희도 싸워라!"

위드는 반 호크와 토리도를 소환하였다.

"주인으로부터 강한 힘이 느껴진다."

"크아아아! 잃어버렸던 힘이 다시 돌아왔다. 피에 흠뻑 취해 봐야겠다."

언데드들의 능력을 강화해 주는 데스 오라는 반 호크와 토리도에게도 적용되었다.

직접 소환한 그들의 몸에도 데스 오라가 흘렀다.

원래 바르칸의 직속 부하였던 토리도와 반 호크는 뛰어나게 강한 보스급 몬스터였다. 이제 더 이상 초기에 만났을 때처럼 레벨 200~300 정도의 수준이 아닌 것이다.

하지만 언데드의 특성으로 네크로맨서의 뒷받침이 없으면 본래의 능력을 다 발휘하지 못한다.

순수한 스스로의 힘으로만 싸웠던 그들이, 네크로맨서 마법으로 인해 강화된 것.

위드에게 비참하게 맞고 부하가 되기는 했지만, 최소한 고급 언데드 관련 스킬이 있어야만 제대로 부릴 수 있는 반 호크와 토리도였다.

"배를 붙이겠습니다."

베키닌의 3마리 미친 상어들도 신이 났다. 유령선들과 싸우고 있는 하벤 왕국의 전투함에 배를 가져다 붙였다.

"간다!"

반 호크가 적의 갑판으로 뛰어 올라갔다.

데스 나이트들도 100명이나 함께 소환되었다. 위드의 네크로맨서 능력이 강화되고 마나가 늘어남에 따라서 암흑 군대의 실전 지휘관인 반 호크도 부하 언데드들을 제대로 부릴 수 있게 된 것이다.

부대 단위의 데스 나이트들은 팬텀 스티드를 소환해서 적의 갑판에서 내달렸다.

"우리는 알아서 싸우겠다. 진혈의 뱀파이어 혈족들아, 널려 있는 피를 마셔라."

토리도는 붉은 눈을 가진 박쥐로 변신했다.

어두운 밤에 싸우기로 한 것은 하벤 왕국 함대의 포격이 조금이라도 약해지기를 바란 점도 있지만 토리도를 적극 이용할 생각에서였다.

해전에서 흡혈박쥐들은 상당히 처치 곤란한 것.

토리도와 진혈의 뱀파이어들이 박쥐로 변해서 인근의 전투함들을 기습했다.

대포를 장전하고 키를 조종하던 선원과 항해사 들의 목덜미를 콱 깨물었다.

토리도에게 피를 빨린 선원들은 곧 뱀파이어의 하수인이 되었다.

"너희는 내 부하다."

"예, 로드."

"생전의 너희 동료들을 공격하라."

"예, 로드!"

하수인들은 동료였던 해군 함정들을 향해 대포를 날렸다.

"뭐야? 실수인가?"

"또 쏜다. 반격해라!"

누구도 믿을 수 없는 혼란의 극.

진혈의 뱀파이어들이 활약하면서 매혹과 환영의 마법을 펼친다.

밤하늘을 자유자재로 민첩하게 날 수 있는 뱀파이어의 세상.

위드가 제대로 된 리치로 변한 이후로 반 호크와 토리도의 전투 능력은 눈이 부실 정도였다.

위드가 바다로 나왔을 때, 맞을 각오를 한 빙룡과 와이번들이 멀리서 빙글빙글 돌고 있었다.

"너희도 싸워라."

황금새와 은새, 불사조 그리고 아직 이름도 붙이지 못한 바다 생명체들을 전투에 투입시켰다.

"외곽에서 치고 빠지는 방식으로 싸워. 빙룡과 와이번들, 너희가 전투를 지휘하도록 해."

"알았다, 주인."

빙룡과 와이번들은 무척이나 기뻤다.

동생들이 이렇게 많이 생기다니, 일찍 태어나서 나이를 많이 먹은 보람이 있지 않은가!

"우리만 따라와라."

바다에서 사는 생명체들은 바다 괴물들과 뒤섞여서 싸우고, 공중을 날 수 있는 생명체들은 빙룡과 불사조, 와이번들과 함께 편대를 이루었다.

그들은 밤하늘을 날면서 돛에 불을 뿜고, 발톱으로 돛폭을 갈기갈기 찢었다. 대포를 쏘는 선원들을 잡아다가 바다로 내던지기도 했다.

"전투 상황이 썩 유리하지 않습니다, 제독님."

드린펠트의 함대는 줄어들고 있었다. 문제는 그 줄어든 선박들이 유령선으로 변해서 아군을 공격한다는 점이다.

해역 전체에 유령선들이 몰려들면서 불행한 기운을 전파하고 있고, 그 때문에 위드의 네크로맨서 마법이 없더라도 침몰한 배들은 시간이 지나면 유령선이 되었다.

"매우 짜증스러운 놈들이군."

유령선들은 시간이 오래 지난 구식 범선들이 많았다. 항해 속도도 느리고 포술도 별로지만, 진형을 잘 잡았다.

위드의 통제가 시작되자 방비가 취약한 보급선들을 습격하기도 했다.

드린펠트 함대의 화력은 가공할 정도였지만, 유령선들을 수호하는 바다 괴물들까지 습격해서 온통 정신이 없었다.

"이건 난전에, 전투 방식도 백병전에 가깝습니다, 제독님."

드린펠트의 함대는 포격전에 중심을 두고 편성되었다. 해군 기사들이 타고 있기는 하지만, 기본적으로 검술보다 포술이 더 높은 이들이다.

선박끼리의 포격전에서는 아직까지 패배해 본 적이 없지만,

지금은 몬스터 군단과 백병전을 하는 셈이다.

드린펠트의 기함이야 전투 병력과, 헤르메스 길드에서 온 지원병도 타고 있기 때문에 주변의 유령선들을 신성 마법과 화염 마법으로 공격해서 침몰시킬 수 있었다.

유령선과 백병전을 붙더라도 월등했다.

하지만 일반 전투함들은 그렇지 않았다.

신성력의 보호가 아예 없거나 사제들이 타지 않은 경우가 많아 배를 넘어오는 유령들에 당황할 수밖에 없었다.

위드의 배도 다른 전투함에 비스듬히 옆으로 달라붙었다.

역사적인 정당성이나 거창한 대의명분 따위는 말하지도 않았다.

"진수성찬이구나!"

메마른 인간성!

위드의 눈에는 그저 경험치와 아이템으로밖에는 안 보이는 것이다.

유령들이 넘어가서 칼을 휘두르며 선원들과 싸웠다.

위드도 늦을세라 싸움에 끼어들었다.

"리치다!"

위드를 보자마자 전의를 잃어버리고 도망치는 선원들. 공포심을 자극하는 리치의 특성과 데스 오라의 효과였다.

사실 매번 힘들고 어렵게 전투를 했던 위드에게는 싱겁기 짝이 없는 반응이었다.

네크로맨서는 성직자에게 약한 것을 제외하면, 정말 좋은 직업인 것.

위드는 미끄러지듯이 날아서 선원들의 목덜미를 붙잡았다.

"마나 드레인!"

선원들로부터 마나를 빼앗아서, 침몰한 유령선들을 다시 소환했다.

바닷물 아래에서부터 기포가 보글보글 올라오더니 한순간에 유령선들이 솟구친다.

이것이야말로 진정한 리치의 두렵기 짝이 없는 모습.

데스 오라에 의해 유령선들이 싸우고, 적들의 생명을 취할수록 생명력과 마나가 증가한다.

그 생명력과 마나는 다시 빠져나가서 언데드들을 강화하고, 바다 깊숙한 곳에 가라앉은 유령선들을 일으킨다.

리치야말로 모든 언데드들을 지배하는 제왕이며 구심점인 것이다.

드린펠트는 멀리서 그 광경을 보고 있었다.

중간에 유령선들과 아군의 전투함들이 뒤섞여 포격할 수 없었으며, 마법사들 또한 주변에만 신경을 써야 할 정도로 난장판이었다.

떨어지고 있는 빗방울까지 신경질이 날 지경이었다.

"설마……."

"네?"

"백병전으로 유도하기 위해서 일부러 우리의 돌진을 수수방관하고 있었던 건 아니겠지?"

얼지 않는 강을 기반으로 삼아서 치고 빠지기 식으로 싸웠다면 시간은 오래 걸려도 드린펠트 함대의 승리 가능성은 압도적이었을 것이다.

하지만 그렇게 된다면 위드가 멀리 도망갈 수 있었다.

무슨 수를 써서라도 위드를 잡아야 하는 입장에서는 과감하게 싸움을 벌여야 했다.

혹시 위드는 드린펠트가 이끄는 전투함들이 가까이 접근하는 것까지 예측해서 바다 위의 난전을 만든 건 아닐까.

만약 그랬다면 위드에 대한 평가를 다시 하지 않을 수 없을 것이다.

육지만이 아니라 바다에서도 자신의 전력을 최대한 활용해서 싸울 줄 아는 것.

언데드들을 지휘하여 해전에서 이 정도의 수완을 발휘하리라고는, 정말 드린펠트의 예상 밖이었다.

배들은 정면이나 후미가 취약하고, 측면의 갑판이 강하다. 그리고 대포의 9할 이상이 측면에 배치되어 있다.

배들끼리는 싸우는 위치가 무엇보다 중요한데, 유령선들의 선회 능력이나 기동성은 천차만별이다.

위드는 이런 난전 속에서 본인도 전투에 뛰어들었다. 그러면서도 유령선으로 변한 전투함들의 배치와 항로를 지시하고, 밀집해 있을 수밖에 없는 드린펠트의 함대에 포술로도 적지 않은 피해를 입히고 있었다.

포격과 백병전을 고루 이용하면서 상대하는 솜씨는 해전을 겪어 본 사람들이라면 누구나 인정할 수밖에 없을 정도로 뛰어났다.

지골라스에서는 혼란과 약점을 이용한 기습 공격에 비겁하다고 비난했지만, 지금은 적장을 인정하지 않을 수가 없다.

바다의 제독으로서의 훌륭한 자질을 가진 것이다.

몸이 1개가 아니라 2개, 3개라도 부족할 정도로 넓은 시야와 판단력이었다.

"야, 이 멍청한 놈들아! 빨리빨리 움직여. 누가 금화나 세고 있으래? 다시 깊고 어두운 바닷속에서 미역이나 몸에 감고 있고 싶지? 누더기 모자를 쓰고 있는 외팔이, 넌 지금 왜 닻을 내리고 있어. 빨리빨리 움직여서 1척이라도 더 가라앉혀야 될 거 아니야!"

어마어마한 잔소리와 참견, 짜증으로 유령선들을 일사불란하게 지휘하는 위드였지만, 그들이 있는 곳에서 그 목소리까지는 들리지 않았다.

"어쩔 수 없군. 이런 혼란 상태에서의 백병전은 우리보다 해적이 더 제격이니 해적왕 그리피스에게 연락을 취해라. 그들에게 이 싸움에 끼어도 된다고 허락해 줘."

해적들은 얼지 않는 강을 나오지 않고, 닻을 내리고 정박한 채 구경하고 있었다.

드린펠트의 함대가 무섭다기보다는 헤르메스 길드의 세력을 존중해 주지 않을 수 없었기 때문이다.

"드디어 우리에게도 기회가 생겼군. 출발하라!"

묵묵히 구경만 하고 있던 해적들이 노를 저으면서 일제히 출발했다.

해군과 해적의 연합!

유령선이 전투함에 달라붙어서 백병전을 하고 있으면 해적선도 그곳에 배를 붙였다.

"쳐라!"

"유령들을 쓸어버리자!"

해적들이 가담하면서 전투함에 붙은 유령들과 전투가 벌어졌다.

전투함을 강탈하려던 유령선들의 시도가 번번이 무산되고 격퇴되었다.

얼지 않는 강으로 접어드는 바다에는 물이 반, 하벤 왕국의 전투함과 해적선과 유령선과 바다 괴물이 반이었다.

포격과 백병전으로 침몰되고 점령되는 유령선에는 데스 나이트들이 타고 있는 경우도 있었다.

그때 딱 시간을 맞춰 위드에게도 원군이 왔다.

"위드 님, 저희가 왔습니다!"

페일 일행이 탄 배가 지골라스 인근 해역에 도착한 것이다.

다시 굵은 비가 세차게 내리고 있었다.

꽃령은 선실에서 천연 재료들을 이용하여 만든 화장품을 얼굴에 발랐다. 피부는 맑고 환한 느낌에, 어린아이처럼 뽀송뽀송해야 한다.

화장은 한 듯 안 한 듯 구분하기 힘들어야 하는 건 필수!

댄서들은 화장품을 이용하여 외모를 가꿀 수 있었다.

"비가 오니까 볼 터치도, 아이라인도 오늘은 하지 말아야지."

그녀는 허리까지 내려오는 머리카락을 자연스럽게 풀었다.

댄서의 특권 중 하나가 머리카락이 빨리 자라는 것이다. 남들보다 금방 자라는 머리카락을 이용해 다양한 헤어스타일을 연출할 수 있다.

가장 빛나고 도도하고 매력적이던 화령이 오늘은 청순하게 변신했다.

띠링!

> 화장을 완성하였습니다.
> 매력 +21% 카리스마 +15% 행운 +29% 댄스 스킬의 효과 +31%
> 빵을 들고 있거나 꽃을 파는 아가씨의 역할을 할 때에 호감도가 더욱 오릅니다. 화장을 지울 때까지 효과가 유지됩니다.

어릴 때부터 무대에 오르면서 관객들에게 여러 가지 모습을 보여 주었지만, 지금은 가장 원래 얼굴에 가까운, 꾸미지 않은 본모습이라고 할 수 있다.

"오랜만에 만나는 위드 님에게 기억에 남을 만한 춤을 보여 줘야지."

화령은 거울에 비친 자신의 모습에 만족하면서, 착용하고 있던 귀걸이와 목걸이, 반지도 빼 버렸다. 좋은 옵션이 있는 액세서리들이었지만 춤에 따라서는 맞지 않기도 했다.

그녀가 입은 옷은 속이 조금 비치는, 나풀거리는 흰 드레스였다.

～◈◈～

페일의 배가 미끄러지듯이 전장의 한가운데로 들어왔다.

"쳇, 비가 오면 내 마법의 위력이 약해지는데… 어쩔 수 없지. 회오리치는 화염!"

로뮤나의 마법이 전투가 벌어지는 바다의 중심에서 시전되었다.

바다에 불이 거세게 타오르며 일어나더니 면적을 점점 넓혀 나갔다. 바람과 함께 소용돌이로 변해 하늘 높은 곳까지 올라갔다.

흔들리며 공중에 떠 있는 화염의 소용돌이!

그곳에서부터 불덩어리들이 전투함들을 향해 떨어졌다.

"정확히 노려서… 가라. 멀티플 샷!"

페일은 전투함의 돛을 고정하는 밧줄들을 향해 화살을 쐈다.

쏟아지는 빗방울의 틈으로 흔들리는 밧줄을 노리기란 정말 어려운 일.

특수하게 제작된 화살촉에는 갈고리가 달려 있어서 넓은 돛을 옆으로 쭉 찢어 놓았다.

전투 불능 상태까지는 아니지만 적선들의 기동력을 크게 저하시키는 전공을 세웠다.

'붉은 모자를 쓰고 있는 저놈이 선장이군.'

선장과 항해사들도 화살로 저격!

제피는 낚싯대를 휘두르면서 근처에 다가오는 해적선들을 견제했다. 큰 역할까지는 아니지만 해적들이 배에 오르지 못하게 막는 것이었다.

수르카도 주먹을 휘두르면서 배에 적들이 오르지 못하게 막았다.

페일이 새로운 화살을 시위에 걸면서 중얼거렸다.

"메이런이 있었으면 좋아했을 텐데."

모험을 선망하는 메이런이니 이런 전투에는 정말 빠지고 싶지 않았을 것이다. 하지만 특별 프로그램을 방송해야 하는 그녀의 입장에서는 어쩔 수 없이 포기해야 했다.

직장인의 서글픈 비애인 것이다.

"쏴라. 격침시켜 버려!"

해적선에도 당연히 대포가 있었다. 광역 해적들이 페일의 배에 대한 격침 지시를 내렸을 때였다.

따라라라란.

대포 소리와 칼 부딪치는 소리로 요란한 전장에 하프 연주 소리가 울렸다.

망루에 서서 하프를 연주하는 바드, 벨로트. 그녀의 연주가 신들린 듯이 시작되었다.

"뭐야."

"이런 전쟁터에서 무슨 저런 연주를 하고 있어?"

해적들은 실소했다.

억수처럼 비가 쏟아지고, 주변에서는 장대하다고 해도 과언이 아닐 정도로 치열하게 전투가 벌어지고 있다. 이런 마당에 몽환적이면서도 부드럽고 다정한 느낌의 연주라니, 어이가 없는 것이다.

음악이 시작되면서 메인 돛에 앉아 있던 화령이 자리에서 일어났다. 그리고 스스로에게 작게 소곤거렸다.

"이런 무대에는 다시 서 볼 기회가 없겠지?"

그녀는 돛대 위를 사뿐사뿐 걸었다.

먹구름 많은 하늘에는 화염 회오리가 마치 노을처럼 붉게 물들어 있다.

화령이 걸을 때마다 빗방울이 그녀의 몸과 흰옷을 적셨다.

평소에 추던 부비부비 댄스는 닿을 듯 말 듯 가까운 거리에서 춰야 효과가 있었다.

딱 그 애매하고 애태우는 간격이 부비부비 댄스의 중요한 포인트!

하지만 이렇게 넓은 전장에서, 그것도 비가 오는 날에 평범한 춤은 어울리지 않는다.

비 오는 날 격렬한 춤을 추면 아무리 화령이라고 하더라도 자칫 광년이 소리를 들을 수 있는 것.

"무대에 선 나를 관객들이 보게 만드는 일은 익숙하잖아. 이 내가 추는 춤이야."

대지를 촉촉이 적시고, 생명을 움트게 만드는 비.

빗속에서 순수하게 춤을 추고 싶은 꿈은 누구나 꾸었던 적이 있으리라.

화령은 발레를 하듯이 우아하게 손으로 원을 그리며 발끝으로 걸었다.

세찬 바람이 그녀를 흔들고, 빗물이 몸을 적시고 체온을 빼앗아 갔지만, 그 정도로는 힘들지 않았다.

내리는 비, 빗소리와 함께 기쁨의 춤을 춘다.

"라랄라라라."

콧노래를 부르며 빗물이 떨어지는 대로, 바람이 부는 대로 그녀의 몸이 움직였다.

손과 발이 유연하게 선을 그리며, 몰두해 있는 그녀의 표정에서 나오는 눈빛은 관객의 심장을 멈출 만한 매력을 가졌다.

빨려 들어가 버릴 것 같은 느낌.

무대 전체를 지배하는 매력.

얼마나 화려하고 예쁜 모습인지.

비를 사랑하는 요정이, 빗속에서 다시 못 볼지도 모를 환희의 춤을 추고 있다.

옷이 물에 젖어 있는 그녀에게서는 뇌쇄적인 관능미까지 느껴진다.

가녀린 목선과 예쁜 눈빛을 가진 청순한 얼굴에, 온종일 보더라도 계속 보고 싶을 것 같은 마력적인 몸매. 긴 머리카락은 물에 젖어서 찰랑인다.

쏟아지는 빗물마저도 그녀를 돋보이게 만드는 장식에 불과했다.

그녀는 정말 좋아하는 춤을, 세상에 다시없을 무대에서 이 순간을 위하여 추고 있었다.

발랄하게 시작된 춤이 격정적인 열기와 거센 흐름을 탔다.

무대가 어느 곳이든, 관객이 몇만 명이든 그녀에게는 상관이 없다.

닿을 수 없는 곳에 있기에 더욱 눈부신 여신의 매력.

"아……."

근처의 해적들은 입을 떠억 벌렸다.

> 댄서 화령이 춤을 추고 있습니다.
> 춤에서 시선을 뗄 수 없습니다. 정신이 혼미해져서 스킬의 성공률이 낮아집니다. 체력이 저하됩니다.

화령의 춤이, 인근 해역에 있는 해적들과 해군들의 눈을 사로잡았다. 해적 유저들도 해군 기사 유저들도, 속절없이 화령에게 빠져들었다.

친구

"어서 싸워라!"

해적선의 선장들이 소리를 질렀지만, 해적들은 입에서 침을 질질 흘리면서 구경만 할 뿐이었다.

"아, 우리도 눈을 돌리고 싶긴 한데… 다른 곳을 볼 수가 없단 말입니다."

"예쁘기는 무진장 예쁘다. 아, 나한테도 저런 여자 친구가 있으면 매일 모시고 살 텐데. 크흑! 이놈의 해적질을 하다 보면 알이 가득 찬 복어만 봐도 기쁘니."

"그냥 얼굴만 예쁜 게 아니라 전체적인 자태라고 해야 될까? 완전 미녀야. 친구 등록만 할 수 있었으면…….""

선원들과 해적들은 거리가 먼 곳에서도 화령의 얼굴을 가까이 있는 것처럼 볼 수 있었다.

댄서의 능력 중 하나라고 할 수 있는 관심 집중 스킬!

화령의 쇄골이나 솜털까지 볼 수 있었으며, 마치 숨소리가 들리는 것처럼 느껴졌으니 빠져들지 않을 수 없었다.

특히 아저씨 유저들에게 화령의 춤은 절대 헤어 나올 수 없는 유혹이었다.

"마누라에게 걸려서 맞아 죽더라도 이건 봐야 된다."

절박함까지 느껴질 정도였다.

화령의 춤에 사로잡히지 않은 다른 곳에서는 격렬하게 전투가 벌어졌다.

"우와아아아!"

"바다 괴물을 잡아라!"

해적 돌격선들이 대왕 오징어처럼 생긴 크라켄을 배의 앞부분에 있는 충각으로 들이받았다.

크오오오오!

크라켄은 다리들을 뻗어서 해적선들을 감싸고 강한 힘으로 조였다.

"돌격! 돌격!"

해적들이 다리를 타고 올라가 크라켄을 향해 칼질을 했다.

크라켄이 몸을 비틀 때마다 바다로 떨어지면 수영을 하면서 싸운다.

돛단배에 뗏목을 탄 유령들까지 모여들면서, 해역에는 귀곡성이 끊이지 않았다.

위드가 탄 배에도 해적들이 올라왔다.

"나머지 전쟁은 어떻게 되어도 좋다. 위드만 잡자."

"크흐흐흐, 우리가 위드를 잡은 주인공이 될 거야. 나오는 아이템은 어떻게 하지?"

"주운 놈이 임자지. 알아채지 못하게 몰래 가자."

해적들은 전투를 하고 있는 위드의 뒤쪽으로 살금살금 접근했다.

하지만 위드가 해적들에 대해서 모를 리 없었다.

전투 시에 발휘되는, 아이템에 대한 탁월한 집중력!

'싸구려 해적 코트를 입고 있군. 레벨 제한 300이 넘는 부츠랑 벨트가 그나마 좋은 물건인데.'

벨트는 그 특성상 보통 잘 떨어뜨리지 않는 아이템이다.

해적들은 다른 배에 올라서 약탈을 하는 경우가 많아서 해군 기사들처럼 좋은 장비를 입지 않는 것이다.

'팔아도 몇 푼 못 받겠군.'

해적들의 장비는 구하려는 사람도 별로 없다.

위드는 그들을 전혀 모르는 척 싸움에 집중했다.

"크하하하하! 나에게 모든 생명력과 마나를 주고 죽어라. 음, 생명력과 마나를 흡수할 때에는 취약해지는데, 여기에는 나를 위협할 만한 적이 없으니 괜찮겠지."

어설픈 '발연기'까지 하는 위드였다.

해적들이 가까이 오면 한꺼번에 쓸어버릴 작정인 것.

하지만 해적들이 까치발로 살금살금 배후에서 접근할 때, 그들을 막는 사람이 있었다.

서윤은 지금까지 위드의 근처를 맴돌다가 해적들이 다가오는 것을 보고 검을 빼 들었다.

"치잇. 들켰다."

"죽여 버려!"

해적들이 소리치며 덤벼들었지만, 서윤은 묵묵히 검을 휘두르기만 했다.

"……."

미안해서 일절 말도 없이 해적들을 베어 버리는 서윤이었다.

위드는 곁눈질로 그 모습을 지켜보았다. 생각 이상으로 믿음 직스러웠다.

해적을 열둘이나 해치울 기회를 놓쳐서 얄밉기는 했지만 매우 강한 그녀가 지켜 주고 있었다.

'마음이 여리고 착한 구석도 있고… 나한테는 나름 잘해 주는군.'

속으로 칭찬을 하고 있을 때, 서윤이 허리를 숙여서 해적들에게서 나온 아이템들을 주웠다.

부츠와 벨트!

어떤 해적들은 간직하고 있던 에메랄드들을 떨어뜨렸고, 보석으로 세공된 귀족 가문의 문장도 남겼다.

"역시, 그럼 그렇지."

위드는 뭐라 말도 못 하고 짜증만 낼 뿐이었다.

백병전에 포격전, 바다 괴물들에 조각 생명체들까지 날뛰는 혼전!

유령선들도 침몰했지만, 전투함이나 해적선도 많이 가라앉았다.

선원들과 해적들의 입장에서는 유령들과의 싸움이라 매우

괴기스럽기도 하고, 무시무시했다.

"이히히히, 라임 주스를 마시고 싶어! 목구멍이 타들어 간다."

유령의 울부짖음에, 해적 1명이 가지고 있던 라임 주스를 꺼내서 주었다.

유령은 꼴깍꼴깍 소리를 내면서 맛있게 마셨다.

"됐지? 음료수도 주었으니 너희 배로 돌아가."

하지만 유령은 더 거세게 덤벼들었다.

"목마름도 해결되었고, 이젠 널 죽일 거야. 우히히히힛!"

정신없이 싸우면서 서로 피해가 쌓여 갈 무렵이었다.

위드는 요즘 들어서 큰 전투를 너무 많이 한다는 생각이 들었다.

"가늘고 길게 살고 싶은데, 마음 편할 날이 없군."

영웅이 되고 싶은 마음은 추호도 없었다.

사냥을 하고, 보상 좋은 퀘스트 여러 개를 하면서 편하게 살고 싶은 마음뿐!

새벽부터 벌어진 전투가, 포탄이 떨어지고 인간들의 체력이 감소해서 다소 소강상태에 접어들려고 할 때였다.

둥! 둥! 둥! 둥!

절규하는 해골의 깃발을 펼치고, 빗속에서 불사의 군단의 해상 전력이 이 바다에 왔다.

전함에서 하벤 왕국의 함대와 해적선들을 향해 대포들이 불을 뿜었다.

"저건 또 뭐야?"

드린펠트는 어이없어했다.

그가 알기로 바다에 왕국들과 무역도시들의 전함들이 있기는 했다.

하지만 갑자기 나타난 수십 척의 무장 함대라니!

뛰어난 시력으로 보니 언데드들이 갑판에 도열해 있었다.

좀비나 구울, 스켈레톤처럼 하급 언데드들이 아니라 마녀와 데스 나이트, 듀라한 그리고 아크 메이지 들이었다.

하벤 왕국의 함대와 해적선들을 향해 그들이 흑마법을 시전했다.

"위드가 상대했던 불사의 군단의 깃발이잖아!"

"뭐야, 그들이 왜 우리를 공격하지? 원한을 품고 있을 위드를 공격해야 정상이잖아."

드린펠트의 함대나 해적들이나, 억울했다.

언데드들에게 딱히 잘못한 것도 없는데 언데드 최강의 전력이라고 할 수 있는 불사의 군단의 해상 전력까지 몰려오다니.

위드도 여러모로 마음이 불편했다.

불사의 군단과는 여러 악연들로 엮여 있기 때문이다.

"리치 샤이어를 내 손으로 영원한 죽음으로 이끌었지. 그때 오크와 다크 엘프 들로 불사의 군단도 많이 잡았고, 엠비뉴 교단과 싸울 때 바르칸을 소환한 적도 있으니……."

불사의 군단은 동료가 아닌 적이었다.

그들이 끌고 온 흑색 전함은 총 45척!

드린펠트의 기함과 비슷한 수준의 전열함으로, 엄청난 화력을 가지고 있었다.

게다가 갑판에 도열해 있는 언데드들은 쉽게 상대할 엄두가 나지 않을 정도였다.

불사의 군단과 싸웠던 적이 있는 위드로서는 그들이 얼마나 강한지 익히 알았다.

"네크로맨서가 없다고 해도 불사의 군단은 상대하기가 어려운데."

불사의 군단과 싸우기에는 터무니없을 정도로 준비가 되지 않았다.

심지어 유령선들은 불사의 군단을 공격하라는 명령을 따르지 않을 수도 있다.

빙룡과 불사조, 조각 생명체들이 있었지만 먼저 공격하지는 말고 눈치를 보라고 지시했다.

불사의 군단이 끌고 온 전함들이 드린펠트와 그리피스의 전투함들을 흑마법과 대포로 먼저 공격했다.

포격에 불을 뿜으면서 침몰하는 전투함들!

2시간 넘게 전투가 벌어졌지만, 불사의 군단에 의해서 결국 드린펠트와 그리피스는 뒤로 물러나야 했다. 전투함들이 절반 가까이 남아 있었기 때문에 더 싸울 수는 있지만, 어떻게든 위드를 잡을 수는 없게 된 것이다.

그들이 물러남에 따라서 전투가 완전히 멈췄다.

귀청을 찢어 놓을 듯이 울렸던 포성도 완전히 사그라졌을 무렵, 불사의 군단에서 가장 큰 대장선이 위드의 배로 서서히 접근했다.

유령선들이 좌우로 갈라지면서 길을 열어 주었다. 위드의 의사에 의한 게 아니라, 유령들조차도 무서워서 불사의 군단을 피한 것이었다.

상급 언데드란 그만큼 무서운 것.

"흐음."

기나긴 전투를 치렀음에도 불구하고 위드의 두뇌 회전은 더욱 빨라졌다.

'어떻게든 살고 싶다. 하지만 죽는다면 최소한의 피해로 끝낸다.'

길에서 주운 즉석 복권을 긁던 순간 이상의 집중력을 발휘해서 잔머리를 굴렸다.

화령의 춤도 그치고, 모든 관심은 위드의 배로 향해 있었다.

위드는 데스 오라를 강하게 일으키며 뱃머리로 둥둥 떠서 이동했다.

육지라면 부리나케 꽁무니를 빼면서 달아났겠지만 이곳은 바다 위다.

'바로 공격을 하지 않는 것으로 봐서 최소한의 대화는 있다는 뜻이겠지. 어쩌면 지금은 언데드 상태라서 동족으로 봐 주는 것일까?'

전투의 와중에도 와이번들과 빙룡을 이용하여 전리품들은 착실하게 빼돌려 놓았다. 탈로크의 갑옷처럼 애지중지하던 장비들도 황금새와 은새, 누렁이에게 맡겨 놓았으니 빈털터리 신세였다.

위드는 누런 어금니를 깨물었다.

'난 죽어도 된다. 2배, 3배의 노가다로 이를 만회하리라. 그리고 불사의 군단, 너희에게도 반드시 복수하고야 말겠어!'

불사의 군단이 그를 죽인다면 훗날 복수하면 될 일이다.

'5년… 아니, 20년 후에 보자. 그때까지 레벨을 엄청나게 올려서 복수할 테니.'

복수에는 시간제한이 없는 것!

위드는 가슴을 활짝 펴고 당당하게 뱃머리에서 기다렸다.

어쨌든 그다지 마주치고 싶지 않은 불사의 군단이었다.

레벨이 지금보다 훨씬 높다고 해도 혼자로는 도무지 승산이 없고, 동료들이나 부하를 잔뜩 데리고 있다 해도 막대한 피해를 입기만 할 것이기 때문이다.

조각 생명체들이 다 죽으면 정말 남는 게 없으니, 그런 위험한 모험은 하고 싶지 않다.

'죽어 줄 테니 나만 죽여라.'

마음속으로 단단히 각오를 다졌기에, 불사의 군단의 전함 앞에서도 조금도 꿀리지 않을 수 있었다.

표정이나 눈빛에서는, 불사의 군단 따위 거들떠볼 가치도 없으며 혹시라도 덤비게 된다면 가뿐히 밟아 주겠다는 듯한 자신감과 카리스마까지 풍겼다.

—모두 이곳을 떠나라. 누렁이가 있는 곳까지 물러나서 기다려.

그러면서도 금인이의 경우가 재발하지 않도록, 빙룡이나 와이번들은 누렁이를 지키라는 명령을 내려서 해역으로부터 완전히 떠나게 했다.

전함이 위드에게서 가까운 곳에 멈추더니, 프로그맨처럼 파충류를 닮은 인간형 언데드가 나왔다.

전설적인 몬스터 하실리스를 보았습니다.
바다 유령선들의 지배자.
자유도시 출신의 전도유망한 해군 제독이었던 그는 모험을 무척 좋아했습니다. 그래서 알려지지 않은 바다의 전설을 찾아다니던 중, 불행하게도 끔찍한 저주를 받아서 피부가 개구리처럼 변했습니다.
추악한 외모를 갖게 된 그는 더 큰 힘에 집착하게 되었고, 선원들의 다리에 돌을 매달아 바다에 빠뜨리는 등 악행을 서슴지 않았습니다. 마침내 그의 함대는 다른 해군들에 의하여 격퇴되었지만, 어둠의 주술사이며 언데드의 군주인 바르칸의 부하가 되어 되살아났습니다.
언데드 대전쟁이 있을 때에 실종되었다가 바르칸이 부활함에 따라 다시 나타났습니다.

하실리스가 출현함에 따라 공포 상태에 빠져듭니다. 신체적인 능력이 저하됩니다.

선원들의 사기가 최저로 하락합니다. 통솔이 불가능합니다.

베키닌의 3마리 미친 상어들은 물론 해군 기사나 광역 해적들 중에서도 하실리스에 의해서 몸이 굳는 이가 속출했다.

위드는 투지가 높아서 피해가 없었다.

'차고 있는 목걸이는 아직 구한 사람이 없다는 보물, 이레카야의 목걸이. 마법사 길드의 보물 책에 분명히 공격 스킬의 범위와 효과를 35%나 늘려 준다고 수록되어 있던 물건이지. 그리고 마나 소모도 절반 이하로 줄여 준다고 했던가. 들고 있는 검은 각 왕국의 대기사급이나 가지고 있는 마법검. 마법검이야 다양하니 그렇다 쳐도 목걸이는 레벨 제한이 600은 넘지.'

어떻게 보면 가슴에 성검이 꽂혀 있어서 온전한 능력을 발휘하지 못하던 바르칸 이상이 아닌가!

아이템을 훑어본 것만으로도 마음이 더욱 편안해졌다.

'그래, 때려라. 죽어 줄 테니까. 그 정도의 레벨이면 나를 금방 죽일 수 있겠지.'

위드가 확인하지 못한 아이템들도 하실리스는 다수 착용하고 있었다. 모두 유니크급의 보물이라고 할 수 있었으니 하실리스의 강력함은 충분히 짐작되는 바였다.

위드가 먼저 거만하게 말했다.

"하실리스, 네가 나를 찾아왔구나! 그래, 하고 싶은 말이 무엇이냐!"

불사의 군단의 함대는 물론이고 하실리스 혼자도 감당하지 못할 처지. 그럼에도 위드는 데스 오라를 발산하면서 차가운 어조로 말했다.

죽을 때 죽더라도 할 말은 하고, 물을 것은 물어본다.

이런 게 사나이가 아니던가.

드래곤에게 물려 가더라도 정신만 바짝 차리면 아이템을 건질 수 있다는 다크 게이머의 격언이 있었다.

그런데 하실리스가 한쪽 팔을 가슴에 올리며 허리를 살짝 숙였다.

"인사를 올립니다. 제가 온 이유는 바르칸 데모프 님께서 부르고 계시다는 것을 알려 드리기 위함입니다."

첩첩산중!

감당하지 못할 몬스터들에게 인기가 있는 건 위드가 원하는 바가 아니었다.

위드는 눈동자를 또르륵 굴리더니 하실리스를 향해 차갑게 되물었다.

"지금 이곳으로 오셨는가?"

"…오지 않으셨습니다."

바르칸이 안 왔다고 해서 기뻐할 건 없었다. 하실리스만 하더라도 위드를 죽이기에는 충분했으니까.

하지만 하실리스가 존대를 한다는 사실은 왠지 위드로 하여금 아직 삶을 포기하기에는 이르며 계속 대화를 해 봐야 될 것 같다는 사명감이 들게 만들었다.

고위 몬스터일수록 나름의 사연을 가지고 있는 경우가 많았다. 무조건 싸우기보다는 대화를 해 볼 필요가 있었다.

'나를 살려 줄지도 모른다. 내게 존댓말을 하고 있잖아.'

하지만 그것만 믿고 있을 수도 없는 것이, 하실리스가 독특한 변태라서 적이라도 약한 자들에게 존댓말을 해 주는 성격을 가졌을지도 모르지 않는가.

위드는 입가에 오연한 썩은 미소를 지었다.

"그러면 네가 감히 나를 강제로 끌고 갈 것인가?"

중요한 핵심을 다짜고짜 물었다.

그러다가 불현듯 머릿속을 스치는 생각이 있었다.

'아, 혹시?'

그는 현재 리치의 모습을 하고 있다.

물론 동족이라고 하여서 고위 언데드들로부터 무한한 존경을 바라는 건 말도 안 될 일이었다.

하지만 그는 리치의 조각을 할 때 샤이어의 모습을 본떠서 만들고 변신했다. 게다가 지금은 샤이어가 가지고 있는 장비들을 다수 착용하고 있지 않은가.

'후후, 아닐 거야. 아무리 리치를 잘못 봐도 그렇지, 어떻게 그런 착각을 할 수 있겠어.'

그러나 위드가 별로 원하지 않던 상상은 하실리스의 입에 의해 사실로 증명되었다.

"어찌 감히 제가 바르칸 님의 수제자인 샤이어 님을 강제할 수 있겠습니까?"

"……."

"바르칸 님께서 샤이어 님을 긴히 찾으십니다."

위드의 해골이 일그러졌다. 이제 와서 그런 리치 모른다고 발뺌할 수도 없는 노릇이다.

"지금은 내가 바쁘니 나중에 가겠다."

말로만 간다고 해 놓고 바르칸이 있는 쪽으로는 얼씬도 안 할 계획!

몬스터 군단의 부름을 받는 것은 꽹장히 골치가 아픈 일이었기 때문이다.

"바르칸 님께 중요한 용무가 있으신 듯하니 샤이어 님께서는 마땅히 바르칸 님께 가셔야 될 것 같습니다. 저에게 샤이어 님을 찾아오라고 허락된 시간이 있으니 120일 내로 오시기를 바랍니다."

띠링!

숨겨진 퀘스트의 발동!

'어찌 이렇게 더러운 일이 있을 수가.'

예의상 한번 거절해 볼 수도 없었다.

위드가 침묵을 지키고 있을 때, 하실리스가 혀를 날름거리며
말했다.

"그럼 저는 먼저 바르칸 님에게 돌아가겠습니다. 그곳에서

뵙겠습니다, 샤이어 님."

위드는 따로 배웅도 해 주고 싶지 않았다.

"알았으니 가도록 해라."

해 주고 싶은 욕들은 많았지만 맞을까 봐 감히 입도 뻥긋 못
하는 처량한 신세였다.

남들은 레벨이 200만 넘어도 목에 뻣뻣하게 힘을 주고 다닌
다. 그런데 위드는 레벨 400이 가까워진 지금에도 어쩌면 이렇
게 끊임없이 고위 몬스터들과 엮이게 되는지.

그것도 이번에는 왕국 하나 정도야 가뿐하게 짓밟는 바르칸
이었다.

위드는 운명을 느꼈다.

'지지리도 재수가 없구나. 나처럼 불행한 인간은 베르사 대
륙을 뒤져도 몇 명 안 나올 거야.'

하지만 그 광경을 보던 사람들은 다른 생각을 했다.

'역시 위드 님은 굵직굵직한 퀘스트를 받아들이시는구나.'

'불사의 군단과 관련된 의뢰를 혼자 할 정도라니, 진짜 최고
잖아.'

'부럽다. 우린 겨우 해적질이나 하면서 남의 것 뺏아 먹고사
는 신세인데.'

'설마 불사의 군단 퀘스트도 성공해 버리는 건 아니겠지? 틀
림없이 바르칸에게 간다고 끝나는 게 아닐 텐데.'

레벨이 좀 높은 유저들도 마음을 바꾸었다.

'음, 위드를 죽이고 퀘스트를 빼앗으려고 했는데, 퀘스트는
안 뺏는 편이 낫겠다.'

'불사의 군단과의 퀘스트라면 죽음으로의 직행이지. 최소한 대여섯 번은 죽겠군.'

'생고생할 거야. 여기 지골라스에서도 엄청 고생한 모양이던데… 그냥 적당히 몸 편하게 사는 게 좋아.'

위드의 모험에 대해서 질려 버린 것이다.

하실리스가 오면서, 침몰했던 유령선들이 바다 위로 멀쩡하게 솟아올랐다.

드린펠트와 그리피스는 전투함의 피해가 커서 더 이상 해상전을 끌고 나갈 수 없었다. 자칫하면 모든 걸 잃어버릴 수도 있었으며, 베르사 대륙으로 돌아가기도 힘들게 될 것이었기 때문이다.

해상전이 마무리되고 베르사 대륙으로 돌아갈 때에는 동료들과 함께 있어서 더욱 즐거운 항해였다.

조각 생명체들은 3척의 유령선에 나누어서 탔고, 위드와 동료들 그리고 서윤은 한배에 탔다.

"케헤헴! 이리 와서 인사해라, 은새야."

삐약삐약, 짹짹.

수줍게 날개를 접고 배꼽 인사를 하는 은새는 귀여움을 독차지했다.

제피가 낚시를 하면서 음식 물자를 조달했고, 위드는 특선 해물탕을 끓였다.

음식을 먹으면서, 화령이 불사의 군단을 앞질러서 먼저 도착할 수 있었던 이야기를 해 주었다.

"사실, 불사의 군단을 봤을 때만 하더라도 우리가 너무 늦게 도착하는 건 아닐지 걱정했거든요……."

그들의 배는 항해 속도가 느려서 딱 맞춰서 도착하기는 무리였다.

이리엔이 덧붙여서 설명했다.

"벨로트 님의 연주와 노래 덕분에 인어들이 함께해 줘서 올 수 있었어요. 제피 님이 모은 돌고래들도 한몫했죠."

벨로트는 고운 음색과 정확한 음으로 감미로운 노래들을 즐겨 불렀다.

그녀의 노래들로 인어들을 모은 후에, 제피가 낚시용 미끼들을 아끼지 않고 던져서 돌고래까지 유인했다. 덕분에 제때 도착한 것이었다.

위드는 서윤과 동료들을 소개해 주었다.

세에취와 함께 있었을 때 잠깐이지만 같이 사냥을 했으니 모르는 사이도 아니었다.

"……."

서윤은 가면을 쓰고, 다른 사람들에게는 입을 열지 않았다. 위드에게도 필요한 말만 하는 정도였으니, 수다를 떠는 그녀는 상상도 할 수 없었다.

그렇게 대충 인사를 나누고 나서, 위드는 재봉용 천을 바닥에 깔았다.

"그러면 시작하죠."

"네?"

"1,190골드를 따신 화령 님, 판을 벌여야죠."

항해 도중에 할 수 있는 최고의 놀이, 고스톱!

위드의 제안에 화령과 벨로트, 이리엔, 제피, 로뮤나는 눈빛을 교환했다.

'역시 치자고 하는군요.'

'계획대로……'

'실수는 없어야 돼요.'

미리 편을 먹고 사기도박을 하려는 건 아니었다. 오히려 그 반대!

그들은 위드에게 적당히 잃어 주기로 작정했다.

위드는 서윤도 판에 끌어들였다.

"구경만 하지 말고 같이 치자."

"……."

"칠 줄 몰라? 내가 가르쳐 줄게. 몇 가지 규칙만 알면 쉬워."

서윤이 알부자라는 사실을 아는 위드로서는 그녀까지 끼워서 한밑천 챙겨 보겠다는 욕심을 부린 것이었다.

"많이 먹으면 돼. 몇 가지 중요한 패들이 있는데 쌍피나 광은 많을수록 좋지. 광만 먹어도 날 수가 있고, 이게 고도리야."

그리고 판이 몇 차례 돌았다.

가볍게 잃어 주려던 일행과, 적당히 돈을 따서 본전을 찾으려고 했던 위드의 얼굴에 처절한 긴장감이 돌았다.

벨로트와 이리엔이 패를 덮고 위드와 페일, 서윤만 남은 판이었다.

서윤의 앞에는 패들이 한가득 쌓여 있었다.

위드와 페일이 싼 것들을 가볍게 먹어 주고 보너스 쌍피 등을 포함해서, 두 번째 쳤을 때 벌써 났다.

그리고 벌써 투 고를 부른 상황이었다.

'피박에 광박, 투 고에 흔들기까지 했으니…….'

위드와 페일의 집중력은 어느 때보다도 또렷해졌다.

그들이 먹은 패는 거의 없다시피 했고, 서윤의 앞에만 패가 한가득이었다.

옆에서 보는 사람들마저도 긴장감에 빠져 있을 때, 서윤의 차례가 되었다.

착. 착!

서윤이 팔광을 먹으면서 고도리를 완성했고, 뒤집어서 열어 본 패에서는 쌍피가 나왔다. 그러자 엄청난 침묵이 흘렀다.

"쓰, 쓰리 고… 할 거야?"

위드가 어렵게 물어보았다.

이 순간에는 초미의 관심사였다.

'최소한의 양심이 있다면 쓰리 고를 하지는 않겠지.'

점당 10골드짜리 판이었으니 여기까지 먹은 것만 해도 한 판에 2,000골드는 딸 수 있다.

위드의 질문에 서윤이 고개를 끄덕이면서 손가락을 3개 펴 보였다.

그날 하루 동안 위드는 6,290골드를 잃고 말았다.

서윤이 깨끗하게 판을 쓸어버린 것이다.

지골라스 해전도 하루가 지난 뒤에는 KMC미디어에서 방송되었었다.

당연히 높은 시청률을 기록했지만, 생각처럼 큰 이슈는 되지 못했다.

—위드니까 그 정도는 싸울 거라고 생각했습니다.
—와이번에 타고 본 드래곤도 때려잡던 위드인데요, 뭘.

〈마법의 대륙〉에서는 전쟁의 신, 학살자였으니 새삼 놀랄 일도 아니었다.

바다에 대해 경험한 적이 없는 유저들이 많아서 관심사에서 떨어지기도 했을뿐더러, 지금은 중앙 대륙에서 벌어진 전투가 더 중요했다.

각 명문 길드들의 파상적인 공세로 벌어진 전쟁. 여러 영토와 마을, 성 들이 전쟁터로 변하고 있었다.

누구나가 온통 격한 전란에 휘말렸고, 예전에는 알려지지 않았던 강자들이 하나둘 수면 위로 떠올랐다.

암중에 숨어서 활약하던 재야의 고레벨 유저들이 곳곳에서 명문 길드들에 타격을 입힌 것이다.

게임 방송사들은 비상 체제로 24시간 생방송을 하고, 〈로열로드〉는 새로운 열기로 달아올랐다.

"에휴, 진짜 가을은 짧구나."

이현은 낙엽을 보며 등록금의 무상함을 느끼고 있었다.

"금방 끝나는 한 학기의 등록금이 이렇게 비싸다니… 겨울방학이 지나면 또 등록금을 받아먹겠지."

한숨을 푹푹 쉬면서 집으로 가기 위해서 바쁘게 걸었다.

지골라스에서 모라타로 돌아오는 항해의 와중이라서, 그가 접속하지 않더라도 고용된 선장이나 다른 동료들이 있으니 괜찮을 것이다.

"빨리 가서 접속하고, 조각품도 만들고 가죽 로브도 만들어야지."

노가다를 향한 설렘을 안고 발길을 재촉하는 이현이었다.

그런데 그가 매번 가는 길에 검은색 차와 정장을 입은 사내들이 서 있었다. 사내들을 피해서 걸으려고 하는데 그쪽에서 말을 걸어왔다.

"실례지만 이현 씨가 맞습니까?"

이현은 천연덕스럽게 되물었다.

"예? 누구요?"

모르는 일에는 발뺌이 최선!

들어 본 적도 없는 사람인 것처럼 그 자리를 지나치려고 했다. 하지만 그 사내들 중에는 몇 번 본 적이 있는 서윤의 경호원도 있었다.

"서윤 양에 대해서 상의할 것이 있어서 왔습니다. 회장님께서 기다리고 계시니 잠시 시간을 내주시겠습니까?"

이현은 걸음을 멈췄다.

서윤의 부모가 부른다? 놀랍고 대단한 일이다.

하지만 이상하지는 않았다. 언젠가 이런 날이 올 것이라 생각하고 있었기 때문이다.

서윤이 그에게 잘해 줄 때마다, 친근한 눈빛을 보낼 때마다 오늘 같은 일이 생길 거라고 대강 예상하고 있었다.

"알겠습니다. 가시죠."

이현은 그들을 따라나섰다.

⚜

경호원들과 함께 도착한 장소는 넓은 정원이 있는 고급 주택이었다.

"여기가 서윤의 집입니까?"

이현이 물었을 때, 경호원들은 멈칫하더니 비밀은 아니라고 생각했는지 선선히 대답해 주었다.

"서윤 양은 이곳에 살지 않습니다. 여기는 회장님이 가끔 사용하시는 별장입니다."

그렇게 만난 서윤의 아버지 정득수 회장. 그는 이현에게 자리를 권했다.

"어서 오게. 식사 전인가?"

이현은 이런 질문에는 웬만하면 아직 밥을 먹지 않았다고 대답했다. 빌붙기를 위한 기본 원칙.

그러나 아직 오후 5시밖에 되지 않았고, 아무리 그리고 해도 불편한 밥을 먹고 싶진 않았다.

"괜찮습니다. 점심을 많이 먹었습니다."

"그러면 간단한 다과라도 하면서 이야기하지."

"저에게 하실 말씀이 있으면 그냥 하셔도 괜찮습니다."

"아니야. 자네는 나에게 정말 귀한 손님이니까 사양하지 말아 주게."

정득수 회장이 일어나더니 직접 다과를 내왔다.

"한국 대학교에서 내 딸과 가장 친한 친구이고, 〈로열 로드〉라는 곳에서 재미있는 모험을 한다고 들었네. 어떤 모험을 주로 하는가?"

"그냥 이것저것 합니다."

"방송에도 나왔다던데, 그 정도로 유명한가?"

정득수 회장은 이현에게 관심이 많았다.

이현은 그에게 프레야 교단의 의뢰나 리치 샤이어와 싸웠던 일들을 간단히 말해 주었다.

그런 주제로 이야기가 10분 정도 이어졌지만, 정득수 회장은 너무 막연한 이야기라고 생각했는지 큰 흥미를 갖지 못하는 듯했다.

그가 궁금해하는 것은 오직 딸의 일이었다.

"서윤이는… 가끔 웃던가?"

"잠깐이지만 웃을 때가 있었습니다."

"말을… 다시 할 수 있게 되었다고 들었네. 아직은 자네에게만 말한다고?"

"예."

"내 딸을 어떻게 생각하는가?"

이현은 갑자기 본론으로 들어왔다고 생각했다.

'올 때부터 생각했던 순간이로군.'

자신이 부모라도, 솔직히 딸이 어떤 남자를 만나는지 알아보고 싶을 것이다.

여동생 이혜연의 경우만 하더라도 초미의 관심사였다. 나쁜 남자를 만나는 건 아닌지, 상대가 혹시라도 바람둥이는 아닌지 확인해 봐야 했다.

이현은 어릴 때부터 여동생을 돌봤기에 부모의 입장을 충분히 이해할 수 있었다. 정득수 회장이 자신을 어떻게 여기고 있을지도 짐작할 수 있었다.

가진 것도 별로 없고, 배운 것도 적다.

"말씀하신 대로 친구…라고 생각합니다."

서윤이 처음 말했던 친구라는 단어.

친구라는 말이 이현이 그녀에게 허락할 수 있는 최대한의 거리였다.

"내 딸은 자네를 많이 의지하고 있다네. 그런데도 다른 마음을 가지고 있지 않은가? 자네도 남자일 텐데."

"저에게는 친구로밖에 보이지 않습니다."

서윤은 예쁘고, 똑똑하고, 심성도 보면 볼수록 착하다. 비록 고스톱 판에서는 그런 일을 겪었지만…….

'나와는 어울리지 않지.'

집도 어마어마한 부자다.

이현은 자신이 그녀에게 해 줄 수 있는 것은 아무것도 없으리라고 생각했다.

어릴 때부터 많은 일들을 겪어 왔다.

학교에서 다른 친구들이 부모님과 함께 소풍을 오고 새로 산 신발을 자랑하고 옷이나 장난감을 보여 줄 때, 그는 책상에 엎드려 있어야 했다.

집에 돌아오면 전기세, 수도세, 집세를 걱정해야 했다.

지금은 이현도 먹고사는 데에는 크게 지장이 없고, 나이에 비하면 나름 상당히 많은 액수를 저축도 하고 있다.

그럼에도 어린 시절부터 지금까지 살아온 너무 많은 부분들이 다르다.

모든 걸 다 가지고 있는 그녀에게 자신이 남자 친구라도 되는 건 가당치 않은 일이었다. 설혹 그녀가 바라더라도, 알아서 피해야 한다.

서윤과는 언제나 그만큼의 마음의 거리를 두었다.

그 거리는 쉽게 좁혀질 수 있는 게 아니었다.

"내 딸은 어릴 때 큰 상처를 받아서 오랫동안 말을 하지 못했네. 그런데 자네와 함께 있으면서 말을 하게 되었어. 아직은 자네에게만 말한다지만……."

이현은 알지 못했던 서윤의 사연을 그녀의 아버지를 통해서 들었다.

'정말 말을 하지 못했구나.'

10년 이상을 말을 하지 않으며 세상과 담을 쌓고 살아왔다고 한다. 서윤이 불쌍했고, 그녀를 보는 가족들도 이루 말할 수 없이 슬펐으리라.

"자네는 나에게 은인이네. 그래서 사례금을 준비했네. 보수라고 하면 뭐하지만 이걸 받고 계속 서윤에게 좋은 친구가 되어 주면 더 보답하지. 내 딸 마음의 상처가 치료될 수 있도록 계속 도와주게. 하지만 그 이상은 곤란하다는 것을 잘 이해하고 있으리라 믿네."

정득수 회장은 찻잔 옆에 흰 봉투를 내려놓았다.

"여러모로 돈 쓸 일이 많다고 들어서 한 장을 넣었네."

이현은 봉투를 본 후에 고개를 들어서 정득수 회장과 눈을 마주쳤다.

"받지 않겠습니다. 서윤이 말을 하게 된 것은 그녀의 의지에 의해서입니다. 제가 해 준 건 그 무엇도 없습니다."

"적지 않은 금액일 텐데… 형편에 도움이 될 것이네."

"자존심 같은 것 때문이 아닙니다."

이현은 이번 달에 나가야 하는 돈들을 떠올려 봤다.

식비와 생활비, 여동생을 위해 넣는 보험금과 적금……

할머니의 병원비도 계속 지출되고 있다. 고질적인 관절염과, 암 치료를 받고 너무나도 약해진 체력 때문이었다.

입원과 재활 치료를 몇 개월간 했을 때에는 병원 내에 다른 나이 드신 분들과 어울리게 되었다. 평생을 시장 귀퉁이에 앉아서 지냈던 분에게 말벗이 생긴 것이다.

집에 와도 되지만, 치료할 게 조금 남아 있기도 했고 지속적인 관리를 위해서 병원에 머무르고 있었다.

매달 지출되는 돈의 액수가 컸지만, 이현은 〈로열 로드〉를 통해 그 이상을 벌고 있었다.

"돈은… 정말 소중한 것이죠. 돈에 자존심을 세울 필요는 없다고 생각합니다. 그리고 가족들을 위해 많은 돈이 필요한 것도 사실입니다. 하지만 제가 버는 돈으로 책임질 수 있습니다."

〈로열 로드〉에서라면 일부러라도 거절의 뜻을 한 번쯤은 밝혔다. 조금 더 많은 돈을 뜯어내기 위해서!

그러나 현실에서는 정말로 이런 돈을 받고 싶지 않았다.

가족은 자신의 힘으로 지킬 수 있다. 그것을 위해서라면 뭐든 할 수 있다.

정득수 회장의 옆에 서 있는 비서가 말했다.

"회장님께서 주시는 돈입니다. 지금까지의 행동에 대한 감사의 표시라고 생각하고 받으시지요."

"서윤을 친구라고 생각하기에 받지 못합니다."

"네?"

"친구를 팔아서 돈을 벌고 싶지 않습니다. 친구라면, 어려울 때 도울 수는 있지만 대가를 바라면 안 된다고 생각합니다."

이 돈을 받아서 쓴다면 한동안은 도움이 될 것이다. 하지만 두고두고 빚진 느낌에 시달리게 되리라.

친구를 팔아서 번 돈을 가족들을 위해 쓰고 싶진 않았다.

이현은 자조적으로 생각했다.

'내가 할 줄 아는 것도 돈 버는 것밖에는 없으니까.'

정득수 회장도 더는 권하지 않았다.

"소신이 굳은 청년이로군. 앞으로 서윤이 다치지 않도록 해 주게."

"노력하겠습니다."

이현은 대화를 마치고 자리에서 일어났다. 그리고 경호원들을 따라서 별장 밖으로 나서며, 뒤를 한차례 돌아보았다.

으리으리한 건물 그리고 서윤의 아버지.

서윤에 대해 흑심을 품고 있는 것은 아닌지 의심하고, 돈을 제시했다.

기분이 나쁠 수도 있는 만남이었지만 부모님이 있다는 사실만으로도 부러울 뿐이었다. 처음부터 그녀는 닿을 수 없는 먼 곳의 존재라고 여겼으니까.

그녀를 닮은 프레야의 여신상을 만들 때부터 경외할 만한, 먼발치에서 지켜봐야만 하는 사람이었다.

'한 장. 1,000만 원이라… 안 받길 잘했어. 어쨌든 그 돈을 메우기 위해서라도 더 열심히 사냥하고 노가다도 해야겠군.'

정득수 회장은 와인을 잔에 따라 마셨다.

"직접 만나 보니 훨씬 인상이 좋은 청년이로군."

서윤의 마음을 치유하게 하기 위해서는 최적의 상대라고 할 수 있다.

"그래도 10억을 거절하다니… 돈에 약하다는 조사는 거짓이었나?"

⚬⚬⚬

베르사 대륙에서 무섭게 영토를 확장하고 있는 최강의 세력.

헤르메스 길드의 마스터 라페이는 오랜만에 반가운 손님을 맞이했다.

"천공의 도시 라비아스에서 헤어진 게 언젠데, 왜 이제야 온 거야?"

"그냥 여기저기 돌아다녔어요. 모험도 하고, 사냥도 하고."

"잘 왔다. 네가 온 걸 알면 반가워할 사람이 많을 거야."

다인은 지팡이를 내려놓고 의자에 앉았다.

헤르메스 길드의 핵심 유저들, 〈로열 로드〉의 초창기부터 라페이를 비롯한 많은 유저들과 사냥을 함께했던 다인이었다.

인어의 가방

드디어 지골라스에서의 모험을 마치고 모라타로 돌아가기 위한 항해!

위드가 탄 배의 옆과 뒤쪽으로 행운을 부르는 돌고래와 수천 마리의 새들 그리고 인어들이 헤엄을 치며 따라왔다.

고운 선율을 연주하는 벨로트. 화령은 인어들의 시선마저 앗아 갈 정도로 아찔하게 춤을 추었다. 그 덕에 바다의 생물들이 이렇게 많이 몰려든 것이다.

"우와, 진짜 예쁘다."

"바닷속이 그대로 내려다보여요. 어쩌면 좋아, 밑에서 거북이가 수영하고 있잖아요."

로뮤나와 수르카의 감탄처럼, 푸른 하늘 아래 빠져들고 싶을 정도로 아름다운 쪽빛 바다를 지나고 있었다.

작고 예쁜 물고기들이 떼를 지어서 돌아다니고, 가재나 새우 같은 갑각류가 물속을 기어 다니는 게 보였다. 바위와 해초, 조개 들이 수백 가지 색깔들로 이루어진, 놀랄 만큼 예쁜 색채와 아름다움이 있는 바다!

일행은 모두 갑판의 끝에 붙어서 바다를 구경하기에 여념이 없었다.

"뛰어오른다. 와!"

돌고래들이 자랑이라도 하듯이 물 위로 솟구치고, 인어들이 몸을 흔들면서 유연하게 수영을 하고 있다.

그리고 위드는 입맛을 쩍쩍 다셨다.

"맛있겠군!"

해양 동물들을 볼 때마다 해산물로 만들 수 있는 요리들이 끊임없이 떠올랐다.

몽땅 잡아다가 푹 끓여서 국물을 우려내고 먹어 치운다면 그것이 바다의 진미가 아니겠는가!

하지만 위드도 최소한의 인간성은 있다고 자부했다.

인어는 인간과 유사한 바다의 종족이다. 높은 지성을 가지고 있고, 언어능력도 갖춰서 대화가 이루어지기도 한다.

더군다나 모두 아리따운 여자의 외모를 하고 있었다.

순박하고 평화로운 종족.

"어떻게 야만적으로 인어들을 살육할 수 있겠어? 그건 도저히 용납할 수 없는 행위지."

위드는 그래서 장사를 하기로 결정했다.

"자, 자! 날이면 날마다 오는 기회가 아닙니다. 어서 골라 보세요. 구경은 공짜! 예쁜 신상 옷들이 아주 많이 모였습니다."

인어들은 인간을 잘 믿지 않고 경계했다.

'더러운 냄새가 나.'

'썩은 냄새. 언데드의 냄새야.'

위드가 리치로 활약한 이후로 약간 이상한 냄새를 풍기는 것은 사실이다.

하지만 조각품을 만들고 상업을 하면서 쌓은 명성이 매우 높다 보니 인어들의 경계심을 억누를 수 있었다.

세상에 믿을 인간이 없어서 위드를 믿고 배에 오른 인어들!

위드는 지골라스에서 테어벳과 볼라드를 사냥해 얻은 가죽으로 만든 옷들을 내놓았다. 가방이나 조개껍질 귀걸이, 바다 돌멩이 반지 등도 진열해 놓고 인어들에게 판매했다.

'인어들도 여자일 거야. 여자들에게는 옷이라면 무조건 팔 수 있어.'

병원에 있는 할머니에게 내복을 선물할 때에도 회색보다는 분홍색에 꽃무늬라도 들어가야 잘 사 왔다는 말을 한 번이라도 더 듣지 않았던가.

"바다에서도 쓸 수 있는 유용한 가방! 요즘 가방 1~2개 없으면 시대에 뒤떨어지는 인어라는 소리를 들을지도 모릅니다. 좋은 가방을 가지고 있으면 외출할 때 훨씬 좋죠."

마판은 생각이 부족했다는 사실을 자책하는 중이었다.

"아, 과연!"

인어도 바다에 사는 종족이라고 할 수 있다. 그들도 충분히 고객이 될 수 있었다.

그 누구이든, 대상을 철저히 사냥감 아니면 손님으로 인식하는 위드의 이분법적 사고!

'아직도 장삿속에서 위드 님을 따라잡지 못했구나.'

인어들의 머리카락은 물에 젖은 해초처럼 찰랑거렸다.

"이 옷이 마음에 들어요."

인어들의 목소리는 영롱한 울림과 함께 귓가에서 메아리쳤다. 시냇물이 기분 좋게 흐르는 것처럼 맑은 목소리였다.

막혀 있던 가슴이 탁 트이는 것처럼 예쁜 소리를 들으면서, 위드의 머릿속은 최신형 컴퓨터에서 계산기를 실행하는 것처럼 빨리 굴러갔다.

"1,520골드입니다. 하지만 잘 어울리시니 한 벌값에 두 벌을 드릴게요. 이 모자도 한번 써 보는 게 어떨까요? 너무나 잘 어울려서 아까운데. 이렇게 예쁜 인어분들에게는 돈이 목적이 아니라, 하나라도 더 어울리게 맞춰 드리고 싶어서요."

칭찬과 바가지 그리고 덤핑까지 한꺼번에 사용하는 노회한 상술!

인어가 잘 알아듣지 못하겠다는 듯이 고개를 갸웃갸웃 흔들었다.

"골드요? 옷을 가지는 데 그런 게 필요한가요?"

인어들은 때 묻지 않은 순진한 종족들이었다. 인간들의 세계에 대해 호기심을 가지고 있지만, 두려움도 있어서 잘 알지는 못한다.

"인간들이 물건을 서로 거래할 때에는 골드가 반드시 필요합니다."

위드는 품에서 오래된 니플하임 제국의 금화를 꺼내서 보여 주었다.

"이런 금화 가지고 있는 거 없어요? 아니면 보석이나 골동품, 혹은 무기나 다른 장비도 받습니다."

인어들에게 돈이 없다면 거래가 성립될 수 없는 노릇.

그러나 위드는 종족의 차이로 물건을 팔지 못할 경우에 대해서는 조금도 걱정하지 않았다.

바다에 떠도는 전설들이 어디 한두 가지던가.

폭풍우를 만나서 침몰한 상선들도 어마어마하게 많았을 것이고, 바다에서 사는 인어들은 그런 배들을 자주 봤으리라.

동화책에도 있지 않던가!

침몰하던 배에서 왕자를 구출해서 생고생했던 인어의 이야기가.

"잠시만 기다려 주세요."

옷을 고른 인어들이 바다로 뛰어들더니 한참 후에 금화를 보따리째 들고 돌아왔다. 어떤 인어들은 정말 오래된 골동품들을 가져오는 경우도 있었다.

특수하게 만들어진 도자기들, 금붙이들, 무기와 방어구, 오래된 지도, 마법 펜던트까지!

"음, 녹이 많이 슬어서 팔 수 있을지 모르겠는데요. 이런 거 받으면 제가 손해인데… 옷이 어울리니 거래하도록 하죠."

"고마워요."

위드는 환전 바가지까지 적지 않게 씌웠다.

먼바다의 인어들이라 그런지 레벨들이 그리 낮지 않은 편이었다. 바다 생물들을 부릴 수 있을뿐더러, 침몰선들은 몽땅 그들 차지다.

알부자나 다름없는 고객이었던 것이다.

"저와는 안 맞는 것 같아요."

어떤 인어들은 옷을 입어 보고는 고개를 흔들며 내려놓았다.

아무래도 위드의 옷들은 주로 인간들을 상대로 만들어졌기 때문에 옷감이나 체형상 맞지 않는 경우가 많다.

위드는 그럴 때면 곤란하다는 표정으로 옷을 받았다.

"입어 보신 옷은 아름다움이 묻어 있어서… 기왕이면 구입해 주셔야 되는데."

구구단을 외우듯이 튀어나오는 아부들!

위드는 순조롭게 지골라스에서 재봉한 옷들을 판매했다.

모라타까지 가져가서 유저들에게 판매할 수도 있지만, 방어구의 경우에는 시세가 비교적 정해져 있기 때문에 인어들에게 파는 편이 바가지를 듬뿍 씌울 수 있다.

물론 가난한 인어들도 있었다.

"너희는 돈이 없니?"

"네, 가진 게 없어요."

소녀의 티도 벗지 못한 어린 인어들이 가방을 보며 아쉬움에 지느러미를 파드닥거렸다.

위드는 이런 어린 인어들이 마음에 들었다. 좋은 고객이었다. 훌륭한 상인은 고객의 처지까지 감안해서 물건을 팔아야 한다.

위드는 물건을 팔면서, 절대 약자의 처지가 되어 상대가 사주기를 바라지 않았다.

그런 연약한 마음은 고객으로 하여금 할인이나 경품을 바라게 만든다.

　　이 물건을 넌 이미 샀다!
　　전 대륙에서 너를 위해 만들어진 유일한 상품이다.
　　지금까지의 인생은 잊어라. 이 가방을 드는 순간 새로
태어날 수 있을 것이다.
　　이걸 안 사고 얼마나 잘사나 두고 보자!

　자신감 넘치는 감언이설을 할 수 있는 원동력!
　위드의 속마음은 행동과 말투로 드러나서, 어쩔 수 없이 집
게 된다.
　위드는 어린 인어들을 향해 자상하게 말했다.
　"너희 다 울 수 있지?"
　"네? 자주는 아니고 가끔 울기는 해요."
　"눈물 좀 모아 줘. 그러면 가방 줄게."
　"알겠어요."
　인어의 눈물은 희귀한 아이템이었다.
　놔두면 진주로 변하는데, 세공하면 더없이 아름답다. 대륙에
가서 팔면 엄청난 상거래 명성과 교역 경험치를 얻을 수 있는
바다의 보물!
　어린 인어들을 위해 동네 아저씨처럼 이야기도 들려주었다.

　옛날 옛적 고래가 숭늉을 마시던 시절에 네필로스라는 왕국
에 왕자님이 살았어. 키도 크고 얼굴은 꽃미남에 성격도 좋아

서, 왕국 내의 모든 여자들이 그분을 좋아할 수밖에 없었단다.
왕자가 마을을 지나가면 그곳에 사는 아가씨들은 바라보는 것
만으로도 행복했지. 왕자는 옷도 잘 입어서 광채가 흐를 정도
였거든.

시장에서 사과를 파는 에일린이라는 아가씨도 왕자를 좋아
했어. 순박하고 웃는 모습이 정겨운 아가씨였지. 하지만 그녀
는 자신의 마음을 드러낼 수조차 없었어. 어머니가 일찍 병으
로 죽고, 양엄마 아래에서 자라면서 돈을 벌어 오는 것에서부
터 집안일까지 모두 그녀의 몫이었으니까.

에일린은 새벽이면 일어나서 사과를 따고 저녁 늦게까지 사
과를 다 팔지 못하면 집으로 돌아오지도 못했어. 팔 수 없는 덜
익고 상한 사과들을 먹으면서 사과를 팔아야 했지.

"사과 사세요. 잘 익은 사과 팔아요."

에일린이 파는 사과는 그녀의 마음씨를 닮아 꿀처럼 달콤했
단다. 숲의 정령들이 그녀가 따 가는 사과에 축복을 내려 주었
거든.

하지만 에일린의 사과가 유명해지고 찾는 사람들이 많아질
수록 그녀는 더 일찍 일어나서 사과를 따야 했지.

그러던 어느 날, 근처를 지나가던 왕자님이 그녀의 사과 상
점에 들렀어.

"아가씨, 세금은 꼬박꼬박 내고 있… 아니, 아가씨가 파는 사
과가 맛있다는 소문을 듣고 왔습니다."

에일린은 빨갛게 잘 익은 사과를 수건으로 닦아서 왕자에게
주었지.

왕자는 맛있게 사과를 먹고 나서 말했어.

"이번 주 토요일에… 무도회를 엽니다. 하지만 아직 저와 춤을 출 사람이 정해지지 않았는데, 그대를 초대해도 될까요?"

왕자가 에일린의 번호를 따려고 수작을… 아니, 데이트를 신청한 거야.

에일린은 몸 둘 바를 모르며 말했단다.

"죄송해요. 일을 해야 해서 시간이 나지 않아요."

시장에는 그녀를 시기하는 언니들과 계모도 있었거든.

왕자가 다시 말했어.

"그날 하루만큼은 일하지 않아도 됩니다. 국왕 폐하의 생신이라서 모두 쉬니까요. 혹시 누가 힘든 일이라도 시키는 것입니까?"

왕자는 잘생겼을 뿐만 아니라 똑똑했어. 에일린의 가정사가 왕국 내에서도 유명했기에 미리 모두가 듣는 앞에서 말해 두었단다.

"왕자인 저를 무시하는 게 아니라면, 그날은 누구도 당신에게 일을 시키지 못할 겁니다."

계모와 언니들의 얼굴은 창백하게 질리고 말았지. 감히 왕자의 위엄을 거스르면서 그녀를 무도회에 나가지 못하게 할 수는 없었으니까.

결국 에일린은 무도회에 나갈 수 있게 허락을 받고, 약속했던 토요일이 되었어.

왕자는 착한 성품의 아가씨를 좋아했고, 에일린은 평생 행복하게 왕자와 살 수 있을 것 같았지.

하지만 에일린은 안타깝게도 무도회에 나가지 못했어.

무도회에 들고 갈 좋은 가방이 없었기 때문이야.

마구 지어내는 삼류 스토리!

감수성이 한창 예민할 때인 어린 인어들은 눈물을 흘렸다.

"아흐흐흐흐."

"훌쩍."

위드는 인어들이 갑판에서 흘리는 눈물을 부지런히 병에 담았다.

눈물을 대가로 위드가 만든 옷과 가방, 액세서리 들이 불티나게 팔렸다.

위드가 정상적으로 판매할 수 있는 물건 가격을 제외하고 계산한 바가지로 인한 순익은 최소한 35,000골드 이상!

인어들에게서 얻은 골동품들은 육지로 돌아가서 팔아 봐야 제대로 된 가격을 책정할 수 있었다.

녹이 슬어서 뽑히지도 않는 검은 트집을 잡아서 마구 가격을 후려쳤지만, 녹여서 다른 무기로 만들면 된다. 특히 인어들의 세공품이나 그들이 가지고 있던 액세서리들은, 육지에서는 엄청난 금액에도 판매될 수 있다.

35,000골드는 정말 최소로 잡은 이익금에 불과했으니 하루 벌이로는 천문학적인 수익이었다.

"고맙습니다. 잘 쓸게요."

"나중에 언제라도 또 오렴."

"내일 다시 올게요."

"신상품 많이 만들어 놓을게."

인어들은 가죽옷을 입고 가방에, 모자까지 쓰고 바다로 뛰어들었다.

부유한 인어들을 보며 욕심이 나기도 했지만 그들을 공격할 수는 없었다.

베르사 대륙의 전설에 따르면 바다의 신이 만든 자식, 그리고 해룡의 친구라서 인어들을 사냥하면 엄청난 형벌을 받는다. 게다가 바다 생물들을 지배하기 때문에 인어들을 노하게 하면 곤란했다.

하지만 위드는 오히려 인어들의 감사를 받았다. 철저하게 고객을 만족시키면서 물건을 판매하는 바가지의 원칙을 지키기 때문이었다.

"인어들도 여자니까 구두를 좋아할 텐데 아쉽군. 신상 구두야말로 진짜 비싼 가격으로 팔 수 있을 텐데……. 그래, 물갈퀴라도 만들어서 파는 거야!"

순박한 인어들을 된장녀로 타락시키는 위드였다.

육지와 바다를 가리지 않고 그가 지나간 곳마다 넘쳐 나는 피해자들!

～❦～

모라타가 있는 북부 대륙으로 돌아가는 항해는 바람과 해류의 도움으로 지골라스로 향할 때보다는 조금 빨라졌다.

신비로운 바다의 일출과 일몰. 그리고 먼 곳에서 들리는 알 수 없는 노랫소리.

바다 여행은 특별한 추억과 낭만을 갖기에 좋다. 화령이나 다른 일행은 일광욕을 하거나 경치를 보면서 다시 경험하기 힘든 배 여행을 즐기고 있었다.

누렁이도 따뜻한 갑판에 배를 깔고 누웠다.

음머어어어!

문어 매운탕을 먹고 휴식을 취하는 중이었다.

보통의 황소는 먹지 못할 산해진미들을 먹었지만, 다 일당에서 제외되는 금액!

누렁이는 눈을 감고 편히 쉬었다.

지골라스에서 고생했으니 쉴 때는 쉬어 줘야 한다.

모라타로 향하면서 위드의 일행과 조각 생명체들은 3척의 배에 나누어서 탔다.

그런데 그들을 유유히 따라가는 거대한 섬 같은 물고기가 있었다.

지골라스를 나올 때만 하더라도 손바닥만 하던 작은 생명체가 바다로 들어가더니 산호초와 물고기 들을 잡아먹으면서 몸집이 순식간에 불어난 것.

비늘이 바닷물과 햇빛에 반짝였다.

외모만으로 놓고 본다면 초대형 우럭!

와이번들은 몸무게 때문에 조각 생명체 위에 내려앉아서 따라왔다.

눈매가 옆으로 쭉 찢어진 와칠이가 비늘에서 미끄러져서 바닷물에 풍덩 빠졌다가 올라왔다.

고소공포증이 있지만 물은 좋아하는 수르카도 바다를 즐기기 위해서 물고기에 탔다.

"넌 이름이 뭐니?"

물고기는 수면으로 약간 가라앉더니 몸을 바다 위로 띄우면서 말했다.

"거북."

"거북이야? 등껍질도 없고, 거북이는 아닌 것 같은데."

"거북, 거북."

스스로를 거북이라고 말하는 조각 생명체.

평생을 멸종 생명체들을 조각하던 라트체리가 만든, 지골라스에 있던 몇 안 되는 명작 조각품이었다.

원래의 이름은 말레인스 에우노토 터틀!

심해에 사는 초거대 거북이로, 성장하면 머리와 꼬리를 제외한 부분에 갑주가 자라난다.

지골라스에서 생명을 부여받고 태어난 것들 중에는 잘생기고 예술적인 녀석들 외에도 희귀, 멸종 생명체들이 많았다.

⚜

위드는 옷에 단추를 끼웠다. 인형 눈 붙이기와 더불어서 가장 예민해지는 작업!

지긋지긋하기 짝이 없었지만, 단추나 인형 눈에는 단 1개의 실수도 용서할 수 없다.

"단추는 조개껍질을 갈아서 만들어야지. 여러 빛깔의 조개껍질들을 끼우면 상품 가치가 높아질 거야. 물론 원룟값은 들지도 않을 거고, 희소성이 있어서 팔기도 좋을 거야."

원가 절감과 바가지를 씌우기 위한 궁리야말로 장사의 근본 정신이라고 확신하고 있는 위드!

인어들로부터 얻어 낸 아이템 중에서 오래된 지도들도 확인했다.

"감정!"

플라네티스해 어딘가의 지도
무엇을 기록했는지 알 수 없는 지도다. 별의 위치, 바람과 해류를 바탕으로 제작되었다.
내구도: 3/10
보물 등급: D

"보물 지도라."

해적들이 숨겨 놓은 보물이 있을 가능성도 크고, 침몰선의 위치를 알려 주는 것일지도 모른다. 아니면 가치가 높은 해양 생물에 대해서 기록되어 있을 수도 있다.

아쉬운 것은 지도가 낡아서 군데군데 지워진 부분이 있다는 것이다.

"유린이가 복원할 수도 있을 것 같은데."

지도의 복원은 모험가나 화가의 스킬에도 있었다. 물론 위드는 가지고 있지 않다.

그림 그리기 스킬의 레벨이 낮았고, 아직은 물감을 섞는 정도에만 활용할 뿐이다. 갑옷은 금속을 이용하여 색채를 조합해도 되지만, 재봉으로 만든 옷들은 염색하는 과정이 필요했기 때문이다.

"보물 등급 D라면 어렵게 찾아가더라도 수고에 비해서 소득이 많지는 않을 거야."

위드는 바다에서의 모험도 다채롭고 다양하다는 것을 알고 있었다.

인어들이 모아 온 잡다한 지도만 해도 무려 한 보따리가 넘었다. 해양 생물이 있는 곳, 소용돌이나 해저 동굴 같은 지형을 알려 주는 지도 등!

육지에서의 던전 탐험 못지않게 바다에서도 할 일이 많았다.

하지만 위드의 항해술을 바탕으로 모험을 하기에는 시간이 너무 오래 걸렸다.

바다의 해류에 대한 정보, 해저 지형과 암초, 바람 등을 파악하는 것만으로도 1~2년은 족히 걸릴 수 있다.

이번에는 어쩌다 지도와 퀘스트 때문에 지골라스까지 찾아갔지만, 바다의 모험가들은 따로 존재했던 것이다.

"이런 지도는 차라리 옷을 만드는 데 쓰자."

절로 여행을 떠나고 싶게 만드는 디자인. 실제 보물의 위치를 알려 주는 옷이다.

위드는 오래된 지도의 가죽이나 천을 수선해서 옷과 가방 들을 만들었다.

"운이 좋은 누군가는 찾아내겠지."

보물이 숨겨진 옷이라는 명목으로 좀 더 높은 가격을 받을 테니 위드로서도 손해는 아니다.

항해하는 동안에는 딱히 할 일이 많지 않아서, 가지고 있는 해양 지도들로 모조리 옷을 만들었다.

제피는 오랜만에 제대로 된 바다낚시에 푹 빠졌고, 페일과 메이런은 배의 안 보이는 곳에 가서 서로에게 회를 먹여 주는 닭살 행각을 벌였다.

화령과 벨로트는 이리엔, 수르카, 로뮤나와 함께 가벼운 차림으로 일광욕을 즐기다가 해양 생물들을 상대로 공연을 했다.

서윤은 갑판에 서서 위드가 일하는 것을 보다가, 돛대에 앉아서 바다를 구경했다.

전투 시에 용맹을 불어넣는 전사의 가면을 착용하고 있어서 얼굴은 보이지 않았지만, 그녀의 머리카락이 휘날리는 장면만으로도 화보였다.

그녀는 위드가 아닌 사람과는 대화하지 못했고, 목소리조차도 들려주지 않았다. 아직은 편안하지도 않고 어색함 또한 많이 남아 있으리라.

위드는 그녀가 혼자 있는 것을 보면서도 다가가서 말을 걸지 못했다.

'지골라스에서는 신세를 많이 졌는데… 그녀 덕분에 의뢰도 할 수 있었고, 헤르메스 길드와도 싸울 수 있었지.'

고마운 마음이야 충분하지만, 서윤을 볼 때마다 그녀의 아버지가 자꾸 떠올라서 전처럼 편안하게 대할 수가 없었다. 가끔 먹을 것을 전해 주면서 눈빛을 교환하는 정도였다.

"조각품이나 만들어야겠군."

위드는 맑은 하늘에 바닷물을 모아서 구름을 띄웠다.

흰 구름과 먹구름 들.

구름 조각술을 익히기에는 바다가 최적의 장소였다.

더없이 신비롭고 아름다운 광경이라서 베르사 대륙으로 돌아가면 엄청난 화제를 불러올 수 있을 것이다.

서윤이 하늘을 바라보고 있었다.

위드는 항상 나름대로 진지한 조각품, 예술성을 높여서 조각술 숙련도를 올릴 생각을 하며 조각을 했지만 지금은 뜬금없는 조각품을 만들었다.

교관의 통나무집에서 함께 고기를 구워 먹던 장면을 조각품으로 만든 것이다.

구름 조각품치고는 나오는 인원수가 여럿이고 규모가 커서 빨리빨리 만들어야 했는데, 위드의 손놀림에 힘입어 충분히 알아볼 수 있을 정도의 작품이 나왔다.

물론 엉성해서 작품으로서의 가치는 거의 찾기 힘든 수준!

가면을 쓰고 있어서 서윤의 표정은 알아볼 수 없었지만, 구름 조각품을 쳐다보는 시선에 기뻐하는 감정이 있을 거라고 위드는 생각했다.

'구름이 바다 위를 잘도 흘러가는군. 이 주변에 있는 해산물의 가격이 엄청날 텐데. 대게를 잔뜩 잡아다가 육지에서 팔면 그게 다 얼마일까. 싱싱한 참돔도 낚아 주고, 갯벌에서는 꼬막이라도 캐서 팔면…….'

바다는 자원의 보고. 어류와 해산물을 몽땅 잡아다가 팔면 그게 다 돈이다.

'바다에서도 땅 투기를 할 수 있으면 참 좋을 텐데.'

그렇게 바다를 가로지르며 북부 대륙으로 향했다.

◦✦◦

모라타에서는 어설프게나마 가죽 갑옷을 차려입은 유저들이
분주히 길을 오가고 있었다.

"대장장이님, 주문한 장검은 언제쯤 나오나요?"

"이름이 뭔데요?"

"멸치찌개요."

"스물세 번째 순서네요. 한 이틀 기다리셔야겠는데요."

"으흑, 어떻게 더 빨리 안 되나요?"

"여기 밀려 있는 사람들을 보세요."

대장장이의 뒤로 주문을 위해 서 있는 손님들!

이곳뿐만이 아니었다. 대장장이나 재봉사 들은 넘쳐 나는 주
문들로 인하여 비명을 지를 정도였다.

"보라색 화살 팝니다. 모라타 뒷산에서 캐낸 독초로 만든 화
살이에요. 물량은 2,000개가 있으니 빨리 오세요."

"실력 있는 마법사가 파티 구합니다. 이틀 정도 제대로 사냥
하실 분만 초대해 주세요. 간단한 마법 부여도 해 드림. 유효기
간 사흘 보장합니다."

"몬스터만 보이면 달려가는 전사 셋이 여기 있습니다. 치료
해 주실 성직자 계시면 바로 던전으로 갑니다."

"플리오의 검 80개 팝니다. 선착순으로 150골드에 깔끔하게
팔아요. 사냥 같이 가실 분도 환영해요."

"길잡이가 던전까지 안내해 드립니다."

모라타 전체에 넘치는 활력!

사람들은 여행과 모험, 사냥 등으로 즐거움을 감추지 못하는 모습이었다.

광장에서 물건들을 사고팔고, 파티를 구해서 던전이나 사냥터로 떠났다.

"이리 와."

음머어어어.

특이한 점으로는, 상인이 아니더라도 송아지를 1마리씩 끌고 다니는 경우를 쉽게 볼 수 있다는 것이었다.

소를 타면 이동속도도 걷는 것보다 빠르고, 배낭 등의 짐을 올려놓을 수도 있어 편하다.

일가족이 함께 〈로열 로드〉를 하는 경우도 많았다.

"동생한테 장검이라도 하나 사 줘야 되는데… 소 1마리 팔아야겠군."

소 팔아서 장비까지 장만할 수 있으니 초보 유저들에게 소는 필수였다.

어떤 유저들은 게시판에 '모라타에서 성장하는 법'이란 글도 올렸다.

제목: 모라타의 초보 유저들이여!

저는 중앙 대륙에서 시작한 유저입니다. 모라타에 와서 판잣집을 얻어 정착한 데르벨이라고 하죠.
모라타에서 시작할 유저들을 위해서 몇 가지를 써 봅니다.

1. 조각품을 감상하라

모라타의 영주이며 위대한 조각사가 만든 작품들이 곳곳에 있습니다. 직업에 따라서 조각품들을 보면 굉장히 큰 도움이 될 것입니다. 중앙 대륙에서도 볼 수 없는 큰 행운이죠. 야밤에 〈빛의 탑〉 주변에는 선남선녀들도 많이 서성이고 있고, 프레야 여신상 주변에서는 청초한 여자 성직자들을 볼 수 있답니다.

2. 돈을 모아서 예술 회관에 입장하라

대륙 어디에서도 찾아보기 힘든 모라타 예술 회관은 반드시 들어가 봐야 되는 장소입니다. 초보 시절에는 이 예술 회관에서 얻는 스탯들이 정말 커다란 도움이 되죠. 베르사 대륙의 다른 곳에서도 이 예술 회관 때문에 일부러 찾아올 정도인데, 멀리 찾아갈 필요도 없이 시작한 도시에 예술 회관이 있으니 얼마나 좋습니까? 3골드라는 입장료가 초보들에게는 엄청 큰돈이긴 하지만, 절대 후회할 일은 없을 겁니다. 작품들을 보면 너도나도 조각사나 화가가 존경스러워지고 그들에게 친절해질 것입니다. 잊지 마세요, 예술 회관에 좋은 작품이 늘어날수록 우리에게 도움이 됩니다.

3. 너무 멀리 가진 마라

모라타는 하루가 다르게 엄청나게 번성하고 발전하는 도시입니다. 베르사 대륙 전체를 뒤져 봐도 이런 곳이 없을 겁니다. 반면에 단점으로는, 여러 탐험대가 돌아다니고 있긴 하지만 북부 대륙 자체가 밝혀지지 않은 장소들이 워낙에 많습니다. 그러므로 확실한 능력을 갖추기 전에 도시에서 크게 벗어나면 살기 어렵습니다. 이건 기초에 가까운 내용이지만, 워낙 모라타가 보일까 말까 한 장소에서 죽은 분들이 많아서 써 보았습니다.

4. 동료들과 함께하라

모라타에는 여러분과 비슷한 레벨이 엄청나게 많습니다. 그들과 함께 성장하면서 모험을 해 보세요. 도움도 많이 되고, 나중에 친구들도 사귈 수 있습니다.

5. 직업 선택은 자유롭게

모라타에서 최근 각광 받는 직업은 누가 뭐라고 해도 정령사입니다. 말 잘 듣는 화둘이와 흙꾼이를 데리고 사냥을 하는 기쁨! 정령들은 외모도 매력적이고, 화려하기까지 하죠. 하지만 모라타에서 한 직업으로 쏠리는 것은 시시한 일입니다. 모라타의 영주가 조각사이지 않습니까? 전투형 직업 외에도 예술 계열 직업이나 생산직을 해 보는 것도 인기가 좋을 겁니다. 프레야의 사제는 누가 뭐라고 해도 최고죠. 자기가 정말 바라던 직업을 갖고 베르사 대륙을 마음껏 누비는 것이야말로 우리가 진정 바라던 일이 아니겠습니까.

6. 자신만의 집을 가져라

모라타에서는 내 집 마련의 꿈을 이루기가 쉽습니다. 판잣집이라도 한 채 있으면 훨씬 애착도 가고 든든하죠. 집은 휴식이나 물건을 보관하는 용도로 쓸 수 있고, 마당에는 나무도 심을 수 있습니다. 모험을 마치고 돌아와서 프레야의 신전에서 성수를 조금 얻어 나무를 키워 보세요. 나무들이 정말 빨리 자라고, 열매도 풍성하게 열립니다. 그 열매들을 시장에서 팔아서 돈을 벌 수 있을 뿐만 아니라, 프레야 여신의 축복을 받아서 행운이나 여러 추가적인 효과를 얻을 수 있을 겁니다.

7. 주민들이 필요로 하는 물건들을 구해 주라

모라타 주변에서 짐승과 몬스터의 가죽 등을 구해 주면 주민들과의 친밀도를 올리기가 좋습니다. 그러다 보면 좋은 아이템도 얻을 수 있는데, 팔아서 초보용 무구들을 구하기가 정말 좋죠.

8. 치안군을 이용하라

글이 너무 길어지는군요. 하지만 이건 모라타에서 가장 중요한 부분입니다. 제가 꼭 드리고 싶은 말이기도 하고요. 중앙 대륙의 여러 성과 도시 들을 가 봤지만, 모라타의 특색이 예술의 발전과 함께 가장 크게 두드러지는 부분이 바로 이 항목입니다. 모라타의 영주는 난이도가 높은 여러 퀘스트들을 성공시켜서 명성이 대단할 것으로 짐작됩니다. 그리고 주변에는 파헤쳐지지 않은 던전과 사냥터가 많습니다. 모라타의 군대는 주변 지역의 치안을 안정화하기 위하여 프레야 교단의 사제들과 함께 끊임없이 정벌에 나서고 있죠. 이런 원정대에 속해서 부지런히 사냥하다 보면 친밀도나 공헌도 그리고 스탯과 경험치를 올리기에 유리합니다. 모라타의 영주 위드가 병사들이나 주민들과 얼마나 친한지는 다들 익히 알고 계실 겁니다. 세상에 우연이란 많지 않죠. 모라타에 와서 예술 작품들을 감상하며 스탯을 올려 본 유저들이라면 이렇게 조금씩 쌓인 스탯들이 얼마나 큰 도움이 되는지 아실 겁니다. 우리도 위드처럼 될 수 있습니다.

9. 퀘스트를 하라

모라타에는 북부에 흩어져서 살던 주민들이 많이 모여 있습니다. 그들 중에는 역사적인 유물이나 특이한 사연을 가지고 있는 이가 많죠. 주민들의 퀘스트를 따라가다 보면, 여러 개가 이어진 연계 퀘스트를 할 수도 있습니다. 미리 포기하지 말고 끝까지 가 봅시다. 베르사 대륙의 즐거움을 우리가 몽땅 경험해 보는 겁니다.

간단히 쓰려고 했는데 흥분하다 보니 글이 많이 길어졌습니다.
혹시라도 모라타에서 창을 들고 있는 전사, 데르벨을 보면 반갑게 인사라도 해 주세요.

모라타에 직접 와서 생활하는 고레벨 유저의 글이었다.

모라타에서는 레벨이 〈로열 로드〉의 최상위권에 속하는 몇십 명의 유저들이 모험을 하고 있었다. 데르벨도 그들 중 1명으로, 그가 게시판에 올린 글은 댓글 숫자만 7,000개가 넘을 정도로 인기였다.

༺ஓ༒ஓ༻

이체와 에이라는 모라타의 여사제들이었다.

그녀들은 프레야 교단에 속해 있으면서 모험을 했다. 사제들끼리도, 쉽지는 않지만 파티 사냥을 할 수 있다. 성기사들과 함께 전투할 때는 최고의 효율을 보이는 직업이었다.

교단의 늙은 여사제가 말했다.

"조각사 위드라는 사람은 정말 믿을 수 있다고 하더군. 그에게 맡기면 해결되지 않는 의뢰가 없다지?"

경비병들도 곧잘 말했다.

"프레야 교단은 위드에 대해 감사하는 마음을 잊지 않았지. 프레야 교단의 잃어버린 성물들을 되찾아준 은인이니까."

"위드라는 조각사가 경이로운 모험을 마쳤다는 것을 자네들도 알고 있겠지. 나도 그런 모험에 참여해 보고 싶어. 아니면 그의 모험 이야기를 들을 수라도 있으면 좋을 텐데."

모라타에서는 위드에 대해 이야기하는 주민들의 모습을 자주 볼 수 있었다. 영주였으며, 그의 의뢰가 모라타에 끼친 영향이 대단히 컸기 때문이다.

"위드는 얼마나 특별한 사람일까?"

"용맹하고, 명석한 머리에, 물러설 줄 모르는 남자?"

이체와 에이라뿐만 아니라 모라타의 여성 유저들 사이에서 위드의 인기는 절정이었다.

위대한 건축물

위드가 탄 배는 바다를 지나서 북부 대륙 근처까지 왔다.

인어들이 좋아할 만한 잡템은 모두 처분하고, 구름 조각술을 펼치는 데 전념하면서 조각술 숙련도를 올렸다.

"구름은 상당히 까다롭군. 만들어야 하는 주제를 정하기도 힘들고, 표현도 쉽지 않아."

돌과 나무 등을 재료로 쓸 때에는 무조건 크기로 부족한 예술성을 채웠지만, 구름 조각술에서만큼은 해당되지 않았다.

물을 빚어서 구름을 만들기 때문에, 수천 배 이상으로 거대해진다.

실수가 두드러지게 보이기 마련이었고, 바람이 불면 금방 흐트러져 버렸다.

잠깐만 형태를 유지할 수 있는 구름으로 예술 작품을 조각한다는 것은 매우 난해한 주제였던 것이다.

"물고기들이나 만들어야지. 광어, 우럭, 새우, 꽃게 들을 기본으로 참치나 고래 들도 만들어야겠어.”

예술품이 아닌 타협!

조각술 숙련도를 올리기 위한 노가다로, 닥치는 대로 이것저것 만들었다.

그렇게 100여 개의 구름 조각품들을 만들었을 때, 신비한 자연현상이 벌어졌다.

배가 전진하는 방향으로 희고 검은 구름이 잔뜩 끼었다. 바람이 부는 방향에 따라서 위드가 조각한 구름이 이동하고, 하늘을 뒤덮었다.

악천후라고 할 것까지는 없었지만, 촉촉한 이슬비가 바다로 떨어졌다.

“와아…….”

“정말 세상에서 가장 아름다운 광경이다.”

늘어져라 낮잠을 자고 쉬고 있던 일행이 벌떡 일어나서 뱃머리로 왔다.

어두운 하늘에, 구름과 구름 사이로 빛이 내리고 있었다.

띠링!

자연의 조각품을 만들었습니다.

빛이 내리는 바다
대자연의 비경이 재능이 충만한 조각사에 의해 재현되었습니다.

조각술 스킬의 숙련도가 향상되었습니다.

자연 조각술 스킬의 레벨이 초급 3으로 상승했습니다.

명성이 145 올랐습니다.

예술 스탯이 7 증가합니다.

자연과의 친화력이 15 늘어납니다.

지혜와 지력, 행운이 3씩 높아집니다.

모든 스탯이 2씩 늘어납니다.

바다에서 보는 빛 내림은 장엄하기까지 했다.

구름 조각술로 무엇까지 만들어 낼 수 있을지는 아직도 짐작하기 어렵다. 하지만 빛과 구름을 조각해서 이보다 멋진 작품을 만들기가 어디 쉬울 것인가.

스탯의 증가도 제법 짭짤한 수준이었다.

위드의 경우에는 작품을 만든 것에 대한 보상으로 스탯이 늘었지만, 동료들은 감상하는 것만으로도 다양하게 스탯이 증가했다. 이리엔의 경우에는 신앙심이 많이 늘었고, 로뮤나는 지혜 스탯이 5개나 증가했다. 화령에게는 매력이었다.

자연의 조각품을 보며 특기에 따라 골고루 스탯을 획득한 것이다.

"우와, 너무 멋지다."

동료들이 놀라움을 감추지 못했다.

위드의 입가에 자만심 가득한 썩은 미소가 그려졌다.

"뭐, 이 정도야 기본이지."

누렁이가 뒷걸음질 치다가 그리핀이라도 밟은 격이었지만 어쨌든 결과만이 중요할 뿐.

지골라스에서 위드에 의해 탄생하여 좁은 배에 머무르고 있었던 조각 생명체들도 갑판으로 나와서 빛이 내리는 바다를 보았다.

띠링!

> 조각 생명체들의 스탯이 증가합니다.

예술에 의해서 탄생한 조각 생명체들이기에, 조각품을 보면서 다른 종족들처럼 영향을 받았다.

❧

육지가 가까워졌다. 길었던 항해를 마무리할 시간이 다가온 것이다.

위드와 일행은 상륙 준비를 하고, 조각 생명체들도 바쁘게 움직였다. 짐이 들어 있는 배낭을 챙기고, 늘어놓았던 낚싯대와 요리 도구 들을 거두었다.

그런데 희귀하게 태어난 조각 생명체들, 멸종을 겪었던 생명체들에게는 특유의 본능이 있었다. 그들은 계속 위드를 따르지 않고 종족 번식을 위해 떠나겠다는 말을 했다.

"암컷을 찾고 싶다. 자식을 낳고 싶다. 먼 곳으로 가면 동족을 만날 수 있을지."

"우리에게 자유를 준다면 넓은 땅으로 가서 일족을 일구면서 살고 싶다."

조각 생명체들의 강력한 요구!

짝 없이 평생을 살다가 쓸쓸히 죽어 가는 건 너무도 딱했다. 그런데 1~2마리의 요구가 아니라 지골라스에서 탄생시킨 생명체들의 삼분의 일에 육박하는 정도였다.

"크흐흠."

위드는 골치 아픈 상황에 처했다.

원래 계획대로라면, 조각 생명체들을 탄생시키고 나서 존경과 추앙을 받으려고 했다. 그러나 권위나 무력으로 다스리기에는 한꺼번에 태어난 조각 생명체들이 너무 많았던 것.

그들이 눈을 반짝이면서 위드를 쳐다보고 있었다.

인자하고 착한 위드라면 틀림없이 허락을 해 줄 것이라고 믿으며!

하지만 위드의 머릿속에 들어 있는 생각은 전혀 달랐다.

'역시 패야 됐어.'

그렇다고 강제로 붙들어 놓고 노예처럼 부려 먹는다면 반란이 일어나거나, 외로움에 탈출해 버릴지도 모를 일.

조각 생명체들을 다스리는 것도 쉬운 일은 아닌 셈이다.

위드의 통솔력 스탯이 높았기에 와이번들이나 빙룡이 꿈쩍을 못 했을 뿐이다.

개성 강한 조각 생명체들은 자유분방한 삶을 추구한다. 군대처럼 통제하기란 애초부터 불가능한 것이었는지도 모른다.

위드는 어렵게 입을 떼었다.

"이 넓은 대륙에서……."

부려 먹을 일이 얼마나 많은데 가려고 하느냐.

"너희가 원하는……."

세상에 원하는 것만 하면서 살 수는 없다.

"삶을……."

마음 같아서는 소들에게 하듯 코뚜레라도 만들어 채워서 부리고 싶은 심정.

당장 수컷이나 암컷을 만나고 일족을 키우더라도, 어떤 이득을 기대하기에는 너무도 많은 시간이 걸릴 것이 아니던가.

"살도록 하여라."

마지막 말을 하는 위드의 눈가에 살짝 이슬이 맺혔다. 조각 생명체들과의 이별을 진심으로 아쉬워하는 얼굴이었다.

다만 다른 주인들이 애정의 눈물을 보여 준다면, 위드의 경우에는 상실에 대한 아까움의 눈물이라는 점이 달랐다.

"지금 떠나겠다."

떠나기로 한 희귀 생명체들은 초거대 거북이에 타고 다시 먼 바다로 향했다.

위드가 그들이 완전히 보이지 않을 때까지 애타게 쳐다보았지만, 어떤 금붙이나 보상도 남기지 않은 채!

"이곳에서 하루 정도 부지런히 가시면 모라타에 도착할 겁니다요."

헤인트는 육지에 올라서 고개를 숙이면서 굽실거렸다.

드디어 길었던 그들의 지골라스 여행도 끝나는 순간이었다.

물론 지골라스는 제대로 구경도 못 해 봤지만, 새로운 항로를 개척했다.

안전한 북쪽 항로를 바탕으로 해서 여러 개의 섬이나 사냥터, 재배지 등을 발견할 수 있을 것이고, 그로 인한 수익은 쏠쏠할 것이다.

이제 이 악마 같은 위드와도 헤어져야 할 때가 왔다.

"헤헤헤헤. 신세 많이 졌습니다. 덕분에 재밌는 모험을 했습니다."

"앞으로는 정말 착하게, 다른 유저들의 등도 치지 않으면서 욕먹지 않게 열심히 살겠습니다. 위드 님도 하시는 일 잘되길 바랍니다. 위드 님의 모험을 앞으로도 계속 지켜보겠습니다."

"저도 새로 태어난 것처럼 제대로 살아 보겠습니다. 바다로 또 나갈 일이 생기시면 언제든지 저희를 불러 주세요."

비록 잘못된 선원 계약으로 이루어진 관계였지만, 구경도 많이 했고 모험의 결과물을 돌아보면 나쁘지만은 않았다.

그렇게 베키닌의 3마리 미친 상어들이 잘 가라면서 정중한 작별 인사를 했다. 물론 위드가 다시 부른다고 해서 오고 싶은 마음은 티끌만큼도 없었지만.

"허어."

위드는 크게 한숨을 쉬었다.

조금은 미운 정이 들었다고도 할 수 있는데 헤어지는 마당에 구태의연한 인사를 받고 있자니 정말 어디서부터 가르쳐야 할지 갑갑하기 짝이 없었다.

위드가 인상을 찌푸리며 물었다.

"정말 앞으로는 다른 사람에게 피해도 안 주고, 그렇게 선량하게 살 거야?"

"물론이지요. 초보 유저들도 많이 도와주면서 착하게 살 겁니다."

헤인트가 간교하게 눈동자를 굴리다가 대답했다.

나중 일이야 솔직히 어찌 될지 모른다. 하지만 지금의 심정은 진심이었다.

위드와 동행한 것뿐 아니라 하벤 왕국의 함대, 해적단과 해상전을 벌였던 기억은 진정 잊지 못하리라.

잘은 모르지만 그들도 방송을 타서 엄청나게 유명해졌을 것이다. 하벤 왕국의 전투함과 해적선 사이를 누비면서 키를 돌리던 손맛은 정말로 짜릿했던 것이다.

자잘한 좀도둑질이나 하던 과거는 식상해졌다. 그들의 힘으로 바다에서 무언가를 해 보고 싶었다. 지골라스까지 먼바다를 다녀오고 나니, 사나이의 웅대한 포부가 키워졌다.

위드는 어리석다는 듯이 고개를 저었다.

"착하고 고리타분하게 살 필요 없어."

"예?"

"그건 손해 보는 거야. 착한 사람들이 칭찬을 받는 건 아무 이득을 바라지 않고 베풀기만 하기 때문이야. 악독하고, 야비하고, 비겁하고, 파렴치하게 살아야 남들보다 빨리 성장하지."

"오오, 과연!"

전쟁의 신 위드의 말이니 절대적 진리!

"언제나 노력해. 내 것은 절대 잃지 말고, 남의 것은 침부터 먼저 바르고 봐. 내 것이 아니라고 포기부터 하면 안 된다. 욕심내다 보면 기회가 생길 수도 있는 거지. 그리고 뒷수습은 항상 잘하도록 하고."

베키닌의 3마리 미친 상어들은 위드도 그들과 동류라는 사실을 다시 되새겼다.

'이 나쁜 놈.'

'진짜 존경심이 우러나올 정도로 멀쩡하게 나쁜 놈이다.'

'내가 아무리 노력한다고 해도 이렇게 성공한 나쁜 놈이 될 수 있을까?'

욕이 아니라 존중의 마음을 담은 '나쁜 놈'이었다.

악당을 꿈꾸는 이들에게는 가히 신앙의 대상이 될 만한 존재가 아닐 수 없었다.

"그럼 가 보겠습니다."

"살펴 가도록 해. 땅바닥에 떨어진 돈이라도 주울 수 있게."

베키닌의 3마리 미친 상어는 위드의 일행과도 작별을 나누었다.

"이렇게 헤어지게 되는군요."

벨로트와 인사를 나눌 때, 헤인트는 섭섭해졌다.

술집에서 만난 벨로트 때문에 일에 말려들게 되었지만, 거친 바다 생활을 하면서도 그녀를 보면 힘이 났다. 원망하는 마음도 잊어버리고, 떠나려니 다시 못 본다는 생각에 그리워질 것만 같았다.

헤인트가 침을 꿀꺽 삼키고 나서 말했다.

"벨로트 님, 괜찮다면… 친구 등록을 해 주시겠습니까?"

돌발적인 친구 등록 제안이었다.

벨로트는 잠시 머뭇거리다가 고개를 끄덕였다.

"네, 좋아요."

"나중에 연락드리겠습니다."

헤인트는 더없이 기뻐하면서 다른 일행과 인사를 나누었다.

그 장면을 침을 흘리며 지켜본 프렉탈과 보드미르도 그냥 헤어질 수는 없다는 마음에 화령에게 이야기했다.

"첫눈에 화령 님의 아름다움에 반했습니다. 미처 많은 이야기를 해 보지는 못했지만, 기회를 주신다면 제 남자다운 모습을 보여 드리고 싶습니다. 저와 친구 등록을 해 주세요."

"저도 친구 등록을 바랍니다, 화령 님. 평생 본 중에 가장 예쁜 분이십니다."

페일과 이리엔, 수르카, 로뮤나는 안됐다는 듯이 그 둘을 보았다.

화령이 위드를 좋아한다는 사실을 그들끼리는 알고 있기 때문이었다.

'불쌍하게 차이겠군.'

'안됐다. 화령 님은 자기가 좋아하지 않는 사람에게는 엄청 까탈스러운데.'

그런데 화령이 선뜻 고개를 끄덕였다.

"저도 멋진 분들과 여행을 해서 영광이에요. 우리 친구 등록을 해요."

프렉탈과 보드미르가 속으로 환호하고, 일행은 그렇게 베키닌의 3마리 미친 상어들과 이별했다.

그들은 지골라스에서부터 타고 온 3척의 배를 그대로 인수해서 끌고 가기로 했다.

가지고 있는 돈은 없었지만, 값나가는 장비 물품들을 내놓고 조금 낮은 가격으로 산 것이었다.

배를 거래할 때는 항구까지 가야 하고 제법 시간이 걸리기 마련이니 위드로서는 빨리 처분할 수 있어서 이득이다.

3마리 미친 상어들도, 베키닌으로 돌아가서 팔더라도 발품을 판 수고비 정도는 건질 수 있었다.

그들이 탄 배가 바다 안개 속으로 사라질 때였다.

벨로트가 화령을 향해 물었다.

"언니는 친구 등록을 왜 받아 줬어?"

"앞에 두고 거절하기는 어색하고 민망하잖아. 받아 주고 나서 나중에 삭제하는 거야."

"나도 그렇게 하는데."

인기가 많은 둘은 평소에도 친구 등록을 요청하거나 전화번호를 물어보면 알려 주고 수신 거부를 하는 방법을 사용했던 것이다.

⟳⟴⟲

"이제 거의 다 왔군."

위드는 누렁이를 타고, 일행은 다른 조각 생명체들을 탄 상태로 언덕 하나만을 남겨 놓았다.

상인들이 바쁘게 오가고, 허술한 복장을 한 초보자들이 활기차게 몰려다니고 있었다.

드디어 돌아온 위드의 도시였다.

"어릴 때부터 집에서 강아지를 길렀는데, 제가 원래 개를 좋아하거든요. 켈베로스야, 나중에 시냇물에서 목욕시켜 줄게."

머리가 셋 달린 시커먼 개를 타고 가는 수르카는 연방 귀엽다고 머리를 쓰다듬어 주었다.

지옥의 파수꾼, 켈베로스의 조각 생명체가 그저 강아지처럼 느껴졌던 것!

위드만큼은 아니지만 여러 곳을 돌아다니면서 사냥을 했던 일행에게 몬스터들은 무섭지 않았다. 배를 타고 돌아오는 길에 창을 들고 덤비던, 끔찍하게 생긴 프로그맨들을 사냥할 때에도 그들은 겁먹지 않았다.

'몬스터들은 밥, 아이템, 경험치!'

위드 덕분에 몬스터들을 대하는 게 아주 자연스러워진 일행이었다.

켈베로스는 꼬리를 흔들면서 애교를 부렸다. 혀를 내밀어서 수르카의 손을 핥기도 했다.

영락없이 조금 큰 개의 모습이었지만, 전투가 벌어지게 되면 어떤 모습으로 바뀔지는 모른다.

모라타로 이동하며 오랜만에 고기를 먹고 싶어서 사냥감을 구하려고 했던 때가 있었다. 켈베로스가 냄새를 킁킁 맡더니 수풀 사이로 뛰어 들어가 불과 2분 만에 야생 멧돼지를 물고 돌아왔다.

위드는 그때 이름을 지어 주었다.

"넌 사냥개라고 하자."

그냥 떠오르는 대로 지어 주는 이름! 하지만 그런 만행을 동료들은 참지 못했다.

"그게 뭐예요. 이름을 너무 대충 지으시는 것 같아요."

"켈베로스 닮았잖아요. 켈베로스라고 불러요."

벨로트와 로뮤나가 항의했지만, 위드는 귀담아듣지 않았다.

"안 됩니다."

"왜요! 켈베로스라고 부르면 안 되는 어떤 이유가 있는데요."

"부르기 귀찮으니까요."

개들은 그냥 몸보신이 딱이었지만, 여름만 되면 충성심이 저하될 수가 있었다.

사냥을 하는 개이니 사냥개가 최적!

그럼에도 동료들이 부르는 이름에 더욱 열심히 꼬리를 흔들면서 좋아하는 바람에 결국 켈베로스라고 이름이 지어지고 말았다.

위드는 다른 조각 생명체들에게는 야밤에 적당한 이름들을 지어 줬다.

"넌 시골뱀 하자."

수십 가지의 색깔과 무늬를 가진 우아한 뱀에게는 시골뱀이란 이름을 지어 줬다.

　"너는 지렁이라고 하자."

　데스웜.
　땅속을 파고 들어가며 최대 200미터까지 몸이 커지는 초거대 몬스터.
　지골라스에서 생명이 부여되었을 때에는 몸이 1미터 정도의 크기였지만, 음식을 섭취하는 족족 커져서 현재는 8미터나 되었다.
　제피가 낚시를 하면서 탐내던 미끼였지만, 너무 커져서 고래도 삼킬 수준이었다.
　데스웜은 거의 잡힌 적도 없는 몬스터였다.

　"넌 돌쇠라고 부를까?"
　기사의 이름은 돌쇠라고 지어 주려다가 잠시 의견을 물어보았다.
　기사들은 고고하고 자존심이 강하기에, 아무 이름이나 지어 주었다가는 대번에 자유 기사가 되어 떠나 버리는 수가 있었던 것이다.
　기사는 자신의 이름을 직접 말했다.
　"제 이름은 세빌 프렉스턴으로 하겠습니다."
　"이유는?"

"저를 조각해 준 주인을 기억하기 위해서입니다."

충성심이 강하고, 빚지고는 못 사는 기사답게 조각사의 이름을 딴 것이다.

"그래, 세빌. 앞으로도 잘 부탁한다."

같이 따라다니는 조각 생명체들에게는 마음대로 이름을 붙였다.

육지에서 헤어진 조각 생명체들은 와이번들과 같이 숲에서 사냥하고 있었다.

지골라스에서 따로 출발했던 불의 거인도 불사조를 타고 빙룡과 함께 도착해서 넓은 숲을 사냥터로 삼았다.

'조각 생명체들이 강해지면, 실컷 부려 먹어서 떼돈을 벌 수 있겠지!'

위드는 그리고 모라타에 도착했다.

동쪽 산에 있는 〈빛의 탑〉, 그리고 넓은 호수를 끼고 있는 프레야 여신상, 시내에 세워져 있는 웅장한 예술 회관.

유저들이 길거리에 북적거렸다.

과거에는 뱀파이어들이 살던 흑색 거성 앞에 다 쓰러져 가는 허름한 건물들이 있던 마을에 불과했다.

하지만 현재는 길가에 벽돌로 지은 상점이 건설되고, 주택가도 만들어졌다.

"빨리 가자. 늦으면 사람들이 너무 많아질 거야."

"저녁에 돌아오는 거지?"

"응. 〈빛의 탑〉에서 공연이 열린다더라고."

사냥과 모험을 위해 결성된 파티가 황소를 타고 근처의 던전으로 향했다.

사람들이 오가는 길가를 지나 언덕에는 정겨운 판자촌이 빼곡하게 형성되어 있는 모습도 보였다.

판자촌을 보니 위드는 비로소 집으로 돌아온 기분이 들었다.

"집과 사람이 많이 늘었군."

5개의 광장에서 유저들이 좌판을 열거나 장사를 했다. 위드가 떠날 때보다도 유저들이 월등히 많이 늘어난 모습이었다.

〈로열 로드〉와 관련된 게시판이나 방송을 통해서 모라타가 커졌다는 것은 알고 있었지만, 실제로 보니 그 이상의 느낌이었다.

과거의 낙후되었던 초라한 마을의 모습은 어디에서도 찾아보기 어려워졌고, 상점들도 규모가 4~5배씩 커졌다.

마판이 옆에서 설명해 주었다.

"중앙 대륙의 전쟁 때문에 최근 들어서 초보 유저들이 엄청나게 많아지고 있습니다. 〈로열 로드〉의 초보자들이 가장 많이 시작하고 싶어 하는 도시가 모라타라는 조사 결과까지 있을 정도죠."

초보들의 입장에서는 전란에 휩싸인 중앙 대륙의 발전된 왕국보다 모라타를 택한 것이다.

위드가 일행과 성문으로 걸어가자, 토끼와 여우를 사냥하던 초보자들이 눈을 동그랗게 떴다.

"저 사람은… 아니, 저 황소는 누렁이 아니야?"

웬만한 고레벨 유저보다 유명한 근육질의 소 누렁이!

위드는 리치나 오크의 모습이 아닌 그저 평범한 차림이었다.

"영주다! 모라타의 영주가 돌아왔다!"

초보자들이 몰려들고, 광장으로도 소문이 퍼졌다.

장사를 집어치우고 몰려든 상인들과 댄서, 바드 그리고 모라타에 건물을 세우는 데 일조한 건축가들과 조각사, 화가 들까지도!

모라타에 머무르고 있던 유저들 중에서 불과 1할도 되지 않는 사람들만 모여들었는데도 위드의 주변은 발 디딜 틈이 없을 정도였다.

전쟁에서 승리하고 돌아온 기사를 맞이하는 것처럼 유저들이 모였다.

"위드 님, 지골라스에 다녀온 소감을 말씀해 주세요!"

"헤르메스 길드와 싸웠던 이야기를 들려주세요!"

사이비 교주를 훨씬 능가하는 위드의 인기이다 보니, 방송을 통해 내용을 봤으면서도 직접 듣기를 원했다.

'모두 내 말을 기다리고 있군.'

위드는 잠깐 생각하다가 사자후를 터트렸다.

"갔노라! 싸웠노라! 벌었노라!"

인도자의 동맹을 결성하고 엠비뉴 교단을 물리쳤을 때와 같은 보고!

모라타의 유저들 사이에서 위드의 이 말은 굉장히 유명했다. 막 함성을 지르면서 축하해 주려던 유저들이 조금 김이 새는 느낌을 받을 때, 다시 사자후가 터졌다.

"갔노라! 싸웠노라! 정말 많이 벌었노라!"

"우와아아아아아아아아아아아아!"

환희와 광란의 절정이었다.

퀘스트의 성공과 전투의 승리를 자기 일처럼 축하해 주는 유저들!

그들은 위드와 친해지고 싶었다. 짜릿한 모험을 함께하고 싶었기 때문이다.

～❧～

위드는 영주성의 집무실에 틀어박혀서 가장 중요한 작업을 했다.

돈 계산!

"이번에 지골라스에서 번 돈을 합치면, 그리고 인어들과의 정당한 교역, 의뢰, 음식 판매로 얻은 돈이 24만 9,872골드 35실버 14쿠퍼로군."

수입이 짭짤했지만 교역을 하고 네크로맨서로 몇 달간 지골라스를 휘젓고 다닌 것에 비해서는 빈약했다. 사냥과 채광으로 얻은 광물들은 아직 장비로 만들어서 팔기 전이었기 때문이다.

월석이나 공작석 등은 가공하기만 하면 교역 경험치를 얻게 해 주는 특산품으로도 판매가 가능하다.

위드의 경우에는 조각술 스킬을 이용해 대륙의 웬만한 세공품은 만들어 낼 수 있었다. 그릇이나 도자기도, 손재주를 이용하면 썩 괜찮은 것들이 나온다.

월석을 재료로 삼는 사막 부족의 장신구 등을 직접 만들어서 판다면 짭짤한 이윤을 남길 수 있으리라.

"그보다도 모라타가 그동안 얼마나 변했을지 궁금하군. 지역 정보 창!"

띠링!

모라타 지역

니플하임 제국에 소속되었던 지방. 현재는 모라타 백작 위드의 통치를 받고 있다. 북부를 대표하는 최고의 도시이며 무역과 예술의 중심지. 새로운 특산품과 예술품, 공연 등 번창한 문화로 사람들을 모으고 있다. 젊은 노동 인구가 많으며, 북부의 기술자들이 터전을 잡고 있다. 각종 무구들이 다양하게 제작되고, 주택 건축 사업이 활발하게 이루어지고 있다.

북부를 떠돌던 유민들이 들어옴으로써 치안이 갈수록 악화되고 있다. 인구 증가로 모라타의 마을 영역이 확장되었다. 근처 지역들에 대해 정치적, 경제적, 문화적으로 영향력이 행사되고 있다. 최근에 오랜만에 축제가 벌어져서 주민들을 기쁘게 만들었다.

유명한 영주 위드로 인해 주민들의 자부심이 대단하다. 영주에 대한 믿음이 강해서 최근에 영주가 다소 나쁜 짓을 저질렀다는 소문은 믿지 않는다. 영주가 자주 자리를 비우지만, 베르사 대륙을 위하여 많은 일을 하고 있을 것이라고 이해하고 있다.

아직 불온한 움직임은 보이지 않는다. 겨우 몬스터들을 견제할 수 있을 정도의 군대를 보유하고 있다. 재능 있는 기사 후보생들이 훈련이 귀찮아서 노는 중이다.

훌륭한 조각품들이 주민의 삶을 행복하게 해 주고 있다. 그림 작품들도 수준이 높아지고 있다. 예술가들에 대한 끝없는 신뢰와 풍부한 지원은 문화를 발전시키는 원동력이 되고 있다. 모라타 예술 회관은 북부 전체를 통틀어서, 신규 예술가들이 주력이 되어 만든 가장 많은 작품들을 보유하고 있다. 예술 회관이 마을의 재정 수입에 막대한 이득을 안겨 준다.

문화를 즐기는 주민들은 더 현명하고 똑똑한 아이들을 탄생시킬 확률이 높다. 똑똑한 아이들은 미래의 꿈으로 예술 외에 상인이나 마법사를 지망하는 경우도 많다.

재봉 산업의 기술이 과거로부터 면면히 이어져 내려오고 있다. 재봉사들은 가죽과 천, 풍부한 산물을 이용하여 옷을 만들고 있다. 대장장이들이 철을

다루는 기술은 아직 배우는 수준. 무기나 방어구는 때때로 재료가 아깝기도
하다.

황무지를 개간해서 만든 비옥한 곡창지대를 보유하고 있다. 농산물의 작황
이 대풍년이다. 아르펜 제국의 특수 곡물 창고로 인해 식료품의 물가가 저렴
하게 유지되고 있다. 우수하고 많은 곡식 생산으로 인해 수확제가 일어났다.
지역 신앙으로는 프레야를 많이 믿고 있다. 루의 교단이 최근 본격적으로 포
교 중이지만 주민들의 신앙이 굳건하여 자리를 잡는 데 애를 먹고 있다. 프
레야 교단의 영향을 받아 적당한 향락과 풍요로움을 좋아하며, 근면한 특징
을 보인다. 그러나 치안의 악화로 인해 도둑들이 활개를 치고 있다.

군사력: 91   경제력: 1,737   문화: 2,384
기술력: 592   종교 영향력: 82   지역 정치: 63
도시 발전도: 171   위생: 37   치안: 52%
인근 지역에 대한 영향력: 59%
구舊니플하임 제국의 영향력: 7.1%(영향력은 군사, 경제, 문화, 기술, 종교,
                              인구, 의뢰 등의 분야와 관련이 깊음)

특산품: 예술품, 가죽과 천, 토마토, 포도, 쌀, 소, 우유, 치즈, 와인
영토 전체 인구: 491,898
매달 세금 수입: 574,006골드
마을 운영비 지출 내역: 군사력 4%, 경제 발전 34%, 문화 투자 비용 16%,
                      의뢰 및 몬스터 토벌 10%, 마을 보수 30%, 프레야
                      교단에 헌금 6%

"클클클."

위드의 입가에 흐뭇한 미소가 맺혔다.

세금 수입이 엄청나게 늘어났다. 그리고 지골라스로 떠나 있
던 기간 동안 어마어마하게 불어난 인구!

북부를 떠돌던 유민들 외에도, 초보자들이 정말 많아졌다.

"정말 사람 보는 눈이 있군."

이게 다 좋은 영주를 보고 모여든 인구가 아니겠는가!

영주가 자리를 비운 동안에는 빈터에 알아서 집과 상업 건물

을 짓는다.

그렇기 때문에 구역 설정이 상당히 중요했다. 가만히 내버려 두면 제멋대로 복잡한 골목길이 만들어지고 마차의 이동이 어려워지는 것이다. 그런데 위드는 미리 광장을 여러 개 만들고 큰길들을 이어 도시 구역을 확장함으로써 그러한 부작용을 최소화시켰다.

위드는 대도시에서도 전망만큼은 괜찮은 동네에서 살았다. 한강이 보이는 아파트나 호수 공원을 끼고 있거나, 도심이 내다보이는 그런 장소는 물론 아니었다.

바둑판처럼 펼쳐진 도시와, 멀리 산까지 한눈에 들어오는 장소에 살았다.

한마디로 산동네!

초저녁에 도시를 보면 불이 환하게 켜져 있는 야경을 볼 수 있었다.

아침에는 안개가 낀 골목길을 달리면서 신문을 배달했다.

한겨울에 언덕 골목길은 얼마나 다니기에 위험하고 불편했던가.

도시에 대해서는 몸으로 겪어 본 경험을 바탕으로 구획화시켜서 나중에 발전시키기 편하게 했다.

상업지역을 중심지로 하여 공원, 광장, 주거지역을 배치한 것이다.

나중에 고급 주택 지역으로 만들 곳은 강 주변으로 설정을 했다.

물론 현재 그 땅은 대부분 판자촌이 채우고 있지만, 그리 큰 문제는 아니었다.

위드는 고레벨이나 중간 레벨만이 아니라 초보자들을 생각하는 영주였기 때문이다.

"초보자들도 집을 사야 돼. 그들에게서도 세금을 거두어야 하니까!"

초보들이 처음에는 판잣집에 만족하겠지만, 레벨이 높아지고 버는 돈이 많아지면 자연스럽게 고급 주택에도 관심을 갖게 되리라.

집을 갖게 됨으로써 모라타에 애착도 느끼고, 더 많은 세금을 납부하게 되리라!

위드는 판자촌을 흉물이라고 생각하지 않았다.

멋진 조각품에 건축물들 못지않게 판자촌이 사랑스러웠다.

"이게 다 세금밭이지!"

띠링!

모라타의 문화 발전으로 인해 지역 역량이 향상되고 있습니다.

모라타의 문화 전파
번성한 문화와 지역에 대한 영향력의 증가로 인해 모라타에 소속된 예술가와 생산직 들은 몬스터나 다른 종족들에게 예술과 기술을 전수할 수 있게 되었다. 그들이 좀 더 똑똑해질 수 있게 만들며, 공격적인 태도를 완화시킨다. 언어, 숫자를 가르치면 교역이 가능해지며, 인간들과 친해진 종족들은 동료가 될 수도 있다.
단, 문화와 예술, 기술의 전수는 관련 분야에서 중급 이상의 스킬을 가지고 있어야 하며, 지식과 지혜 그리고 경우에 따라서 언어 스킬이 필요하다.
문화의 발전으로 인해 위대한 건축물을 만들 수 있다. 건축물들은 기술 수준이나 지역 능력에 따라 건설에 제약이 있다. 위대한 건축물은 높은 문화적 가치를 가지며, 관련 분야의 발전을 촉진한다.

문화를 전파할 수 있다는 점은 매우 훌륭한 일이었다. 이종 족들과도 교역이 이루어진다면 교역 품목이 늘어나고 상업이 발달하게 될 테니까.

퀘스트들이 다양해진다는 것도 장점이다.

문화야말로 최고의 무기가 될 수도 있는 것이다.

위드는 예정했던 일을 당분간 미루기로 했다.

"세…금은 조금 나중에 올려도 되겠어."

초보자들이 증가하면서 기대했던 것보다 세금을 많이 거둬 들이고 있다. 이것은, 조금만 참으면 더 큰 착취의 순간을 맛볼 수 있다는 증거!

아직까지는 중앙 대륙의 세금에 비하면 예술 회관 입장료를 제외하고 교역세나 소득세, 주택보유세가 굉장히 미미한 수준 이었다.

"내정 모드."

화면이 영주의 내정 모드로 전환됩니다.

군사력: 91	경제력: 1,737	문화: 2,384
기술력: 592	도시 발전도: 171	위생: 37
치안: 52%	부패: 11	
보유 자금: 1,202,890골드		

영주로서 모라타를 다스릴 수 있는 기능.

내정 모드에서는 교역소나 술집을 비롯하여 필요한 길드나 상점을 건설할 수 있다.

마을의 초창기에는 영주의 개발계획에 거의 전적으로 의존하게 되지만, 지금 모라타는 대도시가 되었다. 건축가들과 상인들이 정해진 구역에 필요한 건물들을 지으면서, 도시의 규모가 훨씬 커져 있었다.

술집이나 식당, 여관, 잡화점 같은 건물들을 짓는다고 하더라도 유저들과 경쟁해야 하기 때문에 마진을 많이 남기기란 어렵다.

아직까지는 짓기만 해도 돈을 벌 수 있는 시기였지만 모라타는 북부의 거점 도시로서 어마어마한 수의 초보 상인들이 몰려들고 있었다.

이제는 술집이나 여관을 운영하기보다는 광산을 확장하고 교역을 늘려서 세금을 많이 거두어야 할 시기였다.

"그래도 아직 발전을 위해서는 해야 될 일들이 너무 많아."

위드는 가지고 있는 돈을 모두 모라타의 재정에 투자했다.

예술 회관에서 그의 몫으로 분배된 금액인 21만 골드까지 포함해서 170만 골드가 넘는 막대한 금액!

위드는 일단 자잘한 분야에 돈을 썼다.

"거리에 나무들을 조금 심어 줘야겠군."

친환경!

자연 조각술을 익히고 있기 때문에 나무들을 심어 주면 나쁘지 않을 것 같았다.

조경사의 직업을 가진 유저들이 있으면 모라타의 거리에 나무들을 키우고 가꾸겠지만, 그런 직업들은 굉장히 희귀했기 때문이다.

나무 심기에 투자한 돈은 1,298골드!

"부지런히 자라야 한다."

인색하기 짝이 없게 거리 곳곳에 씨앗들을 뿌렸다.

사과나무, 배나무, 포도나무, 복숭아나무 등, 열매가 열리는 종류로만 골라서!

프레야 교단이 있기 때문에 씨앗만 뿌리더라도 싹이 금방 트고 무럭무럭 자랄 것이기 때문이다.

순식간에 거리를 과수원으로 만들어 버린 위드!

"역시 좋은 일을 하니 뿌듯해지는군!"

환경에 이바지했다는 생각에 위드는 흐뭇해졌다.

초창기부터 적극적으로 농경지에 투자한 결과, 모라타는 광활한 곡창지대를 지니고 있었다.

모라타에서 시작한 농부들이 프레야 교단과 함께 땅을 개간해서 딸기, 토마토, 밀, 쌀, 고구마 등 여러 작물들을 심어서 기르고 있다.

아무래도 중앙 대륙에서 식량을 수입하기에는 너무나도 멀고, 북부의 다른 지역에서는 몬스터들로 인해서 마을에서 멀리 떨어진 곳에서 농사를 짓기가 어렵다.

모라타에 몰려든 농부들은 작물들을 추수하고, 축제인 수확제까지 벌였다고 한다.

북부 전체가 모여서 흥청거리는 축제였다.

산해진미를 쌓아 놓고 요리사들의 대결도 즐길 수 있었고, 농부들이 가장 훌륭한 작물들을 경쟁하기도 한다.

수확제가 벌어지게 되면 해당 마을과 인근 지역의 출생률이 기하급수적으로 증가한다.

베르사 대륙에서는 식량 생산이 곧 출생률과 치안, 민심과 밀접한 연관이 있었던 것.

모라타의 경제 규모가 커지는데도 불구하고 치안이 어느 정도 선을 지키고 있는 것은 식량 생산이 풍부하기 때문이었다. 가뭄이나 홍수로 인해서 흉작이라도 일어난다면 식량 생산이 부족한 지역에서는 치안이 급속도로 하락하고 부랑인들이 생기기도 한다.

"이제 건물들을 지어 봐야겠군."

위드는 왠지 자잘한 건물들은 더 이상 눈에 차지 않았다.

"드디어 위대한 건축물을 지을 수 있게 되긴 했는데……."

장대하고 놀라운 건축물!

영주의 의뢰에 의하여, 주민들과 유저들이 모든 역량을 모아서 만든다.

일반 건축물보다 훨씬 크고 웅장하며, 실제로 건축가 직업을 가진 이들이 설계하고 지어야 했다.

현실에서 찾아본다면 파르테논신전이나 샤르트르대성당, 노트르담대성당, 알렉산드리아의 등대 등이 있는 것!

어마어마한 건축물들을 영주의 명령 아래 건축하게 되는 것이다.

건설에 투입해야 하는 자금도 천문학적이었고, 공사 기간도 최소 몇 개월씩 걸리는 대규모 작업이었기 때문에 중앙 대륙의 영주들도 감히 시도하지 못했다.

"일단 건설해 보자."

이제 갓 위대한 건축물을 지을 수 있게 된 위드이니 완전히 초보나 마찬가지였지만, 이런 점에 있어서는 시간을 끌면서 머뭇거리지 않았다.

"망할 때 망하더라도 저질러 보자."

만들어 놓고 부숴 버리거나 실망했던 조각품들이 얼마나 많았던가!

완벽한 준비를 갖추고 시작하기를 기다리다가는 아무것도 하지 못할 수도 있다. 왠지 실패할 수도 있다는 우려 때문에 마음이 달라지기 때문이다.

만들려고 결정한 것은 당장 해야 한다!

어설프고 투박한 작품이라고 하더라도 만들 수 있는 시기는 지금이다.

나중을 기약한다는 것은 의미가 없는 것!

"노력이란 지금 해야 되는 거지."

위대한 건축물은 위드가 개입할 부분이 많지 않기 때문에 유저들에게 맡겨 놓을 수밖에 없다.

그러한 실패와 시행착오를 경험해 봐야 훗날 대성공을 할 수도 있지 않겠는가.

"그래도 실패는 하지 않을 거야."

영주로서 유저들과 주민들에 대한 신뢰를 가졌다.

"만약 망한다면 세금을 올리면 되지."

세금 인상이야말로 위드의 든든한 믿음의 밑바탕!

먼저 만들고 싶은 건축물을 두 가지 정했다.

프레야 대성당!

그리고 모라타 대도서관!

대성당이 완공되면 프레야 교단을 믿는 성기사와 사제 들이 2차 전직을 할 수 있게 된다. 전직을 위해 멀리 중앙 대륙까지 가지 않아도 되는 것이다.

"절대 보내면 안 되지. 가서 눌러앉을 수도 있으니까."

화장실을 들어갈 때와 나올 때의 마음이 다르다는 교훈.

대성당은 전직 외에도, 사제와 성기사 들의 능력을 강화시켜 주는 효과도 있었다.

교단의 성물이나 신이 지상에 내린 물건을 대성당에 간직할 수 있는 것이다.

그리고 건축물적인 가치도 있었다.

중앙 대륙에 있는 프레야 대성당의 경우에는 주민들의 신앙심과 사기를 높여 주었다. 인근 지역의 풍년을 기원하는 것은 물론이고, 성당 기사단이 수호하면서 몬스터 침공에의 강력한 억제력이 되기도 한다.

도서관의 경우에는 어느 정도 규모를 갖춘 마을이나 성이면 기본적으로 하나씩은 있는 편이다. 학문의 발달, 마법의 발전에 도움이 되었던 것이다.

의뢰 진행 중에 막힐 때면 베르사 대륙과 관련된 전설, 몬스터 들에 대한 이야기들을 찾아볼 수도 있다.

하지만 위드가 지으려는 건물은 대도서관!

사냥을 하거나 모험을 하다 보면 퀘스트의 단서가 적힌 글귀나 종이쪽지, 책, 항아리, 기타 돌 조각이나 지도 등을 발견할 때가 많다. 그런 것들은 자신과 관련되거나 중요한 게 아니라면 대다수 잡화점에서 헐값에 판매하게 되는데, 진정한 가치에 비한다면 상당히 아까운 편이다.

대도서관을 건립하여 베르사 대륙에 대한 책들, 사냥하며 나온 단서들을 전부 진열해 놓는 것이다.

대도서관에서 단서들을 보고 의뢰를 하게 되면 원래 진열을 했던 사람도 경험치나 획득물을 분배받게 된다.

지역, 연도, 난이도 등에 따라 수백 가지로 분류해 놓으면 발견하기도 훨씬 쉬워질 것이다.

단서들을 5개에서 10개 이상 조합해야 하는 경우도 있기 때문이다!

북부 대륙은 모라타 주변에도 아직 숨어 있는 몬스터와 던전이 엄청나게 많을 정도로 개척이 덜 되었다. 다른 지역은 아예 미개척 지역이라고 불러도 무방할 정도다.

대도서관이 지어지면 각종 의뢰들을 통해서 유물들을 찾아낼 수 있을 것이고, 사냥과 모험의 일대 붐이 일어날 것이다.

대도서관이 있는 건 중앙 대륙에서도 왕국의 수도나 몇몇 도시들에 국한되었다.

"집값도 좀 오르겠지."

세금 증가야말로 궁극적인 목표!

"프레야 대성당 건축, 모라타 대도서관 건축!"

내정 모드에서 빛의 광장과 빙룡 광장 옆에 짓도록 구역을 지정했다.

광장보다도 넓은 광활한 구역이었다.

띠링!

위대한 건축물, 프레야 대성당의 작업을 개시하겠습니까?

"시작해."

프레야 대성당의 공사가 영주의 명령으로 진행됩니다.

모라타의 2달 수입에 가까운 어마어마한 금액의 투자였다.

영주의 결정이 어떻든 간에 주민들과 유저들이 따르지 않는다면 건축물은 완공 기일이 한정 없이 길어지거나 아예 지어지지 못한다.

영주에 대한 지지와 신뢰를 밑바탕으로 깔고 있어야 되는 것이다.

중앙 대륙에서는 주민들과 유저들의 신뢰가 없기 때문에, 그리고 영주들도 자신의 단기적인 잇속만을 챙기기에 이미 지어져 있는 위대한 건축물들을 이용만 할 뿐이었다.

모라타 대도서관

학문과 모험의 발달을 촉진한다. 사라진 마법 주문의 복원 가능성이 있다. 의뢰와 관련된 도움을 줄 수 있으며, 장기적으로 대량의 유물과 고서, 미술품 등을 모아 대륙 박물관을 건축할 수 있게 된다.

숙련된 건축가들이 필요하다. 작업에 참여한 건축가들은 특별한 경험을 얻을 수 있을 것이다.

건설 기간: 최소 5개월. 참여하는 인원과 공사 중의 사고 여하에 따라 건설 기간이 늘어날 수 있다.

건축 비용: 최소 70만 골드.

위대한 건축물, 모라타 대도서관의 작업을 개시하겠습니까?

"어서 짓기나 해."

모라타 대도서관의 공사가 영주의 명령으로 진행됩니다.

얼마나 많은 유저들과 주민들이 참여하느냐에 달려 있지만 바로 결과가 나올 일은 아니었다.

위드는 그 외에 남는 돈으로 간단한 건물들을 지었다.

경비 초소

경비병 5명이 근무한다. 주변을 순찰하며 좀도둑을 잡아낸다.

치안을 강화하기 위해 필요한 건물이었다.

치안이 많이 하락하면 주민들의 충성도가 떨어질 뿐만 아니라 도둑이 들끓어 상인들의 교역품을 야금야금 훔쳐 간다. 치안이 그렇게 악화되면 상인들이 기피하는 도시가 되어 버린다.

위드는 광장과 시장 주변 그리고 판자촌에 경비 초소들을 넉넉하게 배치했다.

영주의 무료 급식소

간단한 식사를 제공하는 곳. 매달 만만치 않은 식재료와 운영비가 지출된다.

돈이 들어가는 복지사업!

"으음."

위드는 생명력이 하락할 정도로 세게 입술을 깨물었다.

레벨이 높은 유저들은 먹을 것에 대한 고민이 없을 것이다.

맛있는 식당이나 요리사 들을 찾아다니는 것도 베르사 대륙을 여행하는 즐거움!

그런데 초보 때에는 장비를 맞추기에 허덕이다 보면 제대로 못 먹고 지낼 때가 많다.

위드만 하더라도 나무껍질이나 산딸기 등을 주워 먹으며 항상 간신히 포만감을 유지하지 않았던가.

수련소에서 교관과 친해지게 되었던 계기도, 아부를 하면서 도시락을 얻어먹기 위해서였다.

"어려울 때 도와줘야 평생 기억에 남겠지."

급식소는 그 존재만으로도 주민들의 충성심을 많이 올려 준다. 모라타의 영주로서 최소한의 복지 시스템은 갖춰 주고 싶었다.

"밥만 먹여 주면 되는 거야! 그러면 더 열심히 세금을 벌어다

주겠지."

잘 먹여야 유저들도 성장해서 훗날 세금을 꼬박꼬박 바칠 수 있으리라.

복지도 경제성장을 위해서 반드시 필요한 한 축이었다.

～◦❀◦～

영주의 명령으로 위대한 건축물 프레야의 대성당이 지어집니다. 참여하는 주민들에게는 일당과 도시 공적치가 부여됩니다.

영주의 명령으로 위대한 건축물 모라타의 대도서관 공사가 개시됩니다. 참여하는 주민들에게는 일당과 도시 공적치가 부여됩니다.

광장에서 장사를 하던 상인들이 수군거렸다.

"프레야의 대성당이 뭐지?"

"영주가 이번에는 뭘 짓는 거야?"

상인들은 수다를 통해 각종 정보들을 교류한다.

마판도 광장에서 장사를 하고 있었다. 모라타의 무기류들을 유저들과 주민들로부터 구입해서 북부의 다른 마을에 팔아 치웠다.

마판이 정보 게시판에서 본 내용을 주변 사람들에게 설명해 줬다.

"위대한 건축물이라면 건축 기술과 예술, 문화 등이 일정한 조건을 갖추면 지을 수 있는 건물인데요, 금액이 만만치가 않은 대형 프로젝트죠."

상인으로서 레벨이 300이 넘었기 때문에 교역로나 물품의 시세를 비롯하여 전반적으로 아는 것들이 많았다.

"위대한 건축물 건립은 돈도 많이 들고 인력이 수만 명 투입되어야 하는 작업이라서 보통은 쉽게 시도하지 못하는 사업입니다."

마판이 설명을 덧붙였을 때, 중앙 대륙에서 온 상인들은 알았다는 듯이 고개를 끄덕였다.

"아, 그런 거였군. 들어 본 적이 있는데, 모라타에서는 시기상조 아닌가?"

"모라타가 북부 교역의 중심지로서 많은 돈이 모인다고는 하지만 너무 이른 것 같은데."

상인들은 교역을 위하여 여러 왕국과 성, 마을을 돌아다닌다. 그들이 지나다닌 장소들은 많았지만 영주의 지시에 따라서 많은 인원이 위대한 건축물을 세운 건 본 적이 없다.

건축 기간만 해도 몇 달씩 걸리고, 자금도 많이 필요했기 때문이다.

"대성당에 대도서관이라. 하나만 해도 어려운 것을 한꺼번에 지으려고 하다니, 욕심이 엄청나게 많은 영주야."

"영주라고 해도 자기 뜻대로 안 되는 일이 있다는 것을 알아야지. 레벨이 높은 몬스터를 사냥하거나 의뢰를 받는 것과 영지를 다스리는 건 완전히 다른 차원의 문제니까."

"내 말이 그 말일세."

중앙 대륙 출신의 상인들이 비웃음을 흘리고 있을 때였다.

빙룡 광장에서 사냥을 가기 위해 파티원들을 구하던 유저들이 일제히 외치는 소리를 그만두었다. 그러고는 가볍게 합의를 보았다.

"사냥은 다음에 하죠."

"의뢰도 시간이 나면 나중에 해요."

"그럼 모두 수고하세요."

유저들은 대성당과 대도서관 건축 부지로 달려갔다.

"가자!"

"일하자, 일!"

"건설 사업이다."

"내가 먼저 해야지."

병사들의 안내를 받아서 땅을 파고, 영주의 창고에서 자재들을 가져왔다.

전광석화처럼 일사불란하게 움직이는 유저들.

"벌목을 해 옵시다."

"우와아아아!"

상인들은 진귀한 경험을 해야 했다.

그들이 판매하던 물건 중에서 도끼가 일순간에 품절이 되고 말았다. 유저들이 상인들의 좌판 사이로 몰려들더니 도끼를 마구 구매한 것이다. 손도끼까지 팔렸고, 나무를 벨 수 있는 것은 무엇이라도 좋았다.

도끼를 구매한 유저들은 근처의 숲을 향해 전력으로 질주를 했다.

"나무들을 잔뜩 가져오자!"

숲과 산의 깊은 곳까지 가서 건축 재료로 쓸 수 있는 좋은 나무들을 구한다.

잔가지들을 쳐 내고 통째로 운반해 왔다.

나무 한 그루에 6명씩 매달려서 모라타로 들고 왔다.

상인들이 판매하는 것 중에서 못이나 망치, 톱, 필요한 것들은 금방금방 구매되었다.

파보도 소식을 듣고 급하게 달려왔다.

예술 회관을 건설하고 난 이후로 북부 최고의 건축가로 이름이 난 그는 여러 건축 현장에서 일하고 있었다. 별장도 만들고, 다른 마을과 연결하는 도로와 다리도 만들던 중!

그러나 모라타의 친구들로부터 소식을 전해 듣자마자 모두 내팽개치고 당장에 뛰어온 것이다.

"작업 현장은?"

파보와 함께 일하는 건축가들 35명은 현장부터 확인했다.

최소한 줄잡아서 500명 이상의 유저들이 삽질을 하면서 땅을 파헤치고 있었다.

평지였기 때문에 땅을 파는 것은 그야말로 순식간이다.

"터가 괜찮군!"

"완공되면 주변 일대를 내려다볼 수 있겠습니다. 바로 작업을 합시다."

건축가들은 모여서 즉시 설계 작업을 시작했다.

그들에게는 대성당이나 대도서관을 지을 수 있는 황금 같은 기회!

건축 현장에서는 아무래도 건축가들의 지휘가 필요한 법이지 않은가.

일반 유저들만이 공사 현장에 투입된 것은 아니었다.

"우리의 영주님의 명령이군."

"대도서관을 짓자!"

모라타의 주민들이 너도나도 몰려나오더니 흙과 돌을 나르는 것이었다.

"대성당을 지을 예술가들이여, 모여라!"

바닥에 깔린 청석에 조각하던 조각사들이 뛰어왔고, 벽에 그림을 그리던 화가들이 달려왔다.

모라타의 예술가들은 예술 회관이 지어지고 나서 적지 않은 액수의 돈을 벌고 있었다.

대성당이나 대도서관에는 매우 많은 예술품들이 필요하다.

장식하기 위한 예술품, 프레야 여신을 찬미하는 예술품은 기본이었다.

벽과 천장, 바닥에 이르기까지 조각과 그림을 건축과 함께 아우르고 싶은 예술가들의 욕망!

모라타의 예술가들이 총동원되었다.

"위드 님의 대형 의뢰다."

"모여라, 풀죽신도들이여!"

모라타 최대의 단체로 거듭난 풀죽신교.

대다수가 초보자들로 구성되어 있지만, 그들의 결속력만큼은 결단코 남달랐다.

로자임 왕국에서 피라미드를 지을 때 석재를 운반했던 레몬이라는 유저에서부터, 모라타에서도 많은 유저들이 위드와 함께 작업했다.

프레야 여신상을 만들 때에 호수를 만들고, 돌들을 운반했다. 그때 발생한 공적치나 마을 주민들과의 친밀도 덕분에 좋은 의뢰를 많이 받을 수 있었고, 모라타에서의 생활도 훨씬 즐거워졌다.

모라타는 이미 완성된 다른 마을이나 성과는 달랐다.

미흡하고 부족한 점이 많은 도시지만 정말 **빠르게** 발전하고 있었고, 주민들과 유저들의 손으로 함께 만들어진다.

대형 건설 사업에 동원된 전력이 있는 유저들은 안 그래도 위드가 또 뭘 만들지는 않나 이제나저제나 벼르고만 있던 참!

축제가 끝나고도 혹시나 하여 위드의 동정만 살피면서 어슬렁거리던 유저들이 신나게 움직였다.

"작업이다!"

"어서어서 일하자."

공사가 막 벌어진 중에, 멀리서 헐레벌떡 뛰어온 유저가 고함을 질렀다.

"위드 님이 무료 급식소를 세웠다!"

"우와아아아아!"

◈

위드가 돌아온 날은 모라타의 축제 날이 되었다.

주민들의 친밀도와 충성도가 높게 유지되고 있었기 때문에 오랜만에 돌아온 영주에게 자발적으로 물건을 가져오는 이들도 많았다.

"영주님을 위해 과일을 가져왔습니다."

과일 가게 상인이 사과와 배, 석류를 진상합니다.

"영주님에게 이 검을 드리고 싶습니다. 몬스터의 침입으로부터 모라타를 굳건하게 지키는 데 써 주시길 바랍니다."

무기점 주인이 장검 서른다섯 점을 진상합니다.

북부에서 정처 없이 떠돌다가 정착한 유민들은 영주에게 고맙다는 인사와 함께 상납품을 바쳤다.

위드는 따뜻하게 손을 잡아 주었다.

"이럴 필요 없는데… 저도 모라타를 터전으로 사는 주민의 1명일 뿐입니다. 하지만 모라타를 좀 더 좋은 곳으로 만들기 위해 가장 먼저 앞장서겠습니다. 고맙습니다. 잊지 않겠습니다."

주는 물건을 거절하지는 않는다.

앞으로 열심히, 잘하겠다는 뜻을 확실하게 밝히면서 손을 잡고 흔들었다.

텔레비전에서 정치인들을 보며 제대로 배운 처세술!

"필요한 일이 있으면 언제든 말씀하세요. 조카처럼 편하게 여기셔도 됩니다."

"실은, 무기를 구하는 사람은 많은데 철광석의 공급이 조금 모자랍니다."

레벨 150대가 입을 만한 갑옷을 두 점이나 바친 대장장이가 말했다.

띠링!

퀘스트의 발생!

위드는 모라타에 돌아오면서 이동 포털을 통해 절망의 강에 들렀다. 마탈로스트 교단과 관련된 퀘스트를 보고함으로써 의뢰를 1개 더 받을 수 있는 여유분이 생겨서, 대장장이의 의뢰도 받을 수 있었다.

"하지만 영주님처럼 유명하고 바쁘신 분에게 부탁드릴 일은 아니니 신경 쓰지 않으셔도 됩니다."

명성에 비해서 난이도가 낮은 의뢰는 페널티 없이 거절할 수 있다. 물론 어떤 사연이 있는 의뢰의 경우에는 충분히 예외가 되지만.

"무슨 말씀이십니까. 그런 일이 있다면 영주로서 당연히 제가 도와 드려야죠."

퀘스트를 수락하였습니다.

위드는 배낭에서 철광석을 꺼내서 넘겨주었다.

"여기 있습니다."

"고맙습니다, 영주님. 이것으로 간신히 주문량을 맞출 수 있게 되었습니다."

"혹시 이런 일이 생길지 몰라서 미리 철광석을 준비해 두었던 것이 다행이군요."

"변변치는 않지만 집에 가서 제가 만든 갑옷을 한 점 더 가져오도록 하겠습니다."

철광석이 급한 대장장이 퀘스트 완료
살로암은 필요한 철광석을 매우 빨리 조달할 수 있게 되었다.

경험치를 조금 습득하였습니다.

명성이 13 증가합니다.

주민의 충성심이 높아집니다.

영주가 퀘스트를 달성한 것에 대한 추가적인 보상으로 갑옷 한 벌을 더 진상합니다.

농부들도 와서 고충을 이야기했다.

"영주님, 곤란한 부탁인 것은 알지만, 지골라스에 다녀오셨다는 이야기를 들었습니다. 그곳에는 솔리퍼의 꽃이라는 게 있다던데… 그걸 심어 보고 싶은데 조금이라도 얻을 수 없을까요? 나중에 재배에 성공하면 대가를 치르겠습니다."

"마침 가지고 있는 것이 있으니 드리겠습니다."

위드는 정보 게시판을 통해서 계속 모라타의 의뢰들을 분석하고 있었다. 일상적이고 흔한 의뢰들이지만, 친밀도를 쌓고 명성이나 좋은 보상을 받을 수 있다.

명성이 높은 위드의 경우에는 차곡차곡 퀘스트를 할 필요가 드물었지만, 더 나은 의뢰를 받기 위해서도 이런 종류의 의뢰들은 그때그때 해 주어야 했다.

영주로서 추가 보상까지 받으면서 충성심을 올릴 수 있으니 규모는 작지만 짭짤한 퀘스트였다.

다른 주민의 상납품이나 지골라스에서 구해 온 귀한 잡템들 그리고 항해하면서 낚시 등으로 얻은 물품들로 인하여 여러 퀘스트들을 즉석에서 완수할 수 있었다.

미지의 땅으로 모험을 다녀오면서 모라타에서 그동안 해결되지 않던 의뢰들을 끝맺었다.

연계 퀘스트가 있다면, 위드가 반드시 후속 의뢰를 하지 않더라도 다른 유저들이 얻을 수도 있을 것이다.

"황무지를 개간하려고 하는데 돈이 조금 필요합니다. 투자해 주실 수 있을까요?"

농사의 수익금을 나눌 수 있는 영주의 퀘스트도 발생했다. 돈을 주는 즉시 의뢰는 달성되며, 결과는 작물을 수확해 봐야 알 수 있다.

"모라타의 주민들이 먹어야 할 식량이니 최선을 다해 주셨으면 합니다."

위드는 그런 의뢰조차도 기꺼이 받아들였다.

프레야 교단이 있는 모라타이기 때문에 농사는 성공할 가능성이 매우 높다. 몬스터들이 자주 쳐들어와서 황폐화되는 경우가 없진 않았지만, 유저들이 늘어나면서 그런 피해는 점차 줄어들고 있었다.

"감사합니다. 믿고 돈을 투자해 주신 영주님의 은혜는 잊지 않겠습니다."

퀘스트로 민심을 얻는 위드!

오랫동안 영주의 자리를 비워 놓아서, 영주와 관련된 의뢰들이 많이 발생했다.

"밤이면 치안이 불안한 것처럼 느껴집니다. 도시 경비를 조금 철저히 해 주실 수 있을까요?"

"도둑들을 퇴치하고, 병사들의 수를 늘리겠습니다."

위드가 알아서 건물을 짓고 정책 등을 세울 수도 있겠지만, 요청에 의한 경우도 있었다.

일행과 헤어져서 밀린 의뢰들을 처리하다 보니 금방 밤이 되었다.

저녁이 되면서 영주의 성에서 바라본 도시는 불이 환히 밝혀져 있었다.

위드가 돌아오고 축제가 벌어졌다는 사실이 알려지게 되면서, 정말 많은 유저들이 도시로 왔다.

근처 사냥터나 던전으로 흩어졌던 유저도 돌아와 축제를 즐겼다.

대규모 공연들도 벌어지면서, 관중이 즐거워하며 웃는 소리가 들려왔다.

"사람들이 기뻐하는 게 나쁘지 않군."

주민들을 지켜 주고, 도시 건설, 경제, 의뢰, 군사적인 분야에 절대적인 권력을 가진 영주.

모라타에 돌아오고 나니 그가 다스리는 땅이라는 실감이 제대로 났다.

"이게 다 내 것이야."

트레세크의 승리를 알리는 뿔피리

광장과 여신상, 〈빛의 탑〉 부근에서 함께 벌어지는 축제.

초보자들이 뛰어다니고, 정령술사들은 흙꾼이나 화돌이를 포함해서 계약한 바람의 정령, 물의 정령 등을 끌고 다녔다.

"물의 정령들이 공연합니다. 시원한 물방울을 잔뜩 맞고 싶으신 분들은 놀러 오세요."

"모라타에서만 볼 수 있는 악사들의 연주! 10분 후에 시작됩니다."

거리에서는 악사들이 연주를 하고, 댄서들이 춤을 춘다.

상인들의 장사도 활기를 띠었고, 사냥을 떠났던 유저들까지 돌아와서 좌판을 벌였다.

화령과 벨로트는 단맛이 나는 풀을 씹으면서 축제 구경을 하고 있었다.

그들도 댄서와 바드로서 공연을 하면 큰 인기를 누릴 수 있겠지만, 하지 않았다.

일을 하기보다는 그저 오랜만에 푹 쉬면서 놀고 싶었기 때문이다.

"이거 예쁘다."

"언니, 정말 잘 어울려요."

그녀들은 쇼핑에 열을 올렸다.

화령과 벨로트만이 아니라 다른 유저들도, 광장과 시장을 돌아다니면서 물건 구매에 열을 올렸다.

"털이 귀여운 신발이네."

"위드 님이 만든 신발도 예쁜 거 많잖아요. 그때는 왜 안 샀어요?"

"막 쇼핑 중독에 걸린 된장녀처럼 보일 수도 있잖니."

"……."

화령의 집은 120평이었다. 안방의 넓이가 어마어마했는데, 그 안에 구두들을 고이 모셔 놓고 있었다.

"언니, 언니는 위드 님이 구두를 사지 말라고 하면 안 살 수 있어요?"

화령의 얼굴이 새하얗게 질렸다.

평생 샌들이나 운동화만 신고 다녀야 한다면 과연 행복할 수 있을까.

"난… 위드 님을 택할 거야."

"정말요?"

"응. 대신 가방을 사면 되니까!"

"……."

"야경이 참 예쁘지?"

"이것 좀 먹어 봐요. 제가 사 왔어요."

"너부터 먹어. 내가 먹여 줄게."

페일과 메이런은 〈빛의 탑〉 주변의 바위에 앉아 있었다.

모라타의 야경을 보면서 닭살 행각 중!

주변에는 딱 붙어 앉은 다른 커플들도 몰려 있었다.

모라타에서도 분위기와 전망이 좋아서 커플들이 가장 많이 출몰하는 지역이었다.

솔로들은 절대 범접할 수도 없는 구역.

달빛 아래 바위마다 앉아 있는 수백 쌍의 커플들.

여자 친구가 없는 게 분명한 어떤 조각사가 주변에 기념으로 커다란 닭을 조각해 놓을 정도였다.

"바람이 차고 추워요."

추우면 도시로 들어가면 될 것을 괜히 꼭 달라붙어서 버티는 커플들이었다.

그러면 괜히 남자가 말했다.

"우리… 망토라도 같이 쓸까?"

망토를 함께 덮어쓰며 커플들은 오붓한 분위기를 나누었다.

사냥이나 모험을 함께하는 경우가 많아서 커플들은 더욱 돈독한 정을 나눌 수 있었다.

"영감, 이러니까 꼭 우리도 젊어진 것 같지 않수?"

"어험! 뭐, 괜찮구려."

오순도순 오우거들을 때려잡는 노인 커플들의 모습도 특이한 광경이 아니었다.

〈로열 로드〉를 통해 다시금 육체의 활력을 느끼며 젊었을 때처럼 즐길 수 있었던 것이다.

"뭐든 팝니다. 교역 전문 상인. 바다에서 나오는 특산품들을 구경하러 오실 분. 퀘스트 물품 중에 찾는 것이 있을지도 모르니 들러 보세요. 구경은 공짜! 워낙 귀한 게 많아서 오랫동안 구경을 하면 돈을 받을지도 모릅니다. 마판 상회가 지금 문을 열고 장사를 하고 있습니다!"

마판도 인어들과 거래하면서 얻은 바다의 특산품, 산호와 해초, 반짝이는 생선 비늘 등을 축제에서 판매했다.

모라타에서 일찍 자리를 잡은 마판은 단골손님들도 많았다.

"저기요, 가격을 조금만 깎아 주시면 안 돼요?"

예쁘게 반짝거리는 산호를 갖고 싶었던 여성 유저들이 감히 흥정을 시도했다. 하지만 마판은 어림도 없다는 듯이 고개를 저었다.

"안 됩니다. 물량이 부족해서요."

그러면서도 슬그머니 눈짓을 보내면서 말했다.

"2골드는 낮춰 드리겠습니다."

"꺄아, 고마워요!"

물건을 산 여성 유저들이 물었다.

"다음에 언제 또 장사하세요?"

"아직은 잘 모르겠습니다. 무기류에서부터 방어구까지 전부 취급하니 언제든 오세요."

"친구 등록을 해도 될까요?"

"물론이죠."

마판은 이것이야말로 상인이 누리는 최대의 기쁨이라고 생각했다.

유저들과 가장 자주 접하면서 인맥을 쌓는다.

초보자들부터 고레벨 유저들까지 폭넓게 안면을 익히면서 사귀어 놓을 수 있지 않던가. 상인만큼 사람들을 많이 만나는 직업도 드물었다.

마판은 벌어 놓은 돈을 교역과 상점 등에 계속 투자하면서 거부가 되고 있었다.

"저기, 일행 있으세요?"

제피는 여자들로부터 끊임없이 질문을 받았다.

광장의 구석에 멍하니 앉아 있는 그의 쓸쓸한 분위기에 여자들이 모여든 것이다.

제피는 슬프게 말했다.

"일행이… 있습니다."

"나중에라도 시간이 되시면요. 제 이름은 엘레인인데……."

"죄송합니다. 기다리는 사람이 있습니다."

제피에게 모라타의 축제는 정말 즐거운 시간이었다. 웃고 떠들며 지나가는 사람들, 활기가 넘치는 축제의 시간!

하지만 그가 좋아하는 유린은 이곳에 없었다.

야속하게도 그림 이동술로 여기저기를 돌아다니면서 모험을 하고 있었다.

제피는 자존심을 굽히고 먼저 연락을 해 보기까지 했다.

—언제 돌아올 거야?

—구경할 게 많아서요.

—내일은 시간이 되니?

—친구들이랑 놀아야 돼요.

—그다음 날은?

—그림 그려야 돼요.

—이번 주에는 볼 수 있겠지?

—바빠서 약속은 못 하는데… 시간 나면 말할게요.

그러고 나서 아무 소식도 들리지 않았다.

유린은 그림 이동술로 북부의 마을들은 물론이고, 로자임 왕국이나 브렌트 왕국 그리고 중앙 대륙의 대도시에도 갔다.

광장에서 그림을 그려 주며 친구들을 사귀고, 간단한 의뢰들을 했다. 지금 제피의 레벨에서 본다면 코웃음도 나오지 않을 시시한 의뢰였다.

코볼트의 장난감을 모아 달라거나, 독사의 송곳니를 구해 달라는 정도의 퀘스트.

하지만 유린은 레벨이 20도 되지 않는 다른 동료들과 위기를 넘겨 가면서 의뢰를 했다.

그럴 때의 성취감이 얼마나 큰지를 알고 있었기 때문에 함께하지 못하는 것이 아쉬울 따름이었다.

"에휴, 유린이 없는 축제는 쓸쓸하기만 하구나."

제피는 하염없이 축제의 인파를 보기만 했다.

유린에게 쏠린 마음은 주체할 수 없을 정도로 커져서 궁상까지 떨고 있는 모습이었다.

"흑흑, 그녀는 다시 돌아오지 않는 건가?"

유린에게 당한 희생자는 또 1명 있었다.

그림에 전부를 걸었던 페트!

〈개울에 비친 엘프〉, 〈대지를 살피고 있는 정령들〉, 〈별의 야경〉, 〈광기 어린 오크들〉……

페트는 그가 가진 색감으로 신비로운 풍경을 웅장하거나 따뜻하게 표현했다.

명작이나 대작 들!

그가 구사하는 다채로운 색감은 화가로서는 부러울 수밖에 없는 것이었고, 장면의 구성이나 그림이 전해 주는 이야기들도 뚜렷했다.

페트는 그가 그려 온 그림들을 유린에게 보여 줬다.

"〈개울에 비친 엘프〉는 어떻게 그리신 거예요?"

"엘프 마을에 초대를 받아서 갔을 때, 그곳의 엘프 처녀가 그림을 그려 달라고 부탁했습니다."

유린은 엘프들이 자유롭게 나무들 사이로 뛰어다니는 그림을 보며 감탄했다.

페트는 이종족이나 엘프, 정령 등과 매우 친숙했다. 그들의 마을을 여행하면서 그림을 그려서 선물로 주었고, 일부는 자신이 소장하고 있었다.

"〈별의 야경〉도 참 예쁜 것 같아요. 이런 식의 그림이라니, 생각해 본 적도 없어요."

"어릴 때 별을 보면서 꾸었던 꿈을 화폭에 옮겨 봤습니다. 떠올리기가 어려울 뿐이지, 그릴 때는 정말 재미있었죠."

〈별의 야경〉은 총 10개로 되어 있는 연작이었는데, 밤을 이색적으로 표현한 작품이었다.

높이 떠 있는 별들에 표정이 있었다. 각 별자리를 묶어서 괴물이나 사물을 표현하기도 했다.

소년이 보는 별과, 청년, 여자, 신부, 마법사, 기사 등이 보는 별의 모습이 모두 달랐다.

별을 보는 장소도 달랐는데, 소년은 마을이 내려다보이는 언덕의 나무에 올라가 있었고 청년은 마구간을 고치다가 잠깐 하늘을 쳐다보는 중이었다. 여자는 새벽에 가족들을 위해 밥을 짓다가 창문을 통해 별들을 보고, 기사는 성에서 검술 훈련을 하다가 지쳐 누워서 보았다.

도둑을 표현했을 때에는, 남의 집 담을 넘으면서 본 별들!

페트의 작품들은 작은 부분도 소홀히 하지 않았고, 전체적인 구도와 완성도도 뛰어났다.

이때까지만 해도 유린에게서 전해지는 분위기는 밝고 명랑했다.

"제가 그린 작품들이 많으니 천천히 구경하세요."

"더 있어요?"

"그럼요. 아직 삼분의 일도 못 보여 드렸습니다."

유린이 감탄할 때마다 페트는 흐뭇함에 벌어지는 입을 주체하지 못했다. 그녀의 칭찬의 말을 들을 때마다 구름을 타고 날아가는 기분이랄까!

지금껏 공개한 적이 없던 작품들도 닥치는 대로 보여 주고 있었지만, 조금도 아까운 줄을 몰랐다.

대작 미술품의 감상으로 예술 스탯이 21 증가했습니다.

미술품 감상 스킬의 숙련도가 증가했습니다.

지식과 지혜 스탯이 2 증가했습니다.

유린은 페트의 그림을 감상할 때마다 예술 스탯뿐만 아니라 여러 스탯과 숙련도가 늘어났다.

페트에게는 그가 직접 그린 것뿐 아니라 의뢰를 통해 얻거나 구매해서 소장한 미술품도 많았기에, 그림 그리기 스킬의 레벨이 두 단계나 오를 정도.

"느낌이 좋은 그림이네요. 물감은 구입하신 거예요, 아니면 만드신 거예요?"

"만든 것도 있고, 미술품 도구점에서 구입한 것도 있습니다. 직접 만든 물감은 하나뿐인 색을 낼 수 있고 향과 신선함이 오래 유지되죠. 하지만 실패를 워낙 많이 해야 해서 추천하고 싶지는 않아요."

유린은 그림을 보면서 미처 가 본 적이 없는 땅에 대해 호기심이 생겼다.

"미술품에 이렇게 뛰어난 효과가 있다니, 대단해요."

"제가 그린 그림이니까요. 엘프나 정령이 아닌 진짜 사람에게는 처음 보여 주는 그림들이 많습니다."

"정령들의 세계에는 어떻게 가셨어요?"

"정령들을 그린 그림이 있었죠. 그림 이동술로 그들의 세계로 들어갔습니다. 처음에는 인간이라고 무시했지만 지금은 정령들이 저만 보면 그림을 그려 달라고 아우성이죠."

그림 이동술은 새로운 공간이나 차원으로 넘어가서 퀘스트를 할 수 있는 매개체 역할을 하기도 했다.

매우 비밀스럽게 간직하고 있던 노하우였지만, 페트는 유린에게 아낌없이 말해 줬다.

"저는 조각품이 아닌 그림에도 이렇게 특별한 대작이나 신비가 있는 줄은 처음 알았어요."

"예술을 논할 때 화가와 조각사는 자주 비교되는 대상이죠. 조각품은 주변과 어우러지는 사물이나 특별한 무언가를 대상으로 조각해 낼 뿐이지만, 그림은 화폭 안에 모든 것을 표현할 수 있습니다. 조각으로는 절대 표현할 수 없는 일출의 장엄함, 오묘한 색채의 미학, 자연의 장대한 아름다움들까지도 그림은 그려 냅니다. 불가능이 없는 예술이죠."

유린은 호기심에 질문을 던졌다.

"이렇게 훌륭한 작품들을 많이 그리셨는데 페트 님의 이름을 화가 길드에서도 들은 적이 없는 것 같아요."

위드의 경우에는 조각사 길드뿐만이 아니라 〈로열 로드〉를 하는 유저라면 거의 모르는 사람이 없을 정도다. 그런데 페트라는 이름은 전혀 들어 본 적이 없었다.

퀘스트를 많이 하지 않는다고 해도 그림 실력이 이토록 뛰어나고 작품을 다수 만들었다면 유명해지는 것이 정상이었다.

"제가 퀘스트를 할 때에는 소란스러운 것이 싫어서 이름을 알려 주지 않았죠. 익명으로 퀘스트를 하고 완성된 그림에도 가명들을 돌려썼기 때문에 명성이 낮은 편일 뿐, 정상적으로 했다면 이 페트의 이름이 베르사 대륙 전역에 퍼져 있었을 겁니다."

페트는 정령계에 숨어서 활동하는 가장 뛰어난 화가였다. 그 출중한 실력은 주로 정령들만이 알고 있을 뿐이지만, 작품들은 하나같이 훌륭했다.

"그림들이 너무 아까운데, 계속 다른 이름으로만 그림을 그리실 거예요?"

페트는 쑥스러운 듯이 웃었다.

"소박하게나마 생각해 놓은 건 있습니다."

"어떤 건데요?"

"그냥… 그림의 세계에서 최고가 되자. 그 전에는 유명해지는 것이 부담스럽거든요. 언젠가는 저도 세상으로 나가게 되겠죠. 그때는 그림의 힘이 얼마나 대단한지 베르사 대륙에 제대로 보여 주는 게 목표입니다."

"그러면 조각사 위드라는 사람에 대해서는 어떻게 생각하세요? 조각사 위드는 벌써 조각술을 이용해서 모험을 하고 있잖아요."

유린이 그의 여동생이라는 건 전혀 짐작도 하지 못한 채 페트는 솔직한 속내를 털어놓았다.

"위드 따위를 경쟁 상대로 생각해 본 적은 없습니다. 그림은 조각술보다 훨씬 위니까요. 지금은 제법 인정을 받고 있는 모양이지만, 제가 세상에 나가게 되면 작품으로 만인이 보는 앞에서 씻을 수 없는 굴욕을 안겨 줄 겁니다."

그리고 그날 이후 페트는 유린을 다시 만나지 못했다.

조르디보오스 성의 한쪽 벽면에는 유린이 적어 놓은 낙서들만 남았다.

페트 바보 똥개

ⵌⵌⵌ

위드는 축제가 벌어지는 모라타에서도 놀지 않았다.

"축제에는 역시 음식 장사야."

축제나 특별한 날에 만드는 음식들은 잘 팔릴 뿐만 아니라 숙련도를 부쩍부쩍 올려 준다.

공식적으로 바가지를 씌워도 거부감이 없는 날!

요리 스킬은 중급 8레벨! 9레벨까지는 4.3%의 숙련도만이 남아 있었다.

"고급 요리 스킬을 빨리 만들어야지."

사냥할 때에도 세끼의 식사를 꼬박꼬박 만들어 먹는다.

요리야말로 일상적으로 활용되는 유용한 분야였고, 스킬이 발전할수록 음식의 맛이 좋아질 뿐만 아니라 스탯도 많이 올려 준다.

재봉, 대장일, 요리, 조각술, 검술, 낚시, 약초학, 붕대 감기.

잡캐답게 모든 분야를 아우르며 활용해야 되는 것.

고급 요리 스킬을 얻게 되면 병사들이나 주민들의 친밀도를 얻기가 굉장히 쉬워진다고 한다.

더욱 대단한 것은, 멸치 2마리와 꼬막 3개만으로도 해물탕의 맛을 낼 수 있다는 것이다.

위드는 지골라스에서 돌아오면서 오징어와 멸치 등을 잡아서 젓갈을 만들었고, 영주성에 묻어 놓은 각종 장들도 완성되었다.

조만간 요리 스킬을 고급까지 확실하게 올릴 준비가 되어 있었다.

"신선한 해산물집입니다. 바다의 맛을 보고 싶은 분들은 이곳으로 오세요."

위드는 금방 상하기 쉬운 어류들과 신선한 해산물들을 요리했다.

모라타에는 제법 멀리 떨어진 바닷가로 가서 낚시하는 유저들이 거의 없기에, 해산물을 판매하는 것이야말로 품목을 제대로 고른 셈이었다.

"고래나 참치 회, 상어 회는 금방 떨어질 테니 줄을 서셔야 됩니다. 그리고 이 세 가지 회가 다 떨어졌다고 해서 아쉬워하지 마세요. 다음 메뉴로 대형 오징어 회가 준비되어 있습니다."

위드의 칼이 도마 위에서 현란하게 움직이면서 엄청나게 큰 상어의 살점을 저몄다.

다년간 쌓인 요리 실력과, 검술에 의한 집중력을 바탕으로 회를 뜬다.

'최대한 얇게 떠야지. 그래서 양은 많게 보이고… 그러면 돈을 더 벌 수 있으니까!'

냄비에 매운탕을 끓여도 위드는 다른 요리사들과는 경쟁력에서 차이가 있었다.

다른 요리사들이 똑같은 냄비에서 8인분을 꺼낸다면, 위드는 10인분을 만들어 낸다! 뼈와 머리, 꼬리까지 정확하게 분배하고, 또 저렴한 채소들을 푸짐하게 사용. 시원한 국물 등을 아끼지 않고 담아 주면서 인심을 얻는다.

리트바르 마굴에서 사냥할 때부터 병사들에게 밥을 해 주며 쌓은 비장의 무기.

상어 회를 뜰 때에도 다른 요리사에 비해 10인분, 20인분씩 이 더 나왔다.

"완전 신기하다. 상어 회를 떠서 요리를 해 주네?"

"이건 무슨 맛일까? 스탯을 많이 올려 주려나?"

위드가 음식을 판다는 소문만으로도 손님들이 구름처럼 몰려들었다. 텔레비전에 나온 맛집을 능가하는 위드의 인기!

"둘이 먹으면 하나가 죽을 정도로 맛있대."

"쉿. 대형 오징어의 촉수를 지금 자르고 있어."

위드의 요리에 대해서도 인터넷상에 동영상과 함께 사진들이 올라와 있다. 유저들에 의해 절묘하게 편집된 사진들은 식욕을 자극했고, 반드시 먹어 봐야겠다는 다짐을 하게 만든다.

그렇기에 위드는 더욱 마음 편하게 바가지를 듬뿍 씌울 수 있었다.

"요리를 이렇게 맛있게 만들려면 어떻게 해야 돼요?"

어린 초보 요리사들의 질문에, 위드는 남은 재료들을 모아 매운탕을 만들며 대답했다.

"신선한 재료와 깨끗한 물 그리고 정직과 양심을 조미료로 써서 만들면 됩니다."

회를 먹는 사람들 중에는 맛있어서 일찍 먹어 버리고 아쉬워하는 경우가 많았다.

그래서 서비스 품목으로 누룽지와 탕 국물이 기본으로 제공!

국물만 마시다 보면 입이 허전한 법이다. 그러면 결국 과일 주나, 추가로 회를 시킬 수밖에 없게 된다.

이것이야말로 노회한 위드가 사용할 수 있는 2차, 3차 바가지였다!

"대게를 드시면 게살죽, 바지락탕도 서비스! 참고로 복어 독이 아직 덜 빠졌습니다. 둘이 먹다 둘이 모두 죽을 수 있으니, 독 저항력이 높고 생명력이 많은 사람에게만 팝니다. 먹고 죽어도 책임지지 않습니다."

위드의 요리 스킬은 중급 8레벨. 지느러미를 이용한 고급 요리들도 비싸게 팔 수 있었다.

해산물 종합 요리점이라고 해도 될 만큼 방대한 메뉴!

손님을 위한 다양한 메뉴 개발이 아니라, 지골라스에서 돌아오면서 잡은 어류를 몽땅 요리했다.

띠링.

> 요리 스킬의 레벨이 중급 9레벨이 되었습니다.
> 감칠맛과 함께, 탕에서 깊은 맛이 우러납니다.

"드디어 9레벨이군."

위드의 요리 천막에는 앉을 틈이 없었다. 축제의 공연장 못지않게 사람들로 붐볐다.

탕을 끓여 내는 잠깐의 여유 시간을 이용해서 조각품도 만들었다.

식사를 하면서도 볼거리가 있으면 음식의 맛이 훨씬 좋았던 것처럼 느껴지는 이치!

요리하고 나온 게 껍질들을 모아서, 커다란 게가 집게발로 서 있는 조각품을 만들었다.

"대게 3마리 주세요!"

"여기 밥도 비벼 주나요?"

조각품을 만드니 관련 메뉴의 인기가 폭발!

대게수프와 대게탕, 껍질에 비벼 먹는 볶음밥은 일품이었다.

거부할 수 없는 향기가 주변에 퍼지면서 손님들이 계속 줄을 서서 기다렸다.

"모험가들은 꽤 되는군."

유저들 중에서 〈로열 로드〉의 게시판에 많이 알려진 모험가도 다수 만났다.

북부 대륙을 남들보다 빨리 탐험하기 위해 온 모험가들이 많았다. 돈을 펑펑 써 대면서 요리를 먹을 수 있는 재력을 가진 유저들!

"북부 대륙에는 알려지지 않은 던전들이 많습니다. 우리 파티는 그런 던전들에 대한 정보를 상당히 많이 갖고 있죠."

"……."

모험가들은 위드에게 제의도 했다.

"같이 파르벡 계곡 부근을 탐사해 보시겠습니까? 사냥을 같이하고 얻은 전리품에 대해서는 우선권을 드리겠습니다."

"발데스 백작의 무덤에 대해서 알려 드릴까요? 지금은 몬스터의 소굴이 되어 있고 꽤 만만치 않은 던전 같던데요. 나오는 몬스터들의 평균 레벨이 400은 넘더군요. 저희와 위드 님이 힘을 합치면 충분히 승산이 있을 것 같습니다."

위드와 함께 탐험하면 인터넷상으로 동영상 중계가 되어 적어도 수백만 명이 시청한다. 방송을 타게 되면 유명해지는 것은 기본이고 두둑한 돈까지 벌 수 있으니, 솜씨 좋은 모험가들이 과하다 싶은 제안을 서슴없이 해 오는 것이다.

위드가 보기에도 정말 나쁘지 않은 합류 제의들이 많았다.

북부 대륙까지 모험하러 올 정도라면 스스로의 실력에 자신도 있고, 경험도 갖춘 이들이다. 사전 조사도 충분하게 하고 또 파티 구성도 좋아서, 효율적인 사냥과 탐험이 가능한 것.

위드를 유혹하기 위해서 전리품을 많이 넘겨주겠다는 제의도 해 온다.

'모험은 위험하니까 아무나 믿을 수는 없어.'

평판이 좋은 모험 파티들도 있었다. 사냥 속도가 빠르다고 유명한 파티에는 위드도 한번 속해 보고 싶기도 했다.

하지만 지금의 위드에게는 그림의 떡이었다.

불사의 군단과 관련된 퀘스트를 갖고 있었기 때문이다.

유혹의 손길을 뻗치던 전사들과 모험가들이 음식을 먹고 흩어졌다.

그때 위드가 돌아왔다는 소문을 듣고 달려오는 두 사람이 있었다.

만돌과 그의 아내였다.

1쿠퍼짜리 의뢰를 받고, 위드가 철저한 사전 조사 후에 여자아이의 일생을 다룬 인형들을 만들어 준 당사자들이 찾아온 것이다.

"위드 님, 오셨군요."

만돌은 덥석 위드의 손을 붙잡았다.

덥수룩한 털북숭이 장한에게 손을 잡힌 위드였지만 얼굴은 환하게 웃었다.

지금까지 준비해 두었던 접대용 미소.

당연히, 저만치서 달려올 때부터 만돌이 여전히 반짝반짝 빛나는 미스릴 부츠를 신고 있다는 걸 확인했기 때문이다.

'잃어버리지 않았구나.'

미스릴 부츠는 구하기도 어려울뿐더러, 민첩성을 향상시킬 수 있을 수준으로 만들려면 대장장이 스킬이 정말 높아야 한다. 차라리 검을 만드는 게 쉽지, 금속 계열 부츠는 대장일에서도 까다로운 분야였다.

그만큼 비싸고 귀한 물건.

위드는 조심스럽게 물었다.

"제 작품이 어떠셨는지요."

만돌이 의뢰한 조각품을 만들기 위해 위드는 최선을 다했다. 다른 것들은 실패하면 다시 만들면 되지만, 이번에는 그럴 수가 없어서 신경이 많이 쓰였다.

만돌은 엄지손가락을 들었다.

"최고였습니다. 기대했던 차원의 작품이 아닙니다. 고작 1쿠퍼짜리 의뢰였는데 이렇게까지 신경을 써 주실 줄은 정말 몰랐습니다. 제 아내도… 많이 좋아했습니다."

그의 아내인 델피나도 살짝 고개를 숙여서 인사를 했다.

"와아아!"

"조각품을 의뢰한 사람들이다."

줄을 서서 기다리던 손님들은 예술 회관이 문을 열 때 있었던 이야기들을 들어서 알고 있었다.

한 부부를 위하여 모라타의 영주가 만들어 준 조각품!

사실인지 거짓인지 논란이 있었는데, 당사자들이 나타났다.

"다른 지역의 영주들이라면 돈에 환장했을 텐데 겨우 1쿠퍼를 받고 대작 조각품을 만들었어?"

"그래도 소유권을 넘겨주는 건 아니잖아."

"아무리 그렇다고 해도… 나 같으면 못 했을 건데."

"가만 보면 우리 영주가 은근히 착한 거 같아. 초보자들을 배려할 줄도 알고 말이야."

"판잣집이나 여러 가지들을 보면 확실히 좋은 영주인 것 같긴 하지."

위드는 스스로의 공을 내세우려고 하지 않았다.

"정말 열심히 하려고 했지만, 최선을 다했음에도 불구하고 실력이 미숙해서 죄송합니다."

"아닙니다. 저희는 정말 고맙게 생각하고 있습니다."

"그래도 이곳까지 굳이 오시게 한 것은 죄송합니다."

솔직히, 위드는 다 생각이 있어 한 짓이었다.

조각품은 달랑 보내 주고 나면 그걸로 끝!

베르사 대륙이 넓다 보니 언제 다시 만날 수 있을지 모르는 것이 아니던가.

추가로 조각품 주변을 완벽하게 꾸며야 했지만, 의뢰비를 받기 위해서라도 만돌이 와야 할 필요가 있었다.

델피나가 밝게 웃으며 말했다. 원래 그녀는 착하고 상냥한 여인이었다.

"모라타에 와서 저희한테 좋은 일도 생겼어요. 이것 보세요."

델피나는 작은 메추리알 같은 것을 내밀었다.

위드는 그것을 받아서 살펴보았다.

"감정."

요정의 알

깨지기 쉬운 알. 어느 요정이 방탕한 생활을 한 후에 버리고 간 것 같다. 따뜻하게 품어 주며 일정 시간을 보내면 껍질을 깨고 아기 요정이 탄생한다.

요정의 성별은 여자로 고정되어 있다. 요정은 엘프보다도 자연적인 친화력이 뛰어나지만, 정신적으로는 미성숙한 편이다. 가장 처음 본 대상을 부모로 여기며, 이름을 지어 줄 수 있다.

요정은 부모의 말을 6개월간 따를 것이며, 꼬마 요정의 성장은 빠르다. 거주하

영주성에 요정의 신비한 샘을 설치해 놓은 이후로, 밤마다 요정들이 날아다녔다. 만돌과 델피나는 그들에게 선물이나 음식을 주면서 친해져서 요정의 알을 받았던 것이다.

위드가 요정의 알을 조심해서 돌려주었다.

"정말 얻기 힘든 건데, 축하드립니다."

요정의 알은 구한 유저가 아직 20명도 되지 않는 귀한 것.

위드도 차마 이것을 의뢰비로 달라고 할 수는 없었다.

만돌이나 델피나 부부에게 요정이 진짜 자식 같은 느낌은 물론 아닐 것이다. 하지만 요정들을 돌보면서 상처가 조금이라도 아물 수 있다면 좋으리라.

그리고 전적으로 그들끼리 결정할 문제가 되겠지만, 꼭 낳은 정이 전부는 아니므로 아이를 키우려면 현실에서 입양을 선택할 수도 있을 것이다.

만돌이 호주머니에서 돈을 꺼내 주었다.

"여기 의뢰비 1쿠퍼 있습니다."

순간 위드의 창백해진 얼굴은 토리도를 능가할 정도였다.

"고맙습니다. 확실히 의뢰비를 받았습니다."

위드는 떨리는 손으로 1쿠퍼를 챙겼다.

주는 돈은 받고 보는 게 원칙. 약속된 금액 이상으로 더 달라고 따지기에는 주변에 보는 눈이 너무 많았다.

그러나 만돌의 보상은 이것으로 끝나는 것이 아니었다.

"위드 님이 쓸 만한 물건을 제가 구해 봤습니다. 이것은 정말 저의 작은 성의이니, 꼭 받아 주십시오."

트레세크의 승리를 알리는 뿔피리

전설의 뿔피리. 기사 트레세크의 물건. 대군을 통솔할 때 사용하던 뿔피리이다. 전장으로 널리 퍼지는 이 뿔피리 소리를 들으면 병사들의 사기가 오르는 효과가 있다.

기사 중의 기사였던 트레세크는 이 뿔피리를 불며 휘하 병사들과 함께 베르사 대륙의 여러 곳을 다녔다. 그리고 모든 전투를 승리로 이끌었다.

제한: 통솔력 850. 기사 전용. 레벨 400 이상. 전투 중에 300인 이상의 부하들을 지휘한 경력.

옵션: 전투에서 병사들의 숨겨진 힘을 이끌어 낸다. 다수의 병사들에게 치료의 손길. 단 3회 가능. 명성 +600. 돌격 시에 보너스. 병사들이 투지의 영향을 적게 받으면서 강한 적과 싸우게 만든다. 전투 승리 시에 얻는 병사들의 경험치 증가. 적들의 사기 저하. 기사, 귀족이 사용할 때는 효과가 20%, 증가한다.

위드의 군침이 삼켜졌다.

기사나 귀족 들이 눈에 불을 켜고 찾는다는 아이템이었다.

아이템 거래 사이트에서는 없어서 못 팔아서, 사기 쳐서라도 팔려고 한다는 그 유명한 아이템!

병사들을 양성하기에는 최고의 물건이라서 부르는 게 값이며, 좀 많이 불러도 도둑놈이라는 소리를 안 듣는다는 바로 그 물건이었다.

"저를 어떻게 보시고… 이런 대가를 바라고 한 일이 아니었습니다."

만돌이 간곡한 어조로, 작은 성의지만 꼭 받아 달라는 말을 하지 않았더라면 이런 예의를 차릴 여유도 없었을 것이다. 만돌이 다시 권할 것이 확실해 보였기 때문에 슬쩍 거절의 의사를 보여 본 것이었다.

"이것을 드릴 사람은 위드 님밖에 생각나지 않았습니다. 그러니까 꼭 받아 주셨으면 합니다."

"허, 이것 참. 자꾸 권하시니 거절할 수도 없고……."

위드는 곤란하다는 듯이 어색하게 얼굴을 찌푸리면서도 양손을 슬며시 내밀었다.

만돌도 그 뜻을 이해한다는 듯이, 손바닥 위에 뽈피리를 올려 주었다.

띠링!

트레세크의 승리를 알리는 뽈피리를 획득하였습니다.

위드는 입가를 실룩이면서 말했다.

"요정이 태어나면… 제가 옷을 만들어 드리겠습니다."

귀한 보물인 뽈피리도 받았는데 옷감이 얼마 들지도 않을 유아복 한 벌쯤이야 기꺼이 제공해 주고 싶었다.

만돌처럼 양심적인 유저와는 더욱 친해질 필요가 있지 않겠는가!

'딱 산 도둑놈처럼 생겨 가지고 인심이 후하군. 외모만 보고 사람을 평가해서는 안 된다더니 역시! 얼굴이 험할 뿐, 근본까

지 악랄한 사람은 아니었어.'

상대에게 감동을 주고 그 대가를 받았으니 무엇보다 뿌듯할 수밖에 없었다. 검술 스킬을 열심히 익혀서 전에는 잡지 못하던 몬스터를 잡는 것만큼이나 기쁜 일이었다.

식당에서 요리를 먹던 페일이나 메이런, 화령, 다른 일행도 위드의 선행을 보면서 새로운 모습이라고 우러러보았다.

그런 시선들조차도 위드의 입가에 만족스러운 경련을 일으키게 만드는 이유였다.

～🙦🙤～

헤르메스 길드의 총본산.

"아골타 지역에 대한 접수가 끝났습니다."

"아나보레스 마을 점령을 마치고 건물들의 피해 상황을 확인하고 있습니다."

하벤 왕국의 성과 요새 들을 무력으로 점거해 나가는 헤르메스 길드.

그들이 강하리라는 것은 모두가 짐작하는 바였지만, 헤르메스 길드의 강함은 단순히 상상을 넘어 무시무시할 정도였다.

베르사 대륙에서 레벨로 따지면 최상위권에 속하는 랭커들이 헤르메스 길드 소속임을 선언하였다. 레벨 400이 넘는 신흥 강자들도 속속 등장했다.

훈련된 병사들과 기사들, 마법병단을 이끌고 다니면서 다른 영주와 귀족 들의 군대를 격파하고 영토에 깃발을 꽂았다.

헤르메스 길드의 세력권은 하루가 다르게 늘어나고 있었으며, 그들을 상징하는 노란색 깃발이 왕국 전역을 잠식해 들어갔다.

"헤르메스 길드에 가입하고 싶은데, 어떤 자격 조건을 갖춰야 되나요?"

"저희 길드가 통째로 옮겨 갈 수 있을까요?"

강한 힘에는 사람들이 몰리기 마련.

레벨이 최소한 200이 넘는 유저들이 매일 수천 명씩 헤르메스 길드 지부의 문을 두들겼다. 하벤 왕국의 각 성과 도시의 지부마다, 가입을 신청하는 유저들이 새벽부터 줄을 섰다.

그들을 막을 수 있는 것은 철혈기사단과 고독한용병, 적마법사와 다른 중소 길드들로 이루어진 반헤르메스 길드 연합밖에 없었다.

하벤 왕국에서는 실질적으로 헤르메스 길드 그리고 반헤르메스 길드 연합, 이 양대 세력이 경쟁적으로 세력을 넓히면서 강해졌던 것이다.

난립하던 수많은 길드들이 정리되고, 힘은 양쪽으로 모였다.

하지만 반헤르메스 길드 연합에서는 군대를 내보낼 때마다 연전연패!

더 많은 병력과 고레벨 유저들을 전장에 파병했음에도 불구하고 거듭된 패배로 인하여 헤르메스 길드의 명예만 드높여 주는 실정이었다.

지금은 마지막까지 몰려서 분열을 눈앞에 두고 있었다.

"하벤 왕국의 병탄도 얼마 남지 않았습니다."

라페이는 길드의 수뇌부와 끊임없이 회의를 했다.

전쟁 상황을 매 시간 확인하고, 즉각적으로 대응한다.

바드레이가 헤르메스 길드의 진짜 지배자였지만 그는 아직 나서고 싶어 하지도 않았다. 최소한 왕국 간의 전쟁 정도는 되어야 나오겠다면서 사냥에만 열중했다.

"프리그 지역은요? 거기는 우리에 대해서 꽤나 반감을 표시했던 거쉬냅이라는 유저가 성주로 있지 않았습니까?"

"항복을 거부했습니다. 헤르메스 길드의 지배권을 인정하지 않겠다고 합니다."

"근처에 있는 병력은?"

"하루 거리에 테페른 기사단과 2군단이 있습니다."

"모조리 쓸어버려요. 무서움을 보여 줄 필요도 있으니, 전투가 벌어진 이후에는 항복을 받지 않도록 합니다."

헤르메스 길드는 성과 요새를 고스란히 넘기고 투항하지 않는 성주와 통치자 들은 철저히 짓밟았다. 그 땅에 있는 모든 것을 부숴 버리고, 되살아난 유저는 하벤 왕국에 다시 발붙일 수 없도록 척살령을 내려서 내몰았다.

본보기를 보여 공포라는 무기를 적절하게 휘두르면서 항복하는 이들을 받아들이고, 유저들을 헤르메스 길드의 힘 아래에 가두어 놓았다.

"이제 수도만 치면 되겠군요."

왕과 왕족들이 있는 수도에도 몇만에 달하는 정예병이 있었다. 헤르메스 길드에서는 그들까지 격파해야 하벤 왕국을 완전히 손아귀에 넣게 된다.

하지만 전투에 대한 걱정은 별로 들지 않았다.

오래전부터 준비해 왔던 일이고, 힘의 균형은 이미 헤르메스 길드에 기울어 있다.

그저 헤르메스 길드의 전력을 있는 그대로 과시하면 될, 하벤 왕국에서의 최후의 전투가 될 것이다.

이번 전쟁은 패권 동맹으로 인해 일어난 게 아니라 훨씬 전부터 계획된 것이었다.

하벤 왕국의 가장 큰 세력으로 헤르메스 길드가 떠올랐을 때, 라페이는 크게 부담감을 느꼈다.

왕국 내부에는 헤르메스 길드를 인정하지 않는 세력들이 굉장히 많았다. 중앙 대륙에 있는 헤르메스 길드에 비해 그리 규모가 작지 않은 다른 명문 길드들에서도 심하게 경계했다.

전쟁 자금도 바닥이 나고, 길드 소속의 유저들도 많이 지쳤다. 제대로 뭉치지 못한 헤르메스 길드에서는 내실을 다져야 할 필요성이 있다.

암중에 그들의 조종을 받는 길드들을 주축으로, 반헤르메스 길드 연합을 창설했다.

끝없이 평행선을 달리는 2개의 세력을 바탕으로 하벤 왕국의 유저들을 경쟁적으로 가입시켰다.

반헤르메스 길드 연합이 창설되면서 약간의 영토를 잃어버려야 했지만, 그것은 큰 피해라고 볼 수는 없다.

암중에 유저들과 길드들을 포섭하고, 적대감을 가진 이들을 반헤르메스 길드 연합 내부로 모아 적들의 움직임을 간파했다.

지금 하벤 왕국에서 벌어지는 모든 전투들은 헤르메스 길드에 의하여 기획된 것이나 다를 바가 없었다.

"하벤 왕국을 완전 장악하게 되면 건국식을 해야 될 텐데, 그 준비는 어떻습니까?"

"차질 없이 진행되고 있습니다. 수도 점령을 마치는 날부터 사흘간 이루어질 겁니다."

라페이는 하벤 왕국을 이미 자신의 것으로 생각하고 있었다.

반헤르메스 길드 연합에 대한 결정도 이미 났다.

그들의 조종을 받는 길드들은 항복을 받아 흡수하고, 비밀리에 합의한 곳들도 받아들인다. 수도를 점령하기 전에 길드 연합과 크게 한번 싸워서 격파할 것이다.

확실한 힘의 차이를 보여 주면 반헤르메스 길드 연합은 완전히 해체되고 말 것이다.

이러한 시나리오에 따라 헤르메스 길드는 전쟁을 통해 엄청난 무력과 세력을 키우는 것이다. 다른 명문 길드들조차도 따라오지 못할 광대한 영토를 확보하고, 전투부대를 만들어 내게 된다.

"그런데 위드는… 그대로 놓아두어도 되는 겁니까?"

수뇌부 중의 1명이 의견을 제시했다.

현재 헤르메스 길드의 힘과 영향력은 역대 최고였다. 〈로열로드〉와 관련된 모든 곳에서 헤르메스 길드를 무서워하고, 또한 부러워한다.

하지만 그럴 때마다 따라 나오는 이야기가 있었다.

"위드한테 깨진 곳이잖아?"

"제법이네. 그래 봐야 위드한테는 안 되겠지만."

헤르메스 길드가 감춰 놓은 이빨을 드러내지 않을 때에도 위드와는 객관적인 전력에서 비교가 안 됐다. 지금은 말할 것도 없는 수준이다.

그럼에도 헤르메스 길드의 명예가 꺾여서, 당사자들은 여간 불쾌하지 않았다.

"위드를 그냥 내버려 두어서는 안 됩니다. 더 클 수 있을지도 모르는 싹은 일찍부터 밟아 놔야 합니다."

"헤르메스에 있어서, 위드 따위는 손쉽게 죽일 수 있는 존재일 뿐이라는 사실을 사람들에게 보여 줄 필요도 있습니다."

수뇌부가 다들 한마디씩 했다.

드린펠트와 그의 함대야 원래 바다 출신이다.

바다를 터전으로 삼은 유저들은 적었고, 그들 중에서 뛰어나다고 해도 육지에서는 많은 불리함을 안고 싸우다가 피해를 입어야 했다.

지상군이 강력한 헤르메스 길드에서는 위드를 잡고 패배를 설욕하기 위하여 병력을 보냈다.

하지만 그때는 하필이면 해상전이 벌어지고 말았다.

결국 제대로 힘도 발휘하지 못하고 패배해서 헤르메스 길드의 자존심을 흔들어 놓은 것.

"위드는 잡아야 됩니다."

"베르사 대륙에는 전쟁의 신이 없다는 것을, 영웅이란 없다는 걸 보여 줘야죠."

수뇌부의 공통된 의견을 라페이는 받아들이기로 했다.

바드레이가 위드에게 느끼는 각별한 감정은 혼자만 알고 있으면서 다른 사람들에게 말하지 않았다.

바드레이도 드린펠트와 그리피스를 보내서 위드를 척살하도록 했으니, 그도 위드를 싫어한다는 사실은 명백한바!

라페이는 회의실을 돌아보았다.

"그러면 누구를 보내면 좋겠습니까?"

하벤 왕국을 점령하고 나면 다른 왕국이나 명문 길드 들과의 전쟁이 계속 이어지겠지만, 지금은 정해진 전투들만이 남았으니 여유가 있다.

지골라스까지 가야 했던 때와는 다르게 위드를 잡기에는 충분하고도 넘칠 병력을 보낼 수 있다.

"폴론이 어떨까요?"

드린펠트와는 비교가 안 될 정도로 강한 기사였다. 그리고 개인 기사단도 거느리고 있었다.

크레마 기사단.

폴론은 기사단장으로서, 이번 전쟁에서도 혁혁한 공을 세우며 전투력을 증명했다.

"폴론과 그의 기사단이면 괜찮겠군요."

"좋은 의견입니다. 지금 그들이 점령하고 있는 지역은 우리 세력권의 안쪽이라서 더 이상의 전투는 없을 테니까요."

"수도를 칠 때는 공성전이 벌어질 테고, 그들이 빠지더라도 기사의 전력은 압도적이니까 보내더라도 차질은 일어나지 않습니다."

그런데도 수뇌부에서는 더 많은 지원 병력을 붙여 주기를 원했다.

"이번에도 실수하거나 하면 곤란할 수 있습니다."

"상대가 위드인 만큼 어떤 변수를 만들 수도 있을 겁니다."

"제7마법병단이면 폴론을 잘 보좌할 수 있지 않을까요?"

"그러면 웬만한 성을 부숴 버릴 정도의 전력이니… 위드를 잡기에 충분할 겁니다."

폴론과 그의 기사단으로도 확실하다고 생각했지만 도망칠 수도 있으니 지원 병력까지 준비했다. 지골라스에서 리치로 변해서 싸우던 모습이 깊은 인상을 남겼기 때문이다.

"폴론과 기사단 그리고 제7마법병단이라……."

기사단이 200명, 제7마법병단에 속한 마법사만 130명이나 된다.

그들의 전투력이면 위드를 잡는 것은 쉬운 일이었다.

게다가 폴론에게 명령을 내리면 기사단만 이끌고 출정하는 게 아니라 1,000에 이르는 레인저 부대들까지 데려갈 수 있다.

"조금 과한 것 같기도 한데… 하지만 완벽하게 처리하는 편이 좋겠죠. 헤르메스의 능력을 보여 주어야 하는 자리니까."

라페이는 폴론과 마법병단을 불러 위드를 처리하라는 명령을 내렸다.

"정보에 의하면 얼마 후면 위드는 불사의 군단과 관련된 퀘스트를 하러 간다고 합니다. 더 이상 떠들썩하게 퀘스트를 성공하거나 사냥을 하도록 내버려 두면 안 됩니다."

라페이의 명령은 폴론이 자주 처리했던 분야의 일이었다.

"죽이면 됩니까?"

"목표를 확실히 없애 버리시면 됩니다. 동료가 있다면 그 동료들도 쓸어버리고, 할 수 있는 한 철저하게 방해를 해야겠죠."

폴론에게 위드는 꼭 싸워 보고 싶었던 상대이기도 했다.

기사로서, 그리고 지금까지 강함을 추구해 오면서 이런 기회를 기다리고 있었다.

"알겠습니다. 확실하게 처리하겠습니다."

폴론은 기사단과 레인저 부대를 모두 준비시키고, 마법병단이 합류하자마자 출발했다.

지골라스에서는 늦게 도착해서 지형에 대한 불리함이 크게 작용했다. 지형적인 유불리가 육지와 해상을 넘나들면서 작용하리라고는 누구도 생각하지 못했으리라. 하지만 이번에는 미리 가서 잠복하며 정보들을 모으고 위드가 도착하는 대로 사냥할 작정이었다.

❧

모라타의 축제는 밤에도 끝나지 않았다.

불을 밝히고 야시장이 열리면서 물품 거래가 활발하게 이루어진다.

위드는 남은 음식 재료들을 이용해서 일행에게 특선 해물탕을 만들어 줬다.

"많이들 드세요. 그리고 이건 지골라스에서 담근 술입니다."

보통, 돈이나 다를 바가 없는 술은 정말 웬만해서는 내놓지 않았던 것이다.

볼라드와 테어벳의 갈비구이도 푸짐하게 나왔다.

이틀은 밥을 먹지 않아도 될 만큼 포만감을 올려 줄 뿐만 아니라, 스탯들도 임시지만 20개, 30개 이상을 올려 주는 기가 막힌 요리.

하지만 무엇보다도 음식 본연의 맛과 향이 군침을 절로 삼키게 만들었다.

수르카가 천진난만하게 물었다.

"이것들은 파는 거 아니에요? 정말 제가 먹어도 돼요?"

"네. 일부러 차린 거니까 많이 드세요."

오빠처럼 다정하게 말하는 위드!

기대도 하지 않았던 뿔피리까지 얻었으니, 지금 심정이라면 작년부터 오른 전기 요금 고지서를 다시 읽더라도 기쁠 것 같았다.

"그럼 잘 먹겠습니다."

수르카를 시작으로 해서 페일, 마판, 제피, 화령, 이리엔, 로뮤나, 방송을 끝내고 온 메이런이 갈비를 뜯었다.

서윤도 테이블 구석을 차지하고 갈비를 품위 있게 칼로 잘라 먹는 모습.

검치 들이라면 상상도 하지 못할 기품 있는 자태였다.

그들은 갈비를 각자 세 대 정도씩 뜯어 먹으면서도 다음에 올 무언가를 기다렸다. 위드가 그들에게 공짜 갈비를 주진 않을 거라는 확고한 믿음!

'말을 꺼내실 때가 되었는데…….'

'음식값을 내라는 걸까? 근데 이 정도의 맛과 영양이라면 돈을 내고 사 먹을 손님들이 널려 있을 텐데?'

번거롭게 일을 꾸밀 필요는 없었다.

하지만 위드는 불판에서 갈비를 굽기만 했다.

'지금까지 나와 함께 있어 준 동료들.'

지골라스의 근처 해역까지 와 줄 거라고는 상상도 하지 못했다. 그만큼의 믿음과 배려에 대해 무언가 보답을 하지 않으면 안 되겠기에, 모라타로 돌아와서 조미료 등을 구입한 후에 양념갈비구이를 해 주는 것이다.

'어떤 어려운 부탁을 하시려고…….'

'뭘까, 대체 이번엔 무슨 일일까?'

위드의 그런 속내를 알 리 없으니, 갈비를 뜯으면서도 괜히 더 불안해하는 동료들이었다.

♒

검치 들은 바다에서 수련을 쌓았다. 파도를 향해서 검을 휘두르고, 커다란 바위를 밀면서 해변을 달렸다.

"어쩜! 저 근육 좀 봐."

지나가던 여성 유저들이 환호성을 질렀다.

〈로열 로드〉에서 이름난 휴양지에서는 검삼치를 비롯한 사범들과 수련생들의 몸매가 제대로 먹혀들었던 것이다.

"우리의 인기도 괜찮은데요."

"오늘이 마지막 날이니 열심히 운동하고, 저녁에는 술집에서

열대 과일 주스라도 한잔하자."

"옙!"

수련생들은 체력 훈련에 박차를 가했다.

사냥을 할 때에도 워낙에 무식할 정도로 전력을 다했다. 그러나 해상 전투, 바다 괴물들과 싸우는 것은 훨씬 어려웠다.

띠링!

극한의 무예인

고대의 무예인들은 적들에 맞서 스스로의 몸을 단련하였다. 한계를 뛰어넘는 수련은 육체를 성장시킬 것이다.

난이도: 직업 수련 퀘스트

보상: 200일간 수련의 정도에 따라 전투 스킬과 스탯의 성장.

제한: 무예인 한정. 평생 단 1회만 퀘스트를 수행할 수 있다.

검치 들은 몬스터만 보면 레벨에 상관하지 않고 무모하다 할 정도로 싸웠고, 이기고 지고를 반복했다. 그 덕에 무예인의 성장과 관련된 숨겨진 수련이 뜬 것이다.

"육체 단련과 수련이라… 강해질 수 있는 기회다. 오늘부터는 특별 훈련이다."

검치 들은 그날부터 훈련에 돌입했다.

비슷하게 바다 괴물과 싸우면서 고전을 하다 보니 사범과 수련생 들에게 거의 동일하게 떠오른 퀘스트였다.

검삼치는 수련생들에게 명령했다.

"하루에 보리빵은 2개씩만 먹어라. 죽지만 않으면 된다."

훈련에는 배부름조차도 사치였다.

"해가 뜰 무렵에 가볍게 통나무를 끌고 해변을 두 바퀴 돌고,

무게를 강화한 검을 400회씩 휘두르자."

"아침 훈련을 그 정도로 될까요? 검치 스승님께서 보시면 우리가 나태해졌다고 하실 수도 있습니다. 맨주먹으로 암석 500개씩 깨기도 좋을 것 같은데요."

"왼손과 오른발로만 절벽을 오르는 건 어떨까요? 절벽에서 떨어지며 땅바닥에 부딪치면 맷집도 길러질 것 같은데요."

참신한 아이디어들이 속출!

아침 수련이 끝나는 건 아무리 빨라도 오후였고, 그 이후에도 수련은 계속되었다.

"굶주림과도 싸워 보자. 이 지긋지긋한 굶주림을 정신력으로 극복해 보는 거지."

사범들과 수련생들은 2개의 대검을 양손에 들고 큰 파도가 오면 있는 힘을 다해서 휘둘렀다.

파도가 부서지면서 차가운 물을 뒤집어쓸 때의 상쾌함!

끝이 나지 않을 것 같은 훈련들, 할 때는 힘들지만 분명히 시원한 성취감이 있었다.

밤에 체력이 다 소진되고 파도에 밀려 1명씩 쓰러지고 난다고 해서 하루의 일과가 끝나는 것은 아니었다.

"육체란 검과 같다. 담금질할수록 강해지는 것이다. 우리는 그동안 너무 나약했다."

검삼치가 수련생들을 모아 놓고 꾸중했다.

그리고 무거운 갑옷을 입고 바위까지 등에 지고 모래사장을 달리자 했다.

밤낮을 가리지 않고 200일간 이루어진, 상상을 초월하는 훈련이었다!

검사백일치는 심장이 터져서 죽을 것만 같았다.

'뛴다. 나는 뛴다. 그리고 할 수 있다.'

달리는 행동이 온몸을 고통스럽게 만들었다.

한계!

육체가 아니라 스스로와의 싸움이었다.

극한의 무예인이라는 직업 수련 퀘스트가 뜨고 나서부터 신체의 감각이 비상하게 예민해졌다. 근육 한 오라기까지 선명하게 느낄 수 있을 정도였다.

이제는 포기해도 돼.

훌륭하시네요. 정말 대단하세요. 이제 쉬면 됩니다. 달콤하게 휴식을 취하세요.

실제로 어떤 목소리가 수련을 할 때마다 귓가에서 속삭였다.

유혹이라는 것을 알지만, 모든 것이 괴롭고 고통스러운 지금은 오히려 그를 걱정해 주고 보살펴 주는 소리라는 생각이 들 정도다.

하지만 검사백일치는 그 말들을 무시하고 뛰었다.

'여기서 멈출 수는 없어. 사형들이 뛰고 있다. 그리고 사제들도 뛰고 있는데 내가 먼저 포기해서는 안 돼.'

사나이의 자존심은 포기할 수 있는 게 아니라서, 계속 뛰어야 했다.

현실에서는 고려해야 될 부분들이 많다.

뼈와 근육, 인대 손상, 신경의 단절 등! 무모한 훈련이란 것이 불가능했다.

하룻밤을 자고 일어난다고 해서 부서진 뼈가 회복되지는 않는 것이다.

훈련의 양을 늘리더라도 몸이 받아들이지 못하기 때문에 영구적인 신체의 손실까지도 일어날 수 있다.

하지만 〈로열 로드〉에서는 가능했다.

고통을 참고 한 걸음을 내디디면 될 뿐이다.

시야가 새하얗게 타 버린 것 같은 세상에서 사형제들을 믿고 검사백일치는 끊임없이 앞으로 달린다.

> 한계를 극복했습니다.
> 힘 스탯이 2 증가합니다.

가끔씩 나오는 메시지 창은 중요하지 않았다.

육체가 아니라 정신을 단련하고 있었다. 완전히 최악인 훈련을 마음껏 즐길 수가 있다.

◈

"훈련을 하다 죽는 것은 즐거운 경험이다. 모두 구르자!"

검치 들은 육체만이 아니라 정신적인 단련을 위해서라도 기꺼이 더한 훈련 과정을 만들어서 수행했다.

매일매일 훈련 강도는 점차 강해졌다.

심지어는 체력이 완전히 고갈되어서 과로로 죽는 이들까지 나왔지만, 훈련량은 줄어들지 않았다.

휴양지 이피아 섬과 다른 섬들을 오가면서 극한 훈련을 한 검치 들!

마침내 오늘, 그들의 훈련이 끝났다.

얼굴에 진흙을 묻힌 채로 검오치가 물었다.

"사형들, 오늘 이후로는 뭘 하실 겁니까?"

훈련 기간 동안 몸에 힘과 체력, 민첩성이 부쩍부쩍 늘었다.

검술 스킬은 현재 고급 3레벨에서, 높은 이들은 5레벨까지 되었다. 하지만 검술 스킬이야 언제고 마스터할 수 있기 때문에 기초 훈련을 더욱 충실히 했다.

검삼치는 파도를 향해서 검을 휘두르면서 대답했다.

"바다만 봐도 이제 지긋지긋하다. 이곳에서 이룰 것은 대충 다 이룬 것 같으니 어디 다른 곳으로 가자."

"대륙으로 돌아갈까요?"

"그것도 좋겠지."

검치 들은 훈련을 마치고 사흘씩은 각자 휴가를 보냈다.

해변에서 근육을 뽐내며 오렌지주스를 마시면서 일광욕을 즐겼다. 술집에서 가볍게 과일 음료를 마시면서 편안하게 쉬기도 했다.

그런 그들에게 접근하는 여자들이 있었다.

"혹시 다른 일행 있으세요?"

검치 들은 잠시 멍한 얼굴을 했다.

설마 이것은 말로만 듣던 상황!

이럴 때에 대답하는 방법을 제피로부터 미리 배워 두었다. 다른 일행이 500명쯤 있다고 하는 것은 절대 해서는 안 될 일이었다.

"아니요. 남자 3명이 왔습니다."

"그러면 저희랑 짝이 맞는데 같이 해변에서 노실래요?"

"저희라도 좋으시다면… 영광입니다."

꿀맛 같은 휴식을 만끽하면서, 여자들과 대화할 기회도 가졌다. 휴양지에서의 만남은 짧았지만, 친구 등록도 하고 기회가 되면 반드시 다시 만나자는 약속도 했다.

바다에서는 최강의 직업이라는 해녀들과 같이 해변을 거닐기도 했다.

"이피아 섬에서의 명성은 익히 들었어요."

"하하하, 그렇습니까?"

"미역국이라도 같이 먹을래요?"

해녀들은 해산물 요리에 대해서는 매우 뛰어난 스킬을 기본으로 갖고 있었다.

하지만 휴식과 관광을 즐기는 휴양지의 분위기는, 타고난 투사들인 그들에게 잘 맞지 않았다.

"이제 대륙으로 돌아가자."

사범들만이 아니라 수련생들도, 몬스터가 많은 육지에서의 모험을 하고 싶었다.

이피아 섬과 그 주변을 돌던 생활을 마치고 대륙으로의 귀환을 결정했다.

"마지막으로 크라켄이나 잡아 볼까요?"

몬스터를 사냥하기로 한 유저들은 보통 먼저 묻고 답하는 것들이 있었다. 레벨, 주요 공격 방법, 습성, 전리품, 서식지 등 여러 가지들을 확실히 파악하고 도전을 하곤 했다.

하지만 검치 들에게 많은 말은 필요 없었다.

"맛있을까?"

"그냥 기념이죠, 뭐."

대형 바다 괴물.

함대를 통째로 잡아먹는다는 크라켄과 안 싸우고 가면 허전하다는 이유로 덤벼 보기로 결정.

마법사나 성직자의 지원도 없었지만 크라켄이 나왔다던 바다로 향했다.

"구워 먹으면 맛있겠지?"

"사형, 섬에서 통구이용 양념도 사 왔습니다."

본사 방문

　KMC미디어의 간판 프로그램이라고 할 수 있는 〈베르사 대륙 이야기〉.

　사냥터 정보와 던전 발견, 상인들이 취급하는 교역품의 시세 변화, 숨겨진 종족이나 전설에 대한 소문, 유명한 유저나 퀘스트 성공에 대해서도 알려 주었다.

　최근 들어서는 중앙 대륙의 전쟁에 대한 소식들을 빠르게 전달했다.

　─티봇의 언덕 부근이 제니아 마법사단에 의해 점령되었습니다. 메이펠 길드에서는 용병들을 구해서 막으려고 했지만 전력 차이가 너무 커서 결국 수비에 실패했습니다. 신혜민 씨, 전투 동영상이 입수되었다면서요?

　─네. 현재 시간으로 2시간 전에 끝난 티봇 언덕 공방전을, 급한 소식들을 전하고 잠시 후에 보여 드리겠습니다. 병사들까지 대거 동원된 격렬한 전투였다고 하네요.

　─마법사를 좋아하는 분들은 기대해 주셔도 좋을 것 같습니다.

전쟁이 활발하게 벌어지면서 용병이나 병사 들까지 투입되는 큰 규모의 전투가 자주 일어났다.

길드들의 흥망성쇠가 결정되고, 잠들어 있던 영웅들이 일어나는 시대였다.

―헤르메스 길드는 완벽하게 하벤 왕국의 주인이 되었습니다. 오주완 씨, 반헤르메스 길드 연합이 항복을 했다죠?

―철혈기사단과 고독한용병, 적마법사 들로 이루어진 반헤르메스 길드에서는 연속된 전투의 패배, 소속 유저들의 이탈을 감당하지 못하고 무조건항복을 선언했습니다. 헤르메스 길드는 현재 하벤 왕국의 169개 성 중에서 147개를 점령하고 있습니다.

―22개는 어떤 곳인가요?

―헤르메스 길드의 동맹 길드들이 있는 성들입니다. 세력의 차이가 워낙 크니 사실상 부하 길드라고 불러도 무방하겠죠. 하벤 왕국을 완전히 장악한 헤르메스 길드는 대대적인 건국식을 개최할 계획입니다.

―건국식이라니, 처음 이루어지는 행사로군요. 궁금해하시는 분들이 많으실 것 같은데요.

―성이나 마을의 명성처럼 국가 명성이란 것도 있는데, 외교나 내정의 여러 분야에서 매우 중요하게 작용한다고 합니다. 건국식이 국가 명성에 주는 영향이 매우 크다네요.

―헤르메스 길드에서는 많은 준비를 했겠는데요.

―말씀하신 그대로입니다. 중앙 대륙을 떠도는 악단들을 초대하여, 수도 아렌 성에서 일주일간 파티를 연다고 합니다.

―참가 자격은요?

―헤르메스 길드에서 아직 새로운 국가의 이름을 밝히지는 않았습니다

만, 현재의 하벤 왕국 유저들은 모두 참석할 수 있습니다.

―대단한 자리가 되겠군요.

왕국 전체의 유저들이 참여할 수 있는 자리.

유저들이나 경쟁 길드들에 대대적으로 과시할 수 있는 자리가 될 것이기 때문에 헤르메스 길드에서는 더더욱 그들의 역량을 총동원하여 성대하게 치를 것이다.

KMC미디어를 비롯해서, 〈로열 로드〉와 관련된 모든 방송사들이 헤르메스 길드의 건국식을 중계하기로 결정했다.

―건국식에서 왕의 자리에 오르는 것은 누구인지 밝혀졌습니까?

―입수된 소식에 의하면 바드레이라고 합니다.

바드레이는 최고의 명성과 권위, 무력을 가지고 있었다. 이제 한 국가의 왕이 되는 것이다.

―헤르메스 길드는 이번에 더욱 날개를 단 셈이 되겠네요.

―물론입니다. 하벤 왕국을 지배함으로써 그들은 명실공히 최고의 자리에 올랐습니다.

―무조건항복을 결정한 반헤르메스 길드는 어떻게 되었나요?

―그간의 적대적인 태도를 버리고 헤르메스 길드의 휘하로 들어가기로 했습니다. 일부 길드들은 다른 왕국으로의 이전을 준비 중입니다.

―얼마 전에 지골라스에서 실추되었던 명예를 완벽하게 복구하게 되었네요.

―그렇습니다. 소속이 없던 고레벨 유저들도 헤르메스 길드에 많이 가입을 하고 있습니다.

―하벤 왕국의 상황은 이렇게 정리가 된 것 같고, 다른 지역의 전투는 어떤가요?

─여전히 교착 상태입니다.

하벤 왕국을 제외한 다른 왕국들에서는 전쟁이 계속 벌어지고 있었다.

밀리던 약소 길드들이 연합을 맺고 전선을 확대했다. 또한 고레벨 유저들이 속속 모습을 드러내면서, 명문 길드들의 뜻대로만 되지는 않는 모습이었다.

⟳✦⟲

축제가 끝나고 난 후에, 〈강림하는 일곱 천사〉가 예술 회관에 들어가게 되었다.

조각술 마스터 데이크람이 만든, 베르사 대륙의 보물. 가히 성물과도 비견될 수 있는 훌륭한 조각품이었다.

띠링!

〈강림하는 일곱 천사〉가 모라타 예술 회관에 전시되었습니다.
조각품이 지역의 조각술에 선풍적인 대유행을 선도합니다. 지역의 문화 발전 속도를 5% 더 빨리 증가시킵니다. 문화적인 영향력을 증가시킵니다. 예술의 부흥을 이끌며, 관련 예술계에 종사하는 이들의 명성이 증가합니다.

모라타가 조각 예술품의 성지가 되었습니다. 지역 명성이 증가합니다.

천사의 축복에, 스탯 향상 그리고 모라타에 있는 사제와 성기사 들의 신앙심까지 올려 준다.

모라타에 있는 유저들은 예술 회관으로 몰려들었다.

"이걸 지골라스에서 가져왔다지? 미스릴을 조각하다니, 조각술 마스터의 작품은 정말 믿기지가 않네."

"위드의 실력도 이 정도는 되지 않을까?"

"아직은 무리일 거야. 유저 중에서 조각술을 마스터했다는 사람은 없잖아. 하지만 위드도 작품을 많이 만들었으니 크게 뒤떨어지지 않는 실력임은 틀림없어."

예술 회관의 일일 관람객들이 3배로 늘어난 것은 물론이고, 데이크람의 작품을 보며 다들 호평이 자자했다. 모라타를 알릴 수 있는 조각품에, 위드의 작품은 아니었지만 하나가 더 추가된 것이다.

그리고 위드는 그날로 예술 회관의 공식 입장료를 5골드, 레벨이 100이 안 되는 초보들의 경우에는 1골드씩 올렸다.

비단 〈강림하는 일곱 천사〉가 전시되어서가 아니었다.

모라타에 있는 예술가들에 의해 예술 회관의 작품들은 날로 많아지고 있었다. 그들이 새로운 조각품들에 도전하고, 입장료 수입을 나누어 받는다. 조각사와 화가 들끼리 경쟁까지 붙어서, 작품의 질이 갈수록 향상되었다.

하지만 그럼에도 불구하고 항의하는 유저들이 많았다.

"우우! 이건 영주의 횡포다. 우리도 문화 작품들을 관람할 수 있게 입장료를 원위치시켜 달라."

"사냥을 나가기 전에 매일 들어와야 되는 예술 회관에서 15골드나 받는 것은 너무하다. 모라타 예술 회관은 그냥 그런 건물이 아니라 사냥의 필수품이니, 가격을 낮춰야 마땅하다!"

"주민들의 뜻을 고려하지 않은 요금 인상은 절대 무효!"

일부 유저들이 예술 회관의 입구에서 큰 목소리로 거세게 항의를 했다. 매일 이용하는 건물의 입장료가 오르는 것은 결코 달갑지 않은 조치였기 때문이다.

위드는 그러므로 입장문을 발표했다.

입장료 인상을 최소화하려고 하였으나, 원자재 가격 증가와 안정적인 건물 경영을 위하여 물가 상승분을 반영하지 않을 수가…….

정부에서 지하철이나 전기, 수도세를 인상할 때 써먹는 바로 그대로의 뻔뻔한 논리!

항의는 심했지만, 초보자들은 여전히 별로 오르지 않은 가격인 4골드만 내면 되기에 조용한 편이었다.

한편으로는 항의하는 자들을 오히려 나무라는 축도 있었다. 〈빛의 탑〉이나 프레야 여신상을 구경하는 것은 무료였고, 또 정당한 대우를 받지 못하고 고생하고 있다는 예술가들에 대한 기존의 동정 이론도 상당했던 것이다.

위드가 나타나기 전만 해도 조각사란 직업은 암울 그 자체였다. 어디를 가도 구박덩어리였고, 식당에서도 가장 싼 음식들만 먹거나 심지어는 거리에서 구걸하는 모습들을 흔히 볼 수 있었다.

애써 작품을 만들어도, 제대로 거래되는 시장조차 마땅히 없었다.

전투 계열 직업들은 그에 비하면 훨씬 편했던 것이 사실이기에, 입장료가 오른 것이 썩 마음에 들진 않지만 받아들여야 했다. 예술 회관에 더 좋은 작품들이 채워지게 되면 전투에도 크게 도움이 될 테니 화만 낼 일도 아니었다.

그러한 고정관념을 이용하여 입장료를 늘려 착취의 기반을 더 단단하게 다진 위드!

"역시 요금 인상은 과감하게 해야 돼. 1골드씩 깨작깨작 올려서야 언제 떼돈을 벌 수 있겠어."

모라타 유저들의 레벨은 빠르게 오르고 있었다. 널린 게 사냥터라서, 중앙 대륙 출신이 아니더라도 레벨 100이 넘는 유저들이 금방 많아질 것이다.

세금도 괜히 올리지 않다가 한꺼번에 올리면 더 욕을 먹는다. 잊힐 만할 때쯤이면 올려서 적응시켜야 되는 것이다.

～◈◈◈～

한국 대학교의 2학기.

바람이 쌀쌀해지고 캠퍼스에는 이른 첫눈이 내릴 무렵, 가상현실학과에서는 이례적으로 〈로열 로드〉를 만든 주식회사 유니콘 사의 견학 일정이 잡혔다.

2박 3일.

본사와 연구소를 방문해 보고 학교로 돌아오는 일정이었다.

모든 대학생들이 목표로 삼는 기업.

세계 최대의 수익을 내고 있는 창조적인 회사에서, 한국 대학교와 다른 대학 세 곳의 가상현실학과 1학년들에게 견학을 허용한 것이다.

"2박 3일이나 가서 볼 수 있는 거야?"

"정말 어떻게 생긴 회사인지 너무 궁금하다."

보안을 위하여 언론의 취재도 허용하지 않을 정도였으니 학생들의 기대심은 커질 수밖에 없었다.

물론 견학 비용은 전액 〈로열 로드〉를 만든 유니콘 사에서 책임진다고 했다.

이현은 참 쓸데없는 일이라고 생각했다.

"그래 놓고 원서 쓰면 취직시켜 주지도 않을 거면서!"

초등학생들을 제철소에 데려가는 것보다도 훨씬 잔인한 일이었다. 막상 취업이 안 되면, 그저 회사 자랑에 불과한 것이 아니던가.

유니콘 사에서는 최고의 박사급 인재들, 그리고 경력이 있는 인재들 위주로만 채용했다. 가상현실학과 자체가 생긴 지 얼마 안 되다 보니 졸업을 한다고 해서 취직을 할 수 있을지는 아직은 모른다.

"이래 놓고 견학을 시켜 줬다고 뉴스에 내보내고, 일자리 창출이니 뭐니… 말만 많겠지."

이현은 견학 일정에서 빠지고 싶었다.

2박 3일 동안 〈로열 로드〉를 하지 못하면 금전상의 손해가 크다.

북부에 있는 동안 크게 실감은 하지 못했지만, 베르사 대륙은 대격변기를 맞이하고 있었다. 모라타에 돌아와서도 영주로서의 업무를 비롯하여 밀린 일들이 많았다.

그런데 견학 일정에 2박 3일간이나 따라가야 하다니!

'이건 노예야.'

이현은 강의가 끝나고 나서 번쩍 손을 들었다.

"이현 학생, 질문 있나요?"

수업 시간에는 한 번도 질문을 한 적이 없는 이현이었기에 주종훈 교수는 의외라는 듯이 물었다.

"집에 바쁜 일이 있어서 그러는데, 견학 일정에서 빠져도 될까요?"

이현은 학회 일정이나 토론으로 수업이 길어지기만 하면 각종 이유를 대고 빨리 빠져나왔다.

예외도 한두 번이지, 이젠 상습범이라는 심증이 굳어진 상태였다.

교수는 잘라서 말했다.

"안 됩니다."

"제가 개인적인 사정으로 인해……."

"견학도 수업입니다. 참석하지 않으면 방학 중에 보충 학습을 실시할 겁니다."

결국 어쩔 수 없이 견학에 참여하게 되고 만 이현이었다.

─◦◦◦◦─

한국 대학교의 학생들이 타고 있는 버스가, 유니콘 본사가 있는 고층 빌딩 앞에 정차했다.

다른 대학교의 학생들은 먼저 와서 기다리고 있었다.

유니콘 사에서는 총인원 230명의 학생들에게 견학을 허가한 것이다.

이현은 버스에서 내려서 본사 건물을 올려다보았다.

'여기도 오랜만이군.'

명예의 전당에 올라갈 때에 왔던 이후로는 처음이었다.

조회 수에 따라서 홍보비를 받았지만, 그 돈은 통장으로 바로 들어왔다. 그래서 이현의 유니콘 사에 대한 인식은 아주 좋은 편이었다.

'칼같이, 입금 일자를 하루도 어겨 본 적이 없는 정직한 기업이지.'

돈 잘 주면 최고의 기업이었다.

홍보부 직원들을 따라서 학생들은 본사에 있는 여러 부서들을 돌아보았다.

회의를 하고 있거나 세계 각국의 지사들과 대화를 나누는 멋진 모습들.

게다가 직원들을 위한 시설!

휘트니스 센터, 수영장, 영화관이나 음악 감상실, 캡슐 룸은 기본이었다.

식당을 안내하던 홍보부 여직원이 설명했다.

"이곳에서는 전문 요리사가 신선한 재료들을 이용하여 직원들의 식사를 만듭니다."

호텔 수준의 구내식당까지 있었다.

"출산휴가는 있나요?"

여학생들이 질문했다. 아무래도 직장 생활을 하며 아이들을 키우는 문제가 여성들에게는 큰 애로 사항이었다.

"1년입니다. 명목상으로만 있는 휴가가 아니라, 규정상 출산을 하면 1년간 유급휴가를 받게 됩니다."

출산휴가도 넉넉했고, 자녀의 대학 등록금까지 챙겨 주며, 1년에 연차는 40일을 쓸 수 있었다.

〈로열 로드〉에서 위드가 누렁이를 부려 먹는 근로조건과는 완전히 천지 차이였다.

최상준이 홍보부 여직원을 향해 물었다.

"저기… 유니콘 사의 신입 사원 연봉은 얼마나 됩니까?"

학생들의 시선이 일제히 예쁜 여직원을 향해 몰렸다.

"업무에 따라서 차이가 있지요. 구체적인 연봉은 회사 규정상 외부에 공개하지 않습니다. 단, 매년 상여금과 초과 이익금 배분을 해 주고 있습니다."

가장 중요한 연봉 문제는 말해 주지 않았다.

하지만 학생들은 뉴스를 통해서 유니콘 사의 신입 사원들이 받는 연봉이 엄청나다는 사실을 알고 있었다. 한 해 수익만 해도 천문학적인 기업이고, 직원들을 위해 이런 복리후생을 갖출 정도라면 돈도 많이 줄 것이다.

이현은 좀 더 확실한 근거까지 갖고 있었다.

명예의 전당에서의 계약 이후로, 유니콘 사에서는 명절 때마다 그에게 갈비 세트와 과일들을 보내 주었다. 낱개로 포장된 배, 백화점 영수증이 생생하게 붙어 있는 갈비 세트에서도 유니콘 사의 재력을 충분히 느끼고 있었던 것이다.

'돈이 얼마나 많았으면… 이 정도라면 회사 화장실에서도 엠

보싱 화장지를 쓰지 않을까?'

정말 차별화된 세계적인 기업의, 직원들에 대한 배려라고 할 수 있다.

이현이 지난번에 만났던 장윤수 팀장은 홍보부 내에서도 중장기 프로젝트를 전담하고 있기 때문에 만날 수 없었다. 이현을 알아보는 직원도 없었다.

유니콘 본사의 구경은 당일로 끝!

다음 날은 공장과 연구소를 방문하는 일정이 잡혔다.

한국 대학교 학생들은 리조트 호텔로 가서 저녁 식사를 하고 숙박했다.

꽃무늬 장식

다음 날도 수학여행을 온 것처럼 정해진 일정에 따라서 직원의 설명과 함께 이동했다.

"이곳은 캡슐의 핵심 시스템을 만드는 공장입니다."

로봇들이 조립과 테스트를 동시에 했다. 팔과 기본적인 관절들만을 움직이는 것이 아니라, 걸어 다니면서 짐을 옮기고 설비들을 동작시켰다.

"각종 공정에 투입되는 로봇들은 유니콘의 산하 회사 노드에서 직접 제작됩니다."

노드.

청소용 로봇에서부터 맹인 안내용 로봇이나 공업용 로봇까지 다양하게 만드는 회사다.

회사의 규모는 당연하게도 어마어마한 수준!

대기업 2~3개를 합쳐 놓은 것보다도 매출액이 많고, 순이익 규모는 훨씬 높았다.

이현은 노드라는 회사에 강한 적개심을 가졌다.

'내 가장 강력한 경쟁자였어.'

공사판에서 일할 때에도 로봇들이 많이 참여했다. 무거운 자재 운반은 물론이고, 빌딩 창문 닦기와 같은 위험한 분야도 로봇으로 적극 대체된 것이다.

그런 노드 사조차도 유니콘의 자회사에 불과할 뿐. 매달 막대한 현금 수익을 거두는 유니콘에 비하면 약소한 수준이다.

사실 9년 전 유니콘 사에서 인수한 이후에 〈로열 로드〉가 출시되기 전까지, 노드 사에서는 그렇게 많은 돈을 벌어들이지는 못했다. 유니콘 사의 첨단 제어 기술력이 결합되었기에 지금의 발전도 있다고 봐야 한다.

현재는 신소재나 전자, 중공업, 화학, 유통 그리고 금융에도 손을 뻗치고 있는 기업이 유니콘이었다.

완벽한 가상현실을 기반으로, 공격적인 확장으로 모든 것을 집어삼키고 있는 기업 제국.

이현은 그저 한숨만 나올 뿐이었다.

"결국 회사 자랑이나 하려고 불렀던 거지. 이런 식으로 내 아까운 2박 3일이 날아가 버리다니."

견학을 따라다니는 동안 사냥을 못 하니 일당을 날리는 것과 같은 셈이 아닌가.

유니콘 사의 홍보부 직원들은 열심히 상세하게 안내를 했지만, 그저 다 자기 자랑으로밖에 보이지 않을 뿐이었다.

공장과 연구소는 가까운 곳에 붙어 있었다.

연구원들에게는 바다가 보이는 빌라가 숙소로 지급된다는 이야기를 들으며 걸어서 이동한 연구소 또한 본사 못지않은 각종 편의 시설들에 규모만 조금 작을 뿐이었다.

"와……."

"정말 이런 곳에서 일해 봤으면 좋겠다."

감탄밖에 나오지 않는 시설이었다.

주차장에 즐비한 고급 차들만 봐도 연구자들의 수준을 대충 짐작할 수 있게 했다.

"연구소의 내부는, 아쉽지만 공개되지 않아서 들어가 볼 수 없겠네요."

본사의 직원들조차 연구소의 시설 내로 들어갈 수는 없다고 한다.

둘째 날의 일정도 모두 종료.

"오늘은 유니콘 타운의 호텔에서 숙박하실 겁니다. 저녁 식사 후에는 편하게 자유 시간을 가지시면 됩니다."

수학여행을 갔을 때처럼 설레는 분위기였다.

"체운대와 12 대 12로 미팅할 남자들 모여!"

"여자들은 다른 학교의 남학생들과 만남의 장을 마련하게 되니 모두 남아 주세요."

한국 대학교와 다른 학교의 과 대표들끼리 미팅 계획을 진행했다.

이현은 그저 귀찮았으므로 일찍 자기 위해 호텔로 들어갔다.

다음 날 이른 새벽.

이현은 버릇처럼 일찍 일어나서 운동을 개시했다.

"공기가 나쁘지 않군."

나무가 많은 지역이라 그런지 아침 공기가 상쾌했다.

연구원들이나 직원들도 아침 운동을 위해 나와서 체조 등으로 몸을 푸는 것이 보였다. 외국 출신의 과학자들도 많이 돌아다니고 있는 모습이었다.

이현이 가볍게 호텔 주변의 산책로를 달리고 있을 때, 멀리서 할아버지가 혼자 벤치에 멍하니 앉아 있는 것이 보였다.

이현은 할아버지에게 다가갔다.

"지금 뭐 하세요?"

"가던 길 계속 가게."

"할아버지가 심심해 보여서요. 새벽부터 누구 기다리세요?"

"너 따위와 할 말 없으니, 내게 말 걸지 말라고."

이현은 노인들을 많이 겪어 보았다. 나이와 고집이 비례하는 것처럼, 자존심 때문에 곧이곧대로 말을 못 한다.

"전 아침 운동을 하려던 참이었는데, 잠깐 놀아 드릴까요?"

"허튼소리 하지 말고 사라져."

"무슨 기분 나쁜 일이라도 있으세요?"

"앉지 마."

이현은 벤치의 옆자리에 앉았다.

권위적이고 냉정하기 짝이 없는 할아버지에게서 쓸쓸함을

느껴서, 잠시나마 말벗을 해 주기로 한 것이다.

그리고 둘은 한동안 말이 없었다.

'자식이 없나? 외로워 보이는 할아버지로군.'

'이놈을 어떻게 가게 하지?'

둘은 다른 생각을 하며 앉아 있었다.

할아버지의 입장에서는 자신이 먼저 앉은 자리다. 한참이나 어린 이현 때문에 피하고 싶지 않았다.

나무에 잎이 몇 개 남지 않았다. 그나마도 낙엽이 되어 떨어지고 있었고, 그 광경을 오랫동안 지켜보았던 것이다.

세상의 인간들을 조롱하며, 자신만의 성을 쌓으면서 살아온 천재 과학자 유병준이 할아버지의 정체!

그는 여신 베르사를 통해 이현의 얼굴을 알았다. 벤치에 앉기 전부터 알고 있었지만, 알은척은 하지 않았다.

유병준의 입장에서는 회사에서 어쩌다 우연히 만나게 된 수많은 유저들 중의 하나일 뿐이었다. 스스로는 모르고 있겠지만, 유병준의 목표를 이루기 위한 말 중의 하나에 불과할 뿐.

참다 참다 결국 유병준이 먼저 말문을 열었다.

"인생이 무엇일까?"

유병준이 입고 있는 옷은 연구소에서 일하는 사람들에게 지급되는 평범한 복장이었다. 연구소 인원은 워낙 많았고, 그의 정체를 아는 유니콘의 중역이나 과학자는 극소수였다.

이현은 유병준의 정체를 상상도 하지 못할 터였다. 그렇기에 오히려 편하게 이야기를 들어 볼 기회라고 생각하고 질문을 한 것이다.

이현은 할아버지의 말벗이 되어 주기 위해서 무언가 심오한 대답을 떠올리려고 했다.

유병준은 그 사실을 알아채고는 말했다.

"편하게, 그냥 떠오르는 것을 바로 말해."

이현은 아주 단순하게 대답했다.

"몰라요. 그냥 사는 거죠."

"……."

"돈 벌고, 먹고사는 게 인생이잖아요."

이현에게 우문현답을 기대할 수는 없었다. 정말 단순명료하기 짝이 없는 답변이었다.

"낙엽이 떨어지는 가을이나 눈이 내리는 추운 겨울에는 가슴이 텅 빈 것 같은 감정을 느껴 본 적이 없는가?"

"가을이나 겨울에는 그냥 추운 거죠. 옷을 두껍게 입어야 돼요. 내복도 입으면 좋고."

"젊은 놈들은 패션 때문에 내복을 안 입는다던데."

"따뜻하게 사는 게 최고죠."

"살면서 가장 중요한 것이 뭐라고 생각하는가?"

이현은 두 번 생각해 볼 필요도 없다는 듯이 말했다.

"돈요."

"돈이라면… 명예나 친구, 가족은 중요하지 않단 말인가?"

"남들이 나를 치켜세워 주는 명예가 뭐가 중요한데요? 돈이 많아야 친구도 만나고 가족들도 돌볼 수 있잖아요. 돈이 없으면 할 수 없는 게, 그저 바라만 보아야 되는 일이 너무 많아요. 가족은 이미 있는 거지만, 지키기 위해서라도 돈은 계속 모아야죠."

유병준은 고개를 천천히 끄덕였다.

'역시 돈밖에 모르는 놈이군.'

더 이상 딱히 할 말이 없었기에 입을 다물었다. 이현도 그저 벤치에 계속 앉아 있었다.

슬슬 돌아다니는 사람들이 많아져 간다.

별다른 이야기를 나누지는 못했지만 아침 식사를 놓칠 수 없었기에 이현은 벤치에서 일어났다.

"추운데, 할아버지도 빨리 들어가세요."

"내 신경은 쓰지 말고 갈 길이나 가."

호텔로 몇 걸음 옮기던 이현이, 측은지심이 들었던지 돌아보았다.

"여기, 따뜻한 코코아라도 뽑아 드세요."

그러고는 200원을 꺼내서 유병준의 손에 쥐여 주었다.

유병준은 태어나서 이런 대접은 처음 받아 봤기 때문에 가만히 있었다.

한국 대학교의 학생들이 견학을 오는 일정에 대해서는 몰랐고, 또 그중에 이현이 섞여 있을 줄은 생각도 하지 못했다. 새벽 일찍 일어나서 산책을 하지 않았다면 서로 만날 일은 없었을 것이다.

"허허… 정말 어이가 없군."

유니콘을 배후에서 일구어 내면서 수십 년간이나 숨어서 살아왔다. 유병준의 앙상한 체격은 다분히 동정심이 갈 만한 모습이었지만, 겉으로 흐르는 차가움이 다른 사람들을 가까이 오지 않게 만들었다. 그에 대해 아는 과학자나 유니콘의 중역들은 그가 무서워서 함부로 얼굴도 쳐다보지 못한다.

하지만 이현은 그냥 불쌍한 노인을 대하듯이 동전을 주고 간 것이다.

'자판기에서 무언가를 꺼내서 마셔 본 게 20년도 넘었나.'

유병준은 불현듯이 코코아를 마시고 싶었다. 그리고 자판기를 보았다.

코코아의 가격은 300원이었다.

～❦～

2박 3일의 견학을 마치고 집으로 돌아온 이현!

"이제 주말이로군."

입가에는 산뜻한 미소가 그려졌다.

청소와 빨래를 하고 반찬을 만들어 놓은 후, 컴퓨터를 켰다.

- 농성을 하던 유레파 길드의 최후
- 탐욕. 그들의 진군은 어디까지인가
- 전쟁의 소용돌이에 휘말려 버린 중앙 대륙. 끊이지 않는 분쟁들이 새로운 전설을 만든다

〈로열 로드〉와 관련된 각종 특집 프로그램이 생방송으로 진행되고 있었다.

"중앙 대륙에 전쟁이 엄청난 규모로 벌어지고 있나 보군."

명예의 전당에도 퀘스트나 사냥, 혹은 풍경에 대한 동영상이

아니라 거의 전부가 전쟁에 관한 것들만 올라왔다.

이현은 몇 개의 동영상을 짧게 틀어 보았다.

대군이 물밀듯이 요새를 향해 진격하고, 바퀴를 굴리면서 공성 무기들이 접근한다. 이에 요새에서는 마법과 화살로 극렬하게 저항한다.

영웅적인 저항으로 격퇴시키기도 했지만, 대부분은 침략 길드에 의하여 함락당했다.

승산이 없다면 애초에 쳐들어오지도 않기 때문이다. 그리고 오랫동안 준비를 한 덕분이었다.

> ―전쟁을 피하려면 어디로 가야 하나요?
> ―몰드룬 지역의 상인들은 모두 조심하세요. 보급이 끊긴 성주의 군대가 상인들의 운송 행렬까지 약탈하고 있습니다.
> ―던전들에 대한 지배권 강화의 의미? 중앙 대륙에서 던전 입장료가 오르고 있네요.
> ―모르셨어요? 벌써 2배나 껑충 뛰었습니다.

게시판도 전쟁 소식들로 난리였다.

병사를 모으는 글들도 많았다.

> ―전투와 승리를 원하는 이들이여, 베인 길드로 오라! 능력에 맞는 대우를 보장합니다.
> ―아직 소속이 없는 분들 우대합니다. 고레벨 유저에게는 길드 가입 시에 장비도 맞춰 드림.

중앙 대륙에서는 병장기의 거래 가격이 2배 가까이 폭등하고, 다른 전쟁 물자들의 가격도 천정부지로 뛰고 있었다.

무기류를 교역하는 상인들에게는 황금 시장이 열렸다. 대장장이와 재봉사 들에게도 그야말로 천국이었다.

하지만 역으로, 상인들의 운송 행렬이 길드들에 털려서 재료가 조달되지 않는 경우도 많다고 한다.

이현은 다크 게이머 연합으로 접속해 보았다.

의뢰 게시판에는 전투에 도움이 될 만한 용병들을 구한다는 글이 가득했다. 정보 게시판에도, 각 지역의 전투 상황이나 길드별 전력에 대해 밝혀진 정보들이 빼곡했다.

중앙 대륙의 성과 마을, 요새 등을 차지하고 있는 길드들은 굉장히 많다. 명문 길드들이 워낙 강성하다고는 하나, 소위 말하는 풀뿌리 길드들도 숫자가 엄청나다.

길드마다 최소 1~2명씩은 내놓을 만한 고레벨 유저들이 있고, 길드의 크기는 작아도 고레벨들로만 이루어진 곳도 있다.

길드들이 뭉쳐서 저항하고, 성과 마을을 보유하지 않은 길드들도 전투에 참여하면서 전쟁의 규모는 걷잡을 수 없이 커지고 있었다.

> **제목: 중앙 대륙에서 벌어지는 전쟁의 결말은?**

> **제목: 각 길드들의 우호 관계**

> **제목: 극비 정보. 하벤 왕국의 전쟁은 끝나지 않았다**

읽어 볼 만한 글들이 여럿 있었지만, 이현은 자신과 당장 관련이 있다고 여기지는 않았다.

"아이템 가격도 뛰고 있으니 이 기회에 돈이나 실컷 벌어 놔야겠군."

용병을 구하는 글들은 많았지만 지원자들은 많지 않았다.

다크 게이머들은 이 틈을 이용하여 알려지지 않은 던전 탐험이나 사냥에 열을 올렸다.

이런 상황에 섣불리 전쟁에 끼어들어 봤자, 허무하게 죽어 버리거나 믿었던 길드에 배신을 당할 수도 있다. 그러나 레벨이나 스킬 그리고 장비는 그야말로 그들의 믿음직한 재산이기 때문이다.

이현을 용병으로 원하는 사람들도 많았지만, 그들에게 이용당하고 싶진 않았기에 관심 밖이었다.

"이제 데브카르트 대산으로 가야겠군."

자연 조각품

데브카르트 대산!

북부 몬스터의 2할 정도가 번식하여 위험한 몬스터들이 많은 회색 산맥에 있는 커다란 산이다.

숙련된 레인저가 아니라면 나무로 울창한 산을 탐험하는 것은 자살행위에 가까웠다. 경사도가 가파를 뿐만 아니라, 몬스터들이 기습 공격을 할 수도 있기 때문이다.

위드는 와이번을 타고 크게 한 바퀴를 돌았다.

"정말 엄청 큰 산이군."

오크들과 다크 엘프들을 지휘하면서 싸웠던 유로키나 산맥이 떠오를 정도로 독보적으로 큰 산이었다.

"조각사 데이크람이 이 아래 어딘가에 있을 텐데!"

일단 나무로 집을 지어서 살 거라는 기대는 하지 않았다.

"철저한 자연보호주의자이니만큼 나무 집은 아닐 거야."

조각사니 돌이나 광물을 다룰 수 있는 능력도 뛰어날 것이다. 하지만 그런 집을 지었을 것 같지도 않다.

"보나 마나 어딘가에서 궁상을 떨고 있겠지!"

위드는 틀림없이 그가 산속에서 궁핍하게 살고 있을 것이라고 확신했다.

"퀘스트 정보 창!"

일단 퀘스트가 남아 있는 시간을 확인해 보았다.

바르칸의 호출

언데드의 군주 바르칸 데모프가 부른다. 뭇 언데드는 그 명을 반드시 따라야 할 것이다.

남은 날짜: 84일

난이도: C

보상: 바르칸을 만나는 대로 연계 퀘스트 시작.

지금은 언데드가 아니라서 퀘스트를 취소할 수도 있다.

어차피 이 의뢰는 조각 변신술로 얻은 리치 샤이어에게만 부여되는 특별한 의뢰다. 서두를 필요는 없었기에 상황을 두고 봐서 유리한 쪽으로 선택하기로 한 것.

그때까지 사냥 대신에 대재앙의 자연 조각술을 배우러 온 것이다.

"어느 쪽에 있을까."

위드는 본능을 따라가 보기로 했다. 산의 아래쪽은 왠지 아닐 것 같다.

"그건 전혀 폼이 나지 않는 장소야!"

산으로 간다고 했으면 적어도 중턱!

"아파트도 중간층 이상을 로열층으로 보니까."

자연을 좋아하는 조각사다. 전망이 확 트인 장소로 갔을 가능성이 컸다.

"물을 구해야 하니 계곡이나 옹달샘이 있는 근처가 좋겠지."

위드는 와이번과 함께 산에 근접해서 낮게 날았다.

산이 워낙 커서 높은 나무도 많고 가지들도 울창했다.

긴꼬리원숭잇과에 속하는 쟈몰리타를 비롯한 여러 몬스터들이 고함을 지르고 몽둥이를 휘둘렀지만 닿지 않았다.

위드도 구태여 그들을 사냥하려고 하진 않았다.

긴 팔을 이용해서 나뭇가지와 넝쿨을 타고 돌아다니기 때문에 도망치면 잡기 어렵다. 그리고 사냥을 해도 나오는 아이템이 바나나, 밤, 이런 열매류뿐인 경우가 많았다.

가끔 특이한 금속이나 아이템을 몸에 걸치고 있기도 했지만, 그 확률이 지극히 낮아 그리 욕심나는 몬스터는 아니었다.

"이곳은 아니야. 조각사의 입장에서 시끄럽고 성가신 몬스터는 피하려고 했을 거야. 조각품을 만들다가 방해를 받을 수도 있을 테니 조용한 곳으로 갔겠지."

위드는 몬스터들이 있는 장소 근처는 제외하고, 사람이 살기 힘든 암벽 지대도 지나쳤다.

데브카르트 대산은 엄청나게 거대한 산이었지만 여러 기준으로 지역을 제한하니 데이크람이 있을 법한 장소는 훨씬 줄어들었다. 하지만 그렇다고 해도 나뭇잎 사이로 가려진 숲속을 헤매다 보면 찾는 데 시간이 제법 걸릴 수 있다.

그래서 위드가 택한 방법!

"황금새, 은새 그리고 와이번들."

끼야아아악!

위드를 따라온 황금새와 은새, 와이번들. 그들이 오랜만의 부름에 울부짖었다.

"이제부터 너희가 찾아라!"

귀찮은 일은 부하들에게 떠넘기기.

"해 질 때까지 못 찾으면 밤새도록 헤매야 되니 어서 찾아!"

부하들은 다그칠수록 성과를 내오기 마련이다.

와이번들과 황금새, 은새가 데브카르트 대산으로 쭉 흩어졌다. 그리고 황금새가 30분 만에 결과물을 가져왔다.

제대로 구타를 당한 이후로 일 처리 능력이 확연히 좋아진 모습이었다.

"큰 나무 근처에 인간이 살고 있다."

"데이크람이 맞아?"

"근처에 조각품들이 있다. 매우 훌륭한 조각품이다."

"맞겠군. 가자!"

위드는 인간이 발견된 장소로 향했다.

데브카르트 대산은 사냥꾼이나 레인저도 잘 오지 않는 험한 장소였다. 몬스터들도 많고 지형이 험할뿐더러, 회색 산맥의 깊은 곳이라서 유저들도 이곳까지는 오지 못했다.

"저 집이군!"

하늘에서 내려다보이는 나뭇잎 사이로 데이크람이 살고 있는 집이 보였다.

자잘한 나뭇가지들을 엮어서 만든 집.

지붕에는 마른풀들을 뭉쳐 놓고, 넝쿨과 넓은 잎사귀가 자라나서 덮여 있었다.

동화처럼 정겨운 전원주택이 아니라, 심할 정도로 없어 보이는 초가집.

위드는 멀찌감치 떨어진 곳에서 와이번에서 내려 집으로 걸어갔다.

"살아 있을까? 이미 죽었으면 헬리움이 내 것이 될 텐데."

조각술 마스터를 만난다는 기대감!

베르사 대륙의 시간이 한참이나 흘렀을 테니 데이크람은 죽어서 없을 수도 있다. 미스릴로 만든 〈강림하는 일곱 천사〉처럼, 조각품만 남기고 죽었을 수도 있지 않은가.

'몬스터도 꽤 많은 산이니까. 죽었다고 해도 의심스러울 것이 없어.'

조각술의 비기도 익히기 쉽게, 후인을 위해서 남겨 놓았다면 더 바랄 나위가 없으리라.

위드는 기대를 잔뜩 품은 채로 초가집에 갔다.

흰 수염을 기른 노인이 집 근처에서 사슴의 뿔을 조각하고 있었다. 살아 있는 수사슴이 자신의 뿔을 조각해 주도록 머리를 내밀고 얌전히 서 있는 것이다.

뿔을 조각하는 정교한 모습에서 뛰어난 실력이 느껴졌다.

위드는 그를 보는 순간 데이크람이라는 사실을 알았다. 입고 있는 옷부터 지독하게 없어 보였기 때문이다.

'저 옷을 입고 잡템을 판다면 분명히 도움이 되겠군. 요리할 때는 입지 못하겠지만.'

너무 더러운 옷을 입고 있으면 위생상 요리에 악영향을 미치게 된다. 데이크람은 족히 5년쯤은 비바람에 시달린 것 같은 천 쪼가리를 입고 있었던 것이다.

데이크람이 위드를 보지도 않고 말했다.

"나를 찾아온 조각사인가?"

위드는 정중하게 말했다.

"아직 미흡한 부분이 많지만 뜻한 바가 있어 조각사의 길을 걷고 있는 후배입니다. 지골라스에서 선배님께서 남겨 놓은 글귀를 보고 이곳까지 오게 되었습니다. 무척 먼 길이었지만 이렇게 선배님의 정정한 모습을 보게 되니 감격스럽습니다."

의도하지 않아도 무의식적으로 입이 아부를 하는 경지.

"그렇군. 산속에 틀어박혀 내 기술을 배울 만한 조각사가 찾아오기를 기다리고 있었지. 자네는 조각술이 무엇이라고 생각하는가?"

"조각술은……."

떠오르는 아부의 말들이 너무 많아서 순간적으로 정리를 하기가 버거웠다.

생고생과 함께 스킬 레벨을 올리며 했던 욕과 푸념이 수만 마디는 될 테지만, 그렇게 솔직하게 말할 수는 없다. 데이크람에게 맞는 대답을 해야 한다.

"자연을 그대로 아름답게 보여 주는 것입니다."

사실 따지고 보면 자연만큼 아름다운 조각품도 없다.

데이크람이 맞혔다는 듯이 고개를 끄덕였다.

"조각술은 흙과 물, 바람, 이 모든 것들에서 아름다움을 끌어

내는 예술이지. 자연은 때때로 난폭해진다네. 그런 난폭함마저도 아름다운 것이 자연이야."

"물론입니다. 저는 그런 난폭한 모습까지도 좋아합니다."

위드는 그 말에 적극 공감할 수 있었다.

빙설의 폭풍이나 화산 폭발, 지진 등을 직접 몸으로 겪지 않았던가!

자신이 당하지만 않으면 정말 아름다운 것이 자연이었다.

"내 기술은 그런 자연의 무자비한 난폭함을 끌어낼 수 있지. 그래도 나의 조각술을 배우고 싶은가?"

"물론입니다. 조각술을 더 높은 경지로 이끌기 위해서 필요하다고 생각합니다."

이제 대재앙의 자연 조각술을 배울 수 있다는 기대감!

빙설의 폭풍을 만들어서 몬스터들을 쓸어버리고 경험치와 아이템을 잔뜩 챙기는 것이야말로 진정 바라던 조각사의 모습이 아니던가.

대규모 공격 기술.

실제로 대재앙의 자연 조각술은 자연과의 친화력이나 마나 소모 등 여러 가지로 제약이 있을 것이다. 정말 빙설의 폭풍 정도의 파괴력과 범위라면 그것도 사냥에 쉽게 이용하기는 어려울 수도 있다.

하지만 그런 것은 어디까지나 일단 사용해 봐야 아는 것!

스킬을 익혀 놓고 난 후에나 지형이든 몬스터 종류든 고민할 문제였다.

"그런데 자네는 아직 자연의 아름다움에 대해서 눈을 뜨지 못했군."

"제 실력이 아직 부족한가요?"

위드가 내내 껄끄럽던 부분이, 자연 조각술이 아직 초급 3레벨에 머무르고 있다는 점이었다. 대재앙의 자연 조각술이라면 아무래도 한 등급 위의 스킬일 텐데 자연 조각술의 경지가 어느 정도는 되어야 하지 않겠는가.

"자연의 진실된 힘을 깨달아야 내 기술을 배울 수 있다네."

"깨달음을 얻기 위해서는 어떻게 해야겠습니까. 길을 알려 주십시오."

"자연을 소재로 한 조각품들을 많이 만들어 봐야겠지. 내 가르침을 받아 보겠는가?"

띠링!

데이크람의 가르침

조각술 마스터 데이크람과 같이 지내면서 자연 조각품을 만들자. 그는 조각품을 만드는 것을 도와줄 것이다.

난이도: 알 수 없다.

제한: 조각사 전용 퀘스트

보상: 없다.

이런 퀘스트를 거절한다는 것은 무모한 짓!

네 가지 조각술의 비기를 터득하고, 마지막 남아 있는 한 가지였다.

다론으로부터 조각 변신술을 배울 때에도 그의 곁에 머물면서 여러 가지를 보고 익혔다.

"위대한 조각술 마스터 데이크람 님의 가르침을 받아 보기를 원합니다."

퀘스트를 수락하였습니다.

"그러면 바로 시작해 보세."

⚜

　자연의 조각품이라고 해서 거창한 것은 아니었다. 바람에 떨어진 나뭇잎과 꽃잎 등을 이용하여 조각품을 만드는 것이었다.
　자연의 부산물들을 이용하여 만드는 작품!
　자연 조각술은 대지의 넘치는 생명력을 끌어올 수 있기 때문에 꽃잎들이 금방 말라 버리거나 썩지는 않았다.
　위드와 데이크람이 만든 작품에는 벌과 나비가 날아들었다.

자연의 조각품을 만들어서 친화력이 2 증가합니다.

　첫 시도치고는 성공적인 작품이었다.
　마른 나뭇가지들을 모아서 새들의 둥지를 만들어 주고, 메마른 대지에 옹달샘을 파니 짐승들이 먹으러 왔다.

자연의 조각품을 만들어서 친화력이 4 증가합니다. 데브카르트 대산의 짐승들과의 친밀도가 향상됩니다.

　자연과 더불어서 사는 데이크람은 짐승들과도 아주 친했다.
수사슴들이 뿔을 다듬어 달라고 놀러 올 정도였다.
　위드도 사슴과 금방 친해졌다.

"참 멋지게 생겼구나. 이렇게 튼실한 뿔은 처음 본다."

'맛있게 생겼군. 이 잘 자란 뿔은 가져다 팔면 수백 골드는 족히 받겠어!'

데이크람만 없었더라면 뿔을 잘라 가는 것은 물론 가죽과 고기까지 챙겼을 것!

'불을 피워서 통째로 구우면 맑은 기름이 뚝뚝 떨어질 텐데. 거기에 간단히 소금 간만 해서…….'

데이크람은 고기도 먹지 않았다.

땅에 떨어진 나무의 열매나 풀과 나무껍질을 먹으면서 생활했다.

"자연은 자신을 해치지 않는 사람을 좋아한다네."

장기인 요리 스킬을 발휘할 일은 없었지만, 토끼처럼 풀을 먹고 생활하면서 작품을 만들 때마다 자연과의 친화력을 더 얻을 수 있었다.

겨울이 다가옴에 따라서 한국 대학교의 2학기도 마지막으로 흘러가고 있었다.

"덧없는 등록금아, 이렇게 너를 완전히 떠나보내는구나."

교수들의 열띤 강의에 과제들도 많아졌다.

1학년 때에는 이론 수업 위주로 강의가 진행되지만, 2학년부터는 첨단 가상현실 기자재들을 경험할 수 있다.

강의 내용의 수준이 오를수록 대학교에서 보내는 시간이 많아지리라.

이현은 그 부분도 못내 아쉬울 뿐이었다.

돈을 벌면서 학업을 함께한다는 건 정말 어려운 일이기 때문이다.

"에휴……."

이현이 늘어져라 한숨을 쉬고 있을 때, 그 옆자리에 앉은 서윤은 깊은 생각에 잠겨 있었다.

'겨울방학…….'

지금처럼 평일에 매일 이현을 만날 수는 없게 된다.

〈로열 로드〉에서도 위드가 데브카르트 대산으로 가 버려 만나지 못하고 떨어져 있어야 했다.

서윤은 정말 오랜 시간을 말없이 지내왔지만, 이현과 더 많은 시간을 같이 보내고 싶었다.

그녀가 용기를 내서 종이에 글을 써서 보여 주었다.

　　방학하면 겨울 바다 보러 같이 갈래요?

단둘이 떠나는 여행 제안으로, 서윤의 입장에서는 정말로 큰 용기를 낸 것이었다.

다른 남자들이라면 꿈인지 현실인지 의심하면서 기쁨의 춤이라도 출 테지만 이현은 시큰둥했다.

한여름에 가는 바다도 이해가 안 가는데, 뭐하러 굳이 겨울에 바다를 가겠는가.

"추운데 집구석에 있는 편이 낫지 바다는 왜 가? 감기라도 덜

컥 걸려서 건강보험 재정을 악화시킬 필요는 없잖아."

"……."

낭만이라고는 전혀 없는 남자의 태도!

"여행 가면 다 돈이야. 여행지의 바가지가 얼마나 독한지 알기나 해?"

돈. 돈. 돈. 돈.

여행은 곧 돈이다.

여름의 바닷가처럼 심하지는 않겠지만, 기본적으로 많은 돈이 든다.

게다가 서윤의 아버지까지 만나 보고 온 이후이니 단둘이 여행을 떠날 생각도 들지 않았다.

서윤이 괜찮다는 듯이 쪽지에 글을 썼다.

　　여행 비용은 제가 낼게요.

이현은 고개를 저었다.

"돈을 직접 벌어 본 적 있어?"

서윤은 학생의 신분으로, 그리고 지금까지 어떤 종류의 일도 해 본 적이 없었다.

　　아니요.

"세상에는 돈처럼 무서운 게 없어. 공포 영화보다, 매년 오르는 극장 관람비, 대중교통비가 훨씬 더 무서운 거야."

"……."

"직접 돈을 벌어 본 적이 없으니 그 가치를 모르겠지. 함부로 돈을 내겠다는 말은 하지 마."

이현은 말을 하면서도 그저 부러울 뿐이었다.

부잣집 자식!

이거야말로 누구나 선망하는 훌륭한 가족 관계가 아니던가.

어릴 때 이현은 신문 배달, 우유 배달 같은 아르바이트를 뼈 빠지게 해야 했지만, 부잣집 아이들은 그럴 필요가 없다.

그저 전화만 한 통 하면 될 뿐이다.

"엄마, 용돈 좀 주세요."

"지난달에 5,000만 원 넣어 주었잖니."

"해외여행 가서 다 썼단 말이에요."

"프랑스 갔던 걸 엄마가 잊고 있었구나. 비서한테 1억 보내라고 할게. 맛있는 거라도 사 먹으렴. 저녁 꼭 챙겨 먹고."

이현의 상상 속에 존재하는 부자들의 대화였다.

실제 드라마를 봐도 재벌 후계자나 부잣집 아들이 나와서 돈을 펑펑 쓰지 않던가. 그런 주인공들의 성격은 보통 개차반에, 여자관계가 복잡하고, 불량한 짓도 자주 저지른다.

물론 그들도 인간적인 고뇌 한두 가지쯤은 가지고 있었다. 부모님과의 관계가 나쁘다거나, 원하는 일이 잘되지 않았다거나 하는 정도의 고민거리.

하지만 그런 정도의 고민도 없이 사는 사람이 세상에 몇이나 되겠는가.

드라마의 후반에 가면 착한 일 몇 번 하고 대중의 사랑을 받는다.

결국 재벌 2세나 부잣집 자식은 절대 미워할 수 없는 존재!

일반인들이 했으면 욕을 수천 마디 얻어먹었을 짓도 그들이 저지르면 금방 용서되어 버리는 것이다.

서윤은 강의가 끝날 때까지 깊은 생각에 빠졌다.

'돈의 가치에 대해서 정말 모르고 있었구나.'

이현이 열심히 사는 모습을 보면서도 진지하게 생각해 본 적이 없었다.

이현의 상상처럼 그녀는 부동산이나 신탁 기금, 펀드, 주식 등을 많이 가지고 있었으므로 돈에 대해서 구애받으며 산 적이 없었던 것이다.

서윤은 반성하면서 쪽지에 글을 썼다.

제가 직접 일을 해서 돈을 벌어 볼게요.
그러면 같이 여행 갈래요?

이현은 어차피 안 될 거라고 생각했다.

'이제 곧 겨울방학인데.'

방학까지는 삼 주일도 남지 않았다.

"얼마 정도 모을 수 있는데?"

해 보지 않아서 아직······.

얼마 정도 모으면 돼요?

서윤이 눈을 반짝이며 그의 대답을 기다리고 있었다.

세상 물정을 모르는 그녀에게 따끔하게 쓴맛을 보여 주어야 하리라.

이현은 평범한 여행을 강조하며 말했다.

"바다는 남해나 제주도 쪽이 좋지. 그러면 일단 교통비로 최소한 45만 원 이상. 그리고 밥값으로 한 80만 원은 들 거 같고. 숙박도 할 거야?"

끼니때마다 회를 먹어도 밥값이 80만 원이 드는 경우는 없을 테지만 서윤은 고개를 끄덕였다.

이리저리 이동만 하다가 시간을 다 보내면 안 되니 밤에 와인도 한잔 마시면서 이야기하고 싶었다.

그녀가 아는 와인이란 원래 100만 원은 넘었으니까.

"호텔 숙박비가 50만 원이 넘을 거야. 방도 2개 잡아야 되고 기차에서 사이다에 계란도 까먹고, 기념품도 좀 사고 하려면… 적어도 5, 600만 원 정도는 있어야 하지 않을까?"

이현은 절대 불가능한 금액을 말한 것이었다.

'겨울방학 내내 아르바이트를 해도 못 모으지.'

터무니없는 액수를 말했는데도 불구하고 서윤은 알았다는 듯이 고개를 끄덕였다.

이현이 다짐을 받기 위해 말했다.

"직접 노동을 해서 벌어야 돼. 은행 이자나 이런 건 순수하게 네 힘으로 번 돈이 아니니까."

알겠어요.

～❧～

위드는 데브카르트 산에서 자연 조각품을 만들면서 20일을 보냈다.

"오랜만에 조각술에 집중하는군."

의뢰나 사냥을 하다 보면 정작 조각품을 만들 시간이 모자랐다. 환경에 구애받지 않는 자잘한 조각품들이야 만들 수 있지만, 조각술을 발전시킬 수 있는 명작이나 대작을 만들기 위해서는 차분한 장소와 시간이 필요한 것이다.

"이슬의 조각품!"

위드는 이른 새벽에 조각품을 만들었다.

조각술의 기본은 재료 채취.

바가지를 들고 쪼그려 앉아 풀잎에 내려앉은 이슬들을 모은 것이었다.

자연과의 친화력이 늘어나면서 물과 관련된 조각품의 범위가 넓어졌다. 위드가 만들어 낸 물의 정령은 자연의 조각품 중에서는 최초의 걸작이었다.

걸작! 이슬로 만든 물의 정령

만물과 자연을 조각할 수 있는 경지에 다다른 조각사의 작품. 맑은 이슬만을 모았다. 땅과 나무, 꽃의 향기가 섞여 있다. 활발하게 뛰어노는 물의 정령을 조각한 것으로, 생동감 넘치는 표현에 있어서는 극찬을 받을 만하다. 베르사 대륙에

몇 되지 않는 자연의 조각품! 조각사가 타락해 있기 때문에 작품에도 나쁜 영향을 미쳤다.

예술적 가치: 898

옵션: 이슬로 만든 물의 정령상을 바라본 이들은 생명력과 마나 회복 속도가 하루 동안 12%, 증가한다. 정령술사들이 물의 정령을 소환하는 데 필요한 마나를 줄여 준다. 목마름을 오랫동안 해소시켜 준다. 다른 조각품과 중복해서 적용되지 않는다.

지금까지 완성한 걸작의 숫자: 89

조각술 스킬의 숙련도가 향상되었습니다.

손재주 스킬의 숙련도가 향상되었습니다.

자연 조각술 스킬의 숙련도가 향상되었습니다.

명성이 263 올랐습니다.

체력이 1 상승하였습니다.

지력이 1 상승하였습니다.

예술 스탯이 8 상승하였습니다.

걸작 자연의 조각품을 만들어서 자연과의 친화력이 9 증가합니다.

달빛 조각사

위드는 조각에만 전념하면서 여러 작품을 만들었다.

짐승들이나 특별한 식물들을 표현하면서 숙련도를 얻었다. 언데드로 활동하고 난 이후에 얻은 부작용이라고 할 수 있는 죽은 자의 힘 때문에 작품의 가치가 높지는 못했다. 하지만 긍정적인 부분으로, 조각품을 만들면서 자연의 힘에 정화되어 줄어들었다.

"죽은 자의 힘을 줄이는 건 신성력이 아니더라도 가능하군."

프레야 교단의 교황 후보 알베론에게 줄 돈이 줄어든다는 점에서 대단히 긍정적이었다.

"걸작 조각품인데 아깝게 됐어."

물의 정령은 이슬을 모아 만든 조각품이다.

자연의 마나가 부여되어 있기 때문에 햇살이 비친다고 해서 금방 사라져 버리진 않으리라.

하지만 데브카르트 대산에 남겨 놓기에는 너무나도 아까운 조각품!

재료비가 들지 않았다고 해도, 이렇게 맑은 이슬을 모으는 일 자체가 굉장히 어려웠다.

"처음 만든 자연의 걸작 조각품이니 그냥 놔둘 수 없지."

조각술의 비기!

위드는 정령 창조 조각술을 쓰기로 결정했다.

물의 정령을 창조해 놓으면 그 이후로 소환해서 쓸 수 있을 뿐만 아니라 자연과의 친화력도 늘어나게 된다.

정령도 성장하니, 당장은 쓸모가 적더라도 나중에 부려 먹을 일이 생길 터!

위드는 조각품을 향해 스킬을 시전했다.

"정령 창조!"

띠링!

새로운 정령을 창조하였습니다. 예술 스탯이 160 소모됩니다.

조각술 스킬의 숙련도가 향상되었습니다.

정령 창조 조각술의 스킬이 초급 6레벨이 되었습니다. 정령 창조 조각술의 숙련도는 새로운 정령을 창조하거나 기존의 정령들이 벌이는 활동에 따라서 증가합니다.

자연과의 친화력이 75 증가합니다.

명성이 440 올랐습니다.

매력이 74 올랐습니다.

외모는 귀엽게 생긴 물의 정령이 사납게 으르렁거렸다.

"너 따위가 나를 만든 조각사이더냐! 감히 나를 이런 꼴로 만들다니, 죽을 각오는 했겠지?"

위드가 만든 조각품 중에서는 가장 버릇이 없었다.

마치 유치원도 땡땡이치고 말 절대로 안 듣는 꼬마 아이처럼 까불었다.

"감정!"

(이름이 정해지지 않음)

물의 정령. 자연을 배우는 조각사에 의하여 탄생하였다. 창조되는 순간 나쁜 기운에 물들었다. 물의 정령답지 않게 인내심이 부족하고, 위아래를 잘 모른다. 정령계에서의 힘을 이 세계에서 71%까지 발휘할 수 있다. 상급 정령까지 활동이 가능하다.

정령술사의 소환 등을 통한 지상계의 활동에 따라서 더 많은 정령들이 힘을 발휘할 수 있다.

특기: 물의 방패, 정화된 물 제공, 남다른 지성.

정령 자체는 성공적. 성격적인 면에 대해서는 전혀 걱정하지 않았다.

막 태어난 정령은 첫날 가장 많은 것을 배우는데, 대화로 얼마든지 고쳐 놓을 수 있었으니까.

"대화를 좀 나누어야겠군."

개성이나 존중을 완전히 무시한 대화 방식!

위드가 성자의 지팡이를 꺼내서 가볍게 들었다.

퍼버버버벅!

아프고, 빠르고, 효율적으로.

때린 곳을 다시 때리고, 아픈 곳을 골라서 때리고, 그만 때릴 것 같은 분위기를 풍기다가 다시 처음부터 때렸다.

"내가 말을 너무 막 한 것 같다. 정령으로 만들어 준 것은 고맙다."

퍽퍽퍽!

"아까 있었던 일은 사과를……."

퍽퍽퍽!

"주인님!"

물의 정령이 빠른 태도 변화를 보였다.

위드는 성자의 지팡이를 배낭에 집어넣으면서 중얼거렸다.

"역시 난 교육에도 소질이 있었어. 학교 선생님이 되었어도 잘했을 텐데."

본인의 생각에 충분히 갖췄다고 여기는 교육자로서의 자질!

위드가 초등학교 교장이 되지 않은 것이 천만다행이었다.

"네 이름은 물방울로 하자."

이슬로 만든 물의 정령이기 때문에 물방울로 이름을 붙였다.

"이름을 주셔서 고맙습니다, 주인님."

날씬하고 귀엽게 생긴 물의 정령을 역소환하고 위드는 대장 장이용 화로를 꺼냈다.

"금인이에게도 다시 생명을 부여해 주어야겠지."

되살릴 수 있을 것이라는 자신은 없었다.

그렇기에 차일피일 미루었지만, 언젠가는 시도해 봐야 할 일이었다.

데브카르트 대산에서 조각품만 만들면서 감각도 물이 오른 상태다.

"지금 해 보자."

데이크람은 어딘가로 가서 자연의 조각품을 만들고 있었다.

위드는 떨어진 나뭇가지들을 모아서 불을 피우고 화로를 달구었다. 그리고 지골라스에서 회수한 잔해와 모라타에서 구입한 금괴들을 넣었다.

금인이는 금덩이를 녹여서 만든 대작 조각품이었다.

"형틀을 짜도록 하고……."

흙으로 금인이의 몸에 맞춰 틀을 짜는 것은 매우 쉬운 일이었다. 예술의 도시 로디움에서 했던 세세한 기억들까지 남아 있지는 않지만, 금인이와 같이 다닌 시간이 길었던 덕분이다.

틀에 금을 붓고, 충분히 식을 때까지 다른 조각품을 만들면서의 초조한 기다림!

작업하는 동안 골골거리던 금인이가 자꾸 떠올랐다.

"금인이처럼 말 잘 듣고 싹싹한 녀석도 없었는데. 부려 먹을 일거리들이 얼마나 많았는데……."

형틀에 금을 붓고 기다린 지 한참이 지났다.

"이제 됐겠군."

형틀을 떼어 내고 나니 금인이의 외모를 한 조각상이 다시 만들어져 있었다.

위드의 기억력은 매우 정확한 편이었다. 금이 아까워서 키가 조금 작은 것까지 그대로였다.

'금으로 만들어서 다행이었어. 나무나 바위에 생명을 부여했더라면 육체의 일부분을 모아서 원래의 몸을 되찾지도 못했을 거야.'

위드는 눈이나 코, 입 등을 세심하게 손본 후에 스킬을 시전했다.

"조각품에 생명 부여!"

남아 있는 경험치가 얼마 없어서 레벨이 2개 떨어지고, 6개의 예술 스탯이 감소했다.

조각 생명체의 육체의 일부를 사용하였습니다. 물의 속성을 가지고 있던 생명체는 새로운 삶을 얻을 것입니다.
조각품에 대한 추억 스킬이 발동됩니다. 조각 생명체가 자신에 대한 기억을 되찾을 수 있지만, 확실하지는 않습니다.
다시 조각한 시점에서의 늘어난 예술 스탯과 조각술의 효과는 적용되지 않으며, 예전에 살아 있을 때보다 5%의 레벨이 줄어듭니다.

조각품에 생명이 부여되면 서서히 깨어나던 것과는 달리, 금인이는 바로 눈을 떴다.

위드가 애타게 보고 있을 때, 금인이가 고개를 흔들더니 말했다.

"이름을. 제 이름을 정해 주십시오."

무미건조하고 딱딱한 말투!

"결국 기억을 되찾지는 못한 것인가."

정이 돈독하게 들었던 금인이와의 영원한 이별.

"누렁이가 많이 슬퍼하겠군. 그리고 서윤도."

금인이와 누렁이는 가족처럼 붙어 다녔고, 서윤도 많이 안타까워하고 눈물까지 흘렸다. 화령이나 다른 동료들도 금인이의 사망 소식을 슬퍼했을 정도다.

"네 이름은 금인이라고 하자."

"알겠습니다, 주인님."

"편히 쉬고 있어."

"예."

위드가 다시 자연 조각품을 만들기 위해서 돌아서려고 할 때였다.

멀리 나무 위에 와일이, 와둘이, 와삼이가 앉아 있었다. 그런데 금인이가 열심히 손을 흔드는 것이었다. 기분 좋은 울음을 터트리면서.

"골골골!"

위드가 물었다.

"너 금인이지?"

금인이가 손을 내리고 공손히 머리를 숙였다.

"조금 전에 제 이름을 그렇게 정해 주셨습니다, 주인님."

"조금 이상한데."

위드의 비범한 눈치는 금인이에게서 어색함을 느끼기에 충분했다.

대륙을 떠도는 조각사

서윤은 돈을 벌기 위해 아르바이트 자리부터 구하기로 했다.

'취직이 쉽지 않다는데… 내가 어떤 일을 할 수 있을까?'

학교 때문에 시간을 쪼개서 할 수 있는 일 중 가장 쉽게 생각할 수 있는 편의점이나 빵 가게, 패스트푸드점 아르바이트는 일의 특성상 사람과 계속 접해야 한다. 조용하게 혼자서 지내왔던 그녀에게는 어려운 일이었다.

'사람들은 돈 때문에 더 열심히 살고, 바뀌기도 하겠구나.'

서윤은 강의를 마치고 난 다음 이력서를 작성해서 아르바이트생을 구한다는 레스토랑으로 갔다.

시급 5,300원!

매출에 따라서 소액이지만 인센티브도 지급된다고 한다.

서윤은 점장에게 이력서를 내밀었다.

이름: 정서윤

나이: 21

경력: 한국 대학교 2학년 재학

특기: 영어, 중국어, 일본어, 국제법학, 회계, 경영, 기
　　　업 분석

절대로 레스토랑 이력서로 보이지 않는 특기들!

점장이 부드럽게 웃으면서 물었다.

"전에 레스토랑 서빙 비슷한 일을 해 본 적이 있어요?"

"없어요. 그러면 안 되나요?"

서윤의 목소리를 들으면서 점장은 50년 묵은 체증이 쑥 내려
가는 것을 느꼈다.

'좋구나, 세상이란…….'

어여쁜 여대생의 목소리가 천사처럼 착하고 고왔다.

조심스럽게 반문하는 그녀의 목소리를 들으니, 저절로 활력
이 치솟고 입가에 미소가 그려지지 않는가.

"일은 오랫동안 할 수 있겠어요?"

학생이라서 가능하다면 겨울방학 내내 일해 주기를 바라고
있었다.

"따로 할 일이 있어서… 저녁에 일주일만 할 수 있을까요?"

면접을 보는 레스토랑은 꽤나 인기가 있는 곳이라서 경력직
위주로 뽑았다.

하지만 예외란 없을 수가 없다.

"오늘부터 일할 수 있겠어요?"

즉시 합격!

서윤은 그날부터 레스토랑의 입구에서 인사하는 일을 했다.

"어서 오세요."

"오래 기다려야 돼요? 헉!"

서윤은 그녀만의 세계를 나와서 세상으로 발을 내디뎠다. 오랫동안 닫혀 있던 시간을 벗어나서 가지게 된 호기심과 설렘.

"립아이스테이크랑 등심스테이크 주세요."

"음료수는 필요하지 않으세요?"

"오렌지에이드와 사이다 주세요."

손님들은 식사가 나와도 서윤이 있는 출입문에서 시선을 떼지 못했다. 비싼 스테이크를 먹으면서도 맛을 느끼지 못할 정도였다.

'이쁘다. 이쁘다. 이쁘다. 이쁘다. 이쁘다.'

'아, 이쪽을 한 번만 봐 주었으면…….'

⁕⁕⁕

"타오르는 불꽃은 순식간에 사라져 버리지. 하지만 그 불꽃의 여운은 오래 남는다네. 불의 조각품을 만들어 보게."

위드는 데이크람의 지시에, 모닥불을 피워 불을 일으켰다.

"자연 조각술!"

위드가 손을 휘젓는 대로 불꽃이 춤을 춘다.

불의 지배자가 된 것처럼 멋진 광경이었지만, 속까지 멋있는 건 아니었다.

불을 가까이하니 땀이 줄줄 흐르고, 불길에 닿으면 생명력이 급격하게 하락했다.

불을 손으로 만지면서 조각한다는 건 화려하지만 매우 어려운 일.

"그래도 자연 조각술은 잘 늘어나는 편이군."

불을 만질 때마다 자연 조각술이 다소 빨리 늘어났다.

맷집과 인내력을 믿고 불로 화룡을 만들어 보기도 하고, 불타는 멧돼지도 조각했다.

자연과의 친화력에 따라서 불을 다루는 수준이 달라졌다. 그래서 친화력을 올리기 위해 바람의 정령도 창조해 냈다.

씽씽이!

바람의 정령은 소환하는 데 마나가 적게 들었다. 쾌활하고 싸돌아다니기를 좋아하는 성격을 가졌다.

위드는 끊임없이 작품을 만들면서 떨어진 예술 스탯을 복구하고 스킬 숙련도를 올렸다.

죽은 자의 힘은 어느덧 190 이하로 감소했다.

"퀘스트 정보 창!"

바르칸의 호출

언데드의 군주 바르칸 데모프가 부른다. 뭇 언데드는 그 명을 반드시 따라야 할 것이다.

남은 날짜: 46일

난이도: C

보상: 바르칸을 만나는 대로 연계 퀘스트 시작.

시간이 얼마 남지 않았지만 위드는 〈로열 로드〉에서 자연 조

각품을 만드는 데 집중했다.

자연의 조각품이란 막연히 노동의 양을 늘린다고 해서 잘되는 것은 아니다.

위드가 있는 데브카르트 대산은 나무들과 새, 푸른 하늘이 있었다.

멀리에는 호수와 강줄기도 보였다. 천혜의 자연환경이었고, 회색 산맥으로 접어들면 언제든 산의 웅장함을 볼 수 있다.

"자연의 힘을 다룬 조각품이라……."

위드는 고생하면서 모험했던 장소들을 떠올렸다.

북부에서는 추워서 고생을 했고, 동부 유로키나 산맥에서는 오크로 변해서 마음껏 뛰어다녔다. 한 장소에 오랫동안 머무르면서 사냥을 하지는 않았다.

자연의 많은 부분을 경험한 것들이 조각품을 만드는 데 도움이 됐다.

물과 바람, 땅, 구름, 얼음, 풀, 꽃.

지금까지의 기억들을 더듬어서 작품으로 만들었다.

식물들이 바위를 타고 자란 것도 자연의 조각품. 계곡 사이를 흐르는 세찬 물줄기도 조각품이 될 수 있다.

데브카르트 대산에서 자연의 힘을 이용하여 조각품들을 대량으로 만들었다.

데이크람이 조언했다.

"재료만 바꾸어서는 안 돼. 자연을 있는 그대로 조각해야 하는 거네."

소재만이 아니라 작품까지 이어지는 고민.

그럴수록 더 많은 것들을 만들어 보려고 애썼다. 몸을 움직이면서 생각을 하는 그만의 방식이었다.

낙엽을 모아서 나무를 만들어 보고, 산불로 인해 타 버린 곳에 나무들을 심기도 했다.

자연의 복원가가 될수록 스킬 숙련도가 빨리 늘었다.

그러던 어느 날, 데이크람이 그를 불러서 말했다.

"자연 조각술의 기초는 충분히 가르친 것 같군. 조각술이란 스스로 일깨워 가는 것이니 더 이상은 배울 필요가 없을 거야."

띠링!

데이크람의 가르침 퀘스트 완료
조각술 마스터 데이크람이 후배 조각사에 대한 교육을 마쳤다. 그는 매우 뛰어난 조각사 후배를 받아들였다고 생각하고 가르침을 베풀었지만 적지 않게 실망했다.

"대륙의 조각술이 참으로 암울하군. 인재들이 조각술을 버린 게야."

데이크람의 가르침을 제대로 받아들이지 못해서 명성이 580 감소합니다.

데이크람은 초반에만 몇 마디 던져 주었을 뿐, 옆에서 지켜보면서 사사건건 간섭하는 부류는 아니었다.

자유롭게 상상력을 발휘할 수 있도록 내버려 두는 교육자!

주입식 교육에 익숙한 위드에게는 영 적응이 안 되는 스승이었다.

자연과 친숙해져야 한다니, 절대로 익숙한 삶의 방식이 아니었기 때문이다.

처음에는 정말 무능한 수준이었는데, 그나마 나중에는 자연의 힘이 작용하는 장면들을 떠올리면서 스킬 숙련도를 많이 올릴 수 있었다.

현재 자연 조각술은 중급 2레벨!

위드는 일단 친밀도를 위하여 정중하게 고개를 숙여서 인사를 했다.

"스승님에게 많은 것을 배웠습니다."

데이크람이 말했다.

"어디 가서 나에게 배웠다는 말은 하지 말게. 창피하니까."

"…알겠습니다. 그러면 이제 대재앙의 자연 조각술을 가르쳐 주시지요."

"자연의 진실된 힘을 깨달았는가?"

"아직은 깨닫지 못했습니다. 하지만 시간을 더 주신다면 깨달을 수 있을 것입니다."

"이것을 받게. 자연에 대해서 깨닫게 되면 내 기술을 익힐 수 있을 것이네."

> 데이크람의 목조품을 획득하였습니다.

목조품을 얻었으니 스킬의 레벨이 올라가게 되면 자연스럽게 데이크람의 비기도 터득할 수 있게 된다.

"훌륭한 가르침을 얻었습니다. 이 은혜를 평생토록 기억하겠습니다."

생각이 나면 기억만 할 뿐, 구체적인 보답 계획을 세우진 않을 것이다.

"대륙을 돌아다닐 것인가?"

"악인들로부터 고통받고 있는 이들을 구원하기 위해 그리고 예술의 길을 걷기 위해서 그렇게 할 것입니다."

위드는 지금까지 베르사 대륙을 돌아다녔고, 앞으로도 사냥하고 돈을 벌기 위해 계속 돌아다닐 것 같았다. 북부만 하더라도 안 가 본 곳이 너무나도 많고, 던전들을 발굴해서 아이템을 얻어야 하지 않겠는가.

데이크람이 덕담을 남겼다.

"많은 곳을 여행하면서 조각술을 발전시켜 주기를 바라네."

"물론입니다. 조각술을 위해서 평생을 헌신하겠습니다."

"그래야겠지."

데이크람이 잠시 하늘을 올려다보며 말이 없는 사이에, 위드는 매우 작은 목소리로 중얼거렸다.

"감정."

혹시라도 잘못 받았을 수 있으니 확인은 필수인 것.

목조품

데이크람이 자신의 기술을 수록한 목조품이다. 대재앙의 자연 조각술을 일으키는 방법을 담고 있다. 단, 자연의 진실된 힘을 먼저 터득해야 한다.

내구도: 1/1

제한: 중급 자연 조각술 6레벨

'대재앙의 자연 조각술이 담긴 목조품이 맞군.'

위드가 목조품을 확인하고 주머니에 넣을 때, 데이크람이 한 가지 선물을 더 주었다.

"이것도 받도록 하게."

데이크람이 손에 꺼내 놓은 것은 하늘색으로 빛나는 신비한 물질.

"자네도 알고 있겠지만 지골라스에서 얻은 물건이네. 이것을 조각하기 위해서는 엄청난 열기가 필요한데… 땔감으로 쓰기 위해 나무들을 훼손할 수가 없어서 아직까지 만들지 못했네."

헬리움!

"어떻게 이런 귀한 물품을 제가 감히… 데이크람 님께서 조각하시면 정말 대단한 작품이 나올 텐데요."

말과 다르게 위드의 손은 전투 시를 방불케 하는 속도로 헬리움으로 향했다.

> 헬리움을 획득하였습니다.

마나의 원천.

부르는 게 값이 되어 버릴 헬리움까지 손에 넣었다.

"좋은 작품으로 만들어 보게."

"명심하겠습니다."

"그럼 잘 가게."

⊱ ✦ ⊰

"여기 34만 원. 일주일간 고생 많았어요."

서윤은 일주일간의 시급 외에도 약간의 수당이 더해진 보수를 받았다.

그녀가 근무하는 동안 레스토랑에는 아침부터 손님들이 밀려들어 와서 저녁까지 가득 찰 정도로 장사가 잘되었다. 레스토랑 측에서는 서윤을 계속 고용하고 싶어 했지만 약속한 기한을 채우고 그녀는 그만두었다.

"처음으로 내가 번 돈이구나."

서윤은 봉투에서 돈을 꺼내어 만 원짜리들을 한 장씩 셌다.

쓰기만 할 때는 몰랐지만, 돈을 벌기 위해서는 사람들을 행복하게 해 주어야 했다.

밝게 인사를 하고 자리로 안내를 해 주고, 다른 손님들에게 조금만 더 기다려 달라고 부탁한다.

레스토랑에서 친구와 연인, 가족 들이 대화를 나누는 것을 보면서 서윤은 마음이 밝아졌다.

'일하면서도 기쁠 수가 있는 거구나.'

직원들과 손님들이 없는 틈을 타서 게 눈 감추듯 밥을 먹고 청소를 했지만, 그런 고단함도 일을 마칠 때에는 깨끗이 사라졌다.

사람들을 대하는 것이 불편하고 먼저 말하는 것이 어색했지만, 노동하면서 바뀌어 가는 자신을 느낄 수 있었다.

"이 돈이면 재료를 살 수 있겠어."

이현이 말했던 금액은 아르바이트로 모으기에는 시간이 너무 오래 걸린다.

그래서 생각해 본 것이 도시락 장사!

서윤은 다음 날 새벽 일찍 일어나서 시장을 돌며 여러 재료들을 샀다.

"예쁜 아가씨네. 뭘 줄까?"

아저씨들에게 두둑한 인심도 받으면서 식재료와 장사에 필요한 재료들을 구입했다.

이른 아침에 밥을 짓고, 반찬도 만들었다.

플라스틱 도시락에 정성껏 꾹꾹 눌러 담고 보온병에 콩나물국도 넣었다.

'이제 돈 벌러 가야지.'

서윤은 양손에 도시락이 잔뜩 든 가방을 들고, 회사원들이 붐비는 거리로 버스를 타고 나갔다.

새벽부터 일하고 준비하느라 몸은 녹초였지만, 도시락이 잘 팔려야 한다는 생각에 힘든 줄도 몰랐다.

서윤은 고층 빌딩들이 즐비한 곳에서 가방을 열어 도시락들을 차곡차곡 쌓았다.

커피를 마시면서 바쁘게 출근하던 회사원들이 그녀를 보고 멈췄다.

'예쁘다.'

'아, 천사로군. 어떻게 이렇게 예쁜 아가씨가…….'

'오늘은 정말 운이 좋은 날이군. 팀장한테 까여도 거뜬히 참을 수 있겠어.'

서윤을 보면 보이는 한결같은 반응!

예전의 서윤은 표정도 경직되어 있고, 사람들과 눈도 마주치지 않으려고 들었다. 무의식적으로 피하기만 하던 그녀가, 이현을 만나고 난 다음부터 그 얼음 같은 표정이 풀어졌다.

웃지는 않았지만, 그녀에게서 느껴지는 순수한 표정이야말로 남자들을 미치게 만드는 것!

회사원들이 도시락을 보고 가까이 다가왔다.

"이거 파는 거예요?"

"네."

서윤의 짧은 대답에 황홀해하는 30대의 남성 회사원들!

"얼마예요?"

"그건……."

막상 가격이 얼마냐는 질문을 받으니 서윤은 뭐라고 답해야 할지 곤란해졌다. 어느 정도의 금액을 책정해야 될지는 결정하지 못했던 것이다.

"아직 가격은 정하지 못했어요."

"그래요? 한 6,000원 정도면 될까요?"

도시락을 열어 본 남자가 말했다. 요리 재료 가격을 감안하더라도 마진이 제법 많이 남았다.

"네, 저는 좋아요."

"여기, 우리는 3개 살게요."

2만 원을 내고 2,000원을 거슬러 간 회사원.

다른 회사원들도 줄을 서서 서윤의 도시락을 사 갔다.

음식 맛은 중요하지 않다. 설혹 고추장이나 간장만 담겨 있더라도 사 가야만 하는 남자들의 본능!

정갈스럽게 준비한 반찬들, 그리고 실제로 맛도 있는 도시락을 먹으면서 회사원들의 입가에 미소가 그려졌다.

"이걸 다 직접 만드신 겁니까?"

"네."

"이렇게 도시락들을 만들려면 많이 힘들었을 텐데……."

남성들이 꿈꾸는 이상형이 서윤이었다.

어여쁘고, 청순하며, 요리도 잘하고, 생활력까지 강했다.

길거리에서 장사할 정도로 가정 형편이 어렵더라도, 그게 왜 허물이 되겠는가.

도대체 더 이상 뭘 바랄 수가 없을 정도로, 만나 본 것만으로도 아침을 영광스럽게 만들어 주는 그녀.

"정말 맛있네요. 내일도 장사하세요?"

"아마 할 것 같아요."

회사원들은 그 자리에 선 채로 도시락을 다 먹고 나서도 근처를 떠나지 않았다. 지각하더라도 그녀를 조금이라도 더 보기 위해서 미적거렸다.

"도시락 2개 더 주세요."

아침을 때운 회사원들이라도, 도시락을 2개 더 샀다.

'점심, 저녁도 이걸로 먹어야지.'

설혹 먹지 않더라도 서윤의 얼굴을 봤으니 배가 부를 것 같았다.

'저런 외모라면 쳐다보는 것만으로도 돈을 내야 돼.'

회사원들은 가슴이 학창 시절로 돌아간 것처럼 두근거렸다.

서윤 같은 여자 친구를 사귈 수만 있다면 직장 상사에게 일주일을 시달리더라도 기쁠 것만 같은 기분이 들었다.

다만 그녀가 모르는 사소한 일이 한 가지 정도는 있었다.

회사들이 밀집한 지역의 인도에서 영업을 했기 때문에 구청에서 단속반이 나온 적이 있었다.

"사람들이 쭉 서서 기다리는 걸 보니 또 누가 장사하나 보네. 빨리 쫓아내고 가자."

단속반은 서둘러 달려왔다가, 도시락만 하나씩 사 먹고 돌아갔다.

어느 날 아침, 서윤이 거슬러 줄 1,000원짜리가 모자랐다.

신입 사원은 급한 마음에 크게 소리를 쳤다.

"아니, 거슬러 줄 돈도 없이 무슨 장사를 해요? 빨리 먹고 회사 들어가 봐야 하는데! 이렇게 준비성이 부족하니까 이런 곳에서 도시락이나 팔고 있지. 돈이 필요하면 차라리 술집을 나가든가."

서윤은 화내는 그의 모습에 놀라서 가만히 있었다.

정적이 채 2초가 지나지 않아 상황은 정리되었다.

'저놈 뭐야!'

'끌어내!'

'죽여?'

남자 손님들이 달려들기 전에 부르는 목소리.

"이철진 씨."

"예?"

도시락을 사기 위해서 줄을 서 있던 손님 중에는 신입 사원에게는 하늘 같은 과장과 부장도 있었다.

～ഉ഻ഉ～

"와일아, 가자!"
위드는 와이번을 타고 데브카르트 대산을 벗어났다.
"감정!"

헬리움
신의 눈물이라고 불리는 금속. 무한한 신성력과 마나의 원천이다. 무기나 방어구로 가공할 수 있으며 조각품으로 만들 수도 있다.
내구도: 3,000/3,000
제한: 가공을 위해서는 높은 등급의 화로가 필요하다. 고급 6레벨 이상의 조각술 스킬이 요구된다. 무기나 방어구로 가공하기 위해서는 최소한 고급 8레벨 이상의 대장장이 스킬이 필요하다.

　헬리움은 보통 물건이 아니라서 화로가 반드시 필요했다.
"모라타에 있는 대형 화로에서 작업을 하면 되겠군."
　항상 고열로 타오르고 있는 대형 화로라면 금속의 속성을 가지고 있는 헬리움을 약하게 만들 수 있으리라.
"어쨌든 이건 조금 뒤에 조각해야겠어."
　기대하던 헬리움 조각이었지만, 위드는 잠시 후로 미루었다.
　현재 조각술 스킬은 고급 7레벨.
　불의 전사 쿠비챠를 사냥할 때 연속으로 두 번 죽어서 조각술 스킬 숙련도가 심하게 하락했다. 하지만 자연의 조각품을 만들면서 줄어든 숙련도를 많이 복구했고, 얼마 후면 8레벨이 된다.

그래도 워낙 귀한 조각 재료이다 보니 스킬 레벨을 올려놓고 조각할 작정이었다.

"어서 빨리 조각술 스킬도 올려놓고, 대재앙의 자연 조각술 도 터득해야 돼."

위드는 우선순위를 사냥이나 탐험보다는 조각술에 맞추기로 했다.

자연 조각술은 익힐 때 성과를 내야지, 나중에는 스킬 레벨 을 올리기가 더욱 어렵다.

더군다나 다섯 번째 조각술의 비기를 익히는 일을 미루어 놓 을 수는 없는 것.

"회색 산맥의 깊은 곳으로 가자."

서당 개 3년이면 풍월을 읊는다는 속담도 있지 않던가. 그것 이 다 작업 환경의 중요성을 의미하는 말이리라.

위드는 산맥으로 들어가 계곡 근처에서 작품을 만들었다.

물과 흙으로 여러 작품을 만들면서 스킬 숙련도를 쌓아, 자 연 조각술이 중급 3레벨이 됐다.

밤마다 몬스터들의 괴성에 푸닥거리면서 싸우는 소리가 들 렸다. 바람 소리도 거세고 비까지 자주 내렸다. 산맥이라고 해 서 절대 조용한 것은 아니었고, 숲에서 갑자기 몬스터들이 튀 어나오는 경우도 있었다.

"그래도 조각품을 만들고 있으니까."

바르칸의 퀘스트까지 남은 날짜는 43일.

그렇게 참으면서 조각품을 만들고 있을 때, 유린으로부터 귓속말이 전해졌다.

—오빠, 뭐 하고 있어?

위드는 돌과 물로 인어들을 조각하고 있었다.

자연과의 친밀도가 높은 엘프나 요정, 인어 들을 만들었을 때 평가가 좋다는 사실을 알아차렸기 때문이다. 인간이나 드워프, 바바리안 들은 종족 자체의 습성 때문인지 자연 조각품을 만들어도 호의적인 결과물이 나오지 않았다.

—조각품 만들고 있어. 넌 어디에 있니?
—여기 바르뎀 산이야.
—거기는 어떻게 갔어?
—풍경이 좋다고 해서 놀러 왔어.

그림 이동술을 이용해서 자유롭게 베르사 대륙 전역을 떠도는 그녀였다.

위드의 머릿속에 스쳐 가는 생각.

'베르사 대륙에는 큰 산이나 호수, 강이 많이 있지. 그런 장소에서 조각품을 만들면 성과가 훨씬 높을 거야.'

자연 조각술은 지역 환경과 떼려야 뗄 수가 없는 관계였다. 그러니 돌아다니면서 작품을 만들어 보는 것도 나쁘지 않을 것 같았다.

마센 왕국의 바르뎀 산.

수도인 노비스 성과 넓은 평야가 내려다보이는 경치가 끝내

주는 장소.

유린의 도움을 받아 도착한 위드는 놀러 온 많은 유저들을 볼 수 있었다.

'부르주아들이구나.'

주로 활동하던 로자임 왕국이나 모라타와는 비교할 수 없이 유저들의 수준이 높았다.

레벨 200대가 넘는 유저들이 삼분의 일 이상!

그리고 레벨 300대가 넘는 장비를 착용한 유저들도 심심치 않게 보였다.

"전쟁이 도무지 멈추질 않는군. 이번에는 끝장을 보려고 하나 봐."

"3만 명의 병사들이 죽었다는데, 피해가 꽤 크겠지?"

"성에 갇혀서 몰살당했으니 기가 제대로 꺾였을 거야. 그래도 아직 남은 군단이 많으니까."

중앙 대륙에서 벌어지는 전쟁 이야기를 바르뎀 산에서도 들을 수 있었다.

"초상화 그려 드립니다. 연인들끼리 한 폭의 추억을 남겨 보세요."

유린은 그림을 그려 주면서 돈을 벌었다.

동화처럼 따뜻한 색감에 귀엽게 그려 주는 그녀였기에 유저들 사이에서 인기가 높았다.

위드는 땅바닥에 앉아서 조각품을 만들 준비를 했다. 일부러 허름한 옷으로 갈아입은 그에게는 사람들의 관심이 거의 모이지 않았다.

'노비스 성을 빚어서 만들어 봐야지.'

흙에 물을 섞어서 손으로 반죽을 했다.

돌판 위에 진흙을 쌓아 산의 형태를 만들고, 평평하게 흙을 펼쳐 넓은 평야 지대도 마련했다.

노비스 성은 손으로 주물럭거리면서 꼼꼼하게 만들었다.

4시간 정도에 걸쳐서 만들었지만, 길이며 왕실 정원, 상점, 마차들과 사람들도 어느 정도 표현되어 있었다.

지금까지 수많은 조각품을 만들면서 생긴 관찰력과 감각을 동원해서 빨리 만든 것이었다.

유린의 그림이 그려지기를 무료하게 기다리던 유저들과 단순히 관광을 온 사람들도 위드의 조각품에 관심을 가졌다.

퀸 사이즈 침대 매트리스 정도의 면적에 재현된 노비스 성과 주변의 풍경들.

그들이 있는 바르뎀 산의 공원과, 심지어는 그림을 그리는 유린과 위드 본인도 표현되어 있었다.

"저거 봐. 진짜 대박으로 잘 만든다."

"조각사인 것 같아."

진흙의 형태를 잡고 조각칼로 잘라 내기도 했다.

신속하게 만들어지는 작품에 감탄과 놀라움을 보이는 유저들이 많았다.

위드는 돌판에 흙으로 만들어진 작품을 보면서 약간은 만족했다.

"어느 정도 비슷하게 만들어진 것 같은데."

나무나 돌처럼 표면을 깎으면서 기술이 필요하지도 않았고,

물로 작품을 만들 때보다는 훨씬 쉬웠다.

"자연 조각술!"

가볍게 스킬을 시전하자 산 형태로 쌓아 놓았던 흙들이 딱딱하게 굳었다. 그리고 자라나는 작은 나무들!

평야 지역에서는 작물들이 깨알처럼 올라왔다.

자연의 힘을 끌어내니 마법처럼 변하는 조각품!

> 만든 조각품의 이름을 정해 주십시오.

"여동생과 놀러 온 바르뎀 산."

> 〈여동생과 놀러 온 바르뎀 산〉이 맞습니까?

"맞아."

띠링!

> **걸작! 〈여동생과 놀러 온 바르뎀 산〉**
> 자연을 있는 그대로 표현할 줄 아는 조각사의 작품. 땅의 기운을 빌려서, 대지의 모습을 조각품으로 만들었다. 자연의 힘이 깃든 조각품이다.
> 예술적 가치: 559
> 옵션: 〈여동생과 놀러 온 바르뎀 산〉을 바라본 이들은 생명력과 마나 회복 속도가 하루 동안 11%, 증가한다. 대상 지역의 자연의 힘이 충만해져 정령들의 활동력이 왕성해진다. 식물들이 자라는 속도 4%, 증가. 더 많은 곡물들을 추수할 수 있게 된다. 다른 조각품과 중복으로 적용되지 않는다.
> 지금까지 완성한 걸작의 숫자: 95

> 조각술 스킬의 숙련도가 향상되었습니다.

고급 손재주 스킬의 레벨이 8이 되었습니다.
도구나 손을 이용하는 능력이 추가로 8% 증가하며, 다양한 분야에 걸쳐서 영향을 주게 됩니다.

자연 조각술 스킬의 숙련도가 향상되었습니다.

명성이 197 올랐습니다.

힘이 1 상승하였습니다.

정신력이 3 상승하였습니다.

예술 스탯이 7 상승하였습니다.

걸작 자연의 조각품을 만들어서 자연과의 친화력이 8 증가합니다. 친화력이 증가하면 자연을 조각할 수 있는 범위와 영향력이 커집니다.

순수한 조각품을 만듦으로 인해서 죽은 자의 힘이 정화되어 4 감소합니다.

위드의 고급 조각술 스킬은 17%만 더 모으면 8레벨이 된다.
죽은 자의 힘도 186만이 남아 있었다.

"우와아아아!"

"말로만 듣던 걸작 조각품이잖아. 조각사들 중에서 누가 저런 작품을 만들 수 있지?"

"마법처럼 식물들이 자라게 했어. 그게 더 대단해!"

바르뎀 산의 유저들이 놀라서 시끄럽게 떠들고 있을 때였다.

위드는 태연하게 만들어진 작품을 마법 배낭에 넣었다. 작품을 더 크게 만들 수도 있었지만, 무게나 부피까지 고려해서 딱 배낭에 넣을 수 있는 크기로만 만든 것.

"이제 다음 장소로 가자."

유린이 그려 놓았던 풍경화에 그녀와 위드의 모습을 그렸다.

"그림 이동술!"

스킬이 사용되면서 신기루처럼 유린과 위드의 모습이 천천히 사라졌다.

⁓ঔৣ⁓

하르판 왕국의 스네이크 계곡.

하벤 왕국의 피르타 성.

브리튼 연합의 로인 광장.

아이데른 왕국의 만개한 꽃의 거리.

바쿠바 왕국의 아르티안 분수와 일대.

리튼 왕국의 바네타 지역, 봄의 별궁.

로자임 왕국의 피라미드 주변.

브렌트 왕국의 거울의 호수.

위드는 유린과 함께 여행을 다니면서 생기를 불어넣어 자연의 조각품을 완성했고, 그가 조각품을 만드는 광경은 다른 유저들에게도 목격되었다.

"뭐야, 저 조각사는?"

"방금 작품을 완성한 것 같은데."

웅성거리면서 사람들이 몰려들면 위드와 유린은 그들을 피해서 그림 이동술로 사라졌다. 하지만 사람들은 자신들이 본 광경을 게시판에도 올렸다.

제목: 오늘 본 조각사에 대해 적습니다.

스네이크 계곡에서 사냥을 하다가 한 조각사를 봤는데요, 그는 흙으로 장난 치듯 조각품을 뚝딱뚝딱 만들고 있었답니다. 초보자용 복장에 조각품을 만들어 봐야 뭐, 얼마나 대단하겠냐고 무시했죠.

그런데 흙을 쌓아서 만들어진 스네이크 계곡은 생생하게 잘 표현된 작품이었습니다. 진짜 멋지다는 생각이 들 정도로요.

도대체 어떻게 조각품에 계곡물이 흐를 수 있는 거죠? 분수나 다른 곳에서 물줄기를 끌어온 것도 아니었는데요.

ㄴ 에이, 말도 안 돼요.
ㄴ 꿈을 꾸신 듯. 이제 깨어나세요. 밤에 푹 주무시고요.

제목: 스네이크 계곡에서 조각품을 만드는 것을 저도 봤습니다.

마법을 썼던 건지는 모르겠지만, 흙으로 만든 조각품에서 물이 흘렀습니다. 완성된 것도 무려 걸작의 조각품이었죠.

대화를 나누어 보고 싶었는데 워낙 빠르게 떠나 버려서…….

ㄴ 진짜 조각품에 물이 흘렀나요? 그 조각사의 정체가 누군가요?
ㄴ 하르판 왕국에도 중급 이상의 조각술을 가진 유저가 나온 건가요?
ㄴ 마법을 쓰는 조각사?
ㄴ 설마 비가 내리던 날에 조각품을 보신 건 아니겠죠? 우튼 님이 그러지는 않을 거라고 생각은 하지만…….

두 번째로 글을 적은 건 명망이 있는 모험가 우튼이었다. 하르판 왕국에서 던전도 여러 개 발견한, 신뢰할 만한 경력이 있는 유저였다.

그리고 속속 이어지는 제보들!

제목: 마센 왕국의 바르뎀 산에서도 어떤 조각사를 봤습니다.

즉석에서 조각품을 만드는 걸 보는 건 처음이었는데, 최고였어요. 나무들이 막 자라던데요.

└ 나무들이 자라다니, 정령술을 펼친 건가요?
└ 그건 저도 잘 모르겠습니다. 그런데 정말 눈에 띌 정도로 나무들이 금방 자랐습니다.
└ 물이 흘렀다는 것만큼이나 믿기 어려운 이야기네요.

제목: 혹시 그 조각사에 대해서 자세히 묘사해 주실 분?

저는 바쿠바 왕국의 유저입니다.
혹시 여러분이 본 사람이, 때가 덕지덕지 묻은 누추한 옷차림에 평범한 얼굴 아니었나요? 같이 다니는 화가는 엄청 예쁘고 챙이 넓은 초록색 모자를 쓰고 있고요.

└ 맞습니다. 스네이크 계곡에서 제가 봤어요.
└ 마센 왕국에 왔던 조각사도 바로 그랬습니다.
└ 말도 안 돼요. 하르판 왕국, 마센 왕국, 바쿠바 왕국의 거리가 서로 얼마나 떨어져 있는데요.
└ 마법사의 텔레포트나 게이트 마법을 최대한 활용한다고 해도 어렵겠는데요.

기적을 만드는 조각사!

그러한 별명이 붙으면서 마센 왕국에서 위드가 조각품을 만드는 장면을 누군가가 게시판에 올렸다.

중앙 대륙의 여러 왕국의 유저들이 호응하듯이 자신도 봤다면서 글들을 올렸다.

제목: 그 조각사의 정체는 위드입니다.

저는 로자임 왕국에서 활동하는 유저입니다.
위드 님이 우리 왕국 출신인 것은 다들 아실 겁니다. 그리고 어제 위드 님이 피라미드 위에서 조각품을 만들고 계시는 것을 봤습니다. 저도 피라미드를 만들 때에 한몫했기 때문에 알아볼 수 있었습니다.
유로키나 산맥에서 오크와 다크 엘프 들과 함께 파티 플레이를 하다가 세라보그 성으로 돌아와서 정말 행운이었네요. 이제는 저도 초보가 아니니까 모라타로 갈 겁니다.
제2의 고향 모라타를 향해!

ㄴ 역시 위드였군요.
ㄴ 위드라니까 그냥 설명이 되네요.
ㄴ 지금 그의 조각술은 대체 어느 정도 수준에 오른 걸까요?
ㄴ 설마 스킬을 마스터한 건 아니겠죠?
ㄴ 모험을 하기도 바쁜데 어떻게 스킬을 마스터했겠어요. 조각술을 마스터했다면 직업 스킬을 최초로 마스터한 사람이 될 텐데요. 전투 스킬도 레벨을 올리기 힘든데 조각술은 오죽하겠어요.
ㄴ 만약이지만 스킬을 마스터했다면 엄청난 화제가 되어서 주민들을 통해 다 알려졌을걸요. 그건 진짜 엄청난 건데요.

하벤 왕국의 피르타 성에서도 조각품을 만들었다는 사실이 유저들에게 전해졌다.

헤르메스 길드에서는 뒤늦게 알게 되었다.

"위드가 죽고 싶었던 모양이군. 감히 피르타 성까지 와?"

피르타 성은 산꼭대기에 지어진 고성이다. 전략의 요충지이기도 하지만, 하벤 왕국의 자랑거리인 아름다운 곳이다.

"진작에 알았더라면 길드의 정예부대를 보내서 쓸어버렸을 텐데!"

헤르메스 길드의 고위 간부들은 불쾌해하며 이를 갈았다.

지골라스 인근에서 드린펠트의 함대가 무너진 것으로 그들은 자존심에 적지 않은 상처를 입었다.

더구나 지금이 어느 때이던가.

하벤 왕국을 완전히 점령하고 바드레이가 국왕에 올라 최고의 힘을 과시하고 있었다. 다른 유저들과 길드들도 바싹 엎드려 있을 때였다.

그동안 혼자서 활동하던 고레벨 유저들이 속속 길드에 가입 의사를 밝히고 있는 시점에 피르타 성에 와서 유유자적 조각품을 만들고 떠나 버리다니!

유저들은 그 배포에 더욱 혀를 내두를 수밖에 없었다.

프레야 대성당

위드는 중앙 대륙을 돌아다니면서 자연 조각품만 만든 것이
아니었다.

"조각사 위드가 맞소? 그대의 작품이 대단히 뛰어나다고 하
더군."

"저에 대해서 제대로 알고 계셨군요. 폐하를 만나 뵙기 위하
여 먼 곳에서 달려왔습니다."

위드는 탈로크의 갑옷을 비롯하여 매력과 기품을 올려 주는
최고의 장비들을 착용하고 귀족의 저택과 왕성에 방문했다.

리튼 왕국의 국왕이 왕좌에 앉아 물었다.

"북방의 귀족이며 모험가로도 유명한 그대가 이곳에 온 까닭
이 무엇이오?"

위드는 검은 해제하고 갑옷만 착용한 채로 정중하게 아부의
말을 던졌다.

"왕국을 둘러보는 동안 너무나도 훌륭하신 통치에 깊은 감명

을 받았습니다. 존귀하신 국왕 폐하께 인사를 올리기 위함이었습니다."

"그대를 보니 그동안 잊고 지냈던 일이 떠오르는군."

"무슨 일인지 경청하고 싶습니다."

위드의 명성이나 기품은 귀족들과 국왕도 쉽게 만날 수 있을 정도로 높았다.

국왕의 퀘스트도 받아들일 수 있는 상태!

다만 귀족이나 왕족을 만날 때에는 예법을 철저히 지켜야만 했다.

"나도 젊었을 때에는 멋진 외모를 가지고 있었지. 각국의 공주들과 귀족가의 영애들이 나와 춤을 추기 위해서 기다릴 정도였다."

리튼 왕국 국왕의 외모는 잘 쳐줘도 오크 암컷들 사이에서 인기를 끌 정도밖에 안 됐다. 하지만 진실이란 밝히기보다 침묵하는 것이 일신상에 도움이 될 때가 많은 게 세상의 이치!

그리고 위드는 매우 현실적으로 살아간다고 자부하는 인물이었다.

"무슨 말씀을요. 지금 국왕 폐하를 뵈니 여전히 많은 여자들의 마음을 빼앗고 계실 것 같습니다. 리튼 왕국 귀족가의 영애들은 폐하 때문에 무척 불행하겠군요."

"모험가여, 나 때문에 그들이 불행하다니, 무슨 뜻으로 하는 말인가."

이 자리에 귀족가의 영애는 당연히 단 1명도 없었다. 입이 무거운 기사들과 위드 그리고 국왕뿐이다.

"폐하를 사모하며 밤잠을 제대로 이루지 못하는 거 아니겠습니까."

"껄껄!"

리튼 왕국의 국왕이 크게 웃었다. 볼살이 푸들푸들 떨리고 배가 출렁거렸다.

위드는 그 틈을 놓치지 않고 말했다.

"웃는 모습도 과연 매력적이십니다!"

뱀에게 피부가 좋다고 칭찬하고, 개구리에게는 뒷다리의 각선미가 일품이라고 할 수 있다.

눈치도 빨랐으니 간신으로서는 더할 나위 없는 재능.

"내 젊었을 때 모습의 조각상을 하나 세워 주게! 조각상을 만들기 위해 필요한 것이라면 뭐든 지원해 주지."

띠링!

국왕의 조각상

리튼 왕국의 국왕은 자신의 청년 시절을 조각한 작품을 왕궁에 세우려고 한다. 조각품을 만들어서 국왕을 만족시켜라. 대륙에서 손꼽히는 조각사만이 의뢰를 성공시킬 수 있으리라. 조각 재료는 왕궁에서 준비해 줄 것이다.

난이도: 직업 퀘스트

보상: 에메랄드, 사파이어 최소 10개 이상

제한: 조각사만 가능

아부 덕분에 조각술 의뢰도 받게 된 것이다.

위드는 곧바로 넙죽 허리를 숙였다.

"폐하의 모습을 조각할 수 있어서 영광입니다. 저의 정체되어 있던 조각술에 광명이 비치는 것 같습니다."

왕궁에 준비된 것은 최고급의, 눈처럼 흰 돌!

위드는 자하브의 조각칼을 바로 꺼냈다. 작품을 만드는 것도 어렵지 않고 쉬웠다.

"젊을 때의 조각품을 만들어 주면 되지."

리튼 왕국 국왕의 젊은 시절 초상화들을 보니 영락없는 새끼 오크다.

"잘생기게 만들어 주면 될 거야."

키는 약간 높여 주고, 콧대는 오뚝하게 세워 준다. 풍성한 살집은 건장한 체격으로 바꾸어 주는 방식으로 결점들을 감췄다. 의전용 갑옷과 검을 착용시킨 모습으로 조각해서 전체적인 균형미도 살렸다.

리튼 왕국의 국왕과 틀림없이 비슷하지만 다른 인물!

연예인들의 과거 사진을 능가하는 변화가 조각품에 있었다.

불과 3~4시간을 투자해서 만든 조각품이었지만, 재료가 아주 좋았다.

위드는 조각술 스킬도 경지에 올랐고, 자연 조각술도 익히고 있다.

자연의 생기를 끌어 올려서 조각품에 입히니, 조각상에 윤기가 좌르르 돌면서 훨씬 멋들어지게 변했다.

그리고 종지부를 찍어 주는 아부 한마디.

"제 실력이 부족하여 폐하의 넓으신 마음과 포용력, 사람의 무릎을 탁 치게 만드는 진정 현명하신 생각까지는 조각품에 표현하지 못했사옵나이다. 죽여 주시옵소서!"

간드러진 목소리로 작품의 결점 아닌 결점까지 해명하며 리튼 왕국 국왕의 마음을 사로잡았다.

"훌륭하구나. 내 마음에 들었으니 자책할 필요가 없다. 수고가 많았으니 보석을 내리도록 해라."

재료가 아까울 정도로 날림으로 만든 조각품이었다. 사실 본판이 그리 좋지 않아서, 시간을 많이 투자한다고 해도 더 좋은 작품이 나오기란 위드의 실력으로도 힘들다.

"자하브나 데이크람을 데려온다고 해도 이보다 잘하기는 어려웠을 거야."

예술적인 수준이 언제나 퀘스트의 성공과 비례하는 건 아니었다.

"예술의 길이란 정말 어려운 거니까."

그렇게 퀘스트를 완수했지만, 단지 의뢰를 하기 위해서 왕성까지 찾아온 것은 아니었다.

왕성에 있는 예술품들은 물론이고 귀족들의 소장품들을 보기 위해서 왔다.

간단히 이야기하자면 집 구경!

정령들을 만들고 나서 떨어진 예술 스탯을 복구하기에는 가장 빠른 방법이었다.

위드는 유린과 같이 뻔뻔하게 왕성을 돌아다녔다.

"오, 정말 멋진 조각품이군요! 이토록 대단한 작품을 가지고 계시다니, 역시 폐하이십니다. 권력과 존엄한 힘을 상징하는 작품이로군요. 그런데 혹시 먹다 남은 음식은 없나요?"

왕립 조각사 란티노의 작품 〈황혼의 늑대〉를 감상하였습니다.
예술 스탯이 2 증가합니다. 뛰어난 안목의 작품 감상으로 조각술 스킬의 숙련도가 0.1% 올랐습니다.

왕립 화가 프라일의 작품 〈봄의 별궁〉을 감상하였습니다.
예술 스탯이 3 증가합니다. 뛰어난 안목의 작품 감상으로 그림 그리기 스킬의 숙련도가 3.1% 올랐습니다.

작품들도 보고, 밥도 먹고, 귀족들이나 기사들과 인사도 나눴다.

국왕이나 고위 귀족들을 만날 수 있는 유저들은 극소수였다. 〈로열 로드〉의 정보 게시판은 물론이고 다크 게이머 연합에서도 찾기 불가능한, 왕들에 대한 정보.

예술품의 경향에 대해서도 많은 것을 배울 수 있었다.

왕성에 있는 예술품들은 왕의 위대함과 절대 권력을 드러내는 작품들이 많다.

화려하고 관능적인 예술품들을 봤을 때 위드의 반응은 입을 쩌억 벌리는 것이었다.

"돈이 많군. 사치를 좋아하겠어."

반드시 친밀도를 높여 놓아야 하는 대상으로 분류.

역동적이고 소박한 예술품들이 많은 왕국에서는 고개를 절레절레 저었다.

"틀렸어. 가난해!"

수박 겉핥기식이지만 여러 왕국들을 돌면서 작품들을 감상했다. 예술 스탯도 2,089까지 복구했다.

베르사 대륙의 모든 왕국들과 귀족, 영주 들의 집, 교단들을 방문한다면 그보다 훨씬 많은 예술 스탯을 얻을 수 있었을 것이다.

하지만 몇몇 국왕들은 유명한 조각사나 모험가의 방문이라고 해도 친밀도가 낮아서 소장품을 잘 보여 주지 않았다. 왕성의 복도에 걸려 있는 작품이나 넓은 정원, 궁전에 있는 작품들을 힐끗 지나가면서만 볼 수 있었다.

영주나 귀족 들이 조각술을 무시하거나 한다면 높은 명성도 큰 의미가 없는 것이다.

위드의 명성은 주로 모험과 조각술에 의해 올려진 것이라서, 둘 중 하나만 싫어하더라도 귀족들에게 면담 요청을 거부당하기도 했다.

"흠, 유감스럽게도 그대의 이름을 사교계에서 들어 본 적이 없군."

"조각품을 많이 만들었다고? 나는 검을 아주 좋아해. 뛰어난 검술을 익힌 검사가 아니라면 저녁 시간을 함께할 수 없지."

"이곳 자유도시는 무역으로 크게 성장할 수 있었지. 자네는 상인으로서의 경력이 너무 모자라군."

사교나 교역, 검술, 마법, 여러 분야에 따라서 못 만나는 국왕이나 귀족들이 있다. 유저들이 성장해서 국가를 독차지한 하벤 왕국의 경우나 유저 출신의 귀족, 영주 들의 경우에는 당연히 위드의 명성에 민감하게 좌우되지 않는다.

성을 독차지하고 창고에 있는 예술품들도 다 팔아 버리거나 구매하지 않는 것이 보통이었으므로 애써 방문하더라도 헛수

고이기 일쑤였다.

리튼 왕국의 국왕, 아이데른 왕국, 로자임 왕국 그리고 브리튼 연합 왕국 정도가 위드를 좋아하고 소장된 작품들을 아끼지 않고 꺼내서 보여 주었다.

대륙의 교단들은 더욱 까다로워서, 프레야 교단과 루의 교단 그리고 엠비뉴 교단과의 싸움을 존중하는 세 곳의 교단만 둘러볼 수 있었다.

베르사 대륙을 돌면서 귀족들에 의해 조각술이 무시당하는 꼴을 톡톡히 경험하기도 했다.

"조각술로 몬스터 대군을 돌아가게 할 수 있나? 조각술은 한가하고 여유로운 자들이나 관심을 두는 것이지."

"조각품에서 아름다움을 찾을 수 있다고? 허허, 마나에 대한 지식과 경험으로 발현시키는 마법처럼 아름다운 것은 세상에 없지."

대륙에 조각사들이 많이 줄어들었고, 또한 위드만큼 실력이 뛰어나거나 유명한 조각사도 없다. 그러므로 주민들의 조각술에 대한 인식도 낮아서 무시하는 경우가 잦았다.

검사나 마법사 들은 절대 그렇지 않았지만, 유저들의 활동에 따라서 직업에 대한 인식도 바뀔 수 있는 것!

어떤 영주는 거만하게 배를 내밀며 말했다.

"조각사라고? 마땅치는 않지만 난 모험에 대한 이야기 듣기를 좋아하니까 시간을 내주지. 자네가 지골라스라는 북쪽 끝의 땅에 가서 굉장한 모험을 했다는 소문을 들었거든! 그 이야기를 해 주면 좋겠군. 만약 자네가 엉터리 같은 물감이나 옷에 묻히고 다니는 화가였다면 절대로 만나지 않았을 거야!"

그나마 경쟁 관계라고 할 수 있는 화가들도 비슷한 처지라는 점에서 조금의 위안거리 정도는 찾을 수가 있었다.

"그래도 참을 만하군. 조각사들만큼 화가들도 무시를 당하고 있으니까!"

자연의 조각품을 만들고 왕성들을 방문하다 보니 바르칸의 퀘스트가 시작되는 시간이 이제 24일밖에 남지 않았다. 하지만 자연 조각술의 숙련도를 중급 5레벨 89%까지 올릴 수 있었다.

조금만 더 올리면 대재앙의 자연 조각술을 터득할 수 있는 상태!

유린이 물었다.

"오빠, 이제 어디로 갈 거야?"

"일단은 모라타로 돌아가자."

유린은 〈빛의 탑〉을 그렸다.

모라타는 지금 밤이 되었을 시간. 빛의 탑이 광채를 발산하는 장면을 먼저 그린 후, 그녀와 위드를 그려 넣었다.

"그림 이동술!"

둘의 모습이 풍경 안으로 빨려 들어가듯이 사라졌다.

◈

"인부 등록하러 왔습니다."

"오늘부터 바로 일을 시작할 수 있나요?"

모라타의 건설 예정 부지는 공사에 참여하려는 사람들로 북적였다.

500명… 2,000명… 7,000명… 8,000명… 2만 명.

시간이 지날수록 개미 떼처럼 몰려든 유저들에 의해 땅을 고르는 기반 공사는 식은 죽 먹기로 끝이 났다.

"석재 채취하러 가실 분들 줄을 서세요!"

"광산으로 철광석 캐러 가실 파티 모집합니다! 광부님 절대 우대."

건축 자재들도 산더미처럼 쌓였다.

영주성에서 퀘스트를 받고 동원되는 인부들!

위대한 건축물이 올라간다고 했을 때부터 모라타의 유저들이 대거 동참했다. 주변의 광산과 돌산, 강의 밑바닥에 있는 바위까지 건축 자재로 쓸어 모아 왔다.

대성당과 대도서관에는 유저들이 개미 떼처럼 몰려들어서 기둥을 올리고 벽돌을 쌓는 중이었다.

"대성당의 중심에는 예배당을 짓고, 탑은 12개를 지읍시다."

"별관과 수도원 학교도 지어야죠."

"사제실과 성당 기사단의 숙소도 만들어야 됩니다."

"예배당의 높이가 150미터는 되어야 하지 않겠습니까? 위에는 커다란 원형 돔을 올려야 하고요."

"최소한 230미터는 되어야죠. 프레야 여신상보다도 훨씬 커야 어울릴 테니까."

건축가들은 그들끼리 토론을 해서 설계를 하고 공사장을 지휘했다.

어마어마하게 웅장한 모라타의 대성당이 계획되었다.

인근 강과 돌산에서부터 자재를 운반하는 사람들의 줄이 늘어질 지경이었다.

"끙차!"

"허어어어억!"

다리를 후들거리면서 돌과 나무를 나르는 초보자들!

지금까지 위드가 손을 댄 작품들은 대부분 성공했다. 대형 피라미드나 프레야 여신상이 눈에 보이는 증거였다.

모라타에, 그리고 프레야 교단에 공헌도를 올릴 수 있는 황금 같은 기회도 놓칠 수 없다.

발전하는 도시에서 공헌도를 올리면 쓸모가 매우 많았다. 세금을 줄일 수 있고, 집을 얻거나 병사들을 빌려서 탐험에 나서는 것도 가능하다. 영주의 무기 창고가 있다면 장비를 갖는 것도 할 수 있다.

모라타에서 시작해서, 앞으로도 북부에서 오랫동안 살려는 초보자들에게는 절대로 빠질 수 없는 기회!

마판과 페일, 이리엔은 산에서 그 광경을 보면서 대화를 나누었다.

"과연 우리가 짐작했던 대로군요."

"모라타에서 시작한 유저들은 정말 빨리 성장할 겁니다."

"방심해서는 안 되겠어요."

위드에 의해 유저들이 노동하는 건 놀랄 만한 사건은 아니다. 정말로 자연스럽게, 자발적인 착취를 이끌어 내는 지도력이 위드에게 있었던 것이다.

갓 시작하여 부푼 꿈을 안고 〈로열 로드〉에 빠져든 초보자들이 모라타에는 많다.

건축 자재를 옮기는 힘든 일부터 시작한 초보자들은, 나중에 아무리 어려운 일이라도 척척 해내리라.

사회생활을 하면서 첫 직장을 제대로 잡아야 하는 것과 비슷한 논리.

위드가 강제로 의뢰를 부여한 것도 아니다.

고된 일을 하면서도 모라타를 발전시키게 될 위대한 건축물을 본인의 손으로 짓고 나면, 성취감 때문에 다른 지역으로 이주하기도 어려우리라.

그저 이 모든 일들을 예상하고, 엄청난 거금을 선뜻 내서 공사를 시작한 위드가 더욱 대단해 보일 뿐!

"우리 영주님처럼 좋은 분이 세상에 어디 있겠어?"

"세금 낮지, 필요한 건물 많이 세워 주지, 치안도 이만하면 잘 지켜 주고, 도로 계획이나 도시 발전 계획도 잘 짜잖아."

확실한 정보가 공개되지 않다 보니 허위 과장된 소문도 판을 쳤다.

"우리 영주님이 지금까지 모라타에 투자한 돈이 200만 골드는 족히 넘지 않을까? 상당액은 세금이 아니라 본인 돈이었을 거야."

"모라타는 완전 망한 마을이었잖아. 주민들을 구제하고 이만큼 성장시켰으니 정말 대단해. 지금도 위대한 건축물을 지어 주고 말이야."

위드에 대한 칭송이 유저들과 주민들 사이에 드높았다. 영주로서의 인기는 대륙 최고라고 할 수 있었다.

몬스터들을 끌어와서 유저들을 학살하더라도 칭찬을 아끼지 않을 정도의 세뇌!

"그럼 충분히 쉬었으니 다시 가죠."

"자, 자! 밉시다."

마판과 페일, 이리엔은 장식용 돌이 가득 들어 있는 수레를 밀었다. 남은 동료들은 대도서관의 작업 현장에서 계단을 오르내리며 석재를 나르는 중이었다.

위드가 유린과 함께 〈빛의 탑〉 주변에 도착했다.

높은 곳에서 보니 데브카르트 대산으로 떠날 때보다 유저들이 훨씬 많이 증가한 것이 실감이 났다. 위대한 건축물까지 짓는다는 사실이 알려지면서, 초보자들은 물론이고 중앙 대륙의 떠돌이 유저들도 많이 유입되었다.

"흠. 일단 옷을 갈아입어야겠군."

위드는 초보자를 갓 벗어난 유저들이 입는 기본형 사슴 가죽 옷을 착용하고, 얼굴에는 바드들이 주로 쓰는 박쥐 가면을 착용했다. 흔하게 입고 다니는 복장이었으므로 눈에 띌 일은 적을 것이다.

작품을 팔 때에는 일부러도 초보자용의 허름한 옷을 입고 다녔다. 조각품을 만드는 데 특별히 어떤 옵션이 있기 때문은 아니었다.

"그래야 뭔가 있어 보이니까!"

예술이란 곧 배고픈 것.

빨지도 않은 초보자 옷을 입고 중앙 대륙을 돌아다닌 것에는 그런 의미가 있었다.

위드는 옷을 갈아입고 나서 길드 채팅 창은 물론이고 귓속말도 개방했다. 이제 모라타에서 작품을 만들어야 하므로 정보 획득을 위해서도 가끔 길드 채팅을 열어 놓곤 했다.

그런데 무언가 그들끼리 하는 것이 있는지, 잡담이 전혀 들려오지 않았다.

황야의여행자는 친목 위주의 길드지만 직업이 다양하고 레벨이 높아서 들을 가치가 있는 이야기를 자주 했다. 길드들은 정보의 터전, 광장에서도 많은 이야기를 들을 수 있었기 때문이다.

바로 그것이 상인들이 아는 것이 많은 이유이기도 하다. 상인 길드에서는 온갖 종류의 소문들과 시세 정보 그리고 필요한 물품들을 조달할 수 있었다.

"그럼 한 바퀴 돌아 볼까."

위드는 유린과 헤어져서 모라타의 거리를 걸었다.

광장만 둘러보더라도 유저들의 수준을 알 수 있었다.

파티를 구해서 사냥터로 향하는 이들이 굉장히 많다.

이것이야말로 모라타의 밝은 미래를 보여 주는 일!

위드의 입가에 흐뭇한 미소가 맺히고 있을 때였다.

"무료로 식사를 제공합니다. 영주님께서 베푸는 음식입니다. 배가 고프신 분들, 모두 와서 드세요!"

모라타에 세워진 무료 급식소 앞에 수백 명씩 줄을 서 있는 게 아닌가!

공짜를 좋아하면서 밥을 거저먹으려는 사람들. 급식을 받기 위해 서 있는 10대 후반 소녀들의 대화가 들렸다.

"우리 영주님은 참 훌륭한 분이잖니."

"그러게. 다른 어디를 가더라도 밥을 공짜로 주진 않잖아."

"기왕에 공짜로 주는 거, 고깃국도 먹고 싶어."

"급식소의 식사도 맛있지 않니? 매일 메뉴도 바뀌고, 레벨 300이 넘어도 계속 여기서 밥을 먹고 싶어."

위드의 혓바닥이 분노로 인해 파르르 떨렸다.

목구멍으로 튀어나오려는 욕은 수백만 마디!

공짜로 밥을 먹여 주면 열심히 사냥하고 의뢰도 해서 세금을 납부해야 될 것이 아닌가.

하지만 위드는 넓고 자비로운 마음으로 참고 넘기기로 했다.

여성 유저들이 먹어 봐야 얼마나 먹는다고 예산을 축소해서 반찬의 양을 줄인다거나 하겠는가.

"세 그릇요!"

"멀리 사냥 나가야 되니까 두 그릇 더 먹어."

"그렇게 할까?"

와구와구.

5명의 여성 유저들은 내숭 따위는 전혀 없이 게걸스럽게 음식을 먹어 치웠다.

그녀들의 직업은 체력 소모가 큰 워리어! 몸을 많이 움직이는 전투 계열 직업이라 음식도 많이 먹어야 했다.

위드는 그녀들의 입안으로 사라져 가는 음식을 볼 때마다 생살이 뜯겨 나가는 기분이었다.

"여자와 소개팅을 했는데 만약 레스토랑에 가서 스테이크를 주문하고 음료수, 샐러드까지 추가하면 이런 느낌일까?"

상상하는 것만으로도 숨이 막혀 오는 끔찍한 지옥!

급식소의 인기는 대단해서, 끊임없이 사람들이 몰려오고 식사를 해결한 후 다른 곳으로 향했다.

목검을 막 휘두르고 다니고, 주먹질을 하거나, 아무 옵션 없이 넓은 챙이 달린 모자를 쓰고 있는 초보자들이 절대 다수를 차지했다. 레벨이 높아져도 급식소의 음식을 찾겠다고는 하지만, 정말 그때가 되면 버는 돈의 액수가 달라져서 더 맛있는 것을 찾기 때문이었다.

"먹는 것 가지고 쪼잔하게 그러지 말아야지. 사람들이 먹어 봐야 얼마나 먹겠어? 급식소 정보 창!"

영주의 무료 급식소

모라타의 주민들과 유민들에게 음식을 무료로 제공하는 장소. 매일 엄청난 인원의 식사를 준비하고 있다.

고용된 요리사: 603명

매일 준비되는 식사의 양: 191,800인분

일주일에 소모되는 비용: 요리사의 급여 1,809골드. 음식 재료 18,794 골드.

발휘되는 효과: 영주에 대한 충성도 증가. 치안 불안 감소. 출생률 2배 상승. 식료품의 가격을 낮게 유지시킨다. 모라타 지역 요리사들의 스킬 향상 속도가 중급까지 6% 증가한다.

1달 기준으로 8만 골드가 넘는 천문학적인 액수가 급식소로 인해 소모되고 있었다.

"커흐흐흐흑."

위드는 참으려고 했지만 통곡하지 않을 수 없었다.

부모님이 살아 계시던 어릴 때 가끔 사 주시던 사탕을 동네 노는 형들에게 뺏겼을 때보다도 더 아까운 기분!

거리에 지나다니는 유저들이 많아서 그의 특이한 행동은 눈길을 끌었다.

"급식소를 보고 감동했나 봐."

"다른 지역에서 여기까지 걸어온 유저인가? 하기야 모라타를 보면 진짜 기뻐할 만하지. 즐겁고 재미있는 도시잖아."

"가면만 빼면 얼굴 형태가 모라타 영주를 닮은 것처럼 생기지 않았어?"

"전혀 안 닮았잖아. 저렇게 궁상맞은데 어디를 봐서 전쟁의 신 위드와 같다는 거야."

위드는 급식소를 폐쇄할까 진지하게 고민했다. 솔직히 마음 같아서는 식당으로 전환하고 싶기도 했다.

하지만 먼 장래까지 내다보면 급식소는 운영 비용이 많이 들어도 혜택이 크다.

모라타는 대도시가 되었다. 치안과 출생률을 확실하게 더 높여 줄 뿐만 아니라 경제 발전을 촉진시킨다.

가장 중요한 장점으로는 위드가 굉장히 훌륭한 영주라는 인식이 퍼지는 것이다.

"나중에 제대로 쓸어 담기 위해서, 지금은 키워야 될 때야."

주민들과 유저들이 많이 늘어날 필요가 있었다.

오크들의 마을은 기술력이 보잘것없고, 생산 스킬의 발달 정도나 상점에서 판매하는 물건의 제한도 심하다. 그럼에도 불구하고 유로키나 산맥 쪽의 오크들은 무시무시한 속도로 개체 수가 증가하면서 영역을 확장하는 중이었다.

오크 상인들이 주로 하는 말이 있었다.

"우린 100골드짜리 물건을 팔기 위해 노력하지 않는다. 1골드짜리 1,000개를 팔면 된다. 그리고 잘못 만들어진 300개는 바꿔 준다."

질보다 양을 유감없이 보여 주는 오크들!

위드는 정보 조사를 통해서, 그리고 오크 카리취로 변했을 때의 경험을 바탕으로 경제력을 키우기 위해서는 사람들이 많아야 한다는 대전제를 절실하게 느낄 수 있었다.

"설마 1년 내내 무료 급식소에서 밥을 먹고 축제나 볼거리 같은 걸 빈둥빈둥 찾아다니지는 않겠지!"

모라타가 예술로 이름이 높고 바드와 댄서의 공연이 많다 보니 할 수 있는 끔찍한 상상이었다.

물론 그런 유저도 아예 없을 수는 없겠지만, 정말로 흔하지는 않을 것이다.

위드는 내친김에 공연장에도 들렀다. 모라타의 현실에 대해 알아보기 위해서는 음악을 듣고 연극도 봐야 했다.

"문화생활이야말로 돈이 많이 드는 것인데. 성숙한 수준의 연주를 볼 수 있겠지."

하프를 비롯해서 악기를 다루는 분야에는 관심이 많은 편이었다.

위드가 들어간 장소에서는 바드들이 38명이나 연주를 하고, 댄서들은 춤을 추었다.

음악과 노래, 연극을 합쳐 놓은 뮤지컬!

모라타에서 대단히 인기가 많은 '마법사들의 맹세'라는 공연이었다.

관객들도 자리를 가득 채우고 앉아서 보고 있었다.

위드도 빈자리에 앉아서 공연에 집중했다. 그러나 곧 자연스럽게 감기는 눈꺼풀.

"드르렁!"

그리고 20분 정도 후에 공연이 끝났다.

> 공연 〈마법사들의 맹세〉를 감상하였습니다.
> 힘이 3% 감소합니다. 민첩이 4% 감소합니다. 체력의 회복 속도가 느려지고, 최대치가 줄어듭니다. 지혜가 11% 증가합니다. 지식이 6% 증가합니다. 마나의 회복 속도가 일시적으로 빨라집니다. 다른 공연이나 춤과 중복되지 않습니다.
> 공연 지속 시간: 사흘

관객들은 대다수가 마법사나 정령사, 소환술사 등이었다.

공연을 마치고 배우들이 무대 인사를 나오자 관객들이 우레와 같은 박수를 쳐 주었다. 그러고는 저마다 바삐 출입구를 향해서 나가는 것이었다.

"인젠, 어디로 사냥을 가나?"

"강 옆에 있는 던전. 너는?"

"모라타에서는 꽤 먼 곳이야. 마인스의 무덤이라고… 몬스터들의 레벨이 꽤 높지만 파티원들의 실력이 좋거든. 언제 너랑도 사냥을 해 봐야 하는데."

공연을 감상하고 나서 정해진 약속 시간에 맞춰서 파티가 있는 곳으로 향한다.

전사나 기사 들도 그들과 관련된 공연을 보기도 했다.

〈전사의 탑에 도전하는 소년〉, 〈드래곤에 돌격을〉……

바드나 댄서 들의 공연은 처음부터 멋지거나 완벽할 수는 없다. 수없이 많은 허무맹랑한 내용을 가진 공연들이 시도되고, 엉터리 같은 음악을 만들어 내기도 했다.

하지만 그렇게 도전하고 시도하면서 만들어 내는 과정에서 보석들이 발굴되는 것.

공연이란 99%의 실패를 밑거름 삼아서 1%를 찾는 것이다.

짝짝짝!

위드도 박수를 치면서 몸을 일으켰다.

"정말 훌륭한 공연이었어."

공연장을 나와서 모라타를 돌아다니다 보니 시내 공연도 많이 이루어지고 있었다.

바드들은 악기를 연주하고 구경꾼들이 던져 주는 동전을 모아 돈을 벌었다.

나중에 레벨이 높아진 후에는 큰돈이 아니지만, 거리 공연의 즐거움 때문에라도 계속 노래를 하며 악기를 연주하게 된다고 한다.

모라타에서는 이러한 연주를 어디서나 볼 수 있었다.

"정말 좋은 직업이군!"

직업들의 장점을 잘 찾아내는 위드에게는 훌륭한 점들이 보였다.

악기만 있으면 재료비도 거의 안 들고, 실랑이를 하면서 흥정을 할 필요도 없다. 무엇보다도 큰 장점은, 이렇게 버는 돈은 기부로 분류되어서 세금을 내지 않아도 된다는 것이다.

파티원들과 함께 던전에 가더라도 스킬 숙련도를 위하여 연주 등을 계속해야 했으니, 쾌활한 성격을 가진 사람에게는 이보다 더 좋은 직업이 없다.

화령만 하더라도 파티 사냥을 할 때 분위기를 활기차게 만드는 역할을 했다.

댄서의 매력에 푹 빠져서 사냥하다 보면 기사들이나 검사들은 가끔 불굴의 힘을 발휘할 때도 있다고 한다. 위드를 비롯하여 주로 사냥을 가는 다른 파티원들은 직접 전투 계열의 직업이 아니었고 수르카는 화령과 같은 여성이라서 그런 일을 경험해 본 적은 없지만.

하지만 음악이나 춤에 푹 빠져 있다가 몬스터들에게 둘러싸여 버리는 위험한 상황이 발생하기도 한다고 한다. 바드들은 그런 전멸의 순간까지도 노래로 만드는 유쾌한 이들이었다.

"조각품과 그림도 많이 있고……."

상점마다 조각품들이 있는 것은 예사로 볼 수 있었다.

주택가에서도 형편이 되면 집을 꾸미기 위하여 작품들을 사 들였기에, 조각사와 화가 들의 짭짤한 수입원이 되어 주었다.

모라타에서는 문화 투자 비용으로 지출되는 액수도 많은 편이라 관련 의뢰나 발주만으로도 먹고살 만한 수준이었다.

사실 예술가들의 도시 로디움은 베르사 대륙에서 너무나도 대표적이었다. 예술을 꿈꾸는 사람이라면 첫손가락에 로디움을 꼽았으니 그만큼 예술가들로만 들어차게 되었다. 결국 비율이 맞지 않아서 일거리가 적은 것이다.

하지만 모라타에는 초보 예술가들에 맞는 수준의 유저들이 많았으니 판매망은 넓다고 할 수 있었다.

모라타에서 실력을 쌓은 유저들은 위드가 그랬던 것처럼 고향을 등지고 베르사 대륙을 여행하게 되리라.

예술가들은 위험하지만 방랑하면서 세상을 배워야 할 필요성이 있었다.

위드가 바라는 것은 그저 본전에 대한 생각뿐.

"작품 1~2개 정도 만들어 주면 좋겠지. 그리고 실력이 일취월장했을 때 돌아와서 대작이라도 하나 만들어 준다면 보람이 있을 텐데."

〈로열 로드〉에서 문화에 대한 부분은 여전히 밝혀지지 않은 것들이 많다. 조각사가 영주인 곳도 없었고, 바드의 경우에는 있었지만 문화 예술에 대해 과감하게 투자한 사례는 모라타가 처음이었다.

돈이 줄줄 새는 구멍으로만 알았는데, 지난 전쟁에서 다른 마을의 주민들과 병사들이 이탈한 것도 그렇고 지역 정치에 미치는 영향력도 크다. 치안과 경제 발전에도 직간접적으로 도움을 주었다.

만약 문화가 발전하지 못했다면 도둑들이 들끓고 반란이 일어났을지도 모를 일이었다.

"건설 작업도 착착 진행되고 있군."

대성당과 대도서관의 공사가 벌어지고 있는 빛의 광장과 빙룡 광장에는 골격이 대충 잡히고 있었다.

"우와아아아!"

"벽돌을 더 가져와요, 빨리빨리."

왁자지껄한 소리가 들리고 건설 작업에 참여한 수천 명이 바지런히 움직인다.

3층 집 크기의 모형이 세워져 있어서 그 형태에 따라 건설이 이루어졌다.

상인들이 소달구지를 끌고 자재들을 옮기고, 멀리서부터 노동자 부대가 필요한 것들을 채취해서 가져오고 있었다.

모라타의 조각사와 화가도 총동원되었다.

대성당에는 신을 기리는 작품들이 많아야 권위와 신앙심을 널리 퍼트릴 수 있다. 예술가들에게는 대성당의 작업이 커다란 도전인 셈이었다.

"장식품이 부족해."

"벽은? 그리고 천장은? 어떤 색채로 할 건지 맞춰 봐야 해."

"천장은 그림으로 할까, 조각으로 할까? 역시 그림이 낫겠지? 최고의 작품을 만들려면 뛰어난 화가 3명 정도는 있어야 할 거야."

조각사와 화가 중에서 실력이 뛰어난 100여 명이 대성당의 내외장 공사에 투입됐다.

기둥과 바닥부터, 전체를 동시에 꾸미면서 작업의 진척도가 굉장히 빨랐다.

대성당에 투입되는 자재들과 인건비는 벌써 적정 예산을 초과해 버렸다. 성직자와 성기사 들이 공사에 보태라고 돈을 내놓았고, 모금 운동까지 벌어졌다.

"대성당이 완공되면 모라타는 정말 좋은 곳이 될 겁니다. 중앙 대륙의 어떤 곳에도, 영주가 이렇게 욕심을 차리지 않고 투자하는 곳은 없습니다."

"좋은 퀘스트를 얻을 때마다 지배 길드에 바치는 생활을 하고 싶습니까? 영주의 개발계획에 동참합시다."

유저들이 영주에게 충성을 다하고 개발계획에 적극 협조하는 건 찾아보기 어려울 정도로 드문 일이었다.

방송사들에서 대성당 건축과 관련해서 유저들에게 취재를 나오기도 했을 정도다.

"이곳에 정착한 지 현실 시간으로 6개월 만인데, 완전 좋아요. 처음에는 부족한 건물들도 많고, 편한 곳은 아니었거든요. 그런데 지금은 웬만큼 필요한 건물들은 다 있어요. 없는 것들도 금방 만들어질걸요."

"막 〈로열 로드〉를 하려고 할 때, 모라타에서 초보자로 시작할 수 있게 되었죠. 그땐 번성한 다른 도시들에 대한 이야기를 들으면서 부러워하기도 했지만, 지금은 조금도 후회하지 않습니다."

"모라타만큼 유저들이 많이 늘어나는 곳이 없죠. 중앙 대륙에서는 사냥터마다 경쟁이 치열하지만 이곳에서는 탐험이나 의뢰, 사냥이 좀 많이 위험해요. 진짜 목숨을 걸고 동료들끼리 뭉쳐서 다니는 맛이 있어요. 위험이 있으니까 활기차서 더 좋다고 할까."

"왜 다른 곳으로 가지 않고 여기서 쭉 지내냐고요? 모라타가 재미있잖아요."

모라타의 무시무시한 발전 속도는 북부의 교역과 탐험의 중심지로서 자리매김하고 있는 덕이 컸다.

하지만 유저들은 첫손가락으로 영주의 지도력을 꼽았다.

매달 거두는 세금을 자신이 필요한 곳에 꺼내 쓰지 않고 현명한 정책을 세워 재투자했다. 그에 대한 칭송은 위드를 모라타의 지배 군주로 확실하게 유저들에게 각인시키는 효과를 낳았다.

위드는 도시 자금을 영주 마음대로 꺼내서 아이템을 산다거나 비자금을 만들어 꼬불쳐 두려고 하지 않았다.

"모든 직업들이 잠재력을 발휘할 수 있고, 기술력과 상업 그리고 문화와 예술이 꽃피도록 주민들의 세금을 올바른 곳에 투자해야 하니까."

유저들이 한창 늘어나고, 건물들이 올라가며, 경제력이 부강해지면 세금 수입이 늘어난다.

결론은 악덕 영주의 꿈!

대성당에는 건축가, 화가, 조각사 들 모두의 노력이 집대성되었다.

예배당의 천장과 벽면에는 거대한 창들이 만들어진다. 내부가 어둡지 않고 신비롭고 장엄한 분위기를 내기 위해 색을 가진 유리, 스테인드글라스를 만들기로 했다.

화가들이 그린 스테인드글라스에는 빛의 통과하고 굴절되면서, 그림의 매력이 더욱 살아나며 신성력을 상징하는 건축과 미술의 결합이 되리라.

　그리고 조각품들이 계단과 내부를 장식하게 될 테니 더없이 멋진 작품이 될 것이다.

　참여하는 조각사와 화가, 건축가 들의 실력이 최고인 것은 아니었지만, 모두가 노력하면서 만들어 가고 있었다.

거부한 운명

검치 들은 본의 아니게 사냥을 포기해야 했다. 크라켄은 넓은 바다를 돌아다니기에 지정된 시간이 아니면 찾기가 어려웠던 것이다.

항해 스킬이 대단히 뛰어나다면 바다 생명체들을 쫓아가서 잡는 것도 할 수 있지만, 배를 가지고 크라켄을 쫓아가기에는 속도가 너무 느렸다.

"그냥 모라타로 가자."

검치 들은 허전함을 안고 항구로 가서 벨로나 섬에서 모라타로 향하는 배편을 알아봤다.

만나는 뱃사람마다 고개를 절레절레 흔들었다.

"모라타 근처까지는 가지 않습니다."

"돈은 2배로 드리겠습니다."

"요맘때의 바다는 매우 험하거든요. 파도도 높고 바람이 거세게 붑니다. 그리고 폭풍이 자주 칠 때라서, 북쪽 대륙으로 바로 접근하는 항로는 막혀 있어요."

바다에도 길이 있었다. 계절에 따라서 중앙 대륙 쪽에서 모라타로 향하는 배편은 막히기도 했던 것.

아주 솜씨가 좋은 선장을 만난다면 폭풍우를 뚫고 항해할 수도 있으리라. 문제는 그런 선장들이 그리 많지가 않고, 섬에서 술이나 마시면서 쉬고 있는 경우가 드물다는 것이다.

선원 출신의 유저가, 일주일 정도를 기다리면 왕국 소속의 큰 여객선이 들어온다고 했다. 여객선을 타고 3개의 왕국을 거치면 배편으로 모라타까지 갈 수 있다는 정보를 알려 주었다.

400명이 넘는 검치 들이 항구에 발이 묶였다. 그들이 가지고 있던 작은 배는 떠나기 위해서 다 팔아 버렸다.

다시 배를 구입해서 항해하는 것보다 여객선을 기다려서 타는 편이 훨씬 빨랐다.

그러던 어느 날, 검사백오치가 말했다.

"파도가 거센데… 수영하면 재미있겠습니다, 사형!"

검사백오치는 폭우에 천둥 벼락까지 치는 날 바다 수영이나 하면서 놀고 싶은 마음에 그냥 무심코 한 말이었다.

그런데 사범들의 눈빛이 달라졌다.

"정말 재미있겠는데."

"그러게요. 사형. 여기서 노닥거릴 것이 아니라 수영이나 해 보죠."

"우리가 이곳에 온 이유는 맛있는 음식을 먹으러… 아니, 무엇에든 도전하기 위해서가 아니더냐?"

검치 들은 〈로열 로드〉를 통해서 몬스터와 싸우면서도 검술을 발전시켰다.

생사를 가르는 전투 그리고 보통 대련에서 경험하기 어려운, 실전을 방불케 하는 긴박감!

현실과는 차이가 있지만 경험이었고, 또한 부족한 부분을 발견하게도 해 준다.

검치 들은 주로 수수께끼를 해결하는 의뢰보다는 단순 전투를 선호했기 때문에 끊임없이 싸우고 다녔던 것.

극한 상황에서의 도전도 정신력 강화를 위하여 필요하지 않은가.

검사치가 수련생들을 모아 놓고 말했다.

"우리 수영해서 모라타에 가자!"

이 자리에 뱃사람이 있었다면, 물고기 회를 떠서 쫓아다니면서라도 말릴 정도의 발언이었다.

바다에 대해 지극히 기초적인 상식이라도 있다면 절대로 하지 않을 무모한 모험.

해녀들조차도 그런 무리한 수영은 하지 않았다.

"날씨도 더운데 그럴까요?"

"사범님, 기가 막힌 생각이십니다."

"어서 모라타에 가서 맥주에 멧돼지나 1마리 잡아먹죠."

수련생들은 흔쾌히 동참하기로 결정했다.

그리고 어떤 특별한 준비도 하지 않고 비가 억수로 쏟아지는데 바다에 뛰어들었다.

항구의 사람들은 정말 감탄하지 않을 수가 없었다.

"이렇게 완벽하게 미친 짓이라니, 완전히 말도 안 되네."

"우와, 진짜 가는 거야?"

그들은 평생 잊을 수 없는 구경거리를 본 것이다.

❧

모라타 방향으로 수영을 한 첫날째에는 그럭저럭 버틸 만했다. 검삼치와 사제들 그리고 수련생들의 괴물 같은 체력 덕분이었다.

"시원하고 좋네."

"진작 이렇게 갈 걸 그랬습니다."

그러나 다음 날 밤이 되고 나니, 무예인에 남다른 체력을 가진 검치 들이라고 해도 몸 전체가 노곤해지지 않을 수 없었다.

그나마 그들은 항해와 수영을 하며 물에 대해 많이 익숙해졌다. 흐름을 거스르는 수영을 하지 않고, 물결을 따라가면서 호흡까지 일치시켰다.

검삼치를 선두로 하여 검사치, 검오치 그리고 검오백오치까지, 물고기들처럼 한꺼번에 나아갔다.

오랫동안 수영을 하면 힘든 것이 집중력의 저하였다. 실수를 하게 되고, 자칫 잘못 물을 마시면 그대로 깊은 바닷속으로 빠져들고 만다.

검치 들은 사형제들끼리 돌봐 주면서 단체로 개헤엄을 쳤다.

하늘에서 지나다니던 갈매기들조차 아래를 내려다보면 검치와 검둘치를 제외한 503명의 인간 개헤엄을 보며 놀라지 않을 수가 없으리라!

'새로운 어류인가? 잡아먹어야 돼, 말아야 돼?'

괴물 새들도 망설이며 입맛만 다시고 있을 무렵, 하늘에서 비가 떨어졌다.

바람이 거세지고, 조류와 파도도 무시무시해졌다.

> 체력이 15% 이하로 감소했습니다.

> 차가운 바닷물에 신체의 움직임이 경직됩니다.

> 식인 물고기의 공격을 받고 있습니다.

> 파도에 휩쓸려서 떠내려가고 있습니다.

끊임없이 떠오르는 경고 창은 기본!

극한의 무예인 퀘스트를 통과하면서 체력이 많이 늘어났다고 해도 바다를 건너는 건 무리였다.

검치 들이 멀쩡한 상태였을 때에는 공격을 받지 않았지만, 지치고 피로해지니 식인 물고기까지도 덤벼들었다. 멀리서는 파도 위로 상어들의 뾰족한 지느러미까지도 다가왔다.

뚜둥, 뚜둥, 뚜둥뚜둥뚜둥뚜둥!

마치 공포 영화에나 나올 법한 그런 광경이었다.

검삼치는 상어를 보며 희망을 가졌다.

"애들아, 맛있는 거다!"

최고의 요리라는 상어 지느러미.

말로만 들어 봤을 뿐, 먹어 볼 기회는 없었다. 그런데 상어가 이쪽으로 오고 있지 않은가!

"덮쳐!"

"먹어 치우자!"

인간이 상어를 물어뜯기 위해 덤벼드는 기상천외한 일이 벌어지고, 15명의 수련생들이 사망하고 말았다.

육지였더라면 간단히 사냥해서 잡아먹었을 상어지만, 파도에서 몸을 가누기가 어렵다 보니 피해가 컸다.

"요놈은 확실히 먹고 가자."

"찬성입니다, 사형."

근처에 보이는 섬에 상륙해서 상어 통구이를 만들어 먹고, 죽은 수련생들이 되살아나기까지 기다린 이후에 계속 전진!

허기는 물고기들을 잡아먹으면서 때우고, 갈증은 바다에 자주 떨어지는 빗물을 받아 마셔 해소했다.

그야말로 극한의 고난과 함께하는 수영이었다.

온갖 잡다한 해양 몬스터들이 덤비면서, 피해는 정말 이루 말할 수 없을 지경에 이르렀다.

검치와 수련생들의 레벨이 대부분 300이 넘는데도 네 번, 다섯 번씩의 죽음을 골고루 맞이할 지경!

아직 모라타가 있는 대륙의 북쪽까지는 절반도 오지 못한 상태였다.

이쯤이면 가까운 대륙으로 가거나, 아니면 섬으로 가서 구조 요청을 하고 기다리자는 말이 나올 법도 했다.

하지만 다른 누구도 아닌 검치 들이었다.

힘들고, 어렵고, 위험한 일은 할부로라도 사서 해야 직성이 풀리는 사나이들.

"재밌지 않냐?"

"재밌습니다!"

"목숨이란 이렇게 걸어야 되는 거다."

"목적지까지 쉬지 말고 가죠!"

망망대해에서 수영하고 있을 때였다.

멀리 교역선이 보이더니 그들을 발견하고 가까이 다가왔다.

"이보시오! 배가 난파라도 당한 모양인데, 어서 타시오!"

선장과 선원들이 조난자를 구하기 위해서 서둘러 밧줄을 던졌다.

검삼백팔십칠치가 고함을 쳤다.

"여기는… 꾸르룩, 상관하지 말고 가십쇼."

"무언가 오해를 하나 본데, 우리는 해적이 아니오. 육지까지 데려다줄 테니 어서 올라오시오."

선장은 상인 출신이었다. 바다에서는 조난자들을 구하려는 선량한 마음을 가진 해양 상인!

"우리는 그냥 수영을… 에푸푸! 즐기는 겁니다."

"그게 뭔 소리요. 여기에는 다른 배도 안 보이는데."

교역선과 검치 들이 만난 곳은 바다 한복판이었다.

"목적지가 어딘데 그렇게 수영을 해서 가려고 하시오?"

"모…라타."

검삼백팔십칠치는 수영을 하며 말을 하느라 몇 번이나 물을 마셨다. 평소에는 하지 않을 실수였지만, 체력이 극한까지 떨어져서 잘 움직이지도 않는 팔다리를 억지로 놀리는 중이었다.

"뭐요, 모라타? 거기는 대륙의 북쪽이 아니오?"

선장은 오크에게 글레이브로 이마라도 한 대 얻어맞은 듯한 표정을 지었다.

"진짜 모라타로 가는 거야?"

"어디서부터 수영을 해서 온 거야? 이틀 전에는 폭풍까지 쳤는데."

"요 근방에는 항구도 없고 마땅히 수영을 시작할 장소도 없었는데… 그리고 모라타까지도 마땅한 항구들이 없잖아."

선원들이 혼란스럽게 떠들고 있었다.

상인 출신의 선장은 믿기가 어려워서 배를 이끌고 몇 시간 정도 따라가 보았다.

그런데 정말 모라타가 있는 방향으로 끝없이 수영만 하는 이들이었다.

무지막지한 체력에 놀랐고, 또 버틸 수 없는 상태에 빠져서 깊은 바닷속으로 가라앉는 수련생들을 보며 다시금 놀랐다.

'저런 체력이라면 엄청난 레벨을 가진 전사들일 텐데……'

상인이라서 물품에 대한 안목은 남다른 편이다.

검치 들은 가벼운 옷차림을 하고 있었지만 가죽옷만 하더라도 꽤 레벨이 높은, 어떤 것은 레벨 340이 넘어야 착용할 수 있는 장비들이었다.

그런 고레벨 유저들이 수영으로 대륙을 넘어갈 생각을 하다니 말이다!

전사들은 보통 잡기 어려운 몬스터들을 사냥했을 때에 스탯이나 명성을 얻는다. 하지만 그런 스탯들은 허무하게 죽었을 때에 잃어버리기도 했기에, 이것만큼은 정말 하기 힘든 모험이었다.

〈로열 로드〉를 하는 유저라면 욕심이 없는 사람이라고 해도 스탯과 스킬 숙련도에 대단히 민감할 수밖에 없다. 아이템에 대해서도 마찬가지인데, 이들은 몬스터들이 있는 큰 바다를 맨몸으로 넘어가고 있었다.

선장은 부러운 듯이 한숨을 쉬었다.

"참 행복한 남자들이군."

평일에는 회사에 다니는 그로서는 쌓인 스트레스가 상당히 컸다. 〈로열 로드〉에서 항해를 하고 물품을 교역하면서 즐거움을 찾고 있었지만, 검치 들을 보니 불현듯 자신이 초라하게 느껴졌다.

"내가 너무 안주하고 있었던 것 같아."

교역선 선실 창고는 가격이 많이 나가는 귀금속들로 꽉꽉 채워져 있었다. 베르사 대륙 전체를 통틀어서 교역 상인으로서 300위 내로 꼽힐 정도의 유저였지만, 모험에 대해서 스스로를 돌아볼 계기가 되었다.

"이번 교역만 마치고 새 배와 선원들을 구해서 그곳으로 떠나 보자!"

예전에 구했던 바다 지도. 신뢰성이 그리 높지 않다고 판단했지만, 솔직히 종이 한 장을 믿고 떠날 용기가 부족했던 것이다. 큰 바다를 가로지르며 해가 뜨는 곳을 향해 나아가다 보면 해적 섬이든 무인도든, 무엇이든 발견할 게 아닌가.

가슴이 쿵쾅쿵쾅 뛰는 그런 모험을 하기로 선장은 결심했다.

그러나 검치 들이 몇 번씩이나 바다에 빠져 죽고 몬스터에게 먹히는 것을 보았다면, 모험이란 보통 생각보다 훨씬 커다란 대가를 지불해야 한다는 것을 더 절실하게 깨달았을 것이다.

그럼에도 불구하고 검치 들이 네리아해의 안쪽인 벨로나 섬에서부터 출발해 해양 관문을 지나 북쪽으로 수영을 하고 있다는 사실까지 알았더라면!

아니, 어쩌면 여러 말이나 생각이 필요하지 않았을지도 모른다. 조금만 더 과감한 성격이었다면, 선장은 바로 웃통을 벗고 검치 들을 따라서 수영했을 것이다.

～◈～

위드는 빛의 광장 구석에 자리를 잡았다.

자연의 조각품은 여러모로 시선을 많이 끌곤 했다. 구름이나 바람, 흙으로 장대한 풍경을 만들어 내기 때문이다.

"하지만 꼭 큰 것만이 자연의 조각품은 아니니까."

위드가 대륙의 절경들을 돌아다니면서 만든 자연의 조각품은 당연히 베르사 대륙을 떠들썩하게 했다. 방송사들도 목격자들에게 취재를 나오고, 비결에 대해서 무수히 많은 논란이 벌어지고 있었다.

지금은 대장장이나 재봉사 들도 비기를 획득하며 새로운 분야를 개척하고 있으니 아마도 그런 부류가 아닐까 짐작하는 정도였다.

계절의 변화에 따라서 절경의 모습도 달라진다.

위드가 만든 자연의 조각품들 중에는 낙엽이 떨어지거나 새싹이 돋아나는 이변을 보여 주는 것들도 있었다.

그런 장대한 모습들은 비록 인위적으로 만들어 낸 것이기는 하지만, 아름다움에는 한계가 없다.

"작은 것들도 만들어 봐야지. 내가 뭐, 스킬 숙련도나 스탯, 명성을 위해서 큰 것부터 만든 것은 아니니까."

위드는 그렇게 자신을 합리화하면서 자리에 앉았다. 그러면서도 뭔가 꺼림칙하고 찔리는 기분이 들었다.

"내가 만날 돈만 밝히고, 부하들을 학대하고 괴롭히는 취미를 가진 나쁜 사람도 아니고… 그냥 만들고 싶은 것부터 만든 것뿐이니까 말이지."

커다란 절경 위주로 작업을 했던 것은 여동생과 여행을 다녀 본 적이 없었기에, 같이 돌아다니는 것이 좋아서였다. 여행지에서 오빠로서 맛있는 것도 사 주고, 유린에게 장비도 맞춰 준 것이다.

"이건 비싸. 더 깎아 주세요."

위드는 명성을 이용하여 잡화점 주인을 압박했다.

"이러면 남는 것이 없는데……."

"장사란 돈을 보고 하는 것이 아닙니다. 사람! 그리고 덕을 쌓는 것이지요."

"으음, 아주 유명한 모험가께서 하는 말씀이니 따르도록 하지요."

사냥이나 모험에 필요한 간단한 물건들은 잡화점에서 사 주고, 옷이나 방어구 들은 직접 만들어서 선물했다.

여동생과 같이 다니면서, 그녀가 그림을 그리며 밝게 웃는 모습을 보며 안심이 됐다.

'내가 잘 돌보지 못했는데도 바르게 잘 자랐구나.'

부모님이 없어서 위드가 그 몫을 해야 했다.

제대로 역할을 했는지가 항상 의심스러웠는데, 유린은 인기도 많았고 착한 미소를 자주 지었다.

위드는 어린 여동생에게 동화를 읽어 주던 때를 떠올렸다.

어린아이들의 정서 구축에 매우 중대한 부분을 차지하는 동화였다!

"오늘은 아기 돼지 삼 형제의 이야기를 해 줄게. 부모님으로부터 자립한 아기 돼지 3마리가 집을 지었어. 1마리는 지푸라기로, 1마리는 나무로, 1마리는 튼튼하게 벽돌로 지었지. 그런데 늑대가 침입해 버리고 만 거야. 지푸라기로 지은 집은 콧바람에 날아가 버리고, 나무 집도 부딪치니까 깨져 버렸지. 결국 아기 돼지들은 벽돌집에 모여서 늑대를 물리칠 수 있었어. 이 동화의 교훈이 뭔지 아니?"

여동생은 눈을 반짝이면서 대답했다.

"튼튼한 집을 지어야 된다는 거야, 오빠?"

위드는 단호하게 고개를 저었다.

"이건 그냥 동화책의 이야기일 뿐이야. 어떤 교훈도 없어. 부동산은 처음부터 끝까지 무조건 입지야!"

"아하."

"내일은 흥부와 놀부 이야기를 해 줄게. 열심히 살던 놀부가 한탕주의에 빠진 흥부에게 당하는 내용인데…….”

위드에게 가정교육을 받은 상황!

위드도 그 점을 걱정스러워하고 있었는데 유린이 사람들과 잘 어울리는 것을 보며 안심할 수 있었다.

“이제 도시에서 자연 조각품을 만들어야지.”

원래 계획은 모라타를 떠나서 북부 대륙의 대자연을 조각하는 것이었다.

위험한 몬스터 출몰지를 넘어가면 사람의 발길이 닿지 않은 장소가 많다. 데브카르트 대산 같은 장소를 탐험하며 돌아다니면서 자연 조각품을 만들어, 대재앙의 자연 조각술을 익히려고 했다.

최악의 자연 파괴범이 등장하게 될 상황!

“빨리 스킬을 익혀서 몽땅 쓸어버려야지.”

산불에, 홍수에, 벼락에, 지진, 해일, 화산 폭발, 빙설의 폭풍 등등…….

만들고 싶은 대재앙의 자연 조각술만 줄잡아서 수십여 가지였다.

“완전히 최고의 조각술이로군.”

그런데 모라타를 돌아보면서 마음이 조금 바뀌었다.

“자연을 조각하기 위해서, 일부러 사람들이 없는 장소로 갈 필요가 있을까?”

모라타 거리에는 나무가 많이 있었다. 위드가 심어 놓은 과일나무들이다.

하지만 그런 나무들을 제외하더라도, 도로의 네모반듯한 돌 사이로 꽃과 풀 들이 자라고 있었다.

"사람들은 너무 무심하게 지나가 버리지만, 풀 한 포기도 자연의 일부라고 할 수 있지."

위드는 광장 구석에서 20미터 정도의 공간을 확보했다.

빛의 광장은 새롭게 만들어진 장소이고, 또한 대성당 공사가 옆에서 벌어지고 있었기 때문에 유저들이 굉장히 많이 오가는 곳이기도 했다.

하지만 상인들은 대체로 사람들이 많은 분수대 주변에서 장사하려고 하기 때문에 구석 자리에는 넓게 빈 공간이 충분히 있었다.

사실 유저들이 광장에 모이게 된 데에는 여러 가지 이유가 있었다.

여러 물품들을 늘어놓고 장사를 하기 편하고 넓다는 것도 물론 그 한 가지 장점이었다. 하지만 그뿐 아니라, 성 앞에서 겨우 사냥을 하던 초보 시절부터 분수대에서 수통에 물을 채우는 버릇을 누구나 갖고 있었다. 당연하게 분수대 주변에 사람들이 몰리게 되었으며, 그 덕에 상권이 형성된 것이다.

위드는 작업을 하는 공간에 검은 천을 두르고 흙으로 꽃과 풀을 조각하면서 시간을 보냈다.

죽은 자의 힘은 점점 감소해서, 퀘스트의 날짜까지 사흘이 남았을 때에는 140 이하로 줄어들었다.

그때부터는 위드가 만들어 놓은 여러 조각품들에 남아 있던 부정적인 기운들이 말끔하게 사라졌다.

명절에 목욕탕을 갔을 때만큼이나 개운한 기분이었다. 100일이 넘게 자연과 관련된 조각품만 만들면서 해낸 업적!

"이 조각품은 이제 마무리를 해야겠군."

바르칸의 퀘스트를 딱 하루 남겨 놓고 조각품의 마지막 작업이 끝나고 있었다.

퀘스트는 자유롭게 취소할 수도 있었지만, 혹시나 어떤 의뢰가 나올지 모르기에 기다려 보기로 했다.

위드는 구석에서 풀이나 꽃을 하나하나 만들고 있었기에 엄청난 높이의 조각품을 제작할 때처럼 크게 이목을 끌지는 않았다. 가까이서 본다면 실제처럼 보일 정도의 작품에 놀라겠지만, 마판에게서 마차를 빌려 담장처럼 둘러서 시선을 막았다.

그 덕에 대규모 공사와 장사를 하는 광장의 소란 속에서도 비교적 편안하게 작업을 할 수 있었다.

"이것으로 완성이다."

위드는 흙으로 마지막 꽃을 조각했다.

> 만든 조각품의 이름을 정해 주십시오.

이번에 만든 작품은 여동생과 함께 베르사 대륙을 여행하면서 보았던 야생화들을 집대성한 것이었다.

꽃과 풀이 무성하게 자라 있는 조각품이란, 인형의 눈을 붙이던 시절이 떠오르게 만들 정도였다.

하지만 막상 작품을 완성해 놓고 나니 고생한 흔적을 남기고 싶지 않은 마음!

"놀다가 심심해서 만든 화단? 아니야. 왠지 날카로운 사람들한테는 고생해 놓고 일부러 허술하게 이름을 지은 티가 난다는 소리를 들을 것 같아. 그냥 광장의 조각품? 특징이 부족해."

고생해 놓고, 대충 만든 것 같은 이름을 지으려는 위드의 속셈이란!

대성당이 지어지고 있는 빛의 광장 주변이기에 엄청난 인파가 작품을 감상하게 될 것은 분명한 사실이었다.

작품의 결과가 어떻게 나올지는 모르지만, 지금의 느낌상으로는 나쁘지 않을 것 같았다.

야생화들과 야생초들이 자라 있는 장소에 나비와 벌, 새 들도 함께 조각해 놓았다.

꽃밭에서 날갯짓하는 나비, 꿀을 빨아들이는 벌, 꽃나무에 앉아서 둥지를 만들고 있는 새.

언젠가는 주변에 나무들도 심어서 대자연에 있을 법한 휴식과 평화의 숲을 만드는 것이다.

"당연히 주로 과일나무들을 심어야겠지만……. 아무튼 조각품의 이름은 '소박한 화단'으로 하지."

〈소박한 화단〉이 맞습니까?

"맞아."

모라타의 영주로서 주민들에게 이 정도는 어려운 게 아니었다고 보여 주어야 하는 자존심!

친구들이 연봉을 물어봤을 때에 그냥 얼마 안 된다면서 세금과 연금을 떼기 전의 액수를 말하는 것과 비슷한 이치였다.

띠링!

명작! 〈소박한 화단〉

흐드러지게 꽃들이 피어 있는 화단. 무성하게 자란 야생초와 야생화 들을 표현한 작품이다. 무질서하기 짝이 없지만 자연의 생기가 흐른다. 서적에나 남아 있을 정도로 대륙에서 찾기 힘든 희귀한 꽃들도 조각되어 있다. 한 송이의 꽃마다 조각사의 손에 의해 만개된 아름다움을 표현한다. 꽃들의 역사에 기록될 만한 작품. 자연의 힘이 깃든 조각품이다.

예술적 가치: 3,871

옵션: 〈소박한 화단〉을 바라본 이들은 생명력과 마나 회복 속도가 하루 동안 23%, 증가한다. 생명력 최대치 37%, 증가. 작품을 감상함으로 인해 약초학 스킬의 숙련도를 증가시킬 수 있다. 농부와 정원사의 스킬 레벨 효과 3%, 증가. 지역에 식물 몬스터들의 성장을 촉발한다. 탄생한 식물 몬스터들은 주로 숲과 들에서 자라나며, 비교적 인간들에게 온건한 성향을 가질 가능성이 크다. 고산지대에 차밭이 생겨난다. 관광과 농업이 발달한 지역이라면 계절에 따라서 특정 축제들이 발생할 수 있다. 다른 조각품과 중복으로 적용되지 않는다.

지금까지 완성한 명작의 숫자: 15

조각술 스킬의 숙련도가 향상되었습니다.

손재주 스킬의 숙련도가 향상되었습니다.

조각품에 대한 이해의 스킬 레벨이 1 상승하였습니다.

명성이 625 올랐습니다.

예술 스탯이 12 상승하였습니다.

체력이 4 상승하였습니다.

생명력이 380 증가합니다.

인내가 3 상승하였습니다.

지구력이 3 상승하였습니다.

명작 조각품을 만든 대가로 전 스탯이 1씩 추가로 상승합니다.

자연 조각술 스킬의 레벨이 중급 6으로 상승했습니다.

대재앙의 자연 조각술 스킬을 익혔습니다.

조각술 최후의 비기와 관련된 퀘스트 '찬란한 아름다움의 표현법'을 수행할 수 있습니다.
조각술의 영광의 대지, 그곳을 지키는 사람과의 대화로 퀘스트가 시작됩니다. 여러 단계로 이루어진 퀘스트로, 난이도가 매우 높으며 실패할 수도 있기 때문에 조각술 스킬들을 충분히 올려놓고 시도하는 것을 권장합니다.

조각술 최후의 비기!

위드는 설마하니 5개나 되는 조각술의 비기를 자신이 몽땅 모으리라고는 생각지 못했다.

조각 검술, 조각품에 생명 부여, 조각 변신술, 정령 창조 조각술, 대재앙의 자연 조각술!

"하나씩 모으다 보니 결국 여기까지 왔군."

최후의 비기.

이것이야말로 꼬박꼬박 동전을 넣어서 돼지 저금통이 가득 찼을 때의 기쁨!

공짜로 얻을 수 있는 건 물론 아닐 테니, 준비가 많이 필요하리라.

"아직 퀘스트를 받은 건 아니지만 이걸 실패한다면……."

배를 가른 돼지 저금통에 돌멩이만 가득 담겨 있는 상황이 되리라.

"커허허허헉!"

위드는 상상하는 것만으로도 고통스러웠다.

지금이야 여러모로 성격이 많이 괴팍해졌지만, 어릴 때를 반추해 보면 한없이 순수하기만 하던 시절도 분명 있었다. 그때로 돌아가서 돈가스를 먹더라도 마음의 안정을 찾기가 어려워지리라.

"아무튼 조각술 스킬은 곧 8레벨이 되겠군."

현재 조각술 숙련도는 고급 7레벨 99.3%. 다음 단계로 넘어가기 위해 겨우 0.7%가 모자란 상황이었다.

조각품을 완성하고 나니, 돌과 흙으로 빚어낸 꽃과 풀이 생기를 머금었다. 바람에 가볍게 흔들리며, 잎사귀들이 점점 푸르게 변했다. 그리고 진한 향기가 사방으로 번졌다.

조각품으로 만든 나비와 벌 들이 아니라, 진짜 곤충인 나비와 벌 들이 날아와서 꿀을 가져가고 꽃가루를 옮겼다.

위드가 조각한 꽃과 풀 들은 처음 만들어졌을 때와 비교해서 외관상의 모습은 전혀 달라지지 않았다.

그런데 그 이후부터 마치 시간을 빨리 돌린 것처럼 근처의 흙과 담장 사이에서 무수한 꽃들이 뿌리를 내리고 줄기들이 자라났다.

아기자기하고 예쁜 꽃망울들이 터졌다.

모라타를 다채로운 색으로 수놓으며 퍼지는 꽃과 풀 들!

빛의 광장을 시작으로 삭막해지려던 도시에 꽃잎들이 날리기 시작했다.

어느새 제법 골조가 올라간 대성당과 대도서관 그리고 시장의 상인들, 용병 길드와 상점, 호숫가에 앉아 있던 유저들이 꽃잎들을 보았다.

띠링!

야생화 축제가 개시됩니다.
야생화 브리피아는 봄을 알리는 꽃입니다. 베르사 대륙의 북쪽 들판과 언덕, 강가에서 주로 개화하던 꽃으로, 주민들이 사랑을 고백하는 데에 많이 쓰였습니다.
축제 기간 동안 주민들의 행복도가 상승합니다. 체력 회복에 도움이 됩니다.
모라타의 지역 명성을 증가시킵니다. 방문객들을 늘려 관광산업의 발달을 촉진합니다. 꿀의 생산을 800% 증가시킵니다.

사람들은 브리피아가 화사하게 피어 있는 장소에서 시간을 보냈다.

"어쩌면 좋아. 꽃이 정말 예뻐. 향기도 좋고……."

용기 있는 여성들은, 초보자와 고레벨 유저들을 막론하고 머리에 꽃을 꽂기도 했다.

매력도를 올려 주는 유용한 액세서리!

위드가 의도하지 않았던 야생화 축제였다.

"꽃은 정말 쓸모가 없지. 돈을 주고 사는 사람들을 진짜 이해할 수가 없어. 졸업식이나 입학식에 꽃을 선물해 봐야 다 헛짓이지. 나중에 버릴 때 쓰레기봉툿값까지 들잖아."

위드의 마음은 삭막하게 메말라서 선인장조차도 살 수가 없었다. 그저 유린이 꽃밭을 보며 좋아하던 기억 때문에 조각을 한 것인데, 이런 축제로까지 번질 줄은 전혀 예상하지 못했다.

"뭐, 나쁘지는 않겠군. 모라타에 퍼져 나간 꽃들을 유지하는데 따로 돈이 드는 것도 아니니까. 주민들이 즐거워한다면 이것도 괜찮을 거야."

마차들로 막아 놓고 있었지만, 나비와 벌 들이 조각품이 있는 곳을 중심으로 해서 날아다니고 있었다. 다른 유저들이 무언가가 있음을 알고 달려오는 건 시간문제였다.

위드가 자리를 뜨고 나서, 나비들을 따라서 온 유저들은 조각품을 발견했다.

⚬⚬⚬

바르칸의 호출 퀘스트가 시작되는 날.

위드는 모라타에 남아서 조각품을 만들었다.

정확히 자정이 된 시간에, 그의 눈에 불사의 군단과 관련된 영상이 흘러나왔다.

서늘한 안개와 축축한 물이 흐르는 계곡.

오래된 나무들이 제멋대로 꺾여서 자란 음습한 곳이었다.

햇빛도 듬성듬성 비치는 그곳에서 어떤 소리가 들렸다.

덜그럭덜그럭.

부자연스러운 금속과 뼈마디 들의 마찰음이 들리고 난 뒤에, 스켈레톤 부대가 계곡 아래에서 올라오고 있었다.

끊임없이 밀려드는 그들은 계곡을 넘어서 아무도 돌보지 않는 넓은 들판과 숲을 지났다.

어마어마한 숫자의 스켈레톤들이 대열을 이루어서 진군을 하고 있었다.

그들의 목적지는 믿을 수 없을 정도로 큰 바위틈!

벌써 도착한 스켈레톤과 둠 나이트 들이 던전의 내부로 들어가서 전투를 벌이는 중이었다.

"이 냄새 나는 것들아, 썩 꺼져 버려라!"

다리 짧은 드워프가 도끼를 휘둘렀다.

그가 도끼를 휘두를 때마다 스켈레톤들이 박살이 나서 흩어졌다.

엘프와 페어리족, 바바리안 들도 함께 방어선을 구축하고 전투를 벌였다.

"언데드들이 넘어옵니다. 쏘세요!"

아리따운 엘프 소녀들이 활시위를 놓는 순간, 빛의 화살들이 둠 나이트들의 몸을 꿰뚫었다.

불사의 군단과 여러 종족들의 전투가 벌어지는 장면들이 흘러나오고 나서, 화면은 다시 바르칸이 있는 곳으로 바뀌었다.

큼지막한 도마뱀의 뼈로 만들어진 옥좌에 앉아 있는 바르칸!

그의 가슴에는 성검이 신성력을 발휘하면서, 뭉게뭉게 퍼지려고 하는 바르칸의 흑색 기운을 억제했다.

바르칸이 턱뼈를 달그락거리며 말했다.

"곧 불사의 군단이 일어나서… 모든 것을 쓸어버릴 것이다."

띠링!

어둠의 주술사이며 네크로맨서인 바르칸 데모프. 그가 이끄는 불사의 군단과 싸우기 위하여, 대륙의 정의로운 교단들과 여러 종족들이 힘을 합쳤다.

죽은 자들과 산 자들의 싸움!

전투에서 패배한 바르칸은 육체의 일부를 잃어버리고, 생명력과 마나를 봉인한 원천에도 균열이 발생하고 말았다.

바르칸은 소생을 위하여 짐승과 몬스터 들의 생명을 흡수하던 도중에 테네이돈의 수호의 드워프들에 대하여 알게 되었다.

드워프들이 데리고 있는 페어리들의 여왕 테네이돈!

페어리들은 장난기가 많고 지니고 있는 재주가 뛰어나지만, 자유분방한 성격 탓에 크게 세력을 이루지 못했다. 인간과 몬스터들에 의해 페어리들에게 안전한 땅은 갈수록 줄어들었다.

상처 입은 페어리들의 여왕 테네이돈은 다른 페어리들과 함께 드워프들이 있는 장소에서 날개를 치료하고 있다. 테네이돈이 힘을 되찾기 전에 바르칸이 그녀의 생명을 흡수하면 리치의 손상된 마나의 원천을 복원할 수 있으리라.

바르칸은 테네이돈을 먹어 치워 자신의 힘을 되찾고, 페어리들을 언데드들로 만들며 성검을 소멸시킬 것이다. 바르칸이 원래의 힘을 되찾는다면, 불사의 군단은 다시 이 땅에 완전하게 모습을 드러낼 것이다.

바르칸은 제자인 리치 샤이어의 도움을 필요로 하고 있다.

바르칸 데모프에 대한 퀘스트 정보를 획득하였습니다.

바르칸이 흑마법으로 그의 제자 샤이어를 위한 게이트를 만듭니다.

위드가 서 있는 영주성의 방 앞에 흑색의 게이트가 열렸다.

"바르칸이 원래 힘을 되찾는다면 무시무시하겠지."

베르사 대륙의 모든 교단의 성기사와 사제 들, 군대와도 대적할 수 있는 언데드 몬스터!

눈앞에 포털까지 열려 있으니 바르칸의 위협이 위드에게 피부로 느껴졌다.

"포털 안으로 들어간다면 아마도 바르칸의 제자가 되어 테네이돈의 드워프들을 처리해야겠군. 여러 이종족들도 함께."

불사의 군단에서도 마법을 얻고 세력을 키울 수 있으리라.

조각 변신술로 얻은, 리치 샤이어의 신분에서만 진행할 수 있는 퀘스트인 것이다.

"바르칸이 모아 놓은 보물들이 엄청 많을 거야."

위드가 성큼 포털로 발걸음을 옮겼다.

머릿속에 들어 있는 생각은 돈, 돈, 돈, 돈, 돈, 돈, 보물, 보물, 보물…….

그런데 막 들어가려던 순간 걸음을 멈췄다.

"하지만 전쟁에서 패배한 이후로 모아 놓은 보물이 없을지도 모르는데."

대륙을 제패할 뻔했지만, 말 그대로 하려다가 만 거다.

이런 경우는 쫄딱 망했다고 봐야 하지 않는가!

ꞏꞏꞏ

유니콘 사의 홍보부 팀원들이 영상실에 모여 있었다.

〈로열 로드〉에서 진행되는 유저들의 모습을 실시간으로 볼 수 있는 장소였다.

장윤수 팀장을 비롯하여 본사의 팀장급 직원들과, 운영 전담 부서의 직원들도 모였다.

그들이 보는 화면에서는, 앞에 열린 포털로 들어갈지 말지를 고민하는 위드의 모습이 나오고 있었다.

수인혜 대리가 물었다.

"위드의 결정은 무엇일까요?"

"아직은 모르겠군요. 어떤 선택을 할지 종잡을 수가 없는 인물이라서요."

장윤수 팀장도 전혀 예측할 수 없었다.

보통 때의 위드라면 철저하게 계산적으로 움직인다. 돈, 보상이 큰 쪽으로 달려가는 것이 일반적이다. 1쿠퍼에도 민감하게 반응하는 성격.

하지만 의뢰와 관련되면 보통 다른 유저들이 하지 않는 선택을 하고, 그것을 바탕으로 모험을 하기도 했기 때문에 판단하기 어려웠다.

위드가 한참이나 갈등을 하다가 아예 자리에 주저앉아서 조각품을 만드는 것을 보면서, 유니콘 사의 직원들은 쏟아지려는 욕을 참아야 했다.

현실과 〈로열 로드〉에는 시간 차이가 있었다.

방송사에서 생방송을 할 때에도 문제가 되었던 부분이지만, 보는 입장에서는 상관할 필요가 없다. 4배나 되는 속도로 영상이 나오므로, 불필요한 부분을 삭제하고 빨리 넘겨 버리면 되는 것이 아니던가.

"앞으로 넘겨 보세요."

현재 진행하고 있는 부분으로 넘겼는데도 계속 조각품만 만들고 있는 위드였다.

그것도 아주 멋있는 조각품을 만드는 것이 아니라, 지네와 송충이를 조각하고 있었다. 아마도 화단에 넣어 두면 무난한 작품이 나오리라 기대하는 모양인 듯!

"한참 걸리겠군요."

"바르칸의 퀘스트는 언데드와 네크로맨서 들에게 일대 전환점이 될 수 있는 의뢰인데 빨리 결정하지 못하다니, 아쉽군요."

지금 이 순간, 위드만이 아니라 베르사 대륙의 마법사들 중에서 네크로맨서로 전직한 이들은 모두 바르칸의 부름을 받고 있었다.

위드가 리치 샤이어로서 그 자리에 간다면 중심축이 되어 예측할 수 없는 변화를 일으킬 수 있으리라.

바르칸의 퀘스트 독점도 엄청날 테지만, 베르사 대륙 전역에 있는 네크로맨서들도 포함되는 대규모 의뢰였다.

유니콘 사의 임직원들은 위드를 좋아했다.

조각술의 비기를 5개나 획득하였고, 세기의 모험을 하는 조각사!

바드레이나 다른 명문 길드들의 수장과 함께 사람들의 입에 항상 오르내리는 유저였다.

"결정하기까지 시간이 걸리는 것 같으니까 우선 다른 화면을 보죠."

본사의 직원들은 모니터에 다른 장소의 영상을 띄웠다.

대지의그림자.

로자임 왕국을 발견하고, 절망의 평원에 최초로 발을 들여놓았던 모험가 파티!

최근에는 대표적인 모험가로 위드를 꼽고 있지만, 베르사 대륙에 유저들의 발길이 닿은 이래 가장 많은 업적을 남긴 모험가 파티였다.

한동안 사람들의 입에 떠오르지 않던 그들은 숨겨진 의뢰들을 달성했다. 그리고 현재는 13단계로 이루어진 난이도 S급 연계 퀘스트의 마지막 부분을 진행하는 중이었다.

❧

"크흠, 조심해. 여기까지 와서 망칠 수는 없으니까."

"콜록! 무슨 놈의 먼지가 이렇게 많아."

도굴꾼 엘릭스와 도둑 은링, 침입자 벤이 종이와 골동품을 뒤졌다.

퀘스트의 작은 실마리라도 있으면 베르사 대륙의 어떤 곳이라도 달려갔던 힘든 과거가 떠올랐다.

"난이도 C급의 의뢰가 여기까지 올 줄은 정말 몰랐지."

"그러게요. 1년을 훨씬 넘겨서 거의 2년 가까이나 진행했잖아요."

연계 퀘스트들을 해결하고, 한편으로는 관련된 부속 의뢰들까지 말끔하게 해결했다.

그러다 보니 의뢰의 난이도가 점점 높아지고, 구해 오라는 물건들도 많아졌다.

베르사 대륙의 역사에 대해 해박한 이들을 찾아다니고, 현자들도 만났다.

모험에서 모험으로 이루어진 여정의 결말 부분.

엠비뉴 교단으로 잠입하여 그들이 가지고 간 물건을 되찾아 오라는 발할라 신전의 의뢰!

엠비뉴 교단의 기사들은 레벨이 420을 넘을 정도로 강력하기 짝이 없었다.

물론 레벨만 놓고 보자면 대지의그림자 파티도 그리 꿀릴 것은 없었다.

하지만 발각되는 순간 엠비뉴의 전투 교단에서 사제들과 마법사, 주술사, 암흑 기사 들이 떼로 몰려나온다.

엘릭스가 우회할 수 있는 통로를 발견하고, 은링이 용병들을 구해서 적들을 유인했다. 신전의 내부로 잠입한 이후에는 사제와 기사 들을 처리해 가며 최단거리로 이동하면서 보관소까지 온 것이다.

신전에는 아직도 남아 있는 기사와 사제 들이 바글바글했다.

"서둘러. 놈들이 언제 이곳으로 들어올지 모르니까."

"먼지 쌓인 골동품들만 가득한데 여기 언제 들어오기나 하겠어요?"

"모르지. 그래도 침입자들을 발견해서 소란이 있었으니 이 안으로도 들어와 볼 수 있어. 조심해서 나쁠 건 없잖아."

NPC의 지능을 우습게 여겼다가는 큰일이 난다. 더구나 그들의 장기는 탐색과 침입, 도굴 등으로 이루어져 있으므로 가능한 한 안전하게 빠져나갈 작정이었다.

"여기를 빠져나가기만 하면 레벨이 2~3개는 오르겠군. 스킬도 많이 오를 거야."

"그나저나 발할라의 신전에서 의뢰한 물건은 대체 어디에 있는 거지."

가득 쌓인 골동품들 틈바구니에서 역사적인 유물들이 아무렇게나 바닥을 굴러다녔다.

은링이나 엘릭스나 보물 탐색에는 뛰어나서, 귀중한 유물들은 확실히 챙겼다.

나중에 퀘스트와 관련되어서 필요해질지도 모르고, 잘 조사해 보면 고고학 스킬을 크게 높일 수도 있다.

모험가에게는 필수적인 스킬로, 역사서를 통해 의뢰를 발견할 수도 있었다.

작은 마법의 등불을 켜 놓고 조용히 작업하는 그들!

퀘스트를 위한 단서를 찾으며, 은촛대나 금으로 된 쟁반 등은 배낭에 넣었다.

이런 순간이야말로 모험가의 희열이 불타오르는 시간!

"이거다!"

벤이 철 상자 안에 보관되어 있던 횃불을 꺼냈다.

"감정!"

정의의 횃불
어둠을 물리치는 횃불. 엠비뉴 교단과의 항전에서 선두에 섰던 발할라 교단의 투사 다라테스가 들었던 횃불이다.
내구도: 23/102
공격력: 49~51
제한: 명예, 통솔력 600 이상.
옵션: 모든 스탯 +25. 투사의 스킬 레벨 +2. 스킬의 파괴력 강화, 정확도 향상.
　　　부상에 대한 회복 속도가 40% 빨라진다. 발할라의 축복 사용 가능. 야행
　　　성 몬스터들의 성향을 억제한다. 흑마법을 83%까지 효과적으로 방어. 매
　　　혹과 현혹, 정신 조작에 걸리지 않는다. 발할라의 투사들을 결집시킨다.

발할라 교단 최고의 투사 다라테스가 들었던 물건!

문헌에 의하면 엠비뉴 교단과의 싸움에서 다라테스가 죽은 이후로 사라졌던 물건인데, 벤이 찾은 것이다.

그때 창고 밖에서 소란스럽게 달려오는 소리가 났다.

"용병들 27명을 벌써 처리한 모양이에요."

"최대한 방어만 하라고 했는데… 10분도 버티지 못했군."

"용병 대기소에서 구한 녀석들이 다 그렇죠, 뭐. 물건은 찾았으니 어서 가요!"

벤이 아껴 두었던 스크롤을 꺼냈다.

귀환의 스크롤!

하지만 엠비뉴 교단의 신전에는 마법 장애가 펼쳐져 있기 때문에 정상적으로 작동하지는 않는다. 신전 근처 500미터 떨어진 지점으로 떨어지게 될 테니, 그곳에서부터는 발바닥에 불이 나도록 도망쳐야 하는 신세였다.

"가자!"

벤은 스크롤을 찢었다.

보관소의 문이 부서지면서 엠비뉴 교단의 괴물 하인들과 기사들이 비집고 들어오는 순간이었다.

기사들이 분노에 차서 뭐라고 말하려 할 때, 그들 셋은 빛과 함께 사라졌다.

～◦❧◦～

"제대로 찾아냈군요."

유니콘 사의 직원들은 모두 손에 땀을 쥐고 그 광경을 지켜보았다.

신전 경계망의 좁은 틈이며 비밀 통로들을 찾아내 숨어들고 용병들을 투입해서 뚫는 솜씨는 칭찬해 주고 싶을 정도로 뛰어났다.

최고 난이도의 연계 퀘스트를 13단계까지 진행하다니, 의뢰의 진행 속도가 그들의 예상을 훨씬 뛰어넘었다.

"대지의그림자 파티가 받은 퀘스트는 여기서 끝인가요?"

장윤수 팀장이 손일강 실장에게 질문했다.

전략운영실을 제외한 다른 팀에서는 의뢰에 대한 정보를 알지 못하며, 이곳에도 초대받은 손님일 뿐이었다.

"아직 끝난 것은 아니지만 다음부터는 난이도가 확실히 어려워져서 앞으로 더 갈 수 있을지는 저도 잘 모르겠습니다."

"이 퀘스트의 성공으로 무엇이 바뀔까요?"

"앞으로는 유저들끼리의 전쟁만이 아니라 엠비뉴 교단이 정식으로 등장하고, 또한 본인의 의지에 따라 악을 선택할 수도 있게 되겠죠."

"광고를 새로 제작해야겠군요."

유니콘 사는 전 세계의 방송국에 광고를 개시했다.

사실 〈로열 로드〉는 더 이상 홍보가 필요하지 않을 정도로 최고의 자리에 올라 있다. 캡슐의 생산량이 따라가지 못할 정도로, 그리고 세상의 돈을 빨아들인다고 해도 과언이 아닐 정도의 기업.

그래서 실제로 그들의 광고는 대륙에서 일어나는 변화들을 유저들에게 보여 주는 역할을 했다. 게임 방송국이나 유저들의 정보 교환만으로는 알 수 없는 베르사 대륙의 여러 가지들을 적당한 때에 알려 주는 것이다.

물론 몇 개월에 한 번씩 광고를 내보낼 때마다 신규 유저들의 숫자는 그야말로 무시무시할 정도로 늘어났다.

～♨～

드넓은 사막!

하이에나들이 어슬렁거리면서 먹잇감을 노리고 있었다. 하이에나는 개개의 무력은 약하지만 집단 공격을 하기에, 대여섯이 모이면 사자도 꼬리를 말고 피해야 한다.

전갈들이 꼬리를 곧추세우고 돌아다니고, 멀리에는 부족민들이 세운 부락이 있었다.

힘과 강철이 지배하는 전사들의 고향.

화면은 전환되어서 맑은 호수를 비추었다.

물안개가 피어 있고, 나무들이 수면에 비치는 호수의 새벽!

요정들과 엘프들이 커다란 잎사귀를 타고 뛰어놀았다.

그리고 다시 장면이 평원으로 바뀌어서 갑옷을 차려입고 검과 방패를 든 병사들이 대규모로 이동하는 모습이 보였다.

무자비한 파괴와 정복!

전란이 끊이지 않는 중앙 대륙!

요새와 성에서 병사들을 통솔하는 영웅들의 고함, 화살과 마법이 빗발치는 전장의 장면들이 나왔다.

수만 명의 병사들이 싸우는 모습은 웬만한 전쟁 영화보다 더 대단했다.

그리고 어디선가 대거 이동하는 검은 로브를 입은 수도자들의 모습!

그들은 감춰져 있던 신전에서 몬스터들의 사체를 바치면서 제전을 열었다.

엠비뉴 교단의 제7교주 사흐란이 선포했다.

"준비는 끝났다. 어리석고 연약한 인간들과 엘프, 드워프 들을 평등한 파괴의 율법으로 다스리리라!"

중앙 대륙이 전쟁으로 혼란스러운 가운데, 엠비뉴 교단이 정식으로 모습을 드러낸 것이다.

악의 세력의 전면 등장!

영상은 여러 지역들을 빠르게 비추면서 지나갔다. 여전히 몬스터들과의 사냥이 주를 이루거나 평화로운 지역이 많은 베르사 대륙.

산과 들, 강과 호수, 바다, 성, 마을, 요새 들이 흘러가듯이 보였다.

모라타가 있는 북부도 짧게 스쳐 지나갔다.

흑색 거성과 조각품들, 판자촌을 비롯한 주택들이 멀리서 눈곱만큼 작게 보였고, 유저들이 대성당과 대도서관의 웅장한 건축물을 세우는 모습은 알아볼 수 있을 정도였다.

～◈～

"역시 취소하는 편이 좋겠어."

위드는 흑색 포털로 들어가지 않기로 결정했다.

불사의 군단에 휘말려서는 나쁜 관계를 너무 많이 지속하게 되는 것이다.

딱 일곱 살 이후로 잊고 지냈던 양심이나 도덕심 따위가 갑자기 떠올랐기 때문만은 아니었다.

베르사 대륙의 북부에서 가장 크고 번성하고 있는 도시는 모라타!

언데드 군단을 이끌고 모라타를 침략해야 하는 경우가 생기지 말란 법도 없다.

"바르칸과는 여기서 끝내는 걸로 해야겠어. 퀘스트를 포기하겠다."

> 다시 한 번 확인합니다.
> '바르칸의 호출' 퀘스트를 받아들이지 않겠습니까?
> 경고: 불사의 군단과, 바르칸 데모프와 연관된 리치 샤이어의 하나뿐인 의뢰

무시무시한 메시지를 보면서도 위드는 흔들리지 않았다.

"가지 않겠다."

"역시 사람은 착한 일을 하면서 살아야 돼."

이 정도 페널티라면 생각했던 것보다도 훨씬 가볍지 않은가!

충분히 감당할 수 있는 수준을 넘어서서, 오히려 기쁠 정도였다.

끝난 줄 알았던 위드에게 영상이 흘러나왔다.

꽈과과과광!

하늘은 온통 먹구름에 덮이고, 벼락이 지상으로 꽂히듯이 내려치고 있었다.

수백 년의 시간을 버텨 왔을 고목이 갈라지고, 들판에서는 빗방울 속에서도 화염이 크게 번졌다.

언데드의 군주 바르칸 데모프는 언덕 위에 서 있었다.

벼락이 칠 때마다, 누추한 로브를 입고 있는 앙상한 해골이 비쳤다.

"샤이어, 너는 나에게서 떠나지 못하리라. 나를 배반한 벌을 받으리라. 영겁의 시간 속에서, 영원한 고통을 당할 것이다!"

울부짖는 듯한 고함이 천둥 치는 사이로 들렸다. 그리고 땅이 들썩거리면서 언데드들이 일어났다.

언데드들에게 퀘스트가 발동되었습니다.
바르칸이 그들에게 명령했습니다.
"나를 배신한 자를 죽여라. 그러면 그 영원한 고통에서 해방될 수 있을 것이다!"
언데드들에게 땅으로, 밤으로 바르칸의 뜻이 전해졌습니다. 처벌을 위해 무덤에서 일어난 언데드들이 모라타를 침공하게 됩니다.

위드에게는 나쁜 소식!

샤이어로서의 인연은 이것으로 끝났지만, 다시 메시지 창이 떴다.

뿌리 깊이 파고든 타락의 씨앗은 쉽게 제거되지 않습니다.
죽은 자의 힘은 언데드의 권능! 삶과 죽음의 경계를 오가게 됩니다. 태양이 떠 있을 때는 인간으로 활동할 수 있지만, 원혼들의 힘이 강해지는 밤에는 언데드가 됩니다.

인간 네크로맨서들도 언데드 소환을 많이 하다 보면 죽은 자의 힘에 의하여 실제 자신이 그쪽 분야에 발을 내디뎌 가끔 언데드가 되기도 한다.

저주 스탯의 일종이었지만 자연스러운 과정이었고, 관련 스킬들도 키울 수 있다.

지금은 마침 새벽!

몸이 급속도로 마르고 부패해 갔다.

> 죽은 자의 힘에 의하여 언데드가 되었습니다.

위드의 의사에 따라서 조각한 리치 샤이어나 다른 고위 몬스터가 아니라, 무덤가에서 흔히 녹슨 장검을 들고 돌아다니는 기본형 스켈레톤이었다.

> 밤의 부름!
> 바르칸이 특수한 퀘스트를 위해 언데드들을 소환합니다. 언데드들은 소환을 거부하지 못합니다.

위드는 강제적인 힘에 의해 흑색 포털로 빨려 들어갔다.

하급 스켈레톤

"딱딱! 여기가 어디지?"

위드는 녹슨 장검을 들고 몸을 일으켰다.

잡초도 자라지 못하는 황무지에 스켈레톤들이 돌아다녔다.

"킬킬."

"꾸에에에엘."

스켈레톤은 위드를 공격하지 않고 스쳐 지나갔다. 왜냐하면 위드의 육체도 스켈레톤이 되어 있었기 때문이다.

바르칸 데모프의 소환에 따라서 언데드로 변화되어 끌려온 것이다.

"결국 이곳에 오게 되었군."

위드는 그래도 언데드에 관한 한 형태를 막론하고 익숙한 편이었다.

그래서 차분히 주위를 둘러보고 있을 때, 당황한 스켈레톤들의 목소리가 들렸다.

"어엇, 여기가 어디지?"

"왜 갑자기 이곳으로 온 거야? 골렘이랑 같이 사냥을 하고 있었는데……."

"스켈레톤? 이렇게 많은 스켈레톤들을 누가 소환할 수 있는 거지?"

위드와 비슷하게 무덤가에서 흔히 볼 수 있는 스켈레톤들이 대화를 나누고 있다.

"난 비튠 성 근처의 묘지에서 왔는데, 여러분은요?"

"저는 제라듐 숲에서 사냥하다가 왔습니다."

"전 비스빅 던전에서 갑자기 끌려오게 됐죠. 그런데 제라듐 숲이라면… 혹시 네크로맨서 쟌이십니까?"

"제 이름이 맞는데요."

해골에 머리카락이 조금 붙어 있는 스켈레톤이 자신의 이름이 쟌이라고 밝혔다.

쟌은 위드에 의해서 네크로맨서 전직이 가능해지고 나서 가장 먼저 전직을 택했다. 제라듐 숲의 시체 소환사로 유명한 유저였다.

쟌은 네크로맨서를 동경했다.

수많은 시체들을 일으켜서 몰고 다니는 강대함.

위드의 퀘스트를 녹화해서 수십 번이나 볼 정도로, 언데드들의 활약에 반했다.

그리고 네크로맨서로 전직한 이후로 작은 동물들을 언데드로 만들어 끌고 다니면서 사냥터를 휩쓸었다.

다량의 언데드 소환 그리고 무자비한 사냥으로 가장 앞서 나가는 네크로맨서였다.

"저는 네크로맨서 보흐람이라고 합니다."

"오, 모두 유명하신 분들이군요. 제 이름은 오템인데, 아시는 분이 계실까요?"

"오템 님의 골렘에 대해서 모르는 사람이 있을까요? 오템 님도 최고의 네크로맨서 중 하나잖습니까."

"네크로맨서로 전직한 지 1달밖에 되지 않은 라쉬라고 합니다. 잘 부탁드립니다, 선배님들."

커피숍에서 흔히 볼 수 있는 화기애애한 대화를 나누는 스켈레톤들!

키가 조금 작고, 골격이 얇은 스켈레톤도 인사를 했다.

"안녕하세요. 제 이름은 헤리안이에요."

"와! 헤리안 님을 여기서 볼 줄은 몰랐습니다."

헤리안은 여성 유저라서 남성 유저들과는 해골부터 구분이 되었다.

"그런데 우리가 이곳에 모인 이유는 뭘까요?"

"갑자기 무슨 언데드들을 부른다면서 소환되었는데… 저희도 아직 어떻게 된 건지는 모르고 있습니다."

"어라, 상태 창이 이상한데요?"

"예, 직업도 바뀌었고 스탯들도 달라졌어요. 모두 확인해 보세요."

오템의 말에 스켈레톤 유저들은 상태 창을 불러 보았다.

위드도 상태 창을 확인했다.

"스탯 창!"

캐릭터 이름: 위드
성향: 언데드　　　레벨: 390　　　　　　소속: 불사의 군단 말단
직업: 되살아난 스켈레톤

생명력: 87,389	마나: 41,821	힘: 1,453
민첩: 1,293	체력: 766	지혜: 663
지력: 655	투지: 541	지구력: 453
인내력: 753	맷집: 455	카리스마: 414
통솔력: 706	용기: 127	죽은 자의 힘: 165

＊데스 오라가 적용되고 있음.

　언데드가 되었을 때, 위드의 예술이나 신앙심, 매력 등은 전투와 관련된 스탯들로 바뀌었다.

　'직업이야 이해 못 할 바도 아니고…….'

　이 자리에 모인 네크로맨서들은 많이 놀라고 있을 것이다. 상위 전직 블러드 네크로맨서의 직업 스킬, '죽음을 거부할 수 있는 힘'을 가진 것은 아직 위드뿐이기 때문.

　위드는 죽음에서 여러 번 되살아나 봤기에 직업이 바뀐 정도로는 신기하지 않았다.

　'데스 오라라.'

　바르칸의 3대 기술.

　언데드를 강화할 수 있는 권능이 그의 몸에 적용된 것이다.

　생명력의 일부를 공유하고, 포악한 힘을 주는 스킬!

　"직업이 어떻게 된 거죠? 되살아난 스켈레톤이에요."

　"저도 그런데요. 스탯도 상당히 많이 늘어났고요."

　"이거 어떤 퀘스트가 아닐까요?"

그때 나타난 메시지 창!

퀘스트를 거부할 수 없습니다.
퀘스트를 수락하였습니다.

"바르칸?"

"불사의 군단이면 언데드 최강의 세력?"

"아! 위드의 모험에서 나왔던 그 불사의 군단입니다. 바르칸은 네크로맨서 중에서 최고라고 할 수 있는 인물… 아니, 리치이고요."

"이곳에 오기 전에도 바르칸이 부른다는 메시지 창을 봤는데… 지금 우리는 바르칸에게 소환이 된 것 같아요."

네크로맨서들은 왜 이제야 그들이 이곳에 왔는지 알게 된 모양이었다.

그들의 눈치가 늦었다고 비난할 수는 없었다. 멀쩡히 잘 놀고 사냥하다가 갑자기 바르칸의 소환이라면서 언데드가 되어 끌려오는 것도 상당히 황당할 수 있는 상황이니까!

위드는 그들과 수다를 떠는 대신 황무지의 언덕에서 정찰을 했다.

'몬스터들이 많이 돌아다니는군.'

불사의 군단이 있는 장소는 극악의 몬스터들이 들끓는 지역이다. 날렵하게 빠진 맹수들, 코뿔소 같은 몬스터들이 줄을 지어서 돌아다니고 있었다.

황무지에서 얼마 떨어지지 않은 곳에는 강이 흘렀다.

강을 지나 한참 가다 보면 불사의 군단이 머무르는 바르고 성채가 나온다.

마녀들과 데스 나이트, 유령, 전투를 위해 태어난 학살자 군단, 과거에는 영광스러운 기사단이었지만 왕으로부터 버림받고 전멸한 후 무덤에서 돌아온 벤들러 기사단.

불사의 군단은 언데드들 중에서 최정예였기 때문에 베르사 대륙의 전설에 나오는 여러 몬스터들과 기사단, 마법사 들이 속해 있었다.

바르고 성채에는 죽음의 계곡의 보스 몬스터였던 본 드래곤까지 3마리나 앉아 있는 무시무시한 광경이 보였다.

'어쨌든 당장 해야 할 일은…….'

코뿔소처럼 큰 몬스터들.

모르기스와 누칼리 들이 강물을 마시고, 일부는 불사의 군단의 성채가 머무르는 장소로 함부로 가고 있었다.

'저들을 막는 것이겠군.'

강가까지 나간 스켈레톤들이 몬스터들을 발견했다. 녹슨 장검을 머리 위로 들고 모르기스, 누칼리 들을 향해 달렸다.

"크에에에에!"

그들이 괴성을 지르면서 돌격하자, 황무지에 있던 다른 스켈레톤들도 무언가에 휩쓸리는 것처럼 차례로 강가를 향해 달려갔다.

"바… 바르칸 님을 위해!"

"불사의 군단이여, 싸우라!"

시야가 트여 있었기에 위드는 멀리서도 그 광경들을 볼 수 있었다.

스켈레톤들이 달려들어서 모르기스와 누칼리의 뿔에 받혀 허공을 날아다녔다.

모르기스와 누칼리 들도 굉장히 포악한, 회색의 거대 맹수!

스켈레톤들을 짓밟고 뿔로 걷어 올렸다.

하지만 몸이 완전히 박살 나지 않는 한 일어나서 다시 덤벼드는 스켈레톤들!

"뭐야, 전투잖아?"

"퀘스트가 시작된 거야? 미처 준비도 못 했는데…….'

450명 정도 모여 있던 스켈레톤들, 즉 네크로맨서 유저들도 반응을 했다.

성과 마을에서 1명 구경하기도 어려운 네크로맨서들이었지만, 베르사 대륙 전체를 찾아서 소환하니 제법 많은 숫자였다.

그들끼리도 얼굴을 마주 볼 일이 없어서, 몇몇 유명한 네크로맨서의 이름만 들은 정도.

그동안 언데드와 네크로맨서에 대해 혼자 궁금해하던 이야기를 나누며 수다를 떨다 보니 스켈레톤들이 전투에 돌입한 것이다.

"퀘스트를 위해서는 우리도 싸워야 되지 않을까요?"

"싸웁시다!"

네크로맨서 유저들이 강가로 가서 전투에 가담했다.

"마법이 안 써지는데……."

"스켈레톤 상태라서 주문 시전이 안 된다는데 어떻게 하죠?"

"검으로 썰어 버립시다."

네크로맨서들도 기본적인 스켈레톤 언데드의 형태를 하고 있었기 때문에 검을 휘두르며 싸워야 된다.

마법사의 특성을 가진 네크로맨서였다. 그러나 골렘이나 수호 언데드를 데리고 혼자서 전투를 다니다 보니 기초적인 검술 정도는 익혀 둔다.

최초의 시체를 구하기도 어렵고, 언데드들 사이를 뚫고 적이 침투하는 경우도 있었으니 도망치는 재주도 일품!

네크로맨서들이 사냥을 빨리한다는 이유로 인해서 한때 최고의 선망 직업이 되었던 적도 있지만, 몬스터들도 네크로맨서는 좋아하지 않았다. 강렬한 적개심을 가지고 몰려들다 보니 죽는 경우도 다반사라서, 싸움법이나 임기응변을 많이 필요로 하는 직업이었다.

"차아앗!"

네크로맨서 유저들이 덤벼들었지만, 모르기스와 누칼리에 의해 받혀서 하늘을 날아 떨어졌다.

일부 유저들은 몬스터들에게 칼질을 성공했고, 모르기스와 누칼리 들은 곧 유저들과 스켈레톤들에게 둘러싸였다.

"막아요!"

"뚫리면 우리 다 죽어!"

다른 쪽에서는 포위되지 않은 누칼리들이 날뛰고 있었고, 엉망인 가운데에 장검을 휘두르는 스켈레톤들!

"생각보다는 잘 싸우는군."

위드는 섣불리 네크로맨서 유저들 틈에 섞이지 않았다.

전투는 혼자 하는 것이 편했고, 또 아이템을 얻는 데에도 유리하다. 정식 파티를 구성한 것도 아닌 난전에서 여러 명이 서로 전리품을 줍겠다고 아우성을 치는 것은 질색이었다.

"리치 샤이어의 퀘스트를 받아들였다면……."

이런 식의 전개는 없었을 것 같았다.

불사의 군단의 말단, 스켈레톤으로 전투에 참여하는 게 아니라 사령관인 리치로서 이곳이 아니라 불사의 군단의 전체적인 전략과 전술을 이끌었을 가능성이 대단히 크다.

어쩌면 이런 전투는 나설 필요가 없었을지도.

"어쨌든 나도 지금의 퀘스트를 해야겠지."

위드는 녹슨 장검을 보물처럼 들고 나섰다.

"키에에엣!"

다른 스켈레톤들을 따라서 모르기스와 누칼리를 향해서 전진했다. 하지만 보통의 스켈레톤과 다른 점이 있다면 주변에 떨어져 있는 녹슨 장검들을 놓치지 않았다는 점!

녹슨 장검들의 공격력은 사용하는 몬스터나 걸려 있는 독과 저주에 따라 다르지만, 적어도 3~4골드는 받는다.

위드가 대장장이 스킬로 녹이고, 불로 정화해서 새로운 검을 만든다면 1,000골드도 받을 수 있지 않은가.

> 녹슨 장검을 획득하였습니다.

스켈레톤의 갈비뼈 일부를 획득하였습니다.

녹슨 장검을 획득하였습니다.

스켈레톤의 다리뼈를 획득하였습니다.

주변의 아이템들을 줍는 것은 필수.

스켈레톤 종류로 변신해 본 적도 있었기에, 타격을 받으면 생명력의 감소와 함께 뼈를 잃어버릴 때가 있다는 것을 알고 있었다.

다른 스켈레톤의 뼈를 채우는 것으로 생명력의 일부를 채울 수 있고, 또 고유의 기술인 뼈 투척을 사용하기에도 좋다.

궁수들의 화살에는 비할 바가 아니지만 단거리에서 강한 힘을 가지고 투척되는 뼈!

위드는 달리면서 마찬가지로 질주하는 모르기스와 누칼리의 측면에서 들이받으면서 녹슨 장검으로 힘차게 베었다.

모르기스와 누칼리는 상처를 많이 입고 흉포해지면 거세게 날뛰어서 위험한 것 같지만, 그만큼 시야가 협소해지는 성격을 가졌다.

다른 네크로맨서 유저들과 스켈레톤들이 싸우는 모습들을 보고 약점을 파악한 후에, 생명력이 크게 하락해 있는 모르기스를 공격하는 건 위드에게 기본 중의 기본.

경험치를 획득하였습니다.

위드는 멈추지 않고 움직였다.

모르기스와 누칼리는 빠르고 마구 들이받기에 정면을 내주면 곤란하다. 이곳은 강가 근처의 평탄한 지역이지만 스켈레톤들이 많이 몰려 있어서 적들에게 트여 있는 장소는 아니었다.

"네발 뛰기!"

스켈레톤이 되었더라도 기본적인 이동 계열 스킬의 사용에는 지장이 없다.

중심에 서지 않고 외곽을 돌면서 상처 입은 모르기스와 누칼리 들을 습격하는 위드!

전투에는 조금 늦게 끼어들었지만 가장 큰 공적을 세울 수 있었다. 물론 녹슨 장검을 120자루, 뼈 무더기를 획득하는 것도 잊지 않았다.

불사의 군단에서 그리 멀지 않은 장소라는 것만을 알고 있을 뿐, 정확하게는 어디인지도 모르는 지역.

스켈레톤들은 모르기스와 누칼리 들을 모두 해치우는 데 성공했다.

"크야오!"

"우리의 아버지, 바르칸 님을 위하여!"

승리한 스켈레톤들이 녹슨 장검, 혹은 부러진 검이나 돌멩이를 들고 승리의 괴성을 터트렸다.

위드도 스켈레톤들을 따라서 고함을 치고, 분위기에 휩쓸린 네크로맨서 유저들도 소리 질렀다.

불사의 군단 변두리 호위병 퀘스트 완료
황무지에 돌아다니는 몬스터들은 제거되었다. 스켈레톤들은 경계를 서며 당분간 휴식을 취할 수 있을 것이다.

명성이 71 올랐습니다.

죽은 자의 힘이 19 증가합니다.

경험치를 조금 습득하였습니다.

불사의 군단에서 직위가 상승합니다.
새로 부여된 직위: 썩기 시작한 스켈레톤
직위에 따라 무기와 방어구 세트, 마법 주문을 받을 수 있습니다.

위드가 스켈레톤들과 퀘스트를 완료하고 나니 대장 스켈레톤이 등장해서 말했다.

"수… 수고…가… 많았…다. 싸…움…이… 다시… 시작…될………."

턱뼈를 달그락거리면서 속이 터질 정도로 느리게 말하는 대장 스켈레톤.

중요한 말이 나올지도 몰라 기다려서 듣고 나니, 다음의 싸움이 벌어질 때까지 쉬어도 된다는 내용이었다.

네크로맨서 유저들은 땅바닥에 주저앉았다.

"휴우, 겨우 이겼군."

"진짜 죽는 줄 알았잖아. 육체적으로 볼 때 언데드니까 이미 죽은 거나 다름이 없긴 해도 말이야."

가까운 거리에서 뼈들이 박살 나면서 싸울 때의 박력이란, 전투에 익숙하다고 해도 금방 적응하기는 어려운 것이었다.

위드의 경우에는 식탁에서 갈비 반찬에 된장찌개를 먹는 수준일 뿐이지만!

'직위에 따라서 아이템을 받을 수 있다…라.'

썩기 시작한 스켈레톤보다는 아이템에 더 시선이 가는 위드.

무기를 직접 만들 수도 있지만, 공짜로 준다는데 왜 이를 마다하겠는가.

위드는 전투를 마치고 나서도 스켈레톤 무리의 움직임을 계속 살폈다. 일정한 범위를 배회하는 스켈레톤들이 대부분이었지만, 몇몇 스켈레톤들은 지하로 뚫린 구덩이로 들어갔다.

위드도 녹슨 장검을 질질 끌면서 스켈레톤 무리에 섞여 그곳으로 걸어갔다.

'호랑이 굴에 들어가더라도……'

정신만 바짝 차리면 호랑이 가죽을 얻는다는 명언도 다크 게이머들 사이에는 있었다.

병사들의 무덤

스켈레톤들이 들어가고 있는 장소는 큰 무덤!

무덤 안으로 들어가니 스켈레톤 호위병들이 서 있고, 물건을 파는 스켈레톤들도 있었다.

"바르칸 님 만세. 해골에 붙은 모래도 다 떨어지지 않은 스켈레톤이군. 구하는 물건이 있으면 보고 가도 된다."

위드는 물건들을 살펴봤다.

전통적인 녹슨 창

100년이 넘은 창. 창대가 조금 휘어져 있고 무게중심이 잘 맞지 않는다. 내구력이 많이 떨어져 있어서 사용하다가 갑자기 부러지더라도 놀라지 말아야 할 것 같다. 언데드들이 사용하면서 독성을 머금게 되었다.

내구력: 13/23
공격력: 9~31
제한: 언데드 전용.
옵션: 3%의 확률로 독성 대미지.

땅에서 파낸 녹슨 도끼

땅속에 오랫동안 묻혀 있다가 발굴된 도끼. 날이 상할 대로 상해서 무기로서의 가치가 다했다. 없는 게 차라리 속이 편할지도 모른다.

내구력: 6/33
공격력: 6~11
옵션: 양손도끼 스킬을 가지고 있을 때에는 공격력이 230% 발휘된다. 죽은 자의 힘 4%.

불행한 녹슨 방패

아직 쓸 만한 방패. 구멍 뚫린 부분들만 주의하면 화살도 막을 수 있을 것 같다. 하지만 어떤 이유에서인지 불길한 기운이 흐른다.

내구력: 17/29

방어력: 14
제한: 없음.
옵션: 행운을 15 감소시킨다. 마법 저항력 감소.

부실한 녹슨 갑옷
구겨지고 실금이 많다. 전투를 위해 착용할 수는 있지만 안전하진 못할 것이며,
조롱거리가 될 수도 있다.
내구력: 17/44
방어력: 19
제한: 힘 20 이상.
옵션: 명성, 기품, 매력의 저하.

지금까지 여러 상점들을 다녀 봤지만 이렇게 싸구려들은 처음이었다.

쓰레기 중에서도 건질 게 있다는 말처럼 드물게 강한 독과 저주가 걸려 있어 그나마 나아 보이는 무기들도 있긴 했다.

'스켈레톤들은 착용할 만하겠군.'

위드가 물건을 사지 않고 안쪽으로 들어가니, 유령들이 흉갑을 건넸다.

"네가 이번 전투에서 공을 세운 해골이로군. 이것을 받아라."

유령들이 준 흉갑은 이곳의 상점에서 살 수 있는 것보다는 조금 나은 수준이었다. 녹슨 부분들을 제외하고 철의 빛깔이 조금은 났으니까!

'직위가 더 오르면 좋은 아이템을 주겠지?'

지금은 스켈레톤이지만, 듀라한이나 데스 나이트급만 하더

라도 귀한 장비들이 가끔 있다.

위드는 녹여서 불순물들을 떼어 내고 재활용을 할 수 있으니 여러모로 이득인 장사가 될 수도 있으리라.

"여기가 상점이야?"

"물품들도 주나 봅니다."

네크로맨서 유저들이 들어오면서 금방 시끌벅적해졌다.

"저 해골은 갑옷도 입고 있네. 얻은 건가?"

위드가 흉갑을 걸친 것을 보고 손가락으로 지적하는 유저들도 있었다.

"벌써 갑옷을 구하다니, 저 해골도 유저 아니야?"

그들과 서먹서먹하게 지낼 필요는 없었기에 위드는 인사라도 간단히 하려고 했다.

그때였다.

띠링!

변두리의 계속되는 전투

나비르의 황무지에 또 다른 적들이 나타났다. 먹이를 구하기 위해 몰려든 몬스터들을 죽이거나 먼 곳으로 쫓아내라. 스켈레톤들에게는 버거운 임무지만, 많은 몬스터들을 죽이면 불사의 군단에서 조금 더 인정을 받을 수 있으리라.

난이도: D

제한: 언데드 한정.

퀘스트를 거부할 수 없습니다.
퀘스트를 수락하였습니다.

다시 벌어지게 된 전투!

위드는 흉갑에 녹슨 장검을 휘두르면서 스켈레톤들 사이에서 싸웠다.

처음에 왔을 때는 데스 오라밖에 알지 못했지만, 이 지역 전체에 바르칸의 언데드 소환 마법 다크 룰이 광범위하게 펼쳐져 있었다.

시체들을 양분으로 삼아서 더욱 많이 일어난 스켈레톤들.

"뼈 투척!"

이번에는 물밀듯이 밀려오는 몬스터들로 인해서 위드도 상당한 경험치를 얻었다.

보통 안전한 던전에서 동료들과 파티 사냥을 하는 게 아니기에 주변만이 아니라 전황을 넓게 두루 살펴야 했다. 스켈레톤들의 진형이나 몬스터들의 주요 공격 경로들을 파악해야 큰 전투에서 먹을 것이 많다.

정신없이 싸우고 아이템을 획득하는 와중에도 살펴보니, 네크로맨서 유저들도 나름의 활약을 했다.

그들끼리 파티를 맺고 서로 지켜 주고, 공격을 함께하면서 몬스터들을 처리한다.

외관은 거의 다 비슷했던 스켈레톤이지만, 그사이에 돈을 써서 상점에서 판매하는 웬만한 녹슨 장비들은 다 사서 온 네크로맨서 유저들!

몬스터들을 다시 성공적으로 몰아냈을 때는 위드의 직위가 올랐다. 조금 더 큰 검을 얻을 수 있었을 뿐만 아니라 망토까지 주어졌다.

"이걸 고치려면 바느질을 한참은 해야겠군."

스켈레톤의 장비들에 대해서는 크게 기대감은 없었다.

말단 해골이 보석이 번쩍번쩍하는 고급 장비를 착용하는 건 말이 안 되었으니까.

하지만 나비르의 황무지에는 계속 몬스터들이 오고 있었기에 싸울 적들은 원 없이 넘쳐 났다. 몬스터들의 레벨도 200대 후반, 300대 초반까지 골고루 나왔다.

퀘스트를 성공할 때마다 경험치와 보상도 짭짤한 수준으로 얻었기에 위드에게도 점점 괜찮은 사냥터가 되고 있었다.

게다가 관심사였던, 모라타로 떠난 불사의 군단에 대한 정보도 얻었다.

"인간들의 도시쯤이야 금세 폐허로 만들어 버릴 수 있는 병력이지."

"4개 군단급의 언데드. 바르칸 님의 대지에 인간들의 숨결이 닿지 않도록 하기에 충분할 것이다."

비교적 해골이 멀쩡한 스켈레톤들은 자신이 아는 이야기를 잘 들려주었다. 언데드들에 대한 자부심과 바르칸에 대한 충성심이 남달랐다.

"상당히 골치 아프군."

모라타로 밀려갔을 언데드를 생각하면 한숨이 나올 지경이었다.

스켈레톤들의 말에 의하면 4개 군단급. 그럼 대충 언데드들이 12만이 넘는다.

물론 그 대다수가 스켈레톤이나 좀비 따위라고는 해도, 어마어마한 병력이었다.

겨우 한 명의 개인인 위드를 벌하기 위해 떠난 것치고는 과한 군대!

"그래도 모라타는 충분히 막아 낼 수 있을 거야."

조각 생명체들이 있고 지역을 지키는 군대가 있다.

유저들도 항전을 할 것이며, 언데드들이 도착할 때쯤에는 프레야 교단의 신성 기사단도 있을 테니 하실리스 정도의 최고위급 몬스터가 떠난 게 아니라면 안심이었다.

현재 약화된 바르칸의 능력에 비견될 정도인 하실리스는 드워프, 엘프, 페어리 연합군과의 전투를 이끌고 있었던 것이다.

"언데드들은 모이면 정말 강하지만 네크로맨서의 지휘가 없으면 허무하게 무너지기 마련이니까. 사제들과 성기사들이 주축이 되어 방어해 낼 수 있겠지."

위드는 마음을 편하게 가졌다.

모라타가 언데드에 의해서 잿더미가 된다면 그 혼자 망하는 것이 아니다. 수십만이 넘는 유저들이 다 함께 폭삭 망하고, 북부 대륙의 교역망이 전부 무너지게 되는 것이다.

❧

헤르메스 길드의 전투부대는 불사의 군단에서 하루 이상 떨어진 거리에 머물렀다.

그들이라고 하더라도 불사의 군단과 너무 가까이 있는 것은 위험하다. 척후병을 보내 동정을 살필 수 있을 정도로 거리를 두고 염탐을 하고 있었다.

"위드는 오지 않은 거겠지?"

"소식은 아직 없습니다. 지나갔다면 반드시 눈에 띄었을 텐데요."

"모라타에서는?"

"영주가 나오지 않은 지 이틀이 지났다고 합니다."

"이틀이라… 확신하기에는 너무 짧은 시간이군."

직업이 조각사이니 어느 골방에 틀어박혀서 작품을 만들 수도 있고, 또 대륙을 돌아다니면서 작품 활동에 매진하지 말라는 법도 없다.

헤르메스 길드 수뇌부의 명령을 받고 떠난 이후로, 폴론은 위드가 대륙 여행을 하며 작품을 만들고 있다는 소식을 듣고 헛걸음한 건 아닌지 걱정하기도 했다.

위드가 불사의 군단 퀘스트를 반드시 받아들이란 법은 없었으니까.

TO BE CONTINUED